석학
人文
강좌
66

미국소설과 공동체 의식

— 로버트 펜 워런·토니 모리슨·창래 리

석학人文강좌 66

미국소설과 공동체 의식

— 로버트 펜 워런·토니 모리슨·창래 리

초판 1쇄 인쇄 2016년 4월 25일

초판 1쇄 발행 2016년 5월 2일

지은이 이영옥

펴낸이 이방원

편 집 이윤석 · 안효희 · 김명희 · 강윤경 · 김민균 · 윤원진

디자인 박선옥 · 손경화

마케팅 최성수

펴낸곳 세창출판사

출판신고 1990년 10월 8일 제300-1990-63호

주소 03735 서울시 서대문구 경기대로 88 냉천빌딩 4층

전화 723-8660

팩스 720-4579

이메일 sc1992@empal.com

홈페이지 http://www.sechangpub.co.kr

ISBN 978-89-8411-610-8 04800

978-89-8411-350-3(세트)

이 도서의 국립중앙도서관 출판시도서목록(CIP)은 서지정보유통지원시스템 홈페이지(http://seoji.nl.go.kr)와 국가자료공동목록시스템(http://www.nl.go.kr/kolisnet)에서 이용하실 수 있습니다. (CIP제어번호: CIP2016009145)

석학 人文 강좌 66

미국소설과 공동체 의식

— 로버트 펜 워런·토니 모리슨·창래 리

이영옥 지음

세창출판사

_ 머리말

필자가 한국연구재단 인문학대중화 사무국이 주관한 2014년 〈석학과 함께하는 인문강좌 7기: 나누는 인문학, 통하는 인문학〉에 일원으로 참여하게 된 것은 참으로 행운이었다고 생각한다. 30여 년을 대학 강단에 섰어도 새삼 대중 앞에 서는 것이 선뜻 내키지 않았고, 게다가 '석학(碩學)'이라는 수식어가 영 부담스러워서 피하고자 했다. 그러나 생각해 볼 여유를 줄 수 없다는 재촉에 스스로 석학의 석 자를 '돌 石'자로 새기며 마음을 진정시켰다. 다른 한편, 이 강연을 준비하다 보면 미국문학을 전공한 학자로서 평생을 바친 학문 일부분을 정리할 수 있는 계기가 될 수도 있을 것 같아 기쁜 마음으로 제의를 받아들이기로 했다. 그런 긴장 속에 강연이 서초구민회관 대강당에서 2014년 9월과 10월의 토요일에 시행되었다. 신기하게도 그 넓은 강당이 700여 청중으로 가득 찼다. 더욱 감명 깊었던 것은 강연 내내 진지했던 청중들의 모습과 수준 높은 질문들이었다(부록 참조).

책의 제목처럼 강연의 화두를 '공동체'에 둔 것은 최근 사회와 세계의 IT 개발에 대한 필자의 비판의식 때문이다. IT 테크놀로지의 발전이 문제가 아니라 그 활용법이 문제라고 보았다. 예를 들어, 사람마다 스마트폰 한 대는 손에 들고서 대부분 시간을 그 작은 화면에 시선을 박고 경련하는 환자처럼 화면 위에서 분주히 손가락을 움직인다. 사람이 사람에게 시선을 주고 있지 않아 옆 사람은 이제 장애물이나 가구처럼 느껴진다. 스마트폰이 소통의 수단이고, 대상이고, 주인이고, 하인이다. 친구 없이는 살아도 스마트폰이 없이는 살 수 없다고 느끼는 시대다. 인간이 따뜻한 마음을 잃어버린 세상, 존재의 의미가 사라진 인간 세계가 닥쳐올지도 모른다. 사실, 생명 살상이 빈번해진 최근의 사회 증상은 이런 세상이 가까이 와 있음을 암시하기도 한다. 그런 의미에서 다시금 공동체의 의미를 확인하고 살려 나가야 할 필요가 있다.

필자가 선택한 강연 주제의 분석대상은 미국소설작품들이다. '공동체'는 신대륙의 식민지 건설 이래 주요 미국소설작품에서 종종 발견되는 주제이기 때문이다. 사방이 적으로 둘러싸인 허허벌판에서 살아남기 위하여 식민지인들이 생각해 낸 것은 기독교적인 공동체 개념이었고, 아프리카 대륙에서 들여온 흑인 노예들을 둘러싸고 벌어진 흑백 갈등사회에서도 공동체는 강조되었다. 20세기 아시아계 이민들의 미대륙 이주사(移住史)에서도 공동체는 중요한 부분을 차지한다. 그렇다면 오늘날에도—인간의 본질은 변함이 없으므로—인류사회의 구성원들의 파편화 문제 역시 공동체에서 그 해법을 찾을 수 있지 않을까?

이 책은 위의 강연을 토대로 모두 4부로 이루어졌다. 서론과 1부에서는 미국 공동체 의식의 형성과 의미를 식민 초기부터 현대까지 살펴보았다. 2부에서는 미국의 남부 문화와 역사에 초점을 맞추어 남부사회의 특성과 르네상스, 그리고 대표적으로 로버트 펜 워런의 사상과 역사의식을 논한 후, 그의 소설 『모두 왕의 신하들』을 구체적으로 분석했다. 3부에서는 미국 남부에 노예로 실려 온 흑인들이 '아프리칸 아메리칸' 즉 미국의 주인으로 대등해지기까지의 과정을 미국의 '현재 진행형' 사회문제로 고찰하여 보았다. 이 부분에서는 흑인 존재의 역사적인 고찰과 더불어 문학사적인 의미도 새기었으며, 현재 아프리카계 미국문학의 정점이라 할 수 있는 노벨상 수상작가 토니 모리슨의 『빌러비드』를 다루고 있다. 마지막 4부에서는 아시아계의 미대륙 진출을 통해 한국계 미국작가들의 활동을 짚어 본 후, 미국의 대가들과 어깨를 나란히 하는 창래 리의 『네이티브 스피커』를 자세히 살펴봄으로써 미국사회의 다원사회적 발전을 소망하는 작가의 비전을 고찰했다.

위에서 다룬 세 편의 대작들을 역사 문화적인 배경과 함께 분석하는 과정에서 전문용어나 문학이론을 가급적 피하고 교양서 수준의 평이한 문체를 유지하려고 노력했다. 그럼으로써 이들 작가들이 작품 속에서 전하고자 하는 알찬 내용이 독자들에게 편하게 전달되기를 바랐다. 물질적 가치가 우선시되는 사회에서 문학은 종종 구름 잡는 이야기로 폄하되기도 한다. 그러나 이는 책을 많이 읽지 않는 사람들의 말이다. 혹은 읽었어도 깊이 생각하지 않는 사람들의 주장이다. 대학진학 이후 평생을 영문학과 함께 생활해 온 필자는 이러한 허튼 주장에 도저히 동의할 수 없다. 문학이야말로 인간의 진솔한 삶의 현장을 담은 이야기이며, 그렇기 때문에 문학작품은 사람의 마음과 생각을 매우 크게 움직인다. 책 한 권이 한 사람의 인생을 통째로 바꾸는 일이 생기는 이유다. 그리고 작품을 읽을수록 그 사람의 삶은 그만큼 더 완성되어 간다. 한 사람의 몸으로 여러 가지 상황에서 삶을 경험할 수는 없지만, 작품의 주인공을 통하여 간접 경험함으로써 인간의 다면적인 성격을 이해하고 사회 적응력을 높여 갈 수 있다. 간단히 이 책의 예로 본다면, 주인공들이 역경을 헤치고 자수성가하는 경험, 인종문제에 대한 혜안, 또 작가 워런이 실명의 위기를 전화위복의 계기로 삼는 경우가 있는데, 이러한 경험이 쌓일 때 인간과 사회는 정신적으로 풍요로워지고 그에 따른 넉넉한 이해력은 갈등의 소지를 줄여 나갈 수 있다.

이 책에 대해 한 가지 양해를 구할 것이 있다. 필자의 짧은 학식으로 인하여 국내의 훌륭한 연구업적을 분석에 충분히 반영하지 못한 점이다. 영문과 학부시절부터 잘 모르는 영어문장을 익히기 위하여 원서 위주로 책을 보았는데 이것이 버릇이 되어 국내서적은 잘 뒤져 보지 않게 된다. 또 영미를 비롯한 본토인 학자들과의 학문적 교류를 목표로 삼고 기회 있을 때마다 논문도 영어로 발표해 왔다. 그 결과, 고백하건대 영어 실력은 크게 늘리지 못했음에도 지금 이 책을 한글로 쓰는 데 많은 어려움과 한계를 경험했다. 되짚어 읽으면 부끄럽기만 한 책을 내는 데도 많은 분의 도움을 받았음을 밝히면서 머리말에 가름한다.

우선 인문학의 중요성을 인식하여 우리의 정신영역을 확장하고자 인문강좌를 개설하고 대중화 사업을 일으킨 한국연구재단에 깊은 감사를 표한다. 가시적이고 유용한 가치만을 중시하는 사회에서 인문학 사업의 필요성을 설득하는 일은 분명 쉽지 않은 과정을 거쳤을 것이기 때문이다. 그리고 필자가 참여한 인문강좌 7기의 운영위원장 권영민 교수님을 비롯해 여러 운영위원 선생님께 감사를 표한다. 또한, 재단 인문학대중화 사무국의 박민관 팀장을 비롯한 관계자 여러분들이 애로사항을 잘 해결해 준 것에 대해서 특별한 고마움을 표하고 싶다.

돌이켜 보면 강연의 하이라이트는 마지막 토요일 종합토론이었다. 지정토론자이신 한양대학교의 윤성호 교수와 연세대학교의 김창희 교수는 필자가 다루거나 언급하지 못한 중요한 내용을 부연 설명할 기회를 주어 강연을 더욱 균형 잡히고 의미 있는 행사로 만들어 주었다. 짧은 지면을 빌려 깊은 감사를 표한다. 또 이미 언급했던 것처럼 그 아름다운 가을에 자연의 유혹을 물리치고 매주 토요일 오후마다 강연장으로 발걸음을 한 진지한 청중들께 감사드리고 이분들의 열의와 진정이 우리나라의 미래를 든든하게 받쳐 줄 것이라 믿는다.

원고를 정리하고 틀을 잡는 과정에서도 많은 도움이 있었다. 초고를 열심히 읽어 준 성균관대학교 윤옥희 국문학 박사와 성실하고 세밀한 교정작업을 해 준 세창출판사의 이윤석 실장이 이 책을 잘 읽히는 유려한 문체로 바꾸는 데 크게 공헌했다. 또 일반인에게 친근감을 주는 책으로 만들고자 내용 이해에 도움을 주는 그림들을 삽입하였는데, 이 과정에서 프린스턴대학교 교수인 창래 리, 로버트 펜 워런의 따님인 로자나 워런(Rosanna Warren) 시카고대학교 교수가 사진 자료를 보내 주었다. 또한, 워런 센터(The Center for Robert Penn Warren Studies)가 있는 웨스턴 켄터키 대학의 여러분들에게도 깊은 감사를 표하고자 한다. 제프리(Jonathan Jeffrey) 희귀본도서관(Rare Books Library) 관장은 워런과 '남부 르네상스' 관련 사진자료를 지체 없이 보내 주었고, 이에 앞서 테드 호빗(Ted Hovit, Jr.) 교수는 워런 저널(*rWp: An Annual of Robert Penn Warren Studies*)을 창간호부터 한 질을 모두 보내 주었다.

마지막으로, 필자가 강연과 저술에 몰두한 기간 동안 옆에서 늘 격려하며 인내해 준 남편 최인훈 명예교수에게도 따뜻한 감사를 전한다. 그 많은 좌절 가운데서 다시 일어나 오늘에 이른 것은 그의 변함없는 이해와 마음 덕분이다.

2016년 3월 16일
서울 종로 우현동(又玄同) 연구실에서 쓰다.
이 영 옥

차례

서 론

미국사회 공동체 의식의 형성과 의미

21세기 정보사회에 진입하면서 스마트폰과 컴퓨터가 우리의 일상생활로 파고들어 이제 우리는 사람들보다는 전자제품들을 주로 상대하며 지내는 듯하다. 더욱이 자본주의의 발달로 인간의 가치보다는 물질의 가치를 우선시하는 현상이 촉진되면서, 인간과 인간의 관계, 인간과 사회의 관계, 나아가서는 공동체 의식을 경시하거나 아예 무시하는 현상이 대두되었다. IT 소통방식을 선호하는 로마 교황조차 디지털 세상에서 헤어나지 못하는 청년세대에게 우려를 나타냈을 정도다. 인류가 공동으로 추구해 왔던 지상과제가 늘 인류의 행복이었음에도 인간관계가 파편화되어 가는 현실은 행복과는 거리가 멀어 보인다.

일견 과학기술의 발달은 인간 개개인이 남의 도움을 받지 않고서도 충분히 살아갈 수 있을 것처럼 보이게 한다. 인터넷에 접속하면 알고 싶은 거의 모든 것이 충족되고, 스마트폰만 손에 들고 있으면 시간이 어떻게 지나가는지, 혹은 옆에 누가 있든 없든 문제가 되지 않는 듯하다. 즉 개인이 뻥 둘러 스스로의 울타리를 쌓고, 마치 '클린 룸(clean room)'에 들어앉아 있는 것처럼 그 안에서 외부와 교류를 하지 않고도 살아갈 수 있는 듯 보인다. 쉽게 비교하자면, 농경사회 시절에는 농사를 짓는 데 있어서나 생활을 영위하는 데 있어서 이웃의 도움과 협조가 필수적이었다. 사람들은 농경 공동체 속에서 서로의 필요를 나누며 소속감을 느꼈고 사회적 유대 속에서 살아갔다. 그들은 공동의 목표를 위하여 큰 가족과 같은 단위로 서로를 견제하고 격려하며 지냈다. 그러나 요즘의 개인 생활에서 타인의 존재나 도움이 필요하다고 생각하는 경우가 적어지고 있다. 앞으로는 모든 것이 자동화되고 기계화되어 비용만 지급하면 필요한 것이 모두 주위에서 제공되고, 그뿐만 아니라 TV 등 여러 가지 전자기기가 있어서 혼자서도 시간을 잘 보낼 수가 있다.

그렇다면, 앞으로 인간사회는 어떻게 변화할 것인가? 우리는 현재의 변화가 촉진해 가는 사회현상을 단지 묵인하고만 있을 것인가? 인간에게 정신적 건강과 행복을 주었던 인간 상호의 소통과 협조의식 같은 것은 완전히 소멸하여도 상관없는 것인가? 인간이 사회를 떠나 정신적으로 완전한 독존(獨存)이 가능해질 것인가? 인간사회의 미래모습을 제시하는 디스토피아 소설을 보면, 과학기술의 극단적 발달 끝에는 인간의 비인간화가 극에 이르러 인간이 기계의 일부분처럼 기능적인 역할로 퇴화하는 것을 볼 수 있다.

인류는 지금 중요한 전환기에 와 있다. 지금 우리가 선택을 잘하면, 테크놀로지의 편리를 누리면서 인간으로서의 행복을 누릴 수도 있고, 잘못하면 인류 패망의 길로 떨어질 수도 있다. 최근에 급속히 늘어나는 병적인 현상을 완화하고 인간다운 삶의 비전을 찾아볼 수 있는 곳이 바로 문학의 세계다.

문학은 항상 인간의 삶을 조명하면서 더 나은 사회를 향한 인간의 노력을 제시해 왔다. 작품을 통해서 작가는 주인공의 선한 의도에도 불구하고 이러한 노력이 굴절되기도 하고, 혹은 그릇된 동기로 인해 인간과 사회를 파괴하는 결과를 보이기도 한다. 시대와 환경에 따라 작품들이 서로 다르게 보이기도 하나 실은 인간이 추구하는 더 나은 사회, '멋진 세상'에 대한 이상과 동경은 어느 작품이든 그 근저를 이루어 가치관의 혼란으로 방황하는 사람들에게 한 줄기 빛으로 다가가고 있다.

이러한 '멋진 세상'에 대한 동경은 특히 미국문학에서 긴 역사에 걸쳐 두드러지게 나타난다. 미국의 생성이 새로운 공동체에 대한 열망에서 비롯되었기 때문이다. 영국의 제임스 1세(James Ⅰ, 1603-1625 재위)와 찰스 1세(Charles Ⅰ, 1625-1649 재위)가 연이어 종교개혁을 방해하고 청교도들을 박해하자 뜻있는 청교도들은 새로운 사회의 비전을 찾아 신대륙으로 향하였고 이것이 미국이라는 국가 성립의 기초가 되었다. 애초부터 미국이라는 국가는 '분리'하는 과정을 거쳐 태어났다. 미 대륙 식민지는 영국에서 '분리'하여 독립국으로 존재하게 되고, 식민초기의 청교도들은 모국인 영국에서 떨어져 나와 그들이 원하는 새로운 공동체 형태로 청교도들이 다스리는 신정(神政)국가—하나님이 세운 '미국의 이스라엘(American Israel)'(Niebuhr 24)—을 신대륙에 건설했다. 이 분리의 역사는 미국이 서쪽으로 영토를 확장해 가면서 반복적으로 일어난다. 19세기에 이르러 미 대륙 동북부가 어느 정도 정착이 되자 부패한 기성 사회에 염증을 느낀 사람들이 미개척지인 서부를 향해서 새로이 이동한다. 마크 트웨인(Mark Twain, 1835-1910)의 『허클베리 핀의 모험』에서 헉 핀(Huck Finn)이 "새로운 땅을 찾아 떠나"는 것이 그 좋은 예다. 미국인의 의식 속에는 끊임없이 새로운 사회 공동체를 추구하는 열망이 존재해온 듯하다. 어느 이유로든 익숙한 사회를 떠나 낯선 곳에 새로운 집단 사회를 건설하는 일은 큰 모험과 용기가 필요하다. 그래서 미지의 세계를 찾아 나선 미국인들은 어려운 현실을 타개하기 위하여 공동운명체로서의 의미에 많은 가치를 부여하게 되었고, 이것이 미국문학에서 '공동체와 개인'의 문제가 항상 주된 관심사 중의 하나가 된 까닭이라고 볼 수 있다.

제 1 부

미국 공동체 의식의 역사적 배경

1. 초기 이민과 기독교 정신

플리머스 항구의 메이플라워호
William Halsall, "Mayflower in Plymouth Harbor", 1882 at Pilgrim Hall Museum, Plymouth, Massachusetts, USA.
출처: wikimedia.org

미국사회의 공동체 의식은 영국 청교도들이 자유로운 신앙사회를 꿈꾸며 식민지를 개척하고 그 와중에 그들이 가졌던 두려움에 대해 방어적으로 결속하는 가운데 형성되어 점차 미국인의 의식 속에 자리 잡았다. 식민 초기 17세기에 대서양을 건넌 두 그룹의 이주민들은 각각 윌리엄 브래드포드(William Bradford, 1590-1657)와 존 윈스럽(John Winthrop, 1588-1649)의 영도하에 있었다. 브래드포드는 1620년 메이플라워(Mayflower)호를 타고 플리머스 식민지(Plymouth Colony)를 세운 분리주의자들(Separatists)을[1] 이끌었으며, 윈스럽은 브래드포드보다 10년 후, 매사추세츠 베이 식민지(Massachusetts Bay Colony)를 건설했다. 본국인 영국을 떠나 미지의 세상에서 하나님의 나라를 건설하고자 한 청교도들에게 그들만의 결속은 전략적으로도 필수불가결한 것이었다. 황무지에 새로운 공동체를 건설하겠다는 각오를 다진 초기 이주민들에게 닥친 고난은 새로운 사회를 향한 그들의 열망을 더욱 굳건하게 만들었다.

이주민들의 고난은 조국을 떠나면서부터 시작되었다. 유럽에서 신대륙까지 항해하는 기간만도 두 달여가 되는 데다 잦은 폭풍까지 더해져 고국에서 여유로운 생활을 하던 그들은 고난의 연속을 체험했다. 또한, 부족한 물과 음식에 질병까지 생겨 사망자가 나오기도 했다. 이런 난관을 극복하고 드디어 신대륙에 도착하자마자 그들은 사나운 날씨와 낯선 환경, 게다가 광야의 숲에서 느닷없이 나타나는 토착 인디언들의 공격으로 매우 험난한 일상을 겪게 되었다. 그러자 그들은 서로가 합심하여 황량한 자연과 싸우고 그들의 생명을 시시각각 위협하는 인디언들과 대적했다. 브래드포드는 후손들에게 당시의 역사를 알리기 위하여 연대기를 썼는데, 처음 신대륙에 도착한 황량한 상황을 다음과 같이 기록하고 있다.

> 이렇게 광대한 대양을 건너고 보니 … 그들에겐 이제 반겨 줄 친구도, 날씨에 지친 몸을 쉬고 편하게 할 여관도 없었다. 집은 물론, 찾아갈 읍내도 없고 도움을 청할 곳도 없었다. … 이곳의 야만인들은 만나기만 하면 그들의 옆구리를 다름 아닌 화살로 채울 태세였다. 때는 겨울인데, 알려진 바대로 매섭고 맹렬한 데다, 잔인하고 사나운 폭풍도 예사인지라, 아는 곳도 여행하기 위험

1 영국성공회(Church of England)에서 떨어져 나온 교파. 1608년에 영국을 떠나 네덜란드로 간 순례자들(Pilgrims) 일부가 1620년, 신대륙으로 건너가 플리머스 식민지를 건설함.

> 하거늘 미지의 해안을 탐색하는 것은 더욱 그러하였다. 게다가 보이는 것이라곤 무시무시하고 황량한 황야뿐, 날짐승과 야만인들이 거기에 얼마나 많은 숫자가 있는지 그들은 알지도 못하였으니… 뒤를 돌아보면, 그들이 방금 건너온 거대한 대양은 그들을 세상의 문명권으로부터 분리하는 장벽이요, 심해일 뿐이었다(Bradford 29-30).

앞에는 무엇이 튀어나올지 모르는 무서운 황야, 뒤를 돌아보면, 넘실대는 대양 사이에서 청교도 이주민들은 오로지 하늘에 자기들의 운명을 맡길 수밖에 없었다. 이러한 현실적 여건 위에 정착민들을 하나로 만드는 공동체 원리는 주효했던 셈이다.

매사추세츠 베이 식민지 건설에 핵심적 역할을 한 윈스럽도 당시 이주민들의 공동체 생활의 당위성을 강조했다. 영국 케임브리지 대학 출신으로 부유한 생활을 영위하던 윈스럽은 40세가 넘은 나이에 더 자유로운 신앙생활을 위하여 가족과 함께 신대륙을 향한 두 달여의 항해에 몸을 맡긴다. 어렵고 고단한 항해 동안 그는 이주에 따르는 중대변화를 의식하고, 동행하는 천여 명의 청교도들에게 신대륙에서의 삶의 그림을 제시한다. 아벨라(Arbella 혹은 Arabella) 선상(船上)에서 그가 행한 '언덕 위의 도시(A City Upon a Hill)'로 유명한 '기독교 자비의 모델(A Model of Christian Charity)'이라는 설교는 미국 식민시기 공동체 의식의 핵심을 표현한 것이라 할 수 있다. 윈스럽은 창조주는 자신의 영광과 권능을 나타내기 위하여 인간을 능력과 소유 면에서 다양하게 창조하였으며 따라서 인간이 각자 서로의 존재가 필요하므로 모두가 '형제애의 유대관계(the Bonds of brotherly affection)' 속에 더욱 가까이 결합하여야 한다고 강조했다.

> 우리는 언덕 위의 도시같이 되리라고 생각해야 합니다. 만인의 눈이 우리를 주시하고 있어서 우리가 행함 속에 하나님을 잘못 모시어 하나님이 우리를 더 이상 돕지 않으신다면 우리는 이야깃거리가 될 것이요, 세상의 웃음거리가 될 것입니다(Winthrop 43).

청교도가 주축이 되었던 초기 이민사회는 단지 종교적 신의나 신학이 아닌 공동체 건설을 목표로 한 것으로 본다. 그들이 뉴잉글랜드로 이주할 결심을 하였을 때, 그들은 "법과 성경의 원칙 아래 민간의 입장에서나 종교적으로 마땅한 정부를 건설하"고자 했다(Miller 330).

이처럼 청교도들의 공동체 건설은 엄격한 청교주의에 기반을 둔 것으로 윈스럽이 말했듯이 형제애에 기초한 구성원들 간의 긴밀한 공동체를 말한다. 작은 마을과 농가를 기반으로 한 공동체들은 공동의 목적과 관심사를 가지고 일사불란하게 움직였다. 사람들은 매주 한 번씩 만나 마을의 공통 관심사를 논의하였고 회의를 통해 마을의 행정이나 교회를 꾸려 갈 지도자들을 선출하였다. 말하자면, 이들은 종교 공동체로서 정치적 민주주의를 철저하게 연습한 셈이다. 그러나 종교적 가르침이 지배하는 사회 분위기는 개척지 문화의 경직성을 그대로 드러내기도 했다. 즉 영혼의 자유, 상상력의 자유, 개인의 독특한 활동 등은 종교의 이름으로 희생되고 통제되었던 것이다. 미국문학을 반석으로 올려놓은 호손(Nathaniel Hawthorne, 1804-1864)의 『주홍글자 *The Scarlet Letter*』(1850) 같은 작품들을 보면 당대의 청교도사회의 모습을 짐작할 수 있다. 호손은 엄격한 질서를 필요로 하는 식민지 건설의 과정에서 나타나는 개인의 억압과 공동체적 가치의 문제를 다루면서, 승화된 차원에서 개인과 공동체의 관계가 가지는 의미를 탐구하고 있다.

2. 19세기 산업사회에서의 이상향 추구 운동

17세기 영국의 종교적 탄압에 불만을 품은 청교도들에게 새로운 나라를 건설하겠다는 열망을 자극한 것은 아메리카 대륙이었다. 시대가 바뀌면서 청교주의가 점차 쇠퇴하는 반면 미국 땅에서 정착지는 늘어만 갔다. 하지만 신대륙에서 '새로운 사회'를 이루고자 하는 열망은 식지 않고 18세기에는 미국사회 공동체에 대한 실험으로 나타난다.

유럽을 떠나 신대륙에 새로운 국가를 세운 미국인들은 유럽으로부터의 정치적 독립을 성취하였으나, 내심으로는 진정한 독립 국가로서의 문화적 정체성을 갈구하고 있었다. 그들은 유럽이나 영국의 파생국가로서의 모방에 그치지 않고 독특한 국가를 건설하고자 하는 욕망을 가지고 있었다. 또한, 알렉시 드 토크빌(Alexis de Tocqueville, 1805-1859)이 이야기하듯이 유럽의 사회와는 다른 평등하고도 민주적인 사회를 개척했다는 자부심도 있었다. 미국은 한창 자라나는 청년국가답게 활력이 넘쳤다. 1870년대에는 수많은 신문 광고마다 "새로운 인생이 넓게 펼쳐진 우주에 기약되어 있다(Come Prepared or Not at All)" 하는 내용이 실렸다.[2] 당시의 미국은 개인의 능력에 무한한 가능성을 부여하고 끊임없이 이상적인 사회를 향해 도전하는 분위기를 누리고 있었다. 게다가 새로이 개척할 땅은 어디서든지 쉽게 구할 수 있었다. 바야흐로 사람들이 저마다 갖춘 능력을 나타내며 새로운 땅에서 그들이 꿈꾸는 사회를 꾸려 갈 욕구를 가지게 되었으며 이것은 신생 국가 미국의 특성 중 하나가 되었다.

19세기에 들어 미국의 유토피아 공동체들의 등장은 인류문명의 새 시대

2 *Time*, Jan. 19, 1998. "Come Prepared or Not at All"은 모리슨이 노벨문학상을 받은 후에 발표한 첫 작품 *Paradise*(Knopf) 13쪽에 나온다.

를 여는 움직임으로 여겨질 정도였다. 그들은 지고한 종교적 이상이나 혹은 이 세상의 도덕적 가치들을 기준 삼아 정부 조직을 실험하고, 부의 문제, 노동의 문제, 양성의 문제 등에 가치를 내걸었다. 이렇게 수백 개의 실험적 유토피아 공동체가 당시의 미국 전역에 걸쳐서, 즉 펜실베이니아, 로드 아일랜드, 매사추세츠, 뉴욕, 오하이오, 일리노이, 켄터키 주 등을 연결하는 동북부 지역에 생겨난 것이다.[3]

초기의 유토피아 공동체들은 종교적인 목표를 공유하면서 태어났다. 가장 잘 알려진 그룹은 영국의 퀘이커(Quakers) 지파로서, 앤 리(Ann Lee, 1736~1784)와 그 추종자 셰이커교도들(Shakers)[4]은 종교적 박해를 피하여 영국의 리버풀을 떠나 뉴욕에 정착하였다. 그로부터 10~20년 동안, 즉 1787년과 1792년 사이에 뉴욕과 매사추세츠, 코네티컷, 뉴햄프셔, 그리고 메인 주 등 뉴잉글랜드의 각 지역에 셰이커 공동체 마을들이 형성되었다. 그들은 하나님으로부터의 직접적인 계시를 믿으며, 모든 세상의 유대를 끊고 소박한 독신생활을 영위하려는 평화주의자들이었다. 제2의 예수 재림을 신봉하는 그들은 신앙적으로 따를 수 없는 속세 사회의 규정을 지키지 못하여 박해를 받기도 했다. 하지만 성실하고 정직한 생활을 하는 그들의 모습으로 인해 세력이 오히려 커져 1820년에서 1860년 사이에 전성기를 이룬다. 그들은 뉴잉글랜드 지역뿐 아니라 중서부의 오하이오, 인디애나, 켄터키 등 2천여 군데에 공동체 마을을 형성하고 자급자족하는 집단생활을 유지했다. 당시로서는 독특하게 남녀평등을 이루어 교회도 남녀 두 지도자를 선출하여 각자에게 공평한 노동과 보상, 재산의 공동소유 등을 실천하며 모여 살았다. 또한, 이들 셰이커교도들은 검소하나 윤택한 생활을 즐긴 것으로도 유명하다.

3 www.ushistory.org/us/26b.asp 2015.6.1.

4 Shakers의 정식 명칭은 The "United Society of Believers in Christ's Second Appearing"이다.

켄터키 플레즌트 힐(Pleasant Hill)의 셰이커 마을에 있는 셰이커 가구들.
A restored Shaker Village located near Harrodsburg, KY. 출처: wikimedia.org

이러한 생활을 기반으로 실용적이고, 단순하지만 아름다운 가구를 생산하였고, 이는 후일 셰이커 가구(Shaker furniture)로 불리며 백 년이 넘게 명성을 유지하고 있다. 다만 셰이커 교도들은 독신생활을 주장하기 때문에 자녀가 없어 대를 이어 가기가 쉽지 않은 형편이었다. 그래서 그들은 개종자들을 적극적으로 받아들이고 또한 부모가 없는 아이들, 떠돌아다니는 아이들에게는 좋은 부모가 되었으며, 아이들이 성장한 후에는 커뮤니티 안에 남아 있든, 떠나든 그들의 판단에 맡겼다. 필연적으로 인구는 점차 줄어서 지금은 메인 주 시골에 작은 공동체 하나가 존속하고 있을 뿐이다. 셰이커 공동체 창시자 앤 리의 가르침은 오늘날에도 좋은 본보기가 되고 있다.

"훌륭한 영혼은 먼지가 있는 곳에 살려고 하지 않는다."

"마치 천 년을 살 것처럼 그리고 내일 죽는다고 생각하며 일하라."

"손은 일에, 마음은 하나님께 두어라."[5]

'하모니회(Harmony Society)' 역시 독일 루터교회의 박해를 피하여 미국의 펜실베이니아에 와서 공동체를 세운 사람들이다. 요한 랩(Johann Rapp, 1757-1847)을 정신적이고 실질적인 지도자로 섬기며, 600여 명의 신도는 재산을 공동으로 운영하고 독신을 지킨다는 서약을 지키며 마을을 이루었다. 이들의 펜실베이니아 정착촌은 '이코노미Economy'라고 하며, 셰이커들과는 달리 문화생활도 열심히 하여 정신적으로도 풍요한 삶을 영위했다. 랩은 많은 예술품을 모으고 박물관을 열었으며, 꽃과 동물을 볼 수 있는 공원과 오케스트라도 운영했다. '하모니회'는 부지런한 신도들에 의해 펜실베이니아 서부 발전에 이바지하며 100년을 지탱하였으나, 독신생활로 인해 내부에서 성원들의 후대가 끊겨 결국 1906년에 공식적으로 해산했다. 위에서 언급한 두 커뮨(Commune) 외에도 인디애나에 있던 랩의 하모니회를 계승한 사회개혁 사상가 로버트 오윈(Robert Owen, 1771-1858)의 '뉴 하모니(New Harmony, 1825-1829)', 펜실베이니아의 '뉴 필라델피아 콜로니(New Philadelphia colony, 1832-1833)', 오하이오의 '오벌린 콜로니(Oberlin colony, 1833-1843)' 등도 짧은 기간이지만 당시 미국인들의 이상향에 대한 열망을 표현하는 공동체로 존재한 바 있다. 특히 뉴 하모니는 수명은 짧았으나, 미국의 교육과 과학 연구에 이바지한 바가 크다. 창시자인 오윈은 과학 한림원 창립자들 일부를 포함한 당시 최고로 촉망되는 과학자들을 모두 설득하여 인디애나의 새 집으로 모았다. 그들의 이상은 거추장스러운 현대의 자본주의적 가치를 도외시하며 자

5 en.wikipedia.org/wiki/Shakers 참조: "Good spirits will not live where there is dirt; Do your work as though you had a thousand years to live and as if you were to die tomorrow; Put your hands to work, and your heart to God."

연과학을 연구하는 것이었다. 그들은 미국 최초의 무료도서관과 시민 연극 클럽, 남녀 공립교육제도 등을 창안하였으며, 창립자 오웬의 아들들은 저명 인사로 성장하여 정치인, 스미소니안 박물관 입법의원, 퍼듀대학 총장, 그리고 지리학자 등이 되었다.

'어매나 콜로니스(Amana Colonies, 1850s-1932)'도 또 하나의 독일 신도 집단이다. 그들 800여 명은 독일 루터교회의 독단에 불만을 품고 뉴욕으로 이주하고 후에는 더욱더 고립된 지역인 아이오와를 정착지로 삼는다. 그들은 유럽에서 얻은 지식과 기술을 활용하여 자급자족하고 성공적으로 커뮤을 유지했다. 마을을 일정한 거리로 형성하고 각각의 마을에 교회와 농장, 집단 거주지, 워크숍, 공동 취사장 등을 두었으며, 식사와 예배 시는 남녀의 좌석을 구분하였다. 결혼은 허용하되 권장하지는 않았으며 외부인과 결혼할 때는 커뮤을 떠나야 했다. 커뮤 안에서 해야 하는 일은 대체로 성별에 따른 구분으로 배당되었다. 예컨대 여자는 주로 여자의 전통적인 영역, 즉 부엌과 마당, 빨래 등을 맡았고 남자는 농사일, 기술자, 의사 등 기술이 필요한 종류로 여자들보다 선택의 여지가 더 많았다.

종교적인 동기보다는 사회 경제적인 평등을 내세운 커뮤으로는 샤를 푸리에(Charles Fourier, 1772-1837)의 유토피아 공동체를 들 수 있다. 프랑스의 철학자이자 사회사상가인 푸리에는 시대를 앞서 간 사람이었다. 그는 살기 좋은 사회를 만드는 것은 관심(concern)과 협조(cooperation)라 보고, 사람들이 하기 싫어하는 일에 최고의 보상을 주어야 한다고 생각했다. 그는 페미니즘(feminism)이라는 단어를 처음 사용(1837)한 인물로 알려졌다. 모든 사람은 성별과 관계없이 개인으로 대접받아야 하며, 여성도 인간으로서 기술과 적성에 따라 모든 직업의 문이 열려 있어야 한다고 주장했다. 이런 시각으로 볼 때 결혼제도는 여성에게 억압적인 것이므로 결혼을 하지 말 것을 권했다.

푸리에의 이상을 답습한 매사추세츠의 브룩팜(Brook Farm, 1841-1846) 공동체 실험은 당대의 작가 호손의 참여와 탈퇴로 유명하게 되었다. 1840년대에만 80여 개의 유토피아 공동체가 생겨났음을 생각할 때 브룩팜이 특이할 것은 없으나, 이것은 종교와 무관한 순수한 최초의 세속적 공동체라는 점에서 의미가 있다.[6] 일신교파(Unitarianism)[7] 목사인 조지 리플리(George Ripley, 1802~1880) 등 초월주의자들은 자급자족과 육체노동에 신의를 걸고 구성원들 간의 사회적 조화 속에 이상형을 완수하려고 시도했다. 초월주의(transcendentalism)는 경험주의와 물질주의에 반대하여 태어난 일종의 이상주의로, 이성보다는 직관을 통한 지식의 습득을 주장하고 인간의 무한한 가능성을 신뢰한다. 이처럼 초월주의자들이 주축이 되어 실행한 브룩팜은 5년간 지속되었다. 호손은 개인적인 이유와 사정으로 브룩팜 공동체 실험에 가담하였으나, 결국 육체노동과 문필작업은 공존할 수 없다는 결론을 내리고 7개월 만에 브룩팜을 탈퇴한다. 그의 경험은 후일 마지막 로맨스인 『블라이드데일 로맨스 *The Blithedale Romance*』(1852) 출간으로 이어진다. 여기서 그는 일군의 이상주의자들이 이상향을 보스턴 외곽에 세우려 하지만, 인간의 이기적인 탐욕으로 인하여 그 뜻이 붕괴한다는 브룩팜을 비판하는 내용을 담아낸다. 고귀한 이상도 인간의 죄성(罪性)으로 인해 타락할 수밖에 없다는 것이 호손의 일관된 믿음이다.

이상 논의한 커뮨 외에도 많은 유토피아 공동체가 있었으며,[8] 그중 '프

6 www.history.com/news/history-lists/5-19th-century-utopian-communities-in-the-united-states June 2, 2015.

7 삼위일체론을 부정(否定)하는 유일신교. 즉 예수는 하나님의 '아들'이지 신이 아니다. 서구 기독교의 원죄와 예정설도 부인함.

8 잠시 존재한 유토피안 공동체는 푸리에의 영향을 받은 뉴저지의 '노스 아메리칸 팔랑스(North American Phalanx 1841–1856)', '러리탄 베이 유니온'(Raritan Bay Union 1853–1858), 뉴욕의 '소더스 베이 팔랑스(Sodus Bay Phalanx 1844–1846)', 위스콘신의 '위스콘신 팔랑스(Wisconsin Phalanx 1844–1850)', '클러먼트 팔랑스(Clermont Phalanx 1844–1846)', '스프링 팜 콜로니(Spring Farm Colony 1846–1848)' 등이다. 또

루트랜즈(Fruitlands, 1843-1844)'는 브룩팜과 마찬가지로 애머스 브런슨 올컷(Amos Bronson Alcott, 1799-1888) 등 초월주의자들이 주축이 된 것으로 농사경험도, 자급자족 경험도 없는 사람들이 만든 농경 공동체였다. 자유로운 브룩팜보다 훨씬 빡빡한 일상을 강요하고 육식과 주류, 가축사용, 물 이외의 다른 음료수 등을 금했다. 또한, 여기에는 후일 『작은 아씨들 *Little Women*』(1868)의 작가 루이자 메이 올컷(Louisa May Alcott, 1832-1888)을 포함한 올컷의 가족 모두가 이 공동체에 합류했다.

이 운동은 1850년대에도 새로운 사회를 구축하기 위한 노력으로 계속 뻗어 나갔다. 유토피아 사회주의 공동체를 시도한 텍사스의 리유니온 콜로니(Reunion Colony, 1855-1869), 그리고 동호회 성격의 커뮨들, 자유연애와 유심론에 기초한 오하이오의 자유연애가들(Free Lovers at Davis House, 1854-1858), 특이한 커뮨으로 채식주의자들이 모인 캔자스의 옥타곤 시티(Octagon City, 1856-1857)도 생겨났다. 그러나 어매나 콜로니스를 비롯한 1850년대 이후의 공동체들에서 종교적 색채는 사라지고, 워싱턴의 '평등 컬러니(Equality Colony, 1897-1907)'와 같은 사회주의 운동의 일부로서의 커뮨운동도 현저하게 감소하게 된다. 현재까지 유일하게 남아 있는 커뮨으로는 1900년에 세워진 델라웨어에 있는 아든 마을(Arden Village)이 있다.

이처럼 커뮨 실험은 19세기 중반에 정점을 찍고, 이후로는 영향력 있는 운동이 되지는 못한다. 유토피아 공동체 즉, 이상적 공동체의 출현은 미국이 첫째, 시대적으로 서부개척을 비롯한 국력을 팽창시키는 단계에 와 있었

한 절제, 노예폐지, 여권, 교육 등 실용적인 기독교 정신을 실천하려는 매사추세츠 소재 '호프데일 커뮤니티(Hopedale Community 1842–1868)', 같은 지역의 초월주의 단체인 '프루트랜즈(Fruitlands 1843–1844)', 사회주의적 유토피아 단체이며 일부일처제를 배격하고 임신과 출산을 개인이 아닌 공동체의 위원회가 결정하는 시도를 하였던 뉴욕의 '오나이다 커뮤니티(Oneida Community (1848–1880)', 평등주의를 표방한 루이지애나, 미주리, 캘리포니아 등지의 '이케어리안즈(Icarians 1848–1898)'등도 1840년대에 우후죽순처럼 생겨났다.

고 둘째, 시대적인 정신이 인간의 무한한 능력 개발을 강조하는 분위기였으며 셋째, 한창 성장하는 국가설립 초기에 모든 실험이 도전적으로 이루어지는 가운데 가능했다. 서부 개척이 완성되고 국가가 안정되면서 이상적 공동체 실험은 퇴조를 맞이한다.

이와 맥락을 같이한 19세기의 고무적인 사회 분위기는 이상향을 향한 실천적 실험과 함께 '유토피아 소설'이라는 상상의 세계에서도 구현되었다. 인류의 꿈인 이상향은 불완전한 현실에 대한 비판과 불만에서 시작되어 현실과 다른, 혹은 대조적인 가치를 제시하는 것이 보통이다. 예컨대, 유토피아 전통의 시조라 할 수 있는 고대의 플라톤(Plato)과 영국의 토머스 모어(Thomas More, 1478-1535)는 각자의 저술에서 인간사회에 해악을 끼칠 수 있는 권력, 재산, 노동 등의 문제를 해결하는 것이 살기 좋은 사회의 대안임을 제시하고 있다. 이러한 사상을 밑바탕으로 19세기의 미국인들은 그들이 유토피아적 사회를 이룰 수 있다고 믿었다. 국토와 자원은 넘칠 만큼 충분하였고 과학과 산업이 발달하여 생활의 편의와 만족도도 높아져 각 개인 모두가 원하는 만큼의 성공과 부를 축적할 수 있다고 생각했다. 그런데 사회의 발달은 기이하게도 빈부의 격차를 만들고, 행복한 사람보다는 불행한 대중을 더 많이 더 신속하게 만들어 가고 있었다.

헨리 데이비드 소로(Henry David Thoreau, 1817-1862)는 각 개인의 이상향을 추구한 사상가로서 물질적으로 풍요로운 사회 속에서 대부분 사람이 절망에 빠져 있음을 보았다. 또한, 그는 개인이 행복해지기 위하여 최소한으로 필요한 비용을 계산해 내려고 했다. 그의 멘토이자 친구인 초월주의자의 대부 에머슨(Ralph Waldo Emerson, 1803-1882)에게는 매사추세츠 콩코드에 사유지가 있었는데 소로는 그 월든 연못(Walden Pond)가에 자기 손으로 작은 오두막을 짓고 정확하게 2년 2개월 2일을 거기서 지내는 실험을 한다. 이것으로 그

소로의 오두막이 있던 월든 연못가에 세워진『월든』인용문 표지판.
Thoreau's quote near his cabin site, Walden Pond. 출처: wikimedia.org

는 물질주의가 팽배한 사회에서 인간이 기본적인 소박한 삶을 지탱하는 데는 많은 돈이 들지 않는다는 것을 증명해 보이려 했다.

소로는 자신의 책 『월든 *Walden: Or, Life in the Woods*』에서 자신이 숲에 들어가 살게 된 이유로 "죽음이 찾아왔을 때, 내가 잘못 살았다, 내가 헛살았다고 후회하지 않기 위해서"라고 밝히고 있다.

> 나는 내가 맘먹은 대로 살고 싶어서 숲속으로 들어갔다. 삶의 본질만을 대면하고자, 삶의 가르침을 받고자 했다. 죽음을 맞고서야 내가 삶다운 삶을 살지 못했다는 걸 깨닫게 될까봐, 나는 숲 속으로 들어갔다. 삶이란 얼마나 귀한 것인데, 삶이 아닌 삶을 살고 싶지 않았기 때문이다. 또 꼭 그러지 않아도 된다면, 체념을 연습하고 싶지도 않았다. 나는 깊이 있게 살고, 삶의 골수를 취

하고자 했다(Thoreau 617).[9]

소로의 이러한 시도는 개인의 이상적인 삶, 물질에 휘둘리지 않는 삶, 즉 삶다운 삶의 참모습을 실험하려는 것으로 당시의 이상주의자들과 유사한 동기에서 나왔다고 볼 수 있다.

19세기에는 이러한 실천적 커뮨운동 외에도 상상의 세계를 기반으로 한 이상적 공동체가 제시되기도 했다. 많은 저술 중에 대표적인 예를 든다면, 에드워드 벨라미(Edward Bellamy, 1850-1898)의 『뒤를 돌아보며: 2000-1887 *Looking Backward*』(1888)와 윌리엄 딘 하우얼스(William Dean Howells, 1837-1920)의 『알트루리아에서 온 방문객 *A Traveler from Altruria*』(1894) 등을 꼽을 수 있겠다.

벨라미는 19세기 산업체제 아래에서 미국사회의 문제는 '자본주의와 소수에게 치우친 부(富)'라고 보았다. 또한, 산업체제 아래에서 사람들이 겪는 고통과 잔인성을 보면서 그는 사회를 개혁하려는 의지를 갖추게 되었다. 그의 유토피아적 소설, 『뒤를 돌아보며』는 작품의 부제 '2000-1887'이 나타내듯 19세기 말 보스턴에서 살던 주인공의 공상소설적 구성을 담고 있다. 주인공이 깊은 잠에서 깨어 보니 때는 2000년으로 그동안 110여 년이 흘러갔고, 분명 같은 보스턴인데 자기가 알던 모습과는 전혀 다른 세상으로 바뀌어 눈앞에 펼쳐 있더라는 이야기다. 또한, 자본주의의 모순 속에 신음하던 사회는 사회주의 체제로 탈바꿈하여, 사람들은 더 이상 빈부 격차 없이 살기

9 I went to the woods because I wished to live deliberately, to front only the essential facts of life, and see if I could not learn what it had to teach, and not, when I came to die, discover that I had not lived. I did not wish to live what was not life, living is so dear; nor did I wish to practise resignation, unless it was quite necessary. I wanted to live deep and suck out all the marrow of life. ("Where I Lived, and What I Lived for.")

좋은 평등한 세상으로 변화되어 있다. 벨라미는 19세기 미국사회의 문제가 개인의 자본 소유에서 비롯된다고 보았다. 따라서 그는 자본을 국유화하고 노동의 질과 양에 따라 균등하게 이익을 나누는 사회주의적 경제체제를 구상한 것이다. 그는 마르크스주의를 반영하여, 자본이 개인에 속하지 않고 국가 소유가 되면 사회적 평등이 가능해지고 따라서 이상적이고 완전한 인간사회가 실현된다고 보았다. 다만, 벨라미는 당시 사회의 문제를 경제적인 측면에서만 보았기 때문에 그가 창조한 세계에서는 기존의 가족과 결혼제도를 그대로 답습하는 태도를 보인다. 그에 따르면 국가가 유일한 자본주이므로 사람들은 개인의 자유를 더 많이 누릴 수 있고 사회적으로는 권력에 따른 부패도 존재하지 않는다. 군대와 경찰도 존재할 필요가 없고 이익 충돌이 없으므로 변호사와 은행도 불필요하다. 벨라미의 이 책은 당시 사회적 문제를 고민하고 있던 사람들에게 많은 지지를 받았으며 대단한 성공을 거두었다.

그리고 미국문학사상 온건한 사실주의(genteel tradition)의 주창자인 하우얼스 역시 『알트루리아에서 온 방문객』을 통해 당시의 경제제도가 사람들이 불행한 주원인이라고 보았다. '알트루리아'는 '알트루이즘(altruism)' 즉 '이타(利他)주의'에서 파생된 것으로 미국의 '이기주의'에 대조되는 용어다. 이 작품은 미국에서 멀리 떨어진 섬 알트루리아에서 온 방문객의 눈으로 본 당대의 미국사회와 미국적 가치를 평가하고 비판하는 형태를 취하고 있다. 작가는 주인공을 통하여 당시의 미국사회를 대변하고 있는 동시에, 방문객으로서 작가가 꿈꾸고 있는 이상사회, 즉 알트루리아를 대조시키고 있다. 주인공인 알트루리아에서 온 방문객은 미국이 자랑하고자 하는 기회균등의 민주적 가치가 결국은 경제 사회적 불평등을 유도·고착시키고 있음을 관찰한다. 이 여행객은 주민들과는 다른 인상을 주기 때문에, 초면에도 그가 외지인임을 곧 알아볼 수 있다. 기차에서 내리는 주민들은 모두가 생계를 꾸리고 장래를 준비하느라 걱정과 근심이 가득한 표정을 지니고 있지만, 이 여행객만은 편안하고 여유가 있어 보인다. 여행객의 고향인 알트루리아에는 돈의 개념이 존재하지 않아 빈부 개념도 없으며 계층도 없다. 그곳 사람들은 누구나 하루 세 시간만 일하면 원하는 것을 무엇이든지 공급받을 수 있다. 때문에 알트루리아 사람들은 물질에 대해 고뇌할 필요가 없으므로 마음 편하게 유토피아적 삶을 즐기고 있는 것으로 표현된다.

3. 현대 미국사회의 공동체 의식의 발현

건국 초기 영국 청교도들은 이상국가 건설의 꿈을 갖고 18세기에 미국이라는 나라를 탄생시켰고, 19세기에는 국토 확장 등 국력 팽창과 더불어 젊은 국가의 에너지가 수많은 실험적 공동체의 탄생이라는 미국 특유의 사회현상으로 발산되었다. 그러나 20세기에 접어들면서 미국사회는 이상향 건립의 시도나 철학에 변화를 보이게 된다. 첫째로, 미국은 18세기의 국가 건립 이래 진행해 오던 서부개척 사업을 20세기 초반에야 마무리했다. 1850년에 캘리포니아를 영입하는 등 1910년대에 중서부의 주들을 모두 미합중국으로 통합하면서 이제는 더는 개척할 영토가 남지 않게 된 것이 하나의 이유라고 볼 수 있다. 미지의 영토가 무한대로 개척의 대상이 되었을 때는 미국의 이상주의자(visionary)들은 상상력과 모험심을 가지고 새로운 세계를 찾아 나섰지만, 이제 미국이 전반적으로 안정을 찾으면서 새로운 땅을 찾는 것은 사실상 어렵게 된 시점에서 그들의 이상향 건설의 열망은 위축되었다. 둘째로, 사람들은 19세기 중엽에 우후죽순처럼 생겨났던 크고 작은 커뮤니티들이 대부분 단명하고 실패로 끝나는 것을 경험하였다. 종교, 도덕성, 노동, 경제 등 당면한 인간사회의 문제점을 진단하고 이를 극복하고 해결하고자 한 공동체들의 실험은 상당 부분 인간의 한계를 확인하는 것으로 끝나게 되었다. 셋째로, 자본주의와 산업주의의 발달로 미국사회의 빈익빈 부익부가 현저해지면서, 사회구성원들은 모든 사람에게 긍정적인 미래를 꿈꾸게 하였던 19세기의 낭만적인 열망보다는 현세에 대한 부정적인 진단과 함께 미래에 대한 우울한 예측이 우세해졌다는 점이다. 넷째로, 언론들이 유토피아 실험에 대한 비판적 태도를 보인 것도[10] 이러한 움직임에 제동을 걸었다고 볼 수 있다. 이와 같은 여러 가지 제약으로 현대에 이르러 미국 내에서 공동체의 실천적 성향은 현저하게 약화했다.

이상적 공동체에 대한 문학적인 표현과 관련, 20세기에 들어와 소설들은 새로운 사회체제에 대한 가능성을 탐구하기보다는 과학발달에 대한 회의적인 판단과 자본주의의 모순에 대한 비판이 주를 이루는 디스토피아(dystopia)[11] 내지는 반 유토피아 소설로 대체되었다. "유토피아 문학의 그림자"(Moylan 111) 시대가 온 것이다. 과학의 발달은 초기에 인간의 편의와 편리를 도모하는 등 인류사회에 많은 이바지를 할 것으로 기대되었으나, 과학과 기술의 발달이 가속화될수록 오히려 인간이 기계화되거나 비인간화의 과정을 촉진하게 되었다. 따라서 사람들은 과학에의 의존도가 높아갈수록 그들이 느끼는 행복은 멀어져 가고 있음을 보게 된다. 이즈음 공상과학소설이 급증하게 된 것도 인간의 상상력이 과학을 중심으로 불합리한 현실에 대한 타개책을 찾는 것에서 비롯되었다. 공상과학소설은 사실주의를 따르기보다는 환상 속에서 상상과 미래의 허구세계를 그려 낸다. 그리고 과학이 극단

10 Weiser, Kathy. comp. & ed. "American Lore and Legends: Utopias in America." www.legendsofamerica.com/ah-utopias.html. July 2014.

11 유토피아와 반대의 개념. 즉 유토피아가 모든 것이 완벽한 이상적인 세계라면, 디스토피아는 어두운 미래의 매우 부정적인 세계를 가리킴.

적으로 발달하는 현상을 묘사함으로써 유토피아 소설과는 다른 현실을 제시한다. 피팅은 "공상과학 장르 작품들이 과학기술의 발달과 더 나은 미래에 대해 긍정적이기보다는 오히려 의미 있는 저항을 드러내고 있다고 파악되며, 공상과학 장르에 어떤 비관적인 흐름이 존재하고 있다"고[12] 지적한다. 당시의 공상과학소설은 더 나은 미래사회에 관심이 많다는 점에서 유토피아 문학과 유사하여 비평계의 관심을 받기도 하지만, 대중문화에 치우쳐 문학적인 평가는 받지 못해[13] 사회적으로는 큰 영향을 미치지 못한다. 이 같은 공상과학 장르의 발달은 두 가지를 시사하는 듯하다. 첫째, 20세기는 과학의 시대다. 그러므로 현재 인간의 문제는 과학의 발달과 함께 해결할 수 있다는 것이다. 둘째, 극단적인 과학의 발달은 필연적으로 비인간화를 촉진하고, 미래사회에 비인간화된 인간이 지배하는 세상은 지극히 기능적이고 기계화된 사회로서 인간이 꿈꾸는 이상적인 사회라고 보기는 어려우리라는 것이다. 따라서 20세기 공상과학소설이 그리는 미래의 인간사회는 비관적일 수밖에 없다.

정리하자면, 17세기 미 대륙에서 시작된 이상적 공동체에 대한 열망은 19세기 실험적 커뮨을 통하여 절정에 이르렀고, 20세기에는 그 양상을 달리하여 공상과학소설이라는 변형된 문학 장르를 탄생시켰다. 그렇다고 인간의 유토피아 공동체에 대한 관심이 사라진 것이 아니라, 오히려 공동체가 추구하는 가치는 저변으로 확산됐다. 작가들은 '현실적으로 가능한 좋은 사회(the great good place)'를 만들어 가기 위해 개인은 어떤 가치관을 추구하고 있는지를 꾸준히 표현했다.

12 Peter Fitting. "A Short History of Utopian Studies." *Science Fiction Studies*. #107. Vol. 36; Part 1=March 2009: www.depauw.edu/sfs/backissues/107/fitting107.htm

13 Gregory Eck. "Utopian Studies: A Guide." faculty.citadel.edu/hutchisson/Pages/utopbib.htm.

현대 미국문학에서의 공동체 의식 발현이라는 주제를 다루면서 필자는 미국사회를 이루는 세 개의 집단을 상정하고 각각의 집단에서 대표적인 작품을 선정하여 분석하기로 했다. 즉 미국의 백인 남부사회와 흑인공동체, 그리고 아시아계 이민사회가 후보로 떠올랐는데, 이는 위의 세 집단의 사회공동체 의식이 상대적으로 강하기 때문이다. 첫째, 현대 미국에서 공동체 의식이 비교적 현저하게 드러나고 문학으로 표현된 지역은 백인 남부사회다. 미국 남부는 태생적으로나, 문화, 경제, 역사적으로 미국의 여타 지역 즉 북(동)부와 서부 등과는 구별되는 독특한 정체성을 유지하여 왔다(Lee 5). 그러다가 북부의 산업적 물질주의가 농본사회적 가치에 기반을 둔 남부사회를 위협하면서, 남부 특유의 문화현상이 대두하게 되었다. 20세기 초에 활동하던 대부분의 남부 작가들은 공통적으로 그들의 작품 속에 개인과 공동체의 긴밀한 관계, 정의추구와 사회적 의미, 인종갈등의 문제 등을 다루고 있다.

남부작가들 가운데 로버트 펜 워런(Robert Penn Warren, 1905-1989)은 20세기 미국 남부를 대표하는 시인이자 소설가로서, 작가 자신이 소위 '남부인(Southerner)'이면서도 자신의 뿌리인 남부에 관해 복합적인 견해를 갖고 있다. 영국의 소설가 제임스 조이스(James Joyce, 1882-1941)가 조국 아일랜드를 떠나 있으면서도 더블린을 배경으로 작품을 썼듯이, 워런도 고향이자 성장해온 남부를 떠난 후, 계속 남부에 뿌리를 둔 작품을 발표했다. 워런은 그 소재와 주제에 있어서 남부의 특성을 어느 작가보다 뚜렷하게 보여 주면서도 인류의 보편성을 염두에 두었던 작가다. 이 장에서는 워런이 1946년에 발표한 『모두 왕의 신하들 *All the King's Men*』에서 사회에 대한 관심을 접고 마치 은둔자 같은 삶을 살아온 주인공이 마침내 사회와 화해하고 공동체 속으로 들어오는 과정을 살피고자 한다.

둘째, 미국의 흑인공동체 의식을 살펴보기 위하여 대표적 흑인문학작품을 다루고자 한다. 미국의 흑인들은 공동체 의식을 중시해 온 것으로 알려져 있다. 전통 아프리카 사회의 가치를 가지고 미 대륙에 건너온 아프리카인들은 '나(I)'가 존재하는 것은 '우리(we)'가 존재하기 때문이고, '우리'가 있음으로써 그러므로 '나'가 있다고 생각한다.

> 전통 아프리카 사회에서는 개인은 집단으로만 존재하고, 혼자 존재하지도 않고 존재할 수도 없다. 사람은 선대와 동시대를 포함한 다른 사람들 덕분에 존재한다. 개인이 겪는 일은 집단 전체가 겪는 것이며, 집단 전체가 겪는 일은 각 개인이 겪는 거라고 믿는다(Mbiti 106).

이처럼 개인과 집단의 긴밀한 관계성이 미 대륙에 노예로 끌려온 아프리카인들에게서 발견되는 것은 당연한 일이다. 미국의 아프리카인들은 가족의 해체를 수없이 경험하면서도 공동체 경험을 특징적으로 보여 준다. 예컨대, 윌리엄 포크너(William Cuthbert Faulkner, 1897-1962)의 『소음과 분노 *The Sound and the Fury*』(1929)에서 콤프슨(Compson)가의 하녀 딜지(Dilsey)가 찾아간 교회에서는 흑인 목사를 중심으로 교인들이 하나의 집단이 되어 영적인 대화를 주고받는 것을 볼 수 있다.

더 정확하게 말하자면, 토니 모리슨(Toni Morrison, 1931-)은 조상 대대로 내려오는 흑인공동체의 개념과 의미를 다룬다. 모리슨의 노벨문학상 수상작품이기도 한 『빌러비드 *Beloved*』(1987)에서는 주인공 세서가 공동체와의 관계가 온전해지면서 비로소 퍼즐이 제 위치를 찾아 들어가 박히듯 공동체 전체가 편안해짐을 볼 수 있다. 여기서는 미국문학의 한 부분을 이루는 노예서술문학에 주목하면서 아프리카계 경험을 표현하고자 한 모리슨이, 특히 백인주도의 사회 속에서 받은 상처를 흑인공동체 경험을 통하여 치유하는 주인공을 그려 내는 점에 유의하고자 한다.

마지막으로 공동체 의식의 주제를 위하여 아시아계 이민들의 문학을 살피고자 한다. 뒤늦게 미 대륙에 편입하게 된 아시아계인들 역시 아시아인들의 문화공동체 의식을 등에 업고 미국생활에 적응하게 된다. 현대의 다문화적인 미국문화 속에서 공동체 의식이 강한 소수민족은 아시아계 이민들이다. 특히 한국계 이민들은 모국에서의 유교적 전통을 그대로 가지고 미국사회에 편입했다. 가족간의 관계, 개인과 사회의 관계에서 가치관의 충돌에 주목하고 있는 한국계 미국작가인 창래 리(Chang-rae Lee, 1965-)의 『네이티브 스피커 *Native Speaker*』(1995)는 공동체 의식의 시각에서 의미 있는 주제를 표현하고 있다. 자신을 1.5세대 작가라 말하는 창래 리는 이민 후발주자로서 기존질서를 인정하며 새로운 구성원을 포용하는 다원적 사회를 제시하고 있다. 그는 백인 문화공동체에의 완벽한 진입을 시도하던 주인공들이 결국 아시아적 특성 때문에 공동체 진입에 실패하면서 백인주도가 아닌 다인종적인 틀을 찾아 구축해 가는 미래의 모습을 고찰하고 있다.

제 **2** 부

—

미국의 남부와 공동체 의식

미국의 남부인들은 자신들이 살고 있는 지역을 매우 특별한 공동체로 인식해 왔다. 청교도들이 개척한 동북부와는 달리 남부는 온화한 날씨에 아름다운 자연으로 지구 위의 에덴동산으로 여겨질 만했다. 또 농경이 주요산업이었으므로 농경문화가 가지는 독특함, 즉 온 마을이 하나의 친족과도 같은 경험의 공유가 이루어졌다. 남부를 친족사회(clan society)라고 부르는 것은 공동체의 구성원들이 서로의 사적인 영역까지도 공유한다는 의미다. 그래서 남북전쟁 이전인 산업화 이전의 남부사회는 행복하고 아름다운 모습으로 그려져 있다. 19세기의 향토색이 짙은 작품을 쓰는 작가로 이름을 날린 토머스 넬슨 페이지(Thomas Nelson Page 1853-1922)는 구 남부(Old South)를 이상화한 작품들로 남북의 독자들에게 찬양을 받았다. 그의 작품 『찬 나(으)리 *Marse Chan*[1]』(1884)는 버지니아 농원의 삶을 천국의 이미지로 묘사한다. 백인들은 고귀한 품성을 갖춘 용감한 노예 주인들이고, 흑인들은 그런 주인을 존경하며 그에게 복종하는 '행복한' 노예들이다. 너른 평야에 풍족한 농원들이 펼쳐져 있고, 주택은 귀족의 주거지답게 흰색으로 칠한 둥근 기둥이 현관을 받친 궁전과 같이 넓은 정원에 아름답게 세워져 있다. 백인 남자들은 농원의 주인으로서 높은 모자에 흰색의 정장을 하고, 백인 여자들은 코르셋을 받친 넓은 드레스를 날씬하게 입고 움직인다. 여기에 흑인들 역시 웃음 띤 얼굴로 주인들을 시중들며 그들 입에서는 흥얼거림이 떠나지 않는다. 작품에 나오는 백인들은 음악과 문학을 잘 알고 있으며 면화 재배로 경제를 유

1 marse: =master. 주인 나으리.

지하고 있다.

그러나 N. 페이지의 에덴동산 남부는 불편한 현실을 외면하고 있다. 지상에 에덴동산과 같은 낙원이 가능한 것은 흑인노예제도가 그 뒷받침이 되기 때문인데, 페이지는 짐짓 피상적인 사회의 모습을 묘사하는 것에 그친다. 노예제도는 남부가 잉태한 사악한 제도로서 에덴동산의 뱀과 같은 존재다. 남부의 백인들은 남북전쟁에서 패하자 자신들이 노예제도를 용납함으로써 창조주에게 죄를 지었으며, 그것이 전쟁에서 자신들이 패하게 된 이유라고 자책하게 되었다. 이러한 크나큰 양심의 고뇌가 남부문학 작가들의 특성으로 나타나게 된다.

1. 남부의 특성과 르네상스 운동

1) 미국 남부의 원죄의식

여기서 '미국의 남부'라는 표현에 관해 설명이 필요하다. 지도에 표시된 것처럼 남부에 속한 주(state)들은 남북전쟁 당시에는 미국의 동북부, 즉 뉴잉글랜드 지방 남쪽에 위치하여 '남부'라고 일컬어졌으나, 오늘날 미국의 전체 지도를 놓고 볼 때 이 주들은 미국의 동남부에 자리하고 있다.

그래서 정확히 표현한다면 지금 우리가 말하는 미국 남부는 미국의 '동남부'인 것이다. 아울러 이 지역이 '미국의 남부'라는 독특한 지역 문화 현상의 중심이 되었다. 미국이 영국 식민지에서 벗어나 산업화에 박차를 가하고 서부 개척을 진행해 감에 따라 경제·산업적 측면에서 남북 간의 차이가 더욱 두드러지기 시작한다.

17~18세기, 즉 서부개척이 일어나기 이전의 미국 북부는 뉴잉글랜드 지

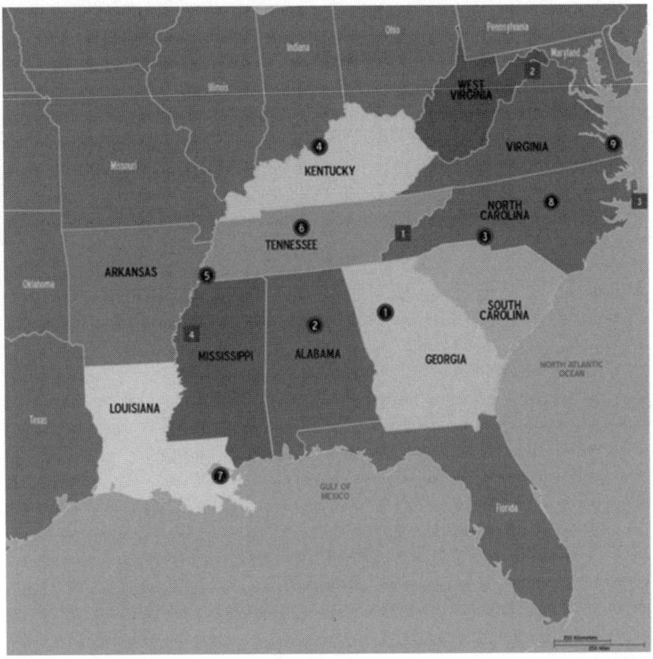

미국의 '남부': 위로부터 시계방향으로, 웨스트 버지니아, 버지니아, 노스 캐롤라이나, 사우스 캐롤라이나, 조지아, 플로리다, 앨라배마, 미시시피, 루이지애너, 아칸소, 테네시, 켄터키 주.
출처: wikitravel.org

역을 중심으로 종교적인 동기를 갖고 신대륙에 이주한 초기 이민자들을 교육하며 종교 생활을 영위했다. 19세기에는 내륙으로 개척과 정착이 권장되어 이리(Erie)·온타리오(Ontario)·슈피리어(Superior) 호수 등 대호수(Great Lakes) 주변 지역에 도시들이 생긴다. 이처럼 서부개척 시기에는 정부로부터 토지를 무상으로 받아 개인이 농사를 짓거나, 공장을 세우고 공산품을 유럽에 수출하는 것이 주업종이었다.

한편 남부에는 교육이나 종교에 대한 관심보다는 유럽 문화에 대한 향수를 가지고 유럽스타일을 선호하며 부(富)를 추구하는 사람들이 모여 식민지를 이루었다. 따라서 남부에서는 방대하고 비옥한 토지와 온화한 기후를 바탕으로 대규모 농업이 사우스캐롤라이나(South Carolina), 버지니아(Virginia), 노스캐롤라이나(North Carolina), 조지아(Georgia), 앨라배마(Alabama) 등의 대서양 연안을 따라 발달하게 된다. 이들 지역에서는 북부와 같은 개인 차원의 소규모 농사보다는 많은 노동력을 필요로 하는 대규모 경작 방식이 요구되었다. 식민지 개척 초기 이들 남부지역은 대륙을 찾아 유럽을 떠나온 가난한 백인 노동자들을 고용하였으나, 고용 기간이 만료되어 자유인이 되자 여러 가지 문제가 야기되었고 남부 농장주들은 이 노동력을 흑인으로 대체했다. 당시 영국이나 프랑스, 남미에는 이미 노예가 존재하였으므로 경제적 필요 때문에 생겨난 흑인 노예의 수입은 자연스러운 현상이었다. 그리고 이 점이 농장기업(plantation industry)을 운영하는 남부가 북부나 여타 주들과 구별되는 역사를 가지게 된 원인이다.

북부와 남부는 이처럼 다른 환경에서 차별된 경제제도를 발전시키게 되었고 결국은 정치적인 문제로 분열이 일어나 남북전쟁을 겪게 되었다. 북부는 유럽의 공산품에 대하여 경쟁력을 가지려고 보호무역제도를 원하였지만, 남부는 농업을 기반으로 하는 경제체제로 인해 자유무역을 선호하였다. 게다가 북부에서는 산업화가 활발해짐에 따라 노동력이 절실한 입장에서 남부가 소유한 노예들에게 관심을 기울이게 되었다. 그런데 마침, 노예제도의 비인간적 측면이 알려지면서 뉴잉글랜드를 중심으로 노예폐지운동이 일어나기 시작하였다. 노예의 인권문제에 관심을 표명한 바 있는 에이브러햄 링컨(Abraham Lincoln, 1809-1865)이 1860년 11월 대통령 당선이 확정되자 그해 12월, 사우스캐롤라이나가 미연방 탈퇴를 선언하였다. 이에 용기를 얻은 남부의 다른 주들도 노예제도 폐지 문제에 불만을 품고 잇달아 탈퇴선언에 동조함으로써 남부연맹(Southern Confederacy)이 탄생하게 되었다. 이것이 남과

북의 분열의 시작이고 전쟁의 실마리다. 이로써 남부에서는 사우스캐롤라이나를 비롯하여 미시시피, 플로리다, 앨라배마, 조지아, 루이지애나, 텍사스, 버지니아, 테네시, 노스캐롤라이나, 아칸소 등 11개 주가 1861년, 미 연방으로부터 독립을 선언한다.

남부 11주의 분리선언은 충분히 예상된 일이었다. 남부는 미국의 다른 지방과는 다른 "본래적인 정체성"을 지니고 있었고(Lee 5), "1830년대 이후로 남부는 국가 전체의 과제보다는 자신들의 관심사에만 열중하였고, 일종의 피포위(被包圍) 의식(siege mentality)에 사로잡혀 그들 자신과 제도에 대하여 미국 국민에게 합리화하는" 일에 더 열중했다(R. King 20). 남부사회가 북부를 비롯한 다른 주들에 대하여 변명하는 입장이 된 것은 민주주의를 표방하는 국가에서 있을 수 없는 흑인 노예 문제 때문이다. 남부가 노예제를 합리화하는 근거는 첫째, 사회적인 요인으로 노예들은 하등 인간으로 백인들과 평등하지 않다는 인식때문이고, 둘째, 종교적인 요인으로 도의적 합리화를 끌어들였기 때문이다. 즉, 창세기에 의하면 노아의 아들 햄(Ham)이 저지른 불경죄로 말미암아 햄의 자손들은 세상을 섬기게 되어 있다는 믿음이다. 셋째, 합리적 근거로서 백인들은 야만인이었던 흑인들을 거두어 보호하고 그들에게 문명인으로서 더 나은 생활방식을 가르쳐 개명했다는 입장이다.

이렇게 비합리적인 근거들을 내세워 흑인노예제도를 두둔한 남부인들에 대해 미국민 전체가 부정적인 인식을 갖게 된 것은 두말할 여지가 없다. 미국의 제3대 대통령이었던 토머스 제퍼슨(Thomas Jefferson, 1743-1826)은 자신도 버지니아 주민으로 남부 출신이지만 그가 남긴 서한에서 남부인과 북부인을 비교하며, 남부인들이 자기들의 자유는 침해하지 못하게 하고 즐기면서 상대방은 짓밟는 사람들이라고(Boyd 468) 기록한 사실이 있을 정도다. 도일(Doyle)이 지적하는 바대로 북부인들 또한 남부인을 "인종차별적이며, 심하게 편협하고, 완고하게 무지하다(violent intolerance, willful ignorance)"고(재인용; Jansson 294) 비판하고 있다. 또한, 현대까지도 이와 관련한 노예제도에 대한 논란은 끊이지 않고 있다. 소설 『미국의 송어낚시 *Trout Fishing in America*』로 잘 알려진 시인이면서 소설가인 리처드 브로디건(Richard Brautigan, 1935-1984)은 「남부 *The South*」라는 시에서 남부의 문제와 인종편견을 비판하고 있다.[2]

이처럼 남부역사의 중심 주제는 인종이라고 할 만큼 남부의 정체성에 큰 부분을 차지하고 있다. 남부의 자연조건은 농장기업이라는 특수한 제도를 탄생시켰고, 농장기업은 노예제도로 뒷받침되었다. 따라서 남부의 농장주들에게 흑인노예제도는 일종의 '필요악(a necessary evil)'으로 받아들여졌다. 말하자면 문화생활을 영위하며 자부심이 강한 남부인들에게 그들의 부의 축적에 필수불가결한 요소로 받아들인 노예제도가 남부사회에 그림자를 드리우고 있었지만, 남부인들은 이러한 불합리한 현실을 보지 않으려 고집하며 농원제도를 운용하고 있었다. 이런 와중에 북부에서 남부의 제도를 비판하면서 노예제도 폐지를 주장한 공화당의 링컨이 대통령으로 당선되자 남부의 '노예주(pro-slavery states)' 들은 생존의 위기가 다가왔다고 판단했다. 즉 남부의 경제활동은 노예제도의 기반 위에 존립하며 이를 없앨 경우 남부사회는 존속이 어렵다고 결론지었다. 따라서 북부 대통령의 출현으로 남부의 여러 주들은 연방정부로부터의 분리를 선택하게 한다. 이 중에서 사우스캐롤라이

2 브로디건의 시 〈남부〉는 아래와 같다.

어때요,
하나님은 어떻게
자기 집을 따스하게 해요?

못된 검둥이들
영혼을 태워서 덥힌단다.

나는 17세기부터 노예를 수입하고 매매하며 관리해 온 대표적인 곳으로 링컨의 등장을 가장 위협적으로 받아들여 최초로 분리를 선언하게 된다.

1861년부터 1865년까지 4년여에 걸친 남북전쟁은 북군이 36만, 남군이 25만으로 총 60만에 이르는 사망자를 내었고 부상자를 합하면 100만에 가까운 사상자가 나온 내전이었다. 특히 남부는 그 충격으로 거의 반세기 동안 깊은 침체에 빠진다. 남부에서 노예의 존재는 성경에 근거를 두고 교회가 앞장서서 정당화해 왔으므로 노예제도를 '악(evil)'으로 규정한 북부에 대항해서 벌인 전쟁은 단순한 승전과 패배의 차원을 넘는다. 따라서 남부의 패배로 인해 그동안 노예제도를 하나님의 섭리라고 설명해 온 남부의 교회는 권위를 잃었으며, 교회의 입지가 어려워지는 결과를 낳았다. 경제의 근간이 되는 노예제도와 신앙의 토대를 한꺼번에 잃은 데다 폐허 속에서 남부인들은 자부심에 큰 타격을 입었다. 또한, 부족한 물자와 시설 및 인력 문제로 침체상태를 오랫동안 벗어나지 못했다.

집안 대대로 캐롤라이나 지역을 지켜 온 남부의 토박이 W. J. 캐시(Wilbur Joseph Cash, 1900-1941)는 그 지역의 역사를 직접 겪어 낸 사람으로서 남부의 특성을 통찰력 있게 지적하고 분석한 대표적인 역사학자다. 그가 남긴 유일한 저서인 『남부정신 *The Mind of the South*』(1940)은 여타의 작품들을 능가하는 걸작으로 평가되고 있다. 남부문학의 대표적 비평가 루빈(Louis D. Rubin, Jr.)은 남부를 알기 위해 꼭 읽어야 할 책으로 추천한다. 캐시에 의하면 미국의 남부는 여타 지역과 달리 몇 가지 특성을 보인다. 첫째, 남부인들은 자신들에게 불리한 현실을 인정하지 않으려는 특성이 있다. 그들은 찬란했던 과거에 집착하여 눈이 멀었다고 할 만큼 환상 속에서 생활하는 경향이 있다(Cash 185, 187). 둘째, 남부인들은 개척시대의 정신 자세를 아직도 가지고 있어 타인을 믿지 않으며 개인의 이익 추구에 반하는 어떤 제재도 용납하지 않는다. 즉 남부인들은 개인의 판단을 최상으로 알고 있으며 정부라 할지라도 자신의 일에 간섭하면 거부하는 것이 상례다. 셋째, 남부의 정신은 하나님으로 시작해서 하나님으로 끝난다(Cash 189). 한마디로 남부에서는 일상의 모든 일이 종교적인 관점으로 이해되고 처리된다는 것이 특이한 현상이다. 저자는 400페이지가 넘는 이 책에서 아직도 남부에 대한 분석이 미진함을 토로하고 저서의 마지막 페이지에 결론 성격의 단락을 다음과 같이 적어넣었다.

> [남부인들은] 자존심이 강하고, 용감하며, 명예를 존중하며, 예의 바르고, 개인적으로는 관대하고, 충직하며, 행동이 빠르다. 종종 너무 빠른데 이 점은 상당히 효과적이며, 때로는 행동이 끔찍하다. 이러한 점들이 남부의 장점이었다. 그리고 몇 가지 큰 실망도 주었으나 오늘날에도 남부는 이런 장점들을 보유하고 있다. 폭력, 불용, 새로운 생각에 대한 기피와 의심, 비분석력, 생각보다는 감정적인 행동, 과대 포장된 개인주의, 과도하게 편협한 사회적 책임의 개념, 픽션과 그릇된 가치에의 집착, 무엇보다 인종적 가치에 대한 과도한 집착, 이들 가치의 명분에 따라 잔인성과 불의를 합리화하는 경향, 감성과 현실의식 결여, 이러한 것들이 과거 남부의 특징적인 악덕이었다. 그리고 더러 개선되었음에도 아직까지 남아 있는 특징적인 악덕이기도 하다(1941; Cash 439-40).

캐시의 연구 대상은 20세기 전반까지의 남부이므로 현재의 남부사회를 이해하는 데 기본적인 그림을 제시하는 것에 그치는 한계가 있는 것은 사실이다. 그러나 남부가 그 후에 크게 변하지는 않았다 해도 똑같을 수도 없다는 사실을 기억할 필요가 있다. 또 캐시의 일반론이 남부의 모든 지역에 획일적으로 적용된다고 보아서도 안 될 것이다. 남부문학의 대부 루빈(1975; 6)과 비평가 A. 터너도 남부 전체가 똑같은 것은 아니라고 강조하고 있다. 터너는 "지리적으로, 기후와 토지, 인구, 생활방식 면에서 다양성이 있으므로"(Turner 39) 남부를 획일적으로 이해해서는 곤란하다고 말한다.

남북전쟁에서의 패배는 남부인들에게 극복하기 어려운 상처를 남겼다. 월터 페이지(Walter Hines Page, 1855-1918)는 이러한 남부사회를 세 가지의 망령에 시달리는 사회라고 보았다. 즉 남군 전사자의 망령(The Ghost of the Confederate Dead), 정통 종교의 망령(The Ghost of Religious Orthodoxy), 그리고 흑인 지배의 망령(The Ghost of Negro Domination)이다(재인용. Prather 127).

첫째로, '남군 전사자의 망령'은 엄청난 숫자의 남군 병사들이 전투에서 희생되었음을 의미한다. 통계로 보면 남부 병사 4명 중 1명이 전사한 셈이고, 살아서 돌아왔다 하더라도 13명 중의 1명은 팔다리가 온전치 않은 상이군인이었다. 남부에서는 집집마다 식구나 친척 중에 몇은 사망, 실종, 혹은 부상 등을 한 피해자로 인하여 한동안 전쟁의 악몽을 떨칠 수가 없었다. 또한, 패전으로 인해 남부인들은 혼란과 좌절을 겪었으며 남부는 문자 그대로 폐허가 되었다. 유럽풍의 궁궐 같은 대저택과 주변의 아름다운 조경을 갖춘 마을들은 이제 귀신이 나올 것 같은 을씨년스러운 장면을 연출한다. 집집마다 살아 돌아오지 못한 남자들을 슬퍼하고 대농원 생활의 꽃이었던 백인 여주인들은 비참하고 외로운 모습으로 생활력을 잃었다. 전쟁 중에 파괴된 주택이나 건물들은 하나도 복구되지 못하여 골조를 그대로 드러내고 있고, 유리가 깨어져 나간 창틀들은 에드가 앨런 포(Edgar Allan Poe, 1809-1849)의 묘사처럼 퀭하니 고딕적인 몰골을 하고 있다. 그러나 이 처참한 형편을 모면할 방도 역시 절망적인 수준이었다. 밭을 일구거나 도움이 될 농기구, 가축 등은 물론, 흑인노예들도 전쟁 통에 '노예해방'선언을 맞아 백인 마님들을 보호하며 집에 남아 있는 자들은 거의 없었다.

교통이나 수송수단도 대부분 파괴되어 한동안 복구될 기미가 보이지 않았다. 도로, 다리 등도 파괴되거나 홍수에 씻겨 나갔고, 텅 빈 부두에는 수송선도 사람도 보이지 않는다. 이처럼 모든 것이 마비된 채 대부분의 남부지방이 오랜 기간 방치되어 있었다. 전쟁이 끝난 지 거의 반세기가 되었을 무렵 미국의 각 도시를 돌아본 소설가 헨리 제임스(Henry James, 1843-1916)는 전후의 참담한 남부의 모습을 그의 여행기에서 잘 묘사하고 있다. 그는 1904년부터 1년간 전국을 여행하고 여행기 『미국의 정경 *The American Scene*』(1907)을 출간했다. 뉴욕과 보스턴, 당시 동북부 지식운동의 중심이던 매사추세츠의 콩코드(Concord), 그리고 필라델피아에 대한 기록과 함께 버지니아의 리치먼드(Richmond)와 사우스캐롤라이나의 찰스턴(Charleston) 등을 돌아보고 남부에 대한 전체적인 인상을 "선명하고도 고통스러운 이미지"라고 표현했다. "어떤 재앙을 혹은 충격을 받은 몸으로 환자의 의자에 불편하게, 불가능한 자세로 앉았으면서도, 이상한 눈으로 … 저항하듯, 항의하는 묘한 눈빛으로 사람을 노려보는"(James 377) 그런 이미지의 남부사회라고 보았다.

월터 페이지가 남부를 괴롭히는 두 번째의 망령으로 지목한 '정통 종교의 망령'은 전쟁 전까지 남부인들의 정신적인 지주로 군림해 왔던 기독교의 정통성이 크게 훼손되었음을 의미한다. 흑인노예제도에 관한 근거를 성경에서 찾아 남부 백인들의 죄의식을 합리화해 준 것이 교회였다. 노예제도의 존폐가 전쟁의 이슈로 떠오르면서, 남부 백인들은 노예제도가 하나님의 섭리이므로 하나님이 남부의 손을 들어 주리라고 생각했다. 그러한 전쟁에서의 패배는 곧 교회 권위의 실추를 의미하는 것이고, 남부인들의 신앙도 깊은 회의(懷疑)의 대상이 되었다. 이제 그들의 종교는 그들에게 힘이 되지 못하고 오히려 정신적 고뇌만 얹어 준 셈이 되었다. 또한, 교회의 권위와 함께 남부의 명분도 힘을 잃는 결과를 가져왔다.

셋째로, 남북전쟁 이후 남부인들을 괴롭히는 '흑인 지배의 망령'이란 백인들이 막연하게 느끼는 흑인 남성에 대한 경계의식의 발로다. 1900년 노스캐롤라이나는 백인우월주의(White Supremacy)를 확고히 다지고 흑인이라는 '위협'적인 존재를 견제하기 위하여 피부색에 따른 흑인 차별을 합법화하는 참정권 박탈 수정안을 통과시킨 바 있다.[3] 1830년대 남부에서 흑인의 출생률은 백인을 앞섰으며, 노예제도가 폐지될 때까지 흑인의 인구 증가율이 백인을 능가하고, 19세기 말까지 남부 농촌 지역에서의 흑인 증가율이 꾸준히 백인을 압도한 점(Klein 76) 등은 백인들이 지금까지 혹사 내지 무시당해 왔던 흑인의 생명력에 일말의 두려움을 느낄 수밖에 없었음을 짐작할 수 있다. 실제로 윌리엄 포크너는 그의 대작 『압살롬, 내 아들! *Absalom, Absalom!*』(1936)에서 비극적인 종말 가운데 흑인만이 유일하게 살아남는 존재임을 그리고 있다.

전쟁 후 권위를 잃어버린 종교가 보호하지 못하는 백인 남성의 남성성은 흑인에게 압도당할 수밖에 없으며, 마침내 백인들이 흑인의 지배 아래로 들어가게 될지도 모른다는 두려움이 암암리에 커지고 있었다. 당당한 명분으로 싸웠던 전쟁에서의 패배는 현실적인 차원에서뿐 아니라, 이처럼 정신적인 차원에까지 그 영향력을 끼치게 된 것이다.

2) 멘켄의 '예술의 불모지'와 남부 자존심의 촉발

남북전쟁(1861-1865)에서의 패배 후 20세기 초반에 이르는 긴 기간 동안

3 "Ballot Manipulation and the 'Menace of Negro Domination': Racial Threat and Felon Disfranchisement in the Untied States, 1850–2000." Angela Behrens, *et al*. Institute for Policy Research Working Paper. September 25, 2002. 참조. (www.ipr.northwestern.edu/publications/papers/2002/ipr-wp-02-40.html)

헨리 루이스 멘켄
Artist: Oliver Richard Reid
출처: wikimedia.org.

유지된 남부의 침묵에 대해서 언론인이자 사회문화 비평가인 헨리 루이스 멘켄(Henry Louis Mencken, 1880-1956)이 포문을 열었다. 패전 후 수십 년이 지나도록 북부의 지원을 거부하면서 증오와 패배의 늪에서 허우적거리며 문화적으로 지리멸렬한 남부를 향해 가혹하리만치 비판의 말을 쏟아 낸 것이다. 멘켄은 뉴욕의 「이브닝 메일 *Evening Mail*」에 투고한 "예술의 불모지 *The Sahara of the Bozart*"(1917)라는 글에서 전후(戰後) 남부의 문화적 황무지 현상을 신랄하게 꼬집었다. 'Bozart'는 불어의 'beaux arts'를 영어화한 것으로 'fine arts'를, 'Sahara'는 '사막'을 의미한다. 그의 글은 남부 최후의 시인이라고 하는 쿠글러(J. Gordon Coogler, 1865-1901)의[4] 시를 다음과 같이 인용하는 것으로 시작된다.

> 슬프도다, 남부여! 책 발간은 점차 줄어 몇 권 안 되고,
> 문학에 관심이 전혀 없으니.

4 멘켄이 독학으로 시를 공부하였으며, 형편없는 시를 많이 발표하여 악명이 높은 대표적 시인으로 쿠글러를 인용함은 미국남부의 문예 수준이 그만큼 빈한함을 효과적으로 드러낸 것이라 할 수 있다.

쿠글러 자신이 당시 인정받지 못한 시인임을 고려하면 그런 사람조차 한탄할 정도로 남부에서의 문학과 예술은 죽어 가고 있음을 명시한 셈이다. 과거 미 대륙에 문명이랄 것이 있었다면 그것은 북부가 아니라 남부였다고 멘켄은 지적한다.

> 상공인과 신학자 등[중심이었던] 북부 뉴잉글랜드 사회는 문명을 일구어 내지 못했다. 발달시킨 것이라고는 정부 조직뿐이었다. 그들은 기껏해야 저속하고 볼품없는 사람들이었고 예의도 없는 멍청하고 상상력이라곤 없는 자들이었다 … 그러나 남부에는 섬세한 상상력과 세련된 본능, 즉 귀족적 예의와 우월한 인간, 즉 귀족계층이 존재했다. 그들은 정치에 활동적이고 독창적인 사람들을 끌어들였다. 우리가 아직도 아끼고 감내하는 거의 모든 정치이론이 태어난 곳이 거기다. 조야한 뉴잉글랜드의 독단주의가 정제되고 인간적으로 된 것도 거기서다. 무엇보다 삶의 기술에 관심이 주어진 곳, 즉 인생이 단순한 시련의 상태를 뛰어넘어 기쁨의 경험이 된 곳도 남부에서다. 오래전 남부의 생활양식 속에는 어떤 공간성이 확실히 있었다. '원조 남부인들(The Ur-Confederate)'은 여가(leisure)를 즐겼다. 그들은 아이디어를 가지고 유희하기를 좋아했고, 무엇이든 반갑게 받아들이고 또한 관용적이었다. 그들은 소위 문화라고 하는 막연한 개념을 가지고 있었다(Mencken 158).

이같이 상상력과 예술성이 넘쳤던 남부가 20세기 초에는 마치 전쟁에 모조리 쓸려 나간 듯이 남부에서 문화의 흔적을 찾아보기 어렵다는 것이다. 화랑도 없고, 오케스트라도 없고, 기념물도 없고, 예술품을 만들어 내는 곳도, 철학자도, 사학자도, 과학자도 도무지 내지 못하고 있음을 한탄스러운 일이라고 보았다.

멘켄은 남부가 광활한 영토를 차지하고 있고 그동안 부의 축적이 상당했음에도 불구하고, 또 남부인들 말대로라면 꽤 '발전'해 왔음에도 불구하고, 남부는 예술적으로나, 지적으로나, 문화적으로나, 거의 '사하라 사막 같은 불모지(a drying-up of a civilization)'라고 공격한다. 특히 남부의 주도자 역할을 한 버지니아주는 최근 사반세기(四半世紀) 동안 주목할 만한 작품 하나를 내지 못하였으며, 과거에 신생국 미국의 대통령을 초대에서 5대까지 네 명이나 배출한[5] 자존심 높은 버지니아주이건만, 지금은 예술도, 문학도, 철학도, 자기만의 생각이나 열망도 없다고 힐난한다(Mencken 159). 그는 한마디로 남부인들은 무지하고(uneducated), 후진적인(backwards) 고집통이(bigots)라고 몰아세우며, 남부에는 문화라곤 씨도 없이 말라 버렸다고 혹평했다.

3) 르네상스 운동의 배경과 성과

멘켄의 신랄한 비판은 남부인들의 자존심을 자극했다. 점차 남부는 기나긴 동면에서 벗어나려는 몸짓을 보인다. 그리고 남부에도 선구자가 나타난다.

① 'A New South'로의 첫걸음

북군과 전쟁을 겪은 남부가 곤경에서 벗어나지 못하고 있자, 남부 내에서도 새로운 목소리가 들리기 시작한다. 조지아주 애틀랜타 출신 언론인으로 정계에 영향력을 가지고 있던 그레이디(Henry W. Grady, 1850-1889)는 '새로운 남부'의 대변인을 자처하고 남부가 이제는 깨어날 것을 촉구한다. 그는 북부의 투자 프로그램을 촉진하고 남부의 산업 성장의 필요성과 농경의 다양화를 부르짖으며 새로운 조건과 적응력, 아이디어와 열망을 갖춘 새로운 남부

5 제1대 George Washington; 제2대 John Adams; 제3대 Thomas Jefferson; 제4대 James Madison; 제5대 James Monroe 대통령 중 제2대만 제외하고 모두 버지니아주 출신들이다.

를 강조했다. 그는 1886년 뉴욕의 한 연회장에서 남부에 대한 새로운 이미지를 웅변했다.

> 노예와 분리를 주장한 남부가 있었습니다 … 그 남부는 이제 죽었습니다. 지금은 통합과 자유를 선호하는 남부만 남았습니다 … 그 남부는, 감사하게도, 살아서, 숨 쉬고, 매시간 커 가고 있습니다.[6]

그레이디의 연설은 북부인들에게 남부 투자를 권유했을 뿐 아니라 남부인들에게도 설득력을 행사했다. 그는 고향에서 있었던 장례식에 갔던 경험을 전하면서 그 장례식이 유난히 슬펐다고 표현한다.

> 시신을 대리석 채석장 한가운데 매장하면서 단단한 대리석을 쪼개서 그의 무덤을 만들었는데, 그의 비석은 버몬트산 대리석이었습니다. 매장지가 송림 한가운데였는데, 소나무 관은 신시내티에서 들여왔구요. 아주 가까운 데 철광이 있었는데 관의 못과 삽의 쇠는 피츠버그에서 왔으며, 최상의 양 떼 목장 옆에 묻혔는데, 관 내부나 끈들은 모두 북부에서 왔더라는 겁니다. 그러니 남부가 고인에게 제공한 것이라고는 그 장례식의 주인인 시체와 땅속 구멍뿐이란 얘기입니다. 그뿐 아니라 시신도 뉴욕제 코트와 보스턴제 구두와 시카고제 바지, 그리고 신시내티 셔츠를 입혔으니, 그가 평생을 살고 4년 동안 몸 바쳐 싸운 남부를 기억하며 저세상에 가지고 갈 것이라고는 혈관을 흐르는 차가운 피와 골수뿐이더라는 겁니다.[7]

6 그레이디가 1886년 뉴욕서 행한 연설: "There was a South of slavery and secession – that South is dead. There is now a South of union and freedom – that South, thank God, is living, breathing, and growing every hour." 당시 청중 중에는 J. P. 모건 (Morgan)도 있었다.

7 en.wikipedia.org/wiki/Henry_W._Grady 참조.

이처럼 그레이디는 애국 군인의 장례를 치르는데 정작 고인의 애국적인 일생을 보답하고 기념할 물건들의 생산지가 모두 외지임을 지적한다. 소중한 조국의 물품을 지지고 가야 할 저승길에 남부의 생산성이 전무하기에 북부의 물건을 취할 수밖에 없다는 것은 충분한 설득력을 가진다. 그는 조국을 위한 남부군의 희생이 보람있게 하기 위해서 이제라도 남부가 바뀔 필요가 있다고 말한다. 이처럼 그레이디는 고집스러운 남부인들에게 남부의 산업을 일으켜 남부의 풍부한 자원을 활용하는 것이 남부를 위하는 길임을 해학적으로 깨우치고 있다.

② 남부문학운동의 에너지 결집

남부를 힐난하는 소리가 점차 커지자 패배의 슬럼프에 빠져 있던 남부에서도 자성의 목소리가 나오기 시작한다. 마침 남부의 한 대학에서 자기들 지역을 표현하고 가치를 재창출하고자 문학 워크숍이 탄생했다. 1914년 내슈빌(Nashville)의 밴더빌트(Vanderbilt)대학에서 시작된 움직임이었다. 그리고 제1차 세계대전 이후에는 이 비공식적인 모임이 정기적인 모임으로 진화했고, 1921년 가을에는 교수와 학생들은 각자가 써 온 작품을 읽고 내용과 형식에 대한 서로의 논평을 했다. 당시 밴더빌트 학생으로 이 모임에서 시를 발표하던 워런에 의하면, 이 동호회 회원들에게 하나의 체계적인 프로그램이 있었던 것은 아니고, 회원들은 각자의 생각이나 이론은 달리하면서도 순전히 장소와 시라는 공통분모로 모여든 사람들이다. 즉 그들은 모두 내슈빌에 살고 있었고 시에 관심이 있었다.

> 교수들, 사업가들이 있었고, 은행원도 한 사람, 그리고 학생 몇 명들이 철학을 논하고 자작시를 서로에게 들려주기 위해 비공식적으로 만났습니다. 그

중 몇 명에게는 이러한 관심은 자기들 주업에 부수적인 것이었고, 테이트 같은 한 둘에게는 시 아니면 죽음이었지요. 이들의 활동은 어느 '학파'나 '프로그램'이 아니었습니다. 상호 존중과 공통의 관심, 이것이 그들을 한데 묶은 거죠 … 그리고 아마도 지역적으로 고립되었다는 사실도 한몫을 하였고요 (*Paris Review*).

시에 대한 열정이 커져 작품이 모이게 되자 이를 시집 『은둔 시인 *The Fugitive*』(1922-25)으로 출간하게 되었고 1925년까지 많은 주목할 만한 작품이 이를 통해 발표되었다. 잡지 발간의 목적은 첫째, 남부에 대한 외부의 시각을 바로잡고 둘째, 도시 산업화의 영향으로부터 농본사회의 전통적 가치를 지키고 셋째는 남부도 수준급의 작품을 낼 수 있음을 과시하고자 함이다. 멘켄의 공격성 글을 벽에 붙여 놓고 다트게임[8]까지 해 가며 마음을 다진 듯한 흔적도 있다. 결국은 멘켄의 비난이 소기의 생산적인 성과를 거둔 셈이다.

이 문학운동의 주축은 당시 밴더빌트대학교를 나와 교수로 재직 중이던 존 크로 랜섬(John Crowe Ransom, 1888-1974)과 도널드 데이비슨(Donald Davidson, 1893-1968)이었다. 워런은 당시 화/공학과 신입생으로 교양영어를 듣던 중 랜섬 교수의 영향을 받아 영문과로 전과하였고, 창작 워크숍 회원으로서 앨런 테이트(Allen Tate, 1899-1979)와 함께 빛나는 활약을 했다. 이들은 남부의 문화 전반에 대해 비판적인 입장을 견지하면서도 남부 고유의 경험에 기초한 문화 위기 분석 작업에 몰두했다. 이들에게는 시와 비평이 인간이 누릴 수 있는 지고한 작업으로서, 함께 모여 남부의 지적인 역량을 과시하고자 했다. 위의 주축이 된 네 사람은 각기 다른 특색을 가진 시인이자 비평가들이

8 다트게임: 작은 깃털이 달린 화살촉(dart)을 과녁판에 던지는 게임.

었으나, 그들은 공통으로 구 남부가 내세웠던 명분(lost cause)이나 점잖은 빈곤(genteel poverty) 등의 남부적인 현상 등을 거부하였다. 대신 남부출신 작가로서의 정체성과 문학과 창작의 방향성을 탐구하면서 새로운 남부의 문화와 의미 등에 관한 분석을 목표로 삼았다.

③ '남부 르네상스'(Southern Renaissance)의 특성

1920년대의 은둔파 시인들의 작업은 추후 농본주의 운동으로 퍼진다. 시인들의 작업이 문학적인 운동이었다면 1930년대의 운동은 사회 정치적인 것이었다. 12명의 남부작가들은 북부의 비난에 맞서 남부사회의 특성과 상황을 설명하는 글을 모아 1930년에 『우리의 주장 *I'll Take My Stand*』을 출간했다. 이들은 이 책의 서론 격인 「원칙 선언」에서 자신들이 "모두 남부의 생활방식을 지지하며, 소위 미국식 생활방식 혹은 작금 유행하는 생활방식에 맞선다"(12 Southerners xix)고 주장하였다. 즉 "농본주의적 가치와 산업사회적 가치"의 대립을 말하는 것이다. 저자들은 첫째, 남부가 독립적인 정치체제를 시도하려던 것은 1865년으로 끝난 이야기이지만, 남부에서도 북부와 마

『우리의 주장』 표지
I'll Take My Stand: The South and the Agrarian Tradition, By 12 Southerners. Virginia Rock: Harper Torchbooks, 1962.

찬가지로 산업적 가치를 추종하려는 움직임이 있기 때문에 이를 손가락질하게 되었다고 말한다. 둘째, 남부에서는 단순한 경제를 바탕으로 공동체를 이루어 왔음을 거론하며 이 또한 남북전쟁 전까지 널리 퍼져 있던 농본사상임을 일깨운다. 셋째, 사람이 '제대로 된 삶'을 추구하는 것은 지력과 의지의 문제이므로 그들은 이제 생각을 공유하는 공동체들과 연대하여 전국적인 농본운동을 펼치고자 한다는 것이다(12 Southerners xix-xxi).

남부의 농본주의 사수 선언은 미국의 19세기에 폭발하였던 공동체 이상향 운동의 일종이다. 산업화의 거센 물결 앞에서 인간의 영혼이 질식되고 기계화되는 것에 대한 저항운동이었다. 루빈은 저자 12명의 주장을 다음과 같이 정리하고 있다.

> 인간은 무제한의 잠재력을 가진 신 같은 천재와는 전혀 거리가 먼, 타락하는 유한한 존재이며, 사회 속에서 자기의 한계를 책임지는 것이 인간에게 주어진 최대의 역할이다. 현대 과학문명의 이익을 향한 열성으로, 인간은 물질적인 취득에 높은 가치를 부여한 나머지 자기 영혼의 복지와 사회에 대한 도의적 의무를 저버렸다. 과학과 산업의 혜택은 통제가 잘 된다면 인간적 위엄을 지지할 것이지만 인간은 새로운 산업주의의 도구들을 목표 자체로 삼고 있다. 미와 진리 대신 새로운 이상, 즉 '발전 Progress'를 세웠다. 응용과학을 써서 자연을 착취하는 경주에 사로잡혀 인간은 자동인형(automaton)이 되어 가고 있었다. 인간의 모든 노력은 즉각적인 물질적 이익을 얻기 위하여 디자인된 고도로 특수화되고 제한된 활동에 기울여지고 있다(Rubin xii).

남부의 농본주의자들은 인간이 자연과 함께 살기를 원했다. 기계나 과학은 인간의 궁극적인 목표, 즉 예술적이고 종교적인 실체를 추구하는 데 도움이 되는 한에서 사용되기를 원했다. 그런데 실상은 물질주의와 산업주의에 파묻혀 날이 갈수록 사라지는 삶의 의미 속에 인간의 권위와 위엄은 찾기 어렵게 되었다. 다시 말하면, 이 12명 저자는 산업사회에서 사라져 가는 인본주의적인 가치를 추구할 것을 주장했다. 루빈이 말하듯이 농본주의자들은 인간의 생활을 고립된 기능으로 구분하기를 거부한다. 또한, 그들은 경제적 인간이니, 정치적 인간이니, 사회적 인간이니 하는 것은 없다고 주장한다. 모두 총체적 '인간'일 뿐이고, 인간이 벌이는 각종 활동은 총체적 인간의 삶의 부분으로 봐야 한다는 것이다. 이와 달리 생각하고 행동하는 것은 인간을 인간 이하로 만드는 것이고 파편과 분할과 혼돈을 가져올 뿐이라고 역설한다. 이런 점에서 12명의 남부작가들이 만일 자신들의 주장을 '남부'로 국한하지 않고 그 가치를 주장했다면 훨씬 사회적인 의미와 영향이 컸을 것이다(Rubin xvi-xvii).

일단의 남부 지식인들은 『우리의 주장』을 통하여 남부의 가치를 내세우고 주장한다. 그들은 남부가 역사적으로 신대륙에서의 에덴동산이었음을 독자들에게 상기시키고, 풍요로운 자연과 농장을 배경으로 남부인들이 대가족과도 같은 형태의 사회구조를 발달시켜 왔음을 강조했다. 이러한 광의의 가족사회 속에서 남부는 북부 등 외부 세계에 구태여 특별한 관심을 가지지 않고 자급자족하는 평화로운 공동체를 이루어 왔다는 것이다. 남부사회는 이상적이고 상부상조하는 농본사회이기 때문에 산업화가 진행되면서 비인간화하는 북부의 도시들과는 달리, 개성이 존중되며 인격적인 인간관계를 형성해 왔음을 강변하고 있다. 결론적으로 남부야말로 현대화와 산업화 덕분에 몰개성화하고 기계화하는 북부와는 달리, 개성과 특성이 존중되어 숨을 쉬는 인간으로 대접받을 수 있는 바람직한 지역이라는 것이다. 이처럼 『우리의 주장』은 남부인의 시선으로 인간다운 삶의 방식이 무엇인가를 말해 주는 책이다. 루빈이 강조하듯이 이 책은 '경제학 이론서'도 아니고, '정치행동 지침서'도 아니요, '사회학적인 청사진'도 아니다. 이는 "바람직한 삶이 어떠해야 하는가를 보이는 책(It is a vision of what the good life can be)"이다 (Rubin xv).

남부 르네상스의 기원에 대해서는 여러 가지 설이 있다. 앞서 언급했듯이, 20세기 들어오면서 남부사회도 지루한 겨울잠을 끝내고 서서히 깨어나려는 여러(가지) 징후가 있었다. 멘켄의 비판과 은둔파 시인들의 움직임에서 보듯이 그들 문화와 역사 전통의 뿌리를 옹호하고 합리화하려는 움직임으로 인한 남부지역에서의 본격적인 의식화가 직접적인 흐름의 변화를 이끌었다. 또한, 재능을 가진 작가들이 모여드는 등 삼박자가 맞아떨어진 것이다. 그리고 무엇보다도 과거를 수호하려는 움직임과 현재의 가치관이 충돌하면서 그 두 움직임 간의 긴장이 문학적 표현으로 나타났다.

『파리 리뷰』 인터뷰에서 엘리슨(Ralph Waldo Ellison, 1914-1994)의 질문에 워런은 다음과 같은 중요한 의견을 피력한다.

> 예, 남북전쟁 이전 뉴잉글랜드와 1차 대전 후 현대의 남부 사이에는 확실히 어떤 공통점이 있지요. 다소 폐쇄적이고 정체된 사회에 충격이, 소위 문화적 충격이 닥치게 되면 오래전에 큰 범위에서 보듯이, 이탈리아의 르네상스라든가 영국 엘리자베스 르네상스 같은 현상이 생기지요. 1918년 이후 현대 산업세계가 장단점과 함께 남부를 강타했습니다. 그래서 온갖 현상이 터져 나오게 되었죠. 개인 작가들로 말할 것 같으면, 다른 지역에서 중요한 경험을 겪고 남부로 돌아왔고, 그 경험은 지속성과 비연속성이 섞인 묘한 것으로 들쑥날쑥했고요. 그런데 단순하고 일반적인 문화 충격이나 개인의 충격 이상의 도덕적인 충격이 남부사회에 뻗쳐 왔어요. 인종문제에서 나온 긴장감이

죠. 그 도덕적 긴장은 늘 있었던 것이지만 그것이 1920년 이후에는 더 새롭고 악화된 형태로 등장한 거죠. 일례로, 흑인들의 자의식이 커지면서 경제 문화적인 지평이 확대되는 가능성이 열렸어요. 결과적으로 남부인들의 충성심과 경건함 같은 가치들이 그의 종교적이고 도의적인, 똑같은 참 가치들과 때로 부딪치는 거지요(*Paris Review*).

영국 엘리자베스 시대의 르네상스(Elizabethan Renaissance)나, 미국의 뉴잉글랜드 르네상스(New England Renaissance)도, 기존의 가치관과 새로운 가치관이 충돌하며 피어났듯이, 20세기 미국의 '남부 르네상스'도 전원적 농경 가치관에 기초를 둔 남부사회가 북부에서 밀고 들어오는 산업사회적 가치관과 충돌하면서 두 가치관 사이에 긴장관계가 성립하였고 그 핵심은 인종문제였다.

워런은 미국 방송 저널리스트인 에드윈 뉴먼과 인터뷰를 가졌는데, 남부에서 갑자기 많은 유명작가가 쏟아져 나온 이유를 묻자, 워런은 첫째, 사회가 매우 견고하고 융통성이 없어 변화에 대한 의식이나 기회는 전혀 없을 때, 둘째, 기회의 다양성이 제한된 데서 오는 눈에 보이지 않는 도덕적 억압이 쌓여 가고 셋째, 그런 상황에서 그와는 대립하는 치명적인 새로운 가치관이 출현하면, 유동적이고 전적인 새로운 세계에 대항하는 어떤 문화적 충격, 정적인 사회의 문화적 충돌이 나타나게 되어 있고 그것이 문학으로 표현된다고 답했다(Newman 73). 그리고 또 다른 인터뷰에서는 1830년대의 뉴잉글랜드 르네상스와 남부의 르네상스의 공통적 요인은 무엇인가를 질문받고, 1830년 당시 기존의 뉴잉글랜드는 사라지고 새로운 종류의 부와 산업세계가 닥치자 기존사회와 현대 자본금융사회 간의 충돌이 일어나고 변화와 충격이 초래되었다고 밝혔다. 이로 인해 모든 가치에 대한 새로운 평가가 요구되며 이것이 뉴잉글랜드 르네상스 문학의 보고가 된 것이라고 답한 바 있다(Lee 103-104). 또한, 남부사회의 책을 읽고 이야기를 즐기는 전통도 르네상스 현상에 한몫한 것으로 보인다. 남부 사람들은 주로 집에 있는 책들만을 읽었고(당시에 동화책은 없었다), 밖에서 담소를 즐길 때는 이야기를 만들어 저녁 내내 즐겁게 지내곤 했다는 것이다(Lee 105).

남부 르네상스 현상에 대해 역사학자인 우드워드(C. Vann Woodward, 1908-1999)[9]의 분석은 흥미롭다. 즉 이것을 단순한 사회학적인 현상이라거나, 혹은 북부의 비판에 대한 대응적 현상으로도 볼 수 있지만, 앞에서 말한 것처럼 과거와 현재 간의 창조적 긴장관계가 그 산물이라는 것이다. 비평가 리처드 킹은 '남부 르네상스'에 대해 다음과 같은 결론을 내리고 있다. "남부 르네상스는 한마디로 1920년대 후반기에 남부 출신 작가들과 지식인들이 남부의 전통적 가치를 계승하면서 동시에 과거를 이해하고 처리하는 방도를 모색한 움직임이다"(King 7).

남부 르네상스는 남부 작가들과 지식인들이 북부와 남부의 차이를 자각하면서 그런 남부를 표현하고자 한 데서 비롯된 현상이다. 앞서 논의했듯이 17세기 초기 이민자들의 출신과 이민 동기가 북부와 다르고, 다른 자연환경으로 인해 남부지역만의 경제제도가 탄생하여 사회·문화·풍습이 다르게 형성되었고, 이로 인해 남부는 북부와 전쟁을 치렀다. 남부는 패배를 안겨다 준 전쟁의 여파로 무너진 사회를 일으키기 위해 이전과는 다른 가치를 촉발시키는 산업화를 받아들여야만 했다. 남부인들은 전후 복구의 과정을 거치면서 전국을 획일화하는 산업화·현대화에 저항하며 이전 자신들의 삶

9 세계 2차대전 이후 가장 저명한 아칸소 출신의 역사가. 미국의 남부와 인종문제에 큰 관심을 가지고 연구하였으며, 그중 두 권의 저술 『*The Strange Career of Jim Crow*』(1955)와 『*Origins of the New South 1877-1913*』(1951) 사회적으로 매우 큰 영향을 끼쳤다. 마틴 루터 킹은 밴 우드워드의 1955년 저술을 "민권운동의 역사적 성경"이라고 평한 바 있다. "Why the Southern Renaissance?" *Virginia Quarterly Review* 51:2(1975), 222-39 참조.

과 철학에 대한 일종의 아폴로지아(apologia)를 선포하고 싶었을 것이다.

예를 들자면, 우리는 너희와 다르다. 우리가 몰라서 흑인들을 우리 사회로 끌어들인 것이 아니다. 우리도 흑인 노예들을 품으면서 좋은 사회를 만들어 가려고 노력했다. 우리의 내면적 고심을 알기나 하느냐 하는 불만과 저항, 불편함과 자존감, 또 불평등하게 대해 온 흑인에 대한 죄의식 등이 속에서 꿈틀거리며 솟아올랐을 것이다. 이것이 '남부 르네상스' 현상으로 나타난 것으로 보인다. 다시 말하면 '남부 르네상스'는 단순한 가치체계의 충돌과 산업화에 대한 저항이 아니라, 이에 덧붙여서 남부인들의 오랜 기간에 걸친 고통과 고민, 번민과 망가진 자존심의 회복을 추구하려는 남부정신의 총체적 몸부림으로 보인다. 진정으로 고통당하지 않고 진정한 인간성을 노래할 수 없듯이, 남부인들은 수모에 가까운 고통을 겪어 가며 내면적으로 모든 느낌과 생각을 소화하는 기간을 거쳐 마침내 공작의 날개가 펼쳐지듯 남부의 문학을 꽃피운 것이다.

남부 르네상스의 시기에 대해서 리처드 킹은 역사학자 우드워드의 주장을 받아들여 1929년을 기점으로 1955년에 마감한 것으로 추정하고 있다. 1929년은 노스캐롤라이나의 토머스 울프(Thomas Wolfe, 1900-1938)가 『천사여, 고향을 돌아보라 *Look Homeward, Angel: A Story of the Buried Life*』(1929)를 미시시피의 윌리엄 포크너가 『소음과 분노』를 발표한 해이다. 또 1955년은 우드워드가 지적하지는 않았지만 킹은 1950년대 중반쯤에는 노벨상을 받은 포크너의 작품활동도 쇠퇴하고, 테이트와 랜섬도 시를 발표하지 않았으며, 워런도 1946년 이후에는 『모두 왕의 신하들』과 같은 비중 있는 작품을 내지 않았다는 점을 들어 '남부 르네상스'의 전성기는 지났다고 보았다(King 3-4).

그러나 하나의 문학 현상을 연도의 숫자로 못 박는 것은 바람직하지 못하다고 생각된다. 이런 점에서 '남부 르네상스'는 대충 제1차 세계대전 이후부터 제2차 세계대전 이전으로 보는 것이 타당하다. 은둔파 시인들이 활약한 것이 제1차 세계대전 이후부터이고 제2차 세계대전 이후로는 미국문학이 전쟁의 충격으로 이전과는 달라진 여건에서 새로운 전통을 형성하였기 때문이다.

또 하나 고려할 수 있는 것은 르네상스 시기에 주도했던 남부문학의 특성이 양차 대전 사이에 배출된 남부 작품에서 공통으로 찾아지는 것이다. 여기서 특성이란 은둔파 시인들과 관계를 깊이 맺어 온 비평가 클레안스 브룩스(Cleanth Brooks, 1906-1994)가 말하듯이 남부문학이 공통으로 표현하는 것은 남부의 경험임을 강조하고 있다. 남부의 경험은 곧 구체적이고 세세한 것에 대한 태도, 친숙한 갈등의식, 공동체 의식과 종교적 일체감, 인간성의 신비가 합리적 해설이나 조종을 거부한다는 믿음, 비극성 등이 풍부하여서 남부의 예술적이고 지적인 충동으로 자리 잡고 꽃피웠던 것이다(King 5). 예컨대, 1920년대에 작품 활동을 시작한 포크너와 은둔 시인들은 각자의 표현과 형식, 구체적인 소재가 모두 다름에도 불구하고 그들의 고향 역사의식에 바탕을 두고 있는 공통점을 가진다(Brooks 39). 특히 남부 작가들과 지식인들 간의 과거에 대한 편집적 성향은 전형적으로 남부적이라 할 수 있는데(King 19), 이를 구체적으로 보면 첫째, 노예제도와 인명의 손실, 둘째, 보수적인 남부의 문화, 그리고 그 지역이 가지고 있는 인종문제 등이다.[10]

앞서 언급하였듯이 '예술의 불모지'로 손가락질을 받으며 문화와 예술이 잠자고 있던 미국 남부는 20세기 초부터 '남부 르네상스' 운동으로 명명된 활발한 작품 활동을 시작한다. 그 중심에는 존 크로 랜섬, 도널드 데이비슨,

10 www.boundless.com/u-s-history/textbooks/boundless-u-s-history-textbook/from-the-new-era-to-the-great-depression-1920-1933-24/a-culture-of-change-187/the-southern-renaissance-1039-8775/ 2015.6.5.

앨런 테이트, 로버트 펜 워런 등이 있었다. 이들 활동 외에도 남부를 배경으로 한 소설작품들이 발표되었고, 이후 1940년대까지 '남부 르네상스'의 대모인 엘런 글래스고(Ellen Glasgow, 1873-1945), 셔우드 앤더슨(Sherwood Anderson, 1876-1941), 그의 도움을 받고 출간을 시작한 윌리엄 포크너, 노스캐롤라이나를 배경으로 활약한 토머스 울프, 미시시피주의 유도라 웰티(Eudora Welty, 1909-2001) 등이 작품을 출간했다. 이들 작품은 공통으로 19세기의 동북부 즉 뉴잉글랜드 문학과는 다른 점들을 나타내고 있다. 즉 남부 고유의 문화와 사회적 특성이 작품들에서 발견된다는 것이다. 말하자면, 작가 대부분이 산업화가 시작된 이후 남부에서 보이는 사회의 급격한 변화에 큰 관심을 보이며, 남부인들이 가지는 자부심(pride), 시간 의식(Time), 장소의식(place), 원죄의식(original sin), 과거 의식(sense of the past) 그리고 공동체 의식(sense of community) 등을 작품에서 표현하고 있다.

1949년에 노벨문학상을 받은 윌리엄 포크너는 이러한 남부적 주제를 작품에서 잘 표현하며 남부의 정신적 유산을 자신의 문학적 보고로 삼았다. 그의 대표작들 『소음과 분노』, 『팔월의 빛 *Light in August*』(1932) 그리고 최고작인 『압살롬, 내 아들!』 등은 과거 의식과 인종문제, 남부의 전통 등을 핵심적 주제로 삼고 있다. 예컨대, 『압살롬, 내 아들!』의 경우, 구약의 다윗 왕이 자신에게 반역을 일으킨 아들 압살롬의 죽음을 애통해 하는 구절에서 비롯된 제목처럼 작품 속의 토머스 섯펜(Thomas Sutpen)은 남부 미시시피의 제퍼슨에 나타나 토지를 사들이고 그 마을의 영향력 있는 가문의 딸과 결혼을 하며, 데리고 온 노예로 엄청난 저택을 짓는다. 섯펜의 야심은 그 저택에서 대대로 살아갈 왕조(dynasty)를 창출하는 것이다. 그러나 다 이루어질 것 같던 그의 야심은 인종의식에서 파탄을 맞는다. 섯펜은 자신의 왕조건립에 백인 우월의식(White supremacy)을 적용하여 순수 백인혈통을 세우려 한다. 그가 꿈꾸던 대저택과 왕조의 성취는 흑인 노예제도의 존속을 전제로 하는데, 노예의 존재를 부정하고 의도적으로 도외시한 점에서 그의 야심은 원초적인 결함을 내포한 것이다.

혹자는 포크너의 작품세계에서 묘사한 흑인들의 모습을 보고 그가 인종차별주의자라고 비난하지만 포크너는 당시 사회의 상황과 인물들을 사실적으로 묘사하였을 뿐이다. 그리고 작가가 작품을 통하여 전달하는 메시지는 당시 미시시피주 주민들의 생각, 즉 등장인물들의 말과 행동을 뛰어넘는 인류보편적인 것이다. 『압살롬, 내 아들!』에서 보이는 흑인 비하적인 부분들은 당시의 사회를 반영하고 있으며, 이 소설을 통하여 포크너는 남부사회의 경계를 뛰어넘어 전 인류를 향한 메시지를 보내고 있다. 인간은 자신의 목표를 단순화하여 이념화하며 그 추진 과정에서 맹목적으로 나아간다. 그리고 인간이 가진 한계(혹은 원죄라고도 표현할 수 있겠다)로 인해 그 계획(이 경우는 섯펜의 'Design')은 중심인물은 물론 주변 인물들까지 비극으로 몰아넣는 결과를 초래한다는 것이다. 포크너의 경우, 매우 남부적인 소재를 남부적인 상황에서 이야기하면서도 종국적으로는 남부 미시시피주의 범위를 초월하여 인간보편적인 상황과 가치로 승화시키고 있음을 볼 수 있다.

20세기 초의 '남부 르네상스' 운동을 이끈 작가들은 밴더빌트 대학과 깊은 인연을 맺은 은둔파 시인 그룹이고 은둔파 시인 그룹 중 가장 어린 나이로 활동하여, 남북전쟁 이후 피폐한 남부에서 문학운동의 주요 작가로 떠오른 워런은 인간이 더불어 살아가는 것에 대한 문제를 끊임없이 제기한 작가다. 비평가 존 앳킨슨 그림쇼가 2007년에 발표한 논문에 의하면 워런에 대한 연구가 연간 단행본 출간의 분량으로 비교할 때, 지난 20세기보다 21세기에 들어서 두 배 이상 증가해왔다고 한다. 20세기 후반에 집계한 40년간 워런 작품에 대한 비평서는 52권이었는데 21세기에 들어선 7년(2000-2006) 동안

21권이 나왔다고 밝힌다(Grimshaw 75). 통계적으로 보면 워런에 대한 연구가 이전 세기보다 40.4% 증가했다는 것이다. 그림쇼는 흥미롭게도 이들 연구물을 "the good," "the bad," "the ugly"로 나누어 평가하고 있는데, 노엘 포크(Noel Polk)가 Ur-text 『모두 왕의 신하들』에서 편집인 데이비스(Lambert Davis)의 수정을 삭제하고 워런 원고의 본래 모습으로 복원하여 출간한 'restored edition'을 'the ugly'로 구분했다는 점이다. 노벨문학상 후보로도 거명되고 있는 미국의 소설가 오츠(Joyce Carol Oates, 1938-) 도 복원 작업이 "비양심적이고, 비윤리적이며 변명의 여지가 없다"[11]고 혹평하고 있다. 어쨌든 워런의 작품들은 많은 문학적 시각의 변천에도 불구하고 21세기에 와서도 여전히 문학계에 이바지하고 있는 것은 분명하다. 그림쇼가 "워런의 작품을 다시 읽을 때마다, 가르칠 때마다, 작품에서 배우는 바가 있다"고 하는 것은 전혀 과장된 말이 아니다. "워런은 심오한 작가였고, 그 깊이는 아직 충분히 탐색 되지 않았다"(Grimshaw 83). 특히, 퓰리처상을 워런에게 안겨 준 1946년 작품 『모두 왕의 신하들』은 개인과 공동체의 관계를 고찰한 수작으로 평가되어 있다. 본서에서는 『모두 왕의 신하들』 자세히 읽기를 주목표로 하되, 그 작품이 나오기까지의 작가의 활동과 시대적 문맥을 함께 고찰하고자 한다.

2. 로버트 펜 워런과 남부

1) 워런의 성장배경과 작가의식

로버트 펜 워런은 소위 미국의 남부와 북부의 경계주(border state)라고 하는

11 Joyce Carol Oates, *New York Review of Books*, 28 March 2002.

켄터키 주의 거스리(Guthrie)에서 출생하여 어린 시절을 보낸다. 워런의 생가는 최근 작가를 기리는 동네주민들이 사들여서 로버트 펜 워런 생가 박물관(Robert Penn Warren Birthplace Museum)으로 다시 태어났다.

워런 출생 당시, 철도가 중심이 된 이 도시는 폭력이 난무하던 곳으로 이러한 성장배경은 워런의 작가로서의 길을 예견하여 준다. 또한, 아버지와 외할아버지가 워런의 어린 시절에 큰 영향을 준 것으로 보인다. 젊은 시절에 시인을 꿈꾸었던 아버지는 워런에게 시의 세계를 열어 주었다. 엘리슨과의 『파리 리뷰』 인터뷰에서 워런은 여섯 살 때 토머스 매콜리(Thomas Babington Macaulay, 1800-1859)의 시에서 강렬한 인상을 받았다고 이야기한다. 매콜리의 「호라티우스 *Horatius at the Bridge*」는 19세기 영국에서 크게 인기를 끌어 학생들이 암송하기도 했던 시 작품으로 기원전 509년 티베르 강(Tiber River)을 건너 로마를 정복하려는 외적을 지체시키고 다리를 폭파한 용

로버트 펜 워런
1946년에 촬영된 것으로 추정되는 워런의 초상화.
사진제공: Courtesy of Library Special Collections, Western Kentucky University.

로버트 펜 워런 생가. 워런은 이 집에서 잠시 살다 떠난 후, 여러 사람의 소유로 되었다가, 마침내 토드 카운티 로버트 펜 워런 생가 보존기념회에서 구입함.
Robert Penn Warren Birthplace Museum. 출처: wikimedia.org

장 호라티우스를 주인공으로 한다. 「수문장 *Captain of the Gate*」으로 알려진 호라티우스의 연설 중

"이 지구 상의 모든 자에게 죽음은 결국 오나니 사람이 어찌 더 훌륭히 죽으리오"

라는 구절은 널리 회자하기도 하였다. 워런은 어릴 때 이 시를 외우면서 '참으로 근사하다(pretty grand)'고 회상한다. 나라의 위기에 민족의 패망이라는 비극을 막기 위하여 자기 한 몸을 던지는 호라티우스, 결국 적군의 야심을 꺾고 자신도 살아남아 영웅이 되는 이야기는 훌륭한 사람은 저렇게 생각하고 행동하는 것이구나 하는 깨달음을 어린 마음에 심어 주었을 것이다. 또 9살 때는 19세기 영국 시인 로버트 브라우닝(Robert Browning, 1812-1889)의 시 「겐트에서 엑스로의 낭보 전달 *How They Brought the Good News from Ghent to Aix*」의 힘찬 리듬에 취했다고 한다.

나는 안장에 뛰어올라 앉았다. 조리스도, 그도,
나는 달렸다, 더크도 달렸다, 우리 셋이 모두 달렸다.[12]

와 같이 시작하는 이 시는 원시를 소리 내 읽을 때 강세가 첫음절에 떨어지는 강한 자음으로 그 의미가 강화되기도 하여, 중요한 소식을 엑스(Aix) 시에 전하기 위하여 밤새도록 말을 타고 전속력으로 달리는 세 용사의 모습을 박진감 있게 전한다. 뉴스의 내용보다 중요한 것은 세 사람과 세 마리의 말들

12 인용시의 원문: "I SPRANG to the stirrup, and Joris, and he;
I gallop'd, Dirck gallop'd, we gallop'd all three."

이 죽을 힘을 다하여 달려서 결국 마지막 남은 화자의 말도 지쳐 주저앉지만, 화자는 그 중요한 소식을 엑스 시 사람들에게 전달할 수 있었다는 것이다. 워런은 시인이 되고 싶어 했던 부친 덕분에 이처럼 일찍이 시의 세계를 접하며 시가 주는 감동을 깊이 새길 수 있었다.

부친은 또한 자녀들이 어릴 때 아이들에게 역사책을 큰 소리로 읽어 주기도 하여, 워런은 일찍이 역사 공부에도 큰 흥미와 관심이 있었다. 엘리슨이 인터뷰에서 청소년기에 영향받은 책을 물어보자 워런은 서재의 선반에 꽂힌 책들을 상기하듯, 머틀리(John Lothrop Motley, 1814-1877),[13] 프레스콧(William H. Prescott, 1796-1859),[14] 파크먼(Francis Parkman, 1823-1893),[15] 우드워드 등 여러 역사학자들의 영향을 거론했다. 그중에도 특히, 세 권으로 된 헨리 버클(Henry Thomas Buckle, 1821-1862)의 『영국문화사 *History of Civilisation in England*』(1857~1861)를 첫 번째로 들었다. 버클을 중요하게 들었던 것은 그가 모든 일을 하나의 진리—즉, 지리(geography)—로 설명했기 때문이었다. 워런은 13살에 버클을 알게 된 뒤로 친구들과 이야기할 때 항상 그의 이론에 기대어 우주의 비밀을 설명하려 했다고 한다. 말하자면 1930년대에 청년들이 마르크스로 모든 것을 설명하려 했던 것처럼 어린 시절의 워런에게는 버클이 우주 만물의 모든 질문에 대한 답을 가진 신이었다. 버클은 "위대한 사람은 아이디어를 논하고, 보통 사람은 사건을 이야기하며, 소인들은 사람을

13 매사추세츠 출신의 소설가이자 사가(史家). 1856년에 발간한 네덜란드의 역사서 『*The Rise of the Dutch Repubic*』은 큰 인기가 있었다.

14 매사추세츠 출신으로 스페인과 멕시코의 역사에 관심을 가지고 저술한 학자. 19세기 미국에서 가장 중요한 역사가로 알려졌음. 『*The History of Ferdinand and Isabella*』(1837)와 『*The History of the Conquest of Mexico*』(1843)가 많이 읽힘.

15 『*The Oregon Trail: Sketches of Prairie and Rocky-Mountain Life*』(1849)는 Nebraska, Wyoming, Colorado, and Kansas에서 2개월간 여름을 보내며 쓴 23세 때의 이야기. 멜빌은 호평했으나 인디언의 묘사가 그들의 품격을 깎아내린 것으로 비판함. 새로운 환경에서 보는 삶의 경이로움과 아름다움을 표현. 『*France and England in North America*, 1865-1892』는 7권으로 된 역사서로 북미에서의 유럽의 식민활동에 대한 저술이다.

화제로 삼는다"16는 명언으로도 유명하다.

책을 통해 일깨워진 역사에 대한 흥미는 외할아버지 가브리엘 토머스 펜(Gabriel Thomas Penn)의 영향으로 더욱 구체적인 역사적 사건의 기억으로 워런의 머릿속에 남게 되었다. 워런과 외할아버지의 관계는 외할아버지가 '나를 키워 주셨다'고 말할 정도로 유대관계가 깊었던 듯이 보인다(Lee 92). 그는 남부 동맹군의 노병이자, 유명한 포레스트(Nathan B. Forrest, 1821-1877) 장군과 나란히 말을 달린 기병대 대장이었다. 워런은 나폴레옹을 논하기 좋아하고 바이런, 스콧과 같은 영국 작가들을 인용하기 좋아해 그의 삶이 역사 그 자체였다고 "A Self-Interview"에서 말하고 있다(2005; 6). 10대 소년 워런은 매년 여름이면 외할아버지의 연초농장을 찾았고, 워런을 특별히 사랑했던 외할아버지는 영국 시인 바이런(George Gordon, Lord Byron, 1788-1824)의 시를 손주 앞에서 암송했다. 그렇게 많은 책과 더불어 시와 역사 이야기 등으로 워런에게 큰 영향을 주었다. 또한, 기병 혹은 보병으로 활약했던 자신의 남북전쟁 참전 이야기도 들려주어 워런이 소년 시절부터 일찍이 남부의 역사와 문학에 관심을 가져 남부인으로서의 정체성을 확립하는 계기를 만들어 주었다. 워런은 원래 고등학교를 일찍 졸업하였으나 대학을 진학하기에는 나이가 너무 어리다는 어머니의 판단에 따라 고등학교를 두 군데 다니기도 했다.

이러한 워런의 일생에 영향을 준 것은 사고로 한쪽 눈을 잃게 된 사건이었다. 워런은 막내 남동생이 울타리 너머 던진 야구공만 한 석탄 덩어리가 공교롭게도 워런의 왼쪽 눈에 맞았다. 외할아버지로부터 영향을 받은 워런의 꿈이 해군 장교고 사실상 입학허가를 받아놓은 상태였지만, 뜻하지 않은 사고로 해군사관학교 입학을 포기할 수밖에 없었다. 그뿐만 아니라, 다른

16 "Great minds discuss ideas. Average minds discuss events. Small minds discuss people."

한 눈마저 다친 눈과 같이 '동정적 실명(sympathetic blindness)'으로 진행될까 전전긍긍했다. 그는 패럴과의 인터뷰에서 "그 기간 발작적인 우울증을 겪었으며, 실제로 장님이 되는 것으로 여겨졌다"(Farrell 194)고 털어놓았다. "계속 눈의 상태를 주시하고, 주시하고 또 주시하였으며, 항상 눈을 의식하고 있었다"(Farrell 194)고 말한 것과 깊은 우울증 끝에 심지어는 자살을 시도한 적도 있었다는 그의 고백은 이 사건이 그에게 얼마나 큰 충격이자 트라우마였는가를 보여 준다. 매일같이 눈의 상태를 지켜보면서 이제 장님이 되는 게 틀림없다는 강박관념이 생긴 것이다.

> 오랫동안 그랬습니다. 나는 불구가 되었다고 느꼈지요. 순전히 심리적으로만 불구라고 '느꼈던' 거지요. 그것은 뭔가 자격이 박탈되었다는 느낌이었습니다(Farrell 195).

푸른 꿈의 상징인 해군사관학교 대신 테네시주의 내슈빌에 있는 밴더빌트대학교 화학(공학)과에[17] 입학한 워런은 시를 피난처로, 그가 삶을 살아가는 방식으로, 그리고 새롭게 그가 존재하는 방식으로 삼았다(Farrell 200-01). 대학교에서의 화학 수업은 과학자가 되고 싶었던 워런을 실망시켰고 오히려 교양영어 수업이 워런의 마음을 사로잡았다. 시인 존 크로 랜섬의 수업이었다. 또 마침 밴더빌트대학에는 시 동아리가 있어 친구들의 권유로 시를 쓰기 시작한 것이 워런의 미래를 바꾸어 놓았다. 실명의 후유증으로 모든 것이 불안하고 불확실하다고 느껴 자신의 미래에 대해 절망한 워런은 시가

17 워런의 밴더빌트대학 소속학과에 대해서는 상반된 견해가 있다. 일부는 화공과에 들어갔다고 하고 또 일부는 화학과라고 밝히고 있다. 정확한 학과보다는 문과가 아닌 이공계로 진학한 사실에 주목할 필요가 있고 시인의 인생에 전기를 마련했다는 점에서 입학한 학과를 언급한다.

없었으면 자살을 실행에 옮겼을지도 모른다.

본격적인 문학 활동은 워런에게 새로운 세계를 열어 주었고, 워런은 문인으로서 소설작품과 역사적 저술에도 열중했다. 인류사회와 역사에 대한 생각을 이러한 저술에서 더욱 명료하게 피력하였는데, 워런의 인류사회에 대한 관심은 동시대의 다른 작가들보다 두드러진 편이다. 다시 말하면, 그는 당시의 모더니스트들처럼 예술성에만 치중하지 않았다. 균형 잡힌 시각으로 자신의 고향인 남부와, 그의 조국인 미국과, 그리고 인간사회에 대해 끊임없는 관심을 가지고 작품 속에 이를 표현했다. 그가 영문학 석사학위를 마치고 24세에 미국 남부가 짊어지게 된 멍에에 관하여 글을 쓴 것으로 보아도 그의 시선이 이미 인종을 초월하여 진정으로 인간사회를 조화롭고 평화롭게 이끌어가는 것이 무엇인지를 보고 있음을 짐작하게 한다.

그러나 워런은 1942년 반강제적인 '도피(flight)'로 남부를 영원히 떠나게 된다. 루이스 심프슨(Lewis P. Simpson, 1916-2005)에 의하면 루이지애나(Louisiana) 주립대에 재직하고 있던 워런은 1937년 배턴 루지(Baton Rouge) 외곽에 '작은 집(dream house)'을(Clark & Grimshaw 40) 직접 짓고 고향 집으로 생각한 적이 있었으며, 1942년에는 "정착할 곳(the real place)"을 드디어 찾았다고 그에게 말했다고 한다.

> 워런은 1942년에 "정착할 곳"을 찾았습니다. 루이지애나 주립대 캠퍼스에서 18마일가량 떨어진 프레리빌(Prairieville)에 12에이커의 숲과 초원이 있지요. 이끼를 둘러쓰고 오랜 세월 동안 버텨 온 떡갈나무가 우거진 전형적인 남부 루이지애나 바이유(Bayou)에 자리한 괜찮은 일층 반짜리 방갈로를 찾았던 거죠(Simpson 34).

그러나 공교롭게도 대학에서 워런이 책임편집인으로 발간하고 있었던 『서던 리뷰 *The Southern Review*』의 지원을 중단한다는 통고와 함께 북부 미네소타 대학으로부터는 좋은 조건의 교수 영입 제의를 받게 되자, 워런은 본의 아니게 직장을 옮기게 되었고 이것이 워런이 '국외자(exile)'가 되는 시점이 되었다. 워런이 "남부에서 쫓겨났다"(Simpson 34)고 말하는 것은 바로 이런 현실적인 상황을 잘 반영한 말이다. 또한 "워런의 예술세계는 모순적이게도 남부로부터의 자의식적이고 고통스러운 결별(estrangement)이 주된 근원이다"(Simpson 35)라는 심프슨의 말처럼 남부를 떠나 대학원 공부, 강의, 저술 등을 하며 거의 50년 동안을 북부의 환경에서 살았지만, 남부는 항상 그의 상상력의 원천이었다.

외할아버지에게서 주입된 남군 이야기와 남부의 역사가 그의 상상의 세계를 점령한 것도 큰 부분이었고, 청소년기를 남부에서 보내면서 당시 끊임없이 이어지던 담배 생산자들 간의 갈등, 흑인과 백인 간의 갈등, 그리고 이어지는 폭력 등은 워런에게 남부사회 및 공동체에 대해 깊은 생각을 하게 했을 것이다. 특히 외할아버지가 전해 준 과거 영광스러웠던 남부, 농본사회의 여유로운 전통을 고수하기 위하여 불리한 싸움에 뛰어든 남부연맹 군인들, 동북부가 유혹하는 산업화의 약속과 그와는 대조적인 비참한 남부의 현실 등을 대했다. 그는 여기서 노예제도의 악습을 용인한 구 남부의 문화가 어떤 과정을 거쳐 평등한 인간관계의 신 남부로 발전되어 갈 것인가, 그리고 그 과정에서 산업화로 인한 비인간화는 어떻게 처리될 것인가 등을 고민했다. 그리고 청년 워런은 남부적 가치 확산의 중심지 역할을 해온 밴더빌트대학교 창작 소그룹의 일원이 되면서 남부적 가치가 의미하는 바를 그의 작품 속에 표현하게 된다.

> 남부의 경우는 특별합니다. 전쟁에서 패했고 고난을 겪었습니다. 그와 같은 패전은 과거에 큰 의미를 부여하는 법입니다. 그것을 살리고 합리화할 필요가 생기고 이는 사실의 기록을 전설로 바꾸도록 작용합니다. 이 과정 중에 개개 경험의 고통, 황량함, 특수성 들은 낭만적인 우화로 흡수됩니다(Gado 11).

24살이 된 청년 워런은 시인으로 시를 발표하면서, 또 한편으로는 내슈빌을 거점으로 한 남부 반(反)산업화 농본주의 운동에 가담하여 『우리의 주장』에 기고한 열두 명 작가 중의 하나가 되었다. 그의 글 「찔레 덤불—난제 "*The Briar Patch*"」는 남부의 흑인과 백인 공동체에 관한 워런의 고민과 관심을 처음 공식적으로 표출한 것이다. 비평가들은 이 글이 워런의 한계, 즉 "남부 백인으로서의 흑인 이해에 대한 무지"(Kreyling 14)를 드러낸 것이며, "흑인의 운명을 영원한 농사꾼이나 소작농으로 못 박는 것"(Casper 184)이라고 혹평하기도 했다. 그러나 워런의 글을 자세히 읽어 보면 워런이 흑인을 이해하지 못해서가 아니라, 이미 깊어진 흑백 간의 골을 메우기 위하여 워런은 그에 필요한 사회적 · 역사적 단계를 설명하고 있음을 알게 된다.

> 남부는 준비가 되어 있지 않았고, 북부도 준비되어 있지 않았죠. 흑인들도 마찬가지였죠. 내 기억이 맞는다면, 법원도 방금 분리를 재확인했어요(*Paris Review*).

젊은 나이로 영국의 옥스퍼드에서 「찔레 덤불—난제」를 기고했을 때, 워런은 이미 마음속에서 흑인을 인간으로 대접하고 있었음이 틀림없다(Clark 29). 워런의 줄기찬 주장은 흑인에 대한 성급한 이해보다는 현 상태에서 어떻게 흑백 상호 간의 이해를 넓혀 가며 두 인종이 평화롭게 공동체를 이루며 살아가느냐 하는 방법을 모색하라는 것이다. 즉 남부와 북부, 그리고 흑인들이 준비되어야 확실한 변화가 이루어질 수 있다는 것이다. 그가 『우리의 주장』에 기고한 「찔레 덤불 — 난제」[18]의 내용을 요약하면 다음과 같다.

> 첫째, 흑인이 미 대륙에 권리를 가지고 있음을 확실히 하고 있다. 워런은 남부사회에서의 흑인의 문제 논의에 앞서 우선, 흑인이 미 대륙에 당연히 요구할 수 있는 권리를 천명한다. 즉 흑인이 신대륙에 등장하게 된 계기를 설명하고 그들의 미국 내의 생활이 아무리 고단하다고 해도, 미국이 흑인의 본향(home)임을 알아야 한다고 말한다.
>
> 둘째, 흑인의 정치적 자유와 그 효용에 대하여 말하고 있다. 흑인들은 1865년 이래 정치적으로 자유를 얻기는 하였으나 그 자유를 활용할 준비는 되어있지 않다. 전에는 생활비를 벌지 않아도 최소한의 먹을 것은 있었으나, 새로이 얻은 자유를 그 법칙에 맞는 한도 내에서 어떻게 사용할 줄을 모르므로 노예로 누리던 제한되고 초라한 위치조차 노력해서 스스로 마련해야 한다. 그리고 해방 이후, 남부 재건의 기간에 흑인들의 약점을 치유할 아무런 준비도 이루어지지 않았다. 수 세기 동안 억압을 받았지만, 지난 수 년간 억압의 도구로만 사용되었을 뿐 이룬 것은 없다. 공연히 백인의 신용만 잃었을 뿐이다.
>
> 셋째, 흑인 교육은 무엇을 어떻게 시작해야 할 것인가? 남북전쟁 후 한 세대 동안 남부는 가난하고 또 백인 빈곤계층에 밀려 흑인의 교육이 우선순위를 부여받지 못했다. 그런데 흑인 교육의 목표는 무엇이어야 하는가? 단순한 문

18 Robert Penn Warren. "The Briar Patch." *I'll Take My Stand: The South and the Agrarian Tradition*. Twelve Southerners. 1930; NY: Harper. 1962. 246–264. 이후 본 글의 인용은 "*BP*"로 표기함.

맹 퇴치 수준의 교육은 아무 의미가 없다. 부커 워싱턴(Booker T. Washington)이 믿었던 것처럼, 흑인 교육의 목표는 기술교육이어야 한다. 이것은 백인에게도 마찬가지로 적용되는 원칙이다. 또 흑인들에게 직업이 중요한 것도 사실이다. 전체 상황을 볼 때 흑인에 대한 고등교육은 중요한 문제가 아니다. 흑인에게 고등교육이 중요하지 않아서가 아니라(Ealy 123), 그런 훌륭한 교육을 받은 유능한 흑인들을 활용할 수 있는 독립된 흑인 공동체나 단체가 존재하지 않는 한 그들은 남부를 떠날 것이기 때문이다.

넷째, 현재로 보아 남부의 흑인들이 빨리 성공하고 안착할 수 있는 적절한 분야는 농사다("BP" 260-61). 산업화되는 북부가 흑인의 경제적 독립과 성장에 유리하지는 않다. 과거에 남부의 흑인들은 소도시와 농장의 산물이었다. 성품으로나 능력으로 보면 아직 대체로 그러하다. 그곳에서 그는 "문제" 인물이라기보다, 그의 착한 성품과 쉽게 사는 방식이 그 존재의 일상 기능인으로서 농업과 가사 분야에서 행복을 추구하기 좋은 존재다("BP" 261). 한때 노예로 일했던 땅에서 불과 몇 세대 만에 자신 소유의 땅을 일구고 있으니, 자본도, 교육도 없이 그저 기본적인 농사 기술을 가지고 토지가 주는 행복과 안정을 어느 정도 성취한 그의 능력을 보인 것이고, 매년 이는 가속화될 것이며 더 많은 숫자의 흑인이 독립하여 안정할 수 있는 느리지만 가장 확실한 길이 이것이다.

다섯째, 남부에서, 혹은 미국 어디에서건 흑인이 잘살게 되어야 충돌 없이 평화롭게 흑백 공동체를 이루고 살아갈 수 있다("BP" 264). 문제의 소지는 백인 하층민들(poor whites)에 있다. 그들이 흑인들을 위협적인 존재로 보고 폭력을 행사할 우려가 있다. 남부 백인이 고유의 문화를 토지 위에 굳건히 세우려면 잘 알고 생산적인 흑인 공동체가 있어야 함을 알아야 한다. (범죄, 무지, 억압 등 대신에) 으뜸가는 문제는 산업체제와 균형 속에 안정된 사회를 되찾아가는 것이다.

위에서 보는 바와 같이 워런의 초점은 흑인의 능력과 가능성을 평가절하하는 데 있었던 것이 아니라(Blum 73), 당시 미국사회의 상황에서 노예로 살아온 흑인들이, 또 흑인을 노예로 보고 부리던 백인들이, 서로 간에 급격한 충돌이나 이해의 마찰이 없이 스스로를 준비하면서 평화로운 흑백 공동체를 이루어 가느냐에 있었다.

머피는 "워런이 『모두 왕의 신하들』을 발표할 무렵에는 확실히 실용주의자였다"라고 말하고 있지만(Murphy 76), 「찔레 덤불」 발표 시부터 이미 워런은 남부의 보수적 농본주의자 동료들과는 다른 생각을 하고 있었음이 틀림없다. 그는 윌리엄 제임스의 실용주의 편에 서서 세상을 회의적으로 바라보았으며 다원주의와 상대주의를 취하고, 절대주의에 대해서는 부정적이었다. 이 원고를 받아든 『우리의 주장』 편집장 도널드 데이비슨은 난감했다. 그것은 백인의 우위를 내세우면서 흑인을 종속시킨 남부의 농경문화가 북부의 산업사회보다 도의적으로 우월함을 주장하려 한 『우리의 주장』 논조와는 거리가 있었기 때문이다. 20대 남부 청년 워런의 글은 동료 농본주의자들의 생각과는 다르게 매우 진보적이라고 판단되어 이 원고를 제외할 생각도 가졌다.

이 글에서 워런은 초반부터 이미 인종 평등과 자존의 문제에 관하여 일찍이 인종 격리법과 인종차별주의를 비판하는 긴 여정의 첫걸음을 내디디고 있었다(Ealy 133). 그리고 「찔레 덤불 — 난제」를 꼼꼼하게 읽어 보면 미묘하게, 아마도 워런이 젊은 나이에 무의식 가운데 흑백통합(integration)을 옹호하

워런 가족: 딸 로자나 워런, 아들 가브리엘(조각가), 워런 부인 엘리노 클라크(Eleanor Clark: 아동문학가), 워런
사진제공: Rosanna Warren(시인, 현 시카고 대 교수)

고 있음이 드러난다(Butts 73).

2) 남부사회에 대한 워런의 통찰

1956년에 나온『인종차별 – 남부의 내적 갈등 *Segregation: The Inner Conflict in the South*』[19]은 워런이 남부사회에 대한 관심이 여전히 지대함을 보인다. 그는 남부의 고질병인 인종차별(segregation)을 진단하기 위하여 자신이 잘 아는 남부의 각 지역을 돌면서 사람들을 직접 만나 인종차별법 혹은 속칭 '짐 크로(Jim Crow) 법'에 대한 의견을 묻고 정리했다. 하층민중들이 생각하는 진솔한 생각을 모아 문제의 현상을 진단하고 '인종차별'로 인한 사회 갈등을 줄일 수 있는 '느리지만 긍정적인' 방향을 찾아보고자 한 것이다.

19 Robert Penn Warren. *Segregation: The Inner Conflict in the South*. 본 글의 이후 인용은 첫 글자 *S*와 쪽수를 표기함.

1890년대부터 1960년대까지 남부에서 시행된 인종차별법은 생활 전반에 걸쳐 공공시설 사용에 있어 흑백분리와 차별을 허용 내지 강요하는 법이다. 버스나 식당, 가게, 기차 등 사람들이 모이는 곳은 모두 '백인 전용'이나 '유색인 전용'과 같은 푯말을 창문에 걸어 각종 시설의 차별적 사용을 허용했다. 그리고 이를 어기는 사람들에게는 흑백을 막론하고 가혹한 사형(私刑)이 KKK(Ku Klux Klan)이라고 하는 백인우월주의 테러집단에 의해 공공연하게 자행되었다. 흑인과 백인집단 사이에 장벽을 세운 인종차별법이 끊임없이 논란을 불러일으키는 가운데 워런은 사회 구성원들의 마음속에 자리하고 있는 생각과 의식을 끌어내려 했다.

남부의 인종 관계를 더 잘 이해하기 위하여 워런은 목사, 대학생, 농장주, 노동자. 인디언, 흑인, 백인관리, 백인 지도자, 흑인 지도자 등 광범위한 사람들을 면담하며 몇몇 중요한 질문들을 던진다. 백인은 왜 분리를 원하는가? 흑인들은 무엇을 원하는가? 흑인이 느끼는 소외와 백인이 느끼는 소외는 어떻게 다른가? 워런은 이 인터뷰를 진행하면서 남부에서는 누구를 탓할 것도 없이 당면문제에 휘말리고 있다는 것, 흑백인 모두에게 본능적인 두려움이 있으며, 모든 것이 망가지리라는 막연한 두려움이 존재하고 있음을 밝혀낸다. 또한, 남부 백인들은 '뭐가 그리 특별한지(damned special)' 이해하거나 설명하기 어려운 점이 많고, 백인은 흑인의 생각과 느낌을 전혀 이해하지 못하고 있음이 드러났다.

백인들이 흑인을 따로 구별하기를 원하는 구체적인 이유는 수수께끼로 남는다. 아마도 그저 백인이기 때문이거나 혹은 오만함 때문일 것으로 생각하지만 명확하지는 않다. 흑백 분리를 찬성하는 백인들의 경우 이를 신의 섭리로 설명하려 들고, 또한 흑인들에 대하여 가진 편견인 더러움과 질병, 흑인에 대한 권력의식, 증오심, 경멸 등을 이유로 내세우지만, 결론은 백인들이 변화를 싫어하기 때문이라고 할 수 있다. 한편, 노예제도 폐지 이후 흑인들은 새로운 야심, 새로운 의무, 새로운 기회 등으로 들떠 있다. 흑인들은 지금까지 상처받은 자아(ego)를 치유 받기 원하며, 제대로 인간대접을 받기 원한다. 이제까지 흑인이기 때문에 받은 불평등한 대접에 분개하는 것이다. 이러한 예시로 흑인으로서 흑인들이 많은 학교에 가는 것이 더 편하다. 그러나 어떤 특정한 학교에 흑인이기 때문에 갈 수 없다는 것은 흑인의 권리를 제한하는 것이므로 받아들일 수 없다는 것이다.

워런은 많은 사람과 인터뷰를 하며 남부에 거주하는 흑인들과 백인들, 입장과 경험이 다른 각각의 견해를 듣고 기록한다. 워런이 질문과 응답식으로 가상의 인터뷰를 첨가한 마지막 부분은 워런 자신이 이해한 남부의 상황과 미래의 방향을 기록하고 있다. 통합은 시대적인 추세이고, 많은 백인도 대법원의 평등 판결에 대해 수긍한다. 그러나 사람들의 마음은 법의 집행과는 달라서 아직 심리적으로 흑인을 평등하게 대할 준비가 되어 있지 않다. 워런은 말한다.

> 우리가 후손을 위해 할 수 있는 것은 우리 늙은 세대가 우리가 이해하는 대로의 정의를 실천하려고 최선을 다했다고 하는 것을 그들이 믿게 만들려고 일을 진행해 왔다는 것이다 …… 시간이 필요하다. 흑백 모두를 교육하는 잘 계획된 교육과정을 시행하려면. 마치 자연처럼, 역사는 도약하지 않는다(*S* 65).

흑인차별과 불평등에 대한 흑인들의 저항과 항의시위가 거세지고 남부사회가 흑인민권운동의 열기가 한창이었던 1960년대에 워런은 사회 각계각층 흑백의 목소리를 다시 한 번 직접 듣기 위한 여행을 나섰다. 1964년 초, 워런은 전국을 다니며 맬컴 엑스(Malcolm X, 1925-1965)와 같은 민권운동 관련자들,

랠프 엘리슨 등의 유명인사들, 혹은 민권운동에서 알려지지 않은 사람들 다수를 만나 인터뷰를 하고 녹음하여 기록한 것이다. 이것이 1965년에 『흑인을 위한 증언 *Who Speaks for the Negro?*』[20]으로 출간되었다. 여기서 그는 이 책이 "역사서도 아니고 사회학적 분석도 아니며 인류학적 연구나 혹은 흑인운동의 인명사전도 아니다"고 밝힌다. 사회가 여러 가지 다른 의견으로 왈가왈부할 때, 사람들의 진정한 뜻은 어디에 있는가를 가감 없이 독자에게 전달하려는 언론인적 취지에서 기획된 것이다.

그는 인터뷰 대상자들의 말을 먼저 게재한 뒤에 자신의 종합적인 의견을 개진했다. 분석하여 보면, 첫째, 흑인운동 지도자들은 우연히 혹은 강제로 그 위치에 서게 되었으며 전혀 위협적인 존재가 아니다. 위협으로 느껴진다면 그것은 순전히 백인의 잘못이다(*Who* 406). 둘째, 인종통합(integration)은 정신상태 혹은 영혼의 조건으로서, 흑백을 막론하고 상호 인정이 가능한 것을 의미한다(*Who* 413). 그것은 "혼합의 가능성이 그늘진 데서 이동하는 큰 덩치(a shifting, shadowy mass of interfusing possibilities)"(*Who* 415)다. 통합은 변화이며 충격이어서, 흑백을 포함한 우리 각자의 일정 부분이 그 새로운 삶으로 죽어 나가야 한다(*Who* 415)는 것을 의미한다. 셋째, 백인은 두 그룹으로 나뉘는데 남부 백인과 북부 백인이다(*Who* 423).

> 남부에서는 흑인의 존재는 인정되지만, 그의 권리는 인정되지 않는다.
> 북부에서는 흑인의 권리는 인정되지만, 그의 존재는 인정되지 않는다.

여기서 워런은 남부와 북부에서의 흑인에 대한 세심한 권리 인정 부분을

20 Robert Penn Warren, *Who Speaks for the Negro*? 이후의 인용은 *Who*와 쪽수로 표한다.

구분한다. 즉, 남부의 백인은 흑인이 흑인의 역할을 할 때만 흑인의 존재가 인정되고, 북부의 백인은 흑인의 법적 권리를 인정할 뿐, '인권'과 관련해서는 다르다(*Who* 423). 워런의 이러한 흑백인식에 대한 배경에는 인간의 다양성에 대한 깊은 이해와 통찰력이 자리 잡고 있다.

> 나는 다양성과 다원주의(pluralism)를 찬성합니다. 그리고 감사하는 마음을 바랍니다. 어떤 정의와 온당함이 있는 감사, 그리고 행동과 개인 생활에서의 자유로운 선택이 가능하기를 바랍니다. 나는 누구에게나 그의 재능을 찾아내고 능력을 개발하는 최대의 기회가 주어지는 그런 나라를 원합니다. 자기의 최고의 기량을 찾아내고 그럼으로써 남들도 조금 존중하는 법을 배우는 것 말입니다. 인간은 서로 다르다는 점에서 흥미롭습니다. 그 다른 점을 어떻게 다루느냐가 중요한 일입니다. 차이 자체를 어쩌자는 게 아닙니다. 다른 점을 가지고 살아가도록 세상이 용인한다는 것이죠. 맘껏 살도록, 평생을 그렇게 살도록 용인하고, 어떤 결과가 나오나 보는 것이죠(*Paris Review*).

워런은 흑인지도자에게 엄청나게 다양한 인격과 재능이 있다고 말한다. 따라서 그들의 의견이나 태도, 혹은 정책 또한 엄청나게 다양할 수밖에 없다(*Who* 410). 워런이 백인을 보는 시각도 마찬가지다. 흑백을 막론하고 생각해야 할 점은 이 두 인종이 시민의 자격, 인간의 권리 등을 함께 요구하고 있다는 점이다. 백인이 자신의 백인성을 내려놓고 흑인을 열등한 존재로 보지 않을 때 미국 남부사회에서의 분리, 차별 문제는 해결되리라는 것이 워런의 결론이다. 북부의 비난에 위축된 남부의 상황, 흑인문제를 안고 있는 남부 특유의 상황 들을 관찰하면서 흑인의 처지를 이해하고 점진적인 흑백 통합의 이슈를 자신의 입지로 정하면서 도널드 데이비슨 같은 남부의 보수주의

자들과는 맥을 달리하게 된다. 다시 말해 워런은 조건 없는 과거의 전통에 대한 애착이나 급진적 이상주의의 완고한 주장보다는, 양측의 공감과 이해라는 토대를 만들어 부작용을 최소화하면서 하나의 사회로 발전하는 것을 지지했다.

3) 워런의 공동체적 비전

로버트 펜 워런은 1905년에 출생하여 1989년에 세상을 떠나기까지 시인, 소설가, 비평가, 교수, 편집인 등으로 활동하며 여러 장르에서 역작을 남겼다. 싱클레어 루이스(Harry Sinclair Lewis, 1885-1951)의 찬양이 없더라도, 작가로서 워런의 탁월함은 그가 '미국의 노벨문학상'이라고 알려진 퓰리처상을 시와 소설 양 부문에서 받은 유일한 작가이며, 시인으로서는 두 번이나 퓰리처

은둔 시인들의 재회(1956.5): 워런(첫째 줄, 맨 왼쪽); 랜섬(첫째 줄, 네 번째); 데이비슨(첫째 줄, 오른쪽에서 세 번째)과 테이트(맨 위 줄, 맨 왼쪽)

"Fugitives reunion, may 3-5, 1956" taken at the home of Jesse Ely Wills, Nashville TN, by Joe Radis. 사진제공: Courtesy of Library Special Collection, Western Kentucky University.

상을 받는 영광을 차지한 것으로도 확인된다. 그가 발표한 시와 소설뿐 아니라, 창작하는 사람으로서는 매우 드물게 뛰어난 비평적 혜안으로 여러 작가의 작품을 분석했다. 비평에서도 그는 시와 소설의 영역을 자유로이 넘나들었다. 예컨대, 그의 비평문이 수록된 『비평 선집 *Selected Essays*』(1958)에 나온 10편의 비평 가운데 「순수시와 비순수 Pure and Impure Poetry」(1942)를 비롯하여 로버트 프로스트(Robert Frost, 1874-1963)와 허먼 멜빌(Herman Melville, 1819-1891) 등 4편의 시 비평 글이 있고, 나머지는 콘라드, 포크너, 헤밍웨이, K. A. 포터, T. 울프 등 소설작품에 관한 것들이다. 그리고 워런이 문학작품을 보는 눈은 루이스(R. W. B. Lewis, 1917-2002) 등과 편저한 『미국문학선집 *American Literature: The Makers and the Making*』(1974)의 각 작가의 서론에도 반영되어 있다.

워런은 어릴 때부터 역사에 관심이 많았다. 우연히도 약관의 나이에 급진 노예폐지론자인 존 브라운(John Brown, 1800-1859)의 전기를 쓰게 되는데, 여기에서 벌써 워런의 대 주제들—개인의 이상주의와 사회복합성, 정체성과 자아의식의 문제, 권력의 유혹 등—이 다루어졌다고 할 수 있다. 남부공동체에 대한 관심은 그의 여러 작품 속에 녹아 있다. 비평가 가도(Frank Gado)는 워런이 미국의 의미를 깊이 고심하는 자세로 일관해 왔다는 점에서 그의 작품 세계는 큰 의미를 가진다고 지적하고 있다. 특히 개인과 공동체의 관계, 개인과 여러 가지 이념들의 관계 속에서의 미국의 의미, 말하자면 자연법 대 실용주의, 명백한 운명 대 자연주의, 인간의 신성 대 원죄, 미국 민주주의와 개인주의의 소망 대 미국 물질주의와 평범의 실상과 같은 이념들의 구현을 개인이 어떻게 받아들이는가 하는 문제들과 씨름했다는 것이다(Gado 11).

또한, 엘리슨과의 인터뷰에서 워런은 미국 역사의 낭만적 특성을 이야기한다. 그는 선대의 조상들은 자신들의 삶과 행동에 의미를 부여하고 책임 있게 살려고 노력했다고 보았다. 이 생각이 토머스 제퍼슨에 의해 독립선언서의 형태로 문서화되었고 사람들은 그 개념에 맞춰 삶을 살려고 노력해 왔다는 것이다. 돈도 벌고 출세도 하고 자녀도 키워야 하는데 미국인들은 1776년에 자기 정의를 이처럼 새겨 놓아 실제와 이상 간의 불균형 속에서 미국인들을 불안하게 만들어 왔다(*Paris Review*).

워런의 작품 중 미국의 의미가 심오하게 다루어진 것은 미국 건국의 아버지이자 제3대 대통령 토머스 제퍼슨 일가의 역사와 관련한 『승냥이와 형제간 *Brother to Dragons*』(1953)라는 시극(verse drama)이다. 워런은 이 작품에 인간의 순수성에 대한 무한한 신뢰에 기초하여 개인의 자유와 존엄성을 미국인의 의식 속에 심어 놓은 정치가 제퍼슨을 유령으로 등장시키고, 그의 조카들이 벌인 살인극을 보게 함으로써, 인간의 순수성과 이상이 미국적 현실에서 어떻게 이해되어야 하는지를 깊이 고민하는 상황을 연출했다. 그가 궁금히 여기던 제퍼슨 미스터리를 소재로 선택하면서 인간의 원죄라는 주제를 인종문제와 연결해 다루고 있다. 동시에 만민평등을 선언한 「독립선언문」 이래 200여 년이란 기간에 걸친 미 국민의 도덕의식을 그 어두운 과거에 비추어 정산하려는 의도를 보이는 것이다(Law 561). 제퍼슨이 꿈꾸었던 이상적인 미국사회는 과연 실현 가능한 것인가? 제퍼슨의 가계에서 흑인을 잔인하게 살해한 조카가 나온 것을 어떻게 설명할 것인가? 워런은 이 비극적 사건을 미국적 순진성(American Innocence)으로 성찰하고 아울러 미국의 이상주의를 비판하는 계기로 삼았다.

워런의 대표작인 『세월이 한없이 있다면 *World Enough and Time*』(1950)도 이상을 추구하는 젊은이를 주인공으로 인간성의 본질을 외면한 이상추구는 병적인 현상이라는 주제를 다루고 있다. 주인공 보몬트(Jeremiah Beaumont)는 포트(Cassius Fort)라는 유명 변호사 사무실에서 법을 익히고 공부하는 열혈 청년이다. 그런데 존경하는 멘토이자 의인인 포트가 젊은 여성을 짓밟았다는 이야기를 접한다. 그는 그 길로 그 여성에게 달려가 변심한 애인 포트에게 복수를 대행해 주겠다는 의지를 밝히고 그 여성에게서 반강제적으로 동의를 구한다. 그러나 복수를 하는 과정에서 보몬트는 애초의 정의 실현 등 이상적 가치추구와는 달리 내적인 타락을 보이며 해당 여성까지도 불행으로 이끄는 결과를 낳는다. 보몬트의 현실에 대한 무경험한 판단과 편협한 지식, 성급한 태도 등은 본인뿐 아니라 주변 사람들에게까지 불행과 비극을 가져온다는 점에서 그의 이상 추구는 공동체에 해악이 되었다. 워런이 작품에서 다룬 주제는 개인적 차원에서의 이상적인 사회추구였다고 볼 수 있다. 보몬트가 꿈꾸고 있던 사회는 정의와 명예가 완전하게 성취되는 이상적인 구도로 이루어져 있다. 이 그림에 오점이 찍혀 사회의 이상적인 이미지가 훼손되었다고 생각했을 때, 이상주의자 보몬트는 이를 바로잡으려고 개인의 의지와 명분을 앞세운다. 그러나 한 개인의 초법적인 행위는 그 동기가 아무리 순수하다고 하여도 공동체의 평형을 깨뜨리고, 나아가서는 당사자와 주변사람들마저 파멸로 이끌고 만다.

3. 『모두 왕의 신하들』: '세상은 하나'

미국 문단에서 로버트 펜 워런이 차지하는 위상은 재론할 여지가 없다. 미국 내에서도 상대적으로 낙후된 지역으로 알려진 남부, 그것도 켄터키의 거스리라는 작은 마을에서 태어난 워런은 그 지역의 역사와 인류의 역사에 대한 관심과 인간과 인간의 세계에 깊은 관심을 그의 여러 작품 속에 표현했다. 그가 여러 인터뷰에서 밝힌 대로, 그는 시인으로 출발하여 희곡, 소설,

비평/이론, 동화, 전기, 역사서 등 다재다능한 작가로 활동했다. 그는 또한 드물게도 미국의 노벨문학상이라고 하는 퓰리처상을 세 번 수상하였고, 분야도 시, 소설 두 분야에 걸쳐 수상한 최초의 작가가 되었다.

『모두 왕의 신하들』 표지
사진제공: Courtesy of Library Special Collections, Western Kentucky University

워런의 첫 퓰리처 수상작이고 큰 화제를 일으킨 소설이 바로 『모두 왕의 신하들』이다. 이 소설이 당시 주목받는 정치가였던 루이지애나주의 주지사 휴이 롱(Huey Pierce Long, Jr. 1893-1935)을 작품의 소재로 삼았기 때문에 더 큰 논란이 되었다. 이 작품이 현재까지 꾸준히 세계적인 독자층을 형성하고 있는 것은 이 작품이 다루고 있는 보편적인 인간의 모습, 특히 권력을 향한 개인과 다수의 열망이 전면에 드러나 있는 점이다. 미국문화, 더 구체적으로 말하면 미국 남부의 핵심적인 양상, 즉 인종(race)의 문제도 다루고 있기 때문이다.

『모두 왕의 신하들』은 출간된 이래,[21] 여러 각도에서 비평가들의 논의와 분석의 대상이 되었다.[22] 주된 논의는 이 소설이 정치소설인가? 남부소설인가? 이데올로기 소설인가? 철학 소설인가? 이상주의와 부패에 관한 소설인

21 워런의 『모두 왕의 신하들』은 현재 두 개의 버전이 존재한다. 초판은 워런이 보낸 원고를 데이비스(Lambert Davis)가 편집하여 1946년 하코트(Harcourt)에서 발간한 원래의 작품이다. 노엘 포크(Noel Polk)는 반세기 동안 존재해 온 이 작품에서 데이비스가 수정한 부분을 원래의 워런 원고대로 모두 복원하여 2001년에 하코트에서 다시 출간하였다. 이 두 개의 버전에 대한 비교 내용은 Nathan M. Snow의 "The Editing of Jack Burden" *rWp: An Annual of Robert Penn Warren Studies*, 7 (2007); 57–62에 분석되어 있다.

22 코리간(Corrigan)은 "*All the King's Men* Revisited"에서 작품의 등장 이후 지난 50년간의 비평가들의 반응과 분석을 논평하고 있다.

가? 주인공의 성장소설인가? 하는 질문들이다.

결론부터 말하자면, 『모두 왕의 신하들』은 위의 모든 요소를 다 가지고 있다. 소설은 정치인을 주인공으로 정치의 부패와 타락을 다루고 있으므로 정치 소설적인 측면도 있다. 워런은 권력과 부패의 모습에 남다른 관심이 있었다. 루이지애나 대학에서 셰익스피어의 『줄리어스 시저 *Julius Caesar*』를 가르치고 있을 때 시저는 휴이 롱과 부단히 비교되었으며, 학생들과 워런도 이 유사성에 높은 관심과 열정을 보였다고 한다. 루이지애나 주지사도, 셰익스피어의 시저도, 정치인으로서 큰 야망을 보였고, 그들이 사람들 위에 군림했다는 사실과 더욱 신기하게도 롱도 시저와 마찬가지로 각기 측근에게 암살당했다는 점이었다. 워런이 이 작품의 아이디어를 발전시킬 무렵의 상황 또한 흥미롭다. 그는 1938년 이탈리아에 머물면서 많은 역사 등 관련 서적들을 읽고 있었는데, 당시의 이탈리아 상황 또한 무솔리니의 전횡적 지배력 하에 놓여 있어서, 워런으로서는 권력의 생성과 부작용 등 여러 관점에서 이러한 강력한 인물설정에 더욱 몰두할 수 있었던 것으로 보인다. 워런의 비평가 저스터스는 『모두 왕의 신하들』이 정치소설이기도 하고 아니기도 하다고 말하고 있다(Justus 159). 정치소설이라는 범주에 이 작품을 가두기에는 작품의 가진 뜻이 매우 크고, 이념의 소설로 한정하기엔 대중적 감동은 물론 문학 예술성이 뛰어난 작품이기 때문이다.

1) 작품의 소재

로버트 펜 워런에게 퓰리처상을 안겨 준 소설 『모두 왕의 신하들』의 영어 제목과 같은 "All the King's Men"이라고 하는 동요는 서구인들에게는 익숙한 내용이다. 어릴 때 자장가처럼 흔히 듣는 노래이기 때문이다. 그러나 이 제목에서 연상되는 친밀성과 교훈은 비서구인들에게는 공감되지 않는다.

따라서 이 작품의 제목을 다른 언어로 번역하는 것은 하나의 창작인 동시에 선택일 수밖에 없다.[23] 이 소설의 원작자인 워런은 인간의 삶과 죽음 등 복잡한 주제를 담고 있는 자신의 작품에 민간동요의 가사에서 한 구절을 인용하여 제목으로 삼았다.

"Humpty Dumpty" 삽화
lh6.ggpht.com/614LAPAZAkWJFuHEAwp3CJo_xGZkSZ7Zbl3dG38AG6BL7TicWuuSYR-Q2zkNAgiXvzo=h900

험티 덤티, 담 높이 앉았는데,
험티 덤티, 쿵 떨어졌네.
모든 왕의 말들과 *모든 왕의 신하들*
험티 다시 짜 맞출 수 없었네[24]

이 동요의 유래에 대해서는 여러 가지 설이 있으나,[25] 보편적으로는 수수

23 원제를 소리 나는 대로 적으면, '올 더 킹즈 멘'이 될 것이고, 자장가의 가사 내용에 따라 충실하게 옮기면 '모두 왕의 신하들'이 된다. 그런데 첫째 번역은 성실하지 못하게 받아들여질 수 있고, 두 번째 번역은 현대인의 의식으로는 낯선 제목으로 들려 별로 매력적이지 못하다. 그렇다고 작품의 의미를 살려서, '세상은 하나'라고 번역을 하면, 이번엔 작품의 주제를 매우 직설적으로 표현한 것이어서 감칠맛이 없고, 원제와 동떨어진 번역이 되어 버린다. 만약 최근 우리나라의 번역추세를 받아들인다면, 『올 더 킹즈 멘』이라고 할 수도 있겠다.

24 Humpty Dumpty sat on a wall,
Humpty Dumpty had a great fall.
All the king's horses and *all the king's men*
Couldn't put Humpty together again.

25 '험티 덤티'는 영어권에서 가장 잘 알려진 동요 'nursery rhyme'에 나오는 인물로 수수께끼에서 유래한다. 험티 덤티의 구체적인 묘사는 없고 흔히 사람의 모습을 한 달걀로 그려진다. 가사는 18세기 영국에서 최초

께끼이자 달걀의 의인화로 받아들여지고 있다. 담장 높이 놓인 달걀은 둥글어 불안정하고, 떨어지면 무슨 수를 써도 원래 모양으로 돌아올 수 없다. 이 노래를 배운 어린이들에게 '험티 덤티'같이 뒤뚱뒤뚱하고 둥근 것은 깨지기 쉬우니 조심해야 함을 일깨우고 있다.

그런데 성인의 세계에서 이 동요가 의미하는 것은 무엇인가? 인간은 담장 위에 놓인 달걀처럼 불안정하고 깨어지기 쉬운 존재라고 생각해볼 수 있다. 기독교적 인간관으로 본다면 깨어지기 쉬운 존재는 곧 '원죄(original sin)'를 지닌 인간으로 해석된다. 이때 '원죄'란 성경의 구약 창세기에 나오는 아담과 이브가 금지된 선악과를 따먹어서 저지르게 된 대문자로 표현되는 '원죄(原罪; Original Sin)'가 아니라 일반적으로 인간이 가지는 여러 가지의 제약과 한계를 의미한다. 인간에게 허용된 범주를 뛰어넘을 때 인간은 반인간적 범죄(crime against humanity)를 저지르게 된다. 예컨대, 때로 셰익스피어의 『오셀로 *Othello*』나 『줄리어스 시저 *Julius Caeser*』의 주인공들, 혹은 호손의 『블라이드데일 로맨스』의 등장인물 홀링즈워스(Hollingsworth)같은 주인공들이 보이는 지나친 열정과 과도한 야심, 워런의 『세월이 한없이 있다면 *World Enough and Time*』(1950)[26] 에 나오는 제리마이어 보몬트(Jeremiah Beaumont)

로 기록된 것으로 알려졌고, 곡조는 1870년 엘리옷(James William Elliott)의 『동요와 자장가 *National Nursery Rhymes and Nursery Songs*』에 수록되어 있는데, 이 노래의 본래 의미에 대해서는 설이 구구하다. 일설로는 영국 왕 리처드 3세를 가리킨다고 하기도 하고, 17세기에 쓰였던 대포의 이름이라는 주장도 있다. 왕당파가 험티 덤티라는 이름의 대포를 성벽에 설치하였으나 의회파의 공격으로 성벽이 무너지는 바람에 험티 덤티도 아래로 떨어져 망가졌고 왕당파 사람들이나 말들이 힘을 합해도 복원할 수 없었다는 이야기라는 주장도 있다. 험티 덤티는 유명한 무언극(pantomime) 배우였던 조지 폭스(George L. Fox 1825-77)의 1868년 "험티 덤티" 공연으로 미국에서 인기를 끌게 되었다. (*wikipedia*: www.yefcu.org/art/ym/201506/a_Where_in_the_nursery_rhyme_does_it_say_humpty_dumpty_is_an_egg_.html)

26 이 작품의 제목은 17세기 영국의 시인 앤드루 마벌(Andrew Marvell)의 〈수줍어하는 연인에게〉 "To His Coy Mistress"의 첫 연에 나오는 첫 구절이다:
Had we but *world enough and time*,
This coyness, lady, were no crime.
We would sit down, and think which way
To walk, and pass our long love's day.

가 추구한 사사로운 정의감과 순수성, 멜빌의 『모비 딕 *Moby Dick*』 에이헙 선장이 몰입했던 사념(思念; single-mindedness) 혹은 교만(*hubris*) 등은 현대 문학의 '원죄'라고 판별할 수 있다. 왜냐하면, 이들이 인간의 한계를 넘어서는 것은 바로 인간의 내재적인 타락성을 드러내는 것이라고 볼 수 있기 때문이다. 실제로 워런의 작품에서 윌리는 순수하고 이상적인 동기를 가지고 더 좋은 사회를 만들고자 노력하였으나, 부패한 정치권을 대적한다는 이유로 그 자신이 권력을 남용함으로써 추락하게 된다. 이런 맥락에서 '험티 덤티'라는 단순한 동요를 이 작품에 적용하면, 깊은 의미를 가진 내용으로 풀이할 수 있다. 워런이 이 노래를 빌린 것은 단순히 노래에 스며 있는 철학적 의미를 가늠해서일까?

소설 『모두 왕의 신하들』의 경우, 제목의 이해가 중요한 것은 워런의 인간과 신에 대한 인식이 이 작품을 이해하는 지름길이기 때문이다(Ruoff 105). 비평가들과 독자들은 이 작품의 제목을 놓고, 과연 누가 'king'이며, 'Humpty Dumpty,'이고, 누가 'king's men'인가를 놓고 논쟁했다. 이 중 루오프의 설명이 설득력이 있어 보인다. 등장인물 윌리(Willie Stark)를 'king'이라고 보는 근거는 모든 등장인물이 마치 윌리를 '보스(the Boss)'라고 하며 그를 중심으로 한 관계 속에 존재한다는 점이다. 예컨대, 아직 인생의 목표를 찾지 못한 청년 잭(Jack Burden)은 윌리의 구체적인 목표와 과감한 지도력에 호기심으로 끌리고 있고, 잭의 어린 시절 연인 앤(Anne Stanton) 역시 잭의 부족한 점을 가지고 있는 윌리에게 끌려 그의 정부가 된다. 그 외에 윌리의 비서 세이디(Sadie Burke)는 대단한 능력가임에도 윌리를 떠나지 않고 그를 도와 일을 추진하는 것으로 만족하고, 탁월한 기술을 가진 운전기사이자 경호원 슈거보이(Sugar-Boy)는 윌리를 유일신으로 여기듯 절대적으로 신봉한다는 점이 그러하다. 그러나 루오프는 윌리가 'the King'이 될 수 없다고 단언한다. 작품의 제목이 자장가에서 나왔기 때문에 윌리는 '험티 덤티'이지 '왕'이 아니며, 자장가로 볼 때, 윌리가 험티이면서 동시에 왕이 될 수는 없다는 것이다 (Ruoff 105-106).

그러나 문제는, 그렇다면 '험티'는 누구인가 하는 점이다. 노래 속의 험티는 일반의 존경을 받아 적어도 대중 위에 군림하는 존재로 보인다. 그에게 사고가 발생하였을 때 임금의 신하들과 말들이 동원되는 것을 보면 그렇다. 험티로서의 윌리가 가진 권력 역시 일반대중에게서 나오는 것이다. 윌리는 대중 친화적인 행보로 일반대중이 원하는 바에 초점을 맞추어 선거운동을 하고 정책을 추진한다. 한마디로 그는 대중의 정의에 대한 갈망을 대리만족시키는 인물이다. 윌리 자신이 선거운동에서 "여러분이 원하는 것이 곧 나의 정의가 됩니다"라고 반복하여 말하고 있는 것을 보아도 그 사실을 알 수 있다. 윌리의 존재를 동요의 내용과 비교해 보면 윌리는 험티처럼 불완전한 존재로서 결국은 추락할 수밖에 없다. 다른 점이 있다면 우리가 험티의 추락 이유는 알 수 없으나 윌리의 경우, 그의 내면적 타락이 그 원인이었음을 알 수 있다. 이것이 단순한 동요가 단순성을 초월하여 철학적인 사유의 영역으로 독자를 초대하는 문학작품으로 재탄생하는 순간이다.

『모두 왕의 신하들』이 발표되었을 때, 그 제목과 함께 소재 또한 비상한 관심을 끌었다. 경제 대공황 시기에 루이지애나의 주지사로 화제를 모았던 '휴이 롱'이 바로 '윌리 스타크'라고 하는 이 작품의 주인공이라고 보았기 때문이다. 롱은 세계적으로는 잘 알려지지 않았으나, 1930년대에 루이지애나주를 비롯하여 남부에서 강력한 주지사로 이름을 떨쳤고, 미 상원에 진출하면서 26대 대통령인 시어도어 루스벨트(Theodore Roosevelt, 1858-1919)의 정책에 반대하는 등, 미국 정계에 포퓰리즘(populism)을 일으킨 정치인으로 이목을 끌었던 인물이다.

휴이 롱 주지사는 그리 넉넉하지 않은 농가의 대가족에서 태어났다. 정규학교와는 별 인연이 없었으나, 그는 기억력이 뛰어나고 토론이 특기였던 것으로 알려졌다. 그는 22세가 되던 1915년, 변호사 시험에 합격하여 활동을 시작하였으며, 삼십 대 중반인 1928년에 주지사에 선출되어 'Kingfish'라는 별명을 얻었다. 1932년에는 미 상원까지 진출하는 데 성공하였으나 1935년에 피격되었다. 그는 민주당원으로 대다수의 약자와 빈자를 위한 정책을 추진하였고, 그 과정에서 매우 과격한 방법을 사용한 것으로 알려졌다. 특히 그는 석유재벌과 금융재벌의 지배에 저항하였으며 부(富)의 재분배를 주장했다.

휴이 피어스 롱(Huey Pierce Long)
루이지애나 상원의원 휴이 롱이 양팔을 휘두르며 연설하고 있다. 1935. 출처: wikimedia.org

재미있는 것은 워런의 소설 속 인물인 윌리도 주지사 휴이 롱과 매우 비슷한 배경을 가진 것으로 묘사되고 있다는 점이다. 작품이 처음 발표되었을 때, 독자들이 윌리와 롱을 같은 인물로 본 것은 당연하다. 윌리도 롱처럼 시골 농가 출신이며, 고시 공부를 통하여 정치에 입문하여 주지사로 권력을 휘두른다. 그리고 정적을 많이 만들어 내었고 반대세력들과 대치하다가 암살된다. 이러한 생애적 특징뿐 아니라 정치인으로서의 업적은 더욱 유사하다. 윌리도 롱이 그러했던 것처럼 경제 대공황 시기에 민중의 지지를 받아 당선되었고, 지지계층인 빈자와 약자에 관심을 가지고 무료 진료병원과 교육기관 등을 확충했다. 또한, 낙후지역을 도시와 연결하고 건설하는 정책을 폈다. 덕분에 사람들은 진료도 무료, 고속도로와 교량도 무료로 통행하게 되었고, 어린이들도 교과서를 무료로 받아 사용할 수 있게 되었다.

실제 휴이 롱 주지사 후보가 행한 연설, 「부의 분배(Share the Wealth)」 장면이 동영상으로 남아 있는데, 이 연설의 요지를 보면 다음과 같다.

> 첫째, 우리 주의 현재 상황은 부(富)의 극심한 편중으로 분석된다. 4%의 미국인들이 85%의 부(富)를 소유하고 있으며, 70%가 넘는 미국인이 자기들이 내야 할 세금도 못 낼 형편이다. 둘째, 해결방안으로 각 회사의 1인당 주식 소유 상한제를 시행해야 한다. 셋째, 결론적으로, 사람들은 누구나 너무 많이 가져도, 너무 가난해도 안 된다. 아무도 너무 과로하거나, 너무 빈둥거리지도 말아야 하며, 호화주택이 비어 있거나, 집이 없어 길거리를 방황하게 되어도 안 된다. 모든 사람에게 넉넉히 주시는 하나님의 땅에서 모두 편하고 안락하게 살게 될 것이다.[27]

소설 속의 인물 '윌리 스타크'의 주장과 정책은 실재인물 '휴이 롱'의 주장과 정책과 일맥상통하여 두 인물 간의 유사성은 의심할 여지가 없어 보인다. 작품의 등장인물과 실존인물의 긴밀한 유사점들은 작품 출간 당시부터 계속 사람들의 관심이 쏠렸다. 작가는 허구와 실재의 관계에 대하여 실재인물과 상황에서 힌트를 얻기는 했으나 대부분 상상의 세계에서 이루어졌다고 작품 초판의 서문에서 밝히고 있다.

> 물론, 롱의 생애와 루이지애나의 분위기가 작품의 힌트가 되었지요. 그러나

27 youtu.be/hphgHi6FD8k 참조.

힌트가 곧 동일성을 말하는 것은 아닙니다. 그리고 만일 내가 스타크를 롱의 투영체로 만들고자 했다 하더라도, 어떻게 해야 할지 그 방법을 몰랐을 겁니다. 그 한 가지 이유는 내가 롱이 누구인지 잘 알지도 못했고 지금도 모른다는 간단한 사실입니다. 그리고 그가 어떤 연유로 주의회 의사당에서 총알을 맞게 되는 험한 길을 가게 되었는지도 모른다는 겁니다. 어쨌든, 롱은 윌리 스타크 뒤 상상의 그림자에 서 있는 사람 중의 하나였지요. 거기 서 있는 또 다른 사람은 인자한 학자 모습을 한 윌리엄 제임스였고요(ix 서문).[28]

즉 작품 속의 윌리는 실제의 휴이 롱 주지사의 재현이 아니라 여러 요소의 통합과 창조라는 것이다. 워런은 배턴 루지에 있는 루이지애나 주립대에 임용된 후, 루이지애나 주민들에게 롱이 인상 깊게 남아 있었음을 느끼고 이를 작품화한 것이다. 워런이 루이지애나 주립대에 임용된 해는 롱의 사망 후 1년이 지난 시점이었고, 워런은 롱 주지사를 개인적으로 알지 못했다. 단지 운이 좋았던 것은 자동차로 루이지애나를 향해 가는 도중 사람을 태웠는데, 이 이름없는 히치하이커(hitchhiker)를 통해 롱의 존재가 여전히 루이지애나 주민들에게는 마치 신과 같은 살아 있는 권능의 존재로 남아있음을 느끼고 본 것이다.

워런은 작가로서, 휴이 롱이라는 가시적 얼개에 그가 상상하는 내면의 의식을 살로 채워 윌리 스타크라는 가상의 인물을 창조한 것이다. 즉 사람들이 알고 있는 약간의 객관적 사실(facts)을 얼개로 사용하고, 인물의 내면세계(truths)를 작가의 상상력으로 채움으로써 살아 움직이는 작중인물을 창조해 낸 것이다. 워런은 다음과 같이 작품의 서론을 끝맺고 있다. "이 작품은 정

28 Warren, Robert Penn. *All the King's Men*, with a New Introduction by the Author. NY: The Modern Library, 1946. 이후 본 작품 인용은 쪽수로 표기함.

치에 관한 이야기로 의도된 것이 절대로 아닙니다. 정치는 단순히 이야기의 틀을 제공한 것입니다. 그 틀 안에 궁극적인 의미가 담긴 더 깊은 관심사가 제시되는 것이죠"(Warren x). 이처럼 『모두 왕의 신하들』의 소재는 어린이를 위한 동요, 자장가로부터 시작해서 사회 속 어른의 실제 모습에 이르기까지 작가의 상상력을 자극하는 모든 것들로 이루어져 있다.

2) 이미지와 주제

『모두 왕의 신하들』은 이미지를 사용해서 20세기 남부문학의 특성과 함께 그 주제를 작품의 첫 장에서부터 잘 드러내고 있는 대표적인 작품이다. 구 농본사회적 가치와 산업사회의 가치가 공존하거나 충돌하고, 작중인물을 통해서 남부인으로서의 자신의 정체성, 과거와의 연관성, 가족 또는 사회 구성원들 간의 남부적 관계성이 긴밀하게 제시되고 탐구되는 까닭이다. 특히 작품의 첫 번째 장은 영화광고 선전물처럼 작품 전체를 응축하듯 핵심적인 갈등과 문제점을 대조적인 그림으로 담고 있다. 즉 20세기 초반 산업화의 영향으로 인한 남부 사회의 두 모습, 산업발전 및 도시화의 과정에서 드러나는 인간의 타락상, 그리고 농본사회의 급격한 산업화 전후 가치체계의 충돌 가운데서 진리를 찾고자 하는 주인공 화자의 모습이 인상주의 화가의 작품에서처럼 몇 개의 핵심적 문단으로 표현되고 있다. 또한, 산업화의 영향 아래에서 개인과 공동체와의 관계가 잘 다루어져 있다. 과거의 농본사회의 모델은 더는 유용하지 않으므로 새로운 산업사회를 맞아 어떤 공동체의 유형을 지향할 것인가가 등장인물들의 시도 내지 탐구의 목표가 된다. 따라서 남부사회와 개인에게 미치는 산업화의 영향이 도입부에 어떻게 제시되었는가를 우선 살펴보기로 한다.

작품의 첫 장에는 첫째, 산업화의 와중에 있는 남부의 모습이 담겨 있다.

워런은 잘 뻗은 고속도로와 쾌속으로 달리는 승용차를 보임으로써 산업화돼가는 남부도시 메이슨 시(Mason City)의 이미지를 전달하고 있다.

이곳을 가려면 대도시를 빠져나와 북동쪽으로 58번 고속도로를 따라가야 한다. 훌륭한 도로다. 신도로. 아니 신도로였지, 우리가 달리던 때는. 고속도로를 쳐다본다. 몇 킬로나 곧장 뻗어 있는 바닥에 까만 차선이 우리에게 마주 달려온다. 까맣고 반질하고 멈칫멈칫 하얀 석판에 반사하고, 열기가 하얀 석판에서 아롱거려서 까만 선만 뚜렷하게, 타이어의 윙윙 소리와 함께, 만일 그 차선에서 눈을 떼지 않고 큰 숨을 몇 번 쉬지도 않고 뒤통수를 한 대 때리지 않으면 당신은 스스로 최면에 걸려 앞바퀴가 도로 너머 까만 흙으로 덮인 갓길에 끼어들 것이다. 그러면 당신은 차를 뒤로 홱 돌리려 할 테지만 할 수가 없다. 왜냐면 석판 도로는 커브 길처럼 높으니까. 자동차가 전복하려고 할 때 당신은 시동을 끄려고 손을 뻗칠 테지만 그것도 물론 되지를 않지(3).

달리는 고속도로, 바닥을 보고 있으면 까만 차선이 우리에게 마주 달려오고 그 반질거리는 열기와 아롱거림은 타이어의 소음에 섞여 자칫 전복 사고를 일으킬 수 있다. 고속도로는 도시와 농촌을 연결하고 물류의 유통을 촉진하여 산업 발달에 동맥의 역할을 하는 산업화의 상징이다. 산업의 발달은 기계화를 촉진하고, 사람들은 시간을 아껴가며 더욱 생산성을 높이고, 빠르게 부를 축적해 나갈 수 있다. 이것은 인간 중심으로 농사를 짓고 느림과 여유를 자랑이자 특성으로 여기던 남부의 농본사회의 가치가 외면되는 순간이 임박한 것이다. 여기서 재미있는 것은 워런의 고속도로 쾌속의 묘사를 보면 이 쾌속성이 곧장 내재적인 파멸의 순간으로 뒤집힐 수 있음을 암시하고 있다는 것이다. 차선을 따라 전속으로 달리다 보면 운전자는 자기최면에 걸려 자칫 자동차가 전복될 수 있는 위험에 직면한다. 여기서 워런은 산업화한 환경에서 인간이 주축이 되어 제어하지 않으면 인간은 파멸을 초래할 것이라고 경고하고 있다. 이처럼 농본주의에 바탕을 둔 워런의 글에서 우리는 산업화의 상징인 고속도로 이미지가 인간의 생명을 위협할 뿐 아니라, 그 이면(裏面)의 의미인 자연의 황폐화를 촉진하는 요소임을 알 수 있다.

58번 고속도로를 따라가다 보면 시골이 펼쳐진다. 평원지방과 방대한 면화밭은 이제 사라졌다. 커다란 저택과 문 앞까지 자라는 면화로 가득했던 면화밭 옆에 있던 희게 바랜 똑같은 오두막들이 줄지어 선 저 너머의 참나무 숲도. 검둥이 꼬마가 문 앞에 앉아 흑인 빌리켄(Billiken)처럼[29] 엄지를 빨며 지나가는 이들을 쳐다본다. 이제 남은 건 이것뿐이다. 이제는 높지 않은 빨간 언덕뿐….

오래전에 여기에는 소나무숲이 있었다. 그러나 사라졌다. 놈들이 이리로 몰려와 제재공장을 세우고 협소한 철로 등을 가설하고 회사 편의점들을 부숴 합치고 일당 1달러를 주더니 사람들이 그 달러를 받으려고 마차를 타고 정말이지 어디에선가 떼를 지어 왔고… 톱질이 요란한가 했더니… 양키의 돈과 남부연맹의 어리석음이 4년에 걸친 동포 살인의 분쟁 상처를 치유하겠다고 합심하는데 그러다 갑자기, 소나무숲이 없어졌다. 그들은 제재소를 치우고, 협소한 철로는 풀로 덮고, 사람들은 편의점을 부수어 땔감으로 쓰고, 이제 다시는 일당은 없었다. 큰 손들은 떠나갔다(5).

29 행복의 신. 미국 미주리주의 프레츠(Pretz) 선생이 창안하여 '빌리켄'이란 이름을 붙였다. 빌리켄은 뾰족한 귀와 머리의 코끼리 모습. 팔은 짤막하고 대개 다리를 쭉 뻗고 앉아 장난스러운 미소를 띠고 있다.

고속도로의 등장과 함께 사라진 것이 있다. 자연의 파괴다. 고속도로가 외부의 산업화 물결을 끌어들이고, 방대한 면화밭과 거대한 소나무숲에 노동력과 자본이 모여들더니, 어느새 다 떠나고 남은 것은 황폐한 자연뿐이다. 남북전쟁의 충격을 넘어 재건의 시기가 지난, 즉 산업화가 어느 정도 진행된 미국 남부의 모습은 이처럼 양면적이다. 윌리엄 포크너가 단편 「곰 *The Bear*」(1942)에서 기관차(locomotive)를 산업화의 첨병으로 묘사하고 그 기관차가 도시와 시골을 연결하여 결국 시골과 자연을 파괴하고 있음을 예리하게 그려 냈다. 마찬가지로 워런도 고속도로가 산업화의 상징으로서 생활의 편의, 속도감이라는 긍정적인 가치를 상징하는 동시에 자연의 파괴와 편중되는 부 등의 부정적인 영향을 인간사회에 끼치고 있음을 간파하고 있다.

둘째로, 이 작품의 첫 장은 산업화 내지는 도시화의 영향에 의한 인간의 타락성도 조명하고 있다. 작품의 첫 페이지를 열면 독자는 고향 집을 찾아가는 길에 캐딜락의 앞좌석에 아들과 나란히 앉아 있는 보스 '윌리 스타크'를 만난다. 보스는 계속 속도계를 보며 운전기사에게 이미 전속력으로 질주하고 있는 차가 더 빨리 달리도록 재촉하고 있다. "차는 마주 오고 있는 정유트럭을 보며 간발의 차로 건초 마차를 추월하여, 점점 빠르게 좁아지는 틈새로 뒤쪽 범퍼 한쪽은 마주 오는 트럭 기사에게 심장마비를 일으킬 정도로 가깝게, 다른 한쪽으로는 노새의 코에 붙은 딱지를 닦아 버릴 정도로 가깝게, 아슬아슬 빠져나갔다"(5). 보스는 이렇게 스릴을 즐기는 카리스마가 대단한 사람이다. 그는 전적으로 군중들의 지지를 받고 있으며, 그 군중들을 자기 뜻대로 조종할 줄 아는 정치인이다. 여기서 보좌관 잭이 10여 년 전에 만난 지금의 보스 윌리를 회상하는 장면에서 앞과는 대조적인 모습을 보인다. 1922년 신문기자로 잭은 윌리를 처음 인터뷰를 한다. 당시의 윌리는 올바른 소리로 카운티의 행정을 바로잡고자 하는 강직하지만 순진한 공무원이었다. 메이슨 카운티의 재정관으로서 윌리는 남부 시골청년의 고지식하고 성실한 모습을 지니고 있었다. 주변 사람들의 희롱이나 도시 정치인의 무시에도 개의치 않고 옳다고 생각한 자기 의견만을 관철하고자 했던 이상주의자였다.

이처럼 워런은 동일 인물의 대조적인 이미지를 같은 공간에 제시함으로써 사회 정치적 환경의 영향을 받아 나타나는 인간의 원죄의식을 그려내고자 한 것으로 보인다. 그러면 윌리는 어떤 계기로 순박하고 강직한 남부 시골청년에서 다른 사람으로 변화하였는가? 그런 변화를 어떻게 설명할 수 있는가?

여기에 대한 답은 도입부의 세 번째 의미인 인간의 본성에 대한 탐구로 암시된다. 즉 '인간의 궁극적인 목표는 지식을 얻는 것'임을 밝히고 있다. 자신의 연설을 기대하는 군중에 둘러싸여 있는 윌리를 보며 잭은 다음과 같은 생각을 한다.

> 밤에 집에 왔는데 노란색 전보 봉투가 문 아래에 삐져나와 있는 걸 보는 그런 순간 같다. 당신은 몸을 수그려 그걸 집어 들지만, 아직 뜯지는 않는다. 아주 잠시, 손에 봉투를 들고 입구에 서서 당신은 누군가 당신을 보는 눈이 있다고 느낀다. 어디 멀리 어둠 가운데 당신을 빤히 쳐다보는 크고 커다란 눈. 담과 집과 외투와 조끼와 피부를 통과하여, 어둠 속에, 당신 자신 속에, 품고 있는 차디찬 슬픈 표정의 태아처럼 웅크린 당신을 보는 아주 커다란 눈. 그 눈은 봉투 안에 뭐가 들었는지 안다. 그리고 그 눈은 당신이 봉투를 열고 내용을 알게 될 때의 당신을 보려고 당신을 지켜보고 있다. 그러나 저 깊은 어둠, 즉 당신인 차갑고 슬픈 작은 태아는 그 슬프고 작은 얼굴을 쳐든다. 그 눈은 멀어 있다. 그것은 당신 속에서 추워 떨고 있다. 그 봉투 안에 무엇이 있는지 알고 싶지 않기 때문이다. 그것은 어둠 속에 누워서 모르고 싶다. 알지 못하

는 가운데 따스하게 있고 싶다. 인간의 목적은 지식이다. 그러나 그가 알 수 없는 한 가지가 있다. 그는 지식이 그를 구원할지 죽일지 모른다. 그는 죽게 될 거다, 물론, 그러나 그가 얻은 지식 때문에 죽는 것인지 혹은 그가 얻지 못했지만, 그가 얻었더라면 그를 구했을 지식 때문에 죽는 것인지 알 수 없다. 당신의 뱃속에 차가움이 있다. 그러나 당신은 봉투를 뜯는다. 봉투를 뜯어야 한다, 인간의 목적은 아는 것이기 때문이다(11-12).

한밤중 현관문에 꽂혀 있는 '노란색 전보 봉투'에는 꼭 알아야 하는 메시지가 들어 있다. 여기서 전보는 인간에 대한 진리의 비밀을 나타내는 비유다. 봉투를 뜯는 순간 드러날 그 메시지가 그 사람에게 구원을 가져다줄지, 죽음을 가져다줄지는 모른다. 전달되는 메시지는 냉정하다. 그러나 그것은 인간이 알아야 하는 것이다. 그것이 그의 숙명이다. 여기서 노란색 전보는 인간에게 대가를 요구하는 진실의 선택을 상징한다. 진실을 알게 되는 순간 인간은 죽음으로 대가를 치러야 할지도 모른다. 잭에게 배달된 노란색 전보는 보스의 정적(政敵)인 어윈 판사의 과거를 알아내라는 보스의 지령을 상징적으로 나타낸다. 지금 잭은 이 전보의 봉투를 뜯어 진실을 알아낼 준비가 되어 있지 않다.

첫째로 어윈 판사의 뒤를 캐보았자 강직하기로 소문난 판사에게 아무런 흠집도 없을 것이고(실제로 잭은 보스에게 이 점을 지적한다), 둘째로 어윈은 잭에게는 그를 키워 준 아버지나 다름없는 은인이기 때문이다. 그런데 어윈이 보스의 반대 세력과 손을 잡았기 때문에 보스는 그의 평소 전략대로 상대방을 협박할 자료가 필요하게 되었다. 그는 어윈의 뒤를 캘 것을 잭에게 지시하면서 자신이 얻은 경험 철학을 잠언처럼 피력한다. "인간은 죄악 속에 잉태되어 타락으로 태어났지. 그래서 인생은 기저귀의 냄새에서 수의의 악취로 나아간다. 사람은 누구나 구린 구석이 있게 마련"(54)이라며 잭의 볼멘소리를 무시한다. 인간의 '구린 구석'은 기독교적 인간관에 근거한 것으로 구약에서 말하는 아담과 이브의 원죄(Original Sin)에 국한하지 않고, 광의의 원죄 즉, 인간이 가진 한계성, 인간의 타락성, 인간의 편집광적인 태도, 그릇된 행위, 오만, 지나친 열정이나 정의감 등 인간의 본질, 인간의 원죄(소문자 original sin)를 가리킨다. 이처럼 잭의 손에 쥐어진 노란색 전보가 잭이 찾아낼 사실을 담게 된다고 생각할 때, 그 결과를 알기 위해서 잭은 대가를 치러야만 한다.

살펴본 바와 같이 『모두 왕의 신하들』은 남부사회를 배경으로 방대하고도 복잡한 주제를 다루며 그 도입부를 통해 이야기의 시작을 알린다. 또한, 이 부분이 마치 전체 작품의 축소판이자 티저광고처럼 등장인물들을 드라마틱하게 묘사하고 배경과 주제와의 긴밀성을 보이는 등 많은 의미를 함유하고 있다. 그리고 뻗어 나가는 고속도로와 파괴되는 자연으로 상징되는 산업화의 양면적 가치와, 노란색 전보로 상징되는 비극적 인간 진리의 궁극적 발견 등은 현대 산업사회와 인간의 모습을 이미지화한 것이다. 『모두 왕의 신하들』이 남부를 배경으로 하고 남부인들을 주인공으로 삼았으며 남부의 정치를 내용으로 한다는 점에서, 즉 소재 면에서 남부문학에 속한다고 말할 수는 있으나 넓게는 그리고 궁극적으로 이 작품은 급격한 변화를 살아가는 인간들의 가치관 충돌을 묘사함으로써 현대인의 고민을 드러낸 세계문학의 범주에 속한다고 본다.

3) 개인에서 공동체로

이 작품에 주인공이 되는 등장인물이 셋이다. 처음 이 소설작품이 발표되었을 때, 비평가들조차 주인공을 잘못 짚어 작품을 해설하였을 만큼 『모두 왕의 신하들』은 복잡한 작품이다. 이야기를 진행하는 화자 '잭 버든'은 작품의 배경에 조용히 서서 독자들에게 그가 관찰하는 바를 전달한다. 그의 시선은 순진한 정치 초년생 '윌리 스타크'를 주목하고 있다. 윌리가 순진성을 벗어던지고 카리스마가 넘치는 노련한 정치꾼으로 변모하면서 대부분의 독자는 그를 주인공으로 보고 싶어 한다. 그리고 또 하나의 주요 등장인물은 잭의 박사학위 논문 주제인 '캐스 매스턴(Cass Mastern)'이다. 캐스는 잠시 등장하지만 그가 줄거리 전체, 그리고 잭의 인생에 던지는 그림자는 꽤 짙고 강렬하다. 이 각각의 인물들이 가족 공동체, 사회 공동체에 대해 설정하는 관계들의 변화가 분석의 초점이 된다.

이 글에서는 첫째 '보스'로 불리는 윌리 스타크의 일생을 살펴본다. 윌리는 전형적인 자수성가형 미국인으로 묘사되어 있다. 농촌 출신, 독학, 근검·절약 등의 가치를 추구하던 그가 공동체의 비전을 구체화하는 과정에서 왜 추락하게 되는지를 살펴볼 것이다. 둘째는 잭의 친척 조상으로 남북전쟁 당시 자원입대하여 사망하게 되는 비극적인 이야기가 가지는 의미를 남부의 역사적 상황에서 살펴본다. 마지막으로 앞의 두 인물의 생애를 관찰하고 연구하는 중에 잭이 어떻게 그들의 삶과 죽음이 자신의 삶에 던지는 의미를 깨닫고 스스로 공동체와 절연하고 살았던 삶의 형태를 버리고, 보다 책임 있는 구성원으로 참여하게 되는지를 짚어 보고자 한다.

① 실용주의의 유혹과 타락: '선(善)은 악(惡)으로부터'

'윌리 스타크'는 순진한 이상주의자로 등장하여, 권모술수에 능한 정치인으로 변모한다. 실재 인물 '휴이 롱'이 윌리와 같은 경험을 했는지는 알 수 없다. 청년 윌리가 가진 순수성과 이상주의는 작가 워런이 롱의 프레임에 채워 넣은 내면이다. 이러한 내면을 소유한 이상주의자가 왜 후이 롱과 같이 부패한 정치인이 되는가는 매우 흥미로운 일이다. 윌리의 순진한 측면은 한마디로 "크리스마스 타이를 맨 시골청년"(56)이라고 묘사된 구절과 "학교 다닐 때 자기를 귀여워하던 선생과 결혼했는데 그 아내가 시키는 대로 술은 입도 안 댄다"(56)라는 구절들에서 단적으로 표현되고 있다. 처음 등장하는 윌리의 행색은 후줄근한 긴 바지, 검정 구두, 높고 빳빳한 깃, 땀이 밴 중절모 등 촌티가 흐르는 시골 전도사의 모습이다.

> 백칠십칠 센티미터의 키에 가슴팍에 살집이 있고 다리는 짤막한데, 싸구려 줄무늬 여름 양복은 너무 길어서 바짓단이 굽이 높은 검정 구두까지 후줄근하고, 주일학교 교장 스타일의 높고 빳빳한 깃에다, 아내가 지난 크리스마스에 카드와 함께 준 파란 줄무늬 타이를 서랍에 잘 두었다가 읍내 갈 일이 생기니 꺼내어 매고(카드에는 '당신의 사랑하는 아내로부터 사랑하는 윌리에게 성탄 축하해요'라고 쓰여 있었지), 테두리에 땀 얼룩이 밴 회색 중절모를 쓰고 공손하게 나타났다(16).

윌리는 사회에 대한 정의감이 뚜렷하고 정직하며 소신이 강한 인물이다. 그는 사회적 사명감에 몰두하여 사소한 일에는 신경쓰지 않는다. 그를 놀려대는 동창 알렉스의 거듭된 "선생님의 애완견"(17)이라는 놀림에도 아랑곳하지 않고, "선생도 거기는 같다는데"(17) 하는 노회한 정치가 더피의 태평한 성희롱에도 무표정하게 대응한다. 이 같은 윌리의 단단한 내면은 잭이 잡은 손에서 드러난다. 무척이나 큰 윌리의 손은 처음에는 부드러운 느낌이지만, 곧 그것이 최근까지도 농사를 지었던 농부의 손처럼 단단하다는 것을 발견한다. 이러한 단단한 내면은 처음 만난 일행이 마실 것을 주문하는 과정에서 표면화된다. 거만을 피우는 도시 정치인 더피가 거침없이 모두에게 맥주를 돌리라며 주문한다. 보통의 시골 사람이라면 세련된 도시 거물이 시키는 대로 맥주 주문을 받아들였을 것이지만, 월리는 술을 안 마신다며 거듭 사양한다. 그는 자기의 뜻을 관철하여 오렌지 음료수를 주문한다. 이 두 가지 에피소드는 목표의식을 가진 월리가 겉보기는 어수룩하고 무시해도 좋을 사람 같지만 실은 뚜렷한 소신이 있으며 앞으로 자기 뜻을 이루게 됨을 암시한다.

월리가 사회정의에 관심을 두게 된 동기는 학교건물 건축에 얽힌 비리 때문이다. 메이슨 카운티가 낮은 비용으로 입찰에 응한 회사를 배제하고 더 높은 가격의 응찰자를 선정하기 위한 공공연한 음모를 진행하면서, 이 문제를 입찰가 문제가 아닌 인종문제로 끌고 가고 있었기 때문이다. 그들은 낮은 입찰가의 회사가 카운티 대부분을 차지하는 백인 저소득층 근로자들을 배제하고 흑인 노동자를 동네로 끌어들여 백인들의 일자리를 빼앗으려 한다고 공공연하게 소문을 내고 있었다. 월리는 카운티의 재정관으로서 이의 부당성을 알리는 동시에 높은 입찰가의 회사가 백인을 고용하지만, 불량 벽돌로 부당이득을 챙기는 것을 들어 그 회사를 배제시키려고 노력한다.

아직 정치적 권모술수를 모르는 고지식한 월리는 길가는 사람들을 붙잡고 상황을 지루하게 설명하고, 촌스런 복장에 후줄근한 모습으로 땀을 흘리며, 자료 봉투를 한 손에, 다른 손엔 연필을 들고 진실을 따져 주려 한다(65). 그러나 사람들에게 그의 설명은 따분하여 아무도 귀 기울여 듣지 않는다. 답답한 마음에 메이슨 카운티 메신저에게 유인물을 제작하기도 하고, 나중에는 직접 제작하여 아이들에게 배달도 시켜 보지만 결국, 월리 본인이 배낭을 메고 집마다 문을 두들긴다. 하지만 주민들은 하나같이 그를 외면한다.

이 단계의 월리는 악을 아직 경험한 적이 없는 순진한 미국인을 상징한다. 메이슨 카운티의 부패와 비리는 널리 알려졌지만, 월리의 '나홀로 소통'

시도는 거대한 조직적 방해를 극복하지 못한다. 결국, 윌리는 좌절하고 카운티는 밀실에서 결정된 회사가 학교 건축을 맡게 된다. 여기서 윌리가 얻은 것은 사람들의 마음속에 자신을 "정직한 사람. 의견을 못 내는 사람들의 대변인"(68) 이미지로 각인시켰다는 것이다. 윌리는 이후 재정관 선거에서 낙선하자, 패배를 인정하고 승복했다. 그리고 깨끗하게 일하는 것이 소원이었던 만큼 카운티 주민들과는 신의를 지켰다는 사실에 만족한다고 말하고, 시골 아버지의 농장으로 돌아가서 "소젖이나 짜면서, 앞으로 필요할지도 모르니 법이나 더 공부할 것이며 … 진리는 세월이 지나면 드러나게 마련이다"(68)는 말을 언론에 남기고 낙향한다. 이로써 윌리는 정직, 정의, 근면, 노력, 신의, 진리와 같은 농본사회적 가치를 대변하는 남부의 지도자로 부상한다.

윌리를 죄악으로 물든 현실에 눈뜨게 하는 것은 '낙향한 남부의 순진한 지도자'를 그들의 목적에 이용하려는 도시 정치인들이다. 여기에도 농촌의 선과 도시의 악이 내장되어 있다. 이제 농촌에 있던 윌리가 도시 정치인의 권유로 타락과 부패의 길로 들어서는 계기가 마련된다. 말썽 있던 회사의 낙찰로 건축된 학교 비상구가 화재대피연습 중 붕괴하면서 학생 중에 사상자가 생기자 온 동네가 시끄럽게 윌리를 연호한다. 언론을 통해 이전의 불의를 저지하려고 했던 윌리는 이제 영웅으로 변모되어 때마침 주지사 선거 후보자로 추대된다. 더피를 비롯한 기존 정치세력은 윌리의 성실함과 어수룩함, 그리고 주민들의 깊은 신뢰를 정치에 이용하고자 접근한다. 아버지의 농장에서 지내는 동안 독학으로 변호사 시험에 합격한 윌리는 루이지애나의 구세주라는 대도시 정치인들의 아부와 더피의 제안을 받아들여 출마를 결심하고 선거유세를 시작한다.

지금까지 현실을 모른 채 책만 열심히 읽으며 살아온 윌리는 자신을 과

대평가한다. 사람들이 치켜세워 준 영웅적 행동에 스스로 감동하여 주지사 후보로 나서기까지의 모든 일이 하늘의 뜻(Manifest Destiny)이고 자신에게 부여된 소명이라고 생각하게 된다. 이것은 이전 재정관 시절 공동체에 품었던 꿈을 되살리고, 아버지의 농장에서 품었던 생각들을 실현하는 계기라 여기게 된다. 이처럼 그는 순진한 이상주의와 자기도취에 빠져 선거에 기대를 걸게 된다. 그러나 주 정부의 운영 과실을 뒤져 숫자와 사실 증명만을 나열하는 윌리의 연설은 지루하고 사람들에게 감동을 주지 못한다. 자신의 메모를 참조하며 성실한 모습으로 연설을 시작하면 유권자들은 지루함을 느낀 나머지 주머니칼을 꺼내 손톱을 다듬는다. 하지만 이러한 현실을 보지 못하는 윌리는 지금 자신의 소명에 충실한 모습만이 올바른 행동이라는 태도를 버리지 못한다(76). 더욱이 자신의 주지사 후보자 지명에 숨겨진 내막도 파악지 못한다. 즉 윌리는 유력 후보의 표를 분산시키기 위한 부정선거의 희생양에 불과할 뿐이었다. 이상이 높고 순수하며 자아도취가 깊을수록 이에 따른 현실의 깨우침은 가혹하게 다가온다. 여기에 선거참모 세이디의 폭로는 마른 하늘에서 내린 날벼락이었다.

"그래요, 당신은 희생양이야. 덤불 숲에 있는 수양이지.[30] 당신은 바보야. 그들에게 이용당했으니까. 당신은 아무것도 얻은 게 없잖아. 돈을 주고 비난을 감수하도록 했을 텐데, 당신 같은 바보에게 돈 줄 필요도 없었지. 그럼. 필요없고 말고. 당신은 자신만만하고 열기 있고 자기가 뭐 예수 그리스도인 줄 아는지 당신이 원한 건 그저 동물처럼 뒷다리로 서서 연설을 하는 것이었지. 여

30 구약 창세기 22장 13절 참조: 인류의 조상 아브라함이 늦게 얻은 아들 이삭을 제물로 올리려는 순간에 들려온 여호와의 말씀. "아들에게 손대지 마라." 아브라함이 돌아보니 덤불에 뿔이 걸린 수양 한 마리가 있어 아들 대신 양을 제물로 드렸다는 내용.

러분…”(86).

위대한 운명을 꿈꾸던 윌리는 촌뜨기들의 투표를 분열시키기 위한 선거용 희생양으로 자신을 후보로 세웠다는 세이디의 폭로를 듣자 큰 충격을 받고 무너진다. 말하자면 신약성경에서 바울이 빛을 보았듯이[31] 윌리도 “다메섹으로 가다가 큰 빛을 보고 눈이 부셔 비틀거리는 것”(95)이다.

마침내 윌리는 현실을 바로 보게 된다. 그는 더이상 숫자를 따지며 정확한 지식을 전달하려는 성실한 공무원이 아니다. 이제는 인간의 선함을 믿으며 이상적인 공동체를 꿈꾸는 이상주의자가 아니다. 윌리는 비리와 부패가 일상인 정계에 적응된 새로운 인물로 변신한다. 세이디의 폭로 다음날, 유세장에서 윌리는 준비해 둔 연설문은 던져 버리고 자기의 이야기를 한다.

> 여기 연설문이 있습니다. 우리 주에서 필요로 하는 내용이 적혀 있지요. 하지만 우리 주가 뭘 해야 하는지 여러분에게 말할 필요가 없어. 필요한 게 뭔지는 다 아시지 않소? 당신들 입은 바지를 봐요. 무릎에 구멍이 났지? 배에 귀를 기울여 봐. 배가 고프다고 꼬르륵거려? 수확한 농산물을 봐요. 도로가 나빠서 시장에 갈 수 없어 들판에서 썩은 적이 있어? 당신들 애새끼들을 봐요. 보낼 학교가 없어서 당신들처럼 무식하고 천덕꾸러기로 자라고 있지 않나요? 아니, 연설문 따위는 읽지 않겠소. 내가 말하지 않아도 여러분들이 뭐가 필요한지 더 잘 알죠. 그렇지만 이야기를 하나 해 드리지.
> 웃기는 이야기라구. 웃을 준비들 하시지. 웃기는 이야기니까, 옆구리가 터질 준비를. 시골뜨기 얘기요. 레드 넥(red neck) 얘기, 당신들 같은. 암, 여러분들

31 신약 사도행전 9장 3~9절 참조: 충실한 유대교 신자 바울은 그리스도인들을 핍박하기 위해 다메섹으로 가던 중, 강한 빛과 함께 하늘의 목소리를 듣고 회심하여 그리스도의 사도가 된 사건을 말함.

같은. 애새끼들이 모두 그렇듯이 북부 농가의 흙길과 도랑물에서 자랐지. 그런 시골뜨기에 대해 모르는 게 없어. 동트기 전에 일어나 발가락 사이에 쇠똥을 묻히고 아침밥 먹기 전에 소를 먹이고 질퍽거리고 우유를 짜야, 해 뜰 무렵에 출발할 수 있다는 걸 알지, 교실 하나에 판자벽을 두른 학교를 향해서 말이야.

아, 시골에 사는 게, 여름이고 겨울이고, 어떤 건지 잘 알았지. 원하는 일이 있으면 자기가 직접 해야 한다고 생각했지. 그래서 밤을 지새워 책을 읽고 법을 공부해서 어떻게 해서든지 변화를 일으킬 수 있겠다고 말이지. 법에 대해 어떤 놈의 학교나 대학에서 배운 게 아니야. 들에서 하루의 일을 마친 뒤 밤에 공부했다구. 그래야 뭔가 바꿀 수 있을 테니까. 자기도 그렇고 또 자기 같은 다른 이들을 위해서 말이오(97).

윌리가 정치 현실에 눈을 뜨자 이상주의자의 모습은 간데없고 두 발을 단단히 땅에 디딘 맹렬한 자세로 돌변한다. 그는 유권자들을 주저하지 않고 모욕하기 시작한다.

내 말 들어 봐요, 촌뜨기 여러분. 잘 듣고 눈을 들어 창조주의 축복으로 오염되지 않은 진실을 봐요. 조금이라도 머리가 남아 있어서 진실을 보고 알아볼 수 있으면 말이죠, 이것이 진실이요. 다시 말해서 여러분은 시골뜨기고, 시골뜨기를 돕는 건 시골뜨기뿐이요. 저기 도시사람들이 여러분을 도울 리 없어요. 여러분과 하나님께 달려 있소. 그리고 하나님은 스스로 돕는 자를 도울 뿐이오(102).

이전까지 예의 바르고 정확하며 추상적인 내용으로 설득하려 했던 윌리는 충격을 받고 진리를 깨달은 이후 완전히 다른 사람처럼 되었다. “윌리 맞아. 같은 이름을 가진 그 친구야”(103). 이제 그는 도시 후보의 목표이자 표를 분산시킬 목적의 자신과 같은 시골뜨기 출신 상대 후보에게 표를 몰아준다. 또 유권자들에게 산골표(hick votes)를 모아 도시후보에 대항하는 연설을 하여 도시 정치인들의 음모를 좌절시킨다. 마침내 윌리는 현실을 정확하게 판단하고 실제적 판단을 내리는 실용주의자가 된다.

이후 주지사에 당선된 윌리는 메이슨 카운티 공무원 시절과는 전혀 다른 사람이 된다. 그는 인간이 속속들이 썩은 존재라는 것을 터득했고, 그래서 그 본질에 맞게 다루어야 한다고 믿는다. 이처럼 정치에서 나타난 인간의 기질과 책략을 알고 그가 택한 방법은 협박과 뇌물, 야합이다. 그가 임명한 바이럼(Byram) 감사가 수뢰혐의를 받아 상대편 당으로부터 자신을 공략하기 위한 빌미로 이용되자, 윌리는 바이럼 감사를 적진에 내어 주는 대신 직접 나서서 처리하고자 한다. 그것이 자신을 보호하고 정치판에서 유리한 입장을 가질 수 있다고 생각했기 때문이다. 윌리는 바이럼을 모멸적으로 질책하고 사직서를 쓰게 한다.

> 이제 당신이 해야 하는 일이 뭔지 알겠지. 당신은 가난하게 살아야 하고 지시나 받고 사는 거야. 가난과 복종을 잊으면 안 돼. 특히 복종하는 거를, 자신이 뭔가를 해 먹으려고 하지 마시오. 알았소? 크게 말해!(140).

윌리는 별 볼일 없던 과거의 자기 분수를 잊지 않고 복종하겠다는 바이럼 감사의 각서를 받고 그를 면책하기로 한다. 그것이 궁극적으로는 바이럼의 면책 사실보다는 정적들로부터 자신을 보호하는 길이기도 하기 때문이다. 윌리는 이 조치에 항의하는 밀러(Miller) 검찰총장을 설득한다.

법이란 추운 밤 세 사람이 2인용 침대에 누워 서로 끌어당기는 1인용 담요와 같은 거지. 아무리 당기고 끌고 해도, 사건을 설명할 담요는 항상 충분치 않아서, 누군가는 폐렴에 걸릴 지경인 거야. 망할, 법이란 크는 아이를 위해 작년에 사둔 바지와 같아. 그런데 문제는 항상 올해란 말이야, 해서 솔기는 터지고 종아리는 바람을 맞는 거지. 최선은 무언가를 해서 법을 만들어 맞추는 거고, 그게 책에 실릴 때 쯤이면 또 다르게 해야 했겠지(145).

법은 모든 면에 적용하기에는 미비하다는 게 윌리의 생각이다. 원칙이 좋기는 하지만, 지금의 문제를 해결하기 위해서는 당장 활용할 수 있는 상황을 기준으로 삼을 수밖에 없다는 것이다. 취지를 살려 실제로 가동할 수 있는 범위 내에서 움직이자는 것이 윌리의 실용주의적 판단이다. 그러나 엘리트 법조인 밀러는 바이럼을 비호하는 윌리의 조치를 수용할 수 없다.

"그는 유죄입니다." 휴 밀러가 말했다.
"맙소사, 아니 바이럼이 무슨 인간인가! 바이럼은 물건이오! 스프링이 고장나서 계산기가 틀린다고 계산기를 기소하지는 않잖습니까. 수리하지요. 거, 내가 바이럼을 혼을 내놓았습니다. 어찌 혼을 내놓았는지, 아직 태어나지도 않은 증손주들도 이 기념일이 되면 오줌을 싸면서 그 이유를 모를 겁니다. 아, 유전인자에 충격이지요. 제길, 바이럼 같은 놈은 사용하고 버리는 물건 같은 것이니, 이제부터는 정말 쓸 만할 겁니다(144).

윌리가 판단하건대 바이럼의 비리를 문제 삼는 의회는 주 정부를 뒤집으려고 의도했기 때문에 바이럼을 그들에게 내줄 수 없다는 것이다. 내부적으로 바이럼으로부터 사직 일자를 공란으로 둔 사직서까지 받아 놓아 처벌은

한 셈이니, 이제 정치적 상황에 맞추어 상대방을 견제해 나가야 한다는 의견이다.

> 가진 걸 쓰는 수밖에 없습니다. 바이럼이나 타이니 더피, 그리고 의회의 그 쓰레기 같은 놈들 말이죠. 짚이 없이 벽돌을 만들 수 없지요. 그리고 가진 짚이라곤 왕왕 외양간에서 온 헌 짚이지요. 달리 뭘 할 수 있다고 생각한다면, 올빼미만큼이나 미친 거요(146).

이즈음 이전 순박하게 꿈을 향해 노력해 왔던 윌리의 모습은 이제 완전히 달라져 있다. 그의 말랑한 손이 사실은 단단한 것처럼, 어수룩해 보이지만 상대방을 꿰뚫는 시선을 보유한 것처럼, 그는 앞서 경험으로부터 인간의 본성에 관해 결론을 내리고 실속 있는 행동가로 변신한다. 그리고 윌리는 인간의 내면적 타락성을 강조하는 기독교적 인간관을 빌려서 자신의 정치적 부패를 합리화하는 방편으로 삼는다.

> 인간은 죄악으로 잉태되어 타락 속에 태어났지. 그래서 인간은 기저귀의 냄새로 출발해서 수의의 악취로 끝장나는 거야. 항상 구린 구석이 있게 마련이지(54).

성실하고 순진한 책밖에 모르는 청년에서 목적을 위해서는 수단과 방법을 가리지 않는 노회한 정치인처럼 변모한 윌리는 쓰디쓴 경험을 통하여 파악한 인성을 토대로 다수를 위한 정책을 강력하게 밀고 나간다. 그는 더 편하고 나은 사회를 만들기 위하여 이기적인 반대세력을 꺾는 것이므로 양심적으로 문제될 것은 없다고 항변한다. 목적과 결과만 좋다면 수단이나 과정은 문제가 되지 않는다고 생각한다. 그래서 그가 추진하는 정책이 반대에 부딪히면, 그 반대자의 신상을 헤집어 약점을 꺼내고 그것으로 상대방을 협박하여 침묵시킨다.

이처럼 실용주의는 정치가 윌리에게서 기술로 타락된다. 그는 자신의 과격한 정치성향에 반대하는 이상주의자인 의사 아담 스탠튼(Adam Stanton)에게 자신의 철학을 설명하면서 이 세상에는 악이 더 많이 존재하기 때문에 선을 행하려면 부득이 악을 사용할 수밖에 없는 거라고 회유한다. 말하자면 짚이 없이 벽돌을 만들 수가 없다는 것이다. 이렇게 자신의 치적으로 남을 자선병원 건립에는 특별히 공을 들여 최고의 의사 아담을 초빙하지만 부패한 집단을 대표하는 거미 라슨(Gummy Larson)의 마수가 뻗쳐 온다. 또한, 병원 건축계약에 욕심을 내는 거미가 윌리의 아들 톰의 애정행각을 빌미로 협박해 오자 윌리는 곤경에 처하게 된다. 이제껏 자기의 목적을 이루기 위하여 써 오던 수법이 부메랑이 되어 돌아온 것이다. 이 협박을 피하고자 윌리는 잭의 멘토인 어윈 판사에게 압력을 넣어 거미를 제어하려 한다.

윌리의 지시로 어윈 판사의 뒷조사를 하던 잭은 어윈이 과거에 비리를 통한 혜택으로 재정적 위기를 모면했다는 사실을 밝혀낸다. 그 와중에 한 사람을 죽음으로 내몰았고 잭의 죽마고우이자 의사 아담의 부친 스탠튼 주지사도 그 비리에 연루되어 있다는 사실도 알아낸다. 어윈은 한밤중에 집으로 찾아와 자신의 어두운 과거를 폭로한다고 협박하는 윌리를 쫓아내었지만, 자신이 기억하지 못한 까마득한 과거의 비리가 잭의 입에서 나오자 타협을 거부하고 자살해 버린다.

어윈 판사의 죽음으로 계획에 차질이 생기자 윌리는 서둘러 거미와의 계약을 해지하고 아담을 병원장으로 끌어들인다. 아담은 윌리를 경멸하면서도 부친도 윌리와 크게 다르지 않았다는 사실에 병원장 직을 수락한다. 그러나 계약해지를 통보받은 거미는 아담에게 전화를 걸어 윌리가 아담에게 병원장 직을 준 것은 순전히 그의 여동생 앤이 윌리의 정부가 되었기 때문이라고 폭로한다. 이에 흥분한 아담은 윌리를 저격한다. 윌리는 죽음의 순간에도 자신의 처지를 이해하지 못한다. 자신은 가난하고 못사는 사람들을 위해서 무료로 치료받을 수 있는 병원을 지으려 했을 뿐인데, 최고로 선망받는 의사인 그가 왜 자기를 죽이려 했는지, 왜 선한 의지와 뜻을 가지고 진행한 일이 이런 종말을 맞아야 했는지를 이해하지 못한다.

윌리의 이 같은 실망은 윌리엄 포크너의 작품 『압살롬, 내 아들!』에서 토머스 섯펜(Thomas Sutpen)의 경험에서도 발견된다. 섯펜은 가난한 백인의 아들로 아버지 심부름을 위하여 산속 집에서 내려와 백인 저택을 찾아간다. 그런데 그 저택의 흑인 하인이 섯펜에게 현관문으로 오지 말고 하인들이나 드나들게 되어 있는 뒷문(부엌문)으로 오라고 하는 것이다. 그때까지 산중에서 재산소유나 계층의 의식이 없이 살아오던 십대 백인 소년에게 이것은 모멸적인 충격이었다. 섯펜은 그 길로 뛰쳐나와 깊이 생각한 끝에 가출하여 서인도제도로 간다. 사탕수수 농장에서 성공을 거둔 그는 흑인 노예들을 십여 명을 이끌고 제퍼슨에 나타나 새로운 가문의 터전을 닦는다. 넓은 토지를 사들여 저택을 짓고 자신의 왕국을 건설하려는 대계획을 하나씩 이루어 간다. 치밀한 계산대로 존경받는 집안의 여인과 결혼을 하여 아들 헨리와 딸 주디스(Judith)를 얻는다. 여기까지 계획은 뜻한 바대로 잘 진행되는 것 같았다. 하지만 서인도제도에서 흑인 혼혈이라는 이유로 헤어진 전처의 아들 찰스 본(Charles Bon)의 등장으로 그의 계획은 무너지기 시작한다. 더욱이 찰스는 그의 딸 주디스에게 청혼한다. 사정을 모르는 아들 헨리는 찰스의 청혼에 적극적으로 찬성하며 문제는 커지기 시작한다. 흑인 노예가 사회제도의 근간인 남부에서 주인공 섯펜이 흑인들을 부려서 가문의 기반을 닦고, 그

가문을 백인혈통으로만 유지하겠다는 의지와 동기가 이 소설에 나타난 비극의 요인이다.

섯펜은 전처에게 관대하게 대한 자신의 과거를 떠올리며 지금의 현실을 인정하지 않는다. 과거 재산을 나누어 주고 합리적으로 처신하였는데 왜 현재 자신의 왕국을 이루려는 목표가 좌절되어야 하는지에 대하여 의문을 가진다. 섯펜의 이 질문은 곧 윌리가 선한 목적을 위한 노력이었는데 왜 좌절되어야만 하는가를 묻는 것과 일맥상통한다. 섯펜은 그의 대계획(Design) 자체에 근본적인 결함, 즉 흑인의 존재가 백인사회의 전제조건이라는 대전제를 간과한 무지(無知)의 죄(innocence)를 범하였으며, 윌리는 인간이 타락한 존재임을 지각하고 스스로는 창조주의 지위를 찬탈하여 인간 세상을 지배하려는 오만의 죄를 범했다. 소로가 시도하였듯이 개인 차원에서의 이상적인 사회를 만들어 가려 했던 윌리의 꿈은 자신이 지닌 원죄로 인하여 실현되지 못한다. 『모두 왕의 신하들』은, 19세기 미국의 수많은 공동체 실험이 인간의 한계로 인하여 실패했듯이, 20세기의 열망도 같은 결함으로 인하여 실패로 귀결되고 있음을 표현하고 있다.

② 불륜의 파장과 남부의 원죄

윌리가 열렬하게 시도한 다수의 선을 위한 공동체를 완성하려는 실험은 실패로 끝났다. 윌리는 본래 이상주의자로 목적이 선하기만 하면 그 과정은 어찌 되었든 합리화될 수 있다고 보았다. 왜냐하면, 그 일련의 과정은 가난을 극복하지 못하는 사람들을 위한 바람직한 정책을 실현하기 위해 필수적이라는 것이다. 그러나 윌리의 독재적인 방법은 많은 적을 만들어 내었다. 잭은 이 모든 문제를 가까운 거리에서 관찰하면서도 관여하지 않는다. 잭의 문제는 어떤 상황에서도 자신을 관여시키지 않는다는 원칙을 고수한다. 잭은 주변의 누구와도 무슨 일과도 자신을 관련짓지 않는다. 사회에서 아웃사이더인 잭은 윌리의 노력과 시도, 좌절을 보면서도 그것이 의미하는 바를 이해하지 못하고 이해하려고도 하지 않는다. 잭이 윌리에게 끌린 것은 윌리가 자기 일도 아닌 일에 열정을 가지고 개혁하려고 뛰어드는 것이 신기하기 때문이었다. 잭은 윌리가 왜 자기와 직접적인 관계도 없는 정치적인 일에 뛰어들고, 왜 불의를 지적하고, 개혁을 주장하는지를 이해하지 못한다. 개인과 개인 사이의 관계를 인정하지 않는 잭은 개인이 사회에 대하여 주장하거나 관여할 이유가 있다고도 생각하지 않는다. 개인은 개인의 존재로 그치는 것이며, 상호 영향력이 있다고 믿지 않기 때문이다. 잭에게는 윌리에게서 보이는 공동체 의식이 형성되어 있지 않다. 이러한 원칙은 그에게 점점 공동체에서 멀어지는 상황을 만든다.

잭은 과거 대학원에서 박사과정을 이수하는 중에 이해하지 못하는 상황을 맞아 학교를 떠난 경험이 있다. 미국사 전공으로 남북전쟁 당시 남군에 가담했던 선조 캐스 매스턴의 유품을 전달받은 그는 선조의 기록물을 박사학위 논문의 소재로 삼을 예정이었다. 할아버지뻘 되는 캐스는 잭의 아버지 엘리스 버든(Ellis Burden)의 외삼촌으로 남북전쟁 당시 남부군에 가담했다가 부상하여 1864년 조지아주 애틀랜타의 한 병원에서 사망하였는데 그가 남긴 기록이 역사적 가치가 있을 것으로 생각했다.

캐스가 남긴 기록에 의하면 그는 가난한 집에 태어나 조실부모하였으나 자수성가한 형 길버트(Gilbert)의[32] 도움으로 부유한 생을 살다간 남부 청년이었다. 또한, 캐스는 형과는 달리 세속적인 야심은 없고 성실하고 유능한 청

32 캐스의 형 길버트는 윌리엄 포크너의 소설에 나오는 토머스 섯펜을 강하게 상기시킨다. 섯펜이 십대의 소년으로 야심을 가지고 가출하여 일약 부자가 되었듯이, 길버트도 부모가 돌아가시자 집을 떠나 타지에 가서 일확천금하고 돌아오는 것으로 이야기되어 있다.

년이었다. 길버트는 19세기 미국의 많은 젊은이와 작품의 주인공들이 그러했듯이 십 대의 나이에 타지에 나가 일확천금을 하였고 재산 축적에 비상한 수완을 발휘했다. 그는 나이 차가 많은 동생을 사랑하여 많은 지원을 해 준다. 책만 파고들던 캐스를 서재에서 끌어낸 것도 형이었다. 길버트는 캐스가 농장도 경영하고 세상 경험을 쌓을 수 있도록 지도한다. 그는 형이 주도하는 경영교육을 받으면서도 책은 손에서 놓지 않았다. 그리고 캐스도 형의 기대에 맞춰 성공적인 남부의 농장주로 훈련을 쌓는다.

청년 유망주 캐스에게서 나타난 비극적 결함은 그의 성격과 관련이 있다. 일기와 함께 발견된 오래된 사진에 나타난 모습은 그의 성격을 어느 정도 유추하게 한다. 50여 년이 지난 빛바랜 사진이지만 "까맣고 깊은 두 눈은 불타고 있는 듯하고 입술은 두툼하며 머리칼도 까매 숱이 많다"(171)는 것은 그가 충동적이고 열정에 휩쓸리기 쉬운 성격일 수 있음을 암시한다. 형이 냉철한 이성과 판단의 소유자라면, 캐스는 풍부한 감성과 열정 그리고 사색의 주인공이라고 볼 수 있다. 길버트가 패망한 남부에서 불사조처럼 다시 부를 이루고 일어난 반면, 캐스는 모든 인간이 벌거벗고 이 세상에 태어나지만, 돈을 벌게 되면 "불꽃이 공중으로 날듯이 인간은 죄에 빠지기 쉽다"(172)는 사실을 깨닫는다. 세상을 대하는 그의 자세가 사색적이고 자기 성찰적인 까닭에 속죄하기 위해 스스로 생을 마감한다. 두 형제는 마치 호손이 말하는 '머리(head)'와 '심장(heart)'의 상징처럼 대조적인 성향을 보인다. 안락한 생활과 그에 따라 허용된 쾌락의 발견은 '머리'인 이성보다 '심장'인 감성의 영향력이 크게 작용하는 캐스에게 더 치명적일 수 있음을 의미하는 것이다.

캐스의 시련은 은인인 던컨(Duncan)의 아내 애너벨(Annabelle)을 만나면서 비롯된다. 처음 그녀를 보았을 때 캐스는 그녀의 걸음걸이에서 "왕후 같은 위엄(regal dignity)"을 감지하고, 옛 로마의 시인 버질(Virgil, BC70~BC19)이 비너스를 묘사한 대목을 떠올렸다고 일기에 적었다. 버질이 『이니어드 *Aeneid*』에서 비너스의 등장을 묘사하며,

> et vera incessu patuit dea.
>
> = and by her gait she was revealed a true goddess.

라고 했듯이 애너벨의 걸음걸이는 "진정한 여신"의 모습 같았음을 고백하고 있다. 캐스와 애너벨의 첫 대면은 캐스에게 "죄악과 번민(darkness and trouble)"(172)의 시작이었고 자기 본성을 발견하는 순간이었다.

> 그녀의 얼굴은 크진 않았지만 통통한 편이었다. 분명한 입매에, 입술은 붉고 윤이 났으며 약간 벌어진 듯 혹은 금방 벌어질 듯하였다. 턱은 짧고 단단한 형상이었고 피부는 새하얀가 싶었는데 촛불을 켜고 보니 색조가 있었다. 아주 풍성한 금빛 머리칼은 얼굴 뒤로 빗어져 큼직한 웨이브를 이루며 목덜미까지 늘어져 있었다. 그녀의 허리는 아주 가늘었고 젖가슴은 본래 둥글고 풍만하게 솟구쳐 있는 것이 코르셋으로 인해 더 돋아 있었다. 그녀의 암청색 비단 드레스는 다소곳한 어깨 아래까지 파여서 앞 젖가슴이 두 개의 공처럼 봉긋해 보였다(176).

캐스가 일기에 적어 놓은 애너벨 묘사를 보면 그의 시선이 감각적이며, 애너벨을 성적 대상으로 가늠하고 있는 것을 알 수 있다. 그리고 그녀가 절세미인은 아니라고 하면서도 풍성하고 부드러운 머리칼 등이 캐스를 성적으로 흥분시키고 있음을 암시한다. 그는 애너벨이 소위 '팜 파탈(femme fatale)'임을 직감하고 있다. 그가 일기에 "확실한 건 하나, 남자에겐 큰 유혹이다.

까딱하면 파멸에 이를 수 있다"(177)고 적은 것은 그가 본능적으로 경계심도 가졌음을 나타내고 있다.

반면 젊은 캐스에게 매료된 연상의 애너벨은 '팜 파탈'답게 캐스를 유혹한다. 주변 도시로 바삐 다니며 형의 지도로 경영수업을 하던 캐스에게 그녀는 정원에서의 추억이 담긴 재스민 꽃잎과 함께 "아, 캐스씨!"(179)라는 메모를 보낸다. 이 간단한 메모는 충동적인 캐스를 움직이기엔 충분했고, 이것이 캐스의 '죄악과 번민'의 시작이었다.

캐스의 타락은 던컨의 장례식에서 정점을 찍는다. 하관 후 첫 삽의 흙이 관에 털썩 떨어지는 소리에 캐스는 커다란 안도감을 맛보며 미망인 애너벨을 향한 욕정이 솟아오름을 느낀다. 환한 햇빛을 받은 검은 상복의 애너벨에게서 시선을 떼지 못한다. 그녀의 모습은 더욱 매력적이어서 이미 흥분된 그의 감각(my inflamed senses)은 나긋나긋한 그녀의 몸을 느끼는 것 같다. 그는 강한 햇빛 아래 아무것도 볼 수 없는 가운데, 오로지 감각만이 살아서 꿈틀거림을 느낀다(183).

그러나 그날 저녁, 남편의 자살에 대한 진실을 알게 된 애너벨의 돌 같은 차가움은 캐스에게 전달되고, 이제 둘의 애정행각은 '차가움'으로 표현되기 시작한다. 키스하는 애너벨의 입술은 "차가"웠으며, 캐스도 "치명적인 오한"에 걸린 듯 "아주 추웠다"(185). 이러한 애정 행위의 '차가움(the coldness)'은 자기에게 공포를 전달했다고 캐스는 적고 있다. 여기서 작가인 워런에게 '차가움'은 다가오는 지식을 뜻한다. 게다가 흑인 하녀 피비(Phebe)가 침대를 정리하다가 죽은 남편의 결혼반지를 발견하고 애너벨에게 가져오자 그녀는 찬물을 맞은 듯 '오싹함'을 느낀다. 그 반지는 "당신이 내 등 뒤에서 바람피우는 것 다 알고 있어. 내가 그 비밀을 안고 죽어 주지"라고 말하는 듯하다. 그러나 던컨이 몰랐던 것은 그것이 흑인 하녀에게 발견되리라는 것이었다.

피비가 내 침대에서 베개를 정리하다가 거길 그냥 바라보고 있는 걸 봤어요. 그 애가 뭔가를 집어서 내게 가져오는 거예요. 나를 빤히 쳐다보면서요. 그 아이 눈, 노란 눈을 들여다보면 그 안에 뭐가 있는지 안 보이지요. 나를 빤히 쳐다봤어요. 오랫동안, 그리고 꽉 쥔 손을 내밀며 나를 쳐다봤어요. 그리고는 천천히, 아주 천천히 손가락을 폈는데 거기 그 아이 손바닥에 반지가 있었어요. 그이의 반지였죠. 그리고 내가 눈을 들어 보니 그 애가 아직도 나를 쳐다보고 있는 거예요. 그리고 알았죠, 그 애가 안다는 것을(186).

애너벨은 피비가 남편이 자살한 이유를 알아 버렸으니 집 안에 죄다 소문이 날 것이라고 두려워한다.

그 애가 알아요. 그리고 날 그런 눈으로 쳐다봐요. 항상 그렇게 쳐다볼 거예요. 그걸 퍼뜨리겠죠. 다들 알게 될 거예요. 집의 하인 모두가 알게 될 거고, 그렇게 나를 쳐다볼 거예요. 내게 음식을 가져올 때, 방에 들어와서도 그리고 이것들은 발소리도 안 내요(186).

애너벨은 남편을 속이고 캐스와 불륜을 저질은 자신의 추악한 모습이 하녀 피비의 눈에 악행에 빠진 여자로 비칠 것을 두려워한다. 더욱이 애너벨은 자신의 죗값을 피비에게 전가하여 그녀를 노예상인에게 팔아 버리는 더 큰 죄악을 저지른다. 우연히 둘 사이의 비밀을 알게 된 흑인 하녀가 엉뚱하게도 그 '앎'에 대한 대가를 치르게 된 것이다.

애너벨의 '진실'은 캐스에게 차가운 금속반지로 전달된다. 애너벨이 죽은 남편의 결혼반지를 캐스의 손가락에 끼워 줄 때 "금속의 차가움(the metal cold)"(185)을 피부로 느낀다. 이 반지로 인해 캐스는 그의 친구 던컨이 그들의 관계를 알고 자살했음을 깨닫는다. 게다가 궁지에 몰린 애너벨은 캐스에게 충격적인 비난의 말을 던져서 "제대로 자라고 자연스럽게 올바른"(188) 사람으로 자평하는 캐스에게 견디기 어려운 모욕을 준다. 이렇게 캐스는 애너벨과의 불륜관계로 인하여 인간의 내면에 존재하는 어둠과 죄성을 깨닫는다. "나는 갑자기 나를 둘러싸고 있는 세상과 만물이 변동하였으며, 이제 붕괴가 시작했을 뿐인데도 내가 그 중심에 있다는 것을 깨달았다"(189). 그것은 친구가 죽고, 흑인 하녀가 팔려가고, 사랑하던 여인이 크게 변하여 분노하고 괴로워하는 것 등 모두가 단 한 번 저지른 나의 죄, 나의 배반이 원인이 되었기 때문이다. 그는 "나의 행위가 세상이라는 옷감에 전해진 진동처럼 무한대로 힘이 점점 커지면서 퍼져 나가 아무도 그 끝을 알 수 없는 것 같았다"(189)고 말한다.

이제 캐스의 인생을 보는 시야는 자신과 한 여인을 넘어 다른 사람들에게로 확장된다. 캐스 앞에는 인간의 태도가 두 종류로 제시되어 있다. 인간의 죄스런 행동을 보면서 당사자에게만 이를 알리고 사회적으로는 덮어 주려는 던컨의 위장 시도와 자신이 저지른 죄에 대한 성찰은 없이 비밀이 알려질 것이 두려워 또다시 이기적인 죄악을 저지르는 애너벨의 죄성이다. 애너벨은 자신의 비밀을 묻고자 흑인 하녀를 흑인들이 가장 두려워하는 미시시피 강 남쪽으로 팔아넘기지만, 인간사회에 대한 시야가 넓어진 캐스는 불의의 희생자가 된 흑인 하녀를 되찾아 해방시켜 주기 위해 백방으로 노력을 한다. 이러한 캐스의 노력은 백인사회에 사는 흑인 노예들의 실상을 경험하는 것으로 이어진다. 피비를 찾으러 간 노예시장에서 그는 백인 노예상들이 흑인 여자 노예를 다루는 장면을 목격한다.

여자아이의 어깨를 잡아 천천히 돌려 전체를 볼 수 있게 했다. 그리고는 그 아이의 손목을 잡고 어깨높이로 올리고 앞뒤로 몇 번 흔들어 유연한 관절을 보여 주었다. "봐요" 하면서. "이 손을 보세요. 이렇게 작고 작은 손은 귀부인도 못 가지지. 통통하고 보드랍고, 그죠?"

"통통하고 보드라운 거, 딴 덴 없소?" 입구의 남자 중 하나가 말했다. 다른 남자들이 웃었다. "그럼요." 심즈는 아이의 드레스 단을 잡아 약간 장난삼아 그 아이의 허리보다 높이 들었다. 다른 손으로는 옷 뭉치를 말아 쥐어 허리에 '이상한 거들'처럼 끌어올렸다. 옷 뭉치를 쥐고 그 아이 주변을 도니, 그 여자 아이도 돌 수밖에 없었고 (그녀는 '저항도 없이 마치 무아지경인 양' 돌고 있었다) 자그마한 엉덩이가 문 쪽을 향하게 되었다. "둥글고 보들보들하죠, 여러분" 심즈가 말하며, 가까운 쪽 그 아이의 엉덩이를 철썩 살이 울리도록 때렸다. "이보다 더 둥글고 보드란 거 만져 본 적 있소, 여러분?" 하고 물었다. "쿠션입죠, 정말이지, 흔들리는 게 젤리 같지요"(191-92).

이렇게 노예상인이 흑인 여자아이를 물건 팔듯이 보여 주자, 구매자는 말채찍을 들어 궁둥이 앞뒤의 곡선을 마치 목수가 치수를 재듯이 천천히 훑고는 입안을 검사하는 등 말이나 돼지 등을 수매할 때의 동작을 취한다. 이 장면은 피비가 비교적 편한 환경에서 쫓겨나 노예시장으로 팔려가는 과정에서 겪었을 내용으로 캐스의 마음을 더욱 불편하게 하였을 것이다.

잭이 캐스의 기록에서 발견하는 것으로 묘사된 캐스와 애너벨의 애정행각은 남부의 역사적인 의미를 축약해서 표현하고 있다고 생각된다. 즉 남부 백인들의 죄—흑인들을 노예로 만들어 버린, 동료인간에 대한 원죄—로 인해 흑인들이 고통을 당하게 된 상황을 말하는 것 같다. 동시에 이 에피소드는 개인들의 죄악이 공동체에 악영향을 파급하는 의미도 가진다. 흔히 캐스가 유일하게 등장하는 4장은 그동안 독자들에게 별 의미가 없는 장으로 여겨졌다. 일부 평론가들은 캐스의 장이 앞의 세 장과 나머지 장을 연결하는 것으로 생각하거나 혹은 하나의 여담으로 여기기도 한다. 그러나 캐스의 장은 남북전쟁의 장이고, 미학적으로나 주제 상으로 작품 전체를 이해하는 축약된 경험의 장이다(Madden 44).

매든의 주장을 보완하자면, 4장에서 보이는 캐스의 속죄는 남부사회의 원죄에 대한 속죄를 나타낸다. 남부가 흑인 노예들을 사용하게 된 것은 백인들의 죄성 때문이고, 이것이 남부의 원죄다. 노예문제로 발발한 남북전쟁은 남부에 속죄의 기회를 주었다. 캐스는 개인적 차원에서 소유하고 있던 노예들을 모두 해방하고 농장 경영도 포기하기로 한다. 캐스는, "내가(노예들을 해방시킨 것은) 나 자신을 위해 한 일이다. 내 영혼의 짐을 벗으려고, 그들의 고난의 짐과 내게 꽂히는 그들의 시선을 벗어나기 위해서였다"(195)고 고백하고 있다. 캐스가 남북전쟁에서 안전한 남군의 장교로 참전할 수 있음에도 죽음을 각오하고 사병으로 자원한 것도 자신에게 꽂히는 흑인들의 시선을 영원히 멀리하기 위해서다.

캐스의 깨달음은 두 가지 차원에서 이루어졌다고 본다. 첫째는 개인의 행동이 개인에 그치는 것이 아니라 가정, 사회로까지 영향을 미친다는 것이고, 둘째는 과거의 잘못은 반드시 그 대가를 치르고 바로잡아야 한다는 것이다. 그는 자기의 잘못된 행동으로 좋은 친구가 자살하고, 사랑하던 여성이 이성을 잃게 되었으며, 가족과 살던 흑인 하녀는 노예로 팔려 가는 등의 일련의 사건들을 보고 세상이 치밀하게 연관된 하나의 유기체라는 것을 깨닫는다. 하나의 그릇된 행동이 진앙지가 되어 주변에 종횡으로 광범위하게 불행한 영향을 끼치는 것이다.

이처럼 『모두 왕의 신하들』의 캐스 장은 다른 부분과는 달리 인종 문제를 깊이 다루고 있어서 작품 전체의 핵심적인 부분으로 자리매김한다. 남부가 가진 원초적인 죄에 대한 속죄를 캐스로 비유하여 캐스 자신은 흑인 여자 노예 피비와 무관할지라도 그것에 대한 속죄의 길을 간다. 즉 워런은 이를 개인의 일탈이 아닌, 남부의 백인 전체가 저지른 역사적 죄악으로 보았고, 남부사회 전체 흑인에 대한 속죄의 문제로 처리하고 있다. 이처럼 『모두 왕의 신하들』에서 캐스의 이야기는 남부사회 역사를 심도 있게 다루고 있는 핵심적인 장이다. 그뿐만 아니라 비평가 컬릭이 지적하는 바와 같이 잭은 윌리의 보좌관으로서의 경험 덕분에 캐스의 기록 내용을 이해할 수 있게 된다는 점에서도 의미가 있다.

> 캐스의 일지가 중요한 이유는 그것이 잭이 윌리를 통하여 경험한 내용의 의미를 밝혀 줄 뿐 아니라, 잭이 겪은 윌리와의 경험이 캐스 일지의 의미를 밝혀준다는 것이다. 다시 말하면, 잭이 윌리를 겪은 후 이해의 폭이 확장되었기 때문이다. 캐스의 이야기를 이해하기 위해서는 자신이 "거미줄 이론"을 받아들여야만 한다(Cullick 208).

③ 이기적 이상주의자의 각성

『모두 왕의 신하들』의 주인공 잭 버든은 인물로 보나 성격으로 보나 호감을 느낄 수 없는 청년인 듯하다. 구부정한 허리에 비뚤어진 매부리코, 지저분한 머리카락에 몽롱한 눈을 한데다가 야심도 목적도 없고 생각과 자세도 종잡을 수 없는(299) 그런 타입으로 묘사되어 있다. 그러나 그는 자신의 삶을 합리화하는 지성 정도는 갖추고 있어서 자칭 "고집불통(brass-bound)" 이상주의자라고 표방한다. 여기서 이상주의자란 현실을 외면하고 외부와의 어떤 관계도 맺음이 없이 혼자만의 세계에서 사는 사람을 뜻한다. "내가 알지 못하는 것은 존재하지도 않는 것인데, 그것이 내게 해를 입힐 수는 없다"(33)고

하며 이상주의로 무장한 잭은 사실상 내면적으로 자기도 모르는 결함을 감추고 있는 것으로 파악된다.

첫째, 잭의 현실외면 철학은 사실을 사실대로 인정하기를 거부하는 자세를 뜻한다. 환경이나 상황이 자기에게 불편하다고 생각되면, 잭은 눈을 감아 버린다. 왜냐하면, 만사는 무의미한 기계적인 반응에 불과한 것이므로 현재 벌어진 상황은 자신과 전혀 관계가 없는 것이라고 확신하기 때문이다. 잭은 인간사의 법칙을 한 노인의 얼굴에서 일어나는 경련으로 설명한다. 얼굴의 경련이 본인의 의지나 의사와는 상관없이 자의적으로 발생하듯이, 인간 만사는 "대경련 이론(The Great Twitch)"으로 설명된다는 것이다.

둘째, 잭이 이상주의를 표방하는 것은 자기 자신이 어떤 사람인가에 대해서 깊이 알기를 두려워하고 있기 때문이다. 그러므로 자신에 대한 진실(self-knowledge)을 발견하게 되는 계기가 찾아와도, 즉 진실을 담은 노란색 봉투의 전보가 배달되어도, 잭은 이를 거부한다. 자신의 내면의식은 그 내용을 알고자 하는 욕구가 있기는 하다. 그러나 냉엄한 진실을 얻고 치러야 하는 대가가 두려워 알고 괴로운 것보다는 모르고 행복한 돼지처럼, 차라리 진실을 외면하고 따뜻하게 지내고 싶은 것이다. 유야무야로 일관하던 잭에게 찾아온 일생의 위기는 자신이 사랑하던 앤이 윌리의 정부가 되었다는 사실을 알게 되었을 때였다. 그때, 잭은 자신의 삶을 돌아보고 자신과 앤과의 관계에 대한 진실을 발견할 수 있었다. 그러나 잭은 도피의 수단을 택한다. 전보의 내용을 확인하기보다는 깊은 잠에 빠짐으로써 자신을 방어하겠다는 단순하고도 무책임한 생각으로 대처한다. 잭의 대수면 이론(The Great Sleep)은 당장에 벌어진 상황을 바라보면서 수습이나 대책을 모색하기보다는 모든 것을 잠 속에 덮어 기억의 한구석으로 밀어 넣는 것이다. 자신은 물론, 그 누구에게도 책임을 묻거나 원망하지 않는다. 따라서 그 사건은 잭의 이상주의가 설명하듯이 아무런 영향도 미치지 않고 역사 속에 사라져 버린다. 잭에게 역사는 무의미의 연속일 뿐이다.

셋째, 잭은 이상주의를 표방함으로써 사회 속에서 스스로를 고립시키고 있다. 그의 사회적 존재는 작품에서 적합한 이미지로 나타난다. 잭은 마치 방 안에 놓인 "가구"(36)와도 같다는 것이다. 자신이 주위 사람들에게 아무런 영향을 끼치지 않으려 한다는 점에서, 방 안에 놓여 있을 뿐 주변의 상황에 반응할 수 없는 가구처럼 잭은 아무런 의견도 반응도 내지 않으며 완전한 고립상태로 섬처럼 살고 있다. 그에게는 최소한의 사회적 관계인 가족 관계 즉 부모와의 관계마저 소원하다. 따라서 가족 외에 이웃 또래인 아담과 앤과의 관계도 특별한 관계로 발전시키지 못한다. 그는 첫 부인인 로이스(Lois)마저 육체적인 대상으로만 여길 뿐이어서 부부관계는 절름발이 형태가 되었다. 잭의 작은 세계가 긴밀한 인간관계를 이루지 못하고 있는 것은 그가 여섯 살 되던 해에 가장 가까웠고 의지했던 두 어른으로 인해 겪은 충격 때문이다. 어린 시절의 트라우마는 잭으로 하여금 인생에서 더 있을지도 모르는 충격으로부터 스스로를 보호하기 위해서 소위 이상주의자로서의 철학과 태도를 견지하게 했다.

A. 잭의 트라우마

잭이 성장하면서 대인관계에 냉담하고 소극적이 된 것은 부모와의 관계가 제대로 설정되어 있지 않기 때문이다. 그가 여섯 살 때, 잭은 아버지로부터 배신을 경험한다. 아버지가 아무런 설명이 없이 가출함으로써 부자관계가 끊어진 것이다. 아버지는 식구 중 아무에게도, 심지어는 그가 매우 귀여워하던 아들 잭에게조차 작별인사도 하지 않고 가출해 버린 것이다. 뒤돌아 등을 보이며 집을 떠나는 아버지의 매정한 모습은 어린 잭의 마음속에 분노와 체념을 심어 놓았고, 그 서운함은 청년이 되어서까지 아버지가 무엇 때문에 서둘러 휭하니 대문을 박차고(113) 나가 버렸을까 하는 의문으로 그의 마음속에 남아 있다. 이러한 잭의 분노와 좌절은 이제 부자관계를 복원하면 어떻겠느냐는 앤의 제안을 듣고 "그분이 내게 무슨 할 말이 있겠어? 누가 그런 한심한 생활을 하라고 했나? 누가 자기더러 멀쩡한 자기 변호사 사무실을 나가시라고 했느냐고?"(113)라는 대꾸로 반응하게 한다. 성년이 된 잭이 보기에 아버지의 현재 모습은 한심할 뿐이다. 모든 것을 누릴 수 있는 아버지가 도대체 무엇 때문에 한심한 생활을 이어 가는지 잭은 이해가 되지 않는다.

> 그 냥반이야 거기 자기 사는 구럭에 들어앉아 있든지, 건달들하고 복음 전도를 하든지, 아니면 길에서 나눠 줄 바보 같은 소책자를 쓰든지 뭐 그러겠지, 온통 마가복음 4장 6절하고 욥기 7장 4절에 대해서. 안경은 코끝에 걸고 까만 외투 깃에 다코타의 폭설처럼[33] 비듬투성인 채로(112).

아버지가 그 옛날에 일방적으로 절연을 선언한 부자관계는 의문투성이인 채로 잭의 마음을 사로잡고 있고, 잭도 아버지의 현재 삶의 모습에 동조할 수 없을 뿐 아니라, 인간은 모두 파편적인 존재라는 철학을 견지해 온 잭으로서는 구태여 지금 와서 엘리스 버든과 부자관계로 화해하려는 생각은 없다. 모든 것이 아버지가 결정한 일이고, 아버지가 왜 그렇게 하든 잭은 자신과 상관이 없다며 생각을 끊고 지내 왔기 때문이다. 하지만 이러한 트라우마는 마음 깊은 속에 아버지의 부재에 대한 안타까움이 있기 때문에 더 깊어진다. 엘리스가 자기 아들인 잭은 한 번도 돌보지 않았으면서, 관계도 없

33 미국의 중서부에 위치한 North Dakota와 South Dakota를 말함. 가을 종반부터 봄 초반까지 끊임없이 내리는 눈으로 유명함. 참조 글: southdakotamagazine.com/meaning-of-snow.

는 한 청년 장애자를 자기 아들처럼 애틋하게 돌보는 것을 발견하는 순간, 잭은 어린 시절 자신에게 다정했던 아버지를 떠올리고 자기도 모르게 속으로 절규한다. "오, *아버지, 아버지!*"(213). 그리고 엘리스의 무관심 때문에 또다시 자존심의 상처를 받은 잭은 아버지가 가출과 함께 자기 가족을 버린 이유가 바로 그의 무능력함에 기인한 것이었다고 단정 지어 버린다. 이제, 아버지는 아버지고, 나는 나다. 이 세상의 모든 것은 각기 제 위치에서 제가 할 일을 할 뿐이며 주변의 것과는 아무런 관계가 없는 것이라고 자신에게 다짐한다. 잭이 한 가지 깨닫지 못하고 있는 것은 아버지를 비난하는 데 급급한 나머지, 자기 자신도 이상주의자의 행보를 취함으로써 아버지의 전철을 밟고 있다는 것이다. 어쨌든 아버지의 무능력과 무책임을 재확인한 이후 잭의 상처는 더욱 깊어졌고, 이 트라우마는 잭의 생각과 느낌에 전반적인 영향을 미치게 된다.

어린이가 받는 정신적 상처는 부모 중 어느 한 사람으로부터도 감당하기 어려울 노릇인데, 여섯 살박이 잭은 아버지에 이어 어머니에게서도 버림을 받았다고 느끼게 된다. 잭의 어머니는 남편이 가출한 후 아들 잭을 멀리 있는 기숙학교로 보내기로 결정함으로써, 잭은 부자 관계의 단절에 이어 모자 관계의 단절을 경험한다. 온 세상과도 같던 아버지가 자신을 돌아보지도 않고 사라졌고, 이제 유일한 의지대상인 어머니마저 그를 품에서 떼어 고아처럼 낯선 지역의 낯선 사람들 가운데로 추방하듯 보내 버린 것이다. 졸지에 부모와 떨어지게 된 잭은 아무런 항의도 못 하고 고스란히 상처를 떠안는다. 어쩌다 방학이 되어 집이라고 찾아오면 어머니에게는 남편이 바뀌어 있기도 했다. 잭은 안정된 삶을 꾸리지 못하고 방황하는 이런 어머니를 이해하지 못한다. 잭은 어머니가 오로지 돈이라든지, 지위, 혹은 남성적인 매력 등 세속적인 허영을 위해 알맹이는 없는 인생을 살고 있다고 비판적인 눈으로 바라보며, 일체 어머니의 삶에 관여하지 않는다. 잭은 어머니를 단지 이름만 어머니일 뿐, 아버지를 가정에 붙들지도 못한 여자, 평생 사랑이 무엇인지도 모르고 방황하는 여자로서 인식하고 잠시 잠깐 객관적인 거리를 유지하며 최소한의 예절을 지키기로 한다.

B. 잭의 표류

부모의 배신과 무책임으로 가정에서의 기본적인 인간관계가 부재한 가운데 자기 생각을 형성시켜온 잭은 사회 어디에서도 안정적인 관계를 맺는 데 성공하지 못한다. 잭은 대학원 박사과정 연구 중에 논문 자료가 이해가 안 되자, 학교를 떠난다. 역사적 자료로 의미가 있을 법한 캐스 조상의 일지를 읽고 학위논문의 주제로 정하지만, 캐스 할아버지의 자살적 행위를 이해할 수 없자 아무런 미련없이 연구계획을 포기하고 휴학해 버린다. 또 신문사에 취직하여 때마침 스타로 떠오르는 윌리 스타크를 취재하는데, 신문사의 지시가 자신의 소신과 어긋난다고 생각되자 사표를 내 버리고 수면의 시기로 들어간다. 그리고 육감적인 여인 로이스와의 결혼생활도 자신이 원하지 않는 면이 로이스에게서 보이기 시작하자 바로 그녀와의 생활을 접고 집을 나와 버린다.(결혼한 가정을 버리고 가출하는 것은 잭의 아버지 엘리스 버든의 모습을 상기시킨다.) 잭은 현재의 순간에 결단을 내릴 때 무슨 관계에서든, 미래를 고려하거나 미래와의 연결 선상에서 생각하기를 거부한다. 결단은 단편적인 것이고, 인생은 그 단편들의 모음에 지나지 않는다고 생각하기 때문이다.

이러한 소신 때문에 사회관계는 물론 친구와의 관계도 의미 있는 결실을 보지 못한다. 동네 친구로 어릴 때부터 가까이 지냈던 스탠튼 남매 중 아담은 죽마지우다. 그러나 윌리의 지시로 어윈 판사의 뒤를 캐는 과정에서 잭이 아담을 대하는 태도는 상대방의 마음을 헤아리는 것이라고 볼 수 없다. 그는 아담의 아버지가 훌륭한 주지사로 명성이 높았으며 아담도 자기 아버지를 우상시할 정도로 존경한다는 사실을 잘 알고 있다. 잭은 그런 아담에게 아버지의 과거에 대해 의심의 시선을 던지는 과정이 둘도 없는 친구에게 입힐 상처를 개의치 않는다. 그리고 주지사와 어윈 판사 사이에 비리에 대한 묵인이 있었다는 사실을 알게 되었을 때 아담이 느끼는 환멸과 수치, 체념 등을 가늠하지도 못한다. 그의 인생철학은 자신이 경험하여 알고 있듯이, 아버지의 죄가 아들의 삶과는 전혀 관계가 없는 일이라고 설명하고 있기 때문이다. 잭의 무책임한 진실추구는 아담에게 극심한 절망과 자포자기 상태에 빠지게 한다. 그리고 이어진 아담의 극단적인 행동으로 잭의 하나뿐인 우정과 종말을 고한다.

또 잭은 고유의 인생철학과 태도로 인해 아담의 여동생 앤(Anne)과 오랫동안 사귀기는 하였어도 늘 다람쥐 쳇바퀴 상태다. 자신을 타인과의 책임 있는 관계로 맺어 나가려면 먼저 자기 자신에 대한 이해가 확실하여야 한다. 잭은 자신의 정체성을 부모와의 관계 속에서 확립해 나가야 할 나이에 자신을 주변으로부터 고립시키고 바다 위의 섬처럼 처신해 왔다. 사람들과의 관계를 통해 자신의 정체성을 발견하고 발달시키는 단계를 밟지 못한 잭은 앤과의 관계 설정에 대해 불안감을 가진다. 게다가 잭은 앤을 실재의 인물로서가 아니라 하나의 이미지로 이해하며 간직하고자 하는 강한 욕구를 가지고 있다. "하얀 갈매기가 날고, 초록이 감도는 보라색의 어두운 하늘 아래, 눈을 감고, 물속에 떠 누워 있는 매우 부드러운 얼굴"(126)로 잭의 마음속에 존재하는 앤은 실재가 아닌 낭만적이고 추상적인 이미지다. 잭 자신이 현실과 유리된 환경에서 살아가듯이 잭은 앤을 하나의 고정된 이미지로 머릿속에 간직하고 있다. 잭의 세계에서 앤은 성장하지도, 변화하지도 않는 영원한 순수성을 나타낸다. 현실을 외면하는 잭은 환상의 앤과 사랑을 하고 있고 그의 사랑은 현실화할 수 없다.

이처럼 잭이 가지고 있는 인간관계 설정에 대한 불안감과 상대방에 대한 환상적 이미지화는 잭과 앤이 책임 있는 관계로 발전하는 데 걸림돌이 된다. 소설 속에서, 다니고 있던 학교의 방학을 맞아 고향에 돌아온 21살의 청년 잭과 17살의 앤은 연인들처럼 시간을 함께 보낸다. 그러나 "아직 새로 태어나 못한 진흙 덩어리"(299)에 불과한 잭은 앤이 원하는 단계로 나아갈 준비가 되어 있지 않다. 두 사람은 함께 할 앞으로의 삶에 대해서 많은 이야기를 나누지만 정작 구체적인 발걸음은 떼지 못한다. 그들이 처한 현실에 대한 탄탄한 이해를 바탕으로 앤은 잭의 표류적인 성향과 삶의 무목적성(aimlessness)에 대하여 직설적으로 잭에게 묻는다.

> 앤은 한참 아무 말도 안 하고 있더니 갑자기 나의 의표를 찌른다.
> "앞으로 뭐 할건데? 돈 버는 거 말이야" 그녀가 물었다, 다시 한 번.
> "네 귀에 사랑을 속삭이며 살지."
> 내 대답에 앤은 웃지 않았다. "진짜루 말해 봐."
> 나는 잠시 대답하지 않았다. 그리곤 "글쎄 법이나 공부할까 해."
> 앤은 잠시 말이 없다가 "지금 생각해 낸 거지. 그냥 말해 본 거지"
> 그냥 말해 보긴 했다. *사실, 나의 장래에 관한 이야기는 내가 절대 생각하고 싶지 않았던 거였다. 그저 상관치 않았다*. 그냥 직장을 찾아서, 뭐든지, 일하고 월급 타고 쓰고 또 월요일 아침엔 직장에 돌아가고, 그게 다였다. 목표란 게 없었다. 그렇지만 거기 그렇게 앉아서 앤에게 '어, 무슨 직장이든 얻을 거야' 할 순 없었다. 내게도 목표가 있으며 멀리 내다보고 또 유능하다는 인상을 주어야 했다(301-02; 이탤릭체: 필자의 강조).

잭이 앤에게 말하듯이 그에게 미래에 대한 계획이란 존재하지 않는다. 직장이 있으면 일하고, 월급을 타면 쓰고 하면서 살아갈 뿐, 현재와는 상관도 없는 미래를 걱정할 필요는 없는 거였다. 앤은 "잭의 스타일 때문에(it's just because you're the way you are)", 즉 앞날의 목표가 없이 그날그날 적당히 지내려는 잭과 책임 있는 미래를 보장할 수 없다고 생각하기에 이른다.

C. 잭이 건드린 거미줄

이러한 잭의 단순한 이상주의자적인 자세는 윌리와의 운명적 만남으로 인하여 도전에 처한다. 충동적으로 신문사를 그만두고 긴 수면의 시기에 들어가 버린 잭을 잠에서 깨워 불러낸 것은 윌리다. 윌리는 잭의 신문기자로서의 정보 수집 및 분석력을 높이 평가하여, 자유롭게 스케줄을 운영하면서 자기의 보좌관으로 일해 줄 것을 청하고, 잭은 윌리에게 호기심을 가지고 있어 조건이 좋은 이 일을 맡기로 한다. 그에게 떨어진 중요한 과제는 바로 주지사 윌리의 정책을 비판하고 나선 어윈 판사에 대한 자료 수집이다. 강직하기로 평판이 난 어윈 판사라고 하지만, 윌리의 경험에 의하면 사람은 누구나 약점이 있는 법이다. 따라서 윌리는 약점을 찾아내서 당사자를 협박하는데 이용하려는 것이다.

평소 개인의 어떤 행동도 나머지의 세상과는 상관이 없다고 믿는 잭은 어윈 판사의 뒤를 캐더라도 아무것도 찾아내지 못하리라고 생각하고 조사를 시작한다. 어윈은 가출한 아버지 대신 자신을 아들처럼 키워 준 강직하기로 소문 난 이웃의 판사 아저씨다. 그러나 잭은 평소대로 개인적인 친분 관계에는 신경을 쓰지 않고 역사학도로서의 연구 방법을 동원하여 어윈 판사의 사생활에 대한 정보를 수집한다. 그 결과, 예상외로 혹은 윌리의 주장대로, 어윈에게는 어두운 과거가 있었음이 드러난다. 어윈이 한때 가정적으로 심한 경제난을 겪었으며, 부채를 해결하는 과정에서 기업의 특혜를 받았다. 미국전력회사의 고문역을 받은 어윈 판사가 리틀포(Littlepaugh)라는 사람의 자리를 빼앗은 것이 사건의 발단이다. 리틀포는 당시 주지사인 스탠튼에게 어윈의 불법적인 처신을 호소하였으나 받아들여지지 않자 자살해 버린다. 어윈의 비리와 함께, 당시 어윈을 감싼 사람은 앤과 아담의 부친인 스탠튼 주지사였음이 드러남으로써, 잭의 뒷조사는 생전의 어윈과 스탠튼에게 도덕적 결함이 있었음을 밝혀낸 것이다. 비상한 연구수집 능력으로 비리의 증거를 확보한 잭은 이제 정치적으로 어윈의 지지가 절대로 필요하게 된 윌리와 함께 어윈의 자택으로 한밤중에 찾아가 은근한 협박을 가한다. 오랜 세월 동안 잭을 아들처럼 사랑하던 어윈은 잭이 하필이면 윌리와 같은 독재자를 보좌하는 것이 못마땅하다. 게다가 잭이 다시 찾아와 윌리의 요구대로 할 것을 권하며, 비리의 증거문서를 내보이자, 어윈은 오랜 기억을 되살리려 애쓴다. 이 시점에서 어윈은 잭에게 출생의 비밀을 알리고 협박에서 벗어날 수 있었을 것이다. 그러나 어윈은 과거의 잘못된 처신을 인정하고 자살을 선택한다.

어윈의 자살은 평생을 버텨 온 잭의 이상주의적 태도를 허무는 일련의 사건의 신호탄이 된다. 어윈의 소식을 들은 잭의 어머니는 잭이 "네 아버지를 죽였다!"고 비명을 지른다. 이 비명은 잭의 정체성과 함께 잭이 의문시하던 여러 가지 진실을 한번에 전한다. 즉 잭의 생부는 어윈 판사였으며, 잭의 어머니는 사랑을 아는 여자였으며, 잭의 아버지였던 엘리스 버든은 무능한 가장이 아니라 최대한 아내와 절친인 어윈의 명예를 지켜 낸 사람이었다는 일련의 사실들이다. 본업에 충실한 하나의 행위가 행위자의 신상에 관한 내밀한 사실들을 끌어낸 것은 잭의 일상적인 이상주의만으로는 설명되지 않는다.

그러나 잭은 경황 중에 아무런 변화도 보이지 않는다. 잭을 기다리는 것은 또 다른 일련의 사건들이다. 윌리는 협잡꾼적인 정책 추진 방식에도 불구하고 공적인 선을 베풀기 위하여 자신의 이름을 딴 자선병원을 건립하기로 한다. 이 자선 병원은 순수한 선으로만 건립될 예정이다. 타락한 정치세력들은 모두 제외되어야 한다는 것이 윌리의 생각이다. 포크너 소설의 섯펜이 그러하였던 것처럼 부패와 비리의 고리를 끊어 내고 선의 열매를 맺고자 하는 것이다. 윌리의 뜻을 아는 잭은 최고의 권위이자 의료 선행으로도 알려진 아담을 병원장으로 초빙하기 위하여 앤의 협조를 구한다. 앤은 잭의 표류하는 태도에 좌절만 하다가, 적극적인 윌리의 리더십에 이끌려 그의 정부가 되어 있다. 앤은 윌리의 뜻을 돕기 위하여 잭으로부터 비리의 증거문서를 넘겨받아 아담에게 전달한다. 부친의 비리를 알게 된 아담은 존경하던 아버지에 대한 실망과 동시에 결국 자기들도 사악한 윌리와 크게 다를 바 없다는 생각으로 자포자기 상태가 된다. 이것이 끈질긴 윌리의 요청을 수락하고 병원의 건립과 운영을 맡기로 동의하게 된 가장 중요한 이유다. 그러나 그의 순수한 동기에도 불구하고, 그가 병원장으로 위촉된 것은 순전히 그의 여동생 앤이 윌리의 정부가 되었기 때문이라는 폭로전화를 받고 격분한다. 아담은 곧 뛰쳐나가 의사당에서 윌리를 저격하고, 자신은 윌리의 운전기사 슈거 보이에게 사살된다. 잭이 심심풀이처럼 시작한 탐정의 역할이 뜻하지 않게 자신의 정체성 발견과 더불어 부모의 사람됨, 가까운 주변 인물들의 사망과 비극 등을 초래하게 된 것이다.

이러한 일련의 사태 발전은 잭으로 하여금 세상이 더는 고립된 단편적 존재가 아님을 깨닫게 해 준다. 상호 전혀 무관한 것 같은 존재도 돌멩이 하나가 호수에 던져지면 출렁이며 번져 나가는 호수의 물결처럼, 혹은 잠깐 가볍게 건드려진 거미줄처럼 마침내는 맨 가장자리까지 그 파급효과가 있다는 진실을 깨닫게 한다. 내가 인정하지 않는 한 무엇이든 존재하지 않는다는 식의 잭의 철학은 더 이상 그 효용을 가지지 못하게 되었다. 개인은 다른 개인들과 또 다른 개인들과 끊임없이 연결되어 있고, 한 곳에서 일어나는 일은 아무리 소소한 일이라 할지라도 그 파급효과는 전체에 미치는 것이다.

4) "거미줄"의 의미: 역사를 안고 공동체 속으로

『모두 왕의 신하들』에 등장하는 세 명의 중심인물들은 각자의 경험을 통하여 새로운 세상의 존재를 깨닫게 된다. 그중에서 윌리는 짧은 시간 동안이지만 자신이 추구하던 것을 주위에 잘 이해시켰더라면 세상은 달라질 수 있었을 거라는 말을 유언처럼 남긴다. 마치 셰익스피어의 햄릿이 "모든 것이 다를 수 있었어"라고 말한 것처럼, 윌리도 거침없이 추진하던 자신의 계획이 뜻밖의 엇나감으로 차질을 빚게 되었음을 후회하고 있다. 윌리의 삶에서 우리가 알게 되는 것은 사회에 선을 행하고 공공이익을 증진하기 위한 윌리의 목표는 신선하고 의미가 깊었다. 하지만 그 과정에서 당연히 준수해야 할 사회공동체의 규칙을 무시하고 사적인 수단을 동원하여 목적을 달성하고자 했다는 점에서 반공동체적인 죄를 범하였으며, 이로 인하여 그의 공동체에 대한 이상주의적 목표 추진이 중도에 좌절될 수밖에 없음을 보게 된다.

이와 달리 캐스는 보다 철학적으로 세상의 원리를 깨달은 인물이다. 불타는 자신의 열정으로 일어난 연쇄적 사건 발생은 그를 깊은 깨달음으로 인도했다.

> 그는 이 세상이 하나의 조각으로 이루어져 있다는 것을 알게 되었다. 이 세상은 커다란 거미줄 같아서 어디라도 건드리면, 아무리 살짝이라도, 떨림이 맨 가에까지 물결치고, 졸던 거미가 간질임을 느끼고 잠에서 화들짝 깨어 뛰쳐나와, 거미줄을 건드린 당신에게 거미줄을 던지고 당신 살 속으로 검은 마취

액을 주입한다. 거미줄을 건드리려 했든 안 했든 상관이 없다. 유쾌한 발걸음이나 기쁜 날개가 아주 가볍게 스쳤다 해도 일어날 일은 언제나 일어나고, 검은 수염과 햇빛에 거울처럼 번쩍이는 다 면의 눈을 가진, 혹은 신의 눈을 가진, 거미는 기다리고 있다(200).

캐스가 깨달은 이 교훈은 결국 한 개인의 행동은 이기심에서 출발하여 주변의 사람들에게는 물론, 직접 관계가 없는 사람들에게까지 비극을 초래할 수 있다는 것이다. 캐스의 불륜은 친구이자 은인의 자살을 불러왔고, 자살의 비밀은 연인을 두려움과 광기로 몰고 갔으며, 그 비밀을 알게 된 흑인 노예 피비는 행선지도 알 수 없는 지역으로 팔려 가 그녀의 가족이 해체되는 위기로 이어진다. 그리고 이 모든 것의 출발점인 캐스는 자기의 행동을 뒤늦게 참회하고는 소유하고 있던 노예를 해방하고 남북전쟁에 총도 없이 참전하여 사망에 이르게 된다. 즉 개인의 행동은 개인의 영역에서 그치지 않고 필연적으로 가족공동체 혹은 사회공동체에 파급되는 영향을 주고 만다는 거미줄의 이론을 터득한 것이다.

잭 또한 캐스처럼 연쇄적 사건의 발생 앞에 망연자실하지만, 캐스와는 달리 '대수면'과 '대경련' 이론을 내세워 현실을 무시하거나 도외시하며 애써 진실을 외면해 왔다. 그에게 인생이란 특별한 의미가 없고 순간의 현상일 뿐이다. 그러나 이러한 자신의 무심한 일상이 뜻밖에도 어윈 판사의 자살과 곧 이은 어머니의 충격적인 고백으로 잭을 변화시킨다. 평소 존경하던 이웃의 멋진 아저씨 어윈 판사를 자신이 죽음으로 몰아갔다는 사실과 또 그가 자신의 친부라는 청천벽력 같은 사실이다. 더불어, 말 한마디 없이 가족을 버리고 나간 아버지 엘리스 버든이 오히려 친구 어윈과 아내의 불륜에 대해 침묵을 지키며 자기의 책임으로 돌려 왔다는 사실도 함께 알게 된다. 잭은 비난과 원망의 대상이었던 아버지 엘리스 버든을 통해서 책임지는 삶의 면모를 보게 된다. 그것으로 세상에서 벌어지는 일들은 자신과 직접적인 인과관계가 없다고 합리화하며 고고한 삶의 세계를 지켜 온 것 같았지만, 실은 매우 이기적이고 자기중심적인 시각에서 남을 비판하며 살아왔다는 사실을 깨우친다.

또한, 잭은 윌리의 아내 루시(Lucy)와의 만남에서도 그녀의 무한한 책임의식과 자신의 주변을 사랑으로 포용하는 자세를 본다. 아들 톰의 여자 친구의 임신 사실을 알게 되고 누구의 아기인지 분명치 않음에도 루시는 정치와 아이를 별개로 할 것을 잭에게 강변한다.

"그저 아기일 뿐인데" 그녀는 거의 속삭이듯 말했다.

"그저 작은 아기잖아요. 아무것도 모르는 조그만 아가. 아직 세상에 태어나지도 않았는데, 그리고 무슨 일이 있었는지 알지도 못하잖아요. 돈이고 정치고 누가 상원의원이 되고자 하는지도. 이 아기는 아무것도 모른다구요, 어떻게 태어났는지, 그 엄마가 무슨 짓을 했는지도 혹은 왜, 혹은 아버지 되는 사람이 그 사람이"

그녀는 말을 멈추었다. 그리고는

"아, 이봐요. 그건 조그만 아긴데, 애 잘못이 아니잖아요" 덧붙여서

"그 아긴 내 손주일 수도 있어요. 내 아들의 아기일 수도 있는 거지."

그리고는 잠시 후, "그 아이를 사랑해 줄 거야"(356).

아들과 남편의 스캔들 와중에서도 이러한 루시의 자세는 잭이 지금까지 유지해 왔던 유아독존적인 삶의 자세와는 대조적인 차원으로서 공동체 사회를 긍정적으로 이끌어 가는 힘을 보여 준다. 부모의 과거를 알게 됨과 동

시에 자신의 정체성에 대한 바른 이해가 가능해진 잭은 이제 가족을 넘어 밖의 세상과도 화평과 안도의 관계를 맺게 되는 것이다(459). 이러한 잭의 책임의식에 대한 파장은 잭의 앤과의 관계에도 변화를 가져온다. 보티어의 지적대로 잭의 변신은 "중추적 순간"을 맞이한다. 잭은 이기적인 태도를 버리고 윌리와 아담의 비극적 죽음 앞에 절망의 나락으로 떨어져 있는 앤을 따뜻하게 위로해 주며, 처음으로 "타자(Other)와 관계를 맺는다"(Vauthier 62). 그가 앤을 진정한 마음으로 위로하고 그녀와 함께 불의에 간 사랑하는 이들을 애도하는 것은 "자기 혁신(self-renovation)"의 첫걸음이다(Castille 87).

잭의 자기 정체성의 확인은 외연의 확대를 가져오며, 밖의 세상에 대한 책임 또한 느끼게 한다. 자기합리화인 '대경련' 시절에는 많은 일이 일어나도 책임을 느끼지 않았고 모든 것이 우연이고 환경의 소산이었다. 그러나 이제 잭은 진실을 밝히는 작업에 나섬으로써 전체 진실망에서 사라진 연결고리(missing link)를 찾는다. 먼저 세이디를 찾아가 아담의 행동을 촉발한 비밀정보를 얻는다. 세이디가 흘린 정보를 더피가 듣고 아담에게 전화로 알렸다는 것이다.

이제 잭은 공동체의 존재를 인식하고 그에 걸맞은 책임성 있는 행동을 시작한다. 이전과는 대조적으로 상대방을 배려하는 자세를 보이며, 어머니가 어윈의 마지막에 대하여 궁금해할 때 그는 어윈에게 비리는 없었다는 거짓말로 어머니를 위로한다(457). 이것은 조지프 콘래드(Joseph Conrad, 1857-1924)의 작품 『어둠의 속 *Heart of Darkness*』(1899)에서 주인공 말로(Marlow)가 커츠(Kurtz)의 약혼녀에게 선의의 거짓말로 위로를 전하는 모습과 흡사하다. 아프리카에 들어가 탐욕의 화신이 된 커츠는 "끔찍해! 끔찍해!(The horror! The horror!)" 라는 말을 남기었으나, 말로는 커츠의 약혼녀에게 그녀의 이름을 부르며 죽었노라고 선의의 거짓말을 한다. 잭도 성숙해진 말로처럼 어머니를 위로하는 것으로 세상과의 인연을 시작하는 것이다.

또한, 잭은 세이디에게서 얻은 비밀정보를 윌리의 경호원 슈거보이에게 흘리지 않음으로써 비극의 악순환[의/이라는] 고리를 끊는다. 복수를 갈망하고 있는 슈거보이에게 이 비극에 대한 책임을 져야 할 사람을 알고 있다고 한 말은 농담("I was kidding." 446)이었다고 넘겨 버린다. 한마디면, 준비된 슈거보이로 하여금 통쾌한 복수를 할 수 있는 매우 쉽고 완벽한 유혹이었으나 비극을 통해 성숙한 깨달음의 경지에 이른 잭은 더피나 자신이나 같은 '승냥이와 형제간(a brother to dragons)'(Clark 96)임을 인정한다.

> 그것은 마치 타이니 더피가 천천히 내 형제처럼 그의 희번득한 눈(his oyster eye)으로 내게 윙크를 하는 것 같았다. 그리고 나는 그가 이 악몽 같은 진실을 알고 있음을 알았던 것 같았다. 바로, 우리는 살과 연골과 피 흘림이라는 공통된 솔기로 묶인 거리의 초라한 괴짜들보다 더 불행하게 꽁꽁 한데 묶인 쌍둥이였다. 우리는 영구적으로 한데 묶였다. 나는 나 자신을 증오하지 않고 그를 결코 증오할 수 없고 그를 사랑하지 않고 나 자신을 결코 사랑할 수 없을 것이다. 우리는 눈 한 번 깜박이지 않는 영겁이라는 시선 아래, 우리가 모두 존경해야 하는 위대한 경련이라는 성스러운 은혜를 입고서, 한데 묶였다.
> 그리고 나는 소처럼, 고양이처럼 몸을 들썩거리고 꿈틀거렸다. 그리고 신물이 올라와 내 목을 태웠다. 그게 다였다. 나는 모든 것과 모든 사람과 나 자신과 타이니 더피와 윌리 스타크와 애덤 스탠튼을 증오했다. 다들 지옥에나 가라, 나는 하늘 아래 모든 존재에게 공평하게 말했다. 그때엔 내게 모든 것이 다 똑같아 보였다. 그리고 나도 그들과 같아 보였다. 한동안 그런 식이었다(442).

여기서 잭은 그가 경멸해 마지않던 더피나 자신이 다를 바 없음을 깨닫고 이를 인정하는 성숙함을 보인다. 자신의 이상을 존중하면서 나머지 세상과의 결별을 선언하고 살던 잭이 세상에서 가장 저속한 경멸의 대상이 바로 자기 자신과 같은 존재임을 인정한 것이다. 잭은 이와 같은 깨달음과 함께 겸손을 배우며 더 이상의 악순환을 유도하지 않는다. 캐스의 거미줄 원리를 실제 삶에서 경험한 잭은 이 시점에서 캐스의 삶과 죽음에 대해서도 공감하게 된다.

잭은 지금까지 '대수면'과 '대경련' 철학을 절대적으로 신봉하여 모든 일이 다 설명될 수 있다고 믿었다. 그러나 그는 이제 절대성과 역사, 미래에 대한 혜안을 얻음으로써 다른 사람이 된다. 잭은 경직되고 그릇된 이상주의가 자신을 무의미하게 이끌어 왔음을 알게 되고, 이러한 도덕적 이상에 기초한 그의 과거 행위와 판단들이 저주를 받는 것처럼 느꼈다. 잭은 도덕적 가치는 인생의 저마다의 환경에 따라 적용되고 수정되어야 함을 깨닫게 된다. "절대란 없다. 역사는 바뀔 수 없다, 그러나 미래는 유동적이고 움직여 갈 수 있으므로 바꾸어 나갈 수 있다"(Murphy 79). 이후 잭은 무관심과 냉소하는 자세를 버리고 적극적이고 책임성 있는 사회인으로 변화한다. 어윈 판사의 자살은 자신의 부모에 대한 판단에 오류가 있었음을 깨닫게 했다. 잭은 어머니가 냉담하고 이해할 수 없는 사람이 아니라 진실로 사랑을 한 경험이 있었다는 것, 아버지 엘리스 버든도 무능하고 무책임한 가장이 아니라 친구 어윈과 아내를 위한 마음으로 가장의 자리에서 조용히 물러서는 어려운 결정을 했던 것임을 알게 된다. 잭도 책임 있는 사회인으로 해야 할 역할을 수용함으로써 자유로워진다. "책임을 진다는 것은 자신의 정체성을 창조하고 자기의 세계를 스스로 결정한다"(Guttenberg 55)는 뜻이기 때문이다.

윌리와 캐스, 그리고 잭의 이야기는 상호 긴밀한 관계 속에 있다. 캐스의 삶과 죽음을 이해하지 못하여 학업을 포기한 잭이 윌리를 만나는 것은 그가 표현하듯 운명적인 일이다. 그리고 앞 장에서 보았듯이 윌리는 세상을 논리적으로 보는 이상주의자로 출발했다. 카운티의 프로젝트를 합리와 순리로 따지면서 주민들의 이해를 촉구하였고, 순수한 마음과 목표로 선거전에 뛰어들었다. 이러한 윌리를 만나게 된 시점에 잭 또한 자기 나름의 이상주의를 내세우고 있었다. 여기서 캐스의 일기가 가지는 의미는 잭이 윌리와의 만남에서 일어나는 의미를 조명하는 데 그치는 것이 아니라, 윌리를 알게 됨으로써 잭은 캐스의 일기를 이해하게 된 것이다. 이처럼 윌리의 보좌관으로서의 경험은 잭에게 깊은 이해력으로 진실을 대면하는 안목을 가지게 한다. "캐스의 일기를 이해하기 위해서는 잭은 역사의 거미줄에서 자기의 위치를 먼저 인정해야 했다"(Cullick 208).

살펴본 바와 같이 윌리와 잭, 캐스는 모두 하나의 공동체 존재를 이야기하고 있다. 책임과 역할을 거부하던 잭은 자신이 공동체라는 거대한 거미줄의 일부임을 인정하고 역사가 부과하는 책임과 의무를 받아들인다. 비평가 존 버트는 이에 대해서 잭의 자세가 사회에 대해서 긍정적임에도 불구하고, 그 긍정은 음울한 진리를 획득한 후에 오는 것이기 때문에 큰 의미가 있는 것은 아니라고 주장하고 있다. 잭이 진리를 깨달았을 때는 사실상 대가를 상당히 치른 후다. 상관인 윌리도, 생부인 어윈 판사도, 죽마고우 아담도 잃고 나서야 중요한 가치를 깨닫는데, 이 깨달음의 바탕 위에 행동으로 옮길 수 있는 것은 이미 아무것도 없다는 것이다. "작품은 긍정으로 끝난다, 그러나 그것은 아마도 아무것도 긍정할 것이 없을 때 활용하게 되는 긍정일 것이다"(Burt 171).

그러나 잭의 긍정이 "미약하기는 해도 긍정은 현존"한다고 클라크는 해석한다. 워런이 잭에게 책임 있는 시민으로 거듭나게 한 것은 긍정적이고 정치적인 행동의 가능성을 보이는 소치(所致)라는 것이다. 그리고 잭이 매서운 경험 끝에 얻은 것은 인간은 모두 소외되고 불안하고 연약한 존재이므로 결코 혼자일 수 없다는 굴욕적이고도 유쾌한 진리다(Clark 93-94). 다시 말하자면, 잭이 자신은 당당한 독립적인 인간으로 세속적이고 저속한 인간들과 상종하지 않고 적당한 거리를 두고 살아갈 수 있다고 생각했었으나, 자존심 상하는 일련의 과정을 겪으면서 인간의 한계를 깨닫고 진리를 획득하며 일면 자유로워지는 경험을 한 것이다. 그러므로 잭의 사회 책임성 인정과 수긍은 그의 인간으로서의 성숙을 나타내는 동시에 인간과 사회의 관계를 긍정적으로 회복하는 결과를 보인다.

제 3 부

—

미 흑인의 역사의식과 공동체 회복

아프리카 사회는 전통적으로 공동체의식을 중시해 왔다. 아프리카인들은 '나(I)'가 존재하는 것은 '우리(we)'가 존재하기 때문이고, '우리'가 있기에 '나'가 있다고 생각한다(Mbiti 106). 아프리카 사회 특유의 개인과 집단의 긴밀한 관계성은 미 대륙에 노예로 끌려온 아프리카인들에게서도 발견된다. 노예해방이 선언되기 전까지 인간이 아닌 생활에서 쓰는 가재도구처럼 취급되었지만, 그들은 공동체의식을 잃지 않고 있었다. 공동체의 문제는 아프리카계 여성작가인 토니 모리슨의 작품세계에서도 중요한 의미가 있다. 특히 그녀의 노벨문학상 수상작품 『빌러비드』는 이 공동체의식을 주요 모티프로 제시한다. 주인공 세서(Sethe)는[1] 18년이라는 긴 세월 동안 공동체와 유리된 삶을 살다가 자신의 과거에 대해 속죄하면서 공동체와의 관계를 회복한다. 이로써 세서는 비로소 미국사회라는 퍼즐 속에서 제 위치를 찾은 것이다.

모리슨의 작품에서 공동체의식이 어떻게 구현되는지 파악하기 위하여 우선 모리슨 문학의 역사적 배경을 살펴보기로 한다. 넓게는 아메리카 대륙에서의 흑인 등장의 역사부터 시작해서 노예적 존재로 사는 삶, 그리고 마침내 미국사회의 정당한 구성원으로서의 위상을 가지고 진입하기까지 그들이 체험한 고통의 역사를 훑어본다. 또한, 아직도 자신들의 자리를 온전하게 차지하지 못한 흑인들의 정체성과 모습이 작품으로 표현되어 가는 과정을 짚어 본다. 그러기 위해서는 미국 남부의 노예제도와 흑인문학의 토대가 된 '노예자서전', 그리고 흑인들이 하나의 정치세력으로 벌인 문화현상과 그 이

1 주인공 이름 'Sethe'는 작품 내(Plume판, 30)에서 명확하게 발음대로 표기되어 있다. 'Seth-thuh' 즉 세서다.

후에 활동한 흑인작가들에 대한 논의가 심층적으로 이루어질 필요가 있다.

흑인이 미대륙에 건너온 지는 300여 년이 되지만, 미국의 교육, 문화 등의 정사(正史)에서 아프리카계가 인정된 것은 1960년대에 이르러서다. 미국의 교육에서 배제되었던 미국 아프리카계의 역사와 문화가 1960년대 후반에 와서야 이야기되기 시작한 것은 60년대 이전의 미국역사에서 아프리카계의 역사와 문화가 공식적으로 인정되지 않았음을 나타낸다. 이처럼 최근에 와서야 미국의 역사 문화저술들이 백인 미국의 문화적 주도권, 혹은 지배체제를 유지하기 위하여 억압해 왔던 흑인 미국인들에 관한 정보를 포함하기 시작했다. 미국역사, 정확하게는 미국의 백인역사를 가르치는 교과서들은 흑인 반란의 역사에 대해서는 함구하고 있다. 일찍이 17세기에 아프리카 대륙과 아메리카 대륙을 연결하는 '중간 항로(Middle Passage)'에서 일어난 노예 항거, 대규모 농장(plantations)에서 일어난 수많은 노예 반란 등과 노예 소유주들 코 앞에서 노예들이 발달시킨 소통과 저항의 네트워크에 대해서도 언급이 아예 없다시피 했다. 그리고 1920년대 뉴욕 주의 할렘과 관련하여 소위 할렘 르네상스(Harlem Renaissance)로 알려진 흑인문학운동과 그 기간에 엄청나게 쏟아져 나온 창의적인 사업 — 예컨대 흑인문학, 음악, 그림, 조각, 철학, 정치적 논쟁 등 — 과 같은 성과는 주목을 받지 못했다(Tyson 360).

이 책에서는 위의 논의를 먼저 다루고, 다음으로 모리슨의 작품세계에서 미국 흑인 역사의 맥락과 모리슨이 계승하는 정신적 유산, 작가의 개인적 생애와 배경, 그리고 그녀의 노벨 문학수상작이 나오게 된 배경, 그리고 그 작품 안에서 공동체의식이 어떻게 표현되고 있는지를 이야기하고자 한다. 왜냐하면, 모리슨의 『빌러비드』는 한 작가의 한 작품에 그치는 것이 아니기 때문이다. 이 작품 안에는 흑인들의 신대륙 강제이주로 비롯된 억압의 역사가 녹아 있다. 강제 이주에 이은 강제노동, 인신매매를 합법화한 반가족체제 아래의 노예생활 등을 거치고 후대에는 이 같은 반인간적인 유산을 허용하지 않겠다는 노예 출신 흑인의 의지를 재구성하면서 작가는 현대인인 우리에게 다음과 같은 문제의식을 제기한다. 우리는 과연 노예제도 의식에서 자유로운가? 법 제도로서의 노예제도는 불법화되었으나, 우리의 의식은 어떠한가?

미국의 흑인문학을 이해하려면 아프리카계 미국인들이 겪어 온 역사의 주요 과정들을 알아야 한다. 중요한 과정이란, 중간항로, 미국의 노예제도(American Slavery), 도망노예법(The Fugitive Slave Act), 남북전쟁(the Civil War), 지하비밀결사(Underground Railroad), 흑인 대이주(The Great Migration: 1915-1960), 할렘 르네상스(Harlem Renaissance), 흑인민권운동(Civil Rights Movement) 등을 포함한다.

1. 미국 남부의 흑인 노예제도 양상

미합중국은 현재도 인종문제로 난항을 겪고 있다. 최근에도 백인 경찰관의 폭력과 불공정한 처리가 의심되고 이에 대항하는 흑인들의 항거가 연일 보도된 바 있다. 흑인들이 노예로 미 대륙에 실려 온 지 400년, 링컨이 흑인 노예들에게 해방을 선언한 지 150년이 넘었고, 21세기에 들어서 10여 년이 지난 지금도 흑백 간의 진정한 평등이란, 혹은 더 나아가서 인종 간의 진정한 평등이란 요원해 보인다.

인종문제의 근원을 고찰하기 위해서, 우리는 왜 미국 본토에서 흑인들이 백인들에게 차별을 받게 되었는가부터 생각해보게 된다. 흑인들은 자기들의 본령인 아프리카 대륙을 떠나 미 대륙에 살게 되었는지, 어떤 경로로 오게 되었는지, 미 대륙에서는 어떤 생활을 하게 되었는지, 그에 대한 어떤 문서나 기록들이 있는지를 연구해 볼 필요가 있다.

미 대륙에 처음부터 흑인들이 노예로 존재했던 것은 아니다. 그들은 17세기 초에 강제로 실려 와서 처음 노예로 팔리게 되었고, 이주의 자유가 없이 세대를 거듭하면서 자연히 미 대륙에 남게 되었다. 그러면 어떤 계기로 흑인들이 미 대륙에 오게 되었는가? 1607년과 1608년에 걸쳐 지금의 버지니아주 제임스타운(Jamestown)에 이주한 영국인들과 유럽인들은 농경인이 아니었다. 또 수적으로 열세인 이주민들은 토박이 인디언들의 공격과 질병, 기아로 초년도에는 이주민의 90%가량이 살아남지 못했다(1609년에서 1610년까지 500명 중 60명 생존). 흑인이 처음 미국 땅에 등장한 것은 1619년, 네덜란드 상선이 포로로 잡은 20명의 흑인을 버지니아에 팔아넘긴 때였다. 이는 7년 계약제 일꾼으로 노예로 팔린 것은 아니었다. 그러나 농경에 관심이 없던 백인들이 토지와 기후가 농경에 적합한 남부에 정착하면서 쌀과 담배, 면화를 재배하여 수입이 크게 늘게 되자 그 넓은 농원을 경작할 노동력이 절실해진다.

이것이 미국에 흑인의 숫자가 점차 증가하게 된 경제적 원인이다. 버지니아주의 경우, 1640년에는 150명 정도였던 흑인 인구는 10년 후에는 두 배로 증가하였으며 1700년에 들어서면서 노예 인구는 만 명 단위를 넘어선다.[2] 1661년부터는 흑인을 노예로 부리고 노예 신분을 대물림시키기 시작한다. 노예수입의 중심이었던 사우스캐롤라이나주의 경우는 1708년에 흑인이 전체 인구의 과반수가 되는 최초의 식민지로 기록되었으며,[3] 1720년의 통계에

2 노예의 숫자는 1650년에는 300명, 1680년에는 3천 명으로, 다시 1704년에는 1만 명으로 증가 추세를 보였다. www.scholastic.com/teachers/article/african-american-history 참조.

3 2015년 6월 사우스캐롤라이나의 찰스턴에서 벌어진 백인에 의한 9명의 흑인 신도 살해사건은 불행하게도 미국노예제의 유산이 아직도 현 사회에 살아 있음을 증명한다. 흑인 노예들의 은거지이기도 했으며 찰스턴 노예역사의 산 증인이었던 임마누엘 흑인교회(Emanuel A.M.E Church)에 젊은 백인 남자가 성경공부 중인 흑인 성도들을 향하여 총을 난사하였다. 범죄를 저지르기 전에 남긴 아래의 글은 찰스턴 시의 어두운 과거

의하면 사우스캐롤라이나에서의 흑인 대 백인의 인구비율은 2대 1로 흑인이 전체인구의 70%를 차지했다. 또한, 버지니아에서는 40퍼센트를 차지한 것으로 기록되었다.[4] 그리고 1711년, 노예공급을 보다 효율적으로 하기 위하여 '공공노예 매매시장'이 뉴욕시에 열렸다.

흑인의 숫자와 수요가 증가함에 따라 남부인들은 신속히 이를 지원하기 위한 정치 제도를 만들었다. 흑인 노예제도에 대한 대응책은 각 주의 사정과 상황에 따라 다르다. 노스캐롤라이나는 1669년 백인이 흑인의 생사에 대해 절대권을 가지는 제도를 만들었으며, 버지니아는 1740년 노예를 사유물로 인정하는 노예 가재(家財)제도를 시행하고, 조지아는 1750년에 노예사용을 허용하여 노동력 공급문제를 해결한다. 이것이 미국 노예제도의 효시라고 볼 수 있다. 면화와 담배 재배업이 남부의 주요 산업이 되면서 극심한 노동력의 수요는 결국 17세기 말에 이미 130만 명의 아프리카인들을 들여오고, 1775년과 1783년 사이에는 전 인구의 21%가 흑인 노예로 기록되어 있다. 1793년에는 면화 씨앗 제거기(cotton gin)가 발명되어 면화 수확에 획기적인 변화가 일어났다.

즉 노예 1인당 10시간 노동의 수확량이 1793년의 1파운드(약 500g)에서 기계발명 이후 50배가 늘어난 1인당 50파운드(2.5kg)의 면화를 거둘 수 있게 되었다. 이제 미국 남부에서는 노동력 걱정 없이 면화를 재배하여 수출하게 되었고, 아이로니컬하게도 면화산업의 증대는 곧 더 많은 흑인을 노예로 사

사와 함께 인종차별의식이 얼마나 깊이 백인들의 머릿속에 자리 잡고 있는지를 드러내고 있다. "내가 찰스톤을 선택한 것은 내가 사는 주에서 이곳이 매우 역사적인 도시이고, 한때는 우리나라에서 백인 인구 대비 흑인 인구의 비율이 최고였기 때문이었다. 여기에는 빡빡머리 보수파 청년당도 없고, KKK도 없고, 인터넷에서나 뭐라 하지 아무 행동도 하지 않는다. 누군가는 진짜 세상을 드러내는 용기를 가져야 하는데, 아마도 내가 나서야지 싶었다."(범인의 "Racist Manifesto" at gawker.com/here-is-what-appears-to-be-dylann-roofs-racist-manifest-1712767241)

4 www.digitalhistory.uh.edu/disp_textbook.cfm?smtid=2&psid=449 참조.

19세기 면화 씨앗 제거기(cotton gin)
A cotton gin on display at the Eli Whitney Museum. 출처: wikimedia.org

들여오게 했다. 그리하여 1790년에는 65만 명의 흑인이 쌀, 담배 재배에 투입되었고 1850년에는 조지아·앨라배마·미시시피·루이지애나 주에서 그 인구가 5배 정도인 320만 명(혹은 360만 명)으로 증가했다.[5] 그리고 남북전쟁이 일어난 1860년대에는 미국 전체인구의 14%, 남부인구의 33%가 흑인이며, 그 흑인 중 대부분 즉 89%가 노예들이었다.

이 흑인들은 소위 대서양 횡단 무역(Trans-Atlantic Trade)으로 알려진 삼각무역체제의 일환으로 미 대륙으로 들어오게 되었다. 즉 유럽의 노예상인들은 공업제품, 말, 주류 등을 서아프리카의 부족들에게 제공하고, 그들로부터 흑인포로들을 넘겨받아 미 대륙에 노예로 팔았다. 그리고 그 배는 미국에서 생산한 설탕, 면화, 담배 등을 싣고 유럽으로 돌아가는 등 3대 대륙을 오가는 무역항로였다. 흑인들이 아프리카에서 미 대륙으로 이송되기까지는 역사상 가장 비극적이고 잔혹한 대우를 받았다. 이때 흑인들이 겪어야 했던

5 Statistical Abstract of US 2003; U.S. Census Bureau 1993 참조. 흑인 노예의 통계수치는 출처에 따라 차이가 크다.

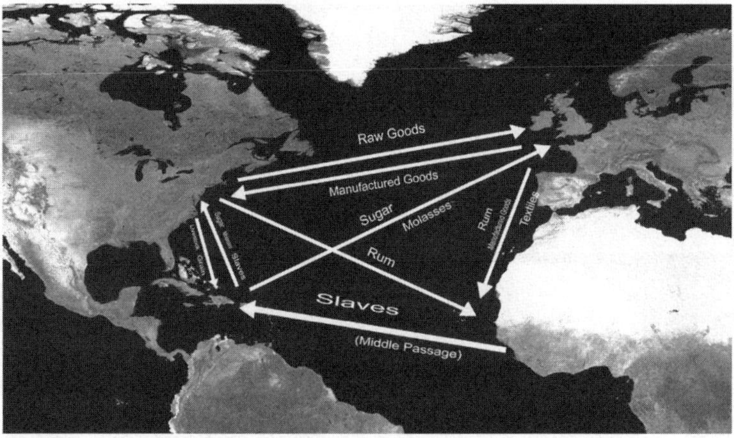

대서양 횡단 무역(Trans–Atlantic Trade)
Detailed Map of the products being traded in the Triangle Trade. 출처: wikimedia.org

항해의 코스를 '중간 항로'라고 했다.

아메리카로 팔려 온 흑인들은 주로 서부 아프리카 지역에서 납치되거나 포로로 잡힌 건장한 10대나 20대의 청년들이었다. 이들은 내지에서 해안의 배까지 이동되는 동안에 반은 죽고, 살아남은 자들은 아프리카 대륙에서 아메리카 대륙까지 2~6개월간의 혹독한 선상 생활조건으로 인하여 3분의 1 또는 4분의 1만 남아 미 대륙으로 팔려 간다. 이처럼 노예시장에 이르지 못하고 희생된 흑인들만도 150만에서 200만으로 추산되고 있다. 그들이 처한 선상 조건은 선적 화물과도 같았다. 노예매매 상인들은 배에 최대한의 인원을 수용하기 위해 흑인들은 한번 누우면 일어날 수도 몸을 뒤척일 수도 없는 관 같은 공간에 갇힌다. 또한, 쇠사슬에 목이나 팔다리가 묶여 고정되어 있었으므로 자신의 배설물 위에 누워 있을 수밖에 없었다고 한다.[6]

6 www.youtube.com/watch?v=8nePOpkYwjY&list 참조.

노예 수송선 갑판 아래로 창도 없는 캄캄한 곳에 노예들이 빈틈없이 빽빽하게 실려 있다.
Images showing how to transport slaves in a ship Fonte, Notices of Brazil, Walsh, 1831. 출처: wikimedia.org

이렇게 미국으로 유입된 노예들은 갈수록 증가하는 수요와 솟구치는 몸값으로 자산가치가 올라감에 따라 그들에게 가해지는 각종 제약과 통제도 한층 심해진다. 1850년대의 두(頭)당 평균 몸값이 1860년에는 두 배로 올랐고, 이에 따라 노예는 잘 지켜야 하는 재산이 되었다. 1850년에 미 의회를 통과한 '도망노예법'은 이러한 현실을 반영하여 흑인 노예들을 효율적으로 통제하는 데 크게 이바지한 잔인한 법이다. 이 법 아래에서 흑인 노예는 자신이 처한 상황이 아무리 혹독해도 탈출할 수 없었고 설사 탈출해도 다시 체포될 수밖에 없게 되었다. 도망노예법에 따르면, 노예사냥꾼들은 법관 앞에서 '문제의 흑인이 도망자다'라는 증언만으로도 그 흑인을 잡아 팔 수가 있었다. 만일 노예가 탈출에 성공하여 운 좋게 마음씨 좋은 정의로운 백인을 만났다 하더라도 만일 그가 도망노예를 돌려주지 않으면, 당시 1,000불이라는 어마어마한 벌금을 물어야 했으니 백인으로서도 쉽지 않은 결심과 희생이 필요하게 된 것이다. 또 일단 어떤 흑인이 도망노예라는 의심을 받게 되면 그에 대한 체포 영장이 없이도 체포할 수 있고, 누가 자신이 소유주라고 증언을 하기만 하면 그 주장이 인정되어 흑인은 그에게로 넘겨졌다. 한편, 의심받는 흑인 당사자에게는 변호를 위한 배심원 판결이나 증언 요구 등의 권리도 원천적으로 차단되었다. 또 누구든지 도망노예를 숙식 등 어느 형태로든 도와주면 6개월의 징역과 500불이라는 거금을 물어야 했다. 그러니 흑인 노예들은 고용주에게서 도망할 엄두를 내지 못했다. 농장 밖으로 탈출한다 해도 사방에 고발자들이 포진해 있는 셈이어서 그 누구에게도 도움을 청하는 것은 거의 불가능했기 때문이다. 도망해 보았자 곧 다시 붙잡힐 것이고 그다음엔 본래의 농장주에게로 소환되어 더 비참한 상황을 각오해야 하기 때문이다. 그래서 노예들은 탈출을 통한 희망을 꿈꿀 수 없었다.

또한, 흑인 노예들은 정신적으로도 세뇌교육을 받았다. 도망노예법과 마찬가지로 1850년에 나온 '이상적인 노예' 만드는 법 안내서는 노예소유주들에게 흑인 노예들 다루는 요령을 다음의 다섯 가지로 열거하고 있다.[7]

첫째, 엄격한 단련과 조건 없는 복종을 유지한다. 노예들을 항상 엄격한 긴장관계 속에서 지내게 함으로써 다른 생각을 못 하게 할 뿐 아니라, 방심하지 않고 일에만 열중하게 한다. 또 어떤 일에든지 백인주인과 다른 의견을 품거나 판단할 기회를 가지지 못하도록 한다. 이것은 흔히 감옥이나 수용소에서 사용하는 방식이기도 한데, 이처럼 백인주인 혹은 감독관의 명령과 지시에 바로 시행하고 이를 절대적인 진실로 받아들이게 함으로써 자신

7 en.wikipedia.org/wiki/Treatment_of_slaves_in_the_United_States 참조.

의 판단 능력을 소멸시킬 수 있기 때문이다.

둘째, 열등의식을 심어서 '분수'를 알도록 한다. 이는 체념을 독려하는 것으로 노예로서 주인보다 열등하므로 차별대우는 당연한 것으로 받아들이게 한다. 자아의 포기는 곧 희망의 포기를 의미하고 이는 자신의 미래에 대한 기회를 포기하는 것이다. 자포자기는 주인의 지배를 더욱 쉽게 하고 노예 자신의 몰락은 손쉽게 한다. 이것은 식민주의가 만연한 시절, 피식민지에서 흔히 발견되는 의식 제어법(mind control)이었다. 피식민지인들은 강력한 식민통치자 앞에서 자신을 열등하다고 느끼고 비굴한 모습을 연출함으로써 그나마 주어진 '분수'를 감사하게 여기고 만족한다. 이러한 식민주의 통치는 당시에 효과적으로 실행되었다.

셋째, 공포감을 주입한다. 이 또한 식민지배의 효과적인 방법이다. 공포감으로 압박되면 사람은 극도로 위축되어 자기방어에 골몰하게 된다. 그리고 미지의 세계에 대해 도전할 의욕을 잃는다. 그래서 현재 자신의 생존에만 급급한 존재로 위축된다. 이러한 정신상태에서는 자신을 위한 계획이나 음모 등을 생각해 내는 일이 불가능하므로 지배자에게는 상당히 편한 존재가 된다.

넷째, 주인의 일에 관심을 가지도록 가르친다. 여기서 백인주인의 일은 곧 농장의 소득과 관련된다. 노예가 자신의 주된 의무인 농장 일에 관심을 가진다면, 곧 농장의 소출이 많아지고 주인의 부에 이바지하게 된다.

다섯째, 교육과 여흥의 기회를 금지함으로써 노예들이 항상 무식하고 절망적이며 의존적이게 만든다. 노예가 읽기와 쓰기를 배우면 그들에게 지식의 기회가 열리고 지식을 많이 가지면 그들 자신의 열악한 현실에 눈을 떠 보다 나은 미래를 향해 꿈과 희망을 품게 된다. 이것으로 주인에게는 자산가치의 파멸이 올 수도 있다. 꿈과 희망을 품는 것으로 끝나는 것이 아니라,

현재에 불만을 품게 되고 나아가서는 불의에 반항하고 저항하게 되기 때문이다. 비슷한 맥락에서 노예가 시간적 여유를 가지면 현재를 돌아보게 되고 즐거움을 향한 갈증을 풀려 하면서 주어진 임무를 게을리할 염려가 있다. 노예가 자아를 발견하고 미래에 대한 꿈을 가지고 여흥을 즐길 줄 알게 되면, 백인주인은 노예를 양껏 부릴 수 없게 된다. 그래서 교육과 여흥은 되도록 허용하지 않고, 늘 어둠 가운데 지내게 하는 것이 노예소유주의 중요한 원칙이 된다.

2. '노예자서전' 등장의 의미

앞서 언급한 어려운 환경 속에서도 흑인 노예들은 그들만의 문학을 창조했다. 이것이 소위 '노예자서전(Slave Narratives)'이라는 것으로, 일반적으로 다음과 같은 내용을 특징으로 한다.

첫째, 책 내용이 사실과 다름이 없다는 백인의 진실 보증서가 서문이나 머리글의 형식으로 반드시 포함된다. 노예로서 겪었다는 내용이 믿기 어려울 정도로 끔찍하여서 이 책에 담겨 있는 내용이 다 사실이라는 것을 증언해 주는 백인의 객관적인 확인이 필요하다고 본 것이다.

둘째, 노예 저자 자신의 경험을 기록한 것으로 항상 일인칭 서술이다. 저술의 첫 문장은 언제나 "내가 태어난 것은…"과 같은 문구로 시작한다.

셋째, 저자는 자신의 생일도 모르고 부모가 누구인지도 불확실하나, 다만 아버지는 아마도 백인이거나 백인일 것으로 추정된다고 말한다.

넷째, 저자 자신은 노예로서 백인의 소유물이며, (여)주인이나 백인 노예감독도 잔인하다고 적고 있다.

다섯째, 주인이 기독교인인 경우는 더 잔인하다고 설명한다.

여섯째, 일상생활에서 고되고 긴 노동은 물론, 매질 등 형벌도 일상사였음을 증거로 제시하고 있다.

일곱째, 노예를 경매에 부쳐 물건처럼 매매함으로써 흑인의 가족은 해체되고, 자식을 떼어 놓아야 하는 엄마의 비탄은 무시되었음을 지적한다.

여덟째, 건강하고 성실한 노예가 때로는 부당하게 형벌에 처하는 경우, 노예는 이러한 굴욕에 크게 저항했다고 강조하고 있다.

아홉째, 흑인 노예들의 탈출 과정에서 퀘이커(Quaker) 교도들이[8] 크게 도와주었음을 밝히고 있다.

이처럼 노예자서전은 흑인 노예들이 억압적인 농장생활 중에 겪었던 것이며, 탈출한 이후 자신의 삶을 돌아보며 사실에 가깝게 기록한 것이다.

최초의 '노예자서전' 문학작품에 대해서는 학자들의 의견이 일치하지는 않지만, 2014년에 발간된 『여정: 초기 미국의 노예자서전(*Journeys of the Slave Narrative in the Early Americas*)』은 구구한 견해들을 잘 정리하고 있다. 즉, 비평가 스탈링(Marion Starling)은 『노예자서전: 미국 역사 속의 위치』(1981)에서 1703년에 나온 아담 니그로(Adam Negro)의 자서전이라고 하고, 다른 이들은 1760년의 브리튼 해몬(Briton Hammon)의 『내러티브 *Narrative*』를 최초의 작품으로 논하기도 한다. 다만 해몬의 텍스트는 흑인의 기록임은 틀림없으나 저자가 노예의 신분이었는지가 불확실하다는 점이 지적되고 있으나, 옥스퍼드에서

8 퀘이커 교도들은 성직자를 두지 않고 각자 '내적인 빛(Inner Light)'에 따라 그리스도를 직접 경험한다고 주장하였기 때문에 매사추세츠 베이 식민지는 이들을 이단시하여 박해하였으나 이들은 흑인노예와 같은 약자들에게 도움을 주었다.

나온 아프리카계 미국 흑인문학 사전(*The Oxford Companion to African American Literature*)에서는 해몬의 『내러티브』가 아프리카계 미국인의 최초의 자서전이라고 보는 것이 일반적인 견해라고 정리하고 있다.[9]

이처럼 노예자서전은 1700년대에 나타나기 시작하여 1944년 카버(George Washington Carver)의 텍스트까지 총 6,000여 명의 도망노예/자유흑인들에 의해 쓰인 것으로 알려졌다. 특히 노예폐지운동 기간(1830-1865)에 왕성하게 출간되었다. 대중에게 남부 대농장 노예의 실제 상황을 생생하게 묘사한 노예들의 이야기가 널리 읽히면서 노예폐지운동이 가열되었다고 말할 수 있다.

이 노예자서전 문학은 몇 가지 점에서 의의가 크다. 첫째, 흑인 노예들도 농장주인 백인들의 재산(chattel)이 아니라, 백인들과 마찬가지로 느끼며 생각하는 인간이라는 사실을 상기시켰다. 이것은 흑인 노예들을 물건 취급하는 것이 당연하다고 여긴 남부인들에게는 인정하고 싶지 않은 진실이었다. 둘째, 남부사회에서 자행되는 흑인 노예제도의 잔인성과 그들의 비참한 삶을 전국의 독자들에게 전달함으로써 사람들을 분노케 하여 미국에서의 노예제도 폐지 움직임에 이바지했다. 셋째로, 이 자서전들은 흑인들의 문학적 감수성에 대한 표현으로 손색이 없어 현대 아프리카계 문학의 토대가 되었다는 점에서 의미가 있다.

대표적 노예자서전으로는 해리엇 윌슨(Harriet Wilson 1825-1900)의 『우리의 닉—자유흑인의 일생 *Our Nig: or Sketches from the Life of a Free Black*』(1859)이 '자유로운' 신분을 가진 흑인들도 인종차별주의적인 사회에서는 사실상 자유롭지 못하다는 내용을 담고 있고, 또 해리엇 제이콥스(Harriet Jacobs 1813-1897)의 『어린 노예 소녀에게 일어난 일 *Incidents in the Life of a Slave*

9 Nicole N. Aljoe and Ian Finseth. Ed. *Journeys of the Slave Narrative in the Early Americas*. U of Virginia Press (2014) 중, Keith Michael Green의 "Uncommon Sufferings" 참조.

『내러티브: 미국 노예 프레더릭 더글러스의 생애』 표지
Frederick Douglass, *Narrative of the Life of Frederick Douglass*, Anti-Slavery Office, 1845. 출처: docsouth.unc.edu

프레더릭 더글러스(Frederick Douglass)
Frederick Douglass portrait. 출처: wikipedia.org

Girl』(1861)은 흑인 여성의 성(Sexuality) 문제를 처음으로 다루고 있는 점에서 의미가 있다고 볼 수 있다. 그러나 무엇보다도 이 시기의 대표적 노예자서전으로는 단연 민권운동의 아버지라고 하는 프레더릭 더글러스(Frederick Douglass, 1817-1895)의 『내러티브: 미국 노예 프레더릭 더글러스의 생애 *Narrative of the Life of Frederick Douglass, an American Slave*』(1845)가 꼽힌다.[10] 출간 4개월 만에 5,000부 이상의 판매기록을 세운 것을 보아도 당시 이 책의 영향이 얼마나 컸을지 짐작이 가게 한다.

프레더릭 더글러스의 본래 이름은 베일리(Frederick Augustus Washington Bailey, 1818?-1895)로 메릴랜드에서 태어난 노예였으며, 1838년에 뉴욕으로 도망한 후 신분을 숨기기 위하여 더글러스라는 이름을 사용했다. 태어나 7살까지는 로이드(Edward Lloyd) 대령의 농원에서 일하였고, 1825년에 올드

10 www.history.com/topics/black-history/frederick-douglass/videos/frederick-douglas?m=528e394da93ae&s=undefined&f=1&free=false (2:22). 더글러스의 일생을 간략하게 다루고 있음.

(Hugh Auld)에게 팔려 볼티모어에서 살게 되었는데, 이때 올드 부인이 더글러스에게 글을 가르쳤다고 한다. 글을 배운 덕택에 그는 노예에서 자유인으로 자신의 삶을 바꿀 수 있었다. 도망 온 이듬해부터 더글러스는 매사추세츠에 거주하면서 윌리엄 개리슨(William Lloyd Garrison, 1805-1879)의 주간신문 「해방자 *The Liberator*」의 영향을 받아 흑인 노예폐지론자 그룹의 열성 단원으로 활동했다. 그리고 노예폐지론에 대한 강연 요청을 받고 순회강연을 하기도 하였으며, 영국에까지 그의 명성을 떨치기도 했다. 결국은 1846년 영국 뉴캐슬의 퀘이커 교도들(대표: 엘렌 리처드슨과 애너 리처드슨, 두 사람은 시누와 올케 사이다)이 그의 몸값(750불)을[11] 지불함으로써 더글러스는 마침내 법적으로 자유인이 되었다.

더글러스는 그의 자서전 『내러티브』를 통해 "인간을 어떻게 노예화하며, 또 노예가 어떻게 인간이 되는지"를 독자들에게 보여 주려고 했다. 다시 말하면, 노예는 노예로 태어나는 것이 아니라 노예로 만들어지는 것이며, 또한 노예의 지위로 태어났을지라도 의지와 정신력으로 노예의 처지를 벗어날 수 있음을 강변하고 있다.[12] 더글러스는 억압 당시의 울분을 폭로하는 것이 목적이 아니라, '자아변천의 이야기'를 써서 한 흑인의 이야기에 역사성을 부여하려 한 것이다(Stepto 53). 백인 개인의 재산으로 물건 취급을 받을 때의 자신과 노예 신분을 벗어나 자기 자신에 대한 권리를 가지게 되었을 때 자신의 경험을 포함하는 자기의 일생을 정확하게 그리고 자세히 기록하는 것(a work of FACTS)이 그의 목적이었다(Stone 9). 더글러스는 노예를 면한 순간

11 Inflation Calendar에 의하면 1850년대의 750불은 2015년의 약 3,000불에 해당한다.

12 이러한 주장은 마크 트웨인의 작품 『바보 윌슨 *Pudd'nhead Wilson*』(1894)에도 제시되어 있다. 비슷한 시기에 태어난 흑인과 백인의 두 아기가 외모에서 구분이 안 되는 것을 본 백인처럼 피부가 하얀 흑인 유모 록시(Roxy)의 꾀로 두 아이의 처지가 바뀐다. 흑인 아이는 의젓한 백인 청년으로 키워지고 백인 아기는 비굴한 흑인 청년으로 성장한다는 내용을 담고 있다.

처음으로 느꼈던 바를 이렇게 적고 있다.

> 전에 느껴보지 못한 기분을 느꼈다. 노예제도라는 무덤에서 자유로운 천국으로의 황홀한 부활이었다. 오랫동안 짓눌렸던 나의 기상이 떨쳐 일어났고, 비겁함은 하직했다. 그리고 대담한 도전이 그 자리를 채웠다. 그리고 나는 이제 얼마나 오랫동안 내가 형식상의 노예로 남을지는 모르지만, 그날은 이미 영원히 지나간 것이라고 결론지었다.[13]

태어나서부터 일상처럼 받은 구타와 핍박, 자라면서 늘 따라다니던 채찍질과 고된 노동, 간섭과 감독이 떠나지 않는 의식주, 그리고 어른이 되어서도 자아 정체성도 없고, 가족과도 같이 모여 살 수 없는 가축과도 같은 취급을 받으면서 지내온 일생이 주마등같이 그의 머릿속을 지나갔을 것이다. 그러나 마침내, 지켜보는 눈이 없이 사는 생활, 자기가 생각하고 판단하는 대로 지내는 자유를 누리게 되어 그 감회는 실로 표현하기 어렵게 벅차기만 했을 것이다. 더글러스는 사람들이 짐작도 못 하는 지옥 같은 세상을 자신이 겪은 대로 자세히 기록함으로써, 백인 독자들에게 알려 노예제도는 폐지해야 한다는 결론이 도출되기를 원했다. 그래서 실제로 겪은 것을 사실대로 적는 것이 그의 동기이자 의도였다(Stone 9).

더글러스는 이 자서전에서 노예제도의 해악을 기술함으로써 노예제도의 폐지에 이바지했을 뿐 아니라, 미국에 새로운 문학 형식을 만들었다. 노예제도가 인간의 영혼을 말살시키는 과정을 사실적으로 묘사하고, 나아가서는

13 *Narrative of the Life of Frederick Douglass, an American Slave, written by Himself*. ed. with an Introduction by Houston A. Baker, Jr. (1845; NY: Penguin, 1982), 113. 이후 본 작품의 인용은 *Narrative*와 쪽수로 표기함.

이러한 제도 아래에서 어떻게 인간이 자신의 영혼을 새로이 탄생시키는가를 보여 주었기 때문이다. 인간에게 영혼의 존재가 얼마나 소중한지를 보여 주는 장면 묘사는 더글러스의 자서전을 단순한 노예 수기의 차원을 벗어나게 했다. 자신의 이름도, 태어난 장소와 날짜도 없이 떠돌 수밖에 없는 노예의 인생이 더글러스의 자서전 속에서 역사성을 가진 인물로 재탄생했다는 것이다. 말하자면 더글러스는 자신의 역사를 스스로 창조한 것이다(Stone 15).

저자는 『내러티브』에서 자유가 인간에게 얼마나 소중한 가치인지를 확인한다. 노예인 그가 자유를 갈망하는 것이 글 중의 이미지 표현으로 잘 드러나 있다.

> 새하얀 옷을 입은 저 아름다운 배들은 자유인의 눈에는 큰 기쁨을 주는 광경이겠지만, 나에게는 수의를 입은 수없는 유령처럼 보여서, 내 비참한 상황에 대한 생각으로 나를 공포스럽게 하고 괴롭힌다(*Narrative* 106).

더글러스는 높은 둑에 서서 수많은 돛단배가 망망대해로 나가는 것을 바라보며 치밀어 오르는 울분을 가눌 수가 없다.

> 너희는 정박지에서 풀려나 자유롭구나. 나는 사슬에 단단히 매인 노예로다! 너희는 즐거이 순풍 앞에 나아가지만 나는 피 묻은 채찍 앞에 서럽구나. 너희는 빠른 날개를 가진 자유의 천사들, 세상을 날아다니지. 그런데 나는 쇠사슬에 묶여 있노라! 아, 내게 자유가 있다면! 아, 내가 너희의 멋진 갑판 위에 있어 너희 날개의 보호 아래 있다면! 슬프다! 너희와 나 사이에 탁한 물이 넘실거리네. 가라, 그래 가라. 아 나도 갈 수 있다면! 헤엄이라도 칠 수 있다면! 날아갈 수 있다면! 아 나는 왜 사람으로 태어나 짐승이 되었을까! 즐거운

돛단배는 갔다. 흐릿한 먼 데로 숨는다. 나는 끝도 없는 노예제의 뜨거운 지옥에 남겨졌다. 아 하나님, 저를 구하소서! 하나님, 구원해 주소서! 나로 하여금 자유롭게 하소서. 하나님이 도대체 계시기는 합니까? 제가 왜 노예입니까?(*Narrative* 106-07).

인간의 타고난 자유에 대한 갈망은 인간다움을 말하는 것이기도 하다. 인간은 자유를 얻었을 때 가장 보람을 느끼고 자신의 정체성을 확인하게 된다. 이 자서전이 험하고 고단한 노예생활의 수기에 그치지 않고 문학의 새로운 차원에 도달한 것은 바로 인간의 최상의 가치를 노예의 신분을 벗어난 더글러스가 맛보며 희열하는 내용 때문이다. 더글러스의 자서전은 억압에 대한 단순한 항거의 저술이 아니라, 진정한 가치를 찾아 고난을 겪고 극복하는 인간의 모습을 담아내었기 때문이다.

더글러스는 자서전 출간 외에도 많은 활동을 통하여 미국의 생각을 변화시키는 데 공헌했다. 타고난 웅변과 글, 출판 활동을 통하여 많은 사람에게 흑인의 인권과 흑백평등에 대한 사상을 고취했다. 1852년 7월 5일에 뉴욕주의 로체스터에서 행한 '흑인의 입장에서 보는 7월 4일의 의미'라는 강연에서 더글러스는 미국의 독립기념일인 7월 4일은 '백인인 당신들'의 국가 독립일이요, '백인인 당신들'의 정치적 자유가 탄생했을 뿐이라고 지적한다.[14] 그러므로 그때 얻은 자유는 '백인인 당신들'의 것이고 따라서 '백인인 당신들'은 당연히 이날을 기념해도 좋다고 꼬집고 있다(105). 백인들의 조상이 영국인들의 박해에 저항하여 자유와 독립을 쟁취한 사실은 흑인의 처지에서 볼 때 흑백 간의 차이를 더 크게 보여 줄 따름이라는 것이다. 따라서 백인들에

14 "The Meaning of July Fourth for the Negro: Speech at Rochester, New York, July 5, 1852." Gordon Hutner. *American Literature, American Culture*. Oxford UP: NY, 1999. 103.

게는 기쁜 날이지만, 더글러스 같은 흑인들에게는 애도할 수밖에 없는 날이다. 더글러스는 7월 4일에 바라보는 미국은 그 어느 때보다 암담해 보인다며, 노예제도를 그 문제의 핵심으로 짚어 낸다.

> 이 나라의 노예제도는 당신들의 공화주의를 속임수로, 당신들의 인간성을 저속한 위선으로, 당신들의 기독교를 거짓으로 낙인찍습니다. 노예제도는 대외적으로는 당신들의 도덕의 힘을 파괴하고 대내적으로는 당신들의 정치인들을 타락시킵니다. 이 나라의 노예제도는 종교의 근본을 약화하고, 빈정거리는 세계를 향해 당신들의 이름을 야유와 웃음거리로 만듭니다. 노예제도는 당신들의 정부에 적대세력이오, 당신들의 연방국가를 교란시키고 위태롭게 하는 유일한 존재입니다. 노예제도는 당신들의 발전을 저해합니다. 범죄를 은닉합니다. 비호하는 세력에게는 저주입니다. 개혁의 적이오, 교육의 죽음과도 같은 원수요, 자만을 키우고 교만을 배양합니다. 그것은 악을 촉발하고 범죄를 은닉합니다. 그것은 지구의 저주입니다. 그런데도 당신들은 그것이 당신들 희망의 마지막 수단인 양 그것을 고수하고 있습니다(*Narrative* 115).

당시 미국 정부가 허가한 노예제도는 정치적, 종교적, 도의적으로 악을 조장하기 때문에 궁극적으로 미국의 진정한 발전을 가져올 수는 없다는 것이 더글러스의 주장이다.

3. 흑인의 정체성 확립: 할렘 르네상스

앞서 논의하였듯이, 프레더릭 더글러스를 비롯한 수많은 노예자서전이 미국의 노예제도 폐지라는 사회적 관심과 의식의 변화를 가져왔고, 이어서 미국이 남북전쟁으로 치닫는 주요 원인 중의 하나를 제공하였으며, 북부의 승리로 흑인들은 노예에서 해방되어 자유인이 되는 결과를 얻어 내었다. 19세기의 독특한 문학 장르가 된 노예자서전은 흑인들 자신의 이야기를 펴냄으로써 흑인의 존재를 세상에 부각했다. 또한, 1861년 링컨 대통령의 노예해방선언은 흑인들을 지식과 교육의 세계로 이끌었고, 지식과 경험으로 무장한 흑인들은 사회에서 직업을 가지고 권리와 의무를 행하는 진정한 사회의 일원이 될 수 있었다.

이론적인 면에서 '흑인임' 혹은 '니그로임(Negro-ness)'에 대한 분석이 나온 것은 당시의 흑인들이 겪고 있던 정신적 혼란 상태를 반영한다. 하버드에서 박사학위를 받은 최초의 흑인이자 학자, 작가, 정치운동가인 듀 보이스(W.E.B. Du Bois, 1868-1963)는 미국사회에서 흑인들이 느끼는 딜레마를 분석하여 중요한 좌표를 만든 사람이다. 그의 『흑인의 영혼 *The Souls of Black Folk*』(1903)은 인종의 문제를 핵심적으로 파악하고 있다. 그는 '이중의식(double-consciousness)'이라는 용어를 사용하면서 흑인의 '두 존재성(two-ness)'을 논하고 있다. 흑인은 묘하게도 두 개의 영혼을 가진, 두 개의 생각을 하는, 두 개의 전혀 다른 적대적인 개념을 한 몸에 가진, 그런 존재로 설명되고 있다. 듀 보이스는 흑인들에게는 무의식적으로 타인의 시선과 잣대로 자신을 판단하는 습성이 있다고 진단했다. 이 속에서 흑인들은 정체성의 문제, 인종 평등의 문제, 아프리칸 문화유산의 문제 등을 고심하게 된다는 것이다.

이처럼 수십 년의 경험에 근거하여 1920년대의 흑인문화운동, 즉 할렘 르네상스가 가능하게 되었다. 제1차 세계대전 종전과 함께 경기가 호전되고 교육을 받은 흑인들이 직장과 사회에 진출하면서 여유로운 흑인 중산층이 형성되었고, 삶과 문화를 즐기려는 욕구가 축적되면서 자연스럽게 흑인 문화운동으로 발전하게 되었다. 흑인들은 그 어느 때보다 많은 책을 펴내었고, 또한 예술가, 작가, 음악가, 연예인 할 것 없이 창작의 열기를 방출하여, 흑인 인구가 많은 할렘 지역은 '흑인 미국의 수도'로 불릴 정도가 되었다. 할렘 전성기에 사회 인종적으로 깨어난 예술가들이 아프리카로 찾아가거나 혹은 아프리카계 미국인들에게서 영감을 구하기 시작했고, 이들은 공통된 문화 체험으로 모여들어서 아프리카의 유산과 인종적 자부심을 주제로 삼았다. 또한, 자신의 종족을 부인하는, 혹은 백인 행세를 하는 관행에 대해서도 문제 삼았다.

알랜 로크(Alain Locke, 1885-1954)의 『새로운 흑인 *The New Negro: An Interpretation*』(1925)의 출간은 새로운 흑인 시대의 출발점이자 도화선이 되었고, 그를 할렘 르네상스의 아버지로 만들었다. 로크는 필라델피아 출신으로 어렸을 때부터 기량이 출중하여 고등학교를 졸업 후, 하버드(Harvard)대학에 진학하여 철학으로 박사학위를 받았다. 당시 하버드에는 당대의 저명한 철학자 조사이어 로이스(Josiah Royce, 1855-1916), 윌리엄 제임스, 조지 산타야나(George Santayana, 1863-1952) 같은 거장들이 있었다. 로크는 후일 하워드(Howard)대학 교수가 되어 착실히 쌓은 학식과 경험을 새로이 움트는 흑인사회의 움직임을 진단하고 분석하는 데 쏟았고, 이는 흑인문학과 예술의 방향을 결정하는 데 중요한 역할을 했다.

그가 제시한 '새로운 흑인(The New Negro)'이란 표현은 인종으로서의 새로운 출발을 의미하는 것으로 중심 개념은 잠재적 흑인 평등의식이다. "로크가 가진 새로운 니그로 종족(a new breed of Negroes)은 훌륭한 새 세상에서 '니

『새로운 흑인』 초판.
Alain Locke, *The New Negro: An Interpretation*, New York: Albert & Charles Boni, 1925.

그로임(Negro-ness)'을 자랑스러워 하는 존재들이다"(Rampersad xxi). 이 책의 서론 격인 로크의 글 "새로운 흑인(The New Negro)"에서 로크는 당시 미국 흑인들에게서 보이는 변화를 진단한다.

> 젊은 세대들이 새로운 심리로 약동하고 있다. 새로운 정신이 대중 가운데 깨어나고 있으며, 영원한 문제였던 것이 전문가들 눈앞에서 현대 니그로 삶의 진보적인 단계로 바뀌어 가고 있다(Locke 3).

이러한 변형(metamorphosis)은 미국 사회에서 '인간이라기보다는 포뮬러(formula)였던 니그로'(Locke 3)가 '생각하는 니그로(thinking Negro)'로 바뀌면서 '그림자(shadow)'적인 존재에서 하나의 '인격(personality)'으로 태어나는 순간이기도 하다(Locke 5-6). 흑인들이 다양한 경험을 가지고 다양한 곳에서 뉴욕의 할렘으로 몰려와서 일종의 대중운동을 촉발한 것은 매우 의미 있는 현상이며, 세계적으로 더블린이 새로운 아일랜드의 중심이 되었듯이 할렘도 새로운 흑인집단의 본거지가 될 것이라고 예언한다(Locke 7). 새롭게 태어난 흑인들은 백인들의 요구에 더는 순응하지 않고 오히려 흑인들에 대한 백인의 의식을 바꾸어 미국의 이상을 성취하려 한다. 이는 흑인들이 정치적으로 눈을 뜨고 자신감이 생기면서 자연스럽게 생겨난 의식이 반영된 것이다. 이처럼 로크는 흑인을 자존적 존재로 보고 앞으로 흑인들은 민주주의 안에서 슬기롭고 현명한 새로운 인종의식을 가지고 예술 표현양식을 꽃피울 것이라고 예견했다. 이것이 말하자면 할렘 르네상스다.

로크는 이 책 속에 그때까지 무시되거나 경시되었던 미국사회에서의 흑인문화와 예술의 가능성을 담았다. 조라 닐 허스톤(Zora Neale Hurston, 1891-1960), 랭스턴 휴즈(James Mercer Langston Hughes, 1902-1967), 듀 보이스, 제임스 웰든 존슨(James Weldon Johnson, 1871-1938) 등 흑인작가들의 글들을 비롯하여 젊은 흑인 예술가들의 작품들을 게재하고, 흑인운동 전반에 관한 평가와 추이, 또 각 분야에서 활동하는 아프리카계 아메리칸들에 관한 연구 저술 목록을 포함했다. 제1부는 '니그로 르네상스'라는 제목으로 'The New Negro'의 개념과 미국에서의 흑인의 예술과 문학을 논하였고, 'Negro Youth Speaks' 라는 제목 아래에는 진 투머, 허스톤, 휴즈 등 20여 명의 시, 단편, 희곡, 음악, 민요 등의 선집으로 꾸몄다.

제2부는 새로운 세계에서 새로운 흑인이라는 새로운 현상에 대해 쓰인 글을 모았다. 흑인들의 문화, 교육, 이주, 중산층의 삶이 중심이 되는 할렘, 하워드, 더럼(Durham) 등 주요 도시를 언급하고 이러한 현상들을 분석해 볼 때, 흑인 대중들이 벌이는 모든 것들이 미국적인 현상이며 단지 무늬만 다르다고 결론을 내린다(Herskovits 360). 이제 흑인들은 변화된 자아에 대한 자신감으로 미국문화 안에 새로운 민주주의를 세계에서 가장 큰 흑인공동체를 기반으로 말하자면 흑인 개인의 목소리를 공동체의 틀 안에서 재발견하라는 것

이다. 미국은 본질적으로 낡은 정체성을 버리고 새로운 모습으로 다시 태어난 사회이며 이 현상은 역사적으로 반복되고 있다고 보았다. 마찬가지로 흑인들도 낡은 자아에서 새로운 자아로 변화하여 미국인들이 기억하는 흑인의 과거를 과감히 버리고 새로운 통솔력으로 변화하여야 한다는 것이다. 로크는 이 길만이 흑인들이 백인의 억압과 편견에서 벗어날 길이라고 보았다.

'흑인임'에 대한 자긍심은 할렘 르네상스 작가라고 불리는 넬라 라슨(Nella Larsen, 1891-1964)의 『백인 행세하기 *Passing*』(1929)에 잘 표현되었다. 라슨은 시카고에서 덴마크인 어머니에게 태어나 간호사로 교육을 받고 앨라배마에서 일하다가 뉴욕으로 자리를 옮긴다. 거기서 물리학자 엘머 아임즈(Elmer Imes)를 만나 1919년에 결혼하고 문화에 관심이 많은 사람과 만나면서 문학에 관심을 가진다. 그는 마침내 간호사를 그만두고 뉴욕의 도서관에서 일하면서 작품을 발표했다. 『백인 행세하기』는 『유사(流砂) *Quicksand*』(1928)와 함께 그녀의 잘 알려진 작품으로, 1920년대 뉴욕의 할렘가를 배경으로 흑인 정체성에 대한 자부심 문제를 다루고 있다. 주인공으로 나오는 두 흑인 소녀는 백인 혼혈로서, 둘 다 백인행세를 할 수 있는 상태다. 아이린(Irene)과는 달리 클레어(Clare)는 자신의 흑인 정체성을 숨기고 산다. 이처럼 자신의 정체성에 대한 다른 자세가 그들의 일생에 미치는 영향을 다룸으로써 흑인문학의 출발점이 되었다고 볼 수 있다.

4. 허스톤에서 모리슨으로

할렘 르네상스 활동을 통하여 흑인 에너지를 방출하기 시작한 흑인 작가들은 이후 많은 작품을 발표했다. 르네상스 이후 토니 모리슨에 이르기까지 흑인문학의 영역을 확장, 발전시킨 작가들은 조라 닐 허스톤, 리처드 라이트(Richard Wright, 1908-1960), 랠프 엘리슨 등으로 압축할 수 있다. 이제 이 세 명의 작가들을 중심으로 어떤 주제를 어떤 기법을 사용하여 흑인문학의 지평을 넓혀 놓았는지를 살펴보고자 한다. 모리슨의 문학이 완성된 데는 그에 앞선 선구적인 작가들의 노력이 쌓여 가능해진 것이기 때문이다.

조라 닐 허스톤(Zora Neale Hurston)

Zora Neale Hurston(Photographer: Carl Van Vechten. Silver geletin print, 1938, 출처: wikimedia.org

특히 할렘 르네상스에 이바지한 것으로 알려진 조라 닐 허스톤은 인류학자이자 민요학자로서 흑인 문화에 대한 자부심을 높였다. 앨라배마 태생으로 할아버지는 침례교 목사였으며, 허스톤이 3살 때, 흑인들이 모여 세운 도시 플로리다의 이튼빌(Eatonville)로 이주하였는데 허스톤은 이곳을 좋아하여 자기의 고향으로 여겼다고 한다. 허스톤의 아버지는 이튼빌 시장으로 선출된 바 있었고 후에는 침례교 목사가 되었다. 허스톤은 37세가 되어서야 만학으로 콜롬비아 대학교의 바나드대학(Barnard College)을 유일한 흑인 학생으로 졸업했다. 바나드에서는 그녀의 멘토로 저명한 프란츠 보아스(Franz Boas, 1858-1942) 교수와 인종학 연구를 수행하였으며, 후일 세계적인 인류학자가 된 마거릿 미드(Margaret Mead, 1901-1978)와도 함께 공부했다. 그녀는 미국의 남부와 자메이카, 아이티 등지를 널리 여행하며 자료를 수집하고 연구하여 집대성함으로써 흑인의 문화 전수(傳受)가 얼마나 풍요로운가를 후대에 증명한 작가이기도 하다. 단편 『용기 *Spunk*』(1925)는 알랜 로크의 「새로운 흑인」에 게재되었고, 『노새와 인간 *Mules and Men*』(1935)은 당시의 인류학자 보아스가 서문을 써 줄 정도로 깊이가 있는 북부 플로리다의 아프리카계 민담 연구서로 알려져 있다. 특히 구전문화에의 관심은 그녀의 작품에 그대로 반영되어, 아버지의 삶을 소재로 한 반(半)자전적 소설 『요나의 박넝쿨 *Jonah's Gourd Vine*』(1934)과 같은 작품에서는 아예 구어체 흑인영어 발음이 그대로 사용되고 있어 오늘날의 독자가 이해하기 어려운 점이 있다.

허스톤은 또한 '젠더'를 주요 주제로 다룸으로써 흑인문학 발전에 이바지했다. 그러나 허스톤의 작가적 일생은 기구하다. 할렘 르네상스의 대표적 작가로서 활발하던 그녀는 말년에 가난 속에 쓸쓸히 타계했다. 아프리카계 미국작가에 대한 관심이 높아지던 1970년대에도 허스톤에 대해서는 미미하게 언급된 정도였다. 1971년 웰슬리(Wellesley)대학에서 소설을 가르치고 있던 소설가 앨리스 워커는 아프리카계 미국문학 작가의 모델이 없는 것에 실망을 느끼며 문학사에서 사라지다시피 한 허스톤의 족적을 찾아 나선다. 마침내 워커는 플로리다의 잡초가 무성한 들에서 방치된 허스톤의 묘지를 발견하고 다음과 같이 묘비를 세웠다.

조라 닐 허스톤
'남부의 천재'
소설가/ 민요학자/ 인류학자
1901–1960

워커의 노력으로 허스톤은 세상에 제대로 알려지게 되었고, 그녀의 작품 『그들의 눈은 신을 보고 있었다 *Their Eyes Were Watching God*』(1937)는 흑인들이 세운 흑인들만의 도시인 이튼빌의 탄생에 관한 소설로서 이제 흑인문학의 고전 텍스트로 읽히고 있다. 이 작품은 앞서 언급한 소설가 넬라 라슨이 제기한 바 있는 흑인의 정체성 문제를 좀 더 구체적으로 발전시켜 흑인 여성 정체성의 탐구로 나아가고 있음을 보인다. 주인공 제이니(Janie)는 전통적인 '세상의 기존 질서'에 대항하는 최초의 강력한 흑인 여성인물로 탄생했다. 제이니를 키운 할머니 내니(Nanny)는 앞으로 손녀에게 닥칠 여자의 비참한 인생이 걱정이다. 그녀는 손녀를 나이 많은 땅 주인에게 시집보내기로 마음먹고 제이니를 설득한다.(허스톤의 구어체를 맛보기 위해 원문을 아래에 예시한다.)

> 그래 백인 남자가 짐을 내던지면서 검— 남자 헌티 집으라는 게야. 그래 집어 들지 왜냐? 그래야 하니까, 허지만 그 짐을 지진 않아. 그걸 자기 여자한테 넘기지. 검— 여자는 세상의 노새거든 내 알기로. 난 네가 달른 세상을 살게 되길 노상 기도해.
>
> So de white man throw down de load and tell the n— man tuh pick it up. He pick it up because he have to, but he don't tote it. He hands it to his womenfolks. De n— woman is de mule uh de world so fur as Ah can see. I been prayin' fuh it tuh be different wid you(Hurston 14).

내니는 일생을 살면서 사회의 실상은 인종과 성차별로 이루어졌음을 알지만, 자신은 그에 대해 아무것도 할 수가 없다. 소위 앨리스 워커가 말하는 "정지된 여성(the "suspended woman)"이다.[15] 내니는 백인 남자가 맨 위에 군림

15 앨리스 워커(Alice Walker, 1944–)는 흑인여성들을 세 가지 유형으로 나누어 놓았다. 첫째는 남자들과 전반적인 사회의 희생자로서 선택권이 거의 없거나 전혀 없는 "정지된 여성(the suspended woman)", 둘째는 신체적 폭력에 희생되지는 않으나 백인사회에 들어가고자 하는 욕구로 인하여 아프리칸 아메리칸 뿌리를 단절하고 심리적인 폭력에 희생된 "동화된 여성(the assimilated woman)", 그리고 마지막으로 셋째는 고초

하여 귀찮은 일은 흑인 남자에게 떠넘기고, 흑인 남자는 그것을 흑인 여자에게 떠넘기는 계급의 질서가 확연한 사회이자, 여자에게 "제 분수에 맞는 위치(her proper place)"를 강요하는 사회에서 제이니의 여자로서의 운명이 걱정되어 나름의 방책을 제시한 것이다. 제이니는 할머니의 사려 깊은 권고를 거부할 수 없어서 결혼하지만, 그녀가 자기 생각을 완전히 포기한 것은 아니다. 인종과 성차별이 깊은 사회에서 제이니의 자유를 향한 여정은 복잡할 수밖에 없다.

첫 남편은 그녀의 낭만과는 거리가 멀다. 게다가 남편이 자기를 농사일에 부리려 하자 제이니는 '여자는 노새'라고 한 할머니의 말을 떠올리며 내심 반발한다. 이때 나타난 조디(Jody Starks)는 제이니를 꿈으로 유혹한다. 자신은 흑인들이 백인 눈치를 보지 않으며 편히 살 수 있는 흑인만의 도시를 건설하려 한다는 것이다. 마침내 제이니는 남편을 버리고 조디와 함께 떠나 이튼빌을 세우고 조디는 시장이 된다. 하지만 조디는 아름다움과 유머로 주민들의 인기를 끄는 제이니에게 질투심을 드러내며 그녀의 언행을 구속하려 한다. 이에 제이니는 조디의 남성성을 공개적으로 모욕한다. 이제 조디가 죽자 제이니는 자유로운 농부 티 케이크(Tea Cake)와 사랑에 빠져 이튼빌을 떠난다. 이후에 그가 광견에 물려 사망하자 제이니는 떠났던 이튼빌로 다시금 돌아온다. 이 작품에서 허스톤은 인종과 성적으로 불평등한 사회에서 기존 질서관에 속박되기를 거부하고 자신의 꿈을 좇아 뜻을 이루어 가는 흑인 여성의 선구적인 모습, 즉 앨리스 워커가 말하는 "깨어나는 여성(the emergent woman)"상을 제시한 셈이다.

허스톤이 할렘 르네상스 정신을 작품에 담아 자아실현을 시도하는 흑인

를 겪으면서 심리적 정치적 억압을 깨닫고 새로운 인생을 창조하기 위하여 자신의 선택을 할 줄 알게 되는 "깨어나는 여성(the emergent woman)"이다(Lois Tyson 390).

여주인공을 탄생시켰다면, 1960년대의 '미시시피 르네상스'의[16] 작가로 알려진 리처드 라이트는 자유가 주어진 사회에서 아직도 불가시적인 불평등과 차별에 추락하는 흑인들의 모습을 작품에 등장시켰다. 1937년에 그는 「New Challenge」라는 좌익성향의 잡지에 흑인작가들은 민족주의자이자 마르크스주의자의 자세를 가져야 한다고 주장했다. 비평가 바바라 존슨은 라이트가 이전의 흑인문학을 'white America'의 아류로 깎아내리고, 그런 식의 비열하고 부르주아적인 작품을 버리고 집단적 사회의식을 표현하는 방향으로 전환해야 함이 마땅하다고 주장했다 평하고 있다(Johnson 115). 라이트가 허스톤의 『그들의 눈』을 혹평한 것도 바로 이런 생각에 기초한 것이다. 그는 허스톤이 유의미한 해설을 가능하게 할 어떤 기본적인 아이디어나 주제가 없는 작품이라고 비판한다. 그저 백인의 취향에 아부하여 주제도 메시지도 없는 작품을 내었으니 허스톤이 소설의 본류에 조인할 생각이 있기는 한 것인가 하고 반문하고 있다(Wright: *New Masses* 22-23).

또한, 그는 『토박이 *Native Son*』(1940)라는 작품으로 허스톤을 비롯한 기존 흑인작가들의 작품들과는 구별되는 흑인문학 전통을 세웠다. 소설에서 흑인 주인공은 '말하는 주체(speaking subject)'가 되지 못하고 자신에게 강요된 삶을 살 수 밖에 없음을 드러내고 있다. 그에게 작품의 소재 선정은 고민거리가 아니었다. 그가 작품 소개를 한 「비거의 탄생 "Introduction: How 'Bigger' Was Born"」에서 밝혔듯이 젊은 흑인 남자에 대한 박해는 남부와 북부를 구별할 필요도 없이 다반사였기 때문이다. 라이트는 "단 1초도 내가 비거를 어느 사회적 상황 혹은 극적인 현실에 설정할지 고민하지 않았다"고 말하면

16 Mississippi Renaissance: 19세기 중반의 뉴잉글랜드 르네상스 혹은 미국의 르네상스, 20세기 초의 '남부 르네상스'에 이어 1960년대에 가장 문맹도가 높은 미시시피주를 중심으로 등장한 작가들의 문학 활동을 지칭함. 리처드 라이트 외에 유도라 웰티, 워커 퍼시(Walker Percy) 등이 꼽힌다.

리처드 라이트(Richard Wright)
Portrait of Richard Wright. 출처: wikimedia.org

『토박이』 표지
Richard Wright, *Native Son*, New York: Harper & Brothers, 1940.

서, 길에서 느닷없이 연행되어 투옥되고 곧 '강간'으로 기소되는 것은 일상적인 일이었기 때문에 흑인 청년의 불확실한 미래의 대표적 상징처럼 되었다고 주장한다(Wright xxviii). 라이트 자신의 성장배경도 크게 다르지 않다. 그는 남부에서도 가장 가난하고 흑인차별이 심한 미시시피주에서 가난하고 불행한 어린 시절을 보냈다. 당시 대부분 흑인이 그러했듯이 글을 모르던 그의 부친은 소작농이었으나 가족을 돌보지 않고 라이트가 다섯 살 되던 해에 바람이 나서 가출했다. 어머니가 일을 찾아 이 도시 저 도시로 옮겨 다니는 바람에 라이트 형제는 고아원에 일시 머물기도 했으며, 라이트는 학교도 제대로 마치지 못했다.

이때부터 라이트는 남부사회의 인종차별과 폭력을 겪는다. 1915년, 어머니와 함께 아칸소의 부유한 이모네로 갔으나 얼마 후 이모부가 백인들에게 살해되고, 가해자들은 아무런 처벌도 받지 않음을 본다. 또 제1차 세계대전 이후 도시에서 빈번히 벌어지는 폭동을 보았고, 고등학교 친구 형제가 백인에 의해 살해되는 것을 가까이서 경험한다. 라이트도 전쟁 이후 많은 흑인이 인종차별이 심한 남부를 떠나 북부로 이주하자 미시시피주 잭슨 시에서 다니던 고등학교를 최우등으로 졸업하고, 1927년 이모와 함께 시카고의 사우스 사이드(the South Side)로 간다. 인생과 사회의 어둡고 불공평한 면을 자주 경험한 라이트는 1934년 공산당에 정식으로 입당하지만, 공산당의 실체에 환멸을 느껴 1942년에 탈당한다. 라이트가 작가로서 성공하여 명성을 얻은 뒤에도 뉴욕을 포함한 미국사회에서 자신의 존재를 인정하지 않고 흑인으로 경멸하는 것을 견디지 못하여 미국을 떠나 파리에 정착하는 것은 바로 그가 평생을 싸워온 이데올로기, 흑인차별 때문이다.

라이트의 작품 『토박이』는 평생 남부와 북부에서 보고 겪은 것에 대한 분노를 표출한 작품이라고 할 수 있다. 법적으로는 흑인이 백인과 평등한 것 같지만, 사회적으로나 물질적으로나 빼앗긴 삶(the dispossessed)으로 내몰리는 흑인의 모습을 고발한 것이다. 『토박이』는 리처드 라이트라는 "한 흑인이 그의 민족, 그의 조국, 그리고 궁극적으로는 그 자신에 대해 가진 비전을 표현하고 있다"(Bradley 152-53).

> 리처드 라이트의 미국은 … 흑인이 살아남고자 하면 권위보다는 겸손함이 필요했고, 비거 토머스의 이야기는 당시보다 더 멜로드라마 같거나, 조잡하거나, 밀폐적이지도 않다. 리처드 라이트의 미국에서 작가는 『토박이』 같은 책을 쓰려면 신문에서 바로 보도내용을 작품의 소재로 취해도 되며, 그게 어떻게 설명되든 누군가에 의해 소개된다는 사실에 기뻐하였다. 리처드 라이트의 미국에서는 베스트셀러 작가이고 경제적으로 독립된 소설가라 하더라도, 그가 흑인인 경우에는, 맨해튼 중심가에서 출판계 인사와 점심을 먹을 수 없

고, 다른 작가들과 같이 그리니치 빌리지에서 살 수도 없으며, 거기에 집을 살 수도 없고, 이웃 주민들 절반의 반대를 무릅쓸 집주인을 만난다면 셋방이나 얻을 수 있는 곳이다. 리처드 라이트의 미국에서는 문학계의 칭송을 받고 구겐하임 상까지 받은 흑인 소설가라 해도, 자기의 책에 출판사와 편집인의 이름을 헌사에 넣을지 망설이게 된다. 그 사람들이 흑인과 그렇게 가깝다는 것을 원할지 확신이 서지 않기 때문이다. 그리고 리처드 라이트의 미국에서는 작가가 되고 싶은 흑인 소년이 있다면, 그는 안타깝게도 흑인문학의 존재를 모르기 때문에, 작중인물을 설명하면서 '심오하고 겁 없는 의지를 갖추고 생의 깊숙한 뿌리까지 다루는 그런 흑인소설 전통이 없어서 흑인생활을 묘사할 때 백인작가들 덕을 보며 나의 희망이 살아난 것'이라고 말할 것이다 (Bradley 152).

라이트는 1930년대 미국사회 흑인들의 실상을 사실적으로 묘사하여 백인들에게 충격을 주고, 사회의 인종차별이 초래하는 파괴적인 결과에 사람들에게 눈을 뜨게 했다. 그는 흑인 작가로서, 흑인 주인공의 목소리로, 사회의 부조리를 고발함으로써 새로운 흑인문학 전통을 창조한 것이다.

소위 사회고발 소설로 분류되기도 하는 『토박이』는 가난과 폭력, 취업난, 두려움, 긴장, 굶주림, 갈망, 불안, 분노, 수치심, 증오, 배제의식 등으로 점철되어 있다. 주인공 비거(Bigger Thomas)가 이러한 고통을 겪는 것은 그가 흑인이기 때문이다. 가난한 흑인이기 때문에 학교에 가지 못하고, 따라서 일자리도 얻지 못하며, 악순환으로 더욱 깊은 가난에 빠지게 된다. 백인 주도적인 사회에서 더 나은 삶을 위한 선택의 여지가 별로 주어지지 않는다. 가질 만한 것은 모두 백인들이 차지하고 흑인들은 먹을 것도, 입을 것도, 돈 벌 방법도 모두 제약을 받는다. 즉 비거의 의식세계는 이분법적이다. 가진 자와 못 가진 자, 아름다움과 추함, 지식과 무식, 백인과 흑인으로 나누어진다. 백인집단의 다양성이나 개성은 비거의 마음에 새겨져 있지 않다. 소설 속 다른 인물인 자선사업가 달튼(Dalton), 그의 딸 메리, 영화 속에 나오는 백인들—이들은 모두 '백인'이라는 카테고리 하나로 묶인다. 비거에게 백인 개개인의 차이성과 다양성은 존재하지 않는다. 그래서 워런이 표현하듯이 백인을 '한 덩어리'로 보는 비거의 백인관은 그 전체에 대한 분노로 표출된다. 비거는 맥스와 대면하면서 비로소 한 개인으로서 백인의 선한 모습에 감명을 받는다.

흑백의 갈등문제는 워런이 주장하듯이 집단으로서가 아니라 개인에게 인간으로서의 권위와 위엄을 인정할 때에 해결의 실마리가 있는 것이다. 백인이 심어 놓은 인종차별주의는 흑인에게 전파되어 흑인으로서 받은 인종적 자멸감이 백인집단에 대한 증오와 폭력으로 나타나는 것이다. 이것은 다시 인종차별에 익숙한 백인들의 흑인에 대한 두려움을 확인하는 현상으로 나타난다. 이것이 인종주의(Racism)의 저주다.

라이트의 『토박이』가 주목을 받는 또 하나의 이유는 자연주의적 기법에 있다. 라이트를 연구한 파브르는 라이트가 평생 존경한 미국의 자연주의문학을 완성한 시오도어 드라이저(Theodore Dreiser, 1871-1945)를 주목하여 두 작가의 생애와 성향을 비교하고 있다. 드라이저의 찢어질 듯이 가난한 배경과 소외의 경험, 그리고 화려한 삶에 대한 열망과 좌절 등은 어린 시절 라이트가 겪은 가난과 좌절, 차별과 억압 등과 어느 정도 유사하다. 또한, 이러한 경험이 드라이저에게 인간의 나약함을 깨닫게 했고, 라이트는 여기에서 한 발 더 나아가 인종적 소외가 더 강렬하게 그를 자연주의로 끌었을 것이라 본다(Fabre 42-43).

작품 『토박이』의 첫 장은 자연주의의 특징인 "추악한 삶의 현실(sordid facts

of life)"을 유감없이 전달한다. 단칸방에 사는 비거의 식구들 앞에 시커멓고 큰 쥐가 나타나 소동이 벌어지자 비거는 이 쥐를 때려잡는다. 즉 가난과 폭력, 죽음이 단숨에 제시되는 것이다. 비평가 키나몬은 작품의 초고에는 없던 이 장면의 의미를 설명하면서 적어도 세 가지 효과가 있다고 언급한다. 즉, 흑인 빈민가의 열악한 생활환경을 한눈에 보여 주는 동시에 비거의 폭력성이 드러나고, 또한 비거가 결국 시커먼 쥐처럼 가차 없이 가혹하고 강력한 적의 손에 잡혀 죽으리라는 것을 예시한다(Kinnamon 117). 디즈니랜드의 미키 마우스하고는 거리가 먼 덩치가 크고 까만 쥐는 비거 가족의 비좁은 방에 나타나 그들의 끔찍한 가난을 상징하면서 동시에 그들이 살아가면서 느끼는 공포와 폭력의 존재도 암시하고 있다. 이처럼 비참한 삶의 양태는 자연주의 작가들의 상징이다. 이처럼 자연주의 작가들의 시각에서 미국은 수많은 비거들을 산출한 나라이다.

소설 속 비거는 자연주의 소설의 주인공다운 면모를 잘 갖추고 있다. 그는 모든 것을 빼앗긴 무기력한 주인공으로 탄생하는데 이후 주변의 상황도 본인의 생각과는 다르게 전개된다. 태어난 환경과 함께 그의 운명은 일찍이 결정되어 아버지가 없이 가족을 부양하는 가장으로 성장한다. 학교에 다니지 못하여 취직에 필요한 기술이나 자격을 갖추지 못하고, 하릴없이 동네 친구들과 어울리는 무료한 가운데 강도질을 계획한다. 그리고 비거는 자신의 계획과는 상관없이 백인 자선사업가 달튼의 개인 운전기사로 고용된다. 자신에게 없던 좋은 기회를 잡은 비거는 열심히 일하려고 결심한다. 그런데 문제는 달튼의 고명딸 메리가 아버지와는 생각이 다르다는 것에서 시작한다. 공산주의 사상에 심취한 메리는 약자들에게 호의를 베풀고자 비거를 친구처럼 대우하고자 한다. 백인사회 차별에 익숙한 비거에게 돌연한 동등한 대우는 그를 혼란스럽게 만든다. 어색한 가운데 메리와 남자친구, 그리고 비거는 술자리를 가지며 밤늦은 시간에 비거는 술 취한 메리를 집으로 데려다주게 된다. 성실하게 메리 방의 침대에 그녀를 누이는 그 순간 메리의 어머니가 올라온다. 장님인 메리의 어머니는 비거를 발견치 못하지만, 수상한 느낌을 받는다. 졸지에 비거는 당시 미국사회에서 금기 중의 금기인 한밤중에 술 취한 젊은 백인 여성의 침실에 함께 있는 흑인 청년이 되었다. 공포에 빠진 비거는 메리가 취중에 무슨 말을 할까 봐 메리의 얼굴을 베개로 덮고 발버둥 치는 그녀를 내리누른다. 딸의 대답을 못들은 어머니는 잠시 후 아래층으로 내려가고 비거는 죽어 있는 메리를 발견한다. 우연한 살인에 당황한 비거는 이를 감추기 위하여 시체를 난로에 넣어 화장한다.

백인 작가 드라이저의 『미국의 비극 *An American Tragedy*』(1925)도 이와 유사한 자연주의적 요소를 가진다. 작품의 백인 주인공 클라이드(Clyde Griffiths)도 비거처럼 가난한 부모에게 태어났다. 십 대 때부터 여러 가지 일을 하다가 사고를 내고 도망쳐 시카고의 삼촌 회사에 취직한다. 그는 잘생긴 젊은 청년으로 사장의 권력을 등에 지고 팀장이 된다. 이내 여성들의 관심이 집중되어 부하 여직원 로버타와 연인관계가 된다. 그녀와의 소박한 결혼을 생각하던 클라이드에게 우연한 기회가 찾아온다. 자신의 사촌 여동생, 즉 사장의 딸이 초대한 파티에서 그녀의 친구 손드라(Sondra)를 소개받아 그녀와 가까워지자 로버타의 만나자는 재촉이 귀찮아진다. 게다가 로버타가 임신했다는 사실을 알려 오자, 손드라와의 화려한 앞날에 방해물로 여겨져 그녀를 살해하기로 작정한다. 때마침 신문에서 물놀이를 위장하여 애인을 죽인 기사를 보고 이를 모방하여 로버타에게 보트 놀이를 제안한다. 호수 한가운데로 그녀를 유인하지만 망설임에 바로 실행에 옮기지는 못한다. 안색이 파리해지는 클라이드를 보고 걱정이 된 로버타는 그에게 다가가지만, 그 순간 보트는 전복되고 둘은 물에 빠진다. 능숙한 수영 실력을 갖춘 클라이드는 로버타를 놓아 둔 채 자신만이 헤엄쳐 나오고 그녀는 익사하고 만다.

두 작품에서 보면, 클라이드와 비거는 둘 다 살인과 연루가 되어 있다. 그러나 결정적인 순간에 살인 의지가 꺾였음에도 상황은 예상치 못한 살인으로 몰고 간다. 이처럼 주인공 의지와는 다른 상황이 벌어지는 것이 자연주의의 이론이다. 즉 인간은 자유의지가 없는 꼭두각시와 같은 존재이기 때문에 무슨 결과에 대하여도 책임이 없다는 것이다. 라이트는 비거가 자신의 자유의지로 살인을 도모한 것이 아님을 설정함으로써 자연주의의 영향을 보이는 동시에 비거에게는 책임이 없다는 것을 강조하고 있다. 비거는 착한 아들이고 가난한 집안의 가장이며, 선의를 가진 흑인 청년이지만, 그를 둘러싼 환경과 상황으로 인해 살인자로 만들어지는 것이다. 즉 범죄는 사회와 공동체의 그릇된 인식의 결과이며 따라서 사회의 책임이고, 비거는 피해자에 불과하다. 범인이 있다면 그것은(비거의 변호인이 주장하듯이) '삶의 양상(a mode of life)'이다. 라이트의 주장은 인종차별주의 국가 미국이 비거라는 인물을 만들어 냈다는 것이다. 그러므로 미국이 바뀌어야 한다, 그렇지 않으면 더 많은 비거 같은 흑인들이 나타나리라는 것이다.[17]

비평가 해롤드 블룸(Harold Bloom)은 매우 짤막한 서문[18]에서 작품 해석상의 중요한 문제점을 제시하고 있다. 『토박이』를 다시 읽은 소감으로 "역사와 사회의 변증법적 의식을 새로이 하는 경험은 되었으나 그 자체가 심미적인 경험은 아니었다고" 말하면서 다음과 같이 평한다.

17 www.anb.org/articles/16/16-01806.html; American National Biography Online Feb. 2000. Access Date: Sun Mar 18 12:28:42 2001(Copyright(c) 2000 American Council of Learned Societies. Published by Oxford University Press. All rights reserved.)(Ann Rayson, "Richard Wright's Life").

18 *Bloom's Modern Critical Interpretations: Richard Wright's* Native Son*: New Edition*에 실린 블룸의 서론은 두 쪽에 불과하다.

> 『토박이』를 옹호하는 평자들은 선택해야 합니다. 비거 토머스가 책임성 있는 의식의 소유자로서 중대한 잘못이 있는지, 또는 백인사회만이 책임이 있고 유죄한지를. 그렇다면 비거가 허구의 흥미로운 인물이 되지 않고 하나의 상형문자(ideogram)가 된다는 뜻인 거죠, 잠재력이 있는 인간의 설득력 있는 대변자가 아니고 말입니다(Bloom 2).

블룸은 작가가 이 양자 중의 하나를 선택하지 못했으므로 독자들이 비거의 정체성을 '이념적인 이미지'로 봄이 옳은지, 혹은 '실제의 모사(between an ideological image, and the mimesis of an actuality)'(Bloom 2)라 할지, 둘 중 하나를 선택하여야 하는 상황에 놓이게 되었다고 말한다. 그는 작가가 비거의 책임인지, 아니면 사회의 구조적인 문제인지에 대한 판단을 독자에게 돌리고 있다고도 지적한다. 흥미롭게도 『카라마조프의 형제들』의 라스콜니코프와 비거를 비교하고 있는 비평가 마지스트레일도 비거가 라스콜니코프와 같이 인간 대리인(agent)으로서의 적극성도 가진다 보고, '무기력한 피해자와 공격적인 가해자의 두 가지 역할'에 모두 연결되어 있다고 주장한다(Magistrale 25).

할아버지가 노예였던 랠프 엘리슨은 창작에서 라이트와 여러 면에서 대조된다. 1940년대와 1950년대를 대표하는 두 위대한 아프리칸 아메리칸 작가 리처드 라이트와 랠프 엘리슨은 흑인으로서 경험과 문학적 표현법에 대해서는 생각이 같지 않았다. 타이슨의 말을 빌리면,

> 라이트는 자연주의자였다. 그는 인종차별이라는 가혹하고 불가피한 현실은 직설적이고 냉엄한 언어로 표현되어야 인종차별주의의 사악함과 흑인들의 고통의 깊이를 가장 강력하게 전달할 수 있다고 믿었다. 이것이 바로 라이트가 『토박이』(1940)와 『흑인청년 *Black Boy*』(1945) 같은 작품에서 표현한 것

이다. 대조적으로 랠프 엘리슨은 모더니스트였다. 그는 인간 경험의 복합성, 모호성, 불확실성은 모호하고 은유적인 언어와 다원적 의미를 가진 복합적인 내러티브로 가장 잘 표현된다고 믿었다(Tyson 387).

아프리칸 아메리칸 문학의 대 비평가인 게이츠(Henry Louis Gates Jr.)는 흑인으로서 경험을 표현하는 대상과 방법의 견해차로 그 둘과 같은 대조적인 작가군을 만들어 내었다고 주장한다. 그는 『보이지 않는 인간 *Invisible Man*』(1952)에서 엘리슨이 '반복과 차이를 써서 라이트의 문학적 구조를 패러디함으로써 라이트를 의미화하고 있다'고 보았다(Gates 106). 이처럼 소설 『보이지 않는 인간』은 라이트의 텍스트에서 핵심적인 요소들을 반복함으로써 그의 문학적 비전에 엘리슨이 동의하지 않고 있음을 간접적으로 나타내어 의미를 뒤집고 있다. 예를 들어 라이트가 『토박이』와 『흑인청년』에서 '아들'과 '청년'을 써서 인종과 자아, 존재를 암시하는 데 반해, 엘리슨은 『보이지 않는 인간』을 사용하여 존재에 대한 아이러니(irony)로서 부존재를 '불가시성(invisibility)'을 통하여 표현했다. '아들(son)'이나 '청년(boy)'보다는 '인간(man)'을 넣어 라이트의 인물들보다 더 성숙하고 강한 위상을 가지도록 하고, 라이트의 자연주의에 대항하여 복합적인 모더니즘으로 대응했다고 게이츠는 지적한다(Gates 106).

랠프 엘리슨(Ralph Ellison)
Ralph Ellison photo portrait seated.
출처: wikimedia.org

작가의 문학관과 작품세계가 그의 자전적 요소에 의해 영향을 받는 것은 당연한 일이다. 라이트와 엘리슨이 동시대임에도 불구하고 작품세계와 세계관이 대조적이었던 것은 그들의 성장 과정, 그리고 거기서 형성된 세계관의 차이점과 관계가 있다. 라이트가 남부에서 출생해서 인종차별이 심한 시카고 남부에서 청년 시절을 보낸 것과는 달리, 엘리슨은 비교적 흑인에 대한 대우가 개방적인 오클라호마에서 자랐고, 가정이 넉넉지 않아 여러 가지 잡일을 하였음에도 불구하고, 마을의 어른들로부터 의견이며 도움도 받았던 것으로 알려져 있다. 여러 가지 경험과 함께 열려 있는 마음 자세로 임하였던 것이 작가로서의 견해가 긍정적이고 개방적으로 형성된 이유가 되었다.

엘리슨은 인종 문제에서도 초월적인 자세를 유지한다. 라이트에게 인종 문제가 전부라면, 엘리슨에게는 인종 문제란 인간이 겪을 수 있는 여러 가지 문제 중 하나로 다루어진다. 라이트가 흑인문제에서 출발하여 흑인문제를 각성시키는 것으로 끝냈다면, 엘리슨은 흑인문제를 다루면서도 거기에 국한하지 않고 더욱 근원적인 인간 존재의 문제로 확대했다. 다시 말하자면, 라이트는 비거를 내세워 차별적인 백인사회가 젊은 흑인에게 교육과 삶의 기회를 박탈하고 마침내는 그를 사회의 범법자로 만드는 것에 대해 분노하는 사회 고발적 소설을 썼다. 반면에, 엘리슨은 미국의 근본 가치와 미국사회 안에서의 흑인의 문화와 정체성에 대해 질문을 던지며, 보편적인 인간존재의 차원으로 사회통합적인 판단을 하고 있다. 이처럼 엘리슨은 미국에서 흑인으로서 경험을 이야기하며 문화와 사회경험, 그리고 정치적 여건의 문제를 중시하고 있다. 흑인 지도자나 백인들이 말하는 흑인의 처지, 즉 흑인들이 얼마나 인간 이하의 대우로 인해 고통을 받는가를 강조하다 보면 결국 흑인은 더욱더 비참하고 소외된 입장으로 빠진다는 사실을 알고 있었다. 말하자면, 이러한 견해는 결국 '자발적 전형화(self-stereotyping)'로 빠지는 아이러니를 낳는 법인데(Ealy 164), 이러한 아이러니를 극복했다는 점에서 엘리슨의 첫 작품이자 생전의 유일한 작품인 『보이지 않는 인간』은 흑인문학의 영역을 초월하여 세계문학작품으로 자리매김했다.

흑인성 인식에서도 엘리슨은 당시 흑인들의 의식을 크게 앞서 간 사람이다. 당시는 할렘 르네상스 시기로 흑인으로서의 자부심과 아프리카식 이름으로의 개명, 흑인 민담이나 전설, 음악 등의 연구, 아프리카의 고향 방문과 그곳의 문화와 연결하려는 움직임이 한창이던 때였다. 그러나 그는 미국에 사는 흑인들에게 그들이 아프리카인이 아니라 미국인이라고 말한다. 로버트 펜 워런도 1930년 작가로서 그의 첫 에세이에서 흑인들에게 미국 땅에 대한 권리를 주장하여야 하며, 자신들을 아프리카인이 아니라 미국인으로 인식하여야 한다고 이미 말한 바 있다. 엘리슨의 이런 주장은 당시 흑인 민족주의자들과 젊은 흑인들에게 큰 반발을 불러일으켰다. 그들은 엘리슨을 비난하고 '톰 아저씨'처럼 백인의 취향을 닮으려 한다는 등 노골적으로 흑인 공동체로부터 도외시한다. 이때 엘리슨은 철저하게 무시당하고 수시로 모욕을 당했다. 그러나 엘리슨은 이에 굽히지 않고 미국 내에서의 흑인의 위상과 권리를 주장하면서 미국문화는 흑인문화의 영향을 받아 이루어진 것이며 '백인 미국' 같은 것은 있을 수 없다고 역설했다.

또한, 엘리슨의 백인 미국에 대한 생각은 그의 작품 『보이지 않는 인간』에서 잘 드러난다. 작품의 주인공은 '보이지 않기' 때문에 이름도 없이 등장한다. 이름도 없는 이 화자는 20세기 중반 아프리칸 아메리칸들과는 달리 박식하고 자의식적이다. 그는 존재론적인 차원에서 자신의 정체성을 찾아가는 흑인으로 등장하며, 작가는 그의 열망과 좌절을 예술의 경지로 끌어올린다. 작품 속 보이지 않는 존재는 말한다.

나는 보이지 않는 사람입니다. 아뇨, 에드거 앨런 포를 괴롭혔던 그런 유령이 아니라구요. 할리우드 영화에서 보는 가상의 심령체도 아니구요. 저는 실체가, 살과 뼈가 있는, 섬유조직과 액체가 흐르는, 그런 남자입니다. 그리고 마음도 가졌다고 말해도 될 겁니다. 저는 보이지 않습니다. 아시겠어요, 사람들이 저를 알아주기를 거부하는 그 단 하나의 이유 때문입니다(Ellison 3).[19]

라이트의 비거하고는 달리 사회에서 걸어 다니고, 말도 하고, 밥도 먹는 등의 생활하는 사람을 존재하지 않는다고 하는 아이러니는 바로 물리적인 존재가 아닌 정신세계에 인지되지 않는 존재로 이야기하는 데 있다. 그러면 바로 옆에 있는 사람이 나에게 인지되지 않는다면 그 이유는 무엇인가? 사람이 사람을 사람으로 인정하지 않는다면 그것은 사람의 특성이 인지되지 않는다는 뜻일 것이다. 즉 흑인은 형체로는 존재해 문제를 일으키고 심지어는 비거처럼 살인을 저지를 수도 있지만, 여전히 사람의 존재로는 인식되지 않는다는 뜻이다. 아무리 흑인이 사람이라고 소리치고 아우성을 쳐도, 백인들은 그를 사람으로 알아주지 않고 친구로 삼아 주지 않는다. 백인사회에서 흑인은 진정한 동반자가 되지 못하고 있음을 엘리슨은 지적하고 있다. 엘리슨 소설의 주인공이 처음부터 이 사실을 안 것은 아니다. 그는 남부의 명문고를 나온 우등생으로 앞으로 세상에 대한 청사진을 가지고 있었다. 흑인 학생에게 주는 명문대 장학금을 받게 된 그는 백인 남성클럽의 특별한 초청을 받고 적지 않은 기대와 영예로움을 안고 참석한다. 그러나 기대와는 달리 그는 처음으로 소위 '흑인 취급'을 경험한다. 흑인은 백인들의 장난감이었다. 흑인으로 사는 것은 "이 깜둥이를 계속 뛰게 하시오(Keep This Nigger-

19 "I am an invisible man. No, I am not a spook like those who haunted Edgar Allan Poe; nor am I one of your Hollywood-movie ectoplasms. I am a man of substance, of flesh and bone, fiber and liquids – and I might even be said to possess a mind. I am invisible, understand, simply because people refuse to see me."

Boy Running)"라는 내용의 추천서를 들고 다니는 것과 같았다. 하지만 '보이지 않는 나'는 여전히 세상에 대한 희망과 자신의 미래에 대한 야망을 품고 성심껏 세상을 대한다. 환상을 가지고 백인이 준 비밀문서가 그를 위한 추천서로 생각하고 가는 곳마다 그 문서를 보여 준다. 그리고 그의 기대와는 정반대의 대접을 받으면서 청년은 흑인을 대하는 백인들의 진면목을 보게 된다. 이처럼 흑인은 아무리 노력해 보아도 곧 구렁텅이에 빠지고 절망적인 상황에서 허우적거리다 마는 것이다. 주인공은 마침내 자기가 있어야 할 곳이 지하(the underground)라는 것을 깨닫는다. 지하 쪽방(hole)에 1,369개의 백열등을 켜놓고 암스트롱의 '멍(What Did I Do to be So 'Black and Blue')'이란 노래를 들으며 지내는 주인공 모습은 자신이 '흑인임'을 분명히 깨닫는 화자의 모습을 보인다. 수많은 전구를 진실의 빛으로 상징한 암스트롱의 노래는 주인공이 자신에게 '흑인성'을 상기시키는 것이라 할 수 있다. 주인공은 자기가 무존재임을 깨닫고 나서 지하 쪽방에 안착했는지 혹은 자신의 존재가 지하 쪽방 수준에 불과할 뿐이라는 것을 알았는지 여부에는 관계없이 그 사실을 받아들이기로 한다.

> 저는 보이지 않는 사람입니다. 이 때문에 구멍에서 살게 되었죠—혹은 그 사실이 내게 내가 처한 구멍을 보여 주었다 할까요—그리고 나는 어쩔 수 없이 그 사실을 받아들였습니다(Ellison 432).

엘리슨이 생전에 『보이지 않는 인간』을 그의 유일한 작품으로 남긴 것 자체가 상징적이다. 그가 이 작품에 20세기 중반의 미국사회를 살면서 본 것, 느낀 것, 경험한 것 등을 은유적으로 재즈의 형식을 빌거나, 때로는 흑인 민담을 엮어 이 작품 속에 쏟아 놓았기 때문에 더욱 의미가 깊다. 그가 문화사회 속에서 흑인 정체성과 존재의 의미를 사색하는 것은 도스토옙스키의 주인공을 상기시킨다. 엘리슨 작품의 주인공은 자기가 흑인이기 때문에 백인 사회에서 '보이지 않는' 존재라고 선언한다. 공동체 내에서 구성원 간의 관계가 인종적 편견으로 합리화되어 있으므로 백인들은 흑인인 그를 아랑곳하지 않는다. 이 같은 따돌림은 일반적인 상황에서도 언제든지 발생할 수 있다. 『보이지 않는 인간』에서 작품의 화자가 따돌림을 당하는 이유는 인종차별적 사회구조에서 그가 흑인이기 때문이다. 그러나 독자들은 흑인으로서가 아닌 일반적인 사회경험을 통하여 화자의 따돌림 입장에 처한 자신을 경험할 수 있다.

토니 모리슨은 앞에서 논한 허스톤, 라이트, 엘리슨 등의 작가들이 확장해 온 흑인문학의 지평을 계승하고 더욱 발전시켰다. 모리슨은 그의 작품에서 선대작가들에서 보는 젠더의 문제, 역사의식, 인종의식, 사회갈등의식, 흑인 정체성 추구 등을 단일주제로, 혹은 몇 가지 주제들을 상호 복합적인 형태로 다루고 있다. 모리슨은 창작에서뿐 아니라, 비평계에 대해서도 새로운 시각을 접근법으로 제시했다. 그는 『어둠 속의 연주』[20]에서 흑인들이 400년 동안 미국의 문화와 역사에 큰 영향을 끼쳤음에도 불구하고 미국의 정전문학에는 아프리칸이나 아프리카계 미국인의 존재 즉 '아프리카니스트(Africanist)' 존재가 미미하거나 무시되고 있다고 주장한다(*PD* 4-5). 예컨대, 흑인 노예 짐(Jim)이 없는 성숙한 허크 핀(Huck Finn)은 상상할 수 없음에도 백인 정전작가들의 작품에서 흑인은 단지 백인을 돋보이게 하거나, 아니면 백인들의 핀잔 대상 등 백인이 인식하는 흑인의 스테레오타입으로만 다

20 Toni Morrison. *Playing in the Dark: Whiteness and the Literary Imagination*. 1992; NY: Vintage, 1993. 이후의 본 작품 인용은 *PD*와 쪽수로 표기함.

루어져 있다는 것이다(*PD* 15). 주요 문학작품에서 흑인의 존재 의미를 찾는 작업—모리슨은 이를 'Studies in American Africanism'이라고 부른다.—은 "비백인 아프리카 존재 혹은 인물이 미국에서 어떻게 형성—창조—되었는지 그리고 이 날조된 존재가 문학의 도구로 어떻게 사용되었는지를 연구하는 것이 되어야"(*PD* 90) 한다고 모리슨은 결론을 내린다. 이러한 지적은 사실 문학을 보다 완성된 모습으로 발전시키는 수단이 될 수 있다. 모리슨 자신이 백인 중심에서 유색인종을 포함하는 모든 인간의 균형 잡힌 모습을 작품에서 그려 내고 있는 것은 이러한 생각의 발현이라고도 볼 수 있다. 자신은 아프리칸 미국인 작가로서의 정체성을 가장 중시한다고 하지만, 그는 소재와 문장, 기법 등의 다양성, 복합성, 완성도 등으로 볼 때, 대표적 아프리칸 미국작가로서 확고한 입지를 굳혔다. 또한, 인종에 따른 스테레오타입을 초월하여 현대문학을 대표하는 세계적인 작가의 반열에 올랐다.

5. 모리슨의 초기작들

1) 흑인 정체성과 모리슨

토니 모리슨은 아프리카 조상과 문화에 대한 강한 자부심을 계승한 작가다. 그녀의 부모는 각각 남부에서 인종차별을 경험하고 이에 강하게 저항한 집안에서 태어난 사람들이다. 친가 쪽은 조지아에서 소작농으로 지내다가 착취와 인종차별에 어려움을 겪고 북부인 오하이오로 이주하였으며, 외가는 앨라배마주에서 농사를 짓다가 부채를 갚지 못하여 경작하던 농지를 빼앗기고 남부를 떠나 오하이오로 이주했다. 부친 워포드(George Wofford)는 성실한 선박 용접공으로 가족을 부양하기 위하여 두 직장을 더 뛰었다고 전해

2008년 뉴욕시 타운 홀에서 연설하는 토니 모리슨
Toni Morrison speaking at "A Tribute to Chinua Achebe – 50 Years Anniversary of 'Things Fall Apart'". The Town Hall, New York City, February 26th 2008. 출처: wikipedia.org

진다. 용접이 완벽하게 되면 거기에 자신의 이름도 써넣을 정도로 직업적인 자부심이 강한 인물이었고,[21] 모친은 교회성가대원으로 활약한 바 있다. 이 두 사람은 흑인 조상들의 문화유산을 자랑스럽게 여겨 모리슨을 비롯한 그들의 네 자녀들에게 남부 흑인민담이나 노래, 신화 같은 이야기들을 늘 들려주었다. 이것이 모리슨의 흑인문화전통에 대한 긍지를 심어 준 것은 물론, 그녀의 상상 세계를 형성하는 기초가 되었던 것으로 보인다.

어려서 인종차별의 모욕을 경험한 부친은 한 걸음 더 나아가 인종차별주의자로 발전했다. 그의 백인종 분리사상은(a Marcus Garvey-like perspective on whites[22]) 자신에게 백인을 불신하는 마음을 심어 주었다고 모리슨은 말하고

21 www.math.buffalo.edu/~sww/morrison/morrison_toni-bio.html. 참조.
22 Marcus Garvey(1887–1940): 자메이카 출생. 흑인 민족주의자. 흑인들에게 흑인임에 자부심을 가지고 본래의 나라로 돌아갈 것을 권장함 (a 'Back-to-Africa movement' 창시자).

있다.

> 아버지는 인종차별주의자이셨어요. 어렸을 때, 조지아에서 백인 어른들에게서 심한 경험을 했던 거죠. 이후로 아버지는 백인 모두를 멸시해도 된다는 생각을 하게 되셨어요. 그러면서도 백인들이 당신을 경멸하는 것은 온당하지 않다고 하셨지요.[23]

작가 모리슨은 근면하고 성실한 부모의 도움으로 별 어려움 없이 자랐다. 어려서부터 책을 좋아해서 톨스토이나 도스토옙스키 같은 러시아 작가들과 프랑스의 플로베르, 영국의 제인 오스틴을 주로 읽었다고 한다. 1949년에 로레인(Lorain) 고등학교를 우등으로 졸업하고, 흑인이 갈 수 있는 최고의 명문대 하워드(Howard University)에 입학하여 영문학을 전공분야로, 고전문학을 부전공으로 공부했다. 하워드 대학에서는 극단에 가입하기도 하였고, 극단을 따라 부모가 떠나온 남부를 여러 차례 돌아보는 기회를 가졌다. 모리슨은 '클로이(Chloe)'라는 어려운 아프리카계 이름 대신에 가운데 이름인 앤토니(Anthony)를 토니(Toni)로 개명하였으며, 때마침 불이 붙은 민권운동에도 관심을 가졌다. 1960년 초에는 문학 워크숍에 참여하여 파란 눈을 달라고 기도하는 여자아이의 이야기를 소재로 하는 작품을 발표했다. 1987년에는 프린스턴 아이비리그 대학 석좌교수가 된 최초의 흑인 여성작가이고, 1993년 여성으로는 여덟 번째 노벨상 수상자이자 흑인 여성으로는 최초라는 기록도 세웠다.

노벨상에 얽힌 모리슨의 일화는 이 상을 받는 일이 흑인 여성작가로서 얼

23 www.math.buffalo.edu/.../morrison/morrison_toni-bio.html. 참조.

마나 상상하기 어려운 일이었던가를 생각하게 한다. 모리슨은 노벨문학상 수상자 발표 당일 아침 7시에 브라운대학 총장으로부터 수상을 축하한다는 말을 들었다. TV에서 들었다는 총장의 답변에 모리슨은 무슨 말이냐고 하며 당사자가 모르는데 TV의 사회자가 어떻게 아느냐 말하고 전화를 끊었다고 한다. 당일 오전 내내 전화가 불이 나고 언론에서도 야단이었지만, 막상 스위스 한림원에서는 아무런 연락이 없었다고 한다. 대개 노벨상 발표가 있을 때는 기자들이 예상 후보자를 둘러싸고 난리를 피지만 막상 수상자가 아닌 경우도 왕왕 있어 온 사실을 아는 모리슨은 이때까지도 자신이 수상자인지를 확신할 수 없었다고 한다. 그러다 오후 12시 30분이 되어 노벨상 사무실에서 축하전화가 왔다. 그러나 이 때까지도 모리슨은 누군가의 장난이라 생각하고 본인의 수상 사실을 팩스로 보내 달라고 요청했다고 한다.[24]

모리슨은 전통적인 서구식 글쓰기를 거부하고 아프리카적인 방식을 고수하는 작가다. 『파리 리뷰』 인터뷰에서 여느 문호와 마찬가지로 자신의 배경이 문학의 원천임을 말하고 있다.

> 내 작품이 아프리칸 아메리칸(African American)에 바탕을 두는 것은 내게 대단히 중요합니다. 거기서 다른 범주 혹은 더 큰 범주로 동화해 들어간다면 더 좋은 일입니다. 그러나 나에게 그렇게 쓰라고 요구하는 것은 있을 수 없는 일입니다. 이런 일은 조이스(James Joyce)에게 요구되지도 않았고 톨스토이도 그런 요구를 듣지 않았지요. 내 말은 작가들은 모두 러시아적이건, 프랑스적이건, 애란적이건 혹은 가톨릭적일 수 있고 자기들의 출신 문화를 배경으로 작품을 쓴다는 겁니다. 나도 그렇습니다. 그런데 나에게는 그 배경이 아프리

24 www.youtube.com/watch?v=ckbFMd8PrF8 (1:21).

칸 아메리칸이라는 것뿐입니다. 가톨릭일 수도 있고, 중서부일 수도 있지요. 나 또한 그러합니다. 이것들은 다 중요한 요소들이지요(*Paris Review*).

따라서 흑인작가인 자신에게 백인작가처럼 쓰라고 할 것이 아니라, 자신의 경험적 배경을 근거로 나온 작품들을 인정하라는 것이다. 그것이 설사 주변적 존재로 남는 것이라 할지라도 모리슨은 그 조건을 감수하겠다는 것이다. 세상의 중심에 백인이 있고 주변에 흑인 혹은 아시아인이 존재하는데, 주변을 고수함으로써 중심에 있는 자들에게 주변으로 나와 자신을 찾아보도록 하겠다는 것이다(*Paris Review*). 이처럼 모리슨은 주변에 굳건하게 서서 중심이며 대세를 이루는 작가들에게 도전장을 내밀었다. 주변과 중심의 대변혁을 꾀하는 것이라 볼 수 있다.

모리슨은 공언한 바와 같이 노예의 역사에 대한 깊은 통찰과 혜안으로 작품을 쓰고 있어 언제나 '역사'—특히 미 대륙에서의 흑인 노예의 역사—가 그 얼굴을 드러내고 있다(Gates ix. "Preface"). 그녀가 노예자서전의 전통에 관심을 가지고 이를 발전시키고 있는 것도 아프리카계 아메리칸의 목소리를 되찾아 주기 위함이다(Bowers 31). 예컨대, 그녀의 대표작이자 노벨상 수상작인 『빌러비드』는 많은 부분 노예자서전 문학의 특성을 보인다. 생년월일도, 부모도, 가족도 모르고, 자기 몸의 소유권조차 없이 살아가는 노예들의 삶이 노예 자신의 시각으로 묘사되고 있다. 그러나 모리슨은 노예자서전의 전통을 그대로 계승한 것이 아니다. 모리슨은 노예자서전 작가가 가지고 있던 한계를 벗어나 노예제도가 노예들에게 강제한 고통의 깊이를 전달하는 데 성공하고 있다. 그는 그 글들에서 보통 독자는 놓치는 점을 짚어 내었다. 『파리리뷰』 인터뷰에서 모리슨은 노예자서전에 대한 그의 생각을 피력한다.

저는 뭔가 모르는 것을 알기 위해서 '노예자서전'을 읽지는 않습니다. 왜냐하면, 자서전 저자들은 백인후원자들로부터 내용에 대한 인증을 받아야 하는 것을 알고 있었기 때문에, 자기가 하고 싶은 말을 다 씀으로써 독자를 잃을 수는 없었던 거죠. 어떤 사안에 대해서는 침묵해야 했어요. 여건이 허락하는 한 사실대로 쓰고 드러내려고는 했지만, 그것이 얼마나 끔찍했는지는 절대 말하지 않지요. 그저, 왜 아시잖아요. 정말 심했어요. 노예제는 없애야죠, 사람처럼 살게라고 말할 뿐이죠. 그들은 이야기를 많이 축소해야 했어요. 그래서 내가 그 기록을 읽고 있자면 노예제도가 내 가슴에 다가오고(familiar) 감동을 일으켜요. 이런 감동이 진정으로 느껴지기를(felt) 원합니다. 역사적인 사실을 개인차원으로 바꾸는 거죠. 나는 노예제도가 그렇게 혐오스럽고 그렇게 사적(私的)이고, 그렇게 무심하고, 그렇게 가까우면서도 또 그렇게 공식적인 그 이유를 생각해 내려고 오랜 시간을 보냈습니다(*Paris Review*).

모리슨의 공헌이라면 결국 노예자서전의 행간을 읽어서 어떤 사실을 끄집어내어 노예제도가 어째서 그렇게 가혹하고 비인간적인 제도였는지를 캐내어 독자가 '느끼고' 감동하게 하는 것이었다. 노예자서전이 노예의 삶을 구속과 도망과 자유로의 여정이라는 단선으로 이루어져 있다면, 모리슨은 이 과정이 두 번 반복되게 한다. "첫 번째는 그들의 몸을 백인들의 노예화로부터 해방하는 단계이고 두 번째는 노예제의 잔혹성으로부터 그들이 경험한 심리적 트라우마를 벗어나는 단계다"(Bowers 32). 그리고 이 두 번째 단계에서의 치유는 흑인 등장인물들의 아프리칸 음악, 말 표현, 미신, 의식 등을 통하여 이루어지기 때문에, 모리슨이 미국문학이라는 큰 틀 안에 흑인의 전승 문화를 그 주요 부분으로 자리매김한 셈이다.

두 번째로, 모리슨이 흑인문학 전통을 계승, 발전시킨 것은 그녀의 공동체의식에 대한 관심에서 비롯된다. 모리슨은 백인이 주도하는 사회에서 흑인들이 역경을 극복하고 생존할 수 있었던 것은 그들이 본래 가지고 있는 공동체의식이라고 보는 것 같다. 『제일 파란 눈 *The Bluest Eye*』(1970), 『술라 *Sula*』(1973), 『아가 *Song of Solomon*』(1977), 『타 베비 *Tar Baby*』(1981), 『빌러비드 *Beloved*』(1987), 『재즈 *Jazz*』(1992), 『낙원 *Paradise*』(1998), 『사랑 *Love*』(2003), 『자비 *A Mercy*』(2008)와 가장 최근 작품인 『고향 *Home*』(2012) 등 거의 모든 작품이 흑인공동체의 복합성을 꿰뚫는 혜안을 제공하고 있다. 특히 데뷔작 『제일 파란 눈』과 곧이어 나온 『술라』와 함께 그녀의 역량을 최고로 보였다고 생각되는 『빌러비드』에서 흑인공동체의 의미는 흑인문학의 특성을 더욱 의미 있는 차원으로 제시했다.

모리슨의 작품 속에서 공동체가 비중 있게 다뤄진 이유는 그녀가 자라온 배경을 생각할 때 쉽게 이해가 간다. 그녀가 태어난 곳은 오하이오주의 로레인(Lorain) 시인데 오하이오주는 '반노예제도(anti-slavery)'의 정서가 강했던 곳이었다. 또한, 로레인 카운티에는 일찍이(1837년) 4명의 흑인 여학생들을 입학시키는 등 파격적인 행보를 보인 오벌린 대학(Oberlin College)이 소재해 있다. 이 대학은 1833년에 장로교 목사 두 분이 뜻이 맞아 세운 학교로서 앞서는 교육 정신을 펼쳐 나간 교육기관으로 알려졌다. 미국에서 1830년대, 즉 남북전쟁 이전에 남녀 흑인 학생들을 백인 학생들과 똑같이 정규학생으로 받아들인 최초의 대학이다. 모리슨은 전반적으로 대부분이 흑인인 환경에서 자랐을 뿐 아니라, 적극적으로 흑인의 문화전통을 강조하고 자부심을 가졌던 부모 덕분에 일자리를 찾아 뉴욕으로 갈 때까지 이렇다 할 인종차별 의식은 느껴 보지 않은 것으로 보인다.

모리슨의 편집인 경력도 그의 안목을 흑인공동체에 주목하게 했다. 19년 동안 랜덤하우스의 편집인으로 일하면서 모리슨은 아프리칸 아메리카 배경의 작품들을 찾아내고 편집하여 책으로 발간하는 작업을 했다. 1960년대부터 1980년대까지는 흑인문학 역사상 매우 중요한 시기다. 주노 디아즈(Junot Díaz)와의 인터뷰를 보면 모리슨은 이 기간에 사명감을 가지고 제대로 된 흑인작가들의 발굴 작업에 전념했다. 그는 당시 흑인작가들의 작품이 발간되고 분석되는 방식에 불만을 품고 있었던 것으로 보인다. 예컨대, 모리슨은 알렉스 헤일리(Alex Haley)의 『뿌리 *Roots: The Saga of an American Family*』(1976)는 'Black America'의 특이한 비전을 드러내지 못했다고 판단한다. 또한, 프레데릭 더글러스의 노예자서전과 엘리슨의 『보이지 않는 인간』 등은 "백인의 시선과 통제를 의식하고 그들을 자극하지 않으려는 노력에서 백인의 입맛에 맞는 방향으로 쓰이거나 편집되고 있다고 생각한 것이다"(Díaz).[25]

또한, 뉴욕에서의 모리슨은 두 아이를 가진 일하는 이혼부모로서 비슷한 처지에 있는 여성들과의 유대를 경험한 것으로 보인다. 여성들 간의 유대, 필요한 것이 무엇이라고 표현하지 않아도 상대방을 헤아리고 필요를 채워주는 여성들의 마음이 서로를 강인하게 지지하는 인간관계라는 것을 경험했다.

2) 『제일 파란 눈』

모리슨의 공동체에 대한 의식을 잘 나타낸 데뷔작 『제일 파란 눈』은 하워드 대학에서 작가 그룹에 합류했을 때 구상했던 작품이다. 워크숍에서 무언가 새로운 수준의 습작을 발표해야 한다는 생각으로 소재를 찾다가 모리슨은 어릴 때 친구와 나누었던 대화에 기초한 이야기를 쓰기 시작했다.

25 "Toni Morrison and Junot Díaz." www.youtube.com/watch?v=J5kytPjYjSQ 참조. 게시일: 2013. 12. 13. Live from the New York Public Library.

> 대화는 신이 존재하느냐에 관한 것이었어요. 내 친구는 신은 없다고 했고 나는 있다고 했어요. 친구는 신이 존재하지 않는다고 확신하는 이유를 설명했지요. 자기가 2년 동안 밤마다 파란 눈을 달라고 기도했는데 이루어지지 않았으니 하나님은 존재하지 않는다는 거였죠(Ruas 95).

이 대화는 후일 모리슨에게 깊은 생각을 하게 했다. 그 친구는 왜 얼토당토않게 자기의 까만 얼굴에 어울리지도 않는 파란 눈을 원하게 되었을까? 또 그런 불가능한 것을 간절히 원하면서 겪는 아픔은 어떠했을까? 게다가 나 아닌 다른 사람이 되고 싶어 할 때의 아픔은 얼마나 사람을 황폐하게 하는가 하는 것 등이었다(Ruas 95-96). 이러한 생각은 모리슨에게 사회에서 가장 약자인 한 작은 소녀의 불가능한 소원이 의미하는 바를 고심하게 하였고 거기에서 출발하여 더욱 근원적인 사회적, 문화적, 정치적 문제를 조명하는 계기로 삼았다. 뉴욕에서 수정작업을 하면서 모리슨은 당시에 느꼈던 것을 한 인터뷰에서 밝히고 있다.

> 1965년에 상황이 매우 빠르게 달라지고 있었어요. 그래서 나는 소설을 쓰겠다고 결정했지요. 강한 주장을 하기보다 그냥 문학작품을요. 그리고 그 이야기의 중심에 이 세상에서 가장 가련한 존재를 놓고자 했어요. 무대 중앙에는 가 본 적도 없는, 아무것도 모르는 흑인 여자아이를 말이죠. 나는 진짜 여자아이를 그리고 싶었어요. 그 아이가 얼마나 아파하는지, 어떻게 우리가 모두 그 아픔의 공범인지를요. 나는 백인들이 뭘 생각하든 상관하지 않았어요. 그 사람들은 어차피 이런 걸 모르니까요. 이건 '흑인이 아름답다'고 하던 시절이었죠. 네, 그렇죠. 그런 때였어요. 그러나 그 슬로건이 왜 필요하게 되었는지

를 잊지 말아야지요.[26]

1960년대는 흑인은 아름답다든가 하는 인종 찬양 논조가 크게 일어나고 있었고 흑인 남성 작가들은 힘 있고 공격적이며 심지어는 혁명적인 작품을 발표하곤 하는 때였다. 하지만 모리슨은 이런 움직임이 너무 요란하고 무의미하다고 생각하였다. 이대로 가다가는 아무도 인종차별주의가 얼마나 사람들의 마음을 다치게 하는지 기억하지 못하게 될 것이라고 생각했다.[27] 흑인 여자아이들이 자기들 피부가 까맣다고, 혹은 못생겼다고 스스로를 탓하면서 속으로 어떤 상처를 받는지는 아무도 관심을 보이지 않고 있는 가운데, 이 아이들은 작품 속에서 웃음거리나 혹은 하찮은 존재로 남아 있다는 것이다. 모리슨은 작가로서의 길에 들어서면서 이렇게 사회 속에서 무시되는 아이들, 특히 흑인 여자아이를 전면에 내세우기로 한다. 무대 중앙에 한 작은 흑인 여자아이의 아픔(hurt)을 주인공으로 세운 것이다.

모리슨은 『제일 파란 눈』의 작품 후기(1993)에 다음과 같은 글을 썼다.

> 『제일 파란 눈』은 그 여자아이가 왜 자기가 가진 것을 경험하지 않는가, 또 왜 그 아이가 그렇게 과격한 변화를 원하고 기도하는가에 관해 이야기하고자 노력한 결과다. 그 아이의 소원에는 인종적 자기혐오가 함축되어 있다. 그리고 20년이 지난 후에도 나는 여전히 사람이 어떻게 그런 걸 배우게 되는가가 궁금하다. 누가 말해 주었길래? 누가 그 아이에게 자기 모습보다는 기형이 되는 게 더 낫다고 느끼게 만들었는가? 누가 그 아이에게 그렇게 부족하다고, 미의 저울에 무게가 안 나간다고 했는가? 이 소설은 그 아이를 책망

26 "The Truest Eye" www.oprah.com/omagazine/Toni-Morrison-Talks-Love.
27 Interview:"Motivation for Writing" https://www.youtube.com/watch?v=_8Zgu2hrs2k 참조.

한 그 눈길을 쪼아 버리고자 한다(2007; Morrison 242).

그리고 계속해서 말한다.

> 인종 특유의 미를 주장하는 것은 외부의 시선에서 비롯된 움직일 수 없는 열등의식의 치명적인 내면화에 대항하는 것이다. 그래서 나는 전체 인종을 악마화하는 기괴한 작업이 어떻게 사회의 가장 섬세한 구성원 즉 아동의 마음속에, 그것도 가장 취약한 구성원 즉 여아의 마음속에 뿌리를 내리는지에 초점을 맞추었다(242).

즉 모리슨의 의도는 한 인종집단이 다른 인종집단의 오랜 권력에서 벗어났을 때, 형식상의 정치적 독립뿐 아니라, 진정한 의미의 독립 즉 사회문화적 내지 정신적 가치 차원의 독립 또한 누리고 있는가에 초점을 맞추는 데에 있었다. 전체사회는 가장 작은 개인 혹은 소수 집단에게 어떤 관계로 작용하는가? 모리슨은 특이한 주인공을 내세워 무조건적인 가치를 주도하는 가정과 사회에 떠밀려서 어떤 형태로든 아이들의 마음속에 남아 있을 상흔을 살펴보고자 한 것이다. 『제일 파란 눈』은 백인들이 주도하는 사회에서 오랜 세월 노예의 신분으로 고통당한 흑인들이 해방되어 자유의 몸이 되었으면서도 백인들의 가치관을 무의식적으로 자기 것으로 수용하고 추종하고 있다는 사실에 주목하여, 무비판적이고 식민화된 흑인들 내면의 모습을 드러내고 비판하고 있다.

그 대표적인 가치가 미의 기준이다. 흑인들은 백인이 설정한 미의 기준을 그대로 받아들여 자신을 추하고 열등하다고 생각한다. 왜 하얀 피부와 파란 눈이 예쁘고, 까만 피부와 눈은 추하게 생각되는지 기준이나 근거가 없음에도 불구하고 흑인들은 이러한 미의 판단 기준에 대하여 아무런 의문을 가지지 않고 백인들이 추구해온 가치를 비판의식이나 주체의식이 없이 자신들에게 적용한다. 이처럼 정치 사회적 지배는 정신·문화적 종속을 장기화하고 문화적 종속은 교육과 사회 전반적 암시와 분위기로 반복되고 강화되기 때문이다.

작품 『제일 파란 눈』은 그 첫페이지에 미국 초등학교 교과서를 인용하고 있는데 이는 작가가 전체 플롯을 담아내려는 것이다(*Paris Review*).

> 집이 있어요. 파랗고 하얀 색이어요. 문은 빨간색이고 아주 예뻐요. 가족들을 보세요. 어머니, 아버지, 딕, 그리고 제인은 이 파랗고 하얀 집에 살아요. 그들은 매우 행복해요. 제인을 보세요. 빨간 드레스를 입었어요. 제인은 놀고 싶어요. 누가 제인과 놀아 줄까요? 고양일 봐요 야옹야옹 하네요. 와서 놀아. 와서 제인과 놀아요. 고양이는 놀지 않겠대요. 어머닐 봐요. 어머니는 아주 멋있어요. 어머니, 제인과 놀아 주실래요? 어머니가 웃으셔요. 웃으세요, 어머니, 웃으세요. 아버질 봐요. 아버지는 크고 힘이 세요. 아버지, 제인하고 놀아 주실래요? 아버지는 미소를 지으시네요. 미소를 지으세요, 아버지, 미소를. 강아지를 봐요. 멍멍 하네요. 네가 제인과 놀아 줄래? 강아지가 달려요. 달려, 강아지야, 달려. 봐요, 봐요, 친구가 오네요. 이 친구는 제인과 놀 거에요. 둘이서 좋은 놀이를 할 거에요. 놀아요, 제인, 놀아요.[28]

위의 문단은 삽화와 함께 교과서에 실려서 학교라는 곳에 와서 처음 공부를 시작하는 어린이들에게 꿈과 행복의 나라를 머릿속에 그리게 한다. 사

28 Morrison, Toni. *The Bluest Eye*. 1970; NY: Pocket Books, 1972. 7. 이후 본 작품의 인용은 이니셜 *BE*와 쪽수로 표기함.

는 집은 환하고 예쁘며, 가족들은 건강하고 모두 웃음을 머금고 있다. 아이들은 모든 것이 넉넉한 상황에서 놀이를 찾고 있고, 어른들은 같이 놀아 주지는 못해도 아이들을 사랑스럽게 바라보고 있다. 개와 고양이도 이 행복한 가정의 구성원이다. 애완동물들에게도 자유가 있다.

그러나 제시된 행복의 그림은 11살의 흑인 여자주인공 피콜라(Pecola)에게 혼란을 일으킨다. 첫째, 피콜라에게 부모는 있으나 웃음과 사랑이 넘치는 부모는 없다. 가족간에 매번 증오와 분노가 폭발하고 폭언과 폭행이 난무한다. 둘째, 주인공 피콜라에게는 집이 없다. 아버지의 딸 성폭행 사건으로 인하여 살던 누추한 곳에서조차 쫓겨나야 했다. 셋째, 주인공 피콜라에게는 찾아오는 친구도 없다. 부모의 잦은 싸움으로 오빠는 집을 나가 버리고 피콜라는 유난히 까만 피부로 인해 학교에서도 소외되어 부모를 떠나 위탁 가정에서 보호를 받는다. 흑인 아이들에게 앞서 제시된 행복의 그림은 '그림의 떡'으로 비칠 수밖에 없다.

> 집이 있어요 파랗고 하얀 색이어요 문은 빨간색이고 아주 예뻐요 가족들을 보세요 어머니 아버지 딕 그리고 제인은 이 파랗고 하얀 집에 살아요 그들은 매우 행복해요 제인을 보세요 빨간 드레스를 입었어요 제인은 놀고 싶어요 누가 제인과 놀아 줄까요 고양일 봐요 야옹야옹 하네요 와서 놀아 와서 제인과 놀아요 고양이는 놀지 않겠대요 어머닐 봐요 어머니는 아주 멋있어요 어머니 제인과 놀아 주실래요 어머니가 웃으셔요 웃으세요 어머니 웃으세요 아버질 봐요 아버지는 크고 힘이 세요 아버지 제인하고 놀아 주실래요 아버지는 미소를 지으시네요 미소를 지으세요 아버지 미소를 강아지를 봐요 멍멍 하네요 네가 제인과 놀아 줄래 강아지가 달려요 달려 강아지야 달려 봐요 봐요 친구가 오네요 이 친구는 제인과 놀 거에요 둘이서 좋은 놀이를 할 거에

요 놀아요 제인 놀아요(*BE* 7).

행복한 그림은 먼저 문단과 같은데, 각 문장에서 부호가 사라져 혼란의 느낌이 생긴다. 피콜라에게 제시된 행복의 이미지는 아이가 닥치는 실제상황과는 너무 달라서 어린 피콜라에게 중압감이 커지기 시작하는 것이다. 그리고 마침내는 이해하려고 해도 이해되지 않는 현실과 이상의 괴리가 피콜라의 머릿속을 뒤흔들어 놓는다.

집이있어요파랗고하얀색이어요문은빨간색이고아주예뻐요가족들을보세요어머니아버지딕그리고제인은이파랗고하얀집에살아요그들은매우행복해요제인을보세요빨간드레스를입었어요제인은놀고싶어요누가제인과놀아줄까요고양일봐요야옹야옹하네요와서놀아와서제인과놀아요고양이는놀지않겠대요어머닐봐요어머니는아주멋있어요어머니제인과놀아주실래요어머니가웃으셔요웃으세요어머니웃으세요아버질봐요아버지는크고힘이세요아버지제인하고놀아주실래요아버지는미소를지으시네요미소를지으세요아버지미소를강아지를봐요멍멍하네요네가제인과놀아줄래강아지가달려요달려강아지야달려봐요봐요친구가오네요이친구는제인과놀거에요둘이서좋은놀이를할거에요놀아요제인놀아요(*BE* 8).

문장에 띄어쓰기와 부호가 사라지고 다닥다닥 붙어 있는 문자들은 혼란의 극치를 보여 주어 전체적으로 이 글이 주는 압박감은 더욱 높아진다. 이 가빠지는 속도는 어린 학생들에게 그리고 독자들에게 교과서의 내용이 얼마나 억압적인가를 나타낸다. 해당 문단의 활자가 다닥다닥 붙은 채로 표현된 것은 행복의 비전이 흑인 아동들에게는 이미 좌절된 꿈임을 독자에게 전달하고자 하는 작가의 기법이다(LeClair 127).

위의 세 개의 다른 버전으로 제시된 미국인의 행복 비전은 피콜라에게 자기가 타고 난 용모에 대한 혐오감을 키운다. 일상적인 행복의 비전을 자기 것으로 만들기 위해서 피콜라는 책 속의 제인처럼 예뻐야 한다고 믿는다. 예쁘게 되려면 제인처럼 파란 눈을 가져야 한다. 피콜라는 집에서 가족이 서로 싸우고 불행한 것은 오로지 자기의 얼굴이 못생겼기 때문이며, 자기의 얼굴이 보기 싫은 것은 눈이 파랗지 않기 때문이라고 믿는다. 어려서부터 교과서를 통하여 백인 위주의 미적 기준을 배웠기 때문이다. 교과서의 그림이나 설명으로 세뇌된 피콜라 같은 아이들은 미인의 조건은 피부가 하얗고 머리는 금발이며 눈동자는 파란 것으로 생각한다. 그리고 불행하다면 미인의 조건을 갖추지 못한 때문이라고 믿는다. 교육을 통한 의식과 가치의 내면화는 사회 구성원들에게 주도적 문화 코드를 따라가기 위한 필사의 노력을 하게 만든다. 소설 속 피콜라 가족은 아프리카계 미국인들의 정신적 식민 상황을 극명하게 드러내고 있다. 같으면서도 다르게 반복적으로 쓰인 문단들에서 보인 인종차별주의는 "흑인의 자아 경멸(black self-contempt)을 낳아서 양육하는 제도임과 이 인종차별주의의 왜곡된 형태의 본질이 소설의 구조에서 재생산되고"(Towner 125) 있음을 나타내고 있다.

또한, 이 예시적 문단은 작품 전체 주제를 조명하고 있기도 하다. 예컨대, '집'은 중요한 시니피에(記意)다. 모리슨은 '집'에 대해서 '무언가를 할 수 있는 공간'으로 애착이 간다고 말한 바 있다. 이 작품에서 '집'이 중요한 의미를 가지는 것은 피콜라가 삶의 터전인 '집'의 바깥으로 쫓겨나 있다는 사실과 피콜라의 가족이 모두 '집'이 없이 뿔뿔이 흩어졌다는 사실 때문이다. 다시 말하면 피콜라는 '집'이 주는 안온함의 밖에 노출된 희생자가 되기 쉬운 환경에 놓여 있다는 것이다. 집 밖은 'outdoors'다.

> 밖으로(out) 나가는 것과 '집 밖(outdoors)'으로 쫓겨나는 것은 다르다. 밖으로 나가면 다른 데로 갈 수가 있다. 밖으로 쫓겨나면, 갈 곳이 없다. 차이는 미미하나 결정적이다. '집 밖'은 끝장이다. 돌이킬 수 없는 물리적인 사실이고 우리의 은유적인 조건을 정의하고 보완하는 것이다(*BE* 18).

'집 안'은 비평가 로드(Lorde)가 말하는 일종의 "가공의 표준(mythical norm)"(116)을 가리킨다. 이 표준 내에서만이 '권력(power)'이 행사되며, 권력 밖에 있는 사람은 사회로부터 차별대우를 받고 소외된다(Lorde 116). 피콜라는 사회의 보호장치 밖으로 부모로부터도, 학교로부터도, 즉 모든 울타리(sector)로부터 제외되고 소외된 취약하고 외로운 존재다. 다시 말하면, 피콜라는 '집 밖'의 '공동체 밖'의 존재로서 사회에서의 '주변적 존재'를 가리킨다. 여기서는 백인주도사회에서의 흑인 존재에 대한 극단적인 은유라고 볼 수 있다.

아울러 작품 초기에 나오는 예시적 문단들은 피콜라의 정신적 교란상태의 진행상을 나타내기도 한다. 『제일 파란 눈』의 첫 장(chapter)의 배경이 되는 계절은 가을이다. 문학작품에서 계절이 나타내는 의미를 생각할 때, '가을'로 시작하는 이 작품은 무거운 결말을 예시한다. '가을'로 시작된 장은 피콜라의 위탁가정 딸 클로디아(Claudia)의 눈을 통한다. 그 집에 피콜라가 와서 살게 된 경위와 함께 피콜라의 강박관념과 신체에 나타나는 변화를 묘사하고 있다. 피콜라는 당시 아이들의 아이콘인 셜리 템플(Shirley Temple)처럼 예뻐지고 싶은 욕심으로 클로디아 집에 있는 큰 병 두 개 분의 우유를 다 마셔 버려 클로디아의 어머니를 놀라게 한다. 우유 사건은 피콜라의 열망이 보통 수준 이상임을 암시하고 있다.

HEREISTHEHOUSEITISGREENANDWH
ITEITHASAREDDOORITISVERYPRETT
YITISVERYPRETTYPRETTYPRETTYP
(*BE* 30).

피콜라가 원래 살던 곳을 설명하는 부분은 위와 같은 문단으로 시작된다. 이 뒤죽박죽으로 제시된 문구는 '빨간 문이 있는 파랗고 하얀 아주 예쁜 집'을 이해하기 어려워하는 피콜라의 머릿속에 투사된 내용을 시각적으로 표현하고 있다. 모리슨은 피콜라 가족이 거주하던 곳을 그 건물의 역사와 함께 설명해 나간다. 오하이오주 로레인의 한 버려진 가게, 행인들은 그 몰골이 보기 흉하여 외면하고 지나는 곳, 수시로 바뀌어 사람들이 일일이 기억하지 못하는 가게 한쪽을 피콜라 가족—부모인 찰리와 브리드러브 여사,[29] 그리고 14살의 샘(Sam)오빠와 11살의 피콜라—이 칸을 나누어 살고 있다. 교과서에서처럼 색깔이 예쁜 집이 아니라, 식구들 각자가 그럭저럭 헤쳐 나가는 생활을 하고 있다. 거주지의 내부는 온통 부정적인 어휘로 묘사된다. '아무도' 소파에서 동전을 잃어버린 적도 없고, '아무도' 혀를 '쯧쯧' 차며, '금방 여기 있었는데' 라고 말하는 일도 없는 등, 다시 말하면 주머니에 잃어버릴 돈이라곤 한 푼도 없는 생활, 삶다운 삶이 실현되지 못하고 있는 생활이 진행되고 있음을 표현하고 있다. '*No*'라는 수식어가 붙는 구문은 계속되어 피콜라 가족의 결핍, 부족, 가난, 불편, 박탈상태 등을 독자에게 각인한다. "*No* thrify child", "*No* happy drunk", "*No* young girl", "*no* memories"(*BE* 36: 필자

29 피콜라는 자기 엄마 폴린 브리드러브(Pauline Breedlove)를 '브리드러브 여사(Mrs Breedlove)'라고 부른다. 이 호칭은 피콜라에게 폴린이 엄마와 같은 감싸고 돌봐주는 존재가 아니라, 혈연관계가 없는 제삼자처럼 피콜라를 혼내고 야단치는 한 여자 어른으로 엄마를 인식하고 있음을 나타낸다. 피콜라의 삭막한 내면을 드러내는 호칭이다.

의 이탤릭체 강조). 피콜라가 학교에서 배운 백인가정의 행복한 환경을 상기할 때, 자신의 절망적인 환경은 맘속에서 극한적인 대조를 이루면서 절대적으로 이 환경을 벗어나고 싶은 열망을 가지게 한다.

> HEREISTHEFAMILYMOTHERFATHER
> DICKANDJANETHEYLIVEINTHEGREE
> NANDWHITEHOUSETHEYAREVERYH
> (*BE* 34).

그러면 가족의 모습은 어떠한가? 피콜라의 가족생활 묘사가 백인 가족의 단란한 모습을 기억하는 피콜라의 내적인 인식 바로 다음에 이어지는 것 또한 피콜라가 의식 속에서 자기가 처한 상황과 다른 백인 아동이 처한 상황을 비교하고 있음이다. 그 격차는 피콜라의 의식에 상당한 영향을 주고 있음을 암시한다. 백인 부모와 자녀들이 누리는 화목과 행복은 예쁜 집과 조화를 이루어 피콜라 자신이 처한 비참한 상황이 더욱 견디기 어렵다. 피콜라 브리드러브 가족이 이처럼 사는 것은 그들이 가난한 흑인이기 때문이고, 또한 자신들이 추하다고 믿고 있기 때문이다(*BE* 38). 그들이 추한 것은 그들의 이목구비가 실제로 못생겨서가 아니라 자신들이 못생겼다고 믿는 그들의 '확신'(*BE* 39) 때문이다.

> 마치 어떤 알 수 없는 전지전능의 마스터가 못난이 외투를 그들에게 입으라고 주었고 그들은 아무말 없이 받아 입은 것 같다. 마스터는 "너희는 추하고 못난 민족이야" 하고 말했다. 그들은 주위를 둘러보았다. 그러나 그 말에 대항할 근거를 찾지 못하였다. 사실, 간판마다, 영화마다, 눈초리마다 그들에게

> 그 말이 맞는다고 하는 것을 보았던 것이다. "맞아" 그들은 말했다. "당신 말이 맞습니다" 그리고 그들은 못난이 외투를 손으로 받아 망토처럼 걸치고는 세상을 돌아다녔다(*BE 39*).

모리슨은 현대 흑인들의 의식세계를 꿰뚫고 있다. 200여 년에 걸친 노예생활은 흑인들의 인종적 정체성에 열등의식을 뿌리 깊게 심어 놓았다. 그들은 해방된 후에도 여전히 노예적 사고를 떨치지 못하여 백인들을 자신들보다 우월하다고 '확신'하였으며, 백인들과 비교할 때 자기들은 추하고 못생겼고 따라서 자기들이 못사는 것은 당연하다고 자책한다는 것이다. 그리고 비참한 생활 속에서의 절망감은 서로를 상처 주고 괴롭히는 현상으로 발현된다. 이처럼 피콜라의 아침은 부모가 서로 으르렁대며 폭력과 폭언을 휘두르는 참담한 장면으로 시작한다. 부모의 악다구니 다툼 앞에서 피콜라는 눈앞에서 사라지고 싶은 소망을 간절히 기도한다.

> "제발 제가 사라지게 해 주세요." 소녀는 눈을 꽉 감았다. 몸의 작은 부분들이 희미해지더니 사라졌다. 때론 서서히, 때론 서두르며. 그리고 다시 천천히. 손가락이 하나하나 사라졌다. 그리고는 두 팔이 팔꿈치까지 사라졌다. 이젠 두 발도. 그래, 좋아. 다리는 단번에. 허벅지 위쪽은 아주 어렵다. 소녀는 정말로 꼼짝 않고 당겨야 했다. 배는 사라지려 하지 않았다. 그렇지만 그것도 마침내 사라졌다. 그리곤 가슴, 목. 얼굴도 어려웠다. 거진 다 됐어, 거진. 꽉 감은 눈만 남았어. 눈은 언제나 남아(*BE 45*).

고통과 절망을 피하는 방법은 자신이 사라지는 것밖에 없다고 믿는 피콜라는 검은 피부의 흑인을 부족하고 열등한 인종으로 여기며 차별하는 사회에서 무기력하고 수동적인 대응을 하고 있다. 이러한 피콜라의 모습은 백인 주도적 가치체계의 사회에서 이유 없이 멸시를 받으면서도 그 불공정성을 깨닫지 못하고 가치를 수용하고 순응하는 흑인들을 상징한다.

이상 두 개의 예제에서 보듯이 『제일 파란 눈』에서 교과서 일부를 굵은 글씨체 부분으로 인용한 것은 그 부분에서 등장하는 인물들의 의식 속에 심어져 있는 각종 강박관념을 드러내기 위해 사용된 기법으로 볼 수 있다. 피콜라의 아버지 촐리(Cholly Breedlove), 어머니 폴린(Pauline Breedlove), 피부색에 민감한 제랄딘(Geraldine), 정체성이 모호한 소페드(Soaphead) 등이 등장하는 장(章) 모두에는 교과서 인용 구절이 서두에 있으나, 특별한 인종 열등의식을 가지고 있지 않은 클로디아 장에는 그와 같은 인용구절이 없다. 9살인 클로디아는 집의 어른들과 마을 사람들이 백인의 미인 조건 등 전통적인 가치체계를 그대로 받아들여 자기들의 가치 기준으로 세우고 자식들에게 이 가치를 강요하는 것에 반발한다. 소설 속에서 그녀는 흑인으로서의 자부심을 지키고 건강한 사회구성원으로 성장하는 성공적인 사례다. 또한, 클로디아는 피콜라의 비극을 옆에서 지켜보면서 도움을 주며 이해하고 책임을 느끼는 모습을 보인다. 자신을 비롯한 사람들 모두가 피콜라를 이용하여 자신들의 추한 모습을 걸러 냈다는 것이다.

> '피콜라'는 우리가 내버린 쓰레기를 다 받았다. 우리는 모두 피콜라에게 우리를 씻고는 아주 건전하다고 느꼈다. 추한 그 아이 옆에 서면 우리는 아주 아름다웠다. 그 아이의 단순함이 우리를 단장했고, 그 아이의 죄의식이 우리를 거룩하게 했으며, 그 아이의 고통이 우리를 건강으로 빛나게 했고, 그 아이의 어색함이 우리에게 유머감각이 있다고 생각하게 하였다. 그 아이의 부족한 표현력이 우리가 유창하다고 믿게 하였다. 그 애의 가난은 우리를 넉넉하게

했다(*BE* 205).

사회는 사회적 약자를 하나의 희생자로 만들고, 거기서 상대적인 이익을 취한다. 사람들은 자기들의 에고를 가다듬고 자신을 얻어 강자가 되려 한다. 이처럼 지배적인 이데올로기는 으레 약점이 많은 약자를 더욱 약자로, 피해자로 만들고 대다수는 이데올로기를 이용하여 권력을 휘두른다. 권력의 역학은 흑인 대 백인의 공동체에서도, 흑인 내의 세분된 공동체 내에서도 모두 적용된다.

『제일 파란 눈』은 피콜라의 정신적인 추락 과정을 그린 작품으로도 읽을 수 있다. 내밀한 고통이 커질수록 첫머리의 문단들은 읽어 낼 수 없는 부호들처럼 난맥상을 드러낸다. 모리슨의 첫 작품이자 그녀가 코넬대 영문학 석사학위 논문으로 윌리엄 포크너와 버지니아 울프를 다룬 것을 고려할 때, 피콜라의 의식 혼돈과정은 포크너의 『내가 누워 죽어 갈 때 *As I Lay Dying*』(1930)의 등장인물 달(Darl)의 의식변화와 비교된다. 피콜라와 달은 둘 다 공동체에서 소외되어 있다. 피콜라는 흑인공동체가 공유하는 가치를 갈망하나 주어진 조건은 그것이 불가능한 상태다. 부모를 비롯한 동네 사람들은 못생긴 피콜라를 혐오의 시선으로 바라보고, 피콜라는 이를 감내하며 백인 여성의 파란 눈을 가지는 것만이 모든 불행의 해결책이라고 굳게 믿는다. 현실의 불행에 압도된 어린 피콜라는 가족공동체, 사회공동체와 모두 소외된 상태에서 자신의 소원이 불가능하다고 판단할 능력이 없다. 절망에서 태어난 광적인 소망은 피콜라를 점점 더 심한 정신공황 상태로 몰아가고, 아버지의 두 번에 걸친 성폭행은 피콜라로 하여금 정신분열의 세계로 탈출하게 한다.

한편, 포크너의 달은 피콜라와는 달리 통찰력 있는 시선으로 상황을 인지하고 합리적인 판단을 한다. 그는 아무리 고인의 유언이 그렇다 하여도 어머니의 시신을 한여름의 열기 속에 40마일(=약 60킬로미터)이나 떨어진 도시로 마차에 싣고 가서 장례를 치르는 일이 가당치 않음을 잘 알고 있다. 그러나 그는 동시에 이 어려운 장례여행을 집행하자고 고집하는 식구들의 내밀한 이유를 다 꿰뚫어 알고 있어 식구들로부터 반감과 적대의식을 초래한다. 예컨대, 달의 아버지 앤스(Anse)는 도시에 가서 치아를 새로이 맞출 급한 사유가 있으며, 누이동생 듀이 델(Dewey Dell)은 역시 도시에서 원치 않는 임신을 처리해야 하는 시급한 사안이 있다는 사실 등이다. 말하자면, 합리적인 사고를 하는 달은 모순과 비합리로 얼룩진 가족공동체에서 바로 이러한 이유로 따돌림을 당하고 급기야는 정신병원으로 보내지는 비극을 맞이한다.

『내가 누워 죽어 갈 때』에서 나타난 비합리적인 공동체에 의한 합리적인 사고의 희생 과정은 『제일 파란 눈』에서 무분별한 어른 공동체의 억압과 박해로 철없는 소녀가 희생되는 과정과 비교의 여지가 있다. 또한, 모리슨이 제기한 흑백 간의 미의 기준에서 의식의 내면화 및 식민화에 대한 경고는 다른 이데올로기로도 대체할 수 있다. 미의 기준이 하나의 은유로 도입되었듯이 어느 사회에서건 다수의 사람이 귀히 여기고 갈망하는 어떤 가치(체계), 혹은 사회공동체가 대체로 합의하는 가치관이 실상은 어떻게 동일 사회 내의 소수를 억압하고 희생시키는지를 살피는 것은 공동체를 견인하는 주된 가치체계를 보다 포용적이고 건실하게 만들어간다.

3) 『술라』

『술라』는 모리슨의 두 번째 작품으로, 『제일 파란 눈』과 마찬가지로 개인과 공동체의 문제를 깊이 있게 다루고 있다. 비평가 스텝토(Stepto)와의 인터뷰에서 모리슨은 『술라』를 쓸 때 마을, 공동체, 동네를 등장인물로 한껏 그리려고 했다고(11) 밝혔다. 작품의 머리말은 1940년대 미국의 드라마 작가 테네시 윌리엄스(Tennessee Williams, 1911-1983)의 『장미 문신 *The Rose Tattoo*』(1950)의 한 구절을 인용하여 주인공 술라와 공동체와의 관계를 의미심장하게 표현하고 있다.

> 아무도 나의 장미세계는 알지 못해. 나밖에는, 나는 굉장한 멋을 맛보았지. 사람들은 어떤 누구의 가슴이 이런 멋을 지니는 걸 원치 않아.[30]

즉 세상은 개개인이 자기만의 멋진 경험의 세계를 소유하는 것을 허용하려 하지 않으나, 술라는 가슴 속에 아름답고 귀한 장미와 같은 경험의 세계를 가지고 있음을 자랑스럽게 여기고 있다. 술라는 주민공동체가 명령하고 기대하는 대로 생각하거나 행동하지 않고 자기 자신만의 생각과 꿈을 펼치기를 고집하며 살았기 때문에 경험의 세계가 가능했다. 술라의 이마에 있는 장미처럼 보이는 흉터(*S* 45)는 주민들과 그녀를 구분짓는 특징이기도 하면서, 그녀만의 세계가 아름다운 동시에 고난의 길이기도 함을 예시한다. 장미가 가지는 이중성을 함유하고 있기 때문이다.

열두 살의 술라는 또래의 넬 라이트(Nell Wright)와 금방 친해진다. 넬은 엄마 헬렌[31]의 가정교육 아래에서 사춘기 열정이 억압되어 젊은 상상력은 땅속 깊이 묻혀 버렸다(*S* 16). 순종적이고 예의 바른 넬과는 달리, 술라는 야생적인 상상력이 아무런 제어를 받지 않은 채 성장했다. 술라의 젊은 상상력과 비전에 대한 능력은 동네 아이 치킨 리틀(Chicken Little)을 설득하여 나무를

30 Toni Morrison. *Sula*. NY: Bantam Books, 1973. 이후의 본 책에서의 인용은 첫 글자 *S*와 쪽수로 표기함.

31 넬 엄마의 이름은 본래 프랑스 문화권에서처럼 엘렌느(Hélène)이나, 메달리온 마을 사람들은 이를 무시하고, 그녀의 이름을 항상 영어식인 헬렌(Helen)으로 발음하였다.

타고 오르게 하는 그녀의 모습에서 드러난다. 치킨은 코나 후비고 다니는 아무 생각도 없는 꼬마지만, 술라는 그에게 다른 세상을 보여 주려 한다. 술라에게는 보잘것없는 사람에게서 인생의 변화를 이끌어 내는 마술적인 힘이 있다. "이리 와 봐. 자. 나무에 올라가게 도와줄 게"(*S* 51). 술라는 망설이는 치킨을 불러서 큰 나무에 오르게 한다. 그리고 자신도 뒤따라 오르면서 필요한 때마다 그의 발을 받쳐주고 다독거린다. 그리고 그들이 꽤 높이 올라갔을 때, 술라는 강 너머 먼 곳을 가리키며 치킨이 전에는 생각지 못했던 세상을 보도록하고, 또한 방금 올라온 지상을 내려다보며 치킨에게 지상의 존재가 이전과 달리 왜소하게 보이는 것을 설명한다. 대조적으로 넬이 그들과 같이 나무에 오르지 않고 밑에 있는 것은 그녀의 모험심 내지는 다른 세계에 대한 호기심이나 상상력이 고갈되어 있음을 나타낸다. 새로운 지평선을 발견한 치킨은 "내가 저 꼭대기에 올라갔었어, 그치? 그잖아? 집에 가서 자랑해야지"(*S* 51)라며 상당히 흥분하고 있다.

그러나 술라의 도전 정신과 영향력은 열매를 맺지 못한다. 술라가 이 소년을 더 기쁘게 하려고 두 손을 잡고 빙빙 돌리다 손을 놓쳐 그가 강에 빠져 익사하는데, 이 사건은 술라가 약속한 새로운 세상에는 이별과 지식의 위험 또한 내포하고 있음을 암시한다. 그리고 넬과 술라는 이 사건으로 원죄를 잉태한다. 둘은 세상이 모르는 그들만의 비밀을 공유하게 된 것이다.

10년 뒤 술라가 마을로 돌아온 것은 마치 "눈을 되찾은 것 같고 백내장을 수술한 뒤 같았다"(*S* 82)고 넬은 생각한다. 모든 것이 술라의 귀향과 더불어 다르게 보이기 때문이다. 지루하던 삶에 생기가 돌고 낡은 일상이 흥겹게 보이는 것이다.

'술라가' 들어서면, 개수대 위에 쌓인 접시들이 제자리에 있는 것처럼 보이고,

> 램프에 앉은 먼지가 반짝거리며, 거실의 "멀쩡한" 소파에 뒹구는 머리 빗는 솔을 미안한 듯이 치우지 않아도 되며, 더러운 얼굴에 통제 불가능한 넬의 아이들도 오월의 빛에 유쾌하게 무심한 세 명의 장난기 많은 녀석처럼 보였다 (*S* 82-83).

사회가 요구하는 여인상에 온전히 굴복한 넬과는 대조적으로, 술라는 사회의 기대와는 전혀 다른 여성이다. 그녀는

> "야심이라곤 하나도 없었고, 돈이나 재산 혹은 물질에 대해서도 애정이 없었으며, 탐욕도, 관심이나 칭찬을 요구하고자 하는 욕망도 없었다. 에고가 없었다. 그런 이유로 해서 술라는 자신을 확인하거나, 일관될 필요를 느끼지 않았다"(*S* 103).

넬은 그녀의 삶에 술라가 재등장하자 일상에 향기가 돌고 생기가 일어남을 느낀다. 이것이 술라가 가진 마술과 같은 매력이다. 넬의 남편 주드(Jude)가 보듯이 술라는 사물을 보는 눈이 일반 사람들과 다르며, 술라의 눈을 통해 모든 것이 낯설어지는 것이다. 주드가 술라 눈두덩 위의 흉을 뱀(*S* 89: copperhead) 혹은 방울뱀(*S* 89: rattlesnake)으로 인식하는 것은 이미 그가 술라에게 매혹되었기 때문이다. 하지만 획일성을 요구하는 사회에서 술라는 악의 화신으로 인식된다. 술라는 어린 시절 잘 통하던 친구, "삶의 관점을 극한까지 늘려 보는 것을 공유했던"(*S* 103) 넬이 그리워서 메달리온으로 찾아왔지만, 넬이 이제 사회의 일원(one of them; *S* 103)이 되어 버렸음을 알게 된다.

> 넬은 이제 마을과 그 마을의 모든 관습에 젖어 있다. 넬이 자신을 그들에게

> 넘겼으므로, 그들의 혀 놀림이 넬을 뱀의 숨결과 추락 위 높이 그녀의 침에 매달려야 하는 메마른 구석으로, 그 구석으로 그녀를 몰아갈 것이다(*S* 104).

그래서 사람들은 사회의 관습으로 굳어져서 "사랑의 말도 같고, 사랑의 유희도 같고, 식어 가는 사랑도 같은 방식으로" 경험하듯 마치 한 사람처럼 똑같이 행동한다. 술라는 세월이 흘러감에 따라 사람들의 눈은 영롱한 빛을 잃고 걱정과 근심으로 찌들고 절망으로 변해 가는 것을 본다. 모험심과 상상력, 창의성의 상징인 술라는 넬에게 자신을 제외한 다른 사람들은 인생을 인생답게 살고 있지 못하고, 그들이 고독하다고 하여도 그 고독의 주인은 자신들이 아니라 다른 사람이라고 강변한다.

> 내가 살아 보지 않아서 네 인생이 어떠했는지 모를 줄 알지? 이 나라의 흑인 여성 하나하나가 어떻게 사는지 알아. 차이는 그 여자들은 나무토막처럼 죽어 가지만 나는, 나는 삼나무처럼 죽지. 나는 이 세상에서 진정한 삶을 살았어. 그렇구 말구. 내게는 내가 있다구. 내 외로움은 내 것이야. 근데 너의 외로움은 다른 사람의 것이지. 다른 사람이 만들어서 네게 넘겨준 거야. 거참 희한하지? 중고품 같은 고독 말이야(*S 123*).

"나는 진정한 삶을 살았어"라고 말하는 술라는 마치 19세기의 헨리 데이비드 소로가 염려하였듯이 임종에 이르렀을 때, 내가 헛살았구나! 하지 않도록 인생의 골수를 직면하고 살아가라고 한 주문에 답을 하는 듯하다. 술라는 흑인공동체의 엄격한 원칙과 틀에 매여 무의미한 인생을 사는 대부분 사람에게 반기를 들어 예술적인 삶, 참다운 인생의 의미를 사람들에게 제시하고 있다. 술라는 이처럼 공동체가 더 나은 사회를 만들기 위하여 여러 가지 원칙을 제시하고 주민들을 구속하기 때문에 개인의 창의성과 개성을 질식시키고 만다고 주장하고 있다.

모리슨이 창조한 두 인물—술라와 넬—은 사회공동체의 두 가지 유형을 상징하고 있다. 술라와 넬, 그들 중 누가 선하고 누가 악한 존재인가 하는 질문은 적합하지 않다. 모리슨은 선과 악을 딱히 구별할 수는 없다고 말한다. "선과 악을 실제로 정의할 수는 없습니다. 때론 선이 악처럼 보이고, 때로는 악이 선처럼 보입니다. 우리가 그 본질을 알 수가 없지요. 우리가 그걸 어떤 용도에 사용하느냐에 달린 것입니다. 선이 대체로 더 흥미롭기는 하지만, 악 역시 선처럼 유용합니다. 더 복합적이죠. 선한 삶을 사는 것이 악한 삶을 사는 것보다 더 복합적이라는 말입니다"(Stepto 14). 모리슨은 이런 맥락에서 넬과 술라라는 인물을 창조했다. 모리슨은 넬이 가스 고지서(gas bill)를 처리한다든가 어린이를 돌보는 일 등 세상을 돌아가게 하는 모든 임무를 책임지고 말없이 처리하는 '멋진(magnificent)' 여성이라고 말한다(Stepto 12-13). 세상의 재미나 보상을 기대하지도 않으면서 묵묵히 맡은 소임을 하는 타입으로 공동체의 가치와 법칙을 잘 아는 넬은 심지어 '공동체' 그 자체다(Stepto 14). 그러나 이러한 덕목에도 불구하고 넬은 술라가 상상력이 없이(Parker 62), 자신을 성찰하거나 인생에 대한 질문이 없이 사회가 요구하는 일에 순응하기만 함으로써 자신의 정체성이라든가 삶의 의미 등을 깨닫지 못하고 무의미한 삶을 살고 있다고 여긴다.

이에 반해, 술라에게는 공동체 의식이 전혀 없다. 비평가 코넌과의 인터뷰에서 모리슨은 술라가 자신만 생각하고 공동체와의 관계에서는 전혀 관심이 없음을 지적하면서 '병적'이라고 진단한다(Koenen 68). 자신의 모습을 점검하고, 남들은 생각도 못 하는 것들을 생각해 내고, 모험심과 호기심을 가지고 있으며, 자신의 정체성은 잘 파악하고 있으나, 사람들과 사회적 관계를 형성하는 점에서는 책임 있는 행동을 하지 않는 것이다. 모리슨은 술라를 '영향력이 있는 여성(a woman of force)'으로 구상했다고 말한다. "술라는 일종의 응결체입니다. 사망 후에도 여전히 존재하거든요. 실상 술라가 남기고 간 것이 살아 있었을 때보다도 죽은 후에 더 영향이 커진 거죠"(Parker 63).

술라와 넬, 사회공동체를 살아가는 두 타입의 여성들은 서로가 서로를 필요로 한다. 사회는 술라와 같은 사람의 통찰력과 호기심으로 새로움과 생명을 찾아 나가지만, 넬과 같은 사람의 꾸준한 능력과 책임성으로, 즉 두 바퀴의 존재로 균형과 발전을 이루는 것이다. 모리슨의 공동체는 술라와 같은 궤도를 벗어난 존재를 핍박하거나 해하지 않는다. 모리슨은 술라가 상처 입지 않고 살아갈 수 있는 곳은 메달리온밖에 없다고 말한다. "술라를 어떻게 보든, 술라가 이상하고 그들과 어떻게 다르든 공동체는 술라를 해치지 않는다. 메달리온은 매우 특이한 여자도 힘을 받는 곳이다. 아무도 술라를 폭행하거나 경찰을 부르지는 않는다. 술라에게 욕을 하고 나쁜 행동이 자신들에게 미칠까 봐 자신들을 지키지만 그게 전부다"(Tate 169). 모리슨의 미래 공동체에 대한 비전은 다름과 악행에 관용적으로 대하는 흑인공동체의 전통 위에 인간의 유형이 어떠하든 모두를 품는 발전적인 형태를 띠고 있다. 하나의 공동체 속에서 상반된 태도를 보이는 대조적인 두 여인의 이야기 『술라』는 흑인공동체를 넘어 인류공동체에 대한 비전을 제시하고 있다.

6. 갈등에서 화해로

『빌러비드』는 모리슨이 흑인문학을 본격적인 문학/역사의 장으로 끌고 나왔다는 점에서 의미가 있는 작품이다. 19세기 노예자서전들은 흑인이 주인공으로 이야기를 끌어가지만, 주인공은 여전히 수동적인 삶이 강요된 상황을 극복하지 못하고 있음을 보인다. 흑인 주인공들은 종종 노예-고난-자유의 패턴을 따르는 공통점을 보여서 백인 독자들에게 노예제도의 참상을 알리고, 따라서 노예제도 폐지운동을 촉발하는 수준에서 일정 부분 이바지한 셈이다. 그리고 20세기에 와서는 아프리카계 미국 작가들이 활발하게 문학운동을 벌이면서 흑인 주도의 작품을 내고는 있으나, 흑인의 삶과 문제를 본격적으로 다루는 경지까지는 오르지 못하고 미흡한 것으로 모리슨은 판단하고 있다. 특히 '흑인'과 '여성'의 카테고리에서 엄청난 문학의 소재를 찾을 수 있다고 생각한 모리슨은 자신의 작가로서 관심 주제를 이것으로 천명한 바 있다.[32] 『빌러비드』는 바로 이 두 주제를 핵심으로 다루고 있다. 『빌러비드』가 의도하는 바는 미국 역사의 중요한 부분이기는 하나 아직도 제대로 평가되고 인식되지 않은 채 잊혀 가고 있는 노예 경험의 역사를 최대한 효과적으로 조명하는 것이다. 모리슨이 선택한 방법은 사회에서 가장 취약한 처지에 놓인 주인공이 흑인이며 여성이고 동시에 노예인 상황에서 겪을 수밖에 없었던 내용을 담아 제시함으로써 단순한 노예자서전 패턴의 반복이 아닌, 노예제도 사회에서 흑인들이 겪어 낸 인종, 젠더, 성성(sexuality), 강간 등의 사회 문화적인 문제를 복합적으로 다루겠다는 야심에 찬 것이었다.

모리슨은 독자가 이 작품의 첫 페이지를 읽고 놀라운 충격을 받도록 의도했다고 한다. 마치 노예들이 예고도, 설명도, 준비도 없이 갑자기 한 곳에서 다른 곳으로, 완전히 낯선 곳으로 끌려갈 때 겪었을 놀람과 충격을 독자들이 간접적이나마 느끼도록 하기 위해서다.

32 "Toni Morrison and Junot Díaz." www.youtube.com/watch?v=J5kytP1YjSQ. 2013.12.13. Live from the New York Public Library.

나는 독자를 홱 잡아 일으켜서 난데없이 완전히 낯선 환경에다 동댕이치고자 합니다. 이것이 독자와 소설 간에 공유되는 경험의 첫 획이기를 원하거든요. 노예들이 한곳에서 전혀 엉뚱한 곳으로, 어디서건 또 다른 데로 잡아채여 가듯이, 준비도 없이, 방어할 기력도 없이 말입니다. 로비도 없고, 문도 없고, 입구도 없는—배다리나 제대로 있을까(있다고 해도 아주 짧은 거겠지)(Morrison: *MQR* 32).

모리슨은 노예들이 수도 없이 경험했을 충격적인 이동과 변화들을 독자도 경험하면서 동시에 노예들이 겪은 고통 하나하나를 '느껴 보기'를 원한다 (Smith 349).

작가는 어둠의 역사를 알리기 위해 놀라운 소재를 찾아내었다. 엄마의 친딸 살해라는 충격적인 소재다. 독자들은 이 사실을 책에서 읽는 순간 공포를 경험한다. 그리고 작품을 읽어 가면서 상상도 못 하였던 끔찍한 고통의 세계를 들여다보게 된다. 모리슨이 독자에게 충격을 주어 과거를 경험하게 하도록 선택한 소재는 월터 페이지(Walter H. Page)의 유령론과 맥락을 같이 한다. 미국의 의식 저변에 존재하는 죄의식, 남북전쟁을 전후해서부터 끊임없이 미국인의 양심을 불편하게 하였으되 공개적으로 치유되지 않은 문화적 무의식과 아프리카계 미국인의 무의식 즉 노예제도에서 비롯된 희생의 에너지를 드러내고 있다(Inez 2). 리처드 라이트가 단순히 과거의 끔찍한 경험을 상기시킴으로써 독자에게 깨닫게 하고 고발하는 것을 목적으로 했다면, 모리슨은 같은 무의식 속에 숨겨진 경험을 의식세계로 드러내고 성찰과 치유를 끌어내는 것에 목적을 두고 있었다(Inez 3). 이것이 또한 『빌러비드』를 노예자서전의 유형과 차별화하는 것이기도 하다. 고발과 항의에 그치지 않고, 사실이 아무리 끔찍하다 해도 그것을 역사적 사실로 인정하고 그 바탕

위에 화합과 치유를 통한 공동체 유지를 실현하는 것이다.

모리슨이 노예의 역사를 미래의 공동체 확립을 위해 잘 풀어야 할 역사로 본 이유는 미국의 노예제도가 인간이 만들어 낸 가장 악의적이고 반가족적인 제도 중의 하나이기 때문이다. "노예들에겐 어머니도, 아버지도 없고, 배우자나 자녀, 친척들도 없다. 노예 제도하에서는 사람이 갑자기 사라지고 다시는 돌아오지 않는다. 사고나 혹은 은밀한 작전이나 테러에 의해서가 아니라, 일상적이고 합법적인 정책에 의해서 벌어지는 일이다"(Atwood 7). 이러한 노예제도가 인간의 심성에 미치는 영향은 더욱 파멸적이고 영구적이다. 일찍이 노예를 소유했던 토머스 제퍼슨도 노예제도로 인해 흑인들은 물론, 백인들도 타락하게 된다고 우려하며 노예제도의 문제를 지적한 바 있다.[33] 사람이 다른 사람을 좌지우지하는 절대권을 가지게 되면 두 가지 현상이 나타나는데, 그 하나는 자기들 스스로가 우월하다고 믿으며, 그러기 때문에 그런 권리를 가질 수 있다고 합리화한다는 것이다. 다른 하나는 이 사람들이 종속시킨 사람들은 자신들이 사실 열등하다고 믿게 된다는 것이다(Atwood 7). 모리슨은 이러한 인종차별의식이 과거에는 노예제도로서 당당하게 용인되었음은 물론, 노예제도가 폐지된 지 오래인 현재에도 여전히 암묵적 현상으로 존재하면서 인간 불평등을 합리화하는 기재로 작용하고 있음을 꿰뚫고 있다.

『빌러비드』는 이렇게 노예제도가 대대로 흑인들에게 미친 심리적인 영향을 다루었을 뿐 아니라, 아프리카 문화의 특성을 성공적으로 도입했다는 것을 또 하나의 특징으로 삼는다. 작품의 서두에 아기 유령이 등장하고, 나중에는 육화(肉化)한 유령이 등장하는 것은 유령을 삶 일부로 받아들이는 아프리카 특유의 문화적 측면을 드러낸다. 동시에, 노예제도 아래의 끔찍한 경

33 Thomas Jefferson이 작성한 "Notes on the State of Virginia"를 참조할 것.

험을 유령의 존재로 표현함으로써 유령의 실체를 믿기 어렵듯이 노예제도에서의 고통 또한 믿기 어려울 정도임을 암시하는 효과를 보고 있다. 더욱이 육화한 유령 빌러비드는 세서의 회피대상인 과거와 공동체로부터 고립된 세서의 현재를 연결하는 존재로서 세서가 외면했던 과거를 되살리고 대면하게 함으로써 공동체와의 유대관계를 회복하게 한다.

또 하나의 뚜렷한 아프리카 문화적 특성은 노예제도에 기인한 과거의 아픔과 고통의 기억을 치유하는 단계에서 재현된다. 해방된 노예들은 과거 노예로서 겪어야만 했던 많은 고통을 아프리카 대륙에서 행하였던 종교나 축제에서처럼 춤과 노래로 풀어 나간다. 남자들과 여자들, 아이들이 번갈아가며 그룹으로 노래하고 박수를 치며 춤을 춘다. 처음에는 어색하게 시작이 되지만 노래와 땀과 웃음과 춤 속에 그들은 과거의 고통과 죄악을 잊고 새로운 통합의 미래로 나아가는 마음의 준비를 하는 것이다. 일종의 정화의식이 아프리카 문화전통의 양식을 빌려 행해지는 것이다.

1) 『빌러비드』의 탄생 배경

모리슨은 대부분 실제상황에서 작품의 영감을 얻고 있다. 그녀는 『빌러비드』의 작품 소재를 랜덤하우스 출판사 편집인으로 아프리카 아메리칸 문화 관련 서적을 뒤적이다가 신문 클립에서 마가렛 가너(Margaret Garner, 1834-1858)라는 실존한 흑인 여성에 관한 기사를 읽으면서 발견했다. 마가렛은 로버트 가너와 결혼하여 자녀 셋을 둔 어머니이고 또 임신 중이었다. 노예로 출생하였지만, 가슴속에 자유를 품었던 그녀는 다른 노예들과 함께 1856년 1월 오하이오 강을 건너 신시내티로 도망하는 데 성공한다. 그러나 1850년에 국회를 통과한 도망노예법에 따라 도망노예를 잡아 법을 집행하러 온 연방 집행관의 추적을 받는다. 체포되는 순간, 그녀는 아이들을 다시 노예로 돌려보내느니 차라리 죽여 버리는 것이 낫다고 생각하고 마침 자기가 안고 있던 아기를 살해한다. 모리슨의 관심을 끈 것은 이 사건 자체보다도 마가렛의 태도였다. 그녀는 자기 아이를 살해하고 나서 자기가 미쳐서 그런 것이 아니었다고 강변한다. 그녀는 또 이런 상황이 닥친다면 얼마든지 자식들을 죽일 수 있다고 또렷하게 말하며, 수치심이나 후회의 표정도 없이 바위처럼 당당하더라는 사실이었다.[34] 130년 전에 노예 포획자들 앞에서 품에 안고 있던 어린 아기를 살해한 엄마 마가렛의 당당함은 어디서 오는 것일까? 20세기에 태어난 흑인으로서 비교적 자유를 누리며 살아가는 흑인작가 모리슨은 이 수수께끼 앞에서 오랜 역사적 과제를 대면하게 된다.

『빌러비드』의 탄생은 노예제도의 존속과 성경의 관계를 뚜렷이 보이고 있다. 모리슨은 비평가 루아스와의 인터뷰에서 성경이 독서의 일부가 아니라 그녀 삶의 일부였다고("The Bible wasn't part of my reading, it was part of my life") 말한다(Ruas 97). 앞의 장에서 보았듯이, 노예제도를 합리화하고 정당화한 것은 남부의 종교였으며, 성경의 문자적 해석은 흑인들에게 노예의 신분을 받아들이도록 종용해 왔다. 『빌러비드』는 기독교 정신의 영향을 작품의 제목에서부터 내용에 이르기까지 원용하여 남부에서의 백인과 흑인의 생활 전반에 기독교의 영향이 지대했음을 대변하고 있다. 우선, 작품의 제목과 등장인물 빌러비드 등은 성경의 『아가서』를 상기시키고 있는데(Peach 99), 작가는 머리말에 『로마서』 9장 25절[35]을 인용한다.

34 모리슨은 자기 아기를 살해한 가너에 관한 기사를 읽었을 때, 가너가 첫째로 자기주장을 확실히 말하고 있으며, 둘째로 그녀가 미치지 않았으며, 셋째로 이런 상황이 되면 또 그렇게 하겠다고 말하는 것에 놀라움을 느꼈다고 한다. www.nytimes.com/video/arts/music/1194817098432/margaret-garner.html. 참조.

35 성경 로마서 9:25 참조: "I will call them my people, which were not my people; and her beloved, which was not beloved." King James Version(KJV).

내가 내 백성 아닌 자를
내 백성이라,
사랑하지 아니한 자를
사랑한 자라 부르리라.

노예를 부리는 남부농원에서의 종교 교육은 일종의 사회통제 형태였다(Peach 100). 성경을 흑인 노예들에게 가르치되 백인들이 필요로 하는 부분에 국한했으며, 노예들이 직접 성경을 접하거나 읽을 수 있도록 글을 가르치지는 않았다. 이런 점에서 성경은 백인들의 편의와 백인들의 목적을 수행하는 하나의 이데올로기의 기능을 하였던 것이고, 따라서 백인의 시각으로 해석된 성경의 내용만이 흑인들에게 전달되었다.

성경 외에 『빌러비드』의 탄생에는 비종교적인 차원 즉 드러나지 않은 텍스트로부터의 인용도 포함되어 있다. 죽은 딸의 이름 '빌러비드'는 엄마인 세서가 목사의 장례사에서 "우리 여기, 다 함께 모여"라며 언급한 "Dearly Beloved"라는 문구에서 따온 단어다. 이것은 피치가 지적하듯 성경과 달리 드러나지 않은/부존재 하는 텍스트에서 '빌러비드'라는 이름을 가져옴으로써 작품의 주요 메시지가 '파편과 소외에 직면해서 공동체와 결속의 의미'(Peach 101)의 회복에 있다는 것을 암시하고 있다. 'beloved'의 존재는 '여기 함께 모여 있는' 사람들과의 관계에서 성립하기 때문이다.

2) 서사로서의 『빌러비드』

주인공 세서(Sethe)는 노예의 딸로 남부에서 출생했다. 아버지는 알 수 없으나 흑인인 것만은 확실하다. 어머니는 아프리카대륙에서 미대륙으로 향하는 중간 항로에서 백인 선원들에 의해 반복적으로 강간을 당하였으나 이렇게 생긴 아기들은 바다에 던져 버리고 세서만을 구해서 흑인 아버지의 이름을 지어 주었기 때문이다.[36] 세서의 어머니는 고난의 노예생활 가운데서도 강인한 면모를 보인다. 그녀는 노동을 다 끝내고 어둠을 틈타서 아기 세서를 찾아와 젖을 먹이곤 하였으며, 자신의 불행한 죽음을 예견하고는 딸이 자신의 시신을 알아볼 수 있도록 몸에 새겨진 노예의 낙인을 보여 준다. 그리고 세서가 어린 나이에 엄마와 같은 낙인을 자기도 가지고 싶다고 철없이 말했을 때, 따귀를 때려 낙인이 상징하는 노예생활의 고통을 표현한다. 세서의 어머니는 세서의 출생 이후 간헐적이고 짧은 만남이었지만, 어린 세서에게 흑인으로서의 자부심과 영혼의 가치를 심어 주었다. 이렇게 어머니에게서 이어받은 강인한 정신은 세서가 어른이 되어 노예로서의 고난을 참고 견디며 극복하는 원천이 되었다.

세서는 13살에 가너(Garner)의 농원, 일명 스윗홈 농원(Sweet Home Plantation)에 팔려 온다. 스윗홈은 1930년대 남부 농본주의자들이 이해하는 노예제도를 대표한다. 백인 마스터 가너(Master Garner)는 '흑인 노예들의 보호자'로 자처하고 다른 백인 노예소유주들과는 다른 노예관리 철학을 가지고 있었다. 그는 남자 노예들의 남성성을 인정하고 비교적 자유로운 일상을 허용했다. 또 노예인 자기 어머니에게 자유를 선물하고자 하는 할러(Halle)에게 5년 동안 매주 일요일 품앗이를 하여 몸값을 벌도록 허락했다. 그 결과 할러의 어머니 베이비 서그즈(Baby Suggs)는 자유의 몸이 되었다. 세서는 노예로서는 드물게 백인 여주인으로부터 결혼선물까지 받으며 할러와 결혼하여 두 아들과 어린 딸을 낳고 또 하나를 임신한다.

이처럼 세서의 스윗홈 시절 노예생활은 노예제도를 합리화하면서 농본주

36 Toni Morrison. *Beloved*. NY: Plume, 1987. 이후의 본 작품 인용은 작품의 첫 글자 *B*와 쪽수로 표기함.

의자들이 제시하던 남부 대농원사회의 모습과 일치하는 듯하다. 1852년에 발표되어 큰 인기를 끌었던 반노예제의 노래 「켄터키 옛집」은 바로 남부 노예농원의 이중성을 드러내는 노래다. 즉 외양으로는 평화롭고 행복해 보이는 노예노동 중심의 농원사회가 어둡고 추악한 면을 곧 드러낸다는 것이다.

켄터키 옛집에 햇빛 비치어
여름날 검둥이 시절
저 새는 긴 날을 노래 부를 때 옥수수는 벌써 익었다.
마루를 구르며 노는 어린것 세상을 모르고 노나
어려운 시절이 닥쳐오리니 잘 쉬어라. 켄터키 옛집
잘 쉬어라, 쉬어 울지 말고 쉬어
그리운 저 켄터키 옛집 위하여
머나먼 집 노래를 부르네
(이탤릭체: 필자의 강조)

스윗홈에도 켄터키 옛집의 노래와 같이 어려운 시절이 닥쳐온다. 농원소유주 가너가 세상을 떠나고 그의 아내는 중병에 걸리자 스윗홈은 잔혹한 스쿨티처(Schoolteacher)의 관리로 넘어가 지옥으로 변한다. 만삭의 세서는 새 주인에게서 굴욕을 당하고 채찍 형벌로 인하여 등에는 나뭇가지 같은 울퉁불퉁한 흉이 생겼다. 남성성을 자부하던 스윗홈 노예들은 더 학대가 심한 미시시피 강 남쪽 지역으로 팔려 나간다. 강직한 성격의 농장노예 식소(Sixo)는 스쿨티처에게 반항하다가 불에 타 죽고, 폴 디(Paul D)도 다른 잔인한 노예소유주에게 팔리게 된다. 폴 디의 말대로 이제 스윗홈은 '스윗'하지도 않고 '홈'도 아닌 것으로 전락한다(*B* 14). 이처럼 역설적이게도 세서나 폴 디 등은

'스윗홈'에서 더는 그들의 자아를 인정받을 수 없었고 인간 이하의 취급을 받았다.

소설에서 노예제도를 품은 농원을 스윗홈으로 이름한 것은 아이러니를 전달한다. 작가는 이름에서 농원의 두 얼굴—아름다움과 테러—을 드러내려 한 것으로 보인다. 스윗홈 농원의 주인 가너는 남부의 다른 농원들과는 다르게 노예들을 비교적 자유롭고 관대하게 다룬다 하더라도, 선한 주인의 인도적인 노력은 풍전등화 같아서 제도화된 노예제도의 해악을 영원히 차단할 수는 없다. 가너의 스윗홈 농원은 그 이름에서부터 행복이 전제된 곳처럼 들린다. 그러나 스윗홈은 무서운 비밀을 내면에 감추고 있다. 세서는 스윗홈이 자연의 아름다움을 한껏 드러내고 있지만, 그 농장의 잎새에서 인간이 저지른 잔혹한 테러를 본다. 레이스처럼 늘어진 아름다운 숲은 지옥의 불과 부싯돌을 숨기고 있기 때문이다. "이 세상에서 가장 아름다운 단풍나무에 대롱대롱 매달린 (흑인)남자노예들"(*B* 6)은 미와 테러를 한 문장 안에 담아 남부가 아름다운 자연이라는 가림막을 두고 그 안에서 흑인 노예들을 무자비하게 다루고 있음을 효과적으로 표현하고 있다.

그리고 가너의 돌연한 사망은 스윗홈의 넉넉한 자유로움이 전적으로 주인의 기분에 달려 있었고 일시적이었음을 일시에 증명한다. 애당초 남부가 규정한 농원생활은 흑인 노예에게 인간적인 삶을 허용하지 않는 형태이기 때문이다. 남편이 사망하자 가너 부인은 학식이 있는 시누이의 남편[37]—세서는 그를 스쿨티처라고 부른다—을 청하여 스윗홈 농원 관리를 부탁한다. 그가 오자 스윗홈은 세서를 비롯한 흑인 노예들에게 지옥으로 변한다. 여기서 '학교'와 '선생'은 비인간적인 제도를 합리화하고 집행해 나가는 주체로서

37 Toni Morrison, *Beloved: A Novel*. Plume: NY, 1987. 36. 이후의 본 작품 인용은 쪽수만 괄호 안에 표시함.

사회의 주류세력을 대변한다고 볼 수 있다. 이에 대항하여 세서를 비롯한 몇 명의 노예들은 도망을 계획한다. 사악한 주류세력에 대항하는 흑인 노예들의 행동에서 백인들이 주지시켜 놓은 흑인의 모습—나약하고 게으르며 총명하지 못한—이 철저히 부인되고 있다. 세서는 아이들을 먼저 노예제도가 없는 북부 오하이오주 신시내티의 할머니 베이비 서그즈(Baby Suggs)에게 보내고 자신은 남편 할러와 나중에 합류하기로 한다. 그러나 스쿨티처와 그의 조카, 혹은 아들들은(*B* 36) 세서를 동물처럼 여기며 그녀에게 모욕감을 주고 게다가 성 노리개로 삼아 강간한다. 공교롭게도 헛간에 있던 남편 할러가 이 광경을 보고 엄청난 충격으로 정신을 잃는다. 남편이 탈출을 약속한 시간에 나타나지 않자 세서는 어머니에게서 물려받은 강인한 정신력으로 채찍과 임신으로 만신창이가 된 몸을 이겨 내고 혼자서 도망을 시도한다.

세서가 자유로의 성공적인 도피를 이루게 된 배경에는 백인의 협조와 노력이 있었다. 이러한 이야기의 설정은 작가가 경직된 흑백 논리적인 인종관을 초월해 있음을 보인다. 오하이오 강을 건너 자유의 땅을 밟기 전에 세서는 산속에서 백인 여성 에이미 덴버(Amy Denver)와 마주친다. 에이미는 또 다른 억압을 벗어난 취약 계층인 가난하고 무지한 백인 여성이다. 모리슨이 백인 남자에 의한 오랜 억류생활을 탈출한 에이미가 쫓기는 상황에서 걷지도, 눕지도, 엎드리지도 못하는 세서를 돌보게 하는 것은 인종을 초월한 여성들 간의 유대를 끌어냈다고도 볼 수 있다. 에이미는 세서의 등에 난 상처에서 압박과 고통의 생생한 흔적을 보며 긍정을 향한 미래의 그림으로 이를 풀이한다. 찢긴 상처에 고여 있는 진액은 앞으로 많은 가지를 꽃 피울 원천이 되고, 많은 작은 꽃송이들을 키워 내는 데 사용될 영양공급원으로 본다. 세서가 출산을 도와준 에이미의 이름 덴버를 태어난 아기에게 주는 것은 이런 의미에서 인종을 초월한 여성들 간의 소통이기도 하지만, 흑백인종의 미래에 대한 신뢰 같은 것이라고 볼 수 있다. 서로를 이해하고 공감하는 가운데 서로에 대한 신뢰가 생기는 것이다.

백인 여성 에이미의 도움을 받아 강가 버려진 배에서 출산한 세서는 이번에는 흑인 지하조직의 도움을 받아 목적지로 향한다. 이것은 1830년대에 실제로 존재하여 혁혁한 공을 세운 조직으로 자유를 찾아 남부를 탈출하는 노예들을 돕기 위해 노예폐지론자들을 중심으로 생겨났다. 이 도망노예의 탈출을 돕는 비밀결사(Underground Railroad)의 흑인 조직원인 스탬프 페이드(Stamp Paid)가 점조직과도 같은 연락망을 활용하여 세서를 시어머니 베이비(Baby Suggs)와 먼저 간 아이들에게로 인도한다. 세서는 여기서 가장 행복하고 편안한 28일간의 치유와 회복 기간을 보낸다.

신시내티는 자유를 찾아온 흑인들에게 그들의 몸을 되찾게 해 준다. 베이비는 '기름 부음 받지 않은' 여사제로서 흑인 주민들을 위로하며 치유하는데 노력을 다한다. 노예제도의 억압으로 흑인들은 자기 몸의 주인임에도 이를 누리지도 못하였음을 깨우치고 이제부터는 몸의 각 부분을 자기의 것으로 사랑하고 귀하게 여기라고 말하며, 그럼으로써 고통의 과거를 극복할 수 있음을 설교한다. 베이비의 역할은 요청된 바도 없으나 집단 트라우마의 치유자, 흑인공동체의 정신적 지도자이자 중재자(peacemaker)라고 할 수 있다. 그러나 도망노예법 하에서 백인주인의 집요한 추적은 계속되어 신시내티의 평화로운 동네에 스쿨티처와 일당이 들이닥친다. 코너에 몰린 세서는 아이들을 노예제도라는 지옥에 되돌려 보내지 않기 위해 셋째 여아부터 살해한다. 즉 '상품'으로서의 가치를 없애 버린 이러한 행동은 백인들에게 충격을 준다.

세서는 자신의 손에 죽은 아기의 이름으로 '(사랑하는) 아가(Beloved)'라고 무덤에 새기고자 한다. 'B-E-L-O-V-E-D'라는 일곱 자를 비석에 새기기 위해 세서는 석공의 아들 앞에서 석공에게 몸을 내준다. 'Dearly(=사랑하는)'를 '아가' 앞에 넣고 싶었지만, 몸을 한 번 더 달라는 석공의 요구에 그것은 포기한다. 그래서 통상 '애인'을 뜻하는 단어 'Beloved'가 죽은 아기의 이름이자 고유명사 '빌러비드'로 사용된다.

출옥 후, 세서는 아이들과 시어머니 베이비와 함께 신시내티의 블루스톤(Bluestone) 124번지에서 매우 외로운 생활을 한다. 집의 번지수에서 '3'이 빠져 있는데 이것은 세서가 셋째 딸아이를 잃었고 첫째(1)와 둘째(2), 그리고 스윗홈에서 도망 중 태어난 넷째(4) 딸인 덴버(Denver)와 함께 있음을 나타낸다고 볼 수 있다. 베이비는 자신이 마을 흑인들의 화평과 치유를 위해서 여러 가지 형태로 노력하였음에도 불구하고 공동체가 자신을 따돌린 것에 대한 실망과 함께, 세서의 영아살해 사건으로 충격을 받아 자리에 누우며 기쁨과 멋이 결핍했던 삶에 대한 절망을 나타낸다.[38]

아무도 찾아오지 않는 이 집에 유령이 깃든다. 유령이 작품에서 허용되기 때문에 모리슨을 '매직 리얼리즘(magic realism)'의 작가로 말하기도 하지만, 그보다는 모리슨의 아프리카 문화유산에서 유령은 낯선 존재가 아님을 상기할 필요가 있다. 복수심과 악의에 찬 아기 유령은 124번지의 식구들을 괴롭힌다. 마침내 세서의 두 아들은 유령을 피해 여동생 덴버를 남기고 가출한다. 이로써 124번지는 온전하게 여성들—베이비, 세서, 덴버—삼대에 걸친 여성들만의 거주지가 되었다. 아기를 묻은 후 세서는 색깔에 둔감해졌다. 아기의 빨간 피와 묘비석의 분홍빛 조가리가 그녀에게는 마지막으로 인지

38 베이비가 몸져누우며 색깔(color)을 갈구하는 것은 늘 노예 복장으로 낡고 우중충한 것들만 허용된 노예들에게 밝은색의 물건은 누릴 수 없는 것에 대한 동경을 나타낸다. 모리슨은 노예들에게 밝은색의 옷은 바랄 수도 없었다고 말한다. "왜냐하면, 노예들은 노예 복장이나 입던 옷, 마대자루 같은 것으로 만들어진 작업복을 입었기 때문이지요. 노예들에겐 색깔 옷이란 호사스런 거죠. 천이 좋든 나쁘든 상관이 없어요. 그냥 빨간 드레스나 노란 드레스면 되었지요"(*Paris Review* 24). 모리슨은 베이비가 굶주렸으며, 삶의 기쁨을 누리지 못했음을 나타내고자 베이비가 색깔에 목말라함으로 표현한 것이다.

한 색이었다. 생의 기쁨이나 축복을 누릴 수 없는 절망적이고 우울한 생활은 세서가 색깔을 포기하는 것으로 표현된다. 아들들이 가출한 이후 한동안 세서의 의식은 아침저녁으로 들판을 훑어보고 귀를 기울이는 것으로 바빴다. 그녀의 꿈에서 아들들은 아름다운 나무들 틈 잎새 가운데 가냘픈 다리만 간신히 보이는 정도이다(*B* 39). 다른 흑인 노예의 운명처럼 자기의 아들들도 고약한 백인주인을 만나 결국은 나무에 목매달려 죽었을 것으로 생각한다. 아름다운 나무들 가운데 매달린 흑인시체들은 스윗홈에 있을 때도 보았던 장면이다.

18년 만에 스윗홈 식구였던 폴 디(Paul D)와 죽은 딸의 혼령이라고 여겨지는 빌러비드가 이 외딴집에 찾아오면서 세서는 더는 과거와의 단절을 고집할 수 없게 된다. 빌러비드는 세서가 회피하고자 하는 옛날이야기를 기억해 내도록 집요하게 요구한다. 세서는 하는 수없이 스윗홈에서의 생활과 빌러비드를 살해할 수밖에 없었던 과정을 고통 속에 토해 낸다. 이제 빌러비드가 사실상 자기가 죽인 아기의 환생임을 믿게 된 세서는 죄인의 입장이 되어 끊임없이 빌러비드의 과도한 요구를 들어주지만, 자신은 정신적·신체적으로 점점 쇠약해진다. 어머니와 빌러비드 사이에서 외톨이가 된 덴버는 어머니가 위태한 지경으로 추락하고 있음을 판단하고 용기를 내어 마을에 도움을 구하러 124번지를 떠난다. 한편, 그때까지 세서가족을 지켜보고만 있던 마을의 주민들은 덴버의 요구를 받아들여 주고 외딴집으로 몰려와 유령 빌러비드를 축출하는 의식을 가진다.

3) '노예자서전' 전통 계승

소설 『빌러비드』는 '노예자서전'의 내용과 역사를 계승하고 있다. 하지만 모리슨은 과거 흑인들의 삶을 들여다볼 수 있는 노예자서전 문학을 전적으로는 신뢰할 수 없다고 말했다.

> 나는 정보를 얻으려고 노예자서전을 읽지는 않아요. 왜냐하면 (그들이 노예자서전을 출간하려면) 백인 후원자들의 인증이 꼭 필요하기 때문에 쓰고 싶은 것을 다 쓸 수 없었을 테니까요. 독자를 떼어 놓을 수는 없잖아요. 어떤 내용에 대해서는 침묵해야죠. 그 상황에서 사실이고 폭로적일 수 있는 것만 쓰고, 얼마나 끔찍했는가는 절대로 쓰지 않아요. 그저 '글쎄, 아시죠, 정말 끔찍했어요, 그렇지만 우선 노예제도를 폐지합시다, 일상은 돌아가야 하니까'라며 나머지 이야기는 생략하지요. 그러니 그들의 내러티브에서 많은 부분이 축소된 거죠(*Paris Review*).

모리슨은 노예자서전이 당시의 백인 독자들에게 충격적이었을 것임에도 불구하고 여전히 저자들은 자기들이 겪은 그대로를 적어 내지는 못했다고 보았다. 백인들이 용인할 내용만 담았다는 말이다. 이 침묵 된 역사를 찾아서 개인의 느낌으로 바꾸는 것이 작가 모리슨이 자신에게 부과한 임무였다. 노예제도가 개인에 미치는 해악을 독자가 낱낱이 느낄 수 있도록 만들고자 했다.

흑인 노예들은 인간으로서의 자신의 정체성을 박탈당하는 것이 당시의 상례다. 작가는 노예들이 공통으로 겪어야 했던 비인간적인 대우를 이 작품의 등장인물들을 통하여 고스란히 그려 낸다. 인간이기에 누리는 특권, 즉 생일에 주어지는 의미, 부모의 존재, 가족관계 등이 부인됨으로써 흑인 노예에게는 사회 구성원의 자격이 주어지지 않는다. 그저 생명이 유지되는 한 매우 좁은 의미의 기능, 즉 노동과 생산만을 하다가 이름도 없이 죽는 것이 흑인 노예의 삶이다. 노예는 인간사회에서 의미를 부여하는 관혼상제의 특권도 누릴 수 없다. 다시 말하면 육체적인 삶만 있을 뿐, 정신적인 삶은 애당초 존재하지 않는다. 프레데릭 더글러스가 백인 아이들은 생일이 있고 부모가 누구인지를 다 아는데, 자기는 생일도 모르며 물어볼 부모도 모른다는 비애를 털어놓았던 것처럼, 소설 속 세서를 비롯한 흑인 노예들에게도 생일은 없다. 집의 가축이나 마찬가지다. 생일을 모르니 자연 어디서 자기가 태어났는지, 부모가 누구인지도 모를 수밖에 없다. 대부분의 노예는 백인주인과 흑인 노예 사이에 태어나기 때문에 막연히 자기의 아버지도 백인주인일 것으로 추측할 뿐이다. 다행히 주인공 세서에게는 엄마가 있다. 그러나 노예인 엄마가 일을 다 끝내고 밤에만 잠시 아기 세서를 찾아왔기 때문에 엄마의 얼굴을 자세히 본 적이 없다. 얼굴을 모르는 엄마처럼 정체성이 부여되지 않는다는 것은 가장 기본적인 인간으로서의 존재와 의미가 부인된다는 뜻이다.

노예의 일생은 가족해체의 반복으로 이루어진다. 모리슨은 노예제도의 비인간적인 모성성 박탈의 대표적인 경우로 세서의 시어머니 베이비를 제시하고 있다. 노예들은 부모가 되는 기쁨과 책임의 기회도 가질 수 없다. 부모와 자식, 부부 등 안정적인 가족관계는 노예제도 아래의 흑인들에게 허용되지 않는다. 그녀는 여섯 남편에게서 팔 남매를 낳았다. 그러나 흑인 가족들은 으레

> 남녀를 불문하고 체커처럼 이리저리로 이동되었다. 탈출하거나 그로 인해 교수형을 당하지 않은 자들은 임대도 되고, 빌려주기도 하고, 사기도 하고, 다시 데려오기도 하고, 재어 두기도 하고, 저당으로 잡히기도 하고, 도난당하거나 잡히기도 한다(*B* 23).

이렇게 수시로 운명이 바뀌는 상황이기 때문에 베이비가 자녀들의 생사나 행방을 모르는 것은 당연한 일이다. 베이비는 세서의 남편이 된 할러를 제외하고 모두 노예제도에 '합법적으로' 빼앗겼고 그녀는 자식들에 대한 궁금증으로 속을 태운다.

> 베이비는 막내(할러)가 태어났을 때 구태여 쳐다보지도 않았다. 어차피 어른이 되는 모습을 보지 못할 텐데 생김새를 알아서 무얼 하나. 일곱 번이나 그랬으면 되었지. 작은 발을 들어 보았고, 통통한 자기 아기의 손끝을 쓰다듬어 보았다. 손가락을 못 보았어도 여자 손이건 남자 손이건 엄마는 어디서든 알아본다. 지금까지도 그들의 영구치가 어떻게 생겼는지 모른다. 혹은 머리를 어떻게 들고 걸음을 걷는지? 패티(Patty)의 발음문제는 잘 되었을까? 페이머스(Famous)의 피부는 어떤 색으로 되었을까? 조니(Johnny)의 턱은 갈라진 흠일까? 혹은 턱뼈가 바뀌면 사라질 보조개였나? 딸 넷, 마지막으로 보았을 때 겨드랑이에 털이 없었지. 아델리아(Ardelia)는 아직도 탄 빵 껍질을 좋아하는지? 일곱 아이 모두가 떠나거나 죽었다. 그러니 막내아들을 열심히 봐 두어야 무슨 소용인가? 그러나 무슨 이유에선지 그들은 막내를 베이비에게 두었다. 할러는 엄마와 같이 있었다. 어디든지(*B* 139).

노예 신분으로 베이비가 60년 동안 낳은 자녀들은 "실컷 씹고 난 생선뼈처럼 그녀를 뱉어 버린 사람들에게"(*B* 177) 노동력으로 팔려 나갔다. 자신도 캐롤라이나의 노예시장에서 다리 하나가 없는 개처럼 절뚝거리는 몸으로 10살짜리 막내아들 할러보다 더 싼 값으로 백인 노예소유주 가너에게 함께 팔려 온 것이다. 그리고 가너와 흥정하여 베이비에게 자유로운 신분을 선물한 할러도 결국은 무소식이다. 가족해체 경험의 달인이 된 베이비는 세서에게 죽임을 당한 어린 것이 유령이 되어 집에 출몰하고 있지만, 그래도 목숨이 붙은 아이가 셋이나 곁에 남았으니 운이 좋은 거라고 한탄 섞인 위로의 말을 한다.

> 넌 운이 좋다. 셋이나 남았잖니. 세 놈은 네 옷자락에 매달리고, 그저 하나만 저 세상에서 난리를 피우고 있는 거지. 감사해라, 그래야지. 난 여덟이 있었지. 하나하나 다 나를 떠났어. 넷은 팔려 갔고, 넷은 쫓기는 신세였는데, 다들 어느 집에서 (유령이 되어) 소란을 떨고 있겠지. 첫째는 딸이었어. 그 아이에 관해 내가 기억할 수 있는 건 걔가 빵 껍질 탄 걸 얼마나 좋아했던가? 하는 거뿐이야. 그보다 더 안타까울 수 있어? 난 아이가 여덟이나 되는 데 그게 내가 기억하는 전부라는 거(*B* 5).

일생에 걸친 가족해체의 경험으로 모자 혹은 모녀관계를 포기해 온 베이비는 이제 골수까지 소진되어, 죽음을 기다린다. 파랑과 노랑, 베이비가 열망하는 인생의 멋은 그녀의 상상세계에서만 그녀에게 허용된 셈이다.[39] 이처럼 비인간적인 노예제도는 흑인 여성들로부터 모성성의 기회를 박탈하고 여성들을 재생산의 도구(breeder)로만 이용했다.

베이비의 상징성과 함께 폴 디의 담뱃갑은 노예제도의 죄악상을 압축하여 상징하고, 200여 년 동안 흑인 노예들이 경험한 고통을 대변한다. '조지아 알프레드에서 겪은 고통, 식소의 고난, 스윗홈에 나타난 스쿨티처, 할러, 노예 형제들, 세서, 미스터, 쇠의 맛, 버터, 도토리나무 탄 내음, 노트북 종이 등'(*B* 113)과 연관되어 있다. '쇠의 맛'은 노예에게 가해지는 끔찍한 재갈의 형

39 모리슨의 작품에서 색채는 종종 "삶을 향유 하는 능력(the ability to feel)"을 상징한다(Bowers 33).

벌을 말한다. 재갈을 제작하는 사람에게나 재갈을 입에 물어야 하는 노예에게 재갈은 매우 특이한 경험이어서 모리슨은 그것을 묘사하기보다, 입안에 재갈을 물린 노예가 느끼는 극심한 고통을 독자에게 전달하려고 노력했다(*Paris Review*). 입안에 재갈이 들어가면 쇠판에 눌린 혀가 괴로움은 물론, 침을 뱉고 싶을 때는 어찌할 수가 없어서 사람은 거의 울 지경이 된다(*B* 71). 어른 남자고 소년이고, 소녀건 어른 여성이건 가리지 않고 재갈을 무는 경험을 하고 나면 눈에 광기가 자리 잡게 된다(*B* 71).

억압적 고문 도구 재갈도 참기 어려운 고통이지만 남자 노예인 폴 디에게 남성성의 박탈은 무엇보다 굴욕적인 경험이다. 폴 디는 세서와 다시 만나 가장 힘들었던 과거의 고통으로 '미스터(Mister)'에 대한 이야기를 한다. 미스터는 빈껍데기 같던 달걀에서 나온 병아리로 폴 디가 아니었으면 이 세상에 나오지도 못했을 못난 닭이다. 발도 비틀리고 손바닥 크기의 새빨간 벼슬을 한 못된 수탉이다. 그런데 그가 손을 뒤로 묶이고 재갈 물린 상태로 수탉 미스터의 앞을 지나게 되었을 때 수탉이 횃대에 앉아 자신을 보며 웃는 것 같다고 느낀다. 폴 디는 자신을 비롯한 흑인 남자들의 상황과 수탉의 현재를 비교하게 된다. 미스터는 자기 힘으로 알을 깨지도 못했는데, 지금은 수많은 암탉을 거느리고, '자유로이, (폴 디보다) 나은, 강하고 힘 있는 임금'(*B* 72)과도 같이 지내고 있다. 그런데 폴 디를 비롯한 흑인 노예들은 노예제도 아래에서 모두 남성성을 박탈당했다. 이성적으로 살던 할러는 자기 아내가 백인들에게 겁탈당하는 것을 보면서 미쳐 버리고, 백인주인에게 씩씩하게 도전한 식소는 결국 불에 타 죽었으며, 나머지는 팔려 나가거나 실종되었다.

이처럼 백인주인이 노예들에게 가하는 폭력은 폴 디의 담배갑 기억 속에 재현되고 있다. 스윗홈에서 브랜디와인(Brandywine)에게 팔린 그는 석 달 이상을 극심한 육체적 구속에서 사선(死線)을 넘나드는 고생을 한다. 폴 디는

10명의 다른 노예들과 함께 엮어진 상태로 켄터키에서 버지니아까지 18일 동안 도보로 이동한다. 폴 디의 목은 마차의 차대에 밧줄로 묶여 있어 고개를 자유롭게 돌릴 수 없고, 발목과 손목은 채워진 쇠고랑 때문에 자유롭지 못하다. 그가 긴 이동 끝에 들어가게 된 곳은 땅속에 박아 놓은 좁은 나무 칸막이 우리(깊이 1.5m, 넓이 1.5m) 속이다. 그가 땅속의 우리에 들어가자 위 나무 뚜껑에 자물쇠가 채워진다. 땅속에 갇힌 그가 밤을 보내야 하는 이 무덤 같은 곳에는 벌레가 기어 다니기도 하고 잰걸음의 작은 동물도 반겨야 할 판이다(*B* 106). 다음날 아침, 백인들이 뚜껑 문을 하나하나 열고 폴 디를 비롯한 46명의 노예가 우리를 나와 일렬로 서면 300m나 되는 '조지아 최상의 수제 사슬'(*B* 107)이 펼쳐지고, 노예들은 맨 앞에서부터 차례로 사슬의 끝머리를 집어 자기 다리의 족쇄 고리에 거는 작업이 진행된다. 그들은 쇠사슬을 끌며 들판을, 숲을 이동한다.

> 나무 우리 속에서 그들은 참호에 물이 차오르는 것을 들었다. 그들은 살모사를 경계했다. 그들은 진흙탕 속에 쭈그리고 앉아 거기서 자고, 오줌도 쌌다. 폴 디는 자신이 비명을 지른다고 생각했다. 그의 입은 열리고 커다란 목이 갈라지는 소리가 났다. 하지만 아마도 다른 사람인지도 모른다. 그는 자기가 울고 있다고 생각했다. 뺨에 무언가가 흘러내리고 있었다. 눈물을 닦으려고 손을 들어 올리고 보니 시커먼 진흙이었다. 머리 위에서는 흙탕물이 지붕 판자 사이로 흘렀다. 저게 무너지면 나는 벼룩처럼 바스러지겠구나 하고 생각했다. 일은 갑자기 벌어져서 생각할 시간이 없었다. 누군가 사슬을 당겼다—한 번—그러나 그의 다리를 거쳐 그를 진창에 내던질 정도로 힘차게(*B* 110).

86일째 되는 날, 홍수가 닥쳐 수몰 직전에 노예들은 가까스로 탈출에 성

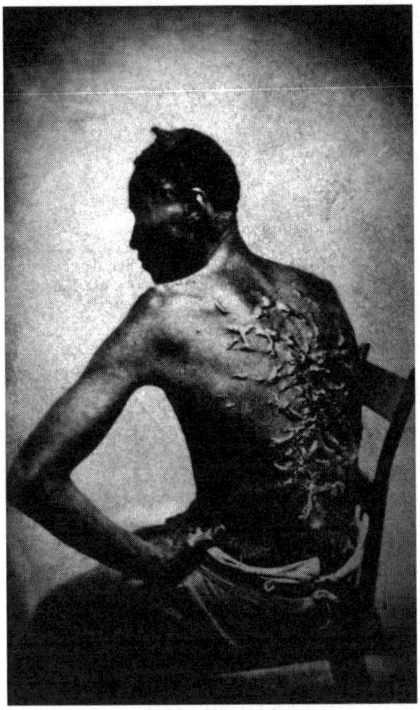

고든(Gordon)의 등 모습. 그가 북군에 지원하여 신체 검사를 받던 중 드러난 노예시절 채찍 형벌의 상처.
Scars of a whipped slave, April 2, 1863, Baton Rouge, Louisiana, USA. 출처: wikipedia.org

공한다.

세서도 스윗홈에서 도망하기 직전, 스쿨티처와 아들, 조카들로부터 동물처럼 취급되는 등 만삭의 몸으로 견디기 어려운 고초를 겪었다.[40] 에이미는 만신창이가 된 세서를 돌보며 덴버의 출산을 도와주지만, 그녀의 등에 생긴 심한 채찍 상처를 보고 한탄을 금치 못한다.

"이건 나무 모양이야. 산벚꽃나무. 봐 여기 줄기가 있어. 빨갛고 넓게 찢겨 벌어져 있네. 진액이 가득야. 그리고 여기 이건 가지로 갈라지는 거야. 가지가

40 "놈들이 들어와 내 젖을 빨았어. 그러려고 들어온 거야. 나를 찍어 누르고 젖을 빨았어. 가너 부인한테 일렀지. 목이 메어 말을 못하더니 눈물을 흘리셨어. 놈들이 내가 일러바친 걸 알게 되었어. 스쿨티처가 내 등을 벗기라고 했지. 그리고 옷을 올렸을 땐 나무 한 그루가 생긴 거야. 지금도 자라고 있지." (*B* 16–17).

많기도 하네. 잎사귀 같은 것도, 이건 꽃봉오리가 아니면 뭐람. 조그맣고 작은 벚꽃 송이들, 그거처럼 하얘. 네 등에 나무 한 그루가 있어. 꽃이 핀. 하나님의 뜻은 뭘까. 나도 채찍을 맞은 적이 있었지, 그렇지만 이 정도는 아니었어"(*B* 79).

그러나 세서는 갖은 고통에도 굴하지 않고 마침내 시어머니 베이비가 있는 자유의 도시 신시내티에 도착한다. 모리슨은 아무도 찾아오지 않는 고립된 집에서 사는 세서를 '말이 없고 여왕 같은 여성'(*B* 12)이라고 묘사하고 있다. 세서와 마찬가지로 작중인물들도 극심한 고통 속에 놓였던 자신의 삶에서 존엄의 의미를 찾아 유지하려 애쓴다. 다시 말하면 고통 속에서 비참함을 느끼고 좌절하고 포기하는 함몰의 모습이 아니라, 고통을 적극적으로 소화하려는 영혼의 모습이 비친다는 것이다. 이것이 『빌러비드』와 과거에 쓰인 수많은 '노예자서전'이 구별되는 점이다.

그 예로 스윗홈에서 세서와 같이 농장노동을 하던 폴 디를 보자. 스쿨티처의 학대와 새 주인의 가혹한 폭행과 형벌을 겪으면서도 자신의 감정과 분노 등을 작은 담배갑에 넣고 봉하여 더는 미치지 않도록 노력하였고,[41] 124번지의 세서를 찾아왔을 때 그곳을 통제하고 있던 유령과 대적하여 유령을 쫓아내는 남성성을 발휘한다. 그는 "집을 구획으로 나누어, 공간을 만들고, 흔들어서 다른 곳으로 이동하고는 자기가 만들어 낸 곳에 자리를 잡고 섰다"(*B* 39). 이제 폴 디는 노예의 신분과 역할을 벗어 버리고 124번지를 자신의 영역으로 접수한다. 그리고 그의 영향권 아래서 세서는 지금까지의 운명적인 자세를 버리고 주변을 있는 그대로 인식하기 시작한다.

41 "알프레드, 조지아, 식소, 스쿨티처, 할리, 형제들, 세서, 미스터, 쇠 맛, 버터장면, 히코리 냄새 등(폴 디가 오랜동안 노예로서 겪은 고통들) 하나씩을 가슴에 매단 담배갑에 넣는 데는 꽤 시간이 걸렸다"(*B* 113).

> 사물들이 본래의 모양으로 되었다. 우중충한 것은 우중충하게 보였다. 열기는 뜨거웠다. 창문들이 갑자기 전망을 드러냈다(*B* 39).

폴 디의 등장은 세서의 삶에 전환점이 왔음을 나타낸다. 그는 사람의 마음을 위로하고 속에 담고 있던 고통을 털어놓게 하는 축복의 재능 또한 가지고 있다.

> 애쓰지 않아도 그는 어느 집이고 들어가서 여자들을 울리는 그런 사람이 되었다. 그와 있으면, 그 앞에 있으면, 그렇게 된다. 그의 마음가짐에는 축복된 무언가가 있어 여자들은 그를 보면 가슴이 아프다고 무릎도 아프다고 말하며 울고 싶어 하였다(*B* 17).

어느 점에서 폴 디는 성직자의 역할을 하는 셈이다. 수많은 역경을 헤쳐오면서 겪은 고통은 그를 큰 사람이 되게 만들었다. 그는 인간의 고통에 대해 누구보다 잘 이해하고, 공감하고, 위로하는 능력을 갖추게 되었다. 세서와 폴 디가 가해자에게 대한 복수를 단념하고 처참한 자신들과의 수동적인 싸움을 하고 있다면, 베이비는 아픔을 딛고 가해자를 용서하는 넓은 마음을 강조한다. 베이비는 모리슨의 여사제다. 왕관도 없고, 직함도 없고, 세속적인 영예도 없다. 그러나 그녀는 화평의 인류공동체를 향하여, 이루 다 말할 수 없는 고통을 평생 안겨 준 백인 가해자들과 함께 흑인 동료들을 향하여, 용서를 말하고 사랑을 키우는 여사제다. 또한, 자신이 낳은 아이들을 하나하나 기억할 수 없는 비참함을 가슴속에 묻고, 오히려 유쾌한 정신적 리더로서 마을 흑인 남녀노소들의 상처를 치유하는 데 노력을 기울인다. 그녀는 자유의 몸이 된 이후 마을의 개간지에 사람들을 모으고, 그들을 격려하고 위로하며 강력한 치유의 힘을 발휘한다. 노예제도 아래에서 파괴된 자아를 추슬러서, 즉 노예제도가 '그녀의 다리와 등과 머리와 눈과 손과 신장과 자궁과 혀를 망가뜨렸어도' 베이비는 아직 심장은 남아 있음을 감사하며 이를 사람들의 다친 영혼을 치유하는 데 동원한다.

> 아무런 명예로운 직위도 없이, 다만 이름에 약간의 수식어를 달고, 베이비는 설교단에 나아가 원하는 사람에게 그녀의 큰 사랑을 베풀었다. 소명도 없이, 격식도 없이, 기름 부음도 없이 그녀는 자신의 큰 심장이 그들 앞에서 박동치게 했다. 날씨가 따뜻해지면, 거룩한 베이비는 그녀의 큰 심장을 공터로 가져갔고, 모든 흑인 남자, 여자, 아이들은 다 뒤를 따랐다.
> 베이비는 커다란 납작한 바위에 자리를 잡고 머리를 숙여 조용히 기도했다. 사람들은 나무 아래서 그녀를 바라보았다. 그녀가 지팡이를 내려놓으면 준비된 줄을 그들은 알았다. 그러자 그녀가 소리쳤다. "아이들을 오라 하세요!" 그러면 아이들은 나무 밑에서 그녀에게 달려갔다.
> "너희 엄마들이 너희 웃는 소리를 듣게 해라"라고 말하면 숲이 울렸다. 어른들이 보고 미소를 지을 수밖에 없었다. 그리곤 "어른 남자들 나오세요" 그녀가 소리쳤다. 남자들이 울리는 나무숲에서 하나씩 걸어 나왔다.
> "당신들 아내와 아이들이 보게 춤을 추어요" 그녀가 말했고, 산천초목이 그들 발아래서 떨었다. 마침내 그녀가 여자들을 불렀다. "울어요" 그녀가 말했다. "산 자와 죽은 자를 위하여. 그냥 울어요" 여자들은 눈을 가리지 않고 눈물을 흐르게 두었다(*B* 87-88).

베이비는 살아 있음이 얼마나 큰 의미와 가치를 지니고 있는지를 역설한다.

> 여기, 여기 이곳에 우리 산 자들, 살아 있는 사람은 울고 웃습니다. 맨발로 풀밭에서 춤을 춥니다. 사랑하세요. 죽도록 사랑하세요. 저기 저쪽 사람들은 당신들의 몸을 사랑하지 않아요. 경멸하지요. 당신들의 눈을 사랑하지 않고 우선 빼 버리려 하지요. 당신들의 등에 있는 살도 사랑하지 않아요. 저기서는 가죽을 벗기지요. 그리고 사랑하는 여러분 그들은 당신들의 손도 사랑하지 않아요. 그저 부리고, 묶고, 매고, 자르고, 비게 두어요. 여러분의 손을 사랑하세요. 사랑해. 손을 높이 들고 키스해요. 그 손으로 다른 손을 만져요. 같이 두드리고 얼굴을 두드려요(*B* 88).

비평가 스미스(Valerie Smith)는 이 작품에서 흑인의 몸이 강조되고 있음을 지적하고 있다(346-47). 베이비가 노예제도 아래에서 학대받는 흑인들의 신체 각 부분을 사랑할 것을 강조하는 것이나 작중인물들이 신체의 고통을 상기하면서 노예제에 얽힌 과거를 기억하는 것 등이 자주 언급된다는 것이다. 베이비가 외곽에 모여 있는 흑인들에게 설교하면서 신체의 부분을 키스하고 사랑하라고 독려하는 것은 노예 기간에 빼앗겼던 육체를 다시 찾아 귀한 존재로, 성스러운 부분으로 받아들이라는 뜻이다. 백인 노예소유주들이 흑인들의 육체를 전유하고 학대해 왔으나, 이제 흑인들이 자기 몸의 소유권을 되찾아 빼앗겼던 정체성을 탈환하는 것이 진정한 자유인의 모습이기 때문이다.

4) 흑인공동체로의 합류

소설 『빌러비드』는 흑인 노예제도의 말할 수 없는 잔혹상을 폭로하고 있는 것처럼 보이지만 사실은 주인공 세서의 인격 회복과 공동체 합류가 주제다. 세서의 생활배경은 크게 백인 농장과 신시내티의 외딴집 두 곳으로 나누어 볼 수 있다. 농장에서의 삶은 흑인 노예로 사는 삶이자 인간 이하(subhuman)의 존재로 인격은 무시되었다. 또한, 외딴집에서는 살인범 세서로서 공동체로부터 소외되어 지내는 삶이다. 따라서 세서의 진정한 인격회복은 세서가 그 집을 떠나 공동체의 일원으로 받아들여지면서 가능해진다.

① 세서의 고립

세서 가족의 신시내티 124번지 생활은 세상 누구와도 소통이 없는 철저한 고립의 생활이었다.

> 이 집에서 누구도 (선의의 백인 여자든, 목사든, 연사든 기자든) 식사를 같이한 지는 오래된 일이다. 혐오로 가득한 그들의 눈은 그들의 동정 어린 목소리가 거짓임을 드러내고 있었다. 12년 동안, 할머니 베이비가 세상을 떠나기 오래전부터 아무런 손님도 찾아오지 않았고, 친구는 물론 오지 않았다. 흑인들은 아무도 오지 않았다(*B* 12).

124번지가 늘 외면을 받아 온 곳은 아니었다. 오하이오 강만 건너면 노예에게는 자유의 땅을 밟는 경계에 위치한 집이어서 켄터키 등지에서 오는 도망 노예들의 발길이 끊이지 않았다. 시어머니 베이비가 도움이 필요한 그들에게 넉넉한 도움을 주는 아주 밝고 분주한 집이었다.

> 거룩한 베이비 서그즈는 사랑을 베풀고, 주의를 주고, 먹이고, 야단도 치고 위로도 해 주었다. 냄비 하나가 아니라 두 개가 스토브에서는 끓고 있었고, 밤이 새도록 불이 환하게 밝혀 있었다. 낯선 사람들이 휴식을 취하는 동안, 아이들은 그들의 구두를 신어 보곤 했다. 간단한 글이 남겨졌다. 누구든 필

요로 하는 사람들이 분명 어느 날, 곧 들러 볼 것이기 때문이다(*B* 87).

이것으로 보면 124번지는 소통의 중심이자 부족한 것을 사람들에게 채워 주는 사랑의 집이었다. 항상 사람들로 북적였고 처음 보는 이들도 들러서 이야기를 나누고 활기가 넘치는 장소였다. 그러나 그 사건 이후, 이 집에는 적막이 감돌고 불도 꺼진 채 이웃들도 들르지 않는다. 이제는 낯선 이들도 이야기를 나누지 않고 아이들도 이젠 구두를 신어 보는 놀이 같은 걸 하지 않는다.

> 28일간 노예로 묶이지 않은 생활. 치유와 편함과 진짜 이야기를 나누던 시간. 사람들과 함께하며, 사오십 명의 흑인들이 서로의 이름이며, 생각이며, 습관 등을 알게 된 시간. 그들이 어디에 있었고 무엇을 했는지. 그녀의 즐거움과 슬픔을 함께 그들과 나누던 시간. 어떤 이는 그녀에게 알파벳을 가르쳤고, 다른 이는 바느질을 가르쳤다. 다들 새벽에 깨어 그날 무얼 할지 결정하는 기분이 어떤지를 가르쳐 주었다. 124번지에서, 개간지에서 그녀는 다른 사람들과 함께 자기 자신을 찾았던 것이다. 나 자신을 해방시키는 것과 해방이 된 자아의 소유권을 주장하는 것은 전혀 다른 이야기였다(*B* 95).

124번지가 북적거릴 때 세서는 사방에서 온 여자 친구들, 남자 친구들과 슬픔을 나눌 수 있었지만, 이제는 아무도 없다. 세서는 신시내티 흑인공동체로부터 '주변적 존재'(a marginalized member; Inglés 1)로 낙인찍혀 있다. 혹독한 노예생활을 벗어나 자유를 찾은 흑인들이 유사한 과거의 경험을 가진 세서를 경원하는 이유는 무엇일까. 마을 사람들이 세서 일가로부터 마음이 돌아선 것은 이 가족이 누리는 듯한 특권과 그들의 지나친 환대방식 때문이다. 생후 3주 된 덴버를 위하여 스탬프가 온종일 수고하여 따온 블랙베리 두 바구니를 보고 베이비는 그의 수고와 사랑을 감사하는 뜻으로 파이를 만들어 신세 진 사람들과 나누고자 한다. 여기에 세서의 아이디어와 스탬프의 후의가 더해져서 애초의 작은 파티는 아흔 명이 넘는 사람들을 초대하는 대연회가 되어 버린다.

> 베이비 서그즈의 서너 개 파이는 열두 개 정도가 되었고 세서의 두 마리 암탉은 다섯 마리의 칠면조가 되었다. 저 멀리 신시내티로부터의 얼음 덩어리 한 개는 결국 마차로 얼음을 실어 날라서 빨래통만큼 가득한 딸기 음료가 되었다. 124번지는 웃음과 호의와 아흔 명분의 음식으로 진동하였고 그것이 [손님으로 온 사람들] 그들을 화나게 만들었다(*B* 137).

사람들은 이건 '지나치다'고 생각했다(*B* 137). 베이비가 베푼 환대는 공동체 식구들에게 자신들의 처지를 돌아보며 베이비 가족과의 차이를 느끼게 한다.

> 거룩한 베이비 서그즈는 어디서 이런 걸 다 가져오는 거야? 왜 저 베이비와 가족은 언제나 중심에 있는 거야? 어째서 베이비는 정확하게 뭘 언제 할지를 항상 아는 거야? 도움말을 주고, 메시지를 전달하고, 환자를 치유하고, 도망자를 은닉하고, 사랑하고 요리하고, 요리하고, 사랑하고, 설교하고, 노래하고 춤추고 모든 사람을 사랑하고, 마치 그게 자기의 일이고 자기만이 할 수 있는 일인 것처럼 말이지(*B* 137).

신시내티의 흑인공동체에 합류한 이래 지금까지 베이비가 해 오던 일들이 홍청망청한 파티가 벌어지면서 갑자기 다른 시각에서 보이기 시작한다. 이것은 데리다가 '환대(hospitality)'의 개념에 대해 말하였듯이, 환대는 자신의 소유를 과시하는 방법이 되어 손님들이 불편함을 느끼게 만드는 효과가 있다(Caputo 111). 환대는 '선험적으로(*a priori*)' '아웃사이더' 혹은 '손님'의 개념을 요구하므로 환대의 현상은 필연적으로 타자(other) 혹은'외국인'의 개념을 함유한다(O'Gorman 52). 베이비의 손님으로 왔던 흑인들은 푸짐한 잔칫상을 떠올리며 더욱 분개한다.

> 오병이어[42]는 예수님의 권능이었어. 노예 출신 주제에 그런 권능을 부릴 수 있다고? 백 파운드만큼도 손에 쥐어 본 적이 없었을 텐데? (베이비는) 우리처럼 열 살짜리 백인 녀석에게 채찍을 맞은 적도 없어. 노예 신세에서 도망쳐 나오지도 않았구. 사실, 사랑하는 아들 덕에 값을 치르고 놓여났잖아. 그리고 마차를 타고 오하이오 강까지 올 때, 가슴에는 자유문서를 넣고 말이야 (주인이었던 바로 그 남자가 마차를 몰아 주었대, 정착기금도 주었구. 가너라든가), 그리고는 이층에다 우물까지 있는 집을 빌려주었잖아(*B* 137).

노예 출신이라지만 베이비는 죽을 고생과 모욕을 다 당한 자기들과는 다르게 많은 것을 누린 존재라는 사실이 새삼 두드러지면서 그들은 분노하고, 그녀와 가족을 자기들과는 다른 부류로 선을 그어 분명하게 격리한다. 비록 아들 하나는 행방불명이지만 나머지 가족들이 무사히 자유를 찾았음을 기뻐하고 누리는 가운데, 공동체 사람들에게 지나친 환대를 베풂으로써 그들의 마음을 불편하게 하고 자기들의 우위를 은연중에 드러낸 것이다. 이처럼 남들과 다르다는 자만심과 특권의식은 공동체 내의 결속의 끈을 놓아 버

42 오병이어(五餠二魚): 성경 신약 4복음서에 언급된 예수그리스도의 기적 중 하나를 말함. 떡 다섯 개와 물고기 두 마리로 군중을 배부르게 만든 사건. 참고: 마태 14 : 13–21 ; 마가 6 : 31–44 ; 요한 6 : 5–15 ; 누가 9 : 10–17.

리는 결과를 초래한다. 마을 사람들은 그녀가 한도를 넘어 지나치게 베풀고 극단적으로 그들을 분노케 하였기 때문에(*B* 138), 세서와 아이들을 잡으러 오는 백인 일당을 보면서도 달려와서 알려 주지 않았다. 이들의 배신은 베이비를 극도로 절망하게 한다. 공동체의 리더로서 최선을 다해 온 베이비에게 공동체가 은밀한 가운데 배신을 함으로써 세서 가족에게 백인 사냥꾼이 들이닥치게 한 것이다.

신시내티의 흑인공동체가 124번지를 기피 대상으로 삼게 된 두 번째이자 직접적인 원인은 영아살해 사건과 관계가 있다. 도망 노예들의 쉼터이자 흑인 사회의 중심이었던 베이비 서그즈와 세서가 살고 있는 집은 이제 역사적 비극의 현장이자 범죄의 현장이 된다. 엄마가 아기의 목을 그은 사건이 일어난 곳, 그 주범과 가족 그리고 죽은 자가 함께 거주하는 곳, 즉 유령이 출몰하는 일종의 흉가가 되었다. 이 집을 지나갈 때면 마을 사람들은 언제나 말에 채찍질하여 빨리 지나가도록 한다(*B* 4). 아무리 노예 포획자에게 다시 잡혀 갈 상황이라고 해도 어떻게 엄마라는 사람이 자기의 아기를 끔찍하게 죽일 수가 있을까 도대체 자식을 무엇으로 아는 건가 하는 의문을 가졌기 때문이다. "블루스톤 124번지는 원한이 서린 곳이었다. 거기에는 아기의 원한이 가득하다"(*B* 3)고 작가는 이 집을 소개한다. 느닷없이 방바닥에 수북이 쌓인 콩에서 연기가 피어오르고, 갑자기 비스켓이 문간에 부스러져 뿌려져 있다가도 때로는 수주씩, 수개월씩 아무 일이 없기도 하다. 세서와 세 아이 그리고 아이들의 할머니 베이비는 모두 수년 동안은 유령의 출몰을 버티어 낸다. 그러나 아들들은 십 대에 가출하고 만다. 뷰글러(Buglar)는 13살 되던 해에 무심코 거울을 들여다보는데 거울이 갑자기 우당탕거리자 더 이상 참기 힘들다고 가출해 버렸고, 하워드(Howard)는 두 개의 조그만 손자국이 케이크에 나타나는 사건이 생기자 가출해 버린다. 작품의 이야기가 시작되는 1873년에는 할머니 베이비마저 세상을 떠나고, 이제 세서와 덴버, 그리고 아기유령만이 이 집에 살고 있다.

사람들이 세서의 집을 찾지 않는 또 다른 이유는 세서가 자기들의 관념으로는 이해하기 힘든 여성이기 때문이다. 세서는 다른 여성에게서는 드물게 보는 생활력과 유능함을 가지고 있다. '강렬한 눈빛(iron eyes)'과 꼿꼿한 허리가 나타내듯이 세서는 유능하고 자존심이 강한 여성이다. 그녀는 가장 없는 자녀들의 엄마라는 극도로 어려운 상황 속에서도 자기를 지켜 내고 목표를 이룬다. 할러와 탈출에 앞서 아이들 셋을 다른 흑인가족들과 함께 신시내티의 시어머니에게로 먼저 보내었고, 할러로부터 소식이 없자 만삭의 몸으로 혼자 도망을 시도했을 뿐 아니라, 도망 중에 출산도 한다. 이 과정에서 세서는 할러와 폴 디로부터 아무런 도움을 받지 않았다. 이 점이 폴 디의 눈에 "전부 다 혼자 해냈군" 하며 세서를 자랑스럽게 여기게 만들지만 다른 한편으로는 그러한 그녀가 마음에 내키지 않는 점도 있다(*B* 8). 여자가 도움을 청하지 않고 무엇이든지 혼자서 해내는 것은 남성의 입장에서 볼 때 마뜩잖다. 세서를 보는 신시내티의 흑인들도 폴 디와 같은 생각이다. 세서라는 젊은 임산부가 남편도 없는 상황에서 백인들로부터 쫓기는 와중에 아이를 낳고 게다가 그 몸 상태로 강을 건너 도망에 성공한 사실이 그들에게는 이해도 설득도 되지 않는다. 마을 사람들은 자기들과 달리 비상한 능력을 갖춘 것이 틀림없는 세서를 미심쩍은 눈으로 쳐다보고 있다.

비평가 잉글레가 그의 논문에서 세서가 공동체의 사회적 조직에 위협적인 존재이기 때문에 공동체 사회에서 세서를 배척하고 있다고 주장하는 것은 일리가 있다.[43] 당시 자유를 찾은 흑인들로 이루어진 마을공동체는 백인

43 Manuel Diaz Inglés. "Social Rejection: Challenging the Freed Slave Community in Toni Morrison's *Beloved*." Universitat Autonoma de Barcelona. Tutor Esther Pujolras Noguer. 2013.7.4. ddd.uab.cat/pub/

들의 가치관을 그대로 답습하고 있었는데(*B* 8), 세서가 가장이 없는 집에서 가장의 역할을 충분히 감당하는 등 그 여성상에 부합하지 않았다는 것이다. 세서가 아기 유령이 출몰하는 집에서 살면서도 조금도 위축되지 않고 침착하게 유령의 폐해를 수습해 나가는 것, 두 아들이 아기 유령의 시도 때도 없는 출몰에 기겁하여 집을 떠나도 붙잡으려 하지도 않고 상관도 하지 않은 일, 사람이 말에 치이거나 암퇘지가 자기 새끼를 잡아먹으려 할 때도, 아기 유령이 히어보이(Here Boy)에게 들러붙어 개의 다리가 둘이나 부러지고 눈이 까뒤집어져도 눈 하나 깜짝 않고 망치를 가져와 개를 기절시키고 눈과 다리를 바로잡는다. 이 모든 것은 당시 공동체의 상식으로는 있을 수 없는 일이었다. 엘라를 비롯한 마을 여자들은 세서가 공동체의 '진정한 여성성, 아내상, 모성상'의 담화(discourse)에 도전하는 것으로 생각하며(*B* 11) 거리를 두고 경계한다. 그녀가 스탬프에게 자기들이 세서를 멀리하는 이유를 말한다.

> 이봐요. 나는 세서가 누군지 혹은 그 가족이 누군지 몰라요. 내가 아는 것은 그 여자가 베이비 서그즈의 아들과 결혼했다는 건데, 그것도 확실치 않아요. 그 아들은 대체 어디 있대요? 베이비는 내가 그 여자 가슴에 붙들어 매 준 아기와 더불어 존이 그 여자를 문 앞에 데려다줄 때까지 그 여자를 본 적이 없어요. 그 애들의 에미가 그 여자가 아니라는 게 아니라, 그 애들이 베이비 서그즈의 손주라고 누군들 말할 수 있답디까? 어떻게 그 여자는 배에 타고 남편은 못 탔대요? 그리고 이거 봐요. 어떻게 혼자 숲 속에서 애를 낳았대요? 뭐, 숲에서 백인 여자가 나와서 도와주었다고. 웃겨. 그게 믿겨요? 백인 여자가? 뭐, 하얀 게 뭔지 알지, 숲에서 돌아다니는 희끄무레한 거 말이지(*B* 187).

tfg/2013/112446/TFG_Manuel_Diaz_Ingles.pdf.

여기에 자기는 자기 새끼에게 톱을 갖다 대는 친구 따윈 둔 적이 없다고(*B* 187) 잘라 말한다. 세서가 전해 준 모든 내용이 신기하고 믿기 어려운 데다 어린 아기를 해치는 모성은 있을 수가 없다는 말이다. 말하자면 세서는 흑인공동체가 공감할 수 없는 가치관을 가진 상종할 수 없는 여자라고 단정한다.

② 덴버의 고립

세서가 백인 여성 에이미의 도움을 받아 오하이오 강을 건너며 배에서 낳은 딸 덴버(Denver)는 124번지 고립의 상징이다. 마을 사람들이 세서의 집을 혐오와 기피의 대상으로 여겨 그 집을 금기시하였기 때문에 그 집에서 살인범 엄마와 사는 어린 아기 덴버는 외부 사람들과의 접촉이 전혀 없이 완벽하게 고립되어 성장한다. 덴버는 '잠행성 트라우마(insidious trauma)'의 피해자다.[44] 덴버는 세서나 폴 디처럼 직접 노예제의 핍박을 경험하지는 않았다. 그러나 그녀는 트라우마에 시달리는 식구들과 거주하면서 쉽게 떨쳐 버릴 수 없는 충격에 항상 노출되었다. 출생 후 4주 만에 언니를 살해한 혐의로 감옥에서 엄마와 함께 지내기도 했다.

덴버의 철저한 격리생활은 그가 청력을 잃는 현상으로 집약된다. 124번지가 사회공동체로부터 일정 거리를 유지하며 격리되어 있다면, 이러한 신체적 증상은 그녀의 정신적이고 감성적인 격리상태를 추가함으로써 고독과 침묵의 세계를 완성한다. 덴버는 수년에 걸친 물리적 격리상태에 지친 나머지 외부로의 진출을 시도한다. 즉 흑인 아이들을 모아 글을 가르치는 백인 존스 부인의 가정학교(house-school)에 재미를 붙인다. 그러나 어느 날 학교친구 넬슨(Nelson Lord)이 엄마 세서에 관해 묻는 순간, 질문의 뜻을 깨달은

44 nccur.lib.nccu.edu.tw/bitstream/140.119/33341/6/51001106.pdf Hsu, "Chapter Two: Memory, Trauma, and Trauma Narrative." 22–23. accessed 2015.8.22.

그녀는 즐겼던 공부를 중단하고 완전한 은둔 상태로 들어가 버린다. 그제야 아이들이 자기를 피하고 있다는 사실을 알게 되었다. 엄마가 저지른 범행 때문에(*B* 14) 그 누구도 '살인범의 딸'에게 말을 걸지 않으며, 남자아이들이나 여자아이들 모두 자기와 사귀기를 꺼리고 있음을 깨달았다. 저주받은 상황에 빠진 덴버는 자존심을 추스르려고 자신에게 최면을 걸고 자기 주변에 침묵과 고요의 울타리를 만든다. 그 후 2년 동안의 귀머거리 생활은 상처받지 않는 친구 관계가 가능한 아기 유령의 방문과 함께 종결된다.

유령은 시시때때로 사건과 사고를 일으켜 지루한 덴버의 삶에 변화를 가져온 셈이다. 124번지에서 집에 출몰하는 아기 유령을 친구로 삼은 덴버는 유령이 벌이는 온갖 악의에 찬 장난에 익숙해진다. 그러나 두 오빠들은 사람을 놀라게 하는 유령의 기습행위에 줄행랑을 놓았다. 가출하기 전까지 오빠들은 될 수 있는 대로 집 밖에서 시간을 보내고 항상 부루퉁해 있었다(*B* 103). 의지가 되어준 할머니는 오빠들이 가출하고 얼마 안 되어 세상을 떠난다. 유일하게 남은 엄마는 그 자신이 묻어버린 과거 속에 철저히 칩거하여 사실상 덴버에게는 엄마가 존재하지 않는 셈이다. 덴버는 이제 말을 할 상대도 없고 말을 걸어 주는 사람도 없이 마치 외로운 섬에 혼자 남아 있다. 아무하고도 자신과의 관계를 지을 수 없는 덴버는 'self'가 없는 존재다.[45] 청소년기 10여 년을 유령이 출몰하는 집에서 외출도 않고 혼자 버틴다는 것은 거의 불가능하게 보인다. 그녀의 일상은 사실상의 가족이 없이 사회의 구성원도 아닌 채 진공 상태의 불안정한 삶을 유지하고 있다. 거기에 그에게 허락된 유일한 친구는 아기 유령이다.

45 Andersen, Susan M. & Chen, Serena. "The Relational Self: An Interpersonal Social-Cognitive Theory." *Psychological Review*, Vol 109(4), Oct 2002, 619–645. (dx.doi.org/10.1037/0033-295X.109.4.619; accessed Sept. 1, 2015.) 참조.

덴버가 외로운 것은 이렇다 할 과거가 없어서 다른 인물들과 관계를 맺고 공감하고 연관을 지을 일이 없기 때문이기도 하다(Duran 13). 집 안팎으로 누구도 이야기를 나눌 기회가 없이 무료하게 하루하루를 보내야 하는 덴버는 '태산 같은'(*B* 104) 외로움에 지쳐 있다(Loneliness wore her out. Wore her out)(*B* 29). 예컨대 덴버가 '나 홀로'임을 절실하게 느끼는 것은 124번지에 세서의 스윗홈 시절 친구 폴 디가 찾아왔을 때다. 그가 124번지에 발을 들여놓으면서 악의에 찬 아기 유령을 쫓아버리는 바람에 덴버는 유령 친구조차 빼앗겼다는 섭섭함과 외로움을 느끼게 된다. 유령에 대해서 과거의 연장선상으로 생각하는 엄마와 덴버의 해석은 다르다. 엄마는 유령이 나쁜 유령은 아닌데 슬프다고 말한 데 비해, 덴버는 슬픈 게 아니고 외롭다고 말한다. 엄마는 우리 식구들과 늘 같이 있는데 뭐가 외로우냐 반문하지만, 덴버는 자신의 외로운 처지와 동일시하여 유령을 보고 있다. 유령의 외로움은 덴버의 외로움이다(*B* 13).

> 난 여기 못 살아. 어디로 갈지 뭘 할지는 모르지만 여기서는 못 살아요. 아무도 우리에게 말을 걸지도 않고 아무도 놀러 오지 않아요. 남자애들은 날 싫어하고, 여자애들도 날 싫어한단 말이에요(*B* 14).

게다가 유령을 비롯한 모든 돌발사건에서도 침착하고 냉정하던 엄마가 폴 디라는 새로운 방문객 앞에서는 마음을 털어놓고 싶은 듯 수줍은 소녀처럼 발을 흔들며 편하게 이야기를 나누는 것을 본다. 그녀는 엄마와 낯선 남자가 둘만이 통하는 이야기로 경험을 나누는 것을 보고 하늘 아래 자신만이 혼자라고 느낀다.

[엄마와 그 남자]는 한 팀(twosome)이었다. "너의 아빠"니, "스윗홈"이니 하면서 둘은 통하고 [나는] 아닌 것이 분명했다. '내 아버지'가 없는 게 아니었다. 아버지의 부재는 한때 베이비 할머니 일이었다. 돈을 내고 자기에게 [자유]를 사 주었기에 깊이 애도하는 '아들'이었다. 그리고는 엄마에겐 부재한 '남편'이었다. 그런데 [아빠가] 이제는 이 헤이즐넛 같은 낯선 아저씨의 부재한 '친구'다. 아빠를 알던 사람들만이 그의 부재를 주장할 수 있었다. 스윗홈에 있었던 사람들만이 그곳을 기억하고 속삭이고 그러면서 서로를 옆눈으로 힐긋거릴 수 있는 것처럼(*B* 13).

취약한 가족관계로 정체성이 불안한 덴버는 폴 디의 등장으로 더욱 위기를 느낀다. 엄마와 폴 디가 과거의 경험을 공유하고 회포를 푸는 내용에서 덴버는 언젠가는 자기를 찾아올 거라고 믿었던 '자기의 아빠'가 정작 자기와는 아무런 관계가 확인되지 않음을 느낀다. 할머니가 애타게 기다리던 아들이자 엄마의 남편이었던 아빠가 이제 처음 보는 남자의 친구임을 확인하면서 덴버는 아빠를 빼앗기는 기분이다. 자신의 입지가 주장되지도 못한 채 일방적인 관계로 남아 있기 때문이다. 그녀는 차라리 유령을 다시 불러오고 싶다. 유령 이야기에는 엄마도 이전 상태로 돌아오고, 그 남자도 스윗홈의 추억을 더는 꺼내지 않기 때문이다(*B* 13).

덴버는 철저히 혼자일 뿐 아니라 자신의 존재에 대한 불안감으로 인한 트라우마를 가지고 있다. 아기였던 언니를 살해한 엄마가 자기 또한 언제고 죽일지도 모른다는 두려움과 마음속 깊은 공포를 안고 있다.

엄마가 자기애를 죽여도 괜찮다고 생각하는 데는 무언가가 있어. 항상 나는 엄마가 내 언니를 죽여도 괜찮게 만드는 일이 또 생길까 두려워. 그게 뭔지는

> 몰라. 누구인지도 몰라. 그치만 엄마가 그 짓을 하게 만드는 어떤 끔찍한 일이 있는 걸 거야. 그게 무얼지 알아야 해. 그런데 그러고 싶지 않아. 그게 무어든 간에 집 밖에서 오는 거야. 마당 밖에서, 그래서 나는 절대로 이 집을 나가지 않고 마당을 지켜. 그래서 엄마가 나도 죽이지 않게 말이야(*B* 205).

덴버가 미성년이긴 해도 엄마라는 사람이 자기 자식을 죽이는 것은 예사롭지 않은 일임을 안다. 그런데 자기 엄마가 그 엄청난 죄를 저지른 것은 분명히 그럴 수밖에 없는 이유가 있는 것이라고 자신을 설득한다. 엄마와 소통은 거의 없이 살았어도 엄마에 대한 근본적인 신뢰는 있기 때문이다. 세서의 영아살해가 일시적인 충동이나 광기로 인한 것이 아님을 인식하고 있는 것이다. 그러므로 덴버는 외부에서 들어오는 사악한 기운을 경계하기로 결심한다. 집에서 한 발자국도 나가지 않고 집을 지켜야 한다. 외로운 투쟁 속에 덴버는 매일 밤 엄마가 자기 목을 베어 버리는 악몽을 꾼다.

> 엄마는 매일 밤 내 목을 베었다. 오빠들이 그럴 거라고 했는데 진짜 그랬다. 엄마는 예쁜 눈으로 내가 모르는 아이인 것처럼 쳐다보았다. 야비하거나 그런 게 아니고, 그냥 날 알게 된 누군데 미안하다는 듯이. 그러고 싶진 않았는데 할 수밖에 없었고 또 아프지 않을 거처럼(*B* 206).

이런 반복되는 악몽의 잠에서 깨어나면 덴버는 엄마가 자기를 실제로 죽이는 일이 없도록 겉으로는 엄마를 사랑하는 척하며 하루를 보낸다(*B* 207). 이처럼 존재론적인 외로움과 죽음에 대한 공포가 덴버의 극한적인 성장배경을 특징짓고 있다.

그러나 모리슨은 덴버를 미래의 희망으로 보았다. 할머니 베이비와 어머니 세서로부터 받은 강인한 정신력을 지닌 덴버는 극한적인 상황에서도 자신과 어머니를 지키려는 생각을 놓지 않는다. 그녀가 자신을 잠재적 비극으로부터 보호할 뿐 아니라, 어머니를 어떤 비극적인 상황으로부터 보호해야 한다는 적극적인 사고를 하는 것은 외부에서 들어오는 어두운 세력을 스스로가 막아야 한다는 결심으로서 주인공의 고립과 단절이 해결될 것임을 예시하고 있다. 트라우마를 겪는 어머니를 보호하고 돌봐주는 딸의 성숙한 모습은 한국계 미국작가 노라 옥자 켈러(Nora Okja Keller, 1965-)의 『종군위안부 *Comfort Woman*』(1997)에 등장하는 모녀관계에서도 보이듯이 인류문화를 계승하는 주인공으로서 역할을 감당하는 것으로 볼 수 있다. 어머니 세대는 과거의 트라우마에 사로잡혀 자녀에게 어머니 노릇, 즉 돌보는 자 또는 보호자로서 역할을 하지 못하는 데 반하여, 오히려 자녀 세대가 어머니 세대와 그 트라우마를 이해하지는 못하면서도 그녀들을 돌보며 미래로의 희망을 키우는 역할을 감당하고 있다.

③ 관계 짓기 I: 폴 디의 노력

스윗홈 농장에 같이 있던 탈주 노예 폴 디의 124번지 방문은 고립된 세서에게 마음속 굳게 닫힌 과거의 문을 여는 계기가 된다. 폴 디는 딸 덴버와 표면적인 삶을 유지하되 마음속 나눔이 없이 살아가는 세서에게 다른 삶을 권한다. 그는 문밖이라곤 나가 본 적이 없는 모녀에게 마을의 축제에 참가하자고 제안한다. 18년 만에 처음으로 세서와 덴버는 가족으로 울타리 밖의 세계를 접한다. 이들 일행이 마음속으로 하나가 되어 있다는 것은 그들이 비록 서로 손을 잡고 있지는 않지만 '그들의 그림자는 손을 잡고 있었다'(*B* 47)라는 표현으로 암시되어 있다. 모녀는 새로운 경험의 세계로 나가고 있다. 외출 채비에 전혀 협조하지 않는 덴버도 "글쎄, 뭐 그래도 좋아(Try and make me happy)"식의 태도로 방임한다(*B* 47). 폴 디는 신이 나서 저 멀리 있는 사람에게 안부 인사를 건네고, 날씨에 관해 농담하고, 까마귀들을 향해 소리를 지르는가 하면, 시들어 가는 장미에 코를 대 보기도 한다. 소설 속에서 셋이 자유롭게 행동하며 축제에 가는 장면은 이들의 그림자가 마치 손을 잡고 있는 것으로 보인다(*B* 47). 세서는 이것을 좋은 징조로 보며 새로운 삶에 대한 기대를 품는다.

축제에서의 재미는 덴버가 폴 디를 다시 보게 되는 계기가 된다. 그들에게 전에 없이 친절한 미소를 보내는 사람들의 시선과 세서가 그들의 미소에 답하는 것, 폴 디의 신나는 행동에 사람들이 그들에게 말을 거는 것 등은 오랫동안 마음을 닫고 철저하게 고립되어 살아온 모녀에게 새로운 삶의 가능성을 예시한다. 덴버는 폴 디가 자기의 생에 무언가를 가져다주고 있다고 생각한다. 모녀는 "기대하고 싶었지만 두려웠던 어떤 것"(*B* 95)을 일깨워준 폴 디에게 새로운 그림과 옛 기억을 돌아보게 한다. 축제에서 돌아오는 그들의 모습은 다시 한 번 서로의 손을 잡고 있는 그들의 그림자로 표현된다(*B* 49).

폴 디는 그 존재감 자체로써 세서의 의도적인 과거 망각태도에 변화를 가져온다. 세서는 폴 디가 주는 인상을 하나하나 음미해 본다. 굽은 등, 노련한 손, 참을성 있는 눈, 엄청난 체력, 그녀의 마음을 아는 마음. 이런 것들은 그녀에게 자신의 이야기를 해도 그것이 곧 그의 이야기처럼 들리기도 하다. 세서는 서로에 대해 모르던 것들, 아직 서로 어떻게 말을 꺼내야 할지 모르는 것들을 터놓을 수 있을 것이라는 믿음뿐 아니라 그와 함께 지난 일을 다시 기억해 내고 할 것이 많다고(trust and rememory)(*B* 99) 느낀다.

그녀가 도저히 기억하고 싶지 않은 일에 대해 이제 그에게 털어놓아야겠다고 생각하는 것은 폴 디를 믿고 과거의 기억을 함께 나눌 수 있는 상대라고 생각하기 때문이다. 18년 동안 그 아무에게도 털어놓지 않았던 마음속의 이야기를 그에게 들려주고 싶고, 또 그동안 듣지 못했던 그의 이야기도 듣고 싶어진다(*B* 99). 그녀는 폴 디와 이야기를 나누고 음식을 만들어 대접하고 싶다. 세서는 폴 디와 같이 상대방의 고난에 공감해 주고 듣는 귀를 가진 '부드러운 남자와 더 새로워진, 건강한 생활'(*B* 99)을 시작할 마음이 되어 있다.

④ 관계 짓기 Ⅱ : 빌러비드의 등장

폴 디와 아기 유령의 등장에 이어 124번지 모녀의 세계에 본격적인 전환을 가져오는 것은 유령과도 같은 정체불명의 젊은 여성 빌러비드의 등장이다. 빌러비드의 정체성은 18년 전 살해된 여자아이와 긴밀한 관계가 있다. 첫째, 여성의 피부는 갓 태어난 아기의 피부와 같이 흠이 없고 주름도 없다(*B* 40). 둘째, '빌러비드'라는 이름이다. 이것은 세서가 두 살배기 딸을 살해하고서 무덤의 묘비에 새겨 놓은 이름이다. 셋째, 그녀는 세서에게 귀고리가 있다는 것을 안다. 귀고리는 세서가 노예로 있던 스윗홈 농장에서 여주인에게 결혼 선물로 받은 것이고 이 사실을 아는 사람이 세서 외에는 없다. 넷째, 빌러비드는 다 큰 처녀인데도 불구하고 두 살배기처럼 행동한다. 다섯째, 빌러비드의 움직임은 유령처럼 발걸음 소리를 내지 않는다. 세서는 빌러비드가 죽은 딸이 환생하여 자기 죽음에 복수를 하러 온 것이라고 굳게 믿으며, 덴버도 죽은 자기의 언니라고 여기며 관계를 구축한다.

그러나 빌러비드의 정체성에 관련해서는 모리슨의 텍스트가 의미의 불확정성을 추구한다는(Osagie 432) 주장을 새길 필요가 있다. 즉 빌러비드가 환생한 유령이라고 볼 만한 근거도 꽤 많이 텍스트에 있으나, 독자로서 이해가 쉽지 않은 대목 또한 존재하기 때문이다. 여기 또 다른 텍스트 읽기가 가능해진다. 즉 빌러비드는 자신을 세서의 아기가 아니라, 오래전 노예선에서 성적으로 학대를 일삼는 백인 사냥꾼의 손에서 벗어나기 위해 바다에 뛰어들어 자살한 자기 어머니로 착각하고 있다는 것이다.[46] 이 해석에 의하면 백인 노예상인들이 아프리카에서 평화롭게 들판에서 꽃을 따고 있던 엄마와 어린 빌러비드를 납치하여 다른 많은 흑인과 함께 매우 혼잡한 노예선에 싣는다. 빌러비드의 엄마는 항해 중에 인간 이하의 대접을 받으며 많은 흑인이 죽는 것을 보게 되자 딸을 버리고 익사를 택했다는 것이다. 빌러비드의 모호한 독백에 근거한 이러한 해석은 빌러비드를 유령으로 읽기에서 납득하기 어려운 부분을 보완하는 의미를 가진다. 따라서 두 읽기 방식 모두 "노예제도로 인하여 겪을 수밖에 없었던 '심신상의 트라우마(psychosomatic traumas)'를 명쾌하게 드러내는 심리 이면(裏面)의 경험(intra-psychic experience)을 이룬다"(Osagie 435).

빌러비드의 정체성에 대한 의문에도 불구하고 빌러비드는 소통이 없는 장소에 찾아와서 소통의 문을 연다. 첫째, 고집스러운 세서가 애써 외면하였던 과거를 다시금 떠올려 직시하게 한다. 기억해 내거나 말로 표현할 수도 없이 고통스러운 과거를 되살리는 과정에서 빌러비드는 폴 디와 달리 인간의 영역을 넘어서서 세서를 통제한다. 세서가 가슴 속에 묻어 두었던 사실들은 빌러비드의 추궁 앞에서 차츰 실체를 드러낸다. 세서가 13세에 팔려간 스윗홈 농장과 비교적 관대하게 흑인들을 다루었던 백인 주인이 타계하면서 밀어닥친 스쿨티처 일당들의 가혹한 노예 취급, 어긋나 버린 농장 탈출 계획과 남편 할러의 행방불명 등은 세서가 만삭의 몸으로 세 아이를 먼저 자유의 땅 신시내티의 시어머니에게 보내고 혼자 탈출하면서 이해할 수 없었던 것들이다. 빌러비드의 출현은 세서에게 과거를 돌이켜 생각하게 함과

46 House, Elizabeth. "Toni Morrison's Ghost: The Beloved who is not Beloved." *Studies in American Fiction*. 18.1 (1990). 17-26는 논문제목에서 보듯이 Beloved의 환생론을 부인하고 있다.

동시에 과거의 행위에 대해 속죄하는 기회를 부여한 것이다.

비평가 바우어즈가 말하듯이 소설 속 빌러비드는 주인공 세서 개인의 노예사를 재현하는 매개체일 뿐 아니라, 미국 역사 속에 고통받은 전체 노예들의 경험을 상징하는 존재다. "빌러비드는 세서의 되살아난 딸 이상의 의미를 지닌다. 빌러비드는 중간 항로에서 죽거나 노예제도로 인하여 고통을 당한 수백만 노예들의 분노를 상징한다"(Bowers 34). 빌러비드라는 이름의 근원을 묻는 덴버에게 빌러비드는 "캄캄한 곳에서 내 이름 빌러비드"(*B* 75)라고 대답한다. 이어지는 빌러비드와 덴버의 대화는 그 캄캄한 곳이 곧 노예선임을 암시한다. 이 같은 독백을 통해 노예선의 참상이 전달된다. 빌러비드가 "모두가 현재"이며 "항상 현재진행형이지" 하는 것은 노예제도라는 과거가 아직도 현재에 그림자를 짙게 드리우고 있음을 의미한다. 빌러비드의 눈은 참상의 현장을 바라보고 있다. "다른 이들도 쭈그리고 있"고 나도 "언제나 쭈그리고 있"다고 말한다. 갑판 아래 화물같이 선적되어 있어 사방이 캄캄한데 엄마의 자궁 속에서처럼 웅크리고 있다. 그곳은 덥고, 숨쉬기도 어려우며, 움직일 틈도 없다. 사람들은 층층이 쌓여 있고, 그 가운데는 죽은 사람도 있다(*B* 75).

> 피부가 없는 남자들이 아침에 받은 물을 우리에게 마시라고 가져온다　우리에겐 없다　밤에 내 얼굴 위에서 죽은 남자를 볼 수 없다 … 작은 쥐들은 우리가 잠들기를 기다리지 않는다　누군가 몸부림치지만 그럴 공간이 없다　마실 게 더 있다면 눈물을 만들 텐데　우린 땀도 오줌도 만들 수 없어서 피부 없는 남자들이 자기들 걸 가져온다 … 우린 모두 우리 몸을 두고 떠나려 한다　내 얼굴에서 죽은 남자는 그랬다　영원히 자신을 죽게 하기란 어렵다　잠깐 자고 돌아온다　첨엔 토할 수 있었다　이젠 토하지 않는다"(*B* 210).

까만 피부의 흑인이 보면 하얀 피부의 백인은 피부가 없는 사람들이다. 노예선의 상황은 열악하여 마실 물도 제대로 없어 흑인들은 땀이나 오줌으로 배출할 게 없을 지경이다. 흑인들은 거의 빈사 상태에 놓여 있다. 이미 죽은 사람도 있고, 아직 살아 있는 이들도 죽기 직전의 상태에 있다. 항해 초기에 토할 때는 그나마 상황이 좋았으나, 이젠 오랫동안 먹은 것이 없어 토할 것도 없을 지경이다.

인류 역사상 가장 비참하다고 할 장면이 빌러비드의 눈을 통해 담담하고 순수하게 전달되고 있다. 16세기부터 200여 년 동안 끊임없이 아프리카 대륙에서 흑인들을 납치하여 아메리카 대륙으로 실어 나르던 속칭 '중간 항로'의 묘사가 분노와 원망과 격정 등은 다 씻겨 나가고 단순한 현상만을 초월적으로 담고 있다. 그 단순한 듯한 묘사가 독자에게는 역사적 사실을 상기시키면서 축적되고 정화된 감정의 태산으로 다가온다. 빌러비드의 독백 중 단어 사이사이에 긴 공백이 들어 있는 것은 빌러비드 존재의 영원성(timelessness)과 중도에 끊긴 삶의 공백(the unlived spaces of her life) (Mobley 24)을 나타낸다. 아프리카인들이 겪었을 극한의 고통 — 실제로 인간화물 human cargo의 절반은 사망하여 바다에 던져졌다고 한다 — 은 빌러비드의 독백을 통해 순화되어 서정의 세계로 승화되고 있다. 극심한 고통, 정당화할 수 없는 고통은 구체적인 상황으로 잘 묘사되어 있되, 이에 대한 복수나 피 끓는 다짐은 찾아보기 어렵고 다만 고통받는 자들의 단순하고도 순수한 상황이 그려져 있다.

⑤ 덴버의 결심과 공동체 회복

친구로 여겼던 아기 유령은 떠나가고, 엄마는 폴 디와 좋은 관계인 것을 보면서 절체절명의 고독을 느끼던 덴버는 빌러비드의 등장에 속으로 감사하며 반색을 한다. 이제 더는 혼자가 아니기 때문이다. 다른 사람과의 관계가 절실했던 덴버는 빌러비드가 "내 차지"(*hers*: *B* 104)라고 결정한다. 그녀는 순간의 갈등도 없이 빌러비드가 지금까지 자기와 지냈던 아기 유령의 재현이라고 믿는다(*B* 119). 그녀 입장에서 빌러비드는 "기적적인 부활"(*B* 105)이다. 빌러비드가 자신을 바라보아 주는 것만으로도 덴버는 황홀하다. 빌러비드가 나타나기 전에 덴버가 그토록 갈구하던 "인생의 맛"(*B* 119)을 느낄 수 있기 때문이다. 세서가 일을 가고 집에 없는 동안 빌러비드와 자신만이 남게 되면 그녀는 전략가처럼 활기차게 집안 심부름을 해낸다. "무엇이든, 원래 경험했던 갈망이나, 어떤 소리도 들리지 않는 그런 것보다는 낫다. 무엇이든 정적보다는 낫다"(*B* 121). 지금까지 식구들을 여러 번 이별해야 했는데, 또 빌러비드가 떠나 버린다면 자신이 녹아 없어져 버릴 것 같아 겁이 난다(*B* 123). 정체성의 위협에 직면하기 때문이다.

덴버가 열망했던 가족구성의 꿈은 빌러비드와 세서의 관계가 변질되면서 새로운 도전으로 나타난다. 과거에 대해 속죄해야 한다는 생각으로 무조건 빌러비드의 뜻을 받아 주는 세서와 점점 더 그녀의 관심을 독점하려는 빌러비드는 서로의 세계에 몰입하여 덴버에게는 전혀 관심이 없다. 둘 다 일상생활의 유지에도 관심이 없고 둘만의 관계 속에 주변에 대한 빌러비드의 횡포가 심해진다. 덴버는 이 비정상적인 관계를 풀기 위해서는 자신이 행동해야 한다는 것을 깨닫는다.

덴버의 사회적응은 세서의 살해 동기에 대한 그녀의 이해도가 커지는 것과 병행한다. 그녀는 세서를 비난하는 빌러비드와 자신의 어쩔 수 없었던 행동을 빌러비드에게 이해시키려는 세서의 모습을 관찰하면서 엄마의 살인충동에 대한 걱정에서 벗어난다. 엄마가 자기 아기를 죽이게 된 것은 단순한 충동이 아니라, 더 깊은 본질적인 상황에서 비롯된 것이었음을 알게 된다.

> 백인이면 누구든지 우리를 송두리째 맘대로 할 수 있다는 거. 그냥 일 시키고, 죽이고, 불구로 만들고 정도가 아니라 우리를 더럽힌다는 거. 어찌나 치욕을 주는지 내가 내 자신을 좋아하지 않게 되는 것. 어찌나 치욕을 주는지 내 과거의 모습을 잊어버리고 생각해도 떠오르지 않는 것. 그리고 나나 다른 이들은 이를 겪고 극복했지만 나의 자식에게는 절대로 그런 일이 일어나게 할 수는 없었다는 것. 백인 놈들이 나를 더럽히는 거야 어쩌겠어, 그러나 나의 보물인 아이들. 나의 아름답고 마술적인 최고의 보물, 더럽혀지지 않은 나의 분신…. 나는 도살장 같은 뜰에서 일해야 할지 모르지만, 나의 딸은 안 돼.
>
> 그리고 아무도, 이 세상의 누구도, 내 딸의 특징을 동물 부류 쪽에 열거할 수는 없어. 아니지. 아 안 되고 말고(*B* 251).

노예로 태어나는 한, 흑인들은 백인 앞에서 거듭거듭 더럽혀지고 치욕을 당한 나머지, 자신들의 이전 모습은 기억도 나지 않게 된다. 덴버는 백인들로부터 겪은 인간 이하의 치욕을 소중한 분신인 자식들에게 절대로 물려줄 수 없다는 세서의 단호한 의지와 행동을 이해하게 된다. 세서가 설명하듯이 자식에게 살아서 그런 굴욕을 겪게 하느니 차라리 아이를 죽이는 것이 더 낫다고 믿었기 때문이다. 세서가 미쳐서 딸을 살해한 것이 아니었다. "세서로 하여금, 자기가 하는 행동과 그 잔혹성을 충분히 알면서, 연민을 느끼면서 자기 아이를 죽이게 한 것은 광기가 아니라 노예제도의 실상이다"(Fuston-White 464). 엄마의 결행은 깊은 고민과 연민의 결과였다는 깨달음과 함께 날로 초췌해져 가는 세서의 모습을 지켜본 덴버는 살인자 세서로부터 빌러비드를 보호해야 한다는 애초의 생각에서, 이제는 빌러비드로부터 엄마를 보호해야 한다는 생각으로 전환하는 성숙함으로 나아간다. 그리하여 집에 칩거하거나, 마당을 지키기보다는 할머니의 가르침대로 밖으로 나가서 도움을 청해야 한다고 생각한다: "Know it and go on out the yard. Go on."(*B* 244).

마당 너머의 세계에 눈을 돌린 덴버가 막상 미지의 세상에 대해 느끼는 공포심은 적지 않다. 거대하고 무지한 사회는 덴버와 같이 연약하고 소심한 젊은 여성에게 극복하기 어려운 험난한 충격을 다시금 줄지도 모른다. 덴버는 이를 학교에서 이미 경험한 바가 있다.

> 저 밖의 세상은 사소한 것으로도 마음을 긁고 다치게 할 수도 있고, 듣게 된 내용이 지난번처럼 귀를 멀게 할 수도 있으며 그리고 지금처럼 혼자 버텨야 할 경우 감정은 그림자처럼 마음에서 떠나지 않을 것이다. 어떤 곳은 아주 사악한 일이 일어났던 곳이어서 그 근처에 가면 또 그런 일이 일어날 것이다(*B* 243-244).

덴버가 찾아 나서려는 밖의 세상은 악으로 가득 차 있다. 세상이 그녀에게 충격을 주어 매우 괴롭게 만들지도 모르는 데 나쁜 일이 어디서 일어날지 그 구체적인 장소를 구별할 방도는 없다. 백인들은 제 맘대로 돌아다니고 생각이 죽 끓듯 변하지만, 흑인들은 제대로 행동한다고 해도 진짜 사람들이 하는 행동으로 인정되지 않는다. 백인들이 베푸는 선행이 최종에는 흑인의 등을 치는 결과가 된다는 것은 베이비나 세서가 겪어서 아는 그들에 대한 사실이다. 덴버의 머릿속은 불안과 걱정으로 가득 차 있다.

모리슨은 공동체와 개인의 관계에서 개인의 결단과 주도력도 중요하지만, 공동체 구성원들 하나하나의 자세도 똑같이 중요하게 보았다. 대부분의 삶을 유령의 집에서 외부인과 접촉 없이 지내 온 관계로 감정이 매우 불안한 덴버에게 몇 사람으로 대표되는 흑인공동체는 따뜻하고 긍정적인 반응을 보여 주었다. 이것으로 그녀는 용기를 얻고 이후에 한 여성으로서 사회 속에 든든히 발을 디디게 된다. 첫째로 존스 선생님은 두려움에 긴장하고 있는 덴버를 보고 어릴 적을 상세히 기억하고 있다고 말한다. 그리고 친절하고 이해심이 많은 태도로 덴버를 대해 줌으로써 그녀가 사회에 적응해 나아가는 기반을 제공한다. 특히, 경계와 긴장에서 풀어 마음을 열게 한 것은 '아가'라는 말이었다. 존스 선생은 말했다. "오, 아가"(*B* 248). 아주 부드럽고 친절하게 터져 나온 이 말은 덴버를 움직였고, 그녀가 첫걸음을 든든하게 내디디게 했다. 또 하나 힘찬 발걸음을 만들어 준 것은 친구인 넬슨 로드의 말이다. 웃음을 머금으며 "덴버야, 잘 지내"(*B* 252)라는 말을 듣는 순간, 덴버는 이래서 말은 해야 하는 거로구나 하고 생각할 만큼 감동하여 마음을 더 적극적으로 열게 된다.

둘째로 덴버가 넬슨의 격려에 힘을 얻어 보드윈의 집을 찾아갔을 때, 그 집의 도우미 제이니와 이야기를 하게 된 일이다. 제이니는 모두가 존경하던 베이비를 비롯한 가족의 역사를 다 알고 있어서 덴버가 속사정을 털어놓게 되었을 뿐 아니라, 어떻게 도울 것인가에 관한 지혜를 준다. 덴버의 소식을 들은 마을 사람들은 지체하지 않고 음식을 바구니에 담아 124번지에 놓아두게 되고, 그녀가 "감사"의 뜻을 표함으로써 오랫동안 끊어졌던 유령의 집과 마을 사이에 유대관계가 생기게 된 것이다. 그녀의 용기로 열린 소통의 채널은 마을주민들이 베이비에 대해 가진 은혜와 감사의 마음들을 기억하게 한다. 그것은 세서가 강을 건넌 이후 그들이 함께한 경험을 나누는 관계로 이어진다. 공터에서 베이비와 춤을 추던 기억, 124번지가 교류의 중심이 되어 여러 사람에게 도움을 주던 기억, 심지어는 덴버가 갓 태어났을 때와 세서의 엉망이 된 발에 맞게 구두를 수선하던 기억들이 되살아난다. 이로써 마을 사람들은 덴버와 세서에게 다소 미안한 마음도 가진다(*B* 249). 이처럼 덴버의 용기와 결단으로 시작된 124번지와 마을공동체와의 새로운 관계는 마을 사람들의 따뜻한 반응으로 새로운 시작을 향하여 발전하게 된다.

셋째로 흑인공동체 내에서 통솔력을 가진 엘라의 판단이다. 세서가 빌러비드로부터 학대를 받고 있다는 사정을 들은 엘라는 그녀의 잘못으로 벌을 받는 것이라 해도 "공평하다고 반드시 옳은 것은 아니(What's fair ain't necessarily right)"(*B* 256)라고 말하며 구조가 필요하다고 판단한다. 자신의 경험에 비추어 20년 전 세서의 분노를 충분히 이해하지만, 그녀의 행동은 옳지 않다고 보았다. 특히 감옥에서 나온 후, 세서가 아무에게도 청하지 않고 혼자 사는 오만한 태도에 그녀와는 연락을 두절했다. 그러나 그녀의 딸인 덴버가 엄마와는 달리 도움을 청하는 태도에 생각을 바꾼다. 엘라는 과거의 죄가 124번지의 현재를 지배하는 것은 사악함이 징계 없이 육신을 입고 날뛰고 있는 것이니 당연히 행동에 나서야 한다고 촉구한다(*B* 256-257).

넷째로 덴버가 바깥 세상과 교류를 튼 이래 마을 주민들과의 유대관계를 지속한 것은 백인 지도층의 위선과 위험성을 몸소 겪은 폴 디와 같은 피해자의 관용적 판단이 침묵으로 기여한 덕분이다. 덴버가 처음 자신을 가르쳤던 백인 선생님에게 도움을 청하고, 보드윈 선생(Miss Bodwin)이 덴버의 대학 진학을 돕는다는 것을 폴 디가 알았을 때, 그는 자신의 경험으로 미루어 "조심해. 조심해. 이 세상에서 백인 선생보다 위험한 건 없어"(*B* 266)라고 경고할 생각을 한다. 그러나 이내 덴버가 성숙한 판단을 내릴 수 있으리라고 믿으며(*B* 267) 경고를 유보한다. 대신 덴버가 지금 가지고 있는 백인에 대한 신뢰를 그대로 유지하도록 격려하는 것이다. 그리고 작품의 결말은 흑백의 오랜 갈등이 화해 속에 봉합될 것임을 시사한다. 덴버가 외부세계에의 첫걸음을 시작한 후 '젊은 백인 청년'과 밝은 만남을 가지는 것은 미래 사회공동체의 주역인 두 젊은이를 통해 흑백의 화해를 유도하는 작가의 비전이 제시된 것이라고 볼 수 있다.

마지막으로 다섯째로 공동체 구성원 중, 역사적으로 가해자였던 백인의 태도 변화도 공동체 의식 회복에 중요한 몫을 한다. 세서가 해치려고 하였던 백인 보드윈의 결단이 그것이다. 과거의 사건으로 광적인 질병 상태에 있는 세서가 18년 전의 공격적인 행위를 반복할 위기로 치닫고 있는 것이다. 모녀를 도우러 온 백인 보드윈(Bodwin)을 세서는 자신과 빌러비드를 해치러 온 스쿨티처 일당으로 착각하고 얼음송곳을 들고 공격한다. 그러나 보드윈은 이를 문제 삼지 않고 세서가 교수대에 서게 되지 않도록 노력한다. 보드윈의 이러한 행동은 백인을 대표한 화해의 행동이라고 볼 수 있다. 이 장면은 세서의 원죄를 반복하는 내용이면서도 비극적 역사의 반복된 저주를 해제한다.

이처럼 덴버의 장은 절망의 고립에서부터 화합의 공동체 성립 과정을 잘 보여 주고 있다. 나면서부터 트라우마를 경험한 덴버는 멘토인 할머니 베이비 서그즈의 가르침을 잊지 않았으며, 고립을 벗어나 구원으로 가기 위한 가장 중요한 첫걸음을 떼는 데 성공한다. 그리고 어렵게 용기를 낸 공동체를 향한 작은 노력을 지탱하고 발전시키는 것은 영향력 있는 공동체 구성원들의 배려와 이해다. 가까이는 존슨 선생과 급우 넬슨과 같은 과거의 덴버를 알았던 사람들의 따뜻한 응원이고, 멀리는 흑백을 가리지 않는 구성원들, 엘라의 지도력과 폴 디의 지지와 보드윈의 관용 등이다.

제 4 부

한국계 작가의 다원사회적 비전

1. 미국이민과 초기 문학

1) 아시아계 이민의 역사

경계(境界)지대에 산다는 것은

…

양 진영의 십자포화에 갇혀

다섯 종족을 당신 등에 지고

어느 쪽으로 도망치고 어느 쪽으로 가야 하는지를 모르는 것

…

경계지대에서는

당신이 싸움터요

적들은 서로 친척이고

당신은 이방인이오, 고향에서,

경계 문제는 해결되었소.

_ from Anzaldua, "To live in the borderlands means you"

한국계 이민들의 미국 내 문인활동은 당시 한국을 지배하던 일본 식민정부의 미국진출 제재 정책으로 다른 아시아 국가들인 중국이나 일본보다 수적으로나 양적으로 비교가 되지 않는다. 중국의 경우 핍박한 삶을 피하여 타국으로 떠나려는 열망이 고조되던 터에 1848년 미국 캘리포니아에서 금광이 발견됨으로써 부유한 나라 미국으로의 이민이 '미국의 꿈'과 함께 시작

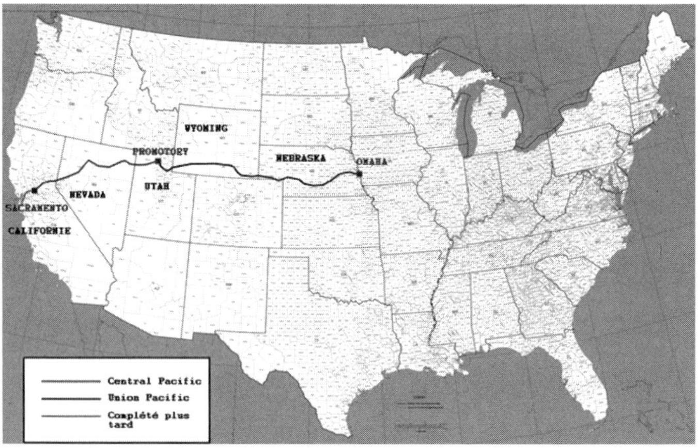

미국대륙횡단철도 가설 공사(1862–1869)
Map of the route of the First Transcontinental Railroad. 출처: wikipedia.org

되었다. 1860년대에는 미 대륙을 동서로 연결하는 대공사에 많은 노동력이 필요함으로써 중국인들의 이민이 더욱 증가했다.

미국대륙횡단철도 공사는 1862년부터 1869년 사이에 진행되었던 대공사였다. 센트럴 퍼시픽 철도회사(Central Pacific Railroad)는 서해안 캘리포니아 주 새크라멘토(Sacramento)에서 시작하여 동쪽으로 공사를 진행해 오고, 유니온 퍼시픽 철도회사(Union Pacific Railroad)는 아이오와 주 오마하(Omaha)에서 서쪽으로 진행하여, 두 철로가 유타(Utah)주에서 만나면서 2,000마일(3,200km)에 달하는 세계 최초의 대륙횡단철도가 완성되었다. 서쪽에서는 최초의 40마일(64km)의 철로를 가설하는 데만 2년이라는 세월이 걸렸고, 험한 시에라 네바다(Sierra Nevada) 산맥을[1] 통과하는 데 필요한 교량만 해도 50여 개, 터널도 13개가 필요한 대공사였다. 이때 필요한 노동력은 남북전쟁 시 경험이 있던

1 캘리포니아주와 네바다주의 경계에 위치한 시에라 네바다는 높이가 14,500피트로 우리나라 백두산(2,744m)보다 약 2배 정도로 높고 험하다.

아일랜드 출신의 노동자들이 전체의 1/3, 중국의 노동자들이 나머지 2/3를 충당했다. 기술이 없던 중국인들은 오랜 시간을 낮은 임금으로 일하는 고된 시간을 가졌으며, 더욱이 가족을 동반하지 않은 이민이어서 비정상적인 이민사회를 형성했다.[2] 동서를 연결하는 난공사의 완공으로 6개월 이상이 걸리던 미 대륙 횡단여행이 일주일로 단축되어 미국의 산업화에 박차를 가하는 계기가 되어 중국인들이 19세기의 미국 산업과 경제 발달에 이바지한 바가 적지 않다. 이때부터 중국인이 1852년 한 해 동안에만 2만 명이 이주하는 등, 1840년대부터 1882년 중국인 이주금지법(Chinese Exclusion Law)이 제정되기까지 37만 명의 이민자를 기록했다.[3]

이와 달리 일본의 미국 이민 특성은 농민이 대부분이었다. 하와이의 사탕수수 농장으로 집단 이민이 이루어져, 20세기 초가 되자 캘리포니아의 농업 종사자로 대거 진출했다. 1854년의 미국의 페리(Perry) 선장에 의한 개항 이후, 1880년대에는 40만 명을 넘어섰으며 하와이 원주민을 제치고 가장 많은 교민 수를 기록했다. 일본 교포사회는 학교, 신문사, 가게, 절, 야구팀 등을 결성하여 하와이 사회에 깊은 뿌리를 내렸다.[4] 20세기 초가 지나면서는 약 10만 명의 일본인들이 기후가 온화하고 농경이 가능한 미국의 서부로 이주한다. 이들은 미국 백인들과 어울리지 않고 자기들 집단끼리 캘리포니아 농지를 매매, 취득, 소유하고 농산품도 대거 수확하여 수입을 얻었다. 특히, 백인을 밀어내고 그 자리에 일본 교포사회를 정착시켜가자, 이것을 발단으로 미

2 1852년, 캘리포니아의 중국계 이민자 수는 11,794명, 그중 여자는 7명뿐이었으며, 18년 후, 미국 전체의 중국계 이민자 63,199명 중 여자는 4,566명으로 14대 1의 비율이었다. 당시 중국 이민사회를 흔히 'bachelor society'라고 불렀다. Ronald Takaki, *A Different Mirror: A History of Multicultural America*. Boston: Little, Brown, 1993. 209쪽.

3 publishing.cdlib.org/ucpressebooks/view?docId=ft9x0nb6fg&chunk.id=d0e1777&toc.id=d0e1777&brand=ucpress. accessed 2015.10.14.

4 Library of Congress. "Japanese Immigration" www.loc.gov/teachers/classroommaterials/presentation–sandactivities/presentations/immigration/japanese2.html May 24, 2015.

국은 일본 등 아시아계를 토지소유 등 사업에서 배제하는 법을 통과시킨다.[5]

한국은 앞서 논의한 중국이나 일본과는 대조적으로 20세기가 되어서야 미국이민의 역사가 시작되었고 그 숫자도 상대적으로 매우 적다. 공식적인 최초 미국이민은 하와이주 사탕수수 재배협회가 농장에서 일본 노동자들의 파업이 빈번하게 일어나자, 노동이주민을 다변화하고자 한 협회의 노력에서 비롯되었다. 마침 한국의 미국 공사로 나와 있던 호러스 알렌(Horace Newton Allen, 1858-1932)이 고종황제에게 건의하여 수민원(授民院)이 창설되었고, 주로 교회를 통하여 이민이 이루어져 첫 번째 이민자의 절반이 기독교인들이었다.[6]

> 1902년 12월 22일 제물포에서는 수민원 총재 민영환 등의 환송을 받으며 한국 역사상 첫 공식 이민선(S.S. Gaelic호)이 눈물 속에 미지의 땅 하와이를 향해서 떠났다. [일본 고베에서의 신체검사를 거쳐] 20여 일의 항해 끝에 101명의 이민자가 1903년 1월 13일 호놀룰루 항에 역사적인 입항을 하였다.[7]

이같이 조선 말기의 이민은 뒤늦게 소규모의 하와이 이주로 물꼬는 텄으나 정치적 상황으로 인하여 본격 미국이민의 길을 트지는 못했다. 대원군의 쇄국정치와 일제의 군국 식민지배 아래에서 한국정부의 공식적인 미 대륙

5 Elwood Mead. "The Japanese Land Problem of California." *Annals of the American Academy of Political and Social Science*. Vol. 93, Present-Day Immigration with Special Reference to the Japanese (Jan., 1921), pp. 51-55 참조.

6 1899년 호놀룰루에 도착한 인삼 상인들은 신의주 출신의 최동순, 장승봉, 강군철, 이재실, 박성근 등이었는데, 이들은 중국인으로 분류되었고 한국 민간인으로 하와이 이민국에 기록된 첫 번째 입국자는 1900년 1월 15일 상륙이 허가된 양백인, 김일수 두 사람이었다. 이들은 '차이너'호를 타고 왔는데 물론 인삼을 파는 상인이었다. 같은 해 1월 23일 상륙이 허가된 한국인이 있었는데 이름은 김신유, 김원육, 최신국이었다. http://urimcrc.com/23602, 2015.5.15.

7 http://urimcrc.com/23602.

이민 기록은 한동안 존재하지 않는다.[8] 원자탄 투하로 일제가 항복함으로써 종식된 2차 세계대전 이후 한국이 주권을 되찾고 한미간의 협정으로 이민 정책이 재개되었다. 그러므로 한국인의 실제적인 미국이민은 1960년대 말부터 시작되었다고 볼 수 있다. 그러나 이때는 이민이 필요하던 미국 영토는 이미 타 아시아계 인들에 의하여 개척되고 정착사회로 넘어가 한국으로부터의 이민자들은 지각생으로서의 처우를 감내할 수밖에 없게 된다.

하나의 대륙에서 다른 대륙으로 주거를 옮긴다는 것은 결코 쉬운 일이 아니다. 그런데 한국인들은 유럽인들의 미국이민과는 수적으로나 여건 면에서 비교도 할 수 없는 어려움을 떠안고 있었다. 유럽인들은 1850년대부터 1930년 사이에 무려 3500만 명에 달하는 숫자로 미 대륙에 들어왔기 때문에 (Chan 3) 숫자상으로도 기존 사회로부터 소외당하거나 무시당하는 일은 상대적으로 적었다고 할 수 있다. 또한, 용모도 정착 미국인들과 구분되지 않아 자연스럽게 빠른 속도로 주류사회에 통합될 수 있었다. 그리고 언어에서도 비교적 쉬운 과정을 거쳐 미국인들과 소통할 수 있었다. 그런데 한국인들은 그 숫자에서나, 용모, 언어에 이르기까지 하나도 쉬운 일이 없었다. 뒤늦은 이민정책과 20세기 초 주권을 잃은 나라로서 서구로의 진출은 일제에 의하여 완전히 금지되었다. 해방 이후 미국의 이민정책이 완화되면서 조금씩은 가능하였지만, 이미 진출한 유럽과 다른 아시아인들의 숫자에 밀려 미국사회에서 입지를 확보하기가 쉽지 않았다. 특히 한글과 체계가 완전히 다른 영어는 언어문제에서 단기간에 극복할 수 없는 난제를 던져 주었다. 이것이

8 최초의 이민 이후 3년간(1903–1905) 약 7,200명(남자 6,048명, 여자 637명, 아이들 541명)이 하와이로 추가 이주하였으며, 1904–1907에는 약 1,000명의 한인이 샌프란시스코로 이주했을 뿐이다. 1905년부터 1924년 사이에 2,000여 조선인들이 하와이와 캘리포니아로 이주하였는데, 대부분은 초기 이주민들의 "사진 신부"들이었고, 또 600여 명은 반일 독립운동에 가담한 정치적 망명자나 학생들이었다고 한다. 또 1950년부터 1964에는 일만여 명의 한국인들—주로 여성, 아이들과 6,000여 학생들이 미국 이민을 떠났다(Jo 9).

이민 초기에 한국계가 언론계나 정치 분야에 입문할 수 없었던 주된 이유다.

외계인과도 같은 백인사회에 들어온 한국 이민자들은 공동체의 가장 기본 단위인 영어에서 불통을 느꼈다. 한국 이민자들은 느끼고 아는 바를 편안하게 그들의 언어로 표현하지 못함으로 인하여 스스로 위축되고 열등의식을 느꼈다. 또한, 백인들은 표현도 못 하고 서툰 한국인들을 경멸조로 대하거나 무시하고 따돌리는 일이 잦아진다. 한때 아시아계를 구분하여 한국의 경우 'Korean-American' 혹은 'Korean/American' 등의 표현을 사용하였다. 붙임표(-)나 슬래시(/)가 양쪽의 가치를 동등하게 인정하는 의미로 도입되었으나, 내용적으로는 한국계 미국인들이 '미국인(American)'이 아닌 무언가 '불완전한 미국인'으로 받아들여짐을 경험한다. 백인들은 유럽의 어느 종족 출신이건 자신의 배경을 드러낼 필요가 없이 백인으로 통하지만, 아시아계나 한국계 이민자들은 백인의 나라에 찾아온 이방인으로서, 모국과 새로이 선택한 나라 사이에서 충성심을 겨루는 경험을 하게 된다.

이민자들이 경험하는 언어의 문제는 일상생활뿐 아니라 정체성의 문제와도 연결된다. 한국 이민자들은 정서적으로 한국문화에 쉽게 감동하고 공감하지만 정작 미국문화 매체를 통한 메시지는 쉽게 받아들이지 못한다. 백인이 주도하는 미국문화와 사회에서 한국이민자들이 공감할 수 있는 부분이 잘 발견되지 않기 때문이다. 서적이나 광고, TV, 영화 등을 보면 피부가 희고 머리칼은 노란 백인들을 위한, 백인들에 의한, 백인들의 이야기가 주를 이루고 한국인과 같은 피부와 모습을 한 등장인물들은 몇몇 예외적인 경우를 제외하고는 거의 보이지 않는다. 20세기 초만 해도 미국사회 담론은 한국인의 존재를 크게 인지하지 못하였기 때문에 한국계가 자신을 미국사회와 동일시하는 데 소외감과 갈등을 느낄 수밖에 없었다.

2) 필립 재선(서재필)과 영힐 캉

이렇게 불가능해 보이는 환경에서도 — 이미 말했듯이, 한국이민의 시기와 인원이 유럽은 물론, 기타 아시아 국가들에 비해 뒤늦고 열세였음에도 불구하고 — 미국문단의 인정을 받은 아시아계 미국문학 작품은 한국계에서 처음 나온다. 이는 한국동란 이후 유학생 등 지식계층이 주가 된 초기 이민의 덕택이기도 하지만 매우 특별하고 자랑스러운 일이다. 한국계 미국인에 의한 첫 작품은 1885년 미국에 망명하여 1890년에 최초로 미국 시민권을 취득한 한국인 최초의 서양의사 필립 재선(서재필, Philip Jaisohn, 1864-1951)의 『한수의 여행 — 한국 이야기 *Hansu's Journey: A Korean Story*』(1922)다.[9] 조선의 독립을 위하여 벌인 모금 등 필립 재선의 정치적 활동, 최초의 한글신문 「독립신문」 발간 등 계몽활동은 잘 알려졌으나 그가 작품을 낸 것은 많이 알려지지 않았다. 필립 재선은 당시 일본 제국주의의 만행을 세계인에게 알리려는 목적으로 1921년 미국에서 발간되는 월간지 「*The Korea Review*」[10]에 연재했다. 재미학자 오세웅은 당시 이 연재물에 대한 단행본[11] 출간 광고를 인용하면서 재선(Jaisohn)이 한국의 상황을 독자들에게 알리기 위하여 문화대사의 역할을 자임했노라(Oh 46)고 분석하고 있다.

과거시험을 준비하던 성실한 조선의 청년이 집을 나서면서 일제의 학정을 보고 겪으며 참여하게 된다는 내용의 이 영문 소설은 다른 초기 한국계 작품들과 구분된다(Oh 47-48). 첫째로 작가는 바깥세상을 모르는 주인공이나 한국을 모르는 외국인을 등장시켜서 일본의 식민지배상과 조선의 삼일

9 한국계 미국문학의 첫 작품으로 일한 뉴(Il-Han New)의 『*When I Was a Boy in Korea*』(1928)가 언급되고 있으나(유선모, 『한국계 미국작가론』서울: 신아사, 2004. 13), 필립 재선(서재필)의 작품이 이보다 7년 전에 출간된 것으로 밝혀졌다.

10 *The Korea Review*는 대한민국 공보과가 필라델피아에서 발간하던 월간잡지다.

11 Jaisohn을 거꾸로 하면, N. H. Osia다. 단행본은 N. H. Osia라는 필명으로 출간되었다.

운동 등 독립운동에 대한 성격과 철학 등이 자연스럽게 드러나도록 했다. 구구한 별도의 설명이 없이도 외국 독자들이 한국적인 상황을 이해할 수 있게 한 것이다. 둘째로 초기 한국계 작가들과 다른 점은 여성인물의 묘사다. 다른 작품들이 전통적인 순종형의 여성을 받아들이고 바람직하다고 묘사한 데 비하여, 재선은 일찍이 '한국의 인권, 특히 여권 옹호 선구자'(Liem 재인용; Oh 50)로서 여성인물들을 남성만큼 혹은 남성보다 더 영웅적으로 그려 내었다(Oh 49). 1897년 4월 21일 「독립신문」에 난 재선의 글을 찾아보면,

> 세상에서 가장 불쌍한 인간은 한국 여자들이다. 금일 우리는 한국 남자들의 가장 나쁜 범죄 중의 하나—여자에 대한 부당성—을 상기시키고자 한다. 여자들이 조금도 남자들에 비해 못하지 않다, 그러나 남자들은 여자를 노예처럼 다룬다. 그러는 이유는 그들이 무지하고 개화되지 못하였기 때문이다. 남자들은 자기들이 여자보다 우월하다고 생각한다. 왜냐하면, 그들이 신체적으로 더 강하기 때문이다. 한국 남자들은 그들의 여자들을 심한 부당함과 편견과 무례함으로 다룬다. 모든 다른 점에서 한국 여자들은 남자들보다 훨씬 낫다. 여자들은 그들의 남자들의 야만성을 인고하는 힘을 가지고 있다. 한국 남자들은 그들의 방식을 바꾸어야 한다, 그렇지 않으면 그들은 야만인으로 남게 될 것이다.[12]

필립 재선의 이러한 지적은 조선사회의 병폐를 지적함과 동시에 사회발전의 장애요인을 간파한 것으로 보인다. 필립 재선에 이어, 함경남도의 신동으로 알려진 영힐 캉(강용흘, Younghill Kang 1903?-1972)[13]은 조선의 독립운동

12 scent.ndsl.kr/sctColDetail.do?seq=5838.

13 Younghill Kang의 생년은 불확실하다. 일부에서는 1898년을 다른 곳에서는 1903을 말하고 있는데 여기서

에 가담했다가 몸을 피하여 1919년에 캐나다를 경유, 미국으로 건너가 보스턴대와 하버드대에서 공부한 작가다. 그의 『초당 *The Grass Roof*』(1931)과 『동양인 서양에 가다 *East Goes West: The Making of an Oriental Yankee*』(1937)는 미국문단에서 작품으로서의 가치를 인정받은 최초의 아시아계 미국문학 작품이다. 『초당』은 미국의 1930년대 작가 토머스 울프의 관심을 끌어서 그의 추천으로 저명 출판사인 스크리브너즈(Charles Scribners & Sons)에서 출간되었으며, 펄 벅(Pearl S. Buck, 1892-1973)의 『대지』와 함께 퓰리처상 후보로 경합하기도 했다. 영문학은 물론, 중국문학, 일본문학에도 정통하였던 영힐 캉은 위의 두 작품을 통해 조국과 고향을 향한 애절함과 디아스포라로서의 정체성을 표현했다. 특히 『동양인 서양에 가다』는 만민평등과 개방성을 강조하는 미국사회가 모순적이게도 피부색에 기초한 인종의 벽을 고수하여 아시아인의 지적이고 사회적인 융합을 철저히 거부하는 상황을 드러내고 있다(Kim 3-4). 유럽인과는 다른 차원에서 미국사회에의 동화에 어려움을 겪는 아시아인의 문제를 일찍이 관찰한 것으로 중국계와 일본계 작가들을 앞선 것이다.

필리핀계 최초의 작가인 불로산(Carlos Bulosan, 1913-1956)[14]은 영힐 캉을 존경한 것으로 알려졌고 큰 영향을 받았다고 한다. 국내의 작가들에게도 영힐 캉의 영향력은 커서 1946년 정지용 등 5인의 좌익 문학단체 '조선문학가동맹' 작가들이 주관한 서울의 좌담회에서 "민족문학은 한 시대에는 필요하나 장래에는 없어져야 할 '필요악'이며, 문학은 인생과 예술에 두루 유익하여

는 미국문학의 권위 있는 문학선집 *Heath Anthology of American Literature*, 구체적으로는 Y. Kang을 소개 설명한 일레인 킴의 글에서 제공하는 정보를 따르기로 한다.

14 불로산은 필리핀에서 태어나 미국에서 성장한 소설가, 시인, 사회운동가로 『*America Is in the Heart*』(1946)라는 반 자서전적인 작품으로 잘 알려졌다. 이는 필리핀계 이민들의 경험을 담은 것으로 대표적인 아시아계 미국문학 작품의 하나다.

야" 하고 "진정한 자유가 없는 곳에는 진정한 예술가가 있을 수 없다"고 좌익 문인들에게 충고하기도 한 것으로 알려졌다. 당시 신문기사를 인용한다.

> 좌우 대립이 날로 날카로워지던 1946년 8월 말경, 서울의 한 음식점에서 닥쳐올 한국 문학사의 시련을 예고나 한 듯 이색 좌담회가 열렸다. 미군정청 출판부장 자격으로 몇 달 전 귀국한 영문소설 『초당 草堂 *The Grass Roof*』의 작가 강용흘(姜鏞訖)을 맞이하여 마련된 문학좌담회였다.
>
> 이 자리에는 그 무렵 중견 시인이던 정지용(鄭芝溶), 설정식(薛貞植)과 당시 문단의 지도급 문학이론가이자 문학가동맹의 실세(서기장)였던 소설가 겸 문학평론가 김남천(金南天)이 참석했다. 또 자리를 마련한 「민성(民聲)」잡지 측에서 박계주(朴啓周 소설가), 채정근(蔡廷根 문학평론가)도 동석했다. 이들 5인은 모두 당시 좌익 문학단체였던 '조선문학가동맹'에 소속돼 있었다. 따라서 문학토론 관점에선 1대 5의 좌우이론공방이 예상되는 자리였다. 그러나 국내외 문학현상을 주제로 한 이 토론의 흐름은 예상과는 정반대였다. '필마단기'로 나선 강용흘이 분위기를 완전히 제압하는 내용이었다
> 이 자리에서 강용흘은 우선 민족문학은 한 시대에는 필요하나 장래에는 없어져야 할 '필요악'이라고 단언한다. 민족문학론을 저평가한다 해서 예술지상주의를 고집하자는 취지가 아니라, 인생과 예술에 두루 유익한 작품만이 오랜 생명을 지니고 평가받을 것이라며, 그 최고봉에 셰익스피어를 올려놓기를 주저하지 않았다.
> …
> 곁들어 그는 "진정한 자유가 없는 곳에 진정한 예술가가 있을 수 없다"는 말로 좌익사상에 젖어 있거나 동조하며, 문학가 동맹에 가담해 있는 동석한 문

우들을 향해 언중유골로 경각심을 일깨워 주기를 잊지 않았다.[15]

영힐 캉은 한국문학사상 주요문인들이 모인 좌담회에서 그들이 주장하는 민족문학론을 경고하고 한국문학이 나아갈 방향을 확실하게 제시하고 있다.

한국계가 필립 재선과 영힐 캉 같은 거인을 배출하는 동안 일본계는 침묵하고 있다가 한국계보다 10년 후에 미국문학계에 등장한다. 일본계 문학의 특징은 전쟁의 경험과 일본적 정체성의 표현이다. 자살특공대의 진주만 공습(1941)으로 일본 제국이 미국에 선전포고를 함으로써 미국정부는 재미 일본교포들을 집단수용소로 강제이동시키게 되는데 당시의 수용소 생활경험과 일본계 미국인의 정체성 문제를 작품의 소재로 했다. L.A.의 '주부작가'[16] 히사에 야마모토(Hisaya Yamamoto, 1921-2011)는 이민 2세대로 캘리포니아에서 딸기농장을 하던 부모에게서 태어났다. 야마모토는 1942년 21살의 나이에 일본인을 적국의 국민으로 간주하는 미국정부에 의해서 애리조나에 위치한 수용소로 강제 이주하는 경험을 하였고, 남동생은 미국을 위해 참전했다가 이탈리아에서 전사했다. 최초의 일본계 미국작가로 인정되는 그녀의 단편집 『17음절 外 *Seventeen Syllables and Other Stories*』(1988)에 실린 「17음절」, 「사사가와라의 전설"*The Legend of Sasagawara*"」, 「요네꼬의 지진"*Yoneko's Earthquake*"」등 보석 같은 단편들은 '정확한 표현과 절제된 방식'(Cheong xxi)으로 주인공들의 삶의 면면을 묘사하고 있다. 가부장적 환경에서 질식할 것 같은 인생을 사는 아내들, 이민 1세대인 엄마와 2세대인 딸, 모녀관계의 불통과 혼란된 정체성 의식, 예술혼과 억압적 집단생활 환경 등의 주제가 겉으

15 "큰 문학자가 있어야 큰 나라." 『미래문화신문』 2009.4.7. www.dsb.kr/print_paper.php?number=4662.

16 2002년 필자와의 인터뷰에서 야마모토는 보석 같은 단편을 낸 작가임에도 불구하고 공식적으로 신원확인서의 직업 칸에는 정직하게 'housewife'라고 써넣는다고 말했다.

로는 평온하되 내적으로는 광기와 잔혹성을 경험하는 등장인물을 통해 드러나고 있어 구체적인 상황을 초월하는 인간사회의 모습을 설득력 있게 감동적으로 그리고 있다.[17]

2. 언어와 역사의 의미

한국계 미국문학은 대부분의 소수민족문학이 그러하듯이, 초기에는 정체성과 동화(同化) 등 작가들의 전기적인 요소들이 주를 이루었다. 한국계 비평가 일레인 킴(Elaine Kim)은 이러한 한국계 미국문학이 최근에는 작품의 소재를 넓혀 현재 우리가 사는 지구촌 다원문화의 주요 이슈를 다루고 있다고 주장한다.

> 한국계 미국인들은 디아스포라, 새로운 혼혈민족성, 언어의 변화, 세대 간의 갈등, 그리고 아이디어와 미디어, 돈의 세계적 흐름 등을 포괄하는 현대적 변화의 중심에 있다. 한국계 미국인들은 이러한 변화들을 훌륭한 문학 속에 복합적으로 일반 이민자들은 물론, 한국인들과 한국계 미국인들의 역사적, 사회적, 정치적 상황을 표현하고 있다(2004; i).

『순교자 *The Martyred*』(1964) 등으로 잘 알려진 리처드 킴(Richard E. Kim, 1932-) 이후, 80~90년대에 '쏟아져 나온' 한국계 미국작가들은 50여 명에 이

17 중국계 미국문학은 일본보다도 늦어서 1960년대에 이르러서야 첫 작품 루이스 추(Louis Chu)의 『차 한 사발 *Eat a Bowl of Tea*』(1961)이 발표되었고, 1970년대에는 맥신 홍 킹스톤(Maxine Hong Kingston)의 『여전사 *The Woman Warrior: Memoirs of a Girlhood Among Ghosts*』(1976)를 비롯한 걸작들이 미국문단의 주목을 받기 시작하였다.

르는데[18] 대표적인 작가들을 일부 나열해 보면 다음과 같다.

타이 팍(Ty Pak, 박태영)

숙녈 초이(Sook Nyul Choi, 최숙녈)

마가렛 패(Margaret Pai)

러녕 킴(Ronyoung Kim, 김난영)

테레사 학경 차(Theresa Hak Kyung Cha, 차학경)

게리 팍(Gary Pak)

마리 리(Marie Lee)

캐시 송(Cathy Song)

윌리스 킴(Willyce Kim)

하인츠 인수 펭클(Heinz Insu Fenkl)

수전 초이(Susan Choi)

노라 옥자 켈러(Nora Okja Keller)

수지 퀵 킴(Suji Kwock Kim)

창래 리(Chang-rae Lee, 이창래)

레나드 창(Leonard Chang)

패티 킴(Patti Kim)

린다 수 팍(Linda Sue Park)

돈 리(Don Lee)

안 나(An Na)

제인 정 트렌카(Jane Jeong Trenka)

18 유선모, 『한국계 미국작가론』(서울: 신아사, 2004. 19–26)을 보면, 한국계 이민 작가들을 1세대, 1.5세대, 2세대, 3세대로 나누어 표를 만들고 그들의 작품을 열거하고 있다.

민수 캉(Minsoo Kang, 강민수)

수키 킴(Suki Kim)

위의 작가들은 새로이 작품의 영역을 넓혀 가는 한국계 미국인 작가들로 분류될 수 있을 것이다. 많은 한국계 작가 중 한국민족의 고유성 시각에서 볼 때 한국의 언어와 역사적 사실에 관심을 둔 1.5세대 작가들이 두드러진다. 미국문단에 아시아계 미국문학이 가지는 의미를 조명하여 학문적 움직임을 주도해 온 일레인 킴은 대부분의 비평가가 그들의 저서에서 한국이나 한국계 미국인들의 작품을 외면하는 현상을 지적하며 역사적인 맥락에서 학경 차의 작품에 주목할 것을 주문한 바 있다(Kim ix). 이때 역사적 맥락이란 일본의 조선 식민통치, 조선의 민족운동, 한국의 페미니즘, 한국전쟁, 한국인의 미국 이민 등 일련의 운동과 사건, 현상 등을 말하며, 이러한 부분이 식민주의와 민족주의, 인종과 소수민족, 젠더, 계급 등의 문제 등을 읽어 내는 유물론적 접근(materialist reading)이 필요하다는 것이다(Kim xi). 일레인 킴은 한국계 미국인들이 1992년 4월 29일 L.A.폭동(일명 사이구 폭동)으로 많은 재산 피해를 본 이후 한국에 뿌리를 둔 민족주의의 중요성을 인식하면서 이런 맥락에서 '조국', '법적 정체성', 한국계 미국인의 미국시민권, 민족주의적 이야기 전개(narrative)와 여성 정체성 등의 주제에 관심을 가질 것을 촉구하고 있다(Kim x). 이러한 주제들은 어려서 미국에 이민하여 떠난 조국과 새로운 나라 미국 사이의 가치 사이에서 충돌과 좌절을 경험하는 1.5세대 작가들에게 필연적으로 나타나 있다. 즉, 1982년에 31세의 나이로 아깝게 불운의 죽음을 맞은 테레사 학경 차(Theresa Hak Kyung Cha, 1951-1982), 각각 3살에 부모를 따라 이민 간 창래 리(Chang-rae Lee, 1965-)와 노라 옥자 켈러 등이다.

이와 같은 1.5세대 작가들의 공통점은 그들이 한국에서 출생했다는 점으로 처음부터 미국에서 태어난 사람들과는 국가에 대한 정서가 다른 듯하다. 특히 한국어를 다 익히고 10대에 미국 이민의 길로 들어선 테레사 학경 차의 경우, 그녀의 작품에는 언어에 대한 관심이 두드러짐을 볼 수 있다. 또 하나의 공통점은 이들 모두 개인적인 이민의 경험은 물론 한국이 정부와 국민적 차원에서 소홀히 해온 역사의식을 작품에 환기하고 있다는 점이다. 이제 여기서는 한국계 미국작가로서 한국의 언어와 역사를 작품의 뼈대로 삼은 학경 차, 노라 옥자 켈러, 그리고 창래 리의 작품세계를 차례로 살펴보고자 한다. 이들은 한국과 미국의 문화와 언어 사이에서 고민하던 개인이 변방과 중심, 즉 개인과 사회공동체의 관계를 발전시켜 나가는 과정에 지대한 관심을 보이기 때문이다.

1) 테레사 학경 차

1961년 즉 그녀의 나이 11살 때 가족을 따라 미국에 이민한 학경 차는 버클리 대학에서 비교문학으로 학사 학위를 하고, 이어서 예술공연(Art Practice)으로 학사와 석사, 예술석사(MFA) 등 네 개의 학위과정을 밟는 철저한 준비과정을 거쳤다. 그녀는 작가, 공연예술가, 페미니스트 등으로 활동하며 젊은 나이에 다양한 예술적 실험을 통하여 괄목할 만한 잠재력을 보여 주었으며, 고전에서부터 현대 프랑스의 예술, 한국의 역사에 이르기까지 방대한 상상력의 세계를 그녀의 예술혼에 품었다. 그녀의 생애는 짧았으나, 버클리대학 박

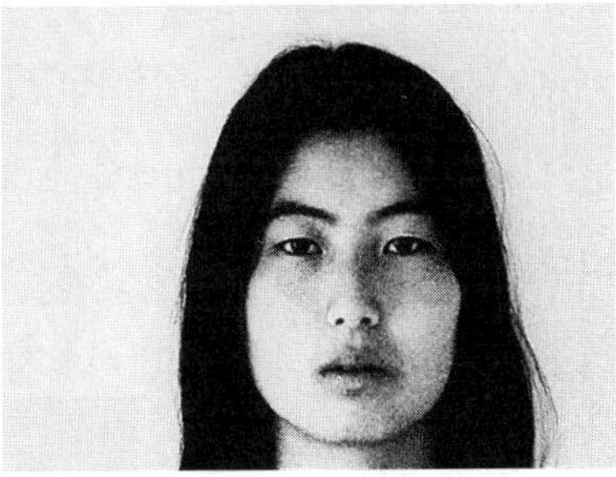

테레사 학경 차(Theresa Hak Kyung Cha)
Courtesy Electronic Arts Intermix (EAI), New York. www.eai.org

물관(Berkeley Art Museum)이 그녀를 기념하는 단독 특별전 「The Dream of the Audience」(2013)를 기획할 정도로 아시아/미국문학에 한국계 미국작가로서 큰 발자취를 남겼다.

그녀의 첫 작품이자 마지막 실험 작품인 『딕테 *Dictée*』는 1982년 사망하기 일주일 전에 출간되어 그녀는 아마도 죽기 전 막 나온 책을 품에 안고 기뻐하였을 것이다. 『딕테』는 매우 독창적인 개념을 표현한 작품이다. 포스트모던 텍스트, 페미니스트 텍스트, 자서전적 텍스트 등 별명이 많이 붙은 이 작품은 그 난해함으로 아시아계 미국문학 연구사상 가장 관심을 집중시킨 작품 중 하나로서 1920년대 T. S. 엘리엇의 『황무지』에 보인 당시 문학비평가와 연구자들의 반응을 연상시킨다.

작품의 제목 '딕테(dictée=dictation)'는 '받아쓰기'라는 뜻으로서, 작가는 학교 교실에서 진행되는 수업시간으로 독자를 안내하여, 학생들이 받아쓰기할 때 아무리 충실하게 할지라도 교사가 읽어 주는 원문과 학생의 듣기에는 필연적으로 괴리가 있을 수밖에 없음을 드러낸다. 받아쓰기 과정에서 발생하는 원문과 필기 본의 차이는 공식적 역사와 숨겨진 역사, 주어진 텍스트와 이면의 텍스트 등의 틈새로 확대된다고 볼 수 있다. 작가는 기존의 제반 이데올로기, 즉 종교, 가부장제, 식민주의, 국가가 부여한 의미나 가치 등 우리가 받아들인 이데올로기가 이미 그릇되고 왜곡된 내용을 담고 있어서 하나하나 해체를 시도한다. 그래서 그녀는 전통서술방법을 탈피하고 그림, 숫자, 지도, 도표, 가족사진, 빈 공간 등 영화적이고 파격적인 기법을 도입하여, 잊혀진 이야기들, 침묵 되고 밝혀지지 않은 여성들의 이야기를 담아내고 있다.

작품 속에 사용된 언어도 영어는 물론, 프랑스어, 라틴어 그리고 한글 알파벳 등으로 다양한 방법을 써서 영어의 언어주도권을 약화하려고 시도한다. 『딕테』를 접하는 독자가 작품의 본문을 시작하기 전에 만나는 특이한 내용이 있다. 작품의 안표지(frontispiece)에 실린 한글 낙서가 쓰인 비문의 사진이다.

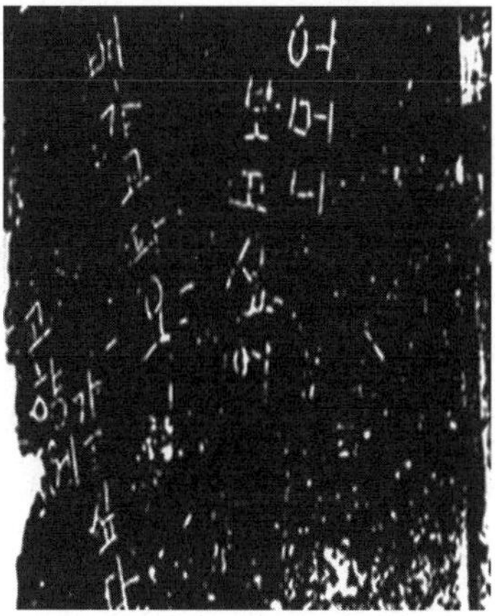

『딕테』 안표지

안표지는 통상 작품의 제목에 앞서서 텍스트로의 진입을 수월하게 하는 기능을 한다. 그리고 일반적으로 비문은 망자의 공훈을 기리고 널리 알리기 위하여 돌을 세워 새기는 것이다. 그런데 이 작품의 안표지에는 까만 배경에 하얀 글자로 "배가 고파요" "어머니 보고 싶어" "고향에 가고 싶다" 등과 같은 '한글' 문장들이 서간체(세로)로, 때로는 비뚜로 새겨져 있다. 까만 배경은 지하의 캄캄한 동굴의 벽이고 하얀 글자는 뾰족한 돌을 집어 벽면을 긁은 자국임을 쉽게 상상할 수 있다. 이 캄캄한 벽면에 인간의 가장 원초적인 욕구가 박탈된 인간이 자기의 비참한 모습을 한 획씩 힘들여 긁어 새겨놓았다. 이것은 일본의 한 탄광에서 발견된 것으로 징용으로 끌려간 조선인들이 허기와 망향에 지친 상태를 표현한 것인데, 역사 배경적 지식이 없고 한글을 모르는 서양 독자들은 이 기호 앞에 아무런 의미도 해독할 수 없을 것이다. 한편, 한글을 아는 독자들은 비문에서 인간의 극심한 고통 속에서 쓰인 문구를 알아보고 식민시대의 역사를 기억하는 고통을 경험한다. 그리고 한글을 모르는 독자들은 언어해설의 단계를 거친 후, 강제로 징용된 광부들의 근원적인 인간의 욕구를 인지하지 못한 자기들의 무력함과 암담함을 경험하게 될 것이다. 비평가 웡이 예리하게 지적하듯이 이 비문의 내용은 비문의 전통적인 기능, 즉 주인공을 칭송하고 추모하는 전통적 기능을 무력화시킨다 (Wong 107). 동시에 이 한글로 된 비문이 본 작품의 외곽에 있는 것은 한글 언어 기호가 전체 미국의 내러티브 체계 안에서는 제대로 자리하고 있지 못함을 예시하고 있기도 하다(Wong 108). 학경 차는 의미 모를 사진 한 장을 속표지에 삽입함으로써 작품 전체의 메시지 즉 알려지지 않은 역사와 식민주의의 참담함을 드러내어 효과적으로 전달한다.

작품의 구성에서도 그녀는 독특한 시도를 하고 있다. 그녀는 시인으로서 서구의 시인들이 의례적으로 영감을 구하던 아홉 뮤즈를 불러들이는 대신 열외(列外)의 뮤즈 즉 열 번째의 뮤즈로 불리는 사포(Sappho)를 불러내어 그에게서 시의 영감을 구하고 있다.

> 누구는 뮤즈가 아홉이라 하네: 경솔하기도 하지!
> 사포도 있잖아, 레스보스 출신의 열 번째 뮤즈.[19]

정규적인 아홉 뮤즈를 앞서는 열 번째 뮤즈를 제시한 것은 그녀가 원하는 내용이 일반적인 통념을 벗어나는 것임을 암시하는 동시에 기존의 질서에 도전하여 뮤즈 간의 도치를 꾀한 것이다. "열 번째 뮤즈는 잊혀진 역사를 기록하고 가부장적인 권위를 벗어난 분열되지 않은 주체를 주장하는" 문맥을 설정하기 위하여 등장한다(S Oh 1). 작가가 다른 뮤즈들을 뒤로 하고 사포를 끌어들인 것은 의도적이다. 사포는 레스보스 섬[20]에서 태어난 B.C. 7세기의 빼어난 서정 시인이다. 작가는 서구의 고대 여성시인을 인용함으로써 "살보다 더 진솔하고, 뼈보다 단단하고, 근육보다 유연한, 신경보다 예민한 이야

19 An epigram in the *Anthologia Palatina* (9.506) ascribed to Plato states:
Some say the Muses are nine: how careless!
Look, there's Sappho too, from Lesbos, the tenth.

20 레스보스 섬(Lesbos Island): 그리스 동부 에게 해에 있는 섬. 이 섬의 면적은 1,630㎢, 해안선의 총 길이는 370km이며, 그리스에서 세 번째로 큰 섬이자 에게 해의 섬 중에서 가장 넓다. 인구는 약 9만 명(2001). cf. 제주도 면적 1,848㎢, 둘레길이 253km. 인구는 약 60만 명(2014).

기"에 관심이 있음을 선언한다.

이제 본문에서 『딕테』가 가지고 있는 특이한 점을 더 짚어 본다면, 『딕테』는 20세기의 다른 작품들과는 달리 줄거리를 선보이지 않는다는 것이다. 대신 받아쓰기 현장을 보이는 것으로 작품을 연다.

> *Aller à la ligne* C'était le premier jour *point*
> Elle venait de loin *point* ce soir au diner *virgule*
> les familles demanderaient *virgule* *ouvre les guil-*
> *lemets* Ça c'est bien passé le premier jour *point*
> *d'interrogation* *ferme les guillemets*
>
> *Open paragraph* It was the first day *period*
> She had come from a far *period* tonight at dinner
> *comma* the families would ask *comma* *open*
> *quotation marks* How was the first day *interroga-*
> *tion mark* *close quotation marks*[21]
> (이탤릭체: 필자의 강조)

21 Theresa Hak Kyung Cha. *Dictée*. 1982; Berkeley: Third Woman Press, 1995. 이후의 본 작품 인용은 첫 글자 *D*와 쪽수로 표기함.
제시된 원문의 번역문:
"문단 열고 그날은 첫 날이었다 마침표
그녀는 먼 곳으로부터 왔다 마침표 오늘 저녁 식사 때
쉼표 가족들은 물을 것이다 쉼표 따옴표
열고 첫날이 어땠지 물
음표 따옴표 닫을 것"
(김경년 역 21)

위에 인용된 바와 같이 테레사 학경 차 작품 본문의 첫 문단은 프랑스어로 제시되어 있다. 외국어(프랑스어)를 배우는 시간으로 영어가 모국어인 학생이 프랑스어로 받아쓰기를 하고 있다. 외국어를 배워야 하는 처지에 놓인 학생이 세밀하게 외국어를 '들리는 그대로' 받아쓰고 있는 장면이다. 학생은 되도록 원어민이 말하는 것을 그대로 옮기고자 하지만, 이미 원어민이 말한 것과 학습자가 써놓은 것 사이에는 불일치가 있음이 드러나고 있다. 본문에 이탤릭으로 표시된 바와 같이 '문단 열고' '마침표' '따옴표 열고' '따옴표 닫고' 등의 지시어와 '마침표' '쉼표' 등 부호까지 철자로 옮겨 적음으로써 텍스트는 원어민이 말한 것과 크게 다르게 보인다. 부호가 실제 메시지를 가진 단어들보다 비중이 커진 것이다. 이것은 외국어 원문을 이해하는 것은 아무리 치밀한 노력을 한다 해도 여전히 본문과는 차이가 있으며 왜곡이 일어남을 암시하고 있다. 그뿐만 아니라 본문과 본문 외적인 요소를 글자체나 색깔로 구분하고 있지 않기 때문에 위 내용과 같은 단순한 내용도 비원어민으로서는 외국어를 이해하기가 부담스러움을 표현한다.

작품 『딕테』의 두 번째 페이지는 앞서 언어에 대한 관심을 이어 제시하되 방법이 다르다. 이 페이지는 프랑스어 제목, 'DISEUSE' 즉 '여성 화자(話者)'란 뜻의 제목을 달고 있다. 앞 페이지에서는 '말하는(speaking)' 언어와 받아 '쓰인(written)' 언어를 비교한 데 반하여, 이번에는 조금 다르게 이번에는 '말하기 A'와 '말하기 B'의 차이를 살피고 있다. 즉 "의미화 체계로 들어가는"(Kang 76-77) 말하는 주체를 살피고 있다. 익숙하지 않은 언어를 들리는 대로 흉내(mimicking) 낸다. 말은 처음부터 완성되어 나오는 것이 아니라, 아기가 옹알이를 거쳐 시작하듯이 말하는 주체의 내부에서 고통스러운 과정을 거쳐 마침내 발화된다. 이 발화의 과정이 해부학적으로 관찰되고 묘사된다. 작가는 발음과 소리, 흉내 내기, 발성 과정 등을 입의 모양, 입술의 들림, 턱, 목, 머리의 움직임과 숨의 멈춤, 근육의 이완 및 동작 등에 걸쳐 자세히 묘사하면서 언어의 본질에 집착하는 모습을 보인다.

한국계 미국문학 작품으로서 『딕테』는 한국의 역사를 뿌리로 하고 있다. 역사의 뮤즈 '클리오(Clio)'장의 첫 페이지에는 유관순 열사의 초상이 실려 있고 맞은편 페이지에는 열사의 이름과 출생, 사망의 기록이 적혀 있으며 마지막 페이지는 사형대에 십자로 묶인 무명의 독립투사들 사진을 보여 준다. 한국을 세계지도에서 영원히 지워 버리려는 일본제국의 식민정책에 굴하지 않고 한국민족은 약한 힘이나마 꾸준히 저항했다는 이 저항의 역사를 그녀는 유관순의 저항으로 시작하여 독립투사들의 저항으로 정리하고 있다. 여성의 잊혀지고 침묵 된 역사와 식민지배 하의 처절한 독립운동을 복원하려는 그녀의 의도는 이러한 배치에서도 드러난다. 유관순과 그의 가족들은 조선의 독립운동사에서 중요하게 언급되지 않았고, 그 업적에 대해서도 의혹의 시선이 있었다. 그러나 작가는 17살의 어린 나이로 순국한 유관순을 민족을 구한 영원불멸의 존재로 각인시킨다.

> [유]관순은 혁명의 지도자로 체포되고, 이에 준하는 처벌을 받는다. 그녀는 가슴을 칼에 찔리고 문초를 받지만 아무 이름도 밝히지 않는다. 7년 형이 내려지고, 그때의 그녀의 [반응]은 나라 자체가 감옥살이한다는 것이었다. 어린 혁명가 어린 애국자 여자 군인 민족의 구원자. 영원히 기억될 한 행위. 한 존재의 완성. 한 번의 순교. 한 나라의 역사를 위한, 한 민족의(김경년 역 55).

그녀는 한국의 언어와 역사를 작품의 소재로 다루면서 언어의 문제가 타자 집단에 속하는 개인에게 부당하게 요구하는 정신적 스트레스를 조명하고 나아가 한 나라의 역사가 부당하게 찬탈되는 식민주의적 사고를 해체하고 있다.

> 목격해 보지 않은 민족은, 이와 같은 억압으로 지배받아 보지 않은 민족, 그들은 알지 못한다. 이해할 수 없는 단어들, 특수 용어들: 원수, 악랄, 정복, 배신, 침략, 파괴. 그것들은 다만 한 적대국가가 다른 나라의 인간성을 말살시켰다는 명백하고도 어김없는 기록, 즉 역사적 기록에 대한 커다란 지각 속에서만 존재할 뿐이다. 이것은 실로 실체적인 것이 못 된다. 살과 뼈로 된, 골수까지, 각인된, 개입이 필요한 그 지점까지, 이 경험을, 이 결과를, 표현을 새로 발명하는 한이 있더라도, 계속하기를 그치지 않는 그것과는 다르다.
> 다른 민족에게는, 이 이야기들은 (또 하나의) 먼 땅, (다른 어떤) 먼 땅과 같이, 이야기에 나타나는 아무런 특징도 없이, (다 똑같이) 다른 어느 것과 마찬가지로 멀리 들릴 것이다(*D* 51-52: 필자 역).

이 과정에서 『딕테』는 20세기까지 인류문화를 주도해 온 국가, 식민주의, 종교, 서구문학 전통의 대표성과 전체성을 거부한다. 그뿐만 아니라 기존 가치관의 거짓됨을 드러내어 주체를 낯설게 하는 한편, 종속되어 있던 존재를 끌어내어 기존관계를 도치시킴으로써 인류문화에 대한 균형적 시각을 제시하고자 한다. 그리고 이를 표현하기 위하여 시각적 형식과 텍스트적 형식, 장르 간 형식 교차 등을 시도함으로써 기득권의 전제가 되는 입지를 약화하는 데 성공하고 있다.

2) 노라 옥자 켈러

노라 옥자 켈러는 1965년에 서울에서 태어나 3살 되던 해에 미국에 이민하였으나, 독일계였던 아버지와 한국인 어머니가 이혼하면서 모친과 함께

주로 하와이에서 성장했다. 한 인터뷰에서 밝히듯이, 어린 시절 켈러는 특별한 인종적 인식이 없이 자신의 정체성을 미국인으로 규정하고 어머니의 언어나 음식, 관습을 모두 배격했다. 10대 청소년들이 대부분 그러하듯이 부모의 모든 것을 거부한 것이었다. 자신의 성장 배경에 대해서 켈러는 하와이라는 다인종사회가 매우 다행이었던 것으로 말하고 있다. 소위, "왜 저래, 괴상하지" 하는 표정으로 켈러를 쳐다보거나 놀리는 경우가 없는 여러 인종이 섞여 지내는 하와이 특유의 환경 덕분이다. 친구들도 모두 혼혈이고 혼혈이 정상적인 것으로 받아들여졌다. 하지만 오하이오에 있는 독일계 미국인 아버지의 집을 찾아가면서 문화적인 충격을 받았다고 한다. 거기서는 자기 가족들인데도 켈러를 '이국적인' 존재로 취급했다.[22]

인종성에 대한 인식은 공부하면서 더욱 절실해졌다. 결정적인 계기는 하와이대학교(Univ. Hawaii)에서 영문학과 심리학을 전공하고, 산타 크루즈(Santa Cruz) 소재 캘리포니아 주립대학교에서 미국문학으로 석사과정을 밟을 때였다. 거기서 켈러는 미국인 작가들이 모두 백인 남성이 아니라, 맥신 홍 킹스턴(Maxine Hong Kingston, 1940-) 같은 아시아계 여성작가가 있다는 사실을 발견하고 놀람을 금치 못했다. 그리고는 "여성이지만 나도 해볼 수 있다"고 생각하며 용기를 얻어 작가의 길로 들어선다(Lee 147). 그녀를 작가로 길러낸 것은 그 후 하와이의 뱀부 리지(Bamboo Ridge) 워크숍에서 진행된 작가수업이었다.

"아버지의 5주기 추도일에 나의 엄마는 나의 아버지를 죽였노라고 털어놓았다"로 시작되는 켈러의 첫 작품 『종군위안부』는 독자에게 충격적인 첫 대사를 선사한다. 그녀 자신이 역사적인 사건을 처음 알게 되면서 받은 충

22 Robert Birnbaum, "Author Interview." *Identity Theory*. www.identitytheory.com/nora-okja-keller/

『강제로 끌려간 조선인 군위안부들–증언집』,
한국정신대문제대책협의회, 한울(한울아카데미), 1993.

격을 전이시켜 독자에게 경험하게 하는 것이다. 작가는 한 인터뷰에서 처음 '종군위안부' 이야기를 들었을 때 엄청난 충격을 받았노라고 말했다. 13살에 일본 순사에 강제로 끌려가 '종군위안부' 시스템의 피해자로 살았던 황금주(1924-2014) 할머니가 1993년 하와이대학교가 주관한 인권 심포지엄에 와서 공개한 이야기를 듣고 몽둥이로 맞은 것처럼 충격을 받아 사흘 동안이나 괴로움에 휩싸였다고 했다.

> 이런 이야기를 내가 왜 이제 처음 듣는 거야? 내가 지금 왜 듣고만 있는 거지? 사람들이 이 이야기를 왜 모르고 있는 거야? 이 사실이 왜 세계사 속에 국민들 의식의 일부가 되어 있지 않은 거야?[23]

소위 '종군위안부'들이 겪어야 했던 끔찍한 상황은 여러 권의 책으로 발간

23 Jocelyn Lieu. "Releasing the Story to the World: An Interview with Nora Okja Keller." http://www.coloredgirls.com/Otherviews/nok_interview.html 2002.

된 증언집 곳곳에서 드러난다.

> 위안소에 군인들이 찾아오는 시간은 따로 정해져 있지 않고 졸병, 장교가 섞여 왔다. 장교는 병이 옮는다고 잘 오지 않는 편이었다. 하루에 상대한 군인 수는 30-40명쯤이었으나 공휴일날에는 군인들이 팬티만 입고 밖에 줄을 서 있을 정도로 많았다. 어떤 사람은 팬티까지 벗고 다른 사람이 하는 도중에 커튼을 열고 들어오기도 했다.
> 도대체 군대에서 위안부는 사람 취급을 받지 못했다. 매일 얻어맞는 것이 일이었다. 달을 쳐다보면 무슨 생각을 하느냐고 때리고, 혼잣말을 하면 무슨 욕을 했느냐고 때렸다. 부대 안의 것은 봐도 못 본 척, 들어도 못 들은 척하라고 해서 손으로 눈을 비스듬히 가리고 다녔다. 막사 바깥으로 나오면 어딜 나오느냐고 발길질을 해서 바깥 구경을 못 했다. 그래서 지금까지 부대 이름도 모르고 군인들 얼굴도 계급도 모른다(황금주 100-102).

이러한 종군위안부의 삶은 켈러의 작품에서 인덕(Induk)의 처절한 부르짖음으로 재현되어 있다.

> 어느 날 밤 [인덕]은 큰 소리로 쉬지 않고 말했다. 조선어로 일본어로, 그녀는 병사들을 비난하였고 그들에게 그녀의 조국과 그녀의 몸을 침범하지 말라고 소리 질렀다. 그들이 그녀를 덮칠 때도 그녀는 소리쳤다. 나는 조선이다, 나는 여자다, 나는 살아 있다, 나는 열일곱이다, 나도 너희처럼 가족이 있었다, 나는 딸이다, 나는 누이다. 동이 틀 무렵, 그들은 그녀를 외양간 처소에서 끌어내 숲 속으로 데려갔다. 다시 왔을 때 그녀의 몸은 통돼지 바비큐처럼 막대에 꿰어 있었다. 알았지, 그들은 남은 우리에게 말했다, 겁을 주어 침묵

하게 만들었다.[24]

'종군위안부' 사건이 일어난 것은 일본 제국주의가 한창 팽창하던 1930년대이고, 한국인 피해자만 해도 20만 명에 이를 정도로 그 규모가 크고 참혹한 역사가 한국에 공식적으로 이야기되기 시작한 것은 반세기도 더 지난 1990년대의 일이다. 이 수치스러운 역사가 침묵 된 데는 삼박자가 맞았기 때문이다. 첫째, 한국은 가부장적인 사회다. 한국정부 역시 마땅히 보호해야 할 국민을 보호하지 못하고 결과적으로 자국민을 사지로 내어 몬 죄의식과 수치심으로 이 문제를 공개적으로 이야기할 자세가 되어 있지 않았다. 둘째, 피해자들이 모두 여성이고 약자 계층이었기 때문에 일반국민조차 그들의 고통에 무관심했다. 셋째, 일본도 한국정부와 국민의 이런 상황을 악의적으로 이용하여 일체 도외시했다. 그런데 한국 어머니들의 고통스러운 이야기가 역사의 주류에 가려진 채,[25] 아무도 모르게 사라지고 말았을 위기에 켈러가 역사의식을 일깨워 목소리가 없는 이들의 한(恨)을 넓은 세상에 알린 것이다.

베카(Beccah)가 엄마의 역사를 알게 되는 것은 세계가 '성노예들'의 이야기를 알게 되는 것을 말합니다. '성노예들'은 알려지지도 않은 채, 그리고 인정되지 않은 채, 역사 속에 파묻혀 죽게 되지 않을 것입니다.

나는 그 여성들이 사람들의 인정을 받게 되는 데에 내 작품이 도움되었다는

24 Keller, Nora Okja. *Comfort Woman*. NY: Penguin, 1997. 20–21.

25 황금주 할머니의 커밍아웃 이후, 경기도 퇴촌에 고통 속에 살아온 할머니들의 쉼터가 "나눔의 집"이라는 이름으로 세워졌으며, 이분들의 증언집도 『강제로 끌려간 조선인 군위안부들』등의 제목으로 총 7권이 나왔고, 한편으로는 1992년 1월 이래 일본대사관 앞에서의 정기수요집회가 항의의 표시로 매주 수요일 12시에 진행되고 있다. 그러나 일본정부의 집요한 진실 외면에도 불구하고 우리 정부나 각 기관, 국민 대부분은 구태여 관심을 보이지 않고 있는 것이 우리의 현실이다.

> 것이 자랑스럽고 감사한 마음입니다. 내가 작품을 쓰고 있었을 때, 인터넷에 "comfort woman/women"을 치면 "homemaking" 정도가 찾아지는 걸 보았습니다. 내 소설이 나온 후에는 "comfort woman" 입력이 한국과 필리핀의 위안소 생존자들에 관한 뉴스와 리뷰를 끌어내 오는 것을 보니 기쁘고 자랑스럽습니다(Lee 155).

『종군위안부』는 가난한 집의 네 번째 딸로 태어난 어린 소녀가 공장 직공으로 돈을 벌 수 있다는 일본군의 꼬임에 빠져 군의 성 노예로 갇히게 된 사건으로 되돌아간다. 그녀는 이 역사적 사건을 한 개인의 삶을 통하여 조명함으로써 침묵 된 역사를 드러내고 제국주의, 식민주의, 국가, 가부장제, 젠더와 남녀차별(Sexuality), 어머니와 딸 등 굵직한 이슈들을 전면에 제시했다.

『종군위안부』에 이어 나온 『여우 소녀 *Fox Girl*』(2002)는 1960년대 한국의 기지촌을 배경으로 한국사회에서 소외되고, 미군(GI)으로부터도 버림받는 혼혈 여성들의 변신 이야기다. 이 두 작품은 서로 연관은 되면서도 전혀 다른 내용을 담고 있다고 본다. 『종군위안부』는 주인공의 선택이 아닌 국가적 재난의 상황에서 강제된 성 노예인데 반하여, 『여우 소녀』의 경우에는 자본주의 사회에서 삶의 방편으로 젊은 여성들이 성을 상품화하고 있기 때문이다. 다만 두 작품을 연결하는 것은 목소리가 없는 주인공 여성들(voicelessness)이 작품을 통하여 자신들의 목소리를 내고 있다는 것이다(Lee 159).

3) 창래 리

창래 리는 영룡 리(Young Yong Lee, 이영룡)와 인자 홍 리(Inja Hong Lee, 홍인자)의 아들로 서울에서 태어나 그의 가족은 전형적인 미국 이민의 길을 밟았다. 본래 통영 출신인 아버지는 세브란스 의대(연세대)를 졸업하고 도미하여

창래 리(Chang-rae Lee)
사진제공: Riverhead Books

환자와의 언어소통이 치료 수단인 정신의학 분야를 자신의 전공으로 선택했다. 이는 모국어로 영어가 아닌 사람으로서 쉽지 않은 매우 도전적인 분야다. 1년 후, 펜실베이니아 주 피츠버그에서 정신의학 레지던트 과정 중 아내와 3살이 된 아들 창래 리, 딸 은이(Eunei)도 미국에서 합쳤다. 정신의학자로 자리 잡은 아버지는 6개월 후에 가족과 함께 뉴욕 맨해튼을 거쳐 중산층이 많이 거주하는 웨스트체스터로 거처를 옮긴다. 어린 시절, 대개의 한국 이민 부모들이 그러했듯이 그도 자녀들이 새로운 나라의 생활과 언어에 문제없이 적응하기를 원하였으며, 한국어는 집에서만 사용하도록 했다. 다행히 가족이 열심히 다니던 한국 교회에는 또래 아이들이 많이 있어서 창래 리는 한글과 영어를 동시에 익힐 기회가 있었던 것으로 보인다. 그는 또한 책 읽기를 매우 좋아하여 10살쯤 되었을 때부터는 영어가 필요할 경우 어머니를 대신하여 통역하는 수준이 되었다.[26]

26 *Encyclopedia of World Biography*: www.notablebiographies.com/newsmakers2/2005-La-Pr/Lee-Chang-rae.html.

창래 리는 이민 1.5세대로서 미국의 자녀들이 받을 수 있는 최고의 교육을 받았다. 동부에서 유명한 필립스 아카데미(Phillips Exeter Academy)에 다녔고, 18세에 예일대 영문학과에 진학한다. 부모인 이민 1세대들은 대개 자녀들이 법이나 의학을 택하여 사회적으로 성공하기를 바란다. 하지만 창래 리는 그의 부모가 자신이 책 읽기에 열중하는 모습에 처음의 반대를 누그러뜨리고 아들의 영문학 공부를 위한 진학을 양해했다고 말한다.[27] 창래 리는 영문학을 전공하는 동안 작품을 쓰곤 하였으며, 졸업 후에는 부모의 뜻을 따라 월가(Wall Street)에 뛰어들어 주식분석가로서 돈을 벌기도 했다. 그러나 그것은 1년여의 경험으로 충분했다고 한다. 작가는 문학에의 꿈을 버릴 수 없어서 멀리 서부에 있는 오리건 대학교(Univ of Oregon) 창작학과에 진학했다. 여기에서 1995년 석사학위로 제출한 작품 『네이티브 스피커』가 신예작가로서의 그의 첫 발표작이 되었고, 이후로 거의 4년마다 새로운 작품을 발표하면서 미국문단에 확고한 자리를 굳혀 가고 있다. 이처럼 창래 리는 한국계 이민으로서 시작하여 점차 미국문학 주류에 안착하는 것이 특징이다.

이민 1세대를 보여 준 『네이티브 스피커』에서 등장인물인 아들의 자세한 관찰을 통하여 이민의 문제와 정체성, 동화 등 언어와 문화면의 주제가 탐정소설적인 구성으로 펼쳐진다. 이어 두 번째 작품인 『제스처 인생 *A Gesture Life*』(1999)에서는 매우 복합적인 구성을 보인다. 한국인 소년 구로하타(Kurohata)는 일본인 가정에 입양되어 청년기를 철두철미한 일본인으로 성장한다. 일본이 전쟁을 시작하자 구로하타는 국가에 대한 충성을 증명해 보이기 위하여 군의관으로 자원복무 한다. 전쟁에 성 노예로 끌려온 조선 소녀 끝애(Kkuttaeh)는 그와 대화 가운데 그가 한국 출신임을 알아채고 죽여 달라

27 이 사실은 창래 리가 2005년 4월 28일 서강대학교에 와서 강연한 내용 중에 들어 있다.

고 요청하는데, 결국 그녀는 일본 병사들에게 잔혹한 죽음을 맞이한다. 그는 소녀의 죽음 앞에서 조국이라 여기던 일본 제국주의의 실체와 자신의 무의식 속에 존재하는 성 편견을 깨닫게 된다. 그 뒤 주인공은 그동안 치열하게 지켜 온 일본 정체성을 버리고 프랭클린 하타(Franklin Hata)라는 새 이름으로 미국사회에 동화하려고 노력한다. 그러나 소녀 끝애로 비롯된 트라우마적 경험을 떨쳐 버릴 수 없음을 알자 미국시민으로의 합류를 포기하고 영원한 집을 향하여 발길을 떠난다. 이렇게 작가는 주인공에게 한국, 일본, 미국이라는 세 나라의 정체성 사이에서 전쟁과 성 노예, 인종차별주의와 정체성, 동화와 디아스포라를 경험하게 함으로써 인간의 존재에 대한 의미를 깊이 있게 성찰하고 있다.

창래 리의 『제스처 인생』에 묘사된 종군위안부는 노라 옥자 켈러의 순효(Soon Hyo)와는 달리 가해자의 시각에서 역사적인 사건을 다루고 있어 보다 객관적인 기술을 접하게 한다. 창래 리는 우선 '종군위안부(comfort woman)'라는 단어에 '소위(so-called)'라는 수식어를 붙여 의미의 제약을 가한다. 즉 이 용어는 일본 제국주의가 군의 입장에서 멋대로 만들어 낸 용어이므로 일반 독자가 문자 그대로 받아들이는 데는 무리가 있다는 작가의 메시지를 담고 있다. 둘째로 군대 위안소의 상황이 가해자의 시선으로 관찰되고 있어 보다 사실적인 접근을 보인다. 작품 속에서 묘사된 위안소는 약 10m 길이의 운수트럭을 다섯 칸으로 나누어 각각의 입구에 막대기로 천을 걸었고, 각각의 칸은 좁고 창문은 없었으며, 한 개 반 정도의 다다미 넓이라는 것이다. 그리고 그 공간에 하나의 널판자가 놓여 있어 거기서 위안부가 군인을 받는 형태다. 밤이고 낮이고 조선의 젊은 위안부들은 이 좁은 외양간 같은 처소에서 나오지도 못하고 몸은 혹사당한다. 셋째로 일본 청년 구로하타는 군의관으로서 제국 군병들의 안녕을 위하여 이 여성들의 건강, 특히 성병 여부를 점검하고 관리하는 임무를 맡고 있어 이들의 성적인 학대의 현장을 직접 보고 증언할 수 있는 위치에 있다. 그는 위안부들의 국소가 심히 부어 있고 상처도 심한 것을 언급한다.[28] 마지막으로 창래 리는 이 작품에서 구로하타가 만난 종군 위안부 K, 즉 끝애를 궁극적인 승리자로 묘사하고 있다. 구로하타는 K에게서 맑고 깨끗한 영혼, 직관력이 있는 지성을 발견한다. 그리고 K를 죽음에 이르게 한 일군의 병사들은 야만적이고 동물적인 집단으로 묘사되어 있다.

> 반쯤 벗은, 상의를 벗었거나, 하의를 벗은 30여 명의 병사는 축제 이후의 고요를 보이고 있었다. 얼굴은 피로 얼룩졌고, 진흙이 묻었으며, 빨간 핏물이 팔이나 손에 묻은 병사도 있었다(*AGL* 304).

숲에서 나오는 병사들의 행진은 마치 육욕을 채운 짐승들의 모습과 흡사하다. 그들에게는 본능의 충족 이외에는 관심사가 없다. 반면에 그들에게 무참히 희생당한 K는 천상의 모습으로 그려져 있다. "조그만, 요정의 모습, 기적적이게도 온전하고 평온한 모습으로, 조금도 훼손되지 않은 모습"(*AGL* 305)인 것이다. 구로하타는 K의 시신을 수습하면서 자기가 일본 청년으로서 신봉하고자 했던 제국주의의 실체를 보고 충격 속에 일제의 왜곡된 가치관을 깨닫는다. 또한, 자신의 내면에 도사리고 있는 젠더 이데올로기를 발견하고 전혀 다른 존재로서 새로운 출발을 하고자 한다.

앞의 두 작품 『네이티브 스피커』와 『제스처 인생』에서는 아시아계 주인공이 인종적, 문화적 차이에 의해서 어쩔 수 없이 갈등하게 되는 정체성의 문

28 Chang-rae Lee, *A Gesture Life*. NY: Riverhead, 1999. 179. 이후 본 작품의 인용은 이니셜 *AGL*과 쪽수로 표기함.

제를 다루었다면, 세 번째 작품 『저 높이 *Aloft*』(2004)는 미국인 백인이 스스로가 도모한 정체성 결핍의 문제를 다루고 있다. 주인공은 현실의 모든 상황에서 자신을 의도적으로 고립시키고, 작품의 제목에서 나타나듯이 현실과 동떨어져 항상 '저 높이'만큼 일정한 거리를 두고 지낸다. 이탈리아계 미국인 주인공 제롬 배틀(Jerome Battle)의 취미는 상공에서의 비행활동이다. 하늘에서 내려다보는 세상은 완벽하고 아름다워 보이기 때문이다. "800여 미터 상공인 여기서는 모든 것이 내게 완벽해 보인다. 이 높이에서는 모든 나무도 이상적인 모양을 갖추고 정렬해 있는 것처럼 보인다. 이 높이에서는 너절한 모든 것을 볼 수 없다"(*Aloft* 1-2). 이처럼 주인공은 복잡하고 머리 아픈 현실에 자신이 직접 관여하게 되는 것을 거절하고 회피한다.

2011년에는 미국의 노벨상인 퓰리처상 후보로 올랐던 네 번째 작품 『생존자 *The Surrendered*』(2011)를 발표한다. 이 작품은 한국전쟁이 소재임에도 한국적 의미만을 함축하지 않고, 세상이란 전쟁이 벌어지는 현장과 같이 아무 일이고 아무 관련 없이 무심하게 일어날 수 있다는, 즉 어찌 보면 문학의 자연주의가 주장하는 무관심하고 냉랭한 우주를 연상시키는 배경을 담고 있다. 실제로 주인공이 당하는 비극은 작가의 아버지가 6·25전쟁 피난 대열에서 겪었던 사실에 기초하기도 한다. 많은 등장인물과 사건 가운데 인간이 어떻게 견디어 내는가를 관찰하는 것이 작품의 주제라고 할 수 있다. 말하자면, 작가는 500페이지에 달하는 장편 속에 세상에서 일어날 수 있는 모든 사건—대개는 참담한 비극이겠지만—을 수집하여 제시한다는 인상을 준다. 그는 인생 전체를 파노라마처럼 펼쳐 놓고 거기서 인간이 선택하거나 선택당하는 상황을 제시하면서 어떤 선택이 왜 의미가 있는지 물음표를 던진다.

가장 최근에 나온 『만조 *On Such a Full Sea*』(2014)는 셰익스피어의 『줄리어스 시저』 중 인간사는 시류를 타는 법이고 지금이 최상의 기회이니 놓칠 수 없다고 카시우스(Cassius)를 설득하는 브루투스(Brutus)의 대사에서 소설작품의 제목을 가져왔다.

> 우리는 지금 만조의 바다에 떠 있소.
> 가능할 때 흐름을 잡아야 하오
> 그렇지 않으면 우리는 다 잃을 것이오.[29]

작가는 피폐한 환경에서도 적극적인 삶의 의지와 가능성을 보이는 주인공을 제시한다. 미래 미국사회를 배경으로 한 이 작품은 미국 이민 초기의 선구적인 개척 정신은 이미 오래된 이야기로만 남았고, 사람들은 규제와 일상 속에 정신이 질식되어 있으나 이를 의식하지 못하고 안정된 삶을 최고의 가치로 여긴다.[30] 유교적이고 폐쇄적인 이 공동체는 부를 기준으로 엄격하게 계층이 구분, 분리되어 있고 구성원들에게 많은 제약을 가하고 있다. 여기에 도전장을 내는 인물이 16세의 중국계 여성 팬(Fan)이다. 그녀는 이 안정된 사회에서 안정된 직업을 버리고 갑자기 사라진 애인을 찾아 그녀에게는 금지된 미지의 사회로 혼자 떠난다. 그녀는 어디에서 애인을 찾을 수 있을지, 어떻게 가야 할지 등의 아무런 준비가 없다. 그녀가 겪는 사건이 예

29 원전: *Julius Caesar* Act 4, scene 3.
Brutus:
There is a tide in the affairs of men.
Which, taken at the flood, leads on to fortune;
Omitted, all the voyage of their life
Is bound in shallows and in miseries.
On such a full sea are we now afloat,
And we must take the current when it serves,
Or lose our ventures.

30 www.youtube.com/watch?v=NKLQsZlkcPg, Chang-rae Lee: *On Such A Full Sea*. February 6, 2014. Accessed 2015. 10. 21.

고된 것이 없으며 매우 위험할 수도 있다는 점에서 이 작품은 벨로의 『오기 마치의 모험 *The Adventures of Augie March*』(1953)과도 같은 피카레스크(picaresque) 적인 요소를 가지고 있다. 매우 음울한 미래사회를 배경으로 하면서도 여주인공의 모험을 보면서 긍정적인 희망도 가지게 되는 것은 그녀가 임신하고 있다는 점이다.

임신한 여인의 여정은 포크너가 『팔월의 빛 *Light in August*』(1932)에서 그려 낸 바 있다. 주인공 리나 그로브(Lena Grove)는 임신한 몸으로 아무런 대책도 없이 달아난 애인을 찾아 가출한다. 그녀는 힘든 상황에서 낯선 여행길에 오르지만, 그 누구도 탓하지 않으며 주어진 여건을 그대로 단순하게 받아들인다. 예컨대 그녀가 미혼의 몸으로 임신한 것은 당시 남부사회에서 손가락질을 받을 일이었으나, 그녀의 태연한 사실인정과 낙천성은 가는 곳마다 도움의 손길을 넘치게 한다. 리나의 정신은 자연 속에 뿌리를 두고 자연 속에서 힘을 얻으며, 그러므로 타인들의 혐오감을 일으키지 않는다. 창래 리의 팬도 리나처럼 미래에 대한 걱정이나 불안이 없고, 현재에 일어나는 상황을 그대로 받아들이며, 어떤 어려운 상황에서도 살아남는다. 아기를 가진 몸으로 긍정적인 미래를 제시한다는 점에서 포크너의 리나와 창래 리의 팬은 공통점을 가지고 있다.

창래 리는 한 인터뷰에서 이 작품은 "여행 혹은 추구의 이야기이고, 동시에 공동체에 대한 이야기"[31]라고 말한 바 있다. 공동체를 이루고 사는 사람들, 삶 속에서 발견하는 한계를 보는 그들의 고민 등을 다루고자 했다는 것이다. 잘 알려진 한국계 미국작가 수전 초이(Susan Choi, 1969-)와의 인터뷰에

31 www.youtube.com/watch?v=anpGw8hU4xo, Evan Karp, 게시일: 2014. 1. 21.
Chang-rae Lee reading from *On Such a Full Sea* at The Booksmith in San Francisco on Friday, January 10th 2014. Accessed 2015. 10. 21.

서 창래 리는 본래 작품의 구상은 현대 중국을 배경으로 공장 노동자를 다루는 것에 만족하지 못하고 있던 차에 메릴랜드의 볼티모어를 수십 년간 기차로 오가면서 매우 황량한 광경을 보았던 경험이 중국계 주인공의 이야기로 녹아 들었다고 말하고 있다.[32] 공장의 노동자들을 이곳으로 이주시키면 어떨까 하는 생각이었다는 것이다. 그리고 시대는 많이 변하여 먼 미래의 미국사회, 지금과는 아주 다른 사회로 변화하여 있을 것이었고 이러한 아이디어가 디스토피아적인 작품을 내게 된 연유라고 설명하고 있다.

앞서 논의한 바와 같이 창래 리는 아시아계로서 미국사회에서의 정체성과 동화의 문제에서 출발하여 인간사회의 보편적인 문제로 광범위한 작품세계를 제시하면서 인류의 희망적인 비전을 가리키고 있다. 다시 말하면, 제한적일 수 있는 아시아계 작가로 출발하여, 미국문학의 본류로 진입하는 데 성공한 작가이다.

3. 창래 리의 도전

미합중국은 이민의 나라다. 원래 아메리카 대륙에 원주민들이 살고 있었으나 유럽대륙에서 이주해 온 백인들의 치밀한 말살정책과 군사력에 밀려서 미대륙에서 그들의 존재는 희미하게 되었다. 간단한 예로 크리스토퍼 콜럼버스의 신대륙 발견 당시에는 3700만이었던 원주민 수가 17세기 유럽인들이 가져온 질병으로 인하여 10명 중 9명이 사망한 결과, 1650년에는 원주

32 www.youtube.com/watch?v=NKLQsZlkcPg, Chang-rae Lee: *On Such A Full Sea* February 6, 2014. Accessed 2015. 10. 21.

민 인구는 900만으로 감소한 것으로 추정되고 있다.[33] 천연두나 홍역 등 전염병뿐 아니라, 유럽 식민주의자들과의 전쟁,[34] 인디언 부족 간의 충돌과 싸움, 대량 학살 및 착취 등이 미 대륙 토박이들이 겪어야 했던 삶이었다. 유럽 출신 백인들은 이처럼 토박이들을 박멸하고 아메리카 대륙에 서구문화를 그대로 이식하고 주인 행세를 했다.

서구인들보다 3세기나 늦게 백인 이주민들의 나라로 찾아온 아시아인들은 언어상으로나 문화적으로 불리한 여건에서 '동화가 불가능한 외국인'(2004; Elaine Kim 9)으로 미국에의 이민생활을 시작했다. 아시아인들은 백인들과는 달리 아무리 노력해도 신대륙의 주인이 될 수 없는 듯했다. 그들은 자기들의 문화와 전통적 가치관을 가지고 이주하였기 때문에 서구사회와 다름없는 미국사회에서 심적 갈등과 문화적 충돌을 경험하며 지내야 했다. 그리고 이러한 경험의 문학적 표현은 언어와 문화의 차이라는 장벽에 막혀 백인들이 주류인 미국문단에서 그 미학적인 가치를 크게 인정받지 못했다.[35]

그러나 21세기를 향하면서 백인의 미국문학은 소위 '다인종 소설(interethnic novel)'로의 진화 추세를 보인다(Rody viii). 이민의 나라 미국 이주민들의 인종적 배경이 더욱 다양해짐에 따라 문학작품에서도 미국인의 이미지가 새로운 모습으로 제시되는 현상이 나타난 것이다. 비평가 캐롤라인 로디는 창래 리의 『네이티브 스피커』, 카렌 테이 야마시타(Karen Tei Yamashita, 1951-)의 『오렌지 회귀선 *Tropic of Orange*』(1997), 기시 젠(Gish Jen, 1955-)의 『약속의 땅의 모나 *Mona in the Promised Land*』(1996) 등 아시아계 미국작가

33 en.wikipedia.org/wiki/Population_history_of_indigenous_peoples_of_the_Americas#cite_note-Histoire-5, "La catastrophe démographique" ire n°322, July-August 2007, p. 17.

34 미국정부의 이름으로 벌인 인디언과의 전쟁 횟수만도 40여 회에 이른다. The U.S. Bureau of the Census (1894) 참조.

35 에스터 김(Esther Mikyung Ghymn)이 "아시아계 미국인들이 미국에 거주한 지 140년이나 되었지만 그들의 문학적 성과는 대부분의 대학 도서관에 한두 권밖에 없다(1)"고 지적한 것은 시사하는 바가 크다.

의 작품들을 분석하면서 혼혈 어린이 등장인물들이 공통으로 미래 '미국인'의 모습으로 제시되어 있다고 주장하고 있다. "이 어린이들은 새로운 비전의 상징이다. 이들은 의심할 여지 없이 미국의 다인종적인 미래를 나타내고 있다"(Rody viii). 특히, 창래 리의 『네이티브 스피커』는 어린이 등장인물뿐 아니라 기존의 미국사회에 도전하는 흥미로운 인물을 제시하여 다인종적인 추세를 견인하고 있다고 생각된다.

아시아계 미국문학은 일찍이 1982년 일레인 킴이 정의한 바도 있거니와, 중국계, 일본계, 한국계, 필리핀 등 동남 아시아계 미국인이 영어로 출간한 창작물과(이영옥 620-21), 미국에서 태어나지 않았다 하더라도 아시아계 문화와 가치를 승계한 귀화 미국인의 작품들을 포함한다(Ghymn 7). 아시아계 미국문학을 평가하면서, 에스터 김은 제대로 된 비평을 위해서는 첫째, 아시아와 아시아계 미국인의 사상과 언어를 어느 정도 알아야 작품의 형식과 구조 및 주제를 파악할 수 있으며, 둘째, 작품 속의 가치체계를 알아야 작가의 의도를 알아낼 수 있다고 말한다. 다시 말하자면, 아시아계 작가의 문화적 배경을 잘 아는 사람이어야 이러한 작품을 제대로 분석할 수 있다고 주장하고 있다(Ghymn 8-9).

그러나 이것은 사실상 아시아계 미국문학 작품을 특정 문화의 틀에 한정하여 이해하려는 태도로서 오히려 아시아계 미국문학의 독자층을 제한하는 결과를 초래한다. 문학작품은 그 문화적 배경이 어떠하든, 또 독자가 어느 문화적 배경을 가지고 있든 있는 그대로 감동을 주는 보편성과 포괄성을 가지는 것이 중요하다고 본다. 어느 작가이든 자신의 특수한 환경에서의 경험을 작품의 소재로 삼을 때 좋은 작품을 낼 수가 있고, 이 특수성이 작품에 녹아들어 인류의 보편적 가치에 호소할 때 독자는 감동하고 새로운 경험으로 고양된다.

이를 볼 때, 한국 출신 창래 리의 작품세계는 한국계의 정체성에서 출발하여 더 넓고 큰 문학의 세계로 끊임없이 나아가는 몸짓으로 보인다. 작품 속에 때로는 명백하게, 때로는 암묵적으로 한국적인 요소가 존재하고 있으나, 그 차원에 머물지 않고 다양한 배경의 독자들이 한국문화에 대한 지식이 없어도 충분히 이해하며 작품의 큰 의미를 깨닫도록 이끌고 있다. 예컨대 『네이티브 스피커』는 한국계 주인공의 이민이라는 민족적인 배경과 한국적인 가치관이 작용하는 이야기지만, 주인공은 더 보편적인 상황을 내다보며 비전을 획득하는 단계에 오른다. 말하자면 주변적일 수 있는 소재를 가지고 보편적인 주제를 다룸으로써 다양한 독자군과 공감을 이루게 된다는 점이다.

창래 리가 『네이티브 스피커』에서 사용하는 작품의 틀은 흥미롭게도 미국문학의 비극적 전통을 대표하는 작가들이 사용했던 '화자-주인공'의 틀이다. '화자-주인공'이 뜻하는 바는 작품 속에서 화자는 결정적인 행동을 하지 않지만, 이 화자가 곧 그 작품의 진정한 주인공이라는 이야기다.[36] 화자는 영웅적 인물을 가까이서 관찰하는 존재로서 영웅이 가진 선의의 목적에도 불구하고 그의 내재적 죄업으로 인하여 비극에 이르게 됨을 목격하고 이 내용을 독자에게 전달한다. 예를 들어, 호손의 『블라이드데일 로맨스』에서 마일스 커버데일(Miles Coverdale)은 화자로서 작중의 두 주요 인물이 일으키는 격랑을 옆에서 관찰하며 얻은 지혜를 독자에게 전달한다. 커버데일은 주인공이 순수한 의도로 유토피아 건설을 꿈꾸지만, 그것은 결국 탐욕의 자아로부터 비롯된 것임을 보게 된 것이다. 멜빌의 『모비 딕 *Moby-Dick*』(1851)에서도 이스메일(Ishmael)은 화자로서 에이헙 선장(Captain Ahab)의 극단적 행

36 본문에서 말하는 '화자'는 곧 '관찰자'로 바꾸어 말할 수도 있다. 매든(Madden)은 '화자-주인공' 관계를 "주인공-관찰자" 관계로 설명하고 있다. 즉 주인공은 전통적인 영웅이 아니라, 그의 행동으로 인해 어떤 식으로든 세상의 그림이 달라지는 그런 인물이다. 관찰자는 주인공의 행동을 보고 이상을 형성하든가 혹은 그의 생을 변화시키는 행동을 취하는 인물이다"(40).

동과 그로 인한 파멸을 옆에서 보고 깨달음을 얻는다. 에이헙은 흰 고래로 상징되는 세상의 악을 박멸하려 하였으나, 관찰자 이스메일은 그것이 사실상 에이헙 자신의 죄업이었음을 알게 된다는 것이다. 20세기에 와서는 피츠제럴드의 『위대한 개츠비』, 포크너의 『압살롬, 내 아들!』과 워런의 『모두 왕의 신하들』이 유사한 포맷을 지니고 있음을 보게 된다. 이러한 포맷은 주인공들이 사회의 병적인 이데올로기를 문제로 삼아 이를 치유하려고 도전하는 데서 비롯되는 오만의 죄를 효율적으로 표현하고자 한다. 에이헙이나 개츠비 등은 소박한 마음에서 대의를 성취하고자 하였으나 내적인 무지(blindness)로 인하여 자신과 주변 사람들에게 비극적인 운명을 안겨 준다. 포크너의 토머스 섯펜도, 워런의 윌리 스타크도 무언가 의미 있는 일을 성취하려고 선한 의도에서 출발했다. 그러나 그들은 실패하였고, 이를 보고 변화되는 화자들에 의하여 그들의 행적과 비극의 의미가 독자에게 전달된다.

창래 리가 『네이티브 스피커』에서 시도한 것은 바로 이러한 포맷이다. 소설 속에 나오는 헨리 파크와 존 광의 이야기는 이처럼 미국문학의 고전 작품을 잘 아는 미국독자들에게 익숙한 포맷인 '화자-주인공'소설의 형태를 취한다. 일인칭 화자 헨리 파크에게 존 광은 "그 나이의 한국남자로서 미국토박이 같아 보이는"[37] 매우 드문 이상적인 아시아계 미국인으로 떠오른다. 헨리 파크는 선배 화자들과 같은 역할을 한다. 아시아인이면서도 언어적으로나 문화적으로 그 한계를 극복하여 미국인으로 여겨질 만한 사례로서 존 광을 관찰한다. 그가 어떻게 아시아적인 가치를 미국사회에 원용하며, 그것이 어떤 결과와 영향을 미치는지를 가까이서 공유하면서 타락의 순간에 드러나는 존 광의 아시아적 결함과 그로 인하여 몰락하게 되는 영웅의 모습을 그

37 Chang-rae Lee. *Native Speaker*. NY: Riverhead, 1995. 129. 이후의 인용은 작품의 이니셜 *NS*와 쪽수로 표기함.

린다. 다시 말하면, 창래 리는 미국문단의 주류 전통에 편승하여 아시아적인 특성을 줄거리에 담아 보편적인 인간 이야기를 전하고자 하고 있다. 포크너가 남부 미시시피의 이야기를 하고 워런이 남부 루이지애나의 이야기를 작품으로 담아 문학의 보편적인 가치를 드러내 보였듯이, 창래 리도 한국적인 등장인물과 내용을 사용하여 보편적 가치와 경험을 이야기하고 있다.

4.『네이티브 스피커』

앞서 본 바와 같이 창래 리의『네이티브 스피커』는 대표적인 미국 소설작품들과 함께 사실주의소설로 분류되면서도 한 젊은이의 정체성 추구를 다룬 현대소설작품이라는 단순한 정의를 거부하고 있다. 그만큼 이 소설의 지평은 복합적이고 다층적 함의를 가지고 있다. 작품의 주인공은 정체성이 불안한 산업 스파이로서, 백인 미국사회에 이주한 아시아계 이민의 동화와 적응의 문제에 관심이 많다. 그리고 이 이민의 문제는 미국사회의 성공의 꿈과 맞물려서 단순히 물질적인 성공이 아니라 권력의 핵심으로의 도전으로 나타난다. 첫 문장이 "내 아내가 떠나던 날, 내 아내는 내가 어떤 사람인지를 적은 쪽지/목록을 내게 주었다"(*NS* 1)로 시작하는 이 작품은 궁극적으로 배신과 정체성이라는 두 개의 주제를 던진다. 헨리는 산업스파이로서 같은 운명에 놓인 아시아계 이민자들을 배신하며, 자신의 정체성에 관해 깊게 성찰하면서 아시아계 이민자들의 모범적 소수인종(Model Minority) 정형화를 거부하는 한편, 다른 한편으로는 다원성과 다양성을 내세운 미국의 다원사회적 담론을 비판한다(Rhee 172).

헨리의 문제는 바로 인종적인 정체성이다. 그는 외모상 아시아인이어서 일차적으로 미국 백인사회에서 구별된다. 즉 그는 민족성에 의해서 공동체의 주류로 받아들여지지 못하고 그 주변에 머물러 있을 수밖에 없다. 우리는 앞의 장에서 워런의 잭 버든이 자신의 출생과 관련, 부모에 대한 불만과 불안으로 자신을 사회로부터 격리하고 사람들과 거리를 두는 일생을 사는 것을 살펴보았다. 또한, 모리슨의 흑인 여성 주인공 세서는 노예제도의 트라우마로 인하여 고립적인 생활을 영위하고 있음을 알아보았다. 이제 앞의 경우와는 달리, 한국계 미국작가 창래 리는 백인이 주도하는 사회에서 언어와 피부색, 직업상의 여건 등으로 본격적인 사회의 일원이 되지 못하고 있는 한국계 미국인에 주목한다. 그리고 그는 자신의 작품에서 이들이 끊임없이 비(非)백인(non-white)으로서 자신의 위상을 성찰하고 이상적인 이민자의 상을 추구하면서 진정한 의미에서의 미국 사회공동체의 비전을 성취함을 나타내고 있다.

『네이티브 스피커』 표지
Chang-rae Lee. *Native Speaker*. Riverhead Books, 1996.

1) 네이티브 언어와 동화(同化)의 문제

『네이티브 스피커』는 작품의 제목에서 드러나듯이 인간사회와 공동체의 삶에 있어서 언어의 문제가 우선임을 강조하고 있다. 주인공 헨리는 이민가정의 아들로서 영어에 비상한 관심이 있고, 헨리의 아내이자 백인 여성인 릴리아를 언어 치료사로 설정한 이유는 이민사회에서의 언어구사의 중요성을 강변하려는 작가의 의도로 해석된다. 언어는—이 경우에서 영어는—구조적으로 불공정한 소통의 수단이라고 작가는 지적한다. 예컨대, 백인 소년의

기를 죽이려고 해도 그에 해당하는 영어단어를 찾을 수 없다는 것이다. 창래 리는 아시아인들을 지칭하는 chink(중국), gook(한국), jap(일본) 등 경멸의 용어는 있지만 백인남자아이를 지칭하여 골려 줄 딱히 적당한 단어가 없다고 그의 작품에서 말하고 있다. "보통 백인 아이에게 주눅이 들게 할 적당한 단어가 없다. 대화는 뭔가 그네들에게 유리하게 진행된다. 영어 자체에 백인에게 유리한 방패막이 같은 게 있어 결국 불공평한 싸움이 되고 만다"(*NS* 243-44)는 것이다. 작품에서 등장하는 아시아계 이민자들은 유럽으로부터의 이민자들과는 달리 백인계 미국인들과 확연히 구별되는 외모상의 약점을 안고 새로운 나라의 언어와 문화에 적응하고 동화되려는 도전에 직면하고 있다. 작품은 아시아계로서는 소통의 수단인 언어뿐 아니라 인간관계에서의 내용이 되는 인프라, 즉 문화와 가치관의 습득이 거의 불가능함을 묘사하고 있다. 완벽하게 하려고 조심을 지나치게 하면 아예 아무런 말도 할 수 없게 되는 것이다(*NS* 257).

이와 같은 이유로 영어라는 언어에 관심이 많은 주인공 헨리는 그가 말하는 언어는 물론, 주변에서 그가 듣는 각종 영어의 행태에 예민한 반응을 보인다. 말이 단순한 소통의 수단을 넘어 그 언어를 말하는 사람의 인격을 결정하고 그 인격은 곧 사회에서의 그의 권리와 의무를 규정하기 때문에 결국 정치적인 의미를 가질 수밖에 없는데, 아시아인에게 주어진 영어는 앞서 지적했듯이 이미 그들에게 불리한 적용대상이기 때문이다.

이민자들이 찾아온 나라 미국에서 영어는 단순히 다른 형태의 한국어가 아니었다. 헨리는 단어 발음의 차이가 가져오는 문화적인 위상을 다음의 단락에서 잘 표현하고 있다.

나는 영어가 우리 한글의 한 형태일 뿐일 거로 생각했다. *우리가 다른 겉옷을*

> *입듯이*. 나는 언어에서의 차이가 무엇을 의미하는지 몰랐다. 혹은 내 혀가 첫 시도에서 묶이고 뻣뻣해져서, 부비트랩에 걸려 죽어가는 짐승처럼 내 머릿속에서 애를 쓸 것이라고는 생각지 못했다. 원어민들은 이런 걸 다 알지는 못할 거다, 그러나 영어는 우둘투둘 한입 가득이다. *한국어에서는 "L"과 "R"이 구분되지 않는다*. 소리가 단수이고 스페인어 식의 떨림이나 굴림이 없다. *우리에겐 "B"와 "V," "P"와 "F"의 구별도 없다*. 나는 언제나 누군지 우리에게 고통을 주려고 어떤 단어들을 만들어낸 게 틀림없다고 믿었다. 비열해. 야만적이야. 내가 처음으로 마리화나를 했을 때 아버지가 나를 보면서 *너 눈이 새빨개('red')* 한다는 것이 *납빛('led')*이야 하시는 바람에 내 방으로 올라가 눈물이 나올 때까지 웃었던 기억이 난다(*NS* 233-34: 이탤릭체: 필자의 강조).

이 같은 예에서 보듯이 발음은 물론 문법의 정확성 여부는 알게 모르게 말하는 사람의 권위와 위상을 결정짓는다. 헨리의 아버지가 모국어로 이야기했으면 아들을 제압하고 바로 잡을 수 있는 권위를 가질 것인데, 아들보다 서투른 외국어로 지적하다 보니 오히려 우스운 결과를 내고 만 것이다. 그러므로 올바른 발음은 언어의 문제를 뛰어넘어 사회 문화적인 가치를 부여하는 기재이기도 하다. 헨리는 언어의 본질을 이해하기 때문에 더욱 주어진 언어를 확실하게 이해하고 사용할 수 있도록 많은 노력을 기울인다.

> "뭘 해, 연습?"
>
> 물론 그렇다. 그날 아침 내가 망친 단어들과 소리를 다시 작은 소리로 반복해 보고 있었다. 한 여자애가 소리 내던 것을 떠올리며. *그 아이의 입술*에서 그리도 곰상스럽게 만들어지던 단어들, *그 머리를 들고 목은 똑바로, 그리고 눈은 우리 선생님에게 고정시키고*"(*NS* 234; 이탤릭체: 필자의 강조).

같은 반 아이의 입술과 머리, 목과 눈의 동작과 모습을 상기하며 발음을 정확하게 하려고 노력하는 헨리의 모습은 학경 차의 작품 『딕테』에서 발음의 과정에 집중하는 장면의 묘사를 상기시킨다. 외국어를 습득해 가는 과정은 한 치의 오차도 허용하지 않으며, 언어의 정확성은 곧 그 문화에의 성공적인 동화 여부를 결정짓는다는 것을 잘 보여 준다.

발음의 차이는 이민자가 처한 상황에 대한 핵심적인 상징으로 나타난다. 헨리는 릴리아를 처음 만났을 때 자못 자의식적인 모습을 보인다. 특히 언어 구사에 있어서 헨리는 원어민과 똑같이 발음하려고 신경을 많이 쓴다. 릴리아는 영어가 모국어인 언어치료사로서 처음 헨리를 만났을 때 다음과 같이 지적한다.

> 당신은 자신의 말에 귀를 기울이는 사람 같아요. 스스로 하는 일에 주의를 기울이죠. 나더러 맞추어 보라고 한다면 당신은 원어민이 아니에요(*NS* 12).

언어를 분석의 대상으로 보고 그 자세를 유지하는 것은 원어민의 자세가 아님은 분명하다. 왜냐하면, 원어민들은 그 언어가 어릴 때부터 자연스럽게 자신의 일부가 되었기 때문에 발음 자체에 신경을 쓸 필요가 없다. 헨리가 어떻게 말하면 되느냐고 반문하자 릴리아는 그녀의 이름을 발음해 보라고 한다. 그리고는 헨리가 불필요하게 음절을 쪼개서 조심스럽게 발음한다고 지적한다. 언어에 대한 헨리의 이러한 자의식은 바로 헨리가 공동체와 거리를 느끼고 있음을 반증하는 것이다. 반면에 헨리는 릴리아가 아무 의식적인 노력도 없이 언어를 자기 맘대로 구사하고 있음을 관찰한다. "나는 곧 그녀가 언어를 그냥 휘두르고 있음을 깨달았다. 그녀는 단어 마디마디를 발음한다. 각 글자에는 경계선이 있었다. 나는 그녀의 넓고 큰 입이 문장마다 휩

쓰는 것을 보았다."(*NS* 10-11). 릴리아가 원어민으로서 자신만만하게 그 영어를 구사하는 모습에 예민하게 반응하는 것은 헨리가 자신이 처하고 있는 사회에서 심리적으로 불안을 느끼고 있음을 상징한다. 릴리아가 아무리 이상하게 발음을 한다 하더라도 그녀는 나머지 비원어민들이 따라야 하는 "표준 언어 소유자(the standard-bearer)"(*NS* 12)다. 이렇게 관찰자의 입장에 선 헨리는 태생적으로 제삼자요, 타자이며 그 사실은 그의 언어에 대한 태도에서 나타난다.

처음 만난 관계에서의 발음의 차이는 릴리아와 헨리가 결혼한 이후 생각과 표현방식의 차이로 심화된다. 릴리아는 헨리를 이해할 수도, 신뢰할 수도 없음을 깨달았다고 말한다.

> 당신이 무엇을 정말 어떻게 느끼는지, 우리의 결혼에 대해서. 나. 그리고 당신. 하루는 보니까 당신 머릿속에서 뭐가 돌아가는지 애초 알 수가 없더군요. 심지어 때론 당신이 딴 데—여기, 같이 있진 않고—나머지 우리와는 다른 곳에, 있다고 생각이 드는 거지, 알겠어요? 당신이 왜 그런 일들을 벌이는지 이젠 알 수 없어요. 내게 원하는 게 뭔지도. 당신이 인생에서 원하는 게 뭔지도요(*NS* 126).

두 사람이 동일한 언어로 대화를 나누고 있음에도 불구하고 생각이 공유되거나 이해의 폭이 넓어지지 않고, 오히려 서로 이해할 수 없는 존재로 여겨진다면 소통의 방식에 문제가 있다는 것이다. 그리고 그 방식은 발음처럼 표면에 드러난 문제가 아니라 내면의 문제다. 즉 태어나면서부터 지니고 온 DNA와 자라면서 경험한 문제들, 상황들, 책을 통해 익힌 가치들로 형성된 것이기 때문에 각기 다른 세계에서 살아온 두 사람이 각자의 경험을 정리하고 소화하여 상대방에게 전달하고 이해시키려는 노력 없이는 공통점을 찾기 어려워진다.

차이점을 해소하기 위한 노력은 헨리의 '비협조'로 인해 난항을 겪는다. 릴리아는 사람은 기계의 on/off 스위치와 같이 작동될 수 없는 존재라고 꼬집는다.

> 당신은 아침에 출근해서 하루 종일 숨바꼭질을 하고는 집에 와서 잠자리에 들고 내게 잘 지냈소, 하면 되는 줄 알지만, 흠 여보쇼, 사람이 그렇게는 못 살아. 정말이지 당신이 그런 식으로 생각하는 사람은 아니겠죠. 사람이 그럴 수 없다구요. 그냥 켰다 껐다 식으로 살자니. 오래 못 가요(*NS* 127).

릴리아는 헨리에게 자신이 다가갈 수 없는 어떤 부분이 있지만, 그것이 헨리의 자연스러운 상태이고 보니 더 할 말이 없다고 자포자기에 이른다. 한편 헨리는 불안한 정체의식 가운데 모처럼 완벽한 일자리를 찾았다고 생각하며 자신의 이러한 상황을 아내에게 논리적으로 설명하고자 한다. '휘트먼의 시인 페르소나처럼'(Jeon 192), 정체성이 불완전한 그는 스파이로서 자신은 어떤 다른 사람 노릇도 할 수 있고, 심지어는 동시에 여러 사람 노릇도 할 수 있다고 항상 믿어 왔다(*NS* 127). 그래서 이제야말로 마침내 "이 문화 속에 진정한 내 자리(my truest place in the culture)"(*NS* 127)를 찾았다고 생각했기 때문에 아내가 더이상 자기의 직업에 대해서 묻기를 원하지 않는다. 언어와 표현의 문제는 단순히 말의 문제가 아니라 언어를 수단으로 해서 전해지는 내용 즉 의식과 가치관의 문제임이 드러나는 것이다.

이민 1세대의 아들인 헨리는 아버지를 통해서 자기에게 주어진 이민자로서의 정체성을 본다. 이민자가 선택한 조국은 갑의 위상과 권리를 가지고 을인 이민자에게 따라야 할 법칙을 제시하고 지킬 것을 명한다. 이민 이전의 삶이나 학력, 경력은 영어능력이 동반되지 않는다면 새로운 선택의 나라에서는 아무 소용이 없다. 산업공학으로 석사학위까지 마친 아버지는 자신을 받아 준 이 새로운 나라에서 "정해진 일련의 과정, 참여의 일정 규칙"(*NS* 47)을 불만이나 이의 없이 충실하게 따른다. 헨리가 보는 이민자에게 허락된 삶이란,

> 새벽 동트기 전부터 일어나 적막한 밤까지 일하며, 거래할 때는 결코 불친절하지는 않지만 그렇다고 관대하지도 않다. 가족의 얼굴을 거의 대하지 못하고 살지만, 가족이 당신의 생명이다. 소액권으로 꽤 많은 현금다발을 지척에 둔다. 자존심을 가지고 항상 시장을 매점한다. 셰비를 몰다가 캐딜락으로, 그리고는 벤츠를 몬다. 할부금을 꼬박꼬박 내고 교회도 한 번도 빠지지 않는다. 울음이 터질 때까지 지독스럽게 기도한다(*NS* 47).

아버지가 제시하는 새로 선택한 조국에서의 삶은 소위 '모범적 소수인종'의 삶이다. 권리주장은 없다. 목소리도 크게 내지 않는다. 돈을 벌어 백인 지역의 좋은 집에 살면서도 동네에서의 자신의 존재가 미안한 듯이 행동하고 공적인 장소에는 거의 모습을 드러내지 않는다. 단 한 번 아들의 농구경기를 보러 간 적이 있다.

> [아버지]는 늦게 슬그머니 들어와서 노천 관람석 멀리 서서, 손에는 신문을 말아 쥐고, 경기를 보면서 허벅지를 신경질적으로 두드리고 있었다. 목을 빼서 내가 공 던지는 모습을 보려 하면서도 다른 엄마나 아빠들이 하듯이 큰소리를 지르거나 응원하지는 않았다(*NS* 52).

헨리의 어머니는 아버지보다 더했다. 달걀이 떨어져서 생일 케이크를 망치는 일이 있어도 이웃에게 아쉬운 소리는 절대 하지 않았다. 그런 어머니를 보면서 헨리는 '엄마는 뭐가 두려운 걸까'하고 생각한 적이 있다.

> 뭐가 그렇게 나쁘길래 사람들이 우리를 어찌 볼까 염려하면서 조심을 해야 하는 걸까(*NS* 52).

헨리는 이웃에게 자기들의 완벽함을 증명하듯이 살아가는 부모를 못마땅하게 생각하고 비판한다. 부모는 심지어 헨리가 백인 여성을 아내로 맞은 것이 그가 새 조국에서 출세하는 데 도움이 되리라고 여기며 좋아한다. 결국 백인주도의 이민사회에서는 이민자가 자신의 가치나 기준을 정하기보다는 이미 백인들이 정해 놓은 가치와 기준에 따라 행하고 그들의 눈치를 보며 살아가는 수동적인 삶이 요구된다. 이민을 통해 조국을 찾아간 타 민족들은 백인들이 세워놓은 기준에 맞추어 살려고 애를 쓰는 반(半)독립적 존재에 불과한 것이다.

2) 아들 미트: 다원사회의 초석

헨리와 릴리아의 가족공동체가 불안정한 가운데 그들의 아들 미트는 아시아인 얼굴을 하고 있으면서도 미국에서의 당당한 정체성을 향한 희망적인 존재다. 미트는 외모적으로도 동양과 서양의 대조적인 특성들을 아름답게 조합하고 있다. 친할아버지로부터는 뒷목의 선과 크고 납작한 귀를, 엄마를 통해 외할아버지로부터는 길쭉한 팔다리와 둥글고 부리부리한 눈과 매부리코 등, 양쪽 계통을 섞어 닮았다(*NS* 103). 미트의 모습은 동양과 서양적 특성이 아름답게 '섞이고(jumbled)', 하나의 인종적 특성만을 계승하지 않는다는 점에서 '전복적(subversive)'이며, 오랜 조상의 모습을 이어받았다는 점에서 '역사적(historic)'(*NS* 103)이다. 헨리가 미트의 코를 보며 필경사의 코를 떠올리는 것은 곧 독자에게 허먼 멜빌(Herman Melville, 1819-1891)의 『필경사 바틀비 *Bartleby, the Scrivener*』(1856)를 연상하게 한다. 바틀비는 전망이 가로막힌 사무실 공간과 '무덤(Tombs)'이라는 감옥이 연상되고 답답하고 경직된 세상에서 비극적으로 소모된 인간의 이미지가 떠오른다. 미트는 부모의 배려로 제한이나 한계를 모르고 "자유롭게(untethered)"(*NS* 266) 성장하지만, 결국 편견이 가득 찬 세상에서 어린 나이에 질식사로 숨을 거둔다. 비평가 팔럼보-류가 말하듯이 현재의 세상은 미트처럼 특정 인종 내지 민족의 여운이 없이, 동서양이 잘 조화된 독특한 존재를 받아들일 준비가 안 되어 있다(Palumbo-Liu 320).

미트의 이해력 또한 다원사회의 가능성을 예시하는 정도였다. 그는 신기하게도 자신을 둘러싸고 있는 세 어른, 즉 한국인 할아버지, 한국계 미국인 아버지, 그리고 백인 미국인 엄마에게서 듣는 한국어와 영어 혹은 두 언어가 자유롭게 접합된 말로 된 대화를 그 아주 세밀한 차이를 인지하며 알아듣고 흉내 내기도 하는데, 이는 다시 말하면 미트가 세 사람의 정체성을 각각의 특성과 함께 이해하는 것으로 보인다. 즉 미트는 각 구성원이 부르는 멜로디들이 상징하는 각기 다른 사회가 어른들의 진정한 세계임을 잠시라도 짐작하고 있었는지도 모른다(*NS* 240). 비평가 로디는 창래 리의 미트를 분석하며 작가가 미트에게는 어떤 특정한 사회적 카테고리나 인종적 속성이 아니라, 말로 표현할 수 없는 어떤 속성을 부여하고 있다고 주장한다. 창래 리는 인간이 매우 파악하기 어렵고 소중한 존재로 보고 있어서 미트—혹은 헨리—의 정체성도 기존의 정체성이나 어느 한 집단과 동일시하기보다는 추적하기 어려운 다양한 요소들로 결정된다고 보는 것이 옳다는 것이다. 로디는 더 나아가서 리가 보는 개인과 집단과의 관계는 첫째로, 겉보기보다 파악하기 어렵고, 둘째로, 전체에 대한 부분의 단순한 수학적 결론이 아니며, 셋째로, 인종적 개념을 재는 유용한 도구도 아니라고 생각한다고 주장한다 (Rody 84).

그러므로 기존의 어떤 개념으로도 속박하기 어려운 정체성을 가진 미트의 상상력은 미래의 사회에서 교량역할을 함으로써 사회의 다원성을 용인하고 발전시키는 요인이었다. 그러나 현재 사회는 '차이'를 경원하기 때문에 그 발전의 싹을 도려내는 것이다. 이처럼 창래 리는 어린이들이 순진무구한 존재이면서도 성장 과정에서의 생각과 판단은 성인세계의 사실을 그대로 반영한다는 것을 잘 표현하고 있다. 윌리엄 골딩의 『파리대왕』[38]에서 '순진하다'고 인식된 소년들이 어른이 하나도 없는 외딴 섬에 난파되어 그들끼리 구축해 가는 모습를 보면 독자들은 경악하게 된다. 아이들은 점차 야성에 사로잡혀 랠프(Ralph)와 피기(Piggy)가 제시하는 이성적인 판단에 더 이상 주목하지 않게 된다. 그리고 다수가 된 이들은 쉽게 포섭되지 않는 소수를 따돌리고 박해하더니, 마침내는 큰 바위를 언덕에서 굴려 떨어뜨리고 피기가 희생된다. 이 소설을 통해 우리는 20세기 미국 백인주도 사회에서의 이민자의 위상이 소수의 소년이 당하는 상황과 유사함을 유추할 수 있다.

한국 남자와 백인 여자 사이에서 난 아들 미트가 백인 어린이들의 세계에 뛰어든 것은 7살이 되던 해다. 헨리와 릴리아는 도시의 여름보다는 외곽의 자연에서 여름을 보내는 것이 아들에게 유익하리라 판단했지만 이는, 미트가 적응해야 할 새로운 환경이다. 미트는 여기에서 경멸적인 언어를 먼

38 William Golding의 反이상향(dystopian)적 소설, *Lord of the Flies* (1954). 어린 남학생들이 어른은 한 사람도 없는 무인고도에 살아남아 그들만의 사회를 이루어 가면서 결국 권력 다툼, 야만성 등 인간의 내재악 (內在惡)을 드러낸다는 이야기.

저 배운다. 한창 말을 배우던 중인 미트는 아이들과 어울려 듣게 된 새로운 말을 아무 생각 없이 아버지에게 반복한다. "짱꼴라(chink), 왜놈(jap), 엽전(gook).[39] 나(헨리)는 무어라 해야 할지 몰랐다. 그랬더니 미트가 그 말을 또 한다. 이번에는 '찰리 찬, 떡판 같은 얼굴' 하고 덧붙이기까지 했다"(*NS* 103). 인종적 차이를 의식하지 못하고 있던 미트는 언어의 뜻을 배우기도 전에 인종차별적 용어를 입에 올린 것이다. 그리고는 한발 더 나아가서 'mutt,' 'mongrel,' 'half-breed,' 'banana,' 'twinkie' 같은 혼혈 내지는 잡종을 뜻하는 단어들을 배워 온다. 헨리는 부모로서 달리 할 말이 생각나지 않아 "그냥 하는 말에 불과한 거야"(*NS* 103)라며 일축한다.

그러나 '말에 불과'하던 언어의 폭력성은 신체에 대한 강제와 폭행으로 발전된다. 골딩의 소년들이 하나의 단계에서 다음 단계로 점점 야만화하듯이, 미트의 백인 동네친구들도 단계적으로 괴롭힘의 수위를 높여 나간다. 다수인 이들은 미트를 왕따로 만드는 등 심리적 고통을 주는 것부터 그의 옷을 더럽히고 입에는 흙까지 쑤셔 넣는 일까지 저지른다. 언어의 폭력을 언어로 대처하는 수준에서 마무리했던 헨리는 이번엔 아버지와 함께 그 아이들의 부모를 찾아다니고, 결국에는 그 아이들 가정에 언어의 폭력을 선물하고, 그것이 새로이 더 큰 폭력의 씨앗을 심는다. 이는 단순한 아이들이 어느 사건이고 맘속에 가지고 있다가 해소할 기회를 찾기 마련이기 때문이다.

"나는 안다. 아이들은 용서하거나 잊어 주는 것이 아니라 (어떻게든) 풀어낸다는 걸"(*NS* 104)이라는 헨리의 의미심장한 말은 단 두 줄로 독립된 문단을 형성하고 있어 그 무게가 더하다. 아시아계 어린이로 백인 주도의 미국사회에서 성장하면서 헨리는 자신이 체득하게 된 어린이들의 심리로 미루어 앞

39 *'chink,' 'jap,' 'gook'*은 각기 중국인, 일본인, 한국인 등 황색인종을 경멸하는 호칭이다.

으로 더 심각한 상황이 벌어질 수 있음을 예견한다. 그리고 미래 다원사회의 희망으로 여겨지던 미트는 백인 아이들과 "그 멍청이 같은 몸쌓기 놀이(just a stupid dog pile)"(*NS* 105) 도중에 맨 아래 깔려서 질식사하게 된다.

미트의 죽음이 시사하는 점은 첫째, 아이들 세계는 본능적 차원에서 자신들과 다른 존재를 용납하지 않으며 결국은 희생자를 낸다는 것이다. 아이들은 세계를 단순한 시각으로 보기 때문에 무언가가 다른 소수를 박해하려는 충동을 가지고 있다. 이것은 얼굴 모습과 피부색이 자기들과 다른 미트에게 인종차별적인 언사는 물론 폭력을 행사하기도 한다. 둘째, 이민자가 사회에 적응하고 평등권을 수호하려는 목표는 사회 주류인 백인들의 의식 변화가 있기까지는 요원함을 상징한다. 피부와 인종이 다른 이민자에게 가해지는 이러한 폭언과 폭행은 헨리도 이미 겪었듯이 역사적으로 반복되고 있다. 성인들의 의식 변화는 물론, 아이들의 의식 변화까지 이루어지는 사회는 아시아계 작가들에게는 아직도 먼 이야기라고 상정하는 듯하다.

3) 스파이: 이민자의 삶의 은유

헨리의 직업은 '헨리의 삶'의 은유적 표현이다. 헨리는 정체성의 불안 문제에 직면해서 일단 공동체와 거리를 두고 탐색하는 직업을 선택한다. 그의 위장취업은 근본적으로 자신의 정체성을 찾아가는 방편이다. 그는 대학을 졸업하고 대학원에서 공부할 생각이었으나 딱히 무슨 분야를 전공할지는 결정하지 못한 상황에서 돈을 벌기 위해 연구용역 회사(research firm)에 몸을 담았노라고 말한다(*NS* 164). 헨리가 자신의 문제를 젖혀 두고 타인의 정체를 조사하는 작업에 몰두하기로 하는 것은 앞서 제1부에서 워런의 잭 버든이 학위논문 자료의 내용을 이해할 수 없게 되자 그를 포기하고 정치인 스타크의 보좌관이 되어 정적의 추문을 캐는 일에 몰두하던 것과 매우 유사하다. 단지 워런의 잭 버든과 다른 점이 있다면 버든은 자신의 결단으로 타자가 되었으나, 창래 리의 헨리는 본인의 의도와는 상관없이 인종적 배경에 의해서 타자의 입장이 되었다는 점이다.

그러나 두 주인공이 공유하는 것은 자신의 정체성에 대한 불확실성이다. 잭이 사학도로서 인간의 미스터리에 처하여 이해가 되지 않자 공부를 중단하고 사설탐정이 되듯이 자신의 정체성에 대한 불안한 의식을 가진 헨리도 확실한 지식을 캐내는 직업을 택하게 된다. 헨리 자신이 자신을 가장 방탕하고 속세적인 "역사가"(*NS* 18)라고 말하고 있음은 잭과의 공통점을 시사하는 것 같아 흥미롭다. 다시 말하면, 헨리의 직업선택은 잭과 같이 자신의 정체성에 대한 탐구의 하나로 이루어졌다는 것이다.

헨리가 자아의 탐색과정에서 택한 직업은 될수록 자신을 숨기면서 주변이나 상대방을 파악해 내는 일이다. 헨리의 보스인 호그란드(Hoagland)는 업무를 설명하면서 헨리에게 "그저 눈에 띄지 않게 뒤쪽에 납작 엎드려 있으라구"(*NS* 44) 라고 충고한다.

> 존재가 확실하면서도 동시에 대단치 않아서 남의 눈을 끌 정도는 아니어야 한다. 이는 오랜 훈련과 연습이 필요하다. 자신에 대한 제어와 자기의 분수를 아는 것, 즉 주어진 상황에서 자신이 차지하는 비중과 가장 효과적일 행로를 알아야 한다(*NS* 172).

호그란드는 헨리가 에이전트로서 왜 이 같은 자세로 임해야 하는가를 설명한다.

> 아무리 똑똑해도 세상 전체를 다 살필 정도로 똑똑한 사람은 없지. 그림이 너

무 커서, 시야에 들어오지 않는 게 언제나 있거든. 아무도 안전하지 않아요 [어디서고]. 이 세상에 진짜 악은 없어. 세상이 원래 그런 거지. 우리 같은 사람들이 많지… 얼마나 소유하느냐는 건 중요하지 않아… 하여간 누군가 항상 우리보다 힘이 센 거야. 원하면, 그네들은 우리를 칠 수 있어. 우릴 파멸시키는 거지(*NS* 46).

상황과 상대방에 따라, 자신의 위상을 살피고 말을 건네며 정보를 수집하는 저자세, 이것이 바로 헨리의 연구용역회사가 요구하는 직업상의 기본자세다. 헨리는 미국인들이 습득하기 어려운 이 재능을 자신이 가지고 있다고 생각한다. 미국인들은 항상 사회에서 주인공의 자세로 군림했기 때문에 배경적인 존재로 눈에 띄지 않게 뒤로 물러나는 행동을 습득하기가 쉽지 않다. 그러나 이민자인 헨리는 기득권자인 백인들의 눈치를 보는 것이 일상적 일이기 때문에 있던 자리에서 소리없이 사라지거나 눈에 띄지 않게 행동하는 것은 매우 쉬운 일이다.

나는 마땅히 선한 봉사자의 위치로, 눈에 안 띄는 말단 직원의 자리로 물러날 것이다. 나는 내가 사라져야 할 순간을 언제나 잘 알고 있으며 더욱 희한한 것은 내가 이런 점을 소중히 여긴다는 사실이다. 항상 멋져 보이는 그 무존재. 내가 원하면 어느 곳에든지 갈 수 있다는 사실. 이것이 그렇게 오랜 세월이 걸린 내 동화(assimilation)의 과정인가? 이것이 오래 추구했던 달콤함인가?(*NS* 202).

헨리가 백인사회에 동화하기 위해서 지금까지 노력한 결과로 기민한 스파이가 되었고 이는 이민자에게 요구되는 기본자세와 같다. 눈에 띄지 않고 가만히 구석에 서서 관찰하는 것은 편안함마저 준다. 현장에 있되 자신을 드러내지 않고 원하는 정보를 수집하고 파악하는 정보원의 삶은 그림자의 삶이다. 외부인으로서의 이민자가 그림자와 같은 삶을 추구하여 사회에 위협적 존재로 인식되지 않을 때에야 비로소 그는 미국의 주류사회에 받아 들여지는 것이다. 호그란드의 이론을 이민자의 입장에 놓고 보면 이야기가 맞아 떨어진다. 사회 주류가 아닌 이민자가 백인 사회에 들어와서 아무리 많은 시간과 노력을 기울여 치밀하게 계획한다 해도 그것이 주류의 생각에 거슬리면 실패하게 되어 있다. 이 점은 후에 이민자인 존 광이 미국사회에서 새로운 정치인으로 등장하여 새로운 시도를 피력할 때 마침내 실패로 종결될 것이라는 복선이기도 하다.

헨리의 이같은 처세 원칙은 아내와의 결혼관계를 "헨리식 답변(the Henryspeak)"(*NS* 6)이 주도하는 불완전한 형태로 몰아가면서 사회의 최소단위인 가족공동체의 존립을 저해한다. 헨리식 답변이란 피상적인 대화 이상의 그 아무것도 아니어서 무의미하며, 두 사람 사이의 관계 발전에는 도움이 되지 않는다. 아내의 질문에 대해서 그것이 '예민한' 내용이라든가, 혹은 '진행중(evolving)'(*NS* 6)이라는 등 모호한 말로 대답을 회피하기 때문이다. 그는 릴리아에게 자신의 모습을 있는 그대로 내보이지 않고 거짓으로 일관함으로써 "거짓을 말하는 자(False speaker of language)"(*NS* 6)로 낙인찍힌다. 거짓에 토대를 둔 부부관계는 성립될 수 없다. 헨리의 마음을 알려고 노력하던 릴리아는 마침내 부부관계의 종말을 선고한 종이쪽지를 헨리의 손에 쥐어 주고 혼자서 여행길에 오르는데, 그 작별의 순간에 두 사람이 나누는 대화 역시 비틀어진 그들의 관계를 드러내고 있다.

"이건 당신이 생각하게 될 그런 뜻은 아니야" 그녀가 일어서며 말했다.

"괜찮아."

"이게 무언지 내용도 모르잖아."

"상관없어."

그녀는 입술을 깨물었다. 굳은 목소리로 차에 가서 읽어보라고 말했다(*NS* 4).

릴리아는 소통하려고 노력하고 있다. 자기가 적은 내용을 읽고 나서 헨리가 생각하게 될 내용까지도 배려하며 성급한 결론을 경고한다. 그러나 헨리는 아내의 이런 노력 내지 맥락을 파악하려는 노력도 없이 그냥 '괜찮아'로 잘라 말한다. '괜찮아'는 다시 말하면 '(중요하지 않으니까) 어떻든 상관없어'의 뜻으로 받아들여지고, 사실상 헨리는 릴리아가 쪽지의 내용도 모르는 것이 아니냐고 지적하자 '상관없어'라고 대답한다. 보통 사람 같으면 아내가 쪽지를 건넬 때, '음, 이거 뭔데?'라고 반응하고 그 내용이 무엇인지 곧 읽어 보려 할 것이다. 그러나 헨리는 릴리아의 이런 행동에 대한 아무런 생각도, 관심도 없고 성의 없이 답한다. 릴리아는 남편의 무심한 반응에 다시 한 번 좌절을 느낀다. 그녀는 입술을 깨물며 속마음을 차갑게 굳힌다.

릴리아가 헨리에게 건넨 쪽지는 그녀가 헨리의 아내로서 결혼생활의 좌절과 절망의 순간을 맞을 때마다 펜이나 연필, 크레용 등 손에 잡히는 대로 집어서 메모로 작성한 것이다. 이 메모는 릴리아가 때로는 감정이 격하여 종이를 구겼다가 다시 반반하게 펴내는 접었다, 폈다 동작을 반복한 흔적을 담고 있다(*NS* 4). 릴리아는 헨리의 사람됨과 삶의 자세, 그리고 그의 정체성에 관한 그의 특성을 간결한 코뮤니케(communiqué)의 형식으로 예리하게 짚고 있다. 그녀가 볼 때 헨리는 삶의 주인공이 되지 못하고 미국사회에서 겉도는 인물이다. 비밀스럽고, 정서적으로, 법적으로 외계인이며, 주변 사람들과 어울리지 못하는 이방인이고 남들의 비밀을 캐려 하는 스파이자 배신자다(*NS* 5). 릴리아는 헨리가 진정성이 결여된 '거짓된 존재'라고 꼬집는다. 헨리가 자신의 거짓된 정체성에서 빠져나오는 것만이 진정한 대인관계를 회복하고 사회공동체로 나아가는 길임을 암시하고 있다.

4) 존 쾅: 'Asian American Dream'

사설정보산업회사에 고용된 스파이인 헨리는 한국계 미국인으로 많은 재산을 이루고 뉴욕 시장직에 도전하는 존 쾅(John Kwang)의 배후를 캐는 과제를 임무로 맡게 된다. 헨리는 한국계이면서 자연스러운 미국인 이미지를 성취한 존 쾅이 이상적인 이민자의 모습이라고(*NS* 272) 보고 그의 선거운동 자원봉사자로 들어가 밀착 정보수집을 시작한다. 헨리의 목표는 '존 자신이 보는 자신의 모습, 아주 사적인 시간에 그가 거울 속에서 보는 자신의 모습'을 알아내는 것으로서 존이 가진 최후의 가면을 드러내는 것이다. 헨리는 아시아계 미국인이 언어와 문화 양면에서의 '네이티브 스피커'가 될 수 있는가가 매우 중요하다고 생각하기 때문에 많은 어려움을 잘 극복한 것으로 보이는 한국계의 뉴욕시 의회의원 존 쾅을 주목한다. 존은 어조나 행동이 정확하고 완벽한 사람으로 헨리의 기대를 만족시킨다. 즉, 존은 대부분의 아시아계 이민자들과는 여러가지 점에서 매우 다르다.

첫째, 존은 이민자로서 당당한 언어 구사력을 성취하였을 뿐만 아니라 미국적 성공의 신화(the myth of the self-made man)를[40] 이룬 인물이다. 그는 두려

40 19세기에 맹위를 떨친 성공신화는 벤자민 프랭클린이 말한 바 있듯이 정직, 검약, 성실로 요약되는 미덕만 갖추면 어느 젊은이든 찢어지게 가난한 시골에서 대도시의 CEO로 성공할 수 있다는 것이었다. 그 성공의 사례로서 19세기의 철강 재벌 앤드루 카네기(Andrew Carnegie 1835–1919), 선박 재벌 찰스 모건(Charles Morgan 1795–1878), 스탠포드 대학 창립자인 실업가 아마사 리랜드 스탠포드(Amasa Leland Stanford 1824–1893) 등이 가난을 벗어나 부의 화신이 되었다. 그러나 존은 20세기 인물이다. 미국의 성공 신화도 19세기로 막을 내렸고, 20세기에는 경쟁이 치열해지면서 주인공들의 꿈은 성공의 문턱에서 좌절되곤 한다. N. 웨스트(Nathanael West, 1903–1940)와 F. 스콧 피츠제럴드(Francis Scott Fitzgerald, 1896–1940)의 작품들이 이를 잘 드러내고 있다. 존 쾅은 아시아계, 구체적으로는 한국계로서 20세기 자수성가의 신화 대열에 발

워하고 소심한 이민자들과는 달리, 두려움 없이 무대로 성큼성큼 걸어나가 때론 미국 건설 초기의 청교도 지도자와도 같이 엄숙하고 위엄있게, 때로는 중국에서 온 이민처럼, 때로는 보트피플처럼 어눌하게 영어를 구사하는 등 자유자재다(*NS* 304). 그뿐만 아니라 존은 문화적으로도 미국문화와 의식의 주요 부분을 몸소 체득한 인물이다. 즉 많은 성공한 미국인들처럼 무에서 유를 창출하여 맨손으로 성공적인 삶을 일구었다. 한국에서 고아로 전전하다가 미군 관계자의 눈에 들어 하우스보이로 도미했고, 뉴욕에서는 빈털터리로 시작하여 죽을 고비를 넘기고서 교육의 기회를 잡고 자수성가했다.

둘째로, 존 광은 대부분의 아시아계 이민자들과는 달리 자기의 가족이라는 사적 영역을 벗어나 큰 인물로 공적인 영역에서 활약하며 당시의 한국계 이민자들은 상상도 못 한 목표지향적인 인물이다(*NS* 139). 헨리는 자신의 아버지와 어머니가 생존 문제에만 전전긍긍했던 것과 비교하며 존 광을 바라본다. 존 광의 시야가 직계에 국한되지 않은 것은 그가 인종적 경계선을 별로 의식하지 않았던 것으로 볼 수 있다. 말하자면, 존 광은 새로이 선택한 조국에서 한 명의 시민으로 열심히 일하고 사회 전체의 이익을 도모하는 사회적 책임의식을 가진 공인의 모습이었다. 이것이 그에게 자신의 뿌리인 한국문화와 백인의 미국문화 경계를 별 자의식 없이 넘나드는 "자연스러운 미국시민"(*NS* 328)으로 성장하게 했을 수 있다.

셋째로, 존은 미국의 주요 가치관인 낙관적인 견해를 가지고 있다. 그의 부드럽고 빛나는 얼굴은 세상을 낙관적으로 보고 자신 있게 앞을 내다보는 에머슨의 비전을 닮았다.

넷째로, 존은 아시아적인 가족의 의미를 직계가족을 뛰어넘어 '모두 함께'

을 내딛었고 웨스트나 피츠제럴드의 주인공들처럼 정점에서 좌절을 맛보게 된다.

를 목표로 삼는다. 즉 자신이 제시하는 비전은 혼자만의 것이거나 한국계에만 한정된 것이 아니라 인종이나 출신을 막론하고 모두를 '하나의 가족'으로 끌어안는 것이다. 그의 친화력은 주위 사람들에게 자신들도 그의 비전에 함께하고 있다고 느끼게 한다. 그는 처음 만나는 헨리에게도 마치 "기억을 보는 것처럼"(*NS* 134) 바라본다. 초면에 친근한 느낌을 주고 마치 이미 알았던 사람처럼 대해 주는 것이다. 주위의 사람들을 한명 한명 적어도 한 번이라도 눈을 맞추는 것은 사람들과 "인연을 맺으면서 미래를 밝히는(connecting and lighting up)"(*NS* 134) 행동이라고 볼 수 있다. 모든 이민자를 포용하는 가족의 개념은 그의 경제적 차원에도 적용된다. 존은 한국사회의 사적인 금융체계인 계를 새로운 형태로 이민사회에 전파한다.

> 우리 계에서는 모든 것이 사(私)적인 차원에서 이루어집니다. 우리는 가족처럼, 우리끼리, 증명서나 계약서가 없이 거래합니다. 피부색이 어떠하든, 입에서 마늘 냄새니 비계니 고추 냄새가 나도 상관없어요. 어서 가서 아내나 남편, 아이들을 데리고 오세요(*NS* 280).

존이 미래사회의 지도자로 부상하는 이유는 인종 구분을 뛰어넘는 그의 열린 자세에 있다. 어떻게 보면 존은 어른들의 각기 다른 언어를 이해하고 수용하던 미트의 성장한 모습을 연상시키기도 한다. 그는 주민들 각각의 모국어로 그 사람들과 인사를 나누고 마음을 함께한다.

> 우리는 (존이) 시민들과 스페인어로, 힌두어로, 만다린으로, 타이(Thai)어로, 포르투갈어로, 배우거나 빌려 오지 않은 완벽한 발음으로, '계속해요, 믿음을 가져요, 기분이 어떤지 알아요, 우리가 함께할게요' 등을 노래하듯 홍겹게 말

하는 것을 들었다(*NS* 268).

이처럼 이민자 집단 각각의 언어를 구사하며 그들에게 힘을 주고 격려하며 그들의 입장에 서 주는 것은 쉬운 일이 아니다. 존은 다양한 배경의 주민들에게 마음의 문을 열고 그를 환영하게 한다. 그는 외곽 지역 출신으로 그저 또 하나의 소수민족 대표 정치인으로 만족할 사람이 아니었다.

그는 중요한 사람이 되려는 거였다. 플러싱이고, 브라운즈빌이고 스패니쉬 할렘이고 클린톤이고 할 거 없이 도시의 각처에서 이 땅의 일등 시민으로 우뚝 설 사람이었다. 그야말로 모든 다양한 사람들을 뉴욕시장 관저 계단 앞으로 데려와, 그들을 전리품이나 피정복자로서가 아니라, 항상 새로이 들어야 하는 도시의 산 목소리로 대접할 사람일 거였다(*NS* 303-04).

존은 모든 소수민족을 끌어안고 있다. 그는 만나는 모든 사람—"사무실이나 모임 밖에서건 안에서건, 심지어는 아니 특히 낯선 사람들, 길거리에 호기심에 찬 시민들"(*NS* 138)—까지도 자신의 주요 일부인 것처럼 느끼게 하는 재주가 있다. 피부색이 무엇이든, 그에 대한 생각이 어떠하든, 그를 직접 만난 사람들은 힘주어 잡는 존의 손길을 느끼며, 환경적으로 혹은 혈연적으로 아무리 멀리 떨어져 있다 해도 여전히 그들은 그와 형제라는 생각을 심어 주는 것이다(*NS* 138). 이것은 바로 미국이 민중시인 휘트먼(Walt Whitman, 1819-1892)의 자아 확장 개념과 상통한다.

내가 그러하듯 당신도 그러하겠지

내게 있는 모든 원자 당신에게도 있을 테니까.[41]

당신은 나요, 나는 당신이요, 당신이 사랑하는 것은 나도 사랑하는 것이라고 확신하는 것은 인간과 인간, 인종과 인종 사이에 장벽이 존재하지 않고 오로지 이해와 사랑과 유대관계가 존재한다는 것이며, 이같은 생각이 존을 중심으로 생겨나고 있다. 존은 이처럼 아시아 출신일지라도 주변에 서성거리지 말고 공적인 연단에 올라 가운데 자리를 차지해야 한다고 주장한다 (Rody 85). 그는 한국 출신으로서 '자연스러운 미국인'으로 발돋움하는 데 성공하였고, 열린 마음으로 미국의 정치인다운 비전과 가치관을 갖추고 있다.

5) 존 쾅의 몰락

소설 속의 한국계 미국인 존 쾅이 정치인으로 활동하고자 하는 미국사회는 인종에 대한 편견이 남아 있는 사회다. 1930년대 한국계 미국작가 영힐 캉이 그의 작품 『동양인 서양에 가다』에서 미국사회의 인종편견을 비판하였듯이, 창래 리도 백인 미국사회가 알려진 것보다 투명하거나 공정하지 못함을 이 작품에서 지적하고 있다. 백인이민자들과는 달리 아시아계 이민자들은 미국에서의 편안한 삶을 원한다면 자신의 분수를 알고 지켜야 한다는 무언의 제약을 받는다는 것이다.

소수민들 특히 이민자들은 미국사회에서 어느 수준까지는 출세할 수 있다. 일부는 사치스러운 삶을 살기도 한다. 그러나 아시아 이민자들은 진정한 권

41 원문:
"And what I assume you shall assume, For every atom belonging to me as good belongs to you." us092311.blogspot.kr/2013/05/song-of-myself-1.html 참조.

> 력은 가지지 못한다. 성공하는 사람들은 대개가 백인들이 요구하는 조건을 받아들였기 때문에 가능해지는 것이다. 각 이민자의 길을 밝히는 좌우명은 당신의 분수를 지키시오. 그리고 목을 너무 빼지 마시오. 그러면 아마도 당신은 "어느 정도 괜찮은 생활"을 누릴 것입니다(*Szmańko* 124-25).

헨리의 동료인 잭은 이 사실을 잘 알고 있다. 미국사회가 생각처럼 개방적인 사회는 아니라는 것이다. 주류가 아닌 사람은 "필요한 것만 할 수 있다"고 말한다:

> 우리에겐 선택권이 없어. 우리가 소외되었다고 느끼기도 하지 그리고 우리는 머리가 좋다는 걸 알아. 그리고 우린 (이민자로서의) 우리를 알고 있지(*NS* 292).

헨리의 보스 호그란드가 헨리를 위한 업무설명 중에 자기 분수를 지키지 않는 이민자들은 복수의 표적이 되니 조심해야 한다고 말하였듯이, 존은 인종적 요건으로 인하여 완전한 참정권에서 소외되는 것이다(Corley 68). 즉 미국사회 내에서 다양성이 목소리를 높여 갈수록 백인들은 기득권을 보호하기 위해서 주류의 경험 이외의 것은 '위험하고 위협적인' 것으로 간주하기 시작하며, 한발 더 나가 미국 땅에 살 권리가 있다고 인정해 줄 사람들의 범위를 계속 서서히 좁혀 나간다(*NS* 274)는 것이다. 누구든지 착실한 아시아 이민자의 범주를 벗어나 그 이상을 추구하면 기득권자들은 즉시 의심하고 누군가가 행동을 취한다. 하이에나 같은 사람을 고용하여 튀는 자를 처리하는(*NS* 288) 것이 상례다.

존 광은 앞서 보았듯이 뛰어난 능력과 의지의 주인공으로 사회공동체에 대한 큰 포부를 실현하고자 한다. 그가 다른 이민자들처럼 작은 행복을 성취하는 것에 만족하지 않고 가족을 뛰어넘어 보다 큰 사회의 행복을 위하여 헌신하고자 하는데, 이는 보이지 않는 백인 미국사회의 기득권 고수 전통에 도전장을 낸 것이나 다름없다. 그는 소수 모범 아시아계 이민자의 이미지를 거부하고 뉴욕시장 선거에 뛰어들면서 위협적이고 위험한 인물로 인식된다. 현 시장인 드 루스(De Roos) 측은 존을 "'소수인종 도전자(ethnic challenger)'로 낙인찍고 그를 '비세력화(marginalize)' 내지 소외시키고, 그의 열정은 알아주되 그것이 급진적이며 열광적인 것이라고 폄하"(*NS* 36)하고 나선다.

정치적 야망을 품은 존 광은 아시아계라는 자신의 약점을 잘 알고 있다. 그의 선거사무실에서 일어난 화재 및 선거운동원 사망사건에 대한 해명을 통해 뉴욕시가 원하는 것은 인종에 관한 언급임도 잘 알고 있다. 그가 백인이 아니므로 주변에서 일어나는 일들은 자칫 인종 문제로 치부되기 쉬운 것이다. 이러한 인식하에 그는 주변의 요구에 대해 침묵을 지킨다. "내가 말하는 내용과는 상관없이 그들은 이걸 인종 문제로 끌고 갈 거요. 황인종이 (드디어) 말하다" 하는 식으로(*NS* 274) 언론에 다루어질 것을 잘 알기 때문이다.

그가 뉴욕시장 선거에 뛰어들면서 헨리에게는 그 위협적인 인물을 무너뜨릴 '하이에나'의 역할이 부여된다. 존과 헨리의 관계는 『모두 왕의 신하들』에서의 잭 버든과 윌리 스타크의 관계를 연상시킨다. 잭은 뚜렷한 생의 목표가 없이 방황하다가 자신에 찬 윌리의 모습에 끌려 윌리를 보스로 받아들였다. 헨리도 아시아인으로서 미국사회에서의 정체성 문제로 방황하다가 그 문제를 완전히 해결한 것으로 보이는 존 광에게 매혹되어 그와 관련된 일을 하게 된다. 헨리는 사설 탐정회사와 계약을 맺고 실체를 캐는 스파이가 되어 그의 뉴욕시장 선거운동 보조원으로 위장 취업한다.

그가 몰락하는 것은 폐쇄적인 백인사회에서 기성세력들의 암묵적인 질서를 존중하거나 인정하려 하지 않기 때문이다. 또한, 백인들이 세워 놓은 인종에 의한 분열과 분리는 인종에 상관없이 이민자라면 누구나 느끼는 '현실적 필요'에 의해 극복될 수 있다고 믿는다. 그는 이민자들을 중심으로 힘을 모으고 백인세력에 대응하는 상호 의존적인 체제를 끌어내려고 했다. 이를 위해 그는 휘트먼 식의 자아 확장을 형제간의 유대관계를 더욱 돈독히 하는 '가족관계'로 발전시키면서 친목자금조직망인 한국의 계(契)를 도입한다. 그의 일을 도와주는 스태프들을 늘 한집 식구라며 'family'라는 말을 사용하고(*NS* 147), 심지어는 처음 보는 이민자들을 가족처럼 끌어안는다. 실제로 이민사회에서의 생존 여부를 결정짓는 경제시스템에 그들을 주저함이 없이 회원으로 받아들이고 공동 운명체의 일부로 삼는다. 이것이 그의 '오만의 죄(*hubris*)'(Song 94)라고 본다. 한국 출신으로 한국사회에서 통용되는 가족의 개념을 이민자들간의 자금조직망으로 활용하여 미국사회에서 운용하려 한 것이다. 하지만 그의 시도는 필연적으로 몇 가지 문제를 일으킨다. 첫째, 한국에서의 계 조직은 계원의 신용과 명예를 담보로 한다. 대체로 잘 아는 사람들 사이에서 운영되기 때문에 친목을 겸하고 계원들은 목돈 계획을 활용할 수 있는 장점이 있다. 그러나 그는 이러한 전제는 무시한 채 경제적 도움이 필요한 소수이민들을 끌어모아 한 살림으로 운영하려 하였으므로 무리가 생길 수밖에 없다. 헨리의 아버지는 바로 이러한 이유로 존 광의 시도가 실패할 것이라고 비판한다.

존 광이 이민자들의 경제적 빈곤을 돕기 위해 지하경제를 운영한 것은 『모두 왕의 신하들』에서 윌리 스타크가 선한 목적을 위해서 반대하는 상대방의 약점을 알아내고 협박을 하는 방식과 유사하다. 궁극적인 선을 위한다면 그 과정은 정당화되리라고 믿는 오만이다. 그러나 이러한 방식은 구조적 문제점을 가지고 있으므로 주동자에게 비극적 결말을 가져온다.

둘째, 원래 한국식 계는 현금 거래가 기본이다. 돈이 도중에 사라지기 쉽다. 따라서 계는 미국사회와 같은 신용사회, 공공성과 투명성이 기본인 금융경제의 특성과 정면으로 배치된다. 말하자면, 미국사회 내의 경제활동에 접목한 변형된 계의 개념은 백인들에게 위협적인 암적인 조직으로 인식되었고 곧 제거의 대상이 되었다. 결국, 그는 인종적인 약점의 함정은 극복한 듯하였으나, 한국 사회의 금융방식을 다인종적인 틀에 적용하여 지하경제를 창출하는 거대한 비전과 정적들로 인하여 몰락하게 된다(Palumbo-Liu 319).

존 광이 거대한 공동체의 꿈을 이루지 못하는 또 하나의 원인은 그의 부도덕성이다. 그는 아내를 사랑하고 두 아이의 아버지로서 존경받는 '가정적인' 남자라고 알려졌으나, 실상은 이와 전혀 다름이 드러난다. 헨리를 신임한 나머지, 그에게 자기 조직의 핵심 역할을 맡기고 헨리와 모든 비밀을 함께하려는 듯 비밀 애인을 만나는 장소로 안내한다. 여기서 그는 공적인 모습을 내려놓고 헨리가 스파이 활동의 목표로 삼았던 그의 '맨 얼굴'을 헨리에게 보인다. 지킬 박사와 하이드처럼 존은 이중적인 세계에 도취해 있다. 동화에 성공한 자연스러운 미국인으로서 공동체의 비전을 제시하던 미소 대신, 그가 드러내 보인 세계는 불륜과 폭력, 매매춘과 음주운전 등 불법과 비리로 얽힌 지하세계에 깊숙이 연루되어 있다(Palumbo-Liu 321).

존 광의 꿈과 부도덕성에 의한 몰락은 잘 알려진 1920년대의 작가 피츠제럴드의 주인공 개츠비(Jay Gatsby)의 비극을 연상시킨다. 사실 두 인물은 많은 공통점을 가지고 있다. 두 주인공은 태생이 가난했다. 개츠비가 고아처럼 가난과 싸웠듯이, 존도 한국전쟁 통에 천애의 고아가 된 사람이다. 그리고 둘은 젊은 시절에 맞닥뜨린 많은 고생을 성실과 자긍심으로 이겨 내고 자수성가한 인물들이다. 목표를 향하여 노력하였고 그 꿈의 실현은 미국적 가치의 실현을 상징하는 점도 같다. 또 개츠비처럼, 존도 아웃사이더다. 개츠비는 물질 만능의 사회에서 소외를 느끼고 있으며 존은 백인주도의 사회에서 아시아인으로서 소외를 경험한다.

두 인물은 아메리칸 드림의 부정적인 측면을 드러냈다는 점에서도 같다. 둘은 낭만적 이상을 숭배한 나머지 현실에 대한 판단과 이해가 결여되었고 부정직한 수단을 합리화했다는 점에서도 일치한다. 개츠비는 밀주업을 부축적의 수단으로 사용했고 돈의 힘으로 월드 시리즈를 조작하였다. 존은 미국사회에 충분히 동화한 것 같았으면서도 한국사회에서 통용되는 가치관을 버리지 않은 셈이다. 그는 한편으로 은밀한 계 조직을 정치자금의 수단으로 활용하려 하였고 다른 한편으로는 가부장적 폐해를 답습했다. 그러면서도 외적으로는 자유, 평등, 민주의 사회에서 경제적 단합에 따른 아시아인 간의 결속을 통하여 범 공동체적인 비전을 성취하려 했다. 이 두 사람은 사회 전체의 그림을 인지하지 못하였고, 그 불완전한 기초 위에서 자신들의 꿈을 이루려고 시도함으로써, 아메리칸 드림의 어둡고 추악한 면을 드러낸 셈이다. 이것이 이들의 비극적 결함이자 한계다. 개츠비와 존은 20세기의 작중 인물로서 19세기 이후 이미 기울기 시작한 미국적인 성공의 꿈이라는 신화가 이제는 허상임을 암시하고 있다. 이런 점에서 『네이티브 스피커』도 『위대한 개츠비』와 같이 20세기 경쟁사회에서는 미국의 꿈이라는 신화가 종언을 맞이했음을 웅변하고 있다고 볼 수 있다.

5. 창래 리의 다원사회적 비전

창래 리의 『네이티브 스피커』는 그의 데뷔작이면서도 작가로서의 궁극적 비전이 녹아 있는 빼어난 작품이다. 이 작품은 스파이소설이나, 이민소설,

또는 성장소설이라고도 볼 수 있으며, 아시아계 미국소설로 분류되는 등 다양한 시각으로 읽힌다. 그러나 무엇보다도 이 작품은 창래 리가 꿈꾸는 미국사회라는 공동체가 어떻게 구현될 것이며, 이를 구현하기 위하여 구성원들은 어떤 노력을 해야 하는지를 제시하고 있다고 보인다. 주인공 헨리는 미트의 죽음과 존의 몰락 등 비극을 겪으면서도 이들에게서 발견한 아시아인으로서의 미국의 꿈을 이어 나가기로 다짐하는 것이다.

1) 미트의 유산

미트가 세상을 떠난 지 오래되었어도 헨리는 일종의 제의 속에서 밤마다 새로이 아들의 죽음을 바라본다. 그런데 헨리가 아들의 죽음을 아기 예수 탄생의 거룩한 순간으로[42] 바라보고 있는 것은 미트의 죽음이 헨리에게 일생의 새로운 시작으로 이해되고 있음을 의미한다고 볼 수 있다(S Kim 29). 다시 말하면, 인종과 문화의 차이로 인하여 불완전한 관계를 유지하고 있던 부부에게 다원적 미래의 총체로 우뚝 설 총명한 미트의 희생은 그들이 꿈꿨던 다원사회의 이상을 몰수하였고, 불완전한 그들의 관계를 더욱 흔들어 놓은 셈이 되었다. 그러나 헨리는 이 시점에서 자아 성찰을 통하여 자신과 릴리아와의 관계를 되돌아보고 점검한다. 그리고 마음속에 살아있는 미트의 정신을 살려 릴리아의 언어적 노력을 지원함으로써 다문화 사회를 향한 그들 부부의 공동 목표를 다시금 추구해 나가고자 한다.

예컨대, 아들의 죽음은 헨리와 릴리아의 소통 부재 문제를 더욱 적나라하게 드러내고 위협하는 계기로 다가온다. 둘은 미트를 불의의 사고로 잃은 것에 대하여 똑같이 괴로워하고 있으면서도 서로의 고통을 분담하지 못하

42 작품에서 사건 발생의 순간을 "the spontaneous crèche of [Mitt's] death"(*NS* 104)와 같이 묘사하고 있는데, crèche는 크리스마스 때 장식하는 예수 그리스도의 탄생을 나타내는 조각상들을 말한다.

는 문제에 봉착한다. 헨리는 그의 아버지가 어머니를 향한 애정표현에 인색한 사실에 비판적인 태도를 보였으면서도 자신 역시 가부장적 영향을 받아 릴리아의 감성에 반응하지 못한다. 릴리아는 아들 생각에 잠을 못 이루고 괴로워하는 헨리를 보면서 그의 손을 잡아 주며 헨리가 말로 무언가를 표현하기를 기다린다. 그러나 헨리의 반응이 없자 결국은 포기하고 잠들어 버린다. 그리고 헨리는 릴리아가 잠든 후, 그녀의 의식이 딴 세상으로 떠난 뒤에야 비로소 사고 당시의 기억나는 장면들을 다시 떠올리면서 괴로움에 빠져든다. 즉 릴리아가 어떠한 반응이나 표현을 하지 않고 있을 때만 자신의 머릿속에서 아들의 죽음을 애도할 수 있다는 것이다.

> 지금 나는 거의 숨을 쉬지 않고 있다. 갑작스런 상황의 변화나 움직임을 직면해서 내 훈련에 익숙한 터다. 그러나 두려우면 단호해진다. 숙련된 사람일수록 자신을 무장하려 하지 않는다. 실제론 반대로 하지. 긴장을 푼다, 완전히. 마치 화장실에 앉아 있는 것처럼, 근육을 이완시키는 거다(*NS* 248).

두 사람은 그들이 공유할 수 있는 가장 근원적이고 깊은 슬픔도 같이할 수 없는 관계임이 확인된 것이다. 릴리아는 헨리가 진정으로 미트의 죽음에 대해서 무엇을 느끼는지 믿을 수 없다고 하며 헨리가 "엄숙하고 위엄이 있"는 모습으로, 다시 말하면, 멋있게, 미트의 죽음을 겪고 있는 데 반하여, 자신은 "다락방의 미친 여자"(*NS* 117)[43] 같다고 자조한다. 감정을 있는 그대로 표현하며 소통하기를 바라는 릴리아와는 달리, 헨리는 온몸으로 슬픔을

43 *The Mad Woman in the Attic*: 잘 알려진 영국의 소설가 샬롯 브론테의 『제인 에어』에 나오는 버사 메이슨(Bertha Mason)을 뜻함. 1979년 길버트(Sandra Gilbert)과 구바(Susan Gubar)가 낸 페미니스트 비평서의 제목으로 더욱 잘 알려짐. 여기서 릴리아가 뜻하는 것은 마치 자기 혼자만 비정상인 것 같다는 힐난조의 자기 비판임.

받아들이고 흡수하여 저장한다. 그리고는 마치, "날 이해할 수 없어. 알려고 하지 마. 난 끄떡 없어(You won't get to me. Don't try. I'm immune)"(*NS* 220)라고 말하는 듯하다.

가장 어려운 순간을 겪으며 헨리가 대처하는 방식은 앞 장에서 다루었던 작품 주인공들의 모습과 흡사하다. 워런의 잭 버든은 견디기 어려운 순간이 있을 때마다 주위와 모든 만남을 끊고 고립상태에서 자신의 의식 깊은 곳을 응시하며 이해하지 못하는 내용을 소화하려고 노력했다. 『빌러비드』의 세서도 가장 고통스러운 경험을 자신의 저 깊은 영혼 속에 밀어 넣고 주변으로부터 자신을 고립시킨다. 헨리도 다른 아무도 허용하지 않는 자기만의 세계에서 맘속의 고통을 대면하면서, 옆에 있는 아내와도 자신의 내적인 고통을 나누기를 거부하고 있다. 그러나 미트의 죽음 이후, 헨리는 다른 모습을 보인다. 마치 잭 버든이 사랑하던 사람들을 잃고서 세상 속의 자기를 발견하고 책임 있게 행동하듯이, 헨리는 아들을 잃는 경험을 한 후에 고립의 생활을 정리한다.

헨리의 태도 변화 기류는 자신의 스파이 직업을 정리하겠다고 생각하는 것에서 감지된다. 그는 아웃사이더/스파이의 입장으로부터 모든 슬픔과 희망을 수반하는 미국가정 내에서의 솔선하는 참가자로 변신한다(Dwyer 75). 그는 자신의 정체성에 관한 고민 중에 최선의 선택으로 취했던 비정상적인 생활을 존 쾅과의 일을 끝으로 마감하겠다고 릴리아와 약속하고 아내와의 관계를 회복한다. 그리고 다른 한편으로는 언어치료사인 릴리아가 이민가족들의 자녀들을 위한 ESL프로그램에 힘을 보태기로 한다. 이것은 미트가 헨리로부터의 아시아적인 유산을 완벽한 언어적 성취 속에 이루어 가는 것을 보며 그가 상상했던 다원사회의 가능성을 이민자들의 아이들을 통해 다시 실현해 보고자 하는 몸부림이기도 하다. 헨리는 자기와 같은 사람들이 결국은 주도

세력을 따라잡아 확실하게 미국 역사와 사회의 일원이 될 것을 다짐하는 듯하다.

> (나와 그리고 나처럼 유사한 상황에 있는 이민자들은) 언어의 강세와 어법을 하나하나 다 배워서 주도세력들이 누리는 모든 것을, 고귀하든, 파멸적이든 끝까지 다 허물어 버릴 것이다. 당신들은 우리의 눈과 귀로부터 아무것도 숨길 수 없다. 이것은 당신들 자신의 역사다. 우리는 진실로 당신의 재앙이요 착실한 형제다(*NS* 320).

이민자들이 미국사회에서 확실히 자리매김을 하는 것은 바로 그 사회에서 배운 모든 도구의 활용을 통해서다. 미국의 성공 신화처럼 이민자들은 근면과 성실로 무장하여 백인들이 무시할 수 없는 위치로 오를 것을 희망한다. 앞으로는 아시아 이민자들의 모범적 소수의 특성도 별 볼일 없게 되고, 사람들은 모두 섞이며, 혼성되고, 다변화되어, 인종적 타자는 더이상 타자로서의 공포를 느낄 필요가 없을 뿐 아니라, '미국성(Americanness)'을 의미하는 백인의 순수성이나 성실성도 의구심으로 대하는 세상이 된다(Palumbo-Liu 322).

이 때문에 헨리는 이민자들이 밀집해 있는 도시를 사랑한다. 그는 일상적으로 길거리에서는 알아들을 수 없는 말로 지르는 고함 소리가 들리고 피부색이 조금씩 다른 천태만상의 사람들이 붐비는 곳에서 식품점을 하던 자신의 아버지와 잃어버린 아들을 떠올린다. 아버지의 영어에 창피함을 느끼고 우습게 여겼던 헨리는 이제 아버지의 영어를 그리워한다.

> 나는 내 아버지와 일꾼들의 우스운 어조에 몸을 움찔하고 창피해 했으며 화

> 를 내곤 했다. 콩글리시, 스팽글리시,[44] 시시한 이야기 등 모두를. 제대로 좀 말하시죠 하고 소리치고 싶었다. 딱하신 분들, 그저 한 번이라도 제대로 말 좀 하시지. 그러나 지금, 나는 '우당탕-털썩-멈칫'하며 쏟아놓는 아버지의 영어를 들을 수 있다면 무엇이든 내놓겠는데. 나는 영원히 이 도시의 거리에서 아버지의 목소리를 찾아 귀를 기울일 것이다. 다른 이들 소리도 듣고 싶다. 특히 쫓겨난 사람들의 믿을 수 없는 외침과 소리침을. 내게 그들이 쏟아 붓고자 하는 문장들, 그들이 쏟아 내는 간구와 욕설 모두를(*NS* 337).

이제 헨리의 귀는 아버지의 영어가 열등함의 표출이 아니라, "이민자들의 활기와 생활과 일을 통해서 미국에서 무언가 이루고자 하는 그들의 열렬한 욕구"(Dwyer 79)의 표현임을 간파한다. 그러므로 헨리는 이민자들이 넘치는 도시에서 아버지와 미트를 그리워한다. 그가 추구하는 세상은 바로 이 두 존재에 의해 제시되었음을 깨달았기 때문이다. 헨리는 릴리아의 학생들에게서 미트의 존재를 다시 느낀다.

> 아이들을 안아 올릴 때, 그 아이들은 내가 영원히 기억할 크기요, 내게 그렇게 경이로웠던 바로 그 무게다(*NS* 349).

아이들을 통해 미트를 기억하는 것은 곧 헨리의 다원적 공동체에 대한 소망의 상징이 환기됨을 말한다. 미트와 같은 키와 몸무게를 가진 아이들이 있는 한 이민자를 포용하는 미래의 공동체는 희망적이다. 아이들의 다원사회 창출과 함께 백인 기득권자의 역할도 변화를 보인다. 릴리아는 언어치료

44 Konglish, Spanglish: 한국어식 영어, 스페인어식 영어. 즉 각자의 모국어와 범벅이 된 엉터리 영어.

사로서 미래 시민들의 영어학습을 도우면서도 낮은 자세로 포용하는 모습을 보인다. 즉 스스로가 다양한 모국어를 가진 아이들의 다양하고 낯선 이름을 최대한 정확하게 발음하려고 노력하는 것이다.

> [릴리아]는 각각의 음의 높이와 강약을 주의하면서 아이들의 이름을 최선을 다해 부른다. 아내가 우리 모두를 부를 때 10여 개의 아름다운 이름이 원어로 발음되는 것을 우리는 듣는다(*NS* 349).

모두 다른 아이들의 이름은 '아름다운', '원어' 발음으로 불린다. 이는 백인 사회에서 변형되거나 왜곡되지 않고 이민자들이 고유의 특수성이나 아름다움을 그대로 간직하고 보존하는 사회가 가능할 것이라는 희망적인 메시지를 제시하고 있다.

2) 존 광의 유산

창래 리는 월트 휘트먼이 꿈꾸었던 한없이 광대하고 철저하게 포용하는 미국을 꿈꾼다(Jeon 192). 또한, 시인이 노래하듯이 서로의 다름을 받아들이고 찬양하는 그런 공동체의 미국을 지향한다. 작가는 자신의 첫 작품에서 미국의 모든 것을 노래하고 싶었다고 한다. "이 나라에서는 이민자들을 그저 느낌이 없는 로봇 같은 기계로 여기며 더러운 일을 하든가 혹은 일자리를 빼앗아 가는 그런 사람들로 보는 경향이 있다고 생각합니다"(Jeon 192).

헨리에게 존이 특별해 보이는 이유는 그가 대부분의 아시아계 이민자들처럼 사소한 개인과 가족의 행복을 추구해서 미국 땅을 찾은 이민자가 아니었기 때문이다. 존은 휘트먼과 같이 미국의 꿈과 관련하여 확장된 지평선을 염두에 둔 사람이었다. 휘트먼이 사람과 사람의 장벽을 허물고 연대를 주창

했던 것처럼 존은 인종적 경계선을 넘어서서 미국 전체를 포용하는 비전을 제시해 왔다.

앞에서 논의했듯이 존 쾅은 기본적으로 인종이나 출신을 따지지 않는 정책을 표방했다. 그가 추구하는 이민자의 모습은 결속의 의지를 갖추고, 자기 가족의 경계를 넘어 공적인 영역으로 걸어 들어가는 자부심을 가진 소수민이 되는 것을 의미한다(Rody 84). 존은 소수 인종 각각의 언어를 포용하고 이해하려 했다. 그는 이민자들의 모국어로 그 사람들에게 말을 걸되, 서툴게 학습한 모방으로서가 아니라 그들과 하나가 된 듯이 자연스럽고 따뜻하게 말을 건넨다. 존은 또한 사람들이 전국 어디서 왔건 하나같이 환영하며 정치인으로서 그들을 국가의 주인공으로 대접하는 자세를 견지하고 있다.

이처럼 인종적 언어적 경계를 허무는 존의 열린 자세를 지닌 존은 헨리에게 아시아인으로서 미국사회의 일원이 되는 진정한 모델로 인식된다. 헨리는 존의 "흠결 없이 완벽한, 단호한, 고난과 세월을 기적적으로 초월한 그 얼굴"(*NS* 328)에서 자신의 모습을 보고 언젠가는 그와의 동일시를 꿈꾸게 되는 것이다. 자신의 아버지를 비롯한 많은 이민자에게서 보듯이 그저 한정된 일상으로 지배되는 이민자의 삶이 아니라, 존처럼 거대한 목표를 가지고 미국사회에 도전하고 동화하며 확장시켜 가는 존의 비전은 '새로운 인생'을 찾아 '약속의 땅 아메리카'로 오는 수많은 아시아계 이민자들에게 미래에 대한 희망을 품게 할 것이기 때문이다. 지금 '불법이민자'로 낙인된 수많은 이민자가 미래사회에서는 떳떳한 시민으로 미국사회의 인종적 다양성을 대표하는 얼굴들이 될 것이다.

존은 몰락했지만, 헨리는 그를 통해 얻은 비전을 포기하지 않는다. 헨리가 그의 불법거래 혐의로 이민 귀화국(INS)에 체포되어 끌려가는 초라한 모습을 "a broken child"(*NS* 343) 같다고 느끼는 것은 존에게서 미트가 상징했던 소망과 운명을 보는 것이라 생각된다. 존과 미트는 둘 다 개인의 인종이나 민족적 배경을 극복하는 다원사회 문화적 공동체의 꿈이라는 어떤 비전을 연결고리로 소유하고 있는 것으로 헨리의 마음속에 그려지기 때문이다: "헨리가 그리는 미국은 이민자가 미국적인 특성에 타협하거나 타인의 분노를 일으키지 않으면서 자신의 과거 유산과 새로운 문화 사이에서 편하게 전환할 수 있는 그런 나라다"(Szmańko 147). 비평가 츠만코는 헨리를 통해서 작가가 전하는 메시지를 다음과 같이 정리한다.

> 리는 단순히 아시아계 미국이 아닌, 더 확대된 사회정치적 조망 내에 다양성이 필요함을 강조한다. 헨리 파크는 다른 민족과 인종적 배경을 가진 사람들이 함께 일하는 것을 그린다. 진정한 다문화 국가의 꿈을 성취하려면 민족이나 인종 집단의 제약을 극복할 필요가 있다. 존 광의 연대는 한국계 미국 공동체와 아시아계 미국 공동체 너머를 바라본다. 이 연대는 결국 외부의 세력으로 인하여 붕괴한다. [하지만] 광이 실패하였다고 해서 그러한 연합의 필요성을 감소시키는 것은 아니다(Szmańko 167).

창래 리가 제시하는 비전은 바로 존 광의 시도가 실패한 그 시점에서 시작한다. 팔럼보-류는 『네이티브 스피커』의 결말에 대해 '사회적 유토피아는 이제 닫아걸고 안전한 사적인 공간으로 움츠러들은 것인가?'(Palum-bo Liu 320)라고 추궁하고, 다른 비평가 조세프 전 또한 헨리가 백인사회의 일부로 들어가지 못하고 '개츠비처럼 철두철미한 아웃사이더'(Jeon 210)로 남게 되었다고 말하고 있다. 소설의 마지막 장면을 보면 헨리가 구경꾼처럼 그려진 것이 마치 그의 통제 밖에 군림하는 권력에 희생자로 남을 수밖에 없다는 것이다(Jeon 212).

그러나 이 시점에서 우리는 존의 굴욕적인 모습을 그린 마지막 장면을 상기할 필요가 있다. 군중이 마치 잔치를 벌이듯 왁자지껄하며 길에서 존을 기다리고 있다.

> 도로 가운데서부터 [경찰은] [존을] 걷게 한다. 그에게 화가 난 사람들은 소리치며 그를 가리키고 경찰제지선을 한껏 당기고 있다. 그들은 어린아이를 대하듯 그에게 소리를 지른다. 그들은 내가 이제껏 들어 본 끔찍한 아시아 욕이란 욕은 다 그에게 쏟아 내고 있다. 한 여인이 몸을 내밀더니 그의 어깨에 침을 뱉는다. 다른 사람들은 그에게 손을 대려 하지만 사복경찰이 밀친다. 입에 손을 대고 아주 가만히 서 있는 사람들이 눈에 띈다. 대부분이 동양 여자들이다. 그들은 지쳐 있고 무표정하다. 그러나 이제 그들은 그가 아직 집에 돌아오진 않았으나 불량한 자기들의 자식인 양, 얼굴에 쓰인 멍한 표정으로 그가 얼마나 슬플까, 아플까, 용서받아야지 하는 듯하다(*NS* 341-42).

이 장면은 신약 성경에서 예수 그리스도가 유대인들의 미움을 받아 로마군에 체포되어 호송될 때의 광경을 상기시킨다. 무리가 대제사장에게 예수를 끌고 가서 "[예수]에게 침을 뱉으며 그의 얼굴을 가리우고 주먹으로 치며"(마가복음 14:65), "갈대로 [예수]의 머리를 치며 침을 뱉으며"(마가복음 15:19), 거기에는 멀리서 지켜보는 여자들도 있는데(마가복음 15:40) 등의 기록은 존이 당하고 있는 굴욕이 예수의 수난과 유사한 점이 있음을 드러내고 있다. 또한, 군중에게 모욕을 당하는 존의 담담한 표정은 예수의 초월적인 언행을 상기시킨다.

> 사람들은 비명을 지르고 있다. 팔 길이 정도 떨어진 곳에서 사람들은 무엇이

든 가지고 소리친다. 그러나 그의 얼굴에는 아무 표정도 없다. 마치 귀가 먹은 것 같다. 그는 이미 다른 세상에 가 있다(*NS* 342).

존의 초연한 자세는 자기를 탄핵하는 유대인들 앞에서 불리한 증언을 들으면서도 아무런 대답도, 변명도 하지 않는 예수 그리스도의 초월적인 자세와 연결되어 있다. 로마의 유대 지방총독 빌라도는 예수가 무죄임을 알고 도와주려 하지만 예수가 '아무 말씀도 아니 하시'는 것을 '기이하게 여기더라'(마가복음 15:5)고 기록되어 있는데, 존도 성난 군중들의 험악한 공격을 그대로 받아들이고 있다.

이와 같은 존의 예수 행적과의 유사성은 존의 패배와 몰락이 단순하게 아메리칸 드림의 종말을 뜻하는 것으로 해석하는 것을 경계한다. 존이 세상의 기준으로는 패배를 맞았으나, 궁극적으로 그의 꿈은 다른 모습으로 다른 차원에서 재도전 될 것임을 암시한다는 말이다. 예수의 부활같이 거창한 사건은 아닐지라도 백인 세상에 도전한 아시아인의 꿈은 백인 미국인들의 탁월성과 자기중심성을 주장하는 미국의 정전(正典) 대신에 소수 인종의 담화가 그 자리를 넘볼 것(Corley 79-80)임을 암시하고 있다. 헨리는 존의 유산을 이어받아 겸허한 자세로 어린이들에게 미래를 준비시키며 진정한 사회의 일원이 될 것을 다짐한다.

결 론

—

보다 나은 미래의 공동체를 위하여

신대륙의 발견과 함께 종교적 자유를 찾아 새로운 세상을 구축하려는 초기 미국이민자들의 노력은 미국문화와 사상에 그 뿌리를 깊이 내리게 되었다. 청교도들의 미주 이민 이래, 더 좋은 세상에 대한 열망은 19세기를 지나면서 종교적인 색채를 벗어나게 되었으나, 20세기에도 미국 사회에는 새로운 공동체에 대한 모색이 반복되어 사회현상으로 나타난다.

본 저술에서는 공동체 관념이 두드러진 지역사회를 배경으로 한 미국문학 작품들을 선정하여 그 주제가 어떻게 다루어지고 있는가를 살펴보고, 그 관심사가 현재 21세기의 우리에게 어떤 의미를 가지는가를 생각해 보고자 했다. 이러한 점에서 최근까지도 공동체의식이 남아 있는 미국의 남부사회와 흑인공동체, 그리고 아시아계 공동체 등을 각기의 배경으로 하는 세 편의 소설을 중심으로 인간과 사회의 바람직한 관계를 조명하여 급격하게 파편화되어 가는 현대 사회에서의 공동체의 의미를 되새기고자 한 것이다.

첫째, 온화한 기후와 비옥한 토지를 자연환경으로 가진 미국의 남부는 대규모 농원경제를 구축하였고, 자급자족이 가능해진 사회의 특성상 구성원들 간의 상호 관여가 자연스럽게 받아들여지는 사회공동체적 가치관이 형성되었다. 로버트 펜 워런의 『모두 왕의 신하들』은 이러한 가치체계에 반발하는 주인공 잭 버든과 정치인 윌리 스타크의 독보적 행보가 어떤 결과를 초래하는지를 보여 준다. 남부 켄터키 주 출신의 워런은 남부의 원죄의식과 가족 관계적 사회유대감 등 어느 작가보다도 남부의 특성을 뚜렷하게 작품 속에서 보여 주면서도 개인과 사회라는 인류 보편적 주제를 제시하여 인류 공동체의 문제로 승화시키고 있다. 개인 차원의 은둔자적 삶을 살아온 주인공이 그가 신조로 삼은 유아독존적 생활철학이 실은 책임회피적 오만에 불과함을 깨닫고 세상과 화해하고 책임을 지는 사회구성원으로 거듭나고 있다. 한편, 청년다운 이상주의적 순수의 세계에서 현실의 타락성을 충격으로 발견하게 된 윌리는 반작용으로 전혀 반대의 견해, 즉 결과가 좋으면 된다는 식의 실용주의를 노선으로 택하고 자기 판단에 따른 오만한 자세로 공동체적 가치에 정면으로 도전하는데, 이 또한 자신을 공동체보다 우선시하는 개인의 행보로서 수용될 수 없는 내용이다.

워런의 공동체 개념은 거미줄(the spider web)로 상징된다. 작은 생명체가 아주 미세한 줄을 잠시라도 건드리면 아무리 작은 건드림이라 해도 전체 거미줄이 진동하고 영향을 받듯이, 사회공동체라는 거미줄은 개개인의 아주 작은 언행으로 진동하여 공동체 전체의 운명을 결정한다는 것이다. 『모두 왕의 신하들』에서 워런이 강조하는 바는 작품 전체의 핵심이라 할 수 있는 4장 캐스 매스턴의 이야기다. 캐스는 열정이 넘치는 백인 청년으로 잠시 유부녀와 스캔들을 가졌을 뿐이다. 그러나 그 행위는 사회공동체라는 거미줄을 건드린 결과가 되었고, 백인 청년의 정열은 그와는 아무런 관계도 없어 보이는 한 흑인 여자노예의 일생을 뒤집어 놓은 결과를 초래하였고, 이에 책임을 느낀 캐스는 노예제도의 존속 논쟁으로 벌어진 남북전쟁에 참가하여 생을 마친다. 캐스의 일생은 거미줄의 상징을 효과적으로 표현할 뿐만 아니라, 백인 주인공들로 넘치는 작품이라고 치부할 『모두 왕의 신하들』이 실은 그 핵심에 노예문제, 인종차별의 문제가 있음을 나타내고 있다. 캐스의 이야기를 이해하지 못하면 작품을 이해할 수 없듯이, 인종문제를 도외시하고서는 남부사회를 이해할 수 없다는 것을 작가는 캐스의 이야기를 통해 제기하고 있다.

앞서 2부에서도 논의하였으나, 로빈슨 같은 비평가는 현대 남부의 정치를 다루고 있는 『모두 왕의 신하들』이 캐스의 이야기를 포함하고 있으면서도 워런은 공교롭게도 인종문제를 회피하고 있다(Robinson 512)고 비난하고 있다. 데이비스도 이 작품의 정치적 패턴이 참으로 심란하다며 작품 속에서 흑인을 'niggers(깜둥이)'라고 부르는 것 등은 『찔레 덤불-난제』를 쓴 작가로서 놀라운 일도 못 된다고 빈정거리는가 하면, 워런이 강력한 권력자를 추구하는 것은 마치 나치를 우상화하는 행위와 같다고 혹평하고 있다(Davis; '*NYT on the web*'). 그러나 독자가 이미 알고 있듯, 이는 워런과 워런의 저술을 완전히 호도하고 있다. 인종문제와 같은 평등과 자긍심과 관련된 복잡하고 예민한 문제에 대하여 워런은 깊은 생각과 통찰력으로 당시 남부사회에서 벌어지고 있던 인종분리와 인종차별을 비판하였고, 이는 당시 남부의 지식인이나 예술인들은 쉽게 취할 수 없는 태도였음을(Ealy 133) 상기할 필요가 있다.

공동체는 흑인 여성작가 토니 모리슨에게도 중요한 관심사다. 1976년 한 인터뷰에서 모리슨은 이웃 공동체에 관한 생각을 명확하게 밝히고 있다.

> 나는 이웃과 공동체에 집중하는 경향이 있어요. 그리고 흑인들의 공동체는 항상 존재해 왔는데, 우리는 다만 그걸 "이웃"이라고 불렀죠. 거기에는 생명을 베푸는, 아주 아주 단단한 알맹이, 사람들이 이웃으로부터 얻어 내는 알맹이가 있었던 거죠. 정말이지, 사람은 집에 산다기보다는 집 밖에서, 마을이랄까 하는 것의 "구내"에서 살아요. 지금 기관들이 지고 있는 모든 책임, 법적인 책임들은 이웃의 책임이었습니다. 그래서 사람들은 보살핌을 받거나, 감금되거나 뭐 그런 거죠. 누가 아프면 사람들이 돌보아 주죠. 먹을 게 필요한 사람에겐 사람들이 돌보아 주죠. 늙으면 사람들이 돌보아 주고요, 미치게 되면 사람들이 작은 공간을 제공하거나, 광기를 설명하고 광기의 한계를 찾아내려 애쓰지요.
>
> 그 사람들은 남의 생활에 대해서도 꽤 간섭하곤 했어요. 그들은 당신들이 자

기네들 일부라고 생각했어요. 길거리 어느 여자든 누구의 아이든 키워 주었고 당신에게 해야 하는 일들을 정확하게 지시하였고, 당신은 그 사람들과 연대감을 느끼고 그 사람들도 당신하고 연대감을 느꼈다구요(Stepto 11).

모리슨이 이해하는 흑인의 공동체 개념은 '이웃'으로서 지금의 정부나 기관이 하는 일을 떠맡았다. 도움이 필요한 사람들을 옆에서 도와주고 사람들이 성장하는 과정에 일일이 관여해 온 것이다. 다시 말하면, 누구랄 것도 없이 공동체 안에서 성장하고 공동체 안에서 모든 필요가 해결되었고, 따라서 사람들은 공동체에 소속감을 느끼고 서로에 대한 연대의식을 가지고 생활했다. 모리슨은 바로 이러한 공동체 개념을 그녀의 작품에 표현했다.

초기 작품 『제일 파란 눈』과 『술라』는 물론, 특히 노벨상 수상작품인 『빌러비드』에서 공동체의 주제가 잘 표현되어 있다. 세 작품 주인공들은 모두 그들이 속한 사회공동체와 어그러진 관계에 처해 있다. 『제일 파란 눈』의 흑인소녀 피콜라는 사실 공동체의 산물이다. 피콜라가 태어난 흑인사회에서는 백인의 미와 우월성을 인정하고 그대로 받아들여, 흑인여성은 흑인남성보다 열등한 사회의 맨 밑바닥 존재로 치부한다. 어리고 순진한 피콜라는 학교 교과서에서 배운 대로 자신의 모습을 바라보고 혐오스러워하며 특히 자신의 부모들을 포함한 모든 사람들에게 칭찬받는 아름다운 눈을 가지고자 한다. 모리슨은 개인을 돌보고 성장시켜야 할 사회가 그릇된 가치를 보유하고 개인에게 주입하는 경우에 생기는 비극을 어린 흑인소녀의 삶을 통해 드러내고 있다. 피콜라는 흑인공동체의 산물이자 희생자가 된 것이다.

그러나 『술라』의 주인공 술라는 공동체 앞에서 무력하지 않다. 피콜라와 달리, 외지에서 대학교육을 받고 성인이 되어 고향 버텀(Bottom)에 돌아온 술라는 버텀의 가치관에 도전한다. 버텀 공동체는 흑인들로 구성된 보수적인 가치관을 앞세워 젊은 흑인여성의 개성을 인정하지 않고 술라를 악의 존재로 규정한다. 술라는 수조에 갇힌 물고기들과 같은 버텀 사람들에게 천적의 역할을 감당한다. 즉 수조 안의 물고기들이 천적 물고기에 잡아먹히지 않으려고 필사적으로 자신들을 보호하듯이, 술라의 도전적인 유부남들과의 성관계 여파는 버텀 사람들에게 그 어느 때보다 가족 구성원의 소중함을 인식하고 남편과 아내가 서로에게 관심을 가지고 배려하는 공동체로 바꾸어 놓는 것이다.[1] 인간사회는 선과 악으로 뒤섞여 있으며, 사회가 악이라고 낙인찍은 존재도 때로는 선의 결과를 가져올 수 있다는 것이 모리슨의 생각이다.

『제일 파란 눈』과 『술라』에 이어, 자타가 공인하는 모리슨의 대작 『빌러비드』역시 작가의 공동체 시각을 드러내고 있는데 이번에는 흑인의 역사 차원에서 공동체의 문제를 다루고 있다. 필요에 처한 사람들을 도와주고 돌볼 사람 없는 아이들을 자청하여 키워 주곤 하던 전통적 공동체의 역할은 역사와 함께 다른 양상을 드러낸다. 『빌러비드』의 주인공 세서는 분명 밖의 도움이 필요한 형편에 놓여 있었다. 자유를 되찾고 살아가는 신시내티 흑인들이 처음에는 노예제도로부터 도망 나온 세서와 아이들을 보호하고 나섰다. 그러나 세서의 가족이 그들과는 다른 특권을 누리는 기색을 보이자 냉혹하게 돌아선다. 이들을 돌아서게 한 질시는 공동체를 위해 헌신해 온 베이비 서그즈를 충격에 빠지게 하고 세서는 들이닥친 위기에 아기를 희생시키는 극단적인 선택을 함으로써 흑인공동체에게 그녀와 가족을 소외시키는 명분을 제공한다. 『빌러비드』의 공동체는 마치 숨쉬는 인간과도 같다. 마을 사람들은 세서와 가족의 행운을 시기하고, 세서들에게 찾아오는 불운을 외면하며,

1 Radka Nosková. "Women's Revolt against Social Stereotypes in Toni Morrison's Novels." is.muni.cz/th/261412/ff_b/Noskova_thesis.txt. 2011. accessed 2016. 1. 13.

자기들이 받아들이기 어려운 상황이 발생하자 가차 없이 세서 가족과의 연관을 끊어 버린다. 그리고 세월이 충분히 흐르고 세서와 가족이 충분히 대가를 치렀다고 생각하자 비로소 세서가족을 공동체의 일원으로 받아들이는 것이다. 모리슨에게 있어서 공동체 개념은 생명체와도 같아서 적극적으로 개인의 삶에 간여한다. 그래서 사회에서 버림받은 주인공의 진정한 삶은 사회적 참여를 통하여 온전해질 수 있음을 메시지로 전달하는 것이다. 인간은 사회를 떠나서 혼자 살 수는 없기 때문이다.

마지막으로 셋째, 아시아계 공동체를 배경으로 하는 작품으로 한국계 미국작가인 창래 리의 『네이티브 스피커』를 살펴보았다. 창래 리는 미국사회 공동체에 지속적으로 관심을 가진 작가다. 앞에서 살펴보았듯이, 그는 서구 출신의 이민자들과는 달리 한국 출신의 이방인으로서, 피부색과 머리칼, 언어와 문화가 전혀 다른 백인들이 발달시켜 온 미국사회에 동화되어야 하는 주변인의 위치에 처해 있기 때문이다. 그는 『네이티브 스피커』의 주인공처럼 이질적인 문화와 사회를 끊임없이 관찰하며 이해함으로써 공동체와의 관계를 설정하려 한다.

우리는 로버트 펜 워런의 백인 남성주인공 잭 버든이 의도적으로 자신을 공동체로부터 유리시키고 유아독존적인 삶도 가능하다고 고집하다가 인간과 사회와의 본질적 관계를 깨닫고 사회의 책임 있는 구성원으로 돌아옴을 보았다. 또한, 『빌러비드』의 세서는 노예라는 종속적인 처지에서 가중되는 부당한 대우에 반발하여 순간적으로 자기 아이를 살해함으로써 공동체의 그릇된 가치체계에 저항하는 것을 보았고, 그리하여 살인범으로서 공동체에서 소외된 삶을 영위하는 것을 보았다. 그러나 모리슨의 긍정적인 공동체 가치관은 세서를 결국 공동체의 일원으로 환원시키는 장치를 찾아내었다.

앞의 두 작가의 주인공들과는 달리 창래 리의 헨리는 한국계 이민자로서 다른 사회구성원들이 인정하는 사회구성원이 아예 되지 못했다. 그는 사회의 변두리에서 서성거리며 온전한 구성원이 되기 위한 노력을 끊임없이 하고 있었다. 그는 공동체와의 융화는 언어와 문화의 소화에 달려 있다고 생각한다. 헨리의 조사 분석 대상인 존 쾅은 이 두 가지 면에서 완벽한 것 같았다. 한국 출신 정치가로서 그 사회의 언어인 영어를 상황에 따라 완벽하게 구사하고, 미국의 다양성의 문화와 사고를 그대로 익히고 있는 것 같았다. 그런데도 존 쾅의 발목을 잡는 것은 바로 그의 정체성의 특징이라 할 한국적인 사금융조직인 계의 도입이다. 한국적 정서에 바탕을 둔 계 활용은 투명성과 신용을 기초로 한 미국사회의 금융체제와는 이질적이다. 계의 특성상 세금포탈의 가능성은 매우 커지고 따라서 비리의 온상이 될 개연성이 높다. 존의 몰락을 초래하고 또한 지켜보면서 헨리는 진정한 구성원이 되는 방안을 여전히 탐색하고 있는 것으로 보인다. 1.5세대 작가 창래 리는 그의 데뷔작인 『네이티브 스피커』를 통해서, 이민 후발주자로서 기존질서를 인정하되 인종적 다양성을 포함한 새로운 구성원을 용납하는 다원사회를 제시하고 있다. 그의 아들 미트의 상징을 통해서 앞으로의 미국인 상은 인종적 다양성을 반영하는 모습일 것을 암시한다. 작품 발표 직후 가진 한 인터뷰는 미국과 미국인의 정의(definition)에 대한 창래 리의 생각을 명료하게 밝히고 있다. “이 책의 제목을 『네이티브 스피커』라고 한 이유는 이 이민자들 역시 누구나 마찬가지로 미국인임을 암시하기 위해서입니다. 영어가 미국인 여부를 결정하는 잣대는 아닙니다. 미국적인 것은 항상 변화합니다. 동적입니다”(Williams 28). 창래 리는 휘트먼과 같이 그의 첫 작품 『네이티브 스피커』가 ‘미국의 노래’, ‘미국 전체의 노래’가 되기를 바랐다(Jeon 192).

미 대륙에 식민지를 개척한 이래, 미국인들은 이민의 시기가 언제이고 이민자의 인종적 출신이나 국가에는 상관없이 이상적인 사회공동체를 추구한 것으로 보인다. 지구 상에서 새로 발견된 땅은 미국인들의 의식 속에 새로운 사회를 꿈꾸며 성취하고자 하는 동기를 자극하는 이미지요 상징이다. 초기에는 청교도 조상들이 신앙의 자유를 찾아 신정(神政)을 건설하려 하였고, 이후에도 미국인들은 타락한 현실과는 다른 이상적인 사회를 추구해 왔다. 20세기에 와서도 이상적인 공동체에 대한 비전은 백인 작가, 흑인 작가, 아시아계 작가를 구분하지 않고 창의적 상상력을 부추기는 듯하다. 워런이나 모리슨, 창래 리는 이러한 미국적 상상력에 부응하여 작품 속에서 인류 공동체의 비전을 제시하고 있다.

부록

—

I. 언어와 정체성: 창래 리와의 인터뷰

II. 종합토론

부록 I

언어와 정체성: 창래 리와의 인터뷰

*이 글은 작가 '창래 리'가 프린스턴대로 옮기기 전인 2002년 3월 4일, 필자의 버클리 대학 연구실에서 뉴욕의 창래 리 연구실을 연결한 전화와 이메일 인터뷰 내용을 정리한 것이다. 본문은 미국의 학술지 『Amersaia Journal』(제30권 1호(2004): 215–227)에 게재된 것을 필자가 번역하였다.

이영옥_ 우선 논픽션 에세이 「아주 희미한 우리들만의 언어 "The Faintest Echo of Our Language"」에 대해 질문하겠습니다. 이 글의 제목은 어디서 온 것입니까? 인용한 것인가요, 아니면 지어낸 것인가요?

창래 리_ 제가 지어낸 것입니다. 이 에세이를 보면 저와 제 어머니 사이에 언어가 얼마나 중심적 위치에 있는지를 알 수 있습니다. 또 비밀스러운 언어로 말할 때 우리가 누구인지를 알게 된다는 것을 암시하고 있습니다. 그건 정말 내게 중요한 것이죠. 이 글을 쓰면서 그런 언어가 그 어려운 시기에 어떻게 나를 형성했으며, 내가 작가가 되는 데 어떻게 도움이 되었는가를 알아내고자 했습니다.

이영옥_ 이 에세이는 어머니가 선생님 자신과 사고방식에 어떤 영향을 미쳤는지에 대한 탐구로도 보이는군요. 또한, 어머니의 임종이 임박할 때를 배경으로 하고 있는데, 그때가 언제였는지 여쭈어 보아도 될까요?

창래 리_ 어머니는 1991년에 작고하셨습니다. 제가 21살 때였지요

이영옥_ 그렇군요. 에세이로 다시 돌아가서, 그 제목을 '우리들만의 언어'라고 하셨는데 여기서 '우리'란 무엇을 의미합니까?

창래 리_ '우리'는 저와 제 어머니를 뜻합니다. 한국어와 영어의 중간쯤을 의미하기도 합니다. 어머니와 저는 각자 다른 방식으로 의사소통을 했습니다. 제가 어머니에게 영어로 말하면, 어머니는 한국말로 답하셨습니다. 제가 많이 알아들으니까요. 우리는 하나의 언어를 완벽히 공유하지는 못했습니다. 두 언어의 중간 어디쯤 있는 언어를 뜻한다고 할 수 있겠지요.

이영옥_ 선생님께서는 영어 이름을 정하려고 했다가 그만두신 것으로 압니다. 스스로 생각하실 때 한국과의 관계는 얼마나 깊다고 보십니까?

창래 리_ 제 일상은 미국인의 삶과 같습니다. 그러나 항상 그 안에 한국인으로서의 무언가가 있습니다. 한국적 알맹이 또는 감수성 같은 것입니다. 그렇지만 저는 한국에서 산 적이 없습니다. 제가 아는 한국문화는 모두 부모님을 통해 알게 된 것인데, 따지고 보면 부모님 역시 여러 해 동안 한국을 떠나 계셔서 최근의 한국문화를 잘 안다고 말할 수 없습니다. 그래도, 한국은 제게 매우 중요하고, 동시에 다소 불가사의하기도 합니다.

이영옥_ 한국에 관한 책을 읽어 보신 적이 있습니까?

창래 리_ 신문기사라든가 그 밖에 한국에 관한 것들을 접할 때마다 항상 읽어 보려고 노력합니다. 그런데 그것도 문제가 있습니다. 영어로 번역된 한국문학이 그리 많지 않다는 것입니다. 그나마 제가 읽은 것들도 번역상태가 썩 좋지는 않았습니다. 문학작품으로 읽기엔 큰 흥미를 발견할 수 없었습니다. 언어의 힘을 제대로 인식시켜 줄 좋은 번역이 필요합니다.

이영옥_ 선생님의 첫 번째 소설, 『네이티브 스피커』는 아시아계 미국작가들이 고민해 온 관심사, 즉 '동화(同化)' 문제를 다루고 있습니다. 어떻게 이 주제를 다루게 되셨는지요?

창래 리_ 저 자신의 성장과 교육에 대한 의문들이 대개 하나의 틀 없이 반추하기에는 너무 다양하고, 너무 어렵습니다. 여러 면에서 『네이티브 스피커』는 그러한 매우 사적인 질문들에 대한 대답이라 할 수 있습니다.

이영옥_ 어떤 이들은 이 작품을 스파이 소설이라고 말합니다. 이 소설에 그런 요소를 첨가하신 이유가 궁금한데요, 스파이는 이민자라는 지위에 대한 어떤 은유인가요? 헨리의 보스가 하는 말, 즉 "나서지 말고", "도드라지[튀지 말 것이며]지 않으며 납작 엎드려 있으라"는 충고는 미국사회에서의 이민자들의 지위를 암시하는 듯합니다.

창래 리_ 이 작품은 스파이 소설입니다. 이민자·아웃사이더의 의식을 탐구하려고 일부러 장르적 관습을 벗어난 작품을 쓰고자 했습니다. 은유적으로, 그게 맞는 것 같았고, 흥미로운 내러티브의 가능성을 제안한다는 점에서도 매우 타당하게 생각되었습니다.

이영옥_ 이 작품은 또한 미국적 성공의 꿈이라는 대중적인 주제를 다루고 있습니다. 존 광(John Kwang)은 자수성가한 인물인데 성공의 정점에서 무너집니다. 그의 꿈이 파괴되는 것은 그가 아시아인이기 때문인가요?

창래 리_ 그가 파멸하는 것은 사람들이 그를 오해했기 때문입니다. 넓은 주류사회에 잘 적응하지 못하는 경우엔 누구든지 오해를 받지요. 그런데 그가 공인이기 때문에 그러한 오해는 더욱 확대된 거지요.

이영옥_ 헨리의 부모는 미국사회에서 편안을 못 느끼고 사람들이 자기들에 대해 어떻게 생각할지를 걱정합니다. 이민자들이 가진 이러한 종류의 불안감이 다음 세대에 가면 사라질 것이라고 보십니까?

창래 리_ 어떤 새로운 이민자도 이러한 종류의 불안에서 자유로울 수 없다고 생각합니다. 그것은 불가능합니다. 그리고 생존만을 위해서도 필요할 것입니다.

이영옥_『네이티브 스피커』는 자전적 요소가 강해 보이는데요.

창래 리_ 사실적인 부분들은 자전적이지 않습니다. 하지만 그것에 담긴 감정과 지적인 관심사는 자전적인 것으로 봐도 무방합니다.

이영옥_ 헨리가 여러 해 동안 집안일을 돌봐 준 '아줌마(Ahjuma)'의 이름을 몰라서 벌어지는 소동은 개인의 인격적 정체성을 강조하는 미국문화와 인간 사이의 관계를 중시하는 한국문화의 차이점을 드러냈다는 점에서 획기적인데요, 이는 실제로 일어난 일인가요? 혹은 어디서 들은 이야기입니까?

창래 리_ 실제 일어나지는 않았습니다. 그러나 저 자신도 부모님의 친구분이나 심지어 어떤 친척의 이름을 모르는 경우가 있듯이(알 필요도 없구요) 그런 일은 쉽게 상상할 수 있는 것입니다. 사람이 자기와 함께 생활하는 어떤 사람이나 자신을 돌봐 주는 이의 이름을 모른 채로 지내며, 또 그것이 매일매일 일상에서 문제 되지 않는다는 것이 얼마나 극적인가 생각했습니다.

이영옥_ 한국인 독자의 관점에서 볼 때 이 소설은 미국문화에 비추어 본 한국적 특성, 즉 남성 우위와 과묵함의 가치, 그리고 피고용인의 정체성에 대한 전적인 무시 같은 것들을 다루고 있습니다. 이 소설이 이러한 주제들을 논하는 것은 선생님께서 이러한 점들이 현저하게 문제성이 남아 있는 한국적 특징이라고 생각하고 있기 때문인지요?

창래 리_ 그렇습니다. 이러한 점은 각 문화권의 문제적 측면입니다. 저는 이런 문제들을 계속 다룰 계획입니다. 제 새로운 작품도 남성성과 침묵/절제가 갖는 힘에 대해 다루고 있습니다.

이영옥_ 『네이티브 스피커』에서 헨리와 릴리아의 아들 미트는 백인사회에 동화하기 어려운 점을 상징하는 인물입니까?

창래 리_ 저는 미트의 죽음을 그런 상징으로 본 것이 아니고 헨리를 더욱 난처한 입장으로 밀어붙이려는 것이었습니다. 그런 점에서 미트의 죽음은 이론적이라기보다는 이야기의 성립을 위해서입니다.

이영옥_ 릴리아(Lelia)가 아들의 죽음에 당면하여 하는 말을 어떻게 이해해야 할까요? 세상이 아직 혼혈아를 받아들일 준비가 되지 않았다는 메시지입니까? 선생님께서는 미국의 혼혈아 수용에 대해 비관적이신 것 같습니다.

창래 리_ 이전보다는 덜 비관적입니다. 미국사회의 인식이 점점 혼혈 수용 쪽으로 나아가고 있다고 생각합니다. 사실, 축하하는 일도 자주 있구요. 이런 일은 긍정적일 수밖에 없다고 봅니다.

이영옥_ '네이티브 스피커'라는 단어는 사회적·문화적 의사소통의 면면에 있어서 유창함을 내포하고 있는데요. 언어적으로 볼 때 헨리는 원어민의 유창함을 지니고 있으나 사회적·문화적으로는 그리 유창하지 못하다고 느낍니다. 이민 1세대는 주도문화권의 스파이로만 남아야 할까요, 아니면 주도문화권의 원어민이 될 수도 있을까요?

창래 리_ 될 수 없다고 봅니다. 저 자신도 가장 근본적인 의미에서 원어민이라고 할 수 없습니다. 왜냐하면, 저는 아직도 제 환경과 언어를 의식하며 지내기 때문입니다.

이영옥_ '동화(정책주의자) 정서(assimilationist sentiment)'에 대해 더 설명해 주시겠습니까?

창래 리_ 동화란 어렵고도 다양한 면을 가진 것으로, 골치 아프면서 동시에 근사한 것입니다. 또한, 너무 방대하여 이에 대한 설명을 시도하기조차 힘듭니다. 저의 첫 두 작품은 동화의 다양한 측면과 한계에 대한 소감이라고 볼 수 있습니다. 물론 결정적인 대답은 전혀 아니죠.

이영옥_ 광의 주위를 밀며 에워싼 군중은 예수의 십자가 처형을 부르짖던 군중을 연상시킵니다. 어떤 점에서는 광도 예수처럼 현장에서 완전히 초연한 모습을 보이는데요, 광을 인종차별적인 미국의 희생양이라고 봐도 될까요? 광과 예수, 둘 다 자신을 위대한 영웅이라 숭배하고, 그 숭배했던 이유 때문에 환멸을 느낀, 그들이 믿었던 이에게서 배신을 당합니다.

창래 리_ 그는 동화라는 십자가뿐 아니라 개인적 배신과 야심이라는 십자가에도 희생됩니다.

이영옥_ 이제 『제스처 라이프』에 대해 이야기해 보겠습니다. 1999년 「뉴욕 타임스」 드와이트 가너(Dwight Garner)와의 인터뷰에서 선생님은 일본의 식민지배하에서 한국여성에게 일어난 일을 알게 된 최초의 순간을 묘사한 바 있습니다. 맥신 홍 킹스턴이 '분노'라 부른 그것이 선생님으로 하여금 이 소설을 쓰게 한 동기인가요?

창래 리_ 아닙니다, 저는 그냥 적당한 소재를 물색 중이었습니다. 종군위안부에 관해선 이전에 들은 적이 있었지만, 그것에 관해서는 아무것도 알지 못했습니다. 그것에 대해 제가 책을 쓸지도 몰랐습니다. 한국전쟁이나 그런 소재들을 기웃거리고 있었지요. 저는 항상 그런 식으로 조금씩 조사합니다. 그러다가 종군위안부에 관해 알게 되고, '바로 이거다!' 했습니다.

이영옥_ 그런데 「희미한 우리들만의 언어」에도 일본이나 다른 태평양 연안으로 끌려간 어린 한국여성들에 대한 언급이 있는데요, 그 무렵에는 '종군위안부'의 존재에 대해 모르셨습니까?

창래 리_ 그 당시에는 그게 뭔지 알지 못했습니다. 그들이 단지 노동자로 끌려갔던 것으로 생각했습니다. 제가 읽은 글에서는 단순히 공장이나 야외에서 일하는 인부로 가는 것이라고 적혀 있었습니다. 훨씬 뒤에 가서야, 그 실제의 상황과 그들이 실제로 한 일에 대해 알게 되었습니다.

이영옥_ 한국은 몇 번이나 방문하셨는지요.

창래 리_ 가족과 함께 한두 번 갔습니다. 그때는 한국의 가족들을 보러 간 것이었죠. 그러니까 저 혼자 간 것은 종군위안부 문제를 알아보러 간 게 처음이었습니다.

이영옥_ 종군위안부들과의 인터뷰는 어떻게 진행되었나요?

창래 리_ 사실 그것은 매우 운 좋게, 그리고 정말 뜻하지 않게 이루어졌습니다. 제 삼촌이 종군위안부에 관한 TV 쇼를 기억해 내시고, 방송국에 전화를 걸어 제가 누구이며 무엇을 하는지 설명했습니다. 또 제가 몇 분을 만나 보고 싶어 한다는 뜻도 전해 주셨습니다. 마침내 그분들을 위해 일하는 누군가와 제가 연결됐고 인터뷰를 하게 되었습니다. 그러니까 아는 사람도 없이 한국에 간 거죠.

이영옥_ 작품 속에서 일본군대에 끌려간 K라는 소녀는 선생님이 인터뷰한 그분들을 합성해서 얻어진 인물이라고 볼 수 있을까요?

창래 리_ 그렇습니다, 그 인물은 어떤 특정한 한 개인에 바탕을 두지 않았습니다. 제가 읽었던 것들과 일어났을 수 있다고 여겨지는 몇 가지 일들을 가정하여 그녀의 삶과 경험들을 만들어 냈습니다. 사실(史實) 그대로는 아니지요.

이영옥_ 종군위안부 여성들을 인터뷰하면서 어떤 특별한 어려움은 없었습니까?

창래 리_ 이제는 할머니가 되신 그분들이 저를 매우 편히 대해 주셔서 놀랐습니다. 또 통역자가 있어서 의사소통도 잘 이뤄졌습니다. 그분들이 자신들의 밝히기 어려운 이야기를 해 주신 데 감사한 마음을 갖고 있습니다.

이영옥_ 종군위안부라는 용어에 대해 선생님은 유보적인 태도를 보이셨는데요, 작품 속에서도 선생님은 '소위 종군위안부라는' 식으로 그 용어의 의미를 한정하고 있습니다.

창래 리_ 저는 사람들에게 그 용어가 일본인들이 사용했던 하나의 구어적 표현임을 알리고 싶었습니다. 그리고 미국인들은 '종군위안부' 용어 외에 다른 용어를 알지 못하기 때문에 그것이 그 여성들 스스로가 찾아낸 용어가 아니라는 것을 밝히고 싶었을 뿐입니다.

이영옥_ 역사의 침묵된 부분을 발견해 내는 일이 선생님의 역사관에 어떤 영향을 주었는지요.

창래 리_ 역사는 항상 그렇다고 생각합니다. 그래서 소설이 역사적 기술보다 더 흥미로운 것이라 생각합니다. 독자들은 소설에서 종종 어떤 비밀스런 역사를 알게 되는데, 이것이야말로 실제 사람들의 역사이고, 사실적인 역사입니다. 이런 의도에서 역사소설을 쓰는 것은 아닙니다만, 소설은 역사적 기록을 증대하고 강화합니다. 그러나 제 목표는 객관적이고 과학적인 것이 아닙니다. 만일 종군위안부 여성만을 다루려고 했다면 논픽션이 되었겠지요, 저는 분명 다른 목적을 가지고 있었습니다. 이 소설은 궁극적으로 종군위안부에 관한 것이 아닙니다. 종군위안부에 관한 책이긴 합니다만, 이 책은 종군위안부로 인해 삶 전체가 바뀌는 한 남자에 관한 이야기입니다. 이 소설은 종군위안부들에 관한 다른 책과는 정반대의 시각에서 쓴 작품이라고도 할 수 있습니다.

이영옥_ 정반대되는 책이라고요?

창래 리_ 종군위안부들의 관점에서 이야기하는 대신에, 가해자의 한 사람, 그들에게 고통을 안겨 준 이들 중 한 사람의 관점에서 이야기를 전개했습니다. 그런 측면에서 이 소설은 다른 책들과 정반대된다고 할 수 있습니다. 어떻게 보면 이렇게 함으로써 진실된 이야기를 할 수도 있는 것이지요.

이영옥_ 그래서 소설 속의 인물은 호손(N. Hawthorne)의 작중인물들처럼 그가 저지른 죄의 결과로 고통을 받는 건가요?

창래 리_ 그것이 바로 이 작품이 진정으로 염두에 두고 있는 것입니다. 이 소설은 이 등장인물이 자신의 삶과 정체성을 어떻게 꾸려 갔는지에 관심을 두고 있습니다. 종군위안부나 전쟁 경험이 유일한 것은 아닙니다. 그것만이 그가 어떤 인물인가에 대한 근거가 된다고는 할 수 없습니다. 그것은 그렇게 간단한 문제가 아닙니다. 저는 일본이란 국가든, 군대든, 또 그 무엇이 되었든 간에 필사적으로 권력집단에 끼고 싶어하는 한 인간에게 초점을 맞추고자 했습니다. 그래서 결과적으로 그 때문에 그가 어떤 행동도 못 하게 됨을 다루려고 했습니다. 다시 말해 그는 사람들의 편에도, 옳은 편에도 서지 못하고 사람들을 보호하지도 못합니다. 주인공은 다 실패하지요. 제 소설은 작중인물이 저지른 하나의 죄와 그로 인해 그의 삶 전체가 어떻게 변하는가에 대한 것이 아닙니다. 오히려 이 작품은 한 사람의 삶 전체에 관한 것이고 단 한 번의 범죄가 그의 삶을 어떻게 드러내는가에 관한 것입니다. 이 소설은 제게 있어 인과관계가 분명한 그런 종류의 것이 아닙니다.

이영옥_ 그래서 주인공 하타(Hata)는 K를 위해 나서지 않음으로써 결국 그녀가 끔찍하게 죽도록 방치한 셈이고, 하타는 여러 해가 지난 후 한국인 소녀를 입양함으로써 속죄하려고 하는 것이군요. 저는 선생님께서 왜 주인공을 한국인이나 일본인 등 어느 하나로 설정하지 않고, 다양한 국적의 소유자로 그렸는지 알고 싶은데요.

창래 리_ 그것은 작중인물의 귀속되고자 하는 필요와 욕망을 말하기 위한 장치입니다. 일본에 거주하는 한국인은 한 길을 선택해야 합니다. 한국인으로 살면서, 절대로 인정받지 못하고 사회의 주변부에 남든가, 혹은 완전히 동화하여 일본인이 되려고 죽도록 노력하든가 하는 것입니다. 이 주인공의 경우는 후자입니다. 하타는 안락함이나 안전, 특권 따위를 위해서라면 자기의 정체성을 얼마든지 포기할 수 있는 사람입니다. 이 점은 이야기를 더 흥미롭게 이끌게 합니다. 만약 그가 단순히 일본인이었다면, 이 소설은 자아의 범죄에 관한 것이 되었을 것입니다. 내러티브에 보다 더 깊이를 더해 주는 것은 최초 자아의 단계라 할 수 있는데, 그가 갈등을 느끼며 자기가 아닌 자기임을 증명하려고 애를 씁니다. 그리고 그 점이 그로 하여금 어떤 행동을 하도록 혹은 하지 않도록 하는데 그것이 작품의 흥미를 배가시켰다고 봅니다.

이영옥_ 선생님의 글 쓰는 방식에서 일본적인 것을 느꼈다고 한다면 놀라시겠습니까?

창래 리_ 아닙니다. 주인공이 일본인이기 때문에 이 소설이 진실로 일본적인 작품이길 원합니다.

이영옥_ 그렇지만 주인공의 태생은 한국인이죠.

창래 리_ 예, 하지만 그는 스스로를 일본인으로 여깁니다. 저 또한 그 작품이 일본인에 관한 이야기로 받아들여지기를 원했고, 그가 일본인으로 보이길 원했습니다. 저는 그가 한국인이길 바라지 않았습니다. 왜냐하면, 그는 한국인이 아니기 때문입니다. 그는 민족적으로는 한국인이지만 실제로 그가 인지하는 방식이나 스스로를 생각하는 방식은 일본적입니다.

이영옥_ 일본인에 대해선 얼마나 알고 계신가요?

창래 리_ 일본의 사교생활과 특성에 대해 약간 조사를 했습니다만, 제가 읽은 것과 제가 만나 본 사람들에게서 얻은 지식이 전부입니다.

이영옥_ 하타가 입양한 딸 서니(Sunny)를 반은 한국인이고 반은 흑인인, 혼혈아로 만드셨는데요.

창래 리_ 그것은 제가 이야기하고 싶은 또 다른 문제입니다. 하타는 그런 문제에 신경을 쓰지 않는다고 하지만, 사실 그것은 그를 괴롭히는 문제입니다. 서니가 혼혈아이기 때문에 그들의 관계에 또 하나의 복합성을 더했다고 생각합니다. 저는 항상 문제가 간단하기보다는 작중인물들의 감정을 통해 복잡한 양상을 띠도록 애쓰는 경향이 있습니다.

이영옥_ 서니는 실재 인물을 모델로 한 것입니까?

창래 리_ 그렇습니다. 이 작품을 쓰기 전에 그녀를 만났습니다. 많은 입양 한국인이 작품 낭독회와 강연에 찾아오기도 했는데요, 믿을 수 없는 지경입니다. 그 사람들은 언제든지 저한테 자기 이야기를 쓰라고 합니다. 특별히 이 작품 속의 문제는 제가 만난 그 여성에 기초한 것입니다.

이영옥_ 하타는 딸을 꽤 잘 보살핀 셈인데도 서니는 양아버지를 증오합니다. 서니를 원치 않는 임신에서 구해 낸 것도 하타인데 말입니다. 고마움을 모르는 아이로 그리신 겁니까? 서니는 노후를 맞은 그녀의 아버지 하타에게 너무 가혹한 것 같습니다.

창래 리_ 제가 만났던 그 여성도 그랬습니다. 그녀의 양부모는 그녀를 잘 보살폈습니다. 그들은 부유하진 않았지만, 그렇다고 가난한 것도 아니었습니다. 딸에게 아주 잘 해 주었지요. 그 여성은 양부모를 원망한 것이 아니라, "왜 이런 일이 내게 생겨야 하는 거야?" 하며 자신이 입양아라는 사실을 원망했습니다. 부모가 아무 잘못도 하지 않았지만, 그녀는 그들을 거부했고 그녀도 이 사실을 인정했습니다. 그녀는 그러한 상황이 화가 났던 것이고 그래서 "왜 나를 이 세상에 나게 했느냐고" 따진 것이지요.

이영옥_ 서니가 자기 자신의 삶에 대해 분노하고 있는 거군요.

창래 리_ 그렇습니다. 서니는 완전히 동의하진 않겠지만, 저도 서니와 같은 생각입니다. 서니는 하타가 단지 착한 딸로서만 그녀에게 관심을 두는 것을 원망합니다. 하타는 서니가 가족 내에서 존재하고 그녀의 역할을 채워 주기만을 원합니다. 서니는 하타가 진정으로 자기를 사랑한다고 생각하지 않기 때문에 원망하는 것입니다. 그것은 매우 근본적인 것이지요.

이영옥_ 마치 수녀원에 맡겨진 여자아이처럼요.

창래 리_ 그렇습니다. 서니가 분노하는 것은 하타가 사실은 자기에게 관심이 없다고 생각하기 때문입니다. 그게 근본에 있는 생각이지요. 서니는 그가 자기를 사랑하지 않는다고 생각합니다.

이영옥_ 서니를 좋게 생각하시나요? 혹은 등장시킨 어떤 인물들에게 마음이 가시나요?

창래 리_ 마음은 가지요, 그러나 서니의 친구가 되고 싶은지는 모르겠습니다. 서니를 좋아해야 하는지는 잘 모르겠으나, 마음은 갑니다.

이영옥_ 선생님의 작품에 존 치버(John Cheever)의 「수영 *The Swimmer*」을 인용한 것은 매우 흥미롭습니다. 그 이야기의 주제에 대한 선생님의 생각과 『제스처 라이프』의 주제는 유사한 것 같습니다.

창래 리_ 그렇습니다. 대단히 유사합니다. 이런 문제를 거론하는 것 자체가 매우 흥미로운 일이라 생각합니다. 우선 하타가 사는 곳은 치버 작품의 배경과 같은 곳입니다. 또한, 그 스토리는 자신의 인생과 세상이 변하고 있다는 것을 진정으로 인지하지 못한 한 인간에 대한 것입니다. 하타 역시 약간은 비밀 속에 사는 인물이며, 실제로 모든 일이 끔찍하게 변해 가고 있는데도 그의 삶이 얼마나 멋있고 편안한지에 대한 환상을 가지고 있습니다. 사실 이것은 제가 자랄 때 즐기던 이야기 중 하나였고, 그것에 관해 생각하는 것도 좋아합니다.

이영옥_ 「수영」의 이미지는 더할 나위 없이 적절한 듯합니다. 하타도 "내가 깜깜한 찬물 속에서 유영하며 수면 아래에 있을 때, 내 마음의 눈은 갑자기 정확하게 모든 것의 형태를 말할 수 있는 저 높은 곳에서 조망하는 듯 보인다"라고 말합니다. 정말 인생의 의미가 가득한 내용이에요.

창래 리_ 그렇습니다. 그가 물속에 있다는 사실도 마음에 듭니다. 어떤 면에서 그곳은 그가 도피할 수 있는 곳입니다. 말하자면 현실로부터 자유로워지는 곳입니다.

이영옥_ "만약 선택할 수 있다면 항상 조용하고 보이지 않을, 은밀한 수영을 하는 사람"이라는 언급은 조셉 콘라드(Joseph Conrad)의 단편인 「은밀한 동숙

자 *The Secret Sharer*」를 연상시킵니다.

창래 리_ 그렇죠.

이영옥_ 이러한 비유는 하타가 가진 과거의 무의식적이고 어두운, 노출되지 않은 부분을 암시하는 겁니까?

창래 리_ 그렇습니다. 하타는 그가 말했듯 "보이지 않게" 수면 아래에 머물기를 원합니다. 일단 그가 물에서 나오게 되면, 그는 모든 것을 해결해야 하기 때문입니다. 그에게는 매우 비밀스런 부분이 있습니다. 그는 대부분 혼자 있으므로 그것을 반드시 해결할 필요는 없습니다. 소설 전체에서 그는 과거에 어떤 일이 있었는지 어느 누구에게도 말하지 않습니다. 오직 독자에게만 이야기합니다.

이영옥_ 심지어 일본 군대 내에서 K를 부대장에게 데려오라는 신호를 하타에게 보낼 때 쓰이던 검은 스카프를 서니가 우연히 발견했을 때도 하타는 절대 고백하지 않습니다. 왜죠?

창래 리_ 그는 절대로 모든 사실을 고백할 수 없습니다. 왜냐하면, 그 역시 그림자 속에서 극히 일부나마 살고 있기 때문입니다. 그는 우리(독자)에게는 고백하지만, 그의 주변 사람들에게는 고백하지 않습니다. 왜냐하면, 그의 주변과 모든 관계가 질서 속에 있기를 바라기 때문입니다. 그가 과거를 폭로할 경우 모두 뒤죽박죽이 됩니다. 그래서 그는 자신의 비밀을 지켰고, 그것에 대해 아무도 알지 못합니다. 그렇지만 우리는 알고 있습니다. 그리고 물론 그 자신도 알고 있습니다. 어떤 이가 비밀을 유지하고 있다는 그 부분이 제게는 매우 흥미롭게 느껴졌습니다.

이영옥_ 그렇다면, 그 이야기는 부분적으로 비밀을 공유한 자의 정체성에 관한 것이라고 말할 수 있을까요?

창래 리_ 어떤 면에서는 그렇습니다. 그 점에 관해 저는 많은 글을 썼습니다. 『네이티브 스피커』도 그에 관한 이야기입니다. 어떤 면에서 이들 작품은 그런 방식으로 유사점을 가지고 있습니다. 작중인물들은 다른 과정과 방법을 가지고 그들의 정체성을 이해합니다. 네, 맞군요. 그들은 비밀 공유자가 있습니다. 저 자신은 그걸 생각해 보지는 않았는데, 지금 생각해 보니 그렇군요.

이영옥_ 선생님의 소설에는 유럽·멕시코·중동·일본·한국계 같은 다양한 민족적 배경을 가진 등장인물들이 등장합니다. 이는 선생님의 사회적 비전을 나타내는 것입니까, 아니면 선생님 자신의 소우주를 나타냅니까?

창래 리_ 그것이 저의 비전인지는 잘 모르겠습니다. 저는 그저 그것이 더 편안합니다. 제 삶이 딱히 그렇지는 않아도 말입니다. 저는 어떠한 것도 당연한 것으로 받아들이지 않는 사람, 절대적으로 안락하다고 느끼지 않는 사람, 완전히 뿌리 박았다고 생각하지 않는 사람을 항상 좋아합니다. 이런 점이 제가 관심을 두는 부분입니다. 그래서 자연스럽게 그렇게 되나 봅니다.

이영옥_ 그렇군요. 하타가 사는 지역인 베들리 런(Bedley Run)은 가공의 도시입니까, 아니면 모델이 있습니까?

창래 리_ 그것 역시 웨스트체스터(Westchester)에 있는 여러 도시의 혼합물이라고 할 수 있습니다. 뉴욕시 북부에 위치한 웨스트체스터 카운티를 가 보셨는지는 모르겠습니다만, 많은 사람이 그곳에 삽니다. 베들리 런은 그 지역에 있는 그런 종류의 도시들의 혼합물입니다. 그 도시들을 보지 못하셨다면 설명하기 어렵습니다.

이영옥_ 베들리 런이 조이스(Joyce)의 더블린(Dublin)이나, 포크너(Faulkner)의 제퍼슨(Jefferson)처럼 문학적 의미를 띠는지요? 앞으로의 작품들도 이곳을 배경으로 전개하실 생각이신가요?

창래 리_ 그럴 것 같습니다. 왜냐하면, 저는 다소 불편하게 느끼는 곳에 사는 사람들을 찾아내는 것을 좋아하기 때문입니다. 저는 맨해튼과 뉴욕 근처의 모든 지역이, 뉴욕 출신이지만 그들이 살고 있어야 할 곳이 아닌 곳에서 사는 사람들로 가득하다고 생각합니다.

이영옥_ 노인이 된 하타의 심리 묘사는 매우 감동적입니다. 아직 젊으신 선생님께서 어떻게 노인들의 심리를 이렇게 절절히 그려 냈는지 궁금합니다. 순전히 상상의 소산입니까?

창래 리_ 거의 대부분이 그렇습니다만, 저 자신이 항상 늙었다고 생각하는 데 기인한 면도 큽니다. 저는 나이 든 상태를 상상하는 데 익숙한데요, 그것은 제게 있어 어떤 이질적인 것도 아니고, 저를 두렵게 만드는 것도 아닙니다. 적어도 제게 있어서 한 인간의 삶의 끝이 어떠하리라는 것을 느끼고 상상하는 것은 작품을 써 가는 데 있어서 가장 쉬운 부분이었습니다. 이상한 일이지만, 매우 자연스럽게 그렇게 되었습니다.

이영옥_ 평생을 통한 수면 아래에서의 수영 끝에 하타는 인종과 젠더, 그리고 국가에 대한 모순된 원칙을 포용하면서, 성숙하고 융화하는 모습으로 수면 위로 떠오릅니다. 이것은 인간성에 대한 선생님의 시각이 긍정적임을 뜻하는 것인지요.

창래 리_ 궁극적으로는 그렇다고 할 수 있습니다. 제게 있어 '긍정적'이라는 말은 희망이라고까지는 말할 수 없고, 확장된 의식(greater consciousness)을 뜻합니다. 그것이 희망을 이끌어 낼 수 있긴 하지요. 그러나 제가 느끼는 '긍정적'이란 의미는 항상 인물들과 이야기가 담긴 확장된 의식은 다양한 가능성을 끌어내기 때문에 어떠한 것도 종말이 될 수 없다는 것입니다. 제게는 그것이 긍정적입니다.

이영옥_ 이 작품 어디에선가 하타는 "그 종군위안부 여성들의 삶이 거칠고 험난한 것이었어도, 삶이라는 건 최악의 상황하에서도 살 만한 것이라는 것을 나는 깨달았다"라고 말합니다. 포크너도 이와 유사한 말을 한 바 있는데요, 그는 노벨상 수상소감 중 연약한 인간의 목소리가 파괴와 파멸의 한가운데서도 여전히 들리리라는 말을 하지 않았습니까? 선생님도 그러한 종류의 긍정을 말씀하시는 겁니까?

창래 리_ 바로 그렇습니다.

이영옥_ 여전히 인간의 가능성을 바라볼 수 있다는 뜻인가요?

창래 리_ 그렇습니다, 그리고 모든 면에서의 가능성을 본다는 겁니다. 가능성이 매우 광범위하다는 게 이해의 핵심입니다. 상대방이 인지할 수 있다는 것을 알고, 또 그 사실을 의식하게 된다는 것은 사람에게 희망을 줍니다. 그래서 하타와 같은 사람에게 어떤 끔찍한 일이 일어나도 그의 삶이 끝나지 않았다고 느낍니다. 왜냐하면, 그에겐 항상 어떤 가능성이 존재하기 때문입니다. 그것이 좋은 결과로 이어질지는 확신할 수는 없지만, 적어도 가물가물한 빛은 보인다고 할 수 있죠.

이영옥_ 그렇군요, 그런데 소설의 결말에서 하타가 완전히 화해한 모습을 보이지 않기 때문에 독자들은 어떤 황량함을 느끼기도 하는데요.

창래 리_ 완전히 화해한다는 것은 가능성을 차단하는 겁니다. 그건 이야기를 너무 끝내는 거죠. 독자와 작가들은 이야기가 계속되기를 원합니다. 만일 한 인물의 이야기가 정말로 끝이 난다면, 그것은 죽음과 부정을 말할 뿐이라고 생각합니다. 부정이란 부재의 장소입니다. 저는 그런 것에는 흥미가 없습니다.

이영옥_ 저는 『제스처 라이프』가 『네이티브 스피커』에서 다뤘던 정체성과 동화의 주제를 다시 한 번 다른 시각에서 다룬 것은 아닌가 하는 생각을 지울 수 없습니다. 전자가 역사와 고통스런 과거를 다루고, 후자가 언어와 문화적 가치에 초점을 맞췄다는 것을 제외하고는 말입니다. 결국, 두 소설은 주체성과 동화의 문제를 담고 있다고 생각됩니다. 동의하십니까?

창래 리_ 그럼요. 그러나 말씀하신 대로 두 작품은 각각 아주 다른 포커스를 가지고 있습니다.

이영옥_ 종종 정체성과 동화의 문제가 작중인물의 결정 과정에 관여해서 그것이 궁극적인 인간 가치와 가능성을 드러내는 듯합니다. 이 점은 작품을 쓰면서 염두에 두신 것입니까?

창래 리_ 작품을 쓰면서 그렇게 명확하게 생각하는 건 아닙니다. 그러나 이 사람들이 누구인가, 혹은 어떤 사람들일까를 알므로, 그들을 좀 더 다른 수준의 존재로 올려놓게 되기를 바라고 있습니다.

이영옥_ 인터뷰에 응해 주셔서 감사합니다. 선생님의 깊이 있는 설명으로 작품 이해에 큰 도움이 되었습니다.

부록 II

—

종합토론

여기에 실린 글은 2014년 9~10월, 서초구민회관 대강당에서 진행된 〈석학과 함께하는 인문강좌 7기: 미국소설작품에 나타난 '공동체와 나'의 문제〉 강연 중 10월 11일의 종합토론 내용을 발췌하여 엮은 것이다.

강연: 이영옥(성균관대학교 명예교수)
사회: 김영민(동국대학교 교수)
토론1: 윤성호(한양대학교 교수)
토론2: 김창희(연세대학교 교수)
토론3: 청중의 질문

토론 1

미국문화의 뿌리에는 그 출발점에서부터 공동체와 개인 그리고 통합과 다양성 사이에 팽팽한 긴장과 갈등이 존재해 왔습니다. 이것이야말로 진정으로 미국적 정체성을 결정하는 핵심적 가치이면서, 동시에 '과연 미국적인 것은 무엇인가'라는 물음 앞에서 우리를 늘 좌절하게 만드는 원인이기도 합니다. 이영옥 교수님의 이번 인문학강좌가 미국소설 읽기를 통해 '공동체와 나'의 문제를 탐구하고 있는 것은 그런 의미에서 근현대사를 통해 우리에게 매우 친숙한 존재이면서도 종종 이해하기 힘든 낯선 얼굴을 보여 주곤 하는 '미국'이라는 실체에 대한 매우 의미심장한 문제 제기이면서, 우리 자신과 우리가 속한 공동체의 문제를 되돌아볼 수 있게 해 주는 계기가 되기도 합니다. '공동체를 향한 이상주의자의 여정'으로부터 시작해 '역사의식과 공동체 회복'을 거쳐 '다원사회적 비전'에 다다르는 이 여행의 궤적은 명확히 이영옥 교수님의 그러한 고민과 성찰을 보여 주는 구성이라고 할 수 있습니다. 'e pluribus unum (from many, one)', 즉 '다수이면서 하나'라는 미국적 가치의 정형화된 공식의 이면에는 '하나이면서 다수(from one, many)'라는 다른 방향의 힘이 작용해 왔고, 이를 인식한 후에야 비로소 우리는 구심력으로 작용하는 통합적 비전과 원심력으로서의 다양성의 가치를 모두 바라볼 수 있습니다. 미국의 공식적 신화의 이면에 존재하는 이러한 다른 얼굴들을 통해 우리는 '미국의 꿈'과 함께 어떻게 '악몽'이 존재해 왔는지, 혹은 악몽을 드러내지 않고 감추는 방식을 통해 이상적 유토피아를 꿈꿔 왔는지 알 수 있습니다. 이영옥 교수님의 이번 강의는 무엇보다 이러한 '미국적 역설'의 양면성을 우리에게 다시 한 번 환기하는 소중한 시간이었다고 생각됩니다.

질문 1 : 워런, 모리슨, 창래 리, 세 작가 모두 지역, 젠더, 인종 등의 관점에서 보면 미국 주류 사회의 가치와 일정한 거리를 유지하거나 유지하고 있는 작가라고 할 수 있습니다. 그러나 흥미롭게도 동시에 세 작가 모두는 사회적 변혁에 대한 태도와 역사의식에 있어 유보적이고 애매하다거나 혹은 심지어 보수적이라는 비판을 받기도 합니다. 신비평의 핵심적 일원이었던 워런은 과거 지향적이고 역사적 변화에 둔감한 텍스트 중심주의라는 신비평의 이념적 가치를 대표하는 인물이기도 합니다. 그리고 모리슨은 오프라 윈프리 커넥션을 통한 상업적 성공, 랜덤하우스 출판사의 편집장 경력, 오랜 시간의 대학 강의 등을 통해 길러진 능력을 충분히 발휘해 소위 '비평'과 '흥행'이라는 두 마리의 토끼를 잡은 인물로 평가되기도 합니다.

이민자 가정 출신이기는 하지만 창래 리는 성장배경과 교육, 그리고 문단 데뷔와 미국 유수 대학에서의 교수직을 얻는 과정에서 사실상 그 어느 면에서도 소수자로 살아온 경험이 없는 작가라고 평할 수도 있습니다. 오히려 '창래 리'라는 자신의 이름에 각인된 소수자로서의 정체성을 영리하게 역이용하고 있다는 비판이 있기도 하지요. 이러한 세 작가의 특수한 위치들이 과연 '보수성'이라는 이름으로 비판 가능한지, 그리고 세 작가가 주류 사회와 맺고 있는 특수한 관계들이 이들의 작품을 다른 각도에서 바라볼 수 있게 해 줄 가능성은 있는지 궁금합니다.

답변 1 : 질문을 다시 정리하면 "세 작가 모두는 사회적 변혁에 대한 태도와 역사의식에 있어 유보적이고 애매하다거나 혹은 심지어 보수적이라는 비판"이 있는데 이런 주장의 타당성 여부와 "그렇다면 이들의 작품 해석이 달라지는가?"라고 묻고 있습니다.

워런, 모리슨, 리 등 세 작가를 '텍스트 외적인 요소로 볼 때' 역사의식이 유보적이고 애매하다는 주장은 동의하기 어렵습니다. 특히 워런의 경우를 예로 들어 보면, 1930년대 농본주의 운동의 일원으로 활동할 때의 워런에게는 맞는 말이지만, 후일 워런은 신비평을 버리고 사회적 문맥을 중시하는 비평방식으로 전환하였습니다. 그는 문학작품이란 진공상태에서 써지는 것이 아니므로 작가의 생애, 당시의 사회적 이슈나 역사적 맥락을 반드시 알아야 한다고 강조하고 있습니다. 예컨대, 마틴 출판사(St. Martin's)에서 출간한 『미국문학 앤솔로지』를 보면, 워런이 저술한 작가들의 소개 지면이 작품의 이해를 돕는 사회적 환경을 비롯한 작가 주변적인 사실들로 빼곡함을 볼 수 있습니다.

한마디로 말하기는 무리가 있겠지만, 워런을 비롯한 세 작가의 공통점은 역사 및 사회에 대한 예리한 비판적 시각을 가지고 끊임없이 새로운 세계로 자신을 담금질하는 자세를 보인다는 것입니다. 워런은 누구보다도 남부의 역사의식에 관심을 가지고 시와 소설을 쓴 작가입니다. 『모두 왕의 신하들』에서 캐스가 보이는 고뇌는 곧 노예제도의 원죄를 깨닫고 참회하는 남부인의 모습이고, 1953년 『승냥이와 형제간』에서 다루어진 노예에 얽힌 비극도 워런의 역사의식을 보는 좋은 예가 될 것입니다.

그리고 모리슨이 비교적 순탄한 작가로 삶을 영위한 것은 사실일지라도, 그의 역사의식이 애매하거나 유보적이라고 말하기는 어려울 듯합니다. 모리슨의 작품들을 읽고 있으면 과거를 파고 들어가서 그 안의 추하고 악한 것들을 적나라하게 독자에게 보이는 작가를 만나게 됩니다. 모리슨 개인의 삶도 쉽지만은 않았습니다. 부모의 정신적 지원이 있었으나 백수인 기간도 있었고 남편과 이혼하고 소위 싱글맘으로 두 아이를 데리고 친정에서 지내기도 했습니다. 그래서 그녀의 성공은 작품 자체의 소득이라고 말하고 싶습니다. 데뷔작 『제일 파란 눈』을 보아도 '홍행'의 덕이라기보다는 정신적 내면세계의 식민성을 적시한 모리슨의 예리한 시선과 표현력이 인정된 것이라 봅니다. 모리슨은 성공의 길을 따라 안이하게 활동한 '보수'적인 작가가 아니라, 개인의 역사든, 집단의 역사든, 잘못된 것을 밝히고 가능성을 찾아 화합을 이루는 세계를 지향하고 있습니다.

창래 리 역시 역사에 깊은 관심을 가지고 현재와 미래를 작품에서 다루는 작가입니다. "과거는 항상 현재에 존재하고, 현재는 과거에서 나온다"고 믿고 있는 그는 작중 인물들이 과거의 경험에 어떻게 반응하는가를 고찰하고 묘사합니다. 『제스처 인생』의 하타에서 보듯이 과거에 해결되지 못한 죄의 경험이 70대에 이른 노인의 인생 끝까지 쫓아와서 화해를 이루게 됩니다. 이처럼 화해가 된 뒤에야 비로소 하타는 "Come almost home"을 느끼며 새로운 여정을 준비합니다. 또한, 『생존자』는 치열한 역사의 현장으로 독자들을 끌고 갑니다. 이 작품은 1950년의 전쟁에서 절박한 순간들을 경험한 주인공들이 어떻게 삶을 조성해 나가는가가 관심사입니다. 과거는 현재와 연결되어 있기 때문이지요.

이렇게 워런과 모리슨과 창래 리, 세 작가에게 과거란 유보하거나 애매하게 두는 것이 아니라, 현재 속으로 그것을 적극적으로 끌고 들어와 주인공으로 하여금 새로운 비전을 얻게 하는 것입니다.

두 번째 지적에 대해서는 작가들의 작품을 텍스트 외적인 요소들을 의식하고 읽는다면, 그것은 또 다른 문제 즉 편향된 읽기로 내닫는 위험이 있다고 말하고 싶습니다. 작품을 읽을 때 하나의 시각을 가지는 것은 필요하지만, 그것은 작품 전체의 의미, 인류에게 유익한 가치를 밝혀내는 목적을 가질 때 타당한 시각이고 접근법이 될 것입니다.

질문 2 : 『빌러비드』의 제문(epigraph)에서 모리슨은 '6천만 명 혹은 그 이상'(sixty million and more)이라고 쓰고 있습니다. 이것은 대서양 횡단 노예무역을 통해 희생된 흑인들 숫자라고 쉽게 추정되지만, 동시에 수많은 논란을 불러일으킨 표현이기도 합니다. 무엇보다 제2차 세계대전 중 나치의 만행을 통해 희생된 유대인 희생자의 숫자가 통상 600만으로 추정되기에, 그 수의 열 배 그리고 그 이상이라는 메시지의 전달은 유대인 희생자에 비해 사죄와 보상 그리고 역사적 치유의 과정 속에서 소외된 흑인 희생자를 대변한 모리슨의 역사적 도발이라고 생각됩니다. 역사적 기억과 기념 그리고 반성이라는 과정에는 단순히 힘을 가진 자와 못 가진 자, 가해자와 피해자, 기억되는 자와 잊힌 자라는 이분법적 대립 이외에도 침묵을 강요받거나 역사적 기억에서 추방당한 집단 사이에서 벌어지는 역사적 복원을 위한 불가피한 갈등이 존재할 수 있습니다. 이런 관점에서 이영옥 교수님이 창래 리의 소설을 통해 제시하고 있는 다원사회적 비전을 검토한다면, 창래 리 소설의 결말은 어떤 의미를 지닌다고 할 수 있을까요?

답변 2 : "침묵을 강요받거나 역사적 기억에서 추방당한 집단 사이에서 벌어지는 역사적 복원을 위한 불가피한 갈등이 존재"한다는 가정(假定)에서 '불가피한 갈등'은 피해자 집단 간의 갈등을 말하는 것인지요?

『네이티브 스피커』의 결말은 헨리가 찾아가는 곳, "a city of words"를 보여 줍니다. 이곳은 백인이 주도하는 사회가 아닙니다. 여기에는 이분법적 대립은 존재하지 않습니다. 소수집단 간의 갈등도 아직은 보이지 않습니다. 다만 다양한 언어가 판치는 곳입니다. "길에서는 모르는 언어가 판을 친다. 기묘한 합창곡처럼 들린다. 여기 모두 모여 있다 — 내가 아는 온갖 피부색이." 이처럼 작가가 말한 거리에는 온갖 종류의 차량, 온갖 종류의 가게, 온갖 종류의 음식, 온갖 종파, 온갖 인종 등이 소음과 활기를 일구어내며 17세기 미국의 이주민 사회를 상기시킵니다.

작가는 400여 년이 지난 지금 신대륙에 다시 한 번, 보다 다양한 아시아계/이주민들로 이루어진 새로운 사회를 탄생시키고 있는 듯합니다. 이번에 태어나는 사회에서는 헨리가 창피하게 여겼던 헨리 아버지의 엉터리 영어가 그리워지고 환영받을 것입니다. 언어치료사인 릴리아는 아이들의 이름을 "every last pitch and accent"까지 정확하게 발음하려고 애를 씁니다. 헨리는 이주민들의 자녀들에게서 미트의 환영(幻影)을 봅니다. 이처럼 다원사회의 비전은 모든 구성원이 서로를 향하여 이해심을 가지고 노력하는 가운데 가능합니다. 그것이 소설의 결말이라 생각합니다.

질문 3 : 저에게 있어 세 작가의 공통점은 그들 모두 글쓰기의 장인이라는 것입니다. 워런은 지금까지 유일하게 시와 소설 양 장르에서 퓰리처상을 수상한 작가입니다. 노벨상 수상 작가로서 블루스와 재즈라는 흑인문화 특유의 음악적 요소를 산문에 결합한 모리슨의 장인으로서의 솜씨는 익히 알려져 있습니다. 그의 소설이 보여 주는 뛰어난 아이디어에 가려 그 글솜씨에 관한 논의가 적지만 창래 리 역시 그 서정적 문체와 유머감각(창래 리의 재능 중 가장 과소평가된 부분) 등에 있어 충분한 재능을 보여 주는 작가입니다. 창래 리는 현재까지 다섯 편의 소설을 발표했고 그 나이에 비해 다양한 수상 경력을 소유한 작가이기도 합니다. 소위 '필력'이라는 측면에서 워런과 모리슨과 비교할 때 창래 리가 '대가'의 반열에 오를 수 있는 가능성은 얼마나 된다고 보시는지요?

답변 3 : 큰 질문이군요. 단순하게 말하면, 창래 리도 워런이나 모리슨 못지않은 작가적 비법을 가지고 있다고 생각합니다. 워런은 시인이자 소설가이면서 동시에 문학비평가로도 보석 같은 비평을 낸 바 있습니다. 워런의 소설작품 속에서 시인의 숨결과 손길을 느끼는 것은 당연한 일일 겁니다. 특히 『모두 왕의 신하들』에서 '노란 전보 봉투'의 비유로 지식의 대가를 표현한 것, 남부 여성 순수성의 이미지를 앤 스탠튼의 모습으로 그려 낸 장면 등은 시인으로서의 면모를 느끼게 합니다. 또 윌리 스타크의 카리스마 넘치는 모습과 유머, 잭 버든의 잦은 과거 회상과 내적 의식의 흐름 등은 인간의 심리적 차원을 힘 있게 그려낸 예들입니다.

모리슨의 기법은 더 논할 이유가 없겠지요. 『빌러비드』에서 보았듯이 역사 자료를 사용하여 실제 역사에 대한 의식을 환기시킨다든지, 화자를 달리하여 변화를 주고 설득력이 있는 스토리를 만든다든지, 혹은 창의적인 비유—예컨대, 폴 디의 'tobacco tin heart'—등은 독자들에게 깊은 울림을 줍니다. 또한, 아프리카의 문화와 습속을 작품에 도입한 것도 작품에 풍요로움을 더하고 인류문화에 대한 이해를 고양합니다.

창래 리에서도 워런의 서정성과 극적 내러티브, 모리슨의 역사의식과 다양한 문장 구사 등 많은 요소가 발견됩니다. 특히 『제스처 인생』에서 종군위안부 K의 희생제 장면은 가장 잔혹한 폭력 현장을 서정적으로, 예술적으로 표현했습니다. 인육제를 즐기고 돌아오는 군인들의 모습: "Singly and together and in small groups. The men. It was the men. Twenty-five of them, thirty of them"과 이윽고 하타가 K의 잔재를 수습하는 모습의 묘사는 인간의 마지막 얼굴—두 종류의 대조적인 얼굴—을 보임으로써, 숨이 막힐 것 같은 고통과 고뇌를 전달합니다.

창래 리는 여기서 그치지 않고 실험적 기법을 써서 우리의 현재를 더 또렷하게 드러나게 합니다. 올해 선보인 작품 『만조』는 우리 모두의 관심사인 환경, 유전공학, 경제 불균형 등 일면 짜증 나는 토픽들을 다루되 약간 다르게 제시하고 있습니다. 문맥을 바꾸어 현재가 아닌 새로운 세상, 미래 사회를 배경으로 삼아 사람들로 하여금 현재를 뒤돌아보며 다른 시각, 다른 생각을 이끌어 내는 시도를 한 것입니다.

토론 2

이영옥 교수님께서는 지난 한 세기를 아우르는 미국문학의 주요 특징을 이번 세 번의 강연을 통해 참으로 치우침이 없이 '골고루' 소개해 주셨다는 생각이 듭니다. 그리고 교수님께서 이번 연속 강연의 토대를 이루고 있는 이들 연구업적을 통해 한국의 현대 미국학 연구에 얼마나 지대한 공헌을 해 오셨는지 짐작할 수 있을 것 같습니다. 제1강에서는 20세기 전반기 미국 남부 지역의 낭만적 정서를 간직하며 '남부 르네상스'를 이끌었던 로버트 펜 워런과 시인이던 그를 소설가로서도 대중적 인기를 한몸에 받게 해 준 1946년도 퓰리처 수상작 『모두 왕의 신하들』을, 제2강에서는 20세기 후반 '마술적' 상상력이 억압된 기억의 소환을 통해 집단적 무의식의 차원에서 미국문명 속 '어둠의 심연'으로 남아 있는 노예제의 트라우마를 치유하는 노벨상 수상작가 토니 모리슨과 지난 사반세기의 작품 중 최고로 손꼽히며 그녀에게 퓰리처상을 안겨 준 역사 소설 『빌러비드』를, 제3강에서는 20세기 말 '미국의 꿈'을 실현하는 기회의 땅이자 동시에 인종차별로 점철된 미국적 현실 속에서 '영원한 이방인'으로 남는 '모범적 소수인종', 즉 아시아계 미국인의 분열적 정서를 고백하는 창래 리와 그의 작품 중에서도 한인들이 공유하는 이산의 경험을 응집한 그의 1995년도 데뷔작 『네이티브 스피커』를 소개해 주셨습니다.

이처럼, 이영옥 교수님께서는 지금까지 3번의 강연에서 백인, 흑인, 그리고 황인, 내지는 소수인종을 대표하는 세 명의 작가와 그들의 대표작들을 20세기의 주요한 역사적 맥락 속에서 설명해 주셨습니다. 그 역사적 맥락을 살펴보면, 먼저 워런의 작품은 남북전쟁에서의 패배와 연이은 '재건기'의 정치적, 경제적, 그리고 인종적 통합정책의 실패로 인해 오랫동안 상대적 박탈감에 빠진 20세기 전반기 미국 남부의 현실을 배경으로 하고 있습니다. 특히 남부 백인들 마음속 뿌리 깊은 망향의 욕망과 피해의식, 그리고 교수님께서 '원죄의식'이라고 표현하신 등장인물들의 분열적 증세를 잘 보여 주고 있습니다. 그리고 토니 모리슨의 작품은 19세기 노예서사에 이어 20세기 초 할렘 르네상스로 이어진 흑인문학의 전통을 면면히 타고 흐르는 '블랙 프라이드'(black pride)의 정서와는 대조적으로, 강제적으로 잊힐 것을 강요당하면서도 동시에 스스로 잊고자 하는 노예경험을 동시대 아프리카계 미국인들에게 환기시킵니다. 이 작품을 통해, 그녀는 평등한 민주적 미국을 위한 흑인들의 사회적 통합은 그들의 일방적인 인권의 주장이나 과거 노예 경험을 매개로 한 구제나 화해의 제스처가 아니라고 말합니다. 그리고 그녀는 현대 흑인의 정체성을 과거에 얽매인 상처받은 영혼으로 규정하고 그들의 진정한 인종적 '프라이드'는 타자 백인의 인정이 아니라 과거의 트라우마를 직시할 때에만 가능한 분열된 흑인 주체의 치유와 통합을 통해 구현될 수 있음을 말합니다. 마지막으로 창래 리의 작품은 1960년대를 기점으로 대규모로 유입된 아시아계 미국인이 체득하게 되는 모순적 정체성, 즉 '모범적 소수인종(model minority)'과 '황화(the yellow peril)' 사이의 존재적 분열을 주인공 헨리의 개인적 서사를 통해 표출하고 있습니다. 구체적으로, 이민 1세대인 아버지의 이산적 경험과는 다르게 '한국인'이라는 근원적 태생의 경험과 정체성이 부재한 1.5세대나 2세대가 강제로 덮어쓴 '아시아계'의 가면 이면에 숨어 분열적 편집증에 시달리는 '미국인'의 경험을 다루고 있습니다.

각기 다른 인종으로 분류되는 이들 세 작가의 작품은, 나름의 차별성 속에서, 일관성 있게 시대를 관통하는 큰 물결의 미국 역사와 서로 상이한 현실의 교차 지점에 내던져진 이질적인 자아가 경험하는 '분열'을 화두로 하고 있습니다. 이를 볼 때, 이영옥 교수님께서 이번 연속 강연의 주제로 설정하신 '공동체와 나'의 문제는 이들 세 작가와 작품의 해석에 본질적일 뿐만 아니라 현대 미국역사의 문제와도 직결되는 아주 중요한 인식론적 관점이라 생각됩니다. 결국, 이들 작품이 전달하는 역사적, 문화적, 그리고 문학적 의미는 분열된 자아를 공동체 속에서 회복을 시도하는 상처받은 영혼들의 이야기 속에서 찾을 수 있기 때문입니다. 저는 이영옥 교수님의 강연에 별다른 이견은 없습니다만, 제한된 강연시간 속에서 교수님께서 다 풀어내지 못하신 부분이 있으신가 하여 다음과 같은 질문을 통해 교수님의 고견을 청하고자 합니다.

질문 1 : 로버트 펜 워런은 『모두 왕의 신하들』을 통해 뛰어난 소설가로 인정을 받았지만, 비평사의 관점에서 본다면 그는 남부를 대표하는 시인이자 자신의 시학을 실천하기 위한 비평이론이기도 한 '신비평(New Criticism)'의 창시자 중 한 명으로 알려져 있습니다. 존 크로 랜섬을 필두로, 그에게서 수학한 앨런 테엇, 클린스 브룩스와 함께 워런은 문학 텍스트는 역사적 맥락이나 작가의 의식과는 별개의 자생적이고 독립적인 의미체계를 가지며 '자세히 읽기'를 통해 분석이 가능한 경험적이고도 과학적인 형태의 체계를 지닌다는 신비평을 발전시켰습니다. 브룩스가 '잘 빚어진 항아리(well-wrought urn)'로 비유한 신비평의 이러한 텍스트 접근 방식은 미국이 이데올로기적 정쟁으로 안팎으로 혼란스럽던 냉전시기에 더욱 인기를 끌며 보편적이고도 기본적인 문학비평 방식으로 현재까지도 그 유용성을 인정받고 있지요. 제 질문은 독립된 의미체계를 지향하는 신비평의 관점에서 워런의 소설을 어떻게 바라볼 수 있을까 하는 것입니다. 예를 들어, 교수님께서는 워런의 소설에서 잭이 어윈의 죽음과 관련해 어머니에게 거짓말을 한 것을 조셉 콘라드의 『어둠의 속』에서 말로가 커츠의 약혼녀에게 한 거짓말로 비유하셨고, 이 거짓말을 '배려'의 행위로 보셨습니다. 다른 한편으로, 이것은 진실의 은폐 내지는 기만으로 볼 수 있을 텐데, 이 부분이 작품 전체를 이해하는 데 끼치는 영향은 무엇인지 여쭙고 싶습니다.

답변 1 : 조그만 실마리를 통해 전체를 이해하고자 하는 신비평적 질문이 예리합니다. 과연 잭 버든이나 말로의 거짓말은 거짓말이니까 진실의 은폐 혹은 기만으로 볼 수도 있겠습니다. 그러나 거짓말이 은폐나 기만이라고 할 때는 그 목적이 본인의 이익이 관여될 때라고 생각합니다.

지금 잭의 어머니는 유일하게 사랑했던 사람의 죽음을 애도하고 있습니다. 잭은 어머니로부터 자기 정체성의 확인이라는 큰 선물을 받았습니다. 이로써 잭은 방황하던 자아를 추스르고 가족관계와 공동체와의 관계를 새로이 정립하게 되었습니다. 잭이 전하는 선의의 거짓말은 새로이 얻은 관계를 공고히 하고 어머니에게는 자신이 사랑했던 남자가 아주 괜찮은 사람이었다는 유쾌한 기억을 환상으로나마 지니고 살게 해 주는 것입니다.

워런은 공동체 의식이 특성이었던 남부 출신의 작가로서 세상은 거미줄같이 서로 연결되어 있다고 보았습니다. 잭이 자신의 주변에 담을 쌓고 특정인의 비밀을 낱낱이 파헤치는 것은 거미줄을 끊는, 즉 사회를 파괴하는 행동입니다. 잭이 말한 선의의 사소한 거짓말은 구성원에게는 소망을, 공동체 전체에는 결속과 평화를 가능케 함으로써 워런의 공동체 주제를 돋보이게 하는 것이라고 풀어 볼 수 있겠습니다.

질문 2 : 토리 모리슨의 『빌러비드』가 보여 주는 과거 시간 속 현실의 재현은 '다시 쓰기'에 입각한 20세기 중·후반의 포스트모던한 문화적 감성을 바탕으로 현대의 작가적 시선이 19세기 노예시대로 거슬러 방문하는 탈식민적 서사방식일 것입니다. 과거와 현재라는 상호텍스트성에 기반한 서사 속 현실은 19세기를 향한 역사적 진실의 탐구를 위한 것이 아닐 것입니다. 오히려, 기억된 과거를 재해석하거나 과거를 기억하는 방법과 관련하여 20세기 독자들을 향한 작가의 전언이거나 현재의 문화 및 사회 지배적 현상에 대한 작가적 반응으로 볼 수 있습니다. 다분히 공상과학적인 플롯을 도입하여 현재의 주인공이 노예시대로 시간이동하며 '뿌리'를 찾아가는 이야기를 그린 옥타비아 버틀러(Octavia Butler)의 『킨드레드 *Kindred*, 1979』와 같은 작품이 그 좋은 예가 될 수 있을 것입니다. 이러한 현대의 과거 재현 경향을 두고 볼 때, 제 두 번째 질문은 19세기 노예서사에 이어 20세기 초 할렘 르네상스로 이어진 흑인문학의 전통 속에서 20세기 후반기 모리슨이 꿈꾼 공동체 회복의 비전은 어떤 것일까 하는 것입니다. 모리슨이 꿈꾸는 공동체의 회복은 외부, 즉 백인 사회를 향한 노예 역사의 화해나 용서의 제스처를 통해서가 아니라 자신을 향한 치유의 의미가 더 크지 않나 생각되기도 합니다. 모리슨의 작품에서 회복된 공동체에서 흑인인 '나'는 '미국인'으로서 어떤 미래를 꿈꿀 수 있을까요?

답변 2 : 『빌러비드』에서 회복된 공동체로 들어간 흑인인 '나'의 미래는 덴버의 모습에서 찾을 수 있을 것입니다. 덴버는 어린 나이에 외로움과 공포와 침묵 속에서 18년 동안이나 고통스럽게 지내 왔으면서도, 세상을 떠난 할머니의 용기를 믿고 과거라는 귀신들린 집을 벗어 나옵니다. 덴버에게는 과거란 털어 버릴 거추장스러운 외투입니다. 위축된 엄마 세서와 점점 난폭해지는 빌러비드를 바라보며 덴버는 과거가 현재를 암울하게 지배하고, 현재는 미래를 품을 수 없음을 깨달았습니다. 이런 판단과 지혜가 덴버를 구원하는 것입니다. 마을로 나와 사정을 설명하고 도움을 청하는 덴버는 과거라는 억압을 떨치고 분연히 일어난 흑인의 미래의 모습입니다. 작품의 결말 부분에서 덴버를 반가워하는 백인 청년이 등장하는 것은 덴버가 당당한 미국인으로 꿈꾸며 살아갈 것임을 암시하고 있다고 봅니다.

질문 3 : 제 개인적인 느낌이기도 합니다만, 한국인으로서 창래 리의 작품을 읽을 때의 느낌은 그가 주 독자로 인식했을 미국인이 읽는 것과는 사뭇 다를 것이라 여겨집니다. 주인공 헨리가 겪는 자기 언어에 대해 느끼는 이질성이라든지, 직업 세계에서뿐만 아니라 부부간의 사적 공간에서조차 스파이로서의 정체성이 의식을 지배하며 스스로를 타자화한다든지, 그것이 부부 사이의 보이지 않는 벽으로 작용하며 서로 소원해지는 현상들이 사실상 '남 얘기 같지 않은' 까닭일 것입니다. 비단 생존을 위해 영어를 익혀야 하는 이민자 외에도, 영어가 권력이 되어 버린 한국에서도 헨리가 겪는 분열증 증세를 충분히 공감할 수 있지 않나 생각됩니다. 무엇보다, 이 작품이 한국 독자들로 하여금 '거리두기'의 독서가 쉽지 않은 까닭은 1세대 이민자로서 모국의 정체성(내지는 생존기법)에 기반해 '미국의 꿈'을 실현시켜 가던 존 광의 몰락이 그만큼 비극적으로 와 닿기 때문일 것 같습니다. 마치 그의 몰락은 한국인이라는 인종적 정체성에 내포된 자기 신화적 주체성이 미국사회에서 왜 (처절한 자기희생의 느낌으로) 거세되어야만 하는지를 보여 주는 것 같습니다. 이와 관련해 제 마지막 질문은 한국에서 한국계 미국문학을 가르치는 학자나 교육자로서 가질 수 있는 '비평적' 관점은 미국에서의 그것과 어떻게 다를 수 있을까 하는 것입니다. 같은 맥락에서, 한국인으로서 교수님께서는 동질적이지만 동시에 이질적인 이 작품을 어떤 느낌으로 읽으셨는지 궁금합니다.

답변 3 : 질문을 이렇게 바꿔 봅니다. 미국 독자들은 백인 이야기를 다룬 작품을 어떻게 읽을까? 우리는 백인이 주인공인 미국작품을 미국인 독자와 다르게 읽는 것일까?

헨리가 한국계 인물이기 때문에 그가 경험하는 것들은 우리에게 쉽게 공감이 됩니다. 그러나 이런 구체적인 상황들은 작가의 의도를 전달하기 위한 수단일 것입니다. 존 광의 몰락을 보면서 그의 아시아적 정체성이 원인이라고 보지만 본래의 원인은 법을 초월한 그의 판단과 행동입니다. 다만 아시아적 요소를 불법에 연결시킨 것은 작가의 상상력입니다. 따라서 존 광이 아시아인이고 그 얼굴이 눈에 띄어서 법망에 노출된 것 같지만, 실은 존의 몰락 원인은 존 자신의 범법행위, 곧 일반적인 용어로, 내재악(內在惡)이라고 보아야 할 것입니다.

그렇게 보면, 아시아적 혹은 한국적 소재는 주제를 효과적으로 드러내는 기능을 가지고 있음을 알 수 있습니다. 독자는 일단 소재의 친근성을 소화하고 나면, 한국인이든 미국인이든 인종적인 입장을 떠나 작품 자체에 대한 비평적 관점은 유사할 것으로 생각됩니다.

토론 3

질문 1 : 모리슨은 노예에 관한 과거는 백인뿐 아니라 흑인들에게도 기억하고 싶지 않은 국가적 기억상실증에 관한 것이라며 『빌러비드』는 내 작품들 가운데 가장 읽히지 않았으면 하는 작품이라고 토로한 바 있더군요. 그럼에도 모두가 꺼려하는 과거를 다 기억해야만 하는 이유는 과거를 그대로 묻어둘 경우, 그것에 얽매여 미래로의 전진이 불가능하기 때문이라고 할 때, 이 작품의 결말은 어떻게 읽어야 하는지요?

답변 1 : 문학작품의 결말(ending)은 독자의 상상력을 다시 한 번 깨우치고 도전하는 경우가 많습니다. 모리슨은 작품 『빌러비드』를 "It was not a story to pass on", "This is not a story to pass on"(274-75)이라고 반복하며 끝맺고 있습니다.

여기서 'pass on'이 뜻하는 바를 'forget'으로 새길 수도 있고 'transmit'로도 해석할 수 있는 모호성이 내재되어 있습니다. '잊어서는 안 되는 이야기'라고 하는 결론은 단순하면서도 인류가 모르고 지나가서는 안 되는 역사임을 강조하는 듯하고, 동시에 '전해서는 안 되는 이야기'라고 하면 모리슨의 패러독스를 만나게 됩니다.

'전해서는 안 된다'고 함은 깊은 의미를 가집니다. 그 고통과 끔찍함을 동반한 경험은 이 한 번으로 족하고 다시는 역사상 반복되어서는 안 된다는 의미, 즉 수많은 흑인이 겪은 전례 없는 끔찍한 경험은 모리슨의 이야기를 통해 조심스럽게 분별력과 연민의 태도로 접하되, 가볍게 세상 사람들에게 지껄일 내용이 아님을 모리슨이 강조하고 있는 것으로 생각됩니다.

그러므로 우리는 세서가 그랬듯이 과거에 일어난 일을 확실하게 인정하고 우리가 그 과거의 일부임을 받아들이면서 미래를 내다볼 수가 있는 것입니다. 미국의 노예제도는 폐지되었으나, 아직도 인종차별주의는 남아 있고 우리 자신들도 인종차별주의에서 자유롭지 못합니다. 우리 내면에 있는 인종적 편견, 또 나와 다르다고 해서 상대에게 보이는 멸시와 차별행위는 모두 노예제도적 사고와 다르지 않습니다.

질문 2 : 모리슨의 『빌러비드』와 알렉스 헤일리의 『뿌리』를 비교해 설명 주시길 바랍니다.

답변 2 : 유사한 소재와 동일한 시대에 출간되었어도, 작가의 성향에 따라 작품은 크게 달라집니다. 모리슨의 『빌러비드』와 헤일리의 『뿌리』는 문학예술작품과 대중문학을 구분하는 경우라고 생각됩니다. 요즘은 대중문학도 예술이라고 주장하는 소리도 있습니다만, 근본적인 구분 기준은 작품을 통해 작가가 보이는 도덕의식(moral consciousness)이 될 수 있을 것입니다. 노예제도에 관해서 쓰더라도 작가가 아무런 도덕적 고민과 갈등이 작품에 표현되어 있지 않다면, 또 그것이 예술성으로 승화되지 않는다면, 독자들의 인기를 독차지한다 해도 사람들에게 궁극적으로 유익한 작품으로 남지는 못할 것입니다.

일례를 들자면, 1936년에 미국의 남부에서 두 편의 작품이 나왔습니다. 포크너의 『압살롬, 내 아들!』과 미첼의 『바람과 함께 사라지다』입니다. 두 작품 모두 남부출신 작가들이 남북전쟁을 배경으로 썼고, 같은 해에 출간되었습니다. 포크너는 섯펜의 야심이 사회에 미치는 도의적 의미를 드러나게 한 데 비하여, 미첼은 악은 존재하지 않는 에덴동산의 노예제도를 그리는 데 그쳤습니다. 다시 말하면, 독자는 남부의 역사 앞에 고뇌하는 포크너의 주인공과 낭만화된 남부의 멜로드라마의 주인공을 보게 됩니다.(참고: Louis D. Rubin, Jr. "Scarlett O'Hara and the Two Quentin Compsons." *The South & Faulkner's Yoknapatawpha: The Actual and the Apocryphal.* Ed. Evans harrington & Ann J. Abadie. Jackson: UP of Mississippi, 1977. 168-194.)

질문 3 : 이영옥 교수님께서는 제2주 '역사의식과 공동체 회복' 제하의 교재 4~5쪽에서 현대 흑인문학의 밑거름인 '노예이야기'들이 전하는 내용의 일반적인 특징들 아홉 가지 가운데에서 다섯째, "주인이 기독교인인 경우는 더 잔인하다"고 예시를 드셨는데, 기독교 신앙의 상징적 핵심인 사랑으로 무장된 그들이 왜 흑인 노예들을 더욱 가혹하게 잔인하게 대접했는지? 그 이유가 무엇인지 설명해 주십시오.

답변 3 : 기독교 백인 주인이 더 잔인하다는 말은 상대적이긴 합니다만, 노예제도가 인간에게 허용하는 무서운 타락성을 확인시켜 주는 내용이라고 봅니다.

당시 남부의 종교는 성경구절을 문자 그대로 해석하고 가르쳤습니다. 흑인들은 그 조상의 죄로 인하여 평생 종으로 백인을 섬기도록 운명 지어졌다고 믿었던 것입니다. 또한, 남부의 기독교인들은 대체로 자신에 대해 엄격한 기준을 적용하며 생활했다고 여겨집니다. 그렇다면 여기서 오는 내적인 스트레스의 표현을 노예에게 쏟았다고 볼 수 있지 않을까요?

종교를 잘못 받아들이면 지독히 편협한 오류에 빠지게 되며 매우 비인간적이고 잔인한 생각을 할 수 있습니다. 21세기에도 종교에 빠진 맹목적인 신도들이 세계를 난폭한 처형장으로 끌고 가고 있지 않습니까?

질문 4 : 『네이티브 스피커』의 주인공은 자신을 드러내지 않고서는 사회나 국가의 어떤 불의에 대해서도 어떤 비판도 불가능하며 의도하지 않게 그 불의의 공범자일 수밖에 없을 것이며, 따라서 관찰자나 방관자의 태도를 견지하는 한 다원적인 사회에서 주체가 될 수 없을 것이며, 또한 자신의 목소리를 드러낼 수 없을 것이라고 했는데, 우리 사회에 만연된 관찰자나 방관자적 정체성을 지닌 국민이 공동체에 적극 참여하도록 유도하는 방법은 없을까요?

답변 4 : 조심스러운 얘기입니다만, 작품의 주인공이 자신이 열망하고 찬탄하던 롤모델을 잃듯이 자신에게 소중한 무엇을 잃는 경험을 한다면 깨달음을 얻게 될지도 모릅니다. 책을 읽고 그 사실을 깨닫는다면 실제로 아픔을 겪지 않아도 됩니다. 그것이 문학이 주는 치유의 효과지요.

관찰자나 방관자적 정체성에서 서서히 끌어내는 방법은 아마도 제가 강연 중 예시한 바 있는 벤자민 프랭클린의 자서전에 나와 있는 일과표(daily schedule)에서처럼 1일(日)1선(善)일 것입니다. "What good shall I do this day?"를 아침에 생각하고, "What good have I done this day?"를 저녁 시간에 생각한다면 그 사람의 일생은 공동체를 향한 끊임없는 제스처에 영양소를 공급한다고 볼 수 있을 듯합니다. 작은 일이라도 계속 실천적 정성을 쏟으면 그 공동체에 대한 애정이 생기기 때문입니다.

질문 5 : 『영원한 이방인』에서 주인공은 '원어민'이란 없고 무수한 마스크로 이루어진 버전임을 깨닫습니다. 즉, 이렇게 버전들을 인정하는 것이라면 우리의 다문화공동체에서도 가능한지요? (시중에 절판된 것을 출판사 창고에서 구하여 읽었음.)

답변 5 : 절판된 작품을 창고까지 찾아가서 구하여 읽으시는 선생님의 열정을 찬양합니다.

번역 제목인 『영원한 이방인』은 동화(同化)에 대해 부정적인 입장만을 단정하고 있어 문제가 있다고 생각됩니다. 헨리의 희망이던 존이 제거된 결말 부분에서 헨리의 모습이 그리 낙관적이지 못한 것은 사실입니다만, 그러나 헨리가 이민자가 다수인 지역을 돌아보며 죽은 아들 미트를 떠올리는 것, 릴리아를 도와 이민자들의 사회 적응을 돕는 것 등은 다원사회의 비전을 제시하고 있다고 생각됩니다.

이민자들은 각자의 배경을 가지고 미국 땅에 모여들어 다문화공동체의 구성원들이 되지요. 그리고 그들은 구성원들로서 백인 공동체를 지향하고 존 광이 했던 것처럼 미국적인 문화를 수용하면서 자신들의 일부로 만들어

나갈 것입니다. 일단은 아웃사이더로서 남들을 인정하면서 자신의 것을 창조적으로 동화시켜 나가는 것이지요. 릴리아가 이민자 자녀들의 이름을 그들의 원래 발음대로 소리 내려는 노력을 하는 것과 이민자 자녀들이 릴리아가 지적하는 내용을 자기 것으로 만들려는 노력이 합쳐지면 다원사회적 비전이 만들어지는 것 아닐까요?

질문 6 : 1.5세대 이민자의 작품이 조국의 어둡고 숨겨진 역사를 파헤쳐 가해자를 고발하고, 자신의 언어 갈등 등 어려웠던 미국 생활의 단면을 작품화한 것을 보고 외국인들은 단순한 흥미를 느낄 수도 있었겠지만, 우리 국민의 소감은 다를 수밖에 없습니다. 이러한 감정들은 차세대 이민자들에게는 어떻게 전달되고 또, 조국애를 함양하는 데도 도움이 될 수 있다고 보십니까?

답변 6 : 1.5세대 작가들의 작품이 조국의 역사를 소재로 삼은 것은 외국인들에게 단순한 흥밋거리를 제공하기 위한 것이 아닙니다. 우리가 한국인으로서 남다른 소감을 가질 필요도 없습니다. 또 이런 작품들이 한국에 대한 애국심을 함양시키기 위함도 아닙니다. 만일 그렇다면, 훌륭한 예술작품이 될 수 없고 영힐 캉(Younghill Kang)이 말하던 '잠시의 필요악'인 민족문학의 범주에서 떨어지고 말 것입니다.

작가는 자신이 잘 아는 자료를 활용하여 작품을 씁니다. 1.5세대 작가들에게 조국의 역사는 친밀한 소재입니다. 포크너도 자기가 잘 아는 미시시피주의 옥스퍼드를 배경으로 하는 작품들을 썼습니다. 그러나 이 작품들은 미시시피 사람들의 이야기에 그치는 것이 아니라, 소재는 그 지역에서 나왔을지라도, 작품이 가지는 의미는 인류보편적인 것입니다. 그러기 때문에 우리와 같은 외국인들도 세계인들과 같이 공감하고, 포크너를 훌륭한 작가라 인정하여 노벨상도 주는 것입니다. 요즘은 '보편성'조차 의구의 눈초리로 비판하는 자들이 있지만, 인간인 이상 인류의 보편성은 사라지지 않습니다. 문학은 인류와 예술에 유익해야 한다고 영힐 캉 선생께서 이미 말씀하셨습니다. 특정 국민의 역사를 소재로 삼아도 궁극적인 목표는 보편적 진리입니다. 즉 반인륜적 범죄(crime against humanity)는 모든 인간의 공적(公敵)입니다.

질문 7 : 영어영문학자들은 한 번쯤 고민했을 '우리나라에서 영어영문학 하기'의 문제와 관련하여 학회가 지난 60여 년간 쌓아 온 정체성에 대한 고견을 듣고 싶습니다.

답변 7 : 한국영어영문학회(The English Language and Literature Ass'n of Korea)가 1954년에 창립된 이래 2천여 명의 학자들이 소속되어 열심히 연구의 역사를 쌓아 가고 있습니다. 개별학자들이 자율적인 연구 성과를 축적해 나간다는 것 외에는 특별히 학회의 정체성을 한마디로 이야기하기는 어려울 것 같습니다.

개인 차원에서 답하라고 하신다면, 고민스러운 평생이었다고 답하겠습니다. 한국의 영문학자에게는 네 가지 길이 있다고 봅니다. 첫째, 영어로 논문 발표하기. 둘째, 한국어로 논문 쓰기. 셋째, 영어로 한국문학 번역하기. 그리고 영미문학을 한국어로 번역하기입니다. 저는 부끄럽게도 여러 가지 사정으로 확실한 선택을 하지 못한 채 은퇴하게 되었습니다.

대부분의 영문학자가 한국어로 논문을 쓰는데, 이 논문들은 영문학계를 포함한 국내 학계에 잘 전파되지 않습니다. 즉 거의 읽히지 않습니다. 학문의 축적을 위한 연구가 결실을 못 보는 이유입니다. 그리고 영어로 논문 쓰기는 해외발표가 되어야 빛을 봅니다. 그러나 치열한 논리를 외국어인 영어로 써서 본토인의 언어력과 경쟁하는 일은 섣불리 나서기 어려운 상황입니다. 특히 업적 평가가 매년 이루어지는 요즈음, 논문 한 편이 실리는 데 수년씩 걸리는 해외저널은 너무도 큰 모험입니다. 하지만 한국계 작가들을 연구하여 영미의 저널에 게재하면 이 작품들이 읽히고 작가들이 자꾸 학계에서 언급되면 작가 및 작품의 비중이 커집니다. 그런 의미에서 한국의 영문학자들이 해볼 만한 모험이라고 생각합니다. 다음으로 한국문학 영문 번역과 영미문학 한글 번역작업은 연구자들이 생각은 있어도 업적으로 평가되지 않기 때문에 시간을 내기가 매우 어렵습니다. 그러나 이 작업이야말로 노벨문학상을 바라보든가, 외국의 문학 감수성을 한국민에게 즉시즉시 전하는 좋은 길입니다만 외면되고 있는 현실입니다.

그래서 저는 이 네 가지 길을 놓고 고민하다가 말았는데, 앞으로 학자들에게는 좀 더 의미 있는 선택이 가능해지기를 고대하고 있습니다.

질문 8 : 호손의 단편 「반점 *The Birthmark*, 1843」과 「라파치니의 딸 *Dr. Rappaccini's Daughter*, 1844」, 『주홍글자』 등의 작품들이 21세기에 들어선 한국의 우리에게 그가 작품 속에서 드러낸 혜안의 문제점은 무엇이 있을까요?

답변 8 : 위 작품들의 문제점이라기보다 혜안에 대하여 말씀드리겠습니다. 단편 「반점」은 최초의 성형 스토리라고 볼 수 있습니다. 과학과 의학 분야의 대학자인 주인공 에일머(Aylmer)는 완전한 미를 추구합니다. 절세미인 아내의 뺨에 있는 '작은 아기 손' 모양의 반점을 제거합니다. 그러나 동시에 아내는 생명을 잃고 맙니다. 이 스토리에 드러난 생명의 존엄성 경시, 과학과 의학에의 과신(過信), 미의 상대적 평가 문제 등은 오늘날의 한국에 특히 강력한 메시지를 전하고 있습니다.

단편 「라파치니의 딸」은 생명의 기원과 비밀에 도전하는 의사의 오만을 다루고 있습니다. 라파치니는 딸 베아트리스(Beatrice)를 한정된 공간에서 독극물로 양육하여 사회에서 강자가 되게 키웁니다만, 애인 조바니(Geovanni)가 준 해독제는 그녀에게 사약으로 작용합니다. 인간의 한계를 자신의 지혜와 지식으로 극복하려는 라파치니의 노력은 '용서받지 못할 죄'로서 「반점」과 같이 의학에의 과신을 경고하고 있다고 봅니다.

『주홍글자』는 다 아시듯이 호손의 대표작이지요. 호손도 그가 잘 아는 자료—청교도 역사—를 활용하여 보편적 진리를 제시합니다. 청교도 역사는 개척시대 미국의 유산이지만, 그 사회의 지배적인 이데올로기로서 현대의 억압적인 이데올로기를 말한다고 볼 수 있습니다. 그 억압적인 사회에서도 풍부한 상상력을 통하여 주민들에게 따뜻한 마음과 배려를 보여 준 헤스터(Hester)는 정신적으로 강팍한 우리 시대가 갈망하는 리더라고 볼 수 있습니다. 자신의 죄를 숨기지 않고 정직하고 성실하게, 도움이 필요한 주변 사람들에게 헌신하여 감동을 선사한 여주인공은 '간통(adultery)'이라는 죄악의 단어를 '천사(angel)'라는 뜻으로 해석하게 만드는 기적을 일으켰습니다. 21세기 한국사회에는 정직하고 성실하며 남을 배려하는 헤스터 같은 인물이 필요합니다.

질문 9 : 테레사 학경 차가 살해당했다고 하셨는데 그 전후 사정을 알고 싶습니다.

답변 9 : 뉴욕시 어느 주차장에서 경비원에게 살해되었습니다. 한 남자의 하찮은 성욕에 희생된 것입니다. 가해자에게 학경 차는 국보급 작가가 아니고 한낱 성욕의 대상이었습니다.

지금도 이와 같은 일이 한국에서, 아시아에서, 세계 각 곳에서 일어나고 있습니다. 여성이 이렇게 여자라는 이유만으로 희생이 되고 있어도 우리는 그냥 지나치고 희생자는 숫자로만 남습니다.

질문 10 : 미국문학과 영국문학의 차이점과 문학사의 변천 과정을 설명해 주셨으면 좋겠습니다.

답변 10 : 와우! 질문을 한 문장으로 간단히 적으셨는데, 답은 책 여러 권도 모자랄 듯합니다. 문학사의 변천 과정은 생략하고, 제한된 지면에 두 문학의 차이점을 적는다면, 미국문학과 영국문학은 태생이 다르다고 말할 수 있습니다. 미국이란 나라는 이주민으로 이루어졌기 때문에 초반부터 정체성(identity)의 추구가 주요 주제로 떠오릅니다. 영국의 소설문학은 중산층을 대상으로 탄생하였고, 신분 사회를 당연시하고 있습니다. 영국소설의 '영국성(Engishness)'에 대해서 궁금하시면 리비스(Q.D. Leavis)가 쓴 같은 제목의 글을 인터넷 주소에서 찾으실 수 있습니다.(www.mmisi.org/ma/26_3-4/leavis.pdf)

덧붙여 말한다면, 미국문학은 청교주의(Puritanism)에서 비롯된 양면성을 가지고 있습니다. 인간의 원죄를 강조한 어두운 전통과 18세기 이후 보듯이 자조(自助, self-help)와 인간의 무한한 가능성을 비호하는 개척정신의 전통으로 나누어집니다. 전자는 호손, 멜빌, 포 등이 대표하고, 후자는 에머슨, 소로, 휘트먼 등이 대표합니다. 20세기까지도 이 흐름은 이어져서 앞에서 언급한 포크너와 워런 등은 전자의 비극적인 전통에 속한다고 봅니다.

질문 11 : 다문화공동체 속에서 민족의 개념은 어떤 의미이며, '나'라는 정체성에 어떤 영향을 미칠 수 있는지요?

답변 11 : 다문화공동체와의 관계에서 민족의 개념은 'sub-category'가 되고 다문화공동체가 여러 민족을 어우르는 우산이 될 것입니다. '나'는 우선 민족에 소속하면서 다문화공동체에 소속되지요. 민족적 정체성이 '나'의 정체성을 인식하는 데 바탕이 되므로 중요하고 자부심의 토대가 될 것입니다. 그러나 여러 민족 정체성들은 서로 조화와 균형을 이루어 다문화공동체를 받들고 나간다는 전제가 필요하다고 생각합니다.

질문 12 : 식민지는 벗어났지만 피부색, 언어, 관습 등의 문화적 차이로 인하여 신식민지화되어 가는 다문화공동체의 앞으로 나아갈 좌표와 방향은 무엇이라 생각하시는지요?

답변 12 : 피부색, 언어, 관습 등의 문화적 차이로 인하여 신식민지화되어 가는 것을 우려하셨는데, 이러한 여건이 다 달라도 평등한 관계로 나아가는 노력이 필요합니다. 다름을 존중하여 그 다름 가운데 조화를 추구하는 것이 진정한 다문화공동체의 모습이라고 생각합니다.

질문 13 : 군인들에게는 보상하면서 당시의 실태를 가장 비참하게 겪은 종군 위안부에게는 아무 조치도 취하지 않는 현실을 보면서, 종군 위안부에게 우리가 진 빚은 어떻게 보상해야 한다고 생각하시는지요?

답변 13 : 우리가 한국인으로서 할 수 있는 일은 그분들의 상처를 따뜻한 마음으로 위로하고 명예를 회복시켜 드리는 것입니다. 그분들이 편히 지내실 수 있도록 조용하게 지원하고 국제 사회의 여론을 키워 나가야 할 것입니다. 모리슨이 말하듯이, "퍼뜨릴 이야기"가 아닙니다. 이야기가 되풀이될수록 마음의 상처가 덧나므로 그분들을 배려하여 오로지, 마음을 다하여 역사를 바로잡는 수고를 하여야 합니다. 미래의 세대를 위해서도 이 같은 역사는 반복되어서는 안 되기 때문입니다.

질문 14 : 현재 뉴스를 보면 위안부 문제가 90년대 이전에 이야기되지 않았다는 것이 이해되지 않습니다. 저는 50~60년대에 학교를 다닌 세대입니다. 이러한 문제에 대해 알고 문제의식도 있었지만, 지금에 와서 새삼스레 항의 집회에 참가하거나 하지는 못했습니다. 더욱이 731부대 등 다른 문제도 많다고 봅니다.

답변 14 : 이 문제의 공론화가 본격적으로 이루어진 것은 1990년대로 알고 있습니다. 문제의식이 있어도 바로잡는 노력을 하지 않는다면, 『제스처 인생』에서 군의관 하타가 한국의 어린 소녀 K의 간청을 외면한 것과 비슷할 것입니다.

그리고 해결할 문제가 산적해 있더라도(그것이 바로 인간사회이므로) 절망이나 포기하지 말고 천천히 해결하기 쉬운 것부터 하나씩, 자료를 수집하고 정리하는 노력을 하면 좋겠다고 생각합니다.

질문 15 : 편견과 불법에 병든 한국 사회, 우리는 지금 어디로 가고 있는 것일까요? 교수님께서는 정년퇴임사에서 사회가 사나워진 것은 'human contact'의 결핍이라고 지적하셨습니다. 직장에서는 컴퓨터의 사각형 스크린을, 집에 가는 동안에는 스마트폰이라는 조그만 사각 창을, 집에 가서는 텔레비전이라는 사각형을 보며 살아간다는 것이죠. 인간관계가 들어설 자리가 없으니 공동체의식도 사라지구요. 이러한 우리에게 자연스럽게 인간다움이 무엇인지 알게 하고 궁극적인 가치가 될 국가공동체 의식과 선하고 좋은 사회를 동경하게 하는 마음이 생기게 하기 위한 대안이 있으시다면?

답변 15 : 파편적이고 물질 중심적인 사회가 되어 갈수록 문학의 역할이 중요해지는 이유입니다. 긴 역사 동안에 검증된 작품들 즉 고전을 많이 읽으면 감동을 받게 되어, 사람이 내적으로 변화하고 성숙해 갑니다. 현대에 우리가 요구하듯이 직접적이고 가시적인, 극적인 변화는 아니지만, 궁극적이고 확실하게 우리의 내면을 변화시키는 힘을 가진 문학작품을 손에서 놓지 말아야 합니다. 그리하면 인간 사회 전체를 보는 눈이 생기고 나아가서는 역사의식을 가지게 될 것입니다. 이 두 가지가 선하고 좋은 사회를 만들어 가는 영양제라고 생각합니다.

_인용문헌

Anzaldua, Gloria. *Borderlands/ La Frontera*. Sonia Saldivar-Hull. ed. with an introduction. 2ndd. 1987; San Francisco: Aunt Lute Books, 1999.

Atwood, Margaret."Haunted by Their Nightmares." H. Bloom. ed. with an introduction. *Toni Morrison's* Beloved. Philadelphia: Chelsea, 1999. 5-9.

Bloom, Harold. "Introduction." Harold Bloom. ed. with an introduction. *Bloom's Modern Critical Interpretations: Richard Wright's* Native Son. New Edition. NY: Infobase, 2009. 1-2.

Blum, Edward J. and Sarah Hardin Blum. "The Search for Community and Justice: Robert Penn Warren, Race Relations, and the Civil War." ed. David Sachsman, S. Kittrell Rushing, and Roy Morris, Jr. *Memory and Myth: The Civil War in Fiction and Film from* Uncle Tom's Cabin *to* Cold Mountain. Purdue UP, 2007. 71-80.

Bowers, Susan. "*Beloved* and the New Apocalypse." H. Bloom. ed. with an introduction. *Toni Morrison's* Beloved. Philadelphia: Chelsea, 1999. 27-43.

Boyd, Julian Parks. *et al.* ed. 1950; *The Papers of Thomas Jefferson.* Princeton UP, 1953.

Bradley David, "On Reading *Native Son.*" Harold Bloom. ed. with an introduction. *Richard Wright's* Native Son. NY: Chelsea, 1988. 143-53.

Bradford, William. "*Of Plymouth Plantation*, Book I: Chapter IX: Of Their Voyage, and how they Passed the Sea; and of their Safe Arrival at Cape Cod." ed. George Perkins & Barbara Perkins. *The American Tradition in Literature*. 8th ed. NY: McGraw-Hill, 1994. 27-35.

Brooks, Cleanth. "Faulkner and the Fugitive-Agrarians." ed. Doreen Fowler & Ann J. Abadie. *Faulkner and the Southern Renaissance*. Jackson: UP of Mississippi, 1982. 22-39.

Burt, John. *Robert Penn Warren and American Idealism*. New Haven: Yale UP, 1988.

Butts, Leverett. "Raised in the Briar Patch: Misreading Warren's Essay on Race." *rWp: An Annual of Robert Penn Warren Studies* VII (2007): 63-74.

Caputo, J. D. *Deconstruction in a Nutshell: A Conversation with Jacques Derrida.* NY:

Fordham UP, 2002.

Cash, W. J. "The Mind of the South." *Mercury*. 1929. 185-192: *The Mind of the South*. NY: Alfred A. Knopf, 1941.

Casper, Leonard. *Robert Penn Warren: The Dark and Bloody Ground*. Seattle: U of Washington P, 1960.

Castille, Philip Dubuisson. "Spiritual and sexual healing in Robert Penn Warren's *All the King's Men*." *Southern Literary Journal*. Spring 1999; 31: 2; Academic Research Library. 80-94.

Cha, Theresa Hak Kyung. *Dictée*. 1982; Berkeley: Third Woman Press, 1995.

Chan, Sucheng. *Asian Americans: An Interpretive History*. New York: Twayne, 1991.

Cheong, King-Kok. "Introduction." Hisaye Yamamoto. *Seventeen Syllables and Other Stories*. Revised and Expanded Edition. 1988; New Brunswick, NJ: Rutgers UP, ix-xxi.

Clark, William Bedford. *The American Vision of Robert Penn Warren*. Lexington, Kentucky: UP of Kentucky, 1991.

Clark, William Bedford and James A. Grimshaw, Jr. "A Conversation with Lewis P. Simpson." *rWp: An Annual of Robert Penn Warren Studies*. V (2005): 37-53.

Corley, Liam. "'Just Another Ethnic Pol': Literary Citizenship in Chang-rae Lee's *Native Speaker*." *Studies in the Literary Imagination*. 37:1 Spring 2004. 61-81.

Corrigan, Lesa Carnes. "*All the King's Men* Revisited." *rWp: An Annual of Robert Penn Warren Studies* I. 2001. 89-102.

Cullick, Jonathan S. "From 'Jack Burden' to 'I': the Narrator's Transformation in *All the King's Men*." *Studies in American Fiction*, 25:2 (1997): 197-210.

Douglass, Frederick. *Narrative of the Life of Frederick Douglass, an American Slave, Written by Himself*. Houston A. Baker, Jr. ed. with an Introduction. 1845; NY: Penguin, 1982.

____________. "The Meaning of July Fourth for the Negro: Speech at Rochester, New York, July 5, 1852." Gordon Hutner. *American Literature, American Culture*. NY: Oxford UP, 1999.

Doyle, David R. Jansson. "Internal Orientalism in America: W.J.Cash's *The Mind of the South* and the Spatial Construction of American National Identity." *Political*

Geography 22 (2003) 293-316에서 재인용; 294: "Northerners's regard of the South: a land of racism, violent intolerance, and willful ignorance"(Doyle, 1995).

Duran, Maria Del Mar Gallego. "Community and Love: Understanding the Past in Toni Morrison's *Beloved*." *Revista de Estudios Norteamericanos* 3 (1994), 11-17.

Dwyer, June. "Speaking and Listening: The Immigrant as Spy Who Comes in from the Cold." ed. Katherine B. Payant and Toby Rose. *The Immigrant Experience in North American Literature: Carving Out a Niche*. Westport, Conn.: Greenwood Press, 1999. 73-82.

Ealy, Steven D. "'A Place for the Negro' in the Agrarian Scheme: Robert Penn Warren's Contribution to *I'll Take My Stand*." *The Political Science Reviewer* 30 (2001): 120-37.

__________. "'A Friendship That Has Meant So Much' : Robert Penn Warren and Ralph W. Ellison." *The South Carolina Review* 38:2, 2006. 162-72.

Ellison, Ralph Waldo. *Invisible Man*. 1947; NY: Vintage, 1972.

Fabre, Michel. "Beyond Naturalism?" ed. Harold Bloom. *Modern Critical Views 107: Richard Wright*. NY: Chelsea, 1987. 37-56.

Fuston-White, Jeanna. *African American Review* 36:3. 2002. 461-73.

Gado, Frank. ed. *A Conversation with Robert Penn Warren*. 1966; Union College, NY: The Idol, 1972.

Gates, Henry Louis, Jr. *The Signifying Monkey: A Theory of African-American Literary Criticism*. NY: Oxford UP, 1988.

Ghymn, Esther Mikyung. "Introduction." *Shapes and Styles of Asian American Prose Fiction*. NY: Peter Lang, 1993. 1-10.

Grimshaw, James A. "Robert Penn Warren in the 21st Century: The Good, the Bad, and the Ugly." *rWp: An Annual of Robert Penn Warren Studies* VII (2007): 75-83.

Guttenberg, Barnett. *Web of being: The Novels of Robert Penn Warren*. Nashville: Vanderbilt UP, 1975.

Herskovits, Melville J. "The Negro's Americanism." ed. Alain Locke. *The New Negro: Voices of Harlem Renaissance*. 1925; NY: Touchstone, 1992. 353-60.

Hurston, Zora Neale. *Their Eyes Were Watching God: A Novel*. 1937; NY: Perennial, 1990.

Inez, Martinez. "Toni Morrison's *Beloved*: Slavery Haunting America." *Journal of Jungian*

Scholarly Studies. 4:3. 2009. 1-28.

James, Henry. *The American Scene,* introduction and notes by Leon Edel. 1907; Bloomington and London: Indiana UP, 1968.

Jeon, Joseph Jonghyun. *Experiments in Action: Style and Authorial Agency in T. S. Eliot, William Faulkner, Ralph Ellison, and Chang-rae Lee*. UC Berkeley: Fall 2001.

Jo, Moon H. *Korean Immigrants and the Challenge of Adjustment*. Westport, CT: Greenwood Press, 1999.

Johnson, Barbara. "The Re(a)d and the Black." ed. Harold Bloom with an introduction. *Modern Critical Interpretations*: Native Son. NY: Chelsea, 1987. 115-123.

Justus, James. *The Achievement of Robert Penn Warren.* Baton Rouge: Louisiana State UP, 1981.

Kang, L. Hyun Yi. "The 'Liberatory Voice' of Theresa Hak Kyung Cha's *Dictée*." ed. Norma Alarcon and Elaine H. Kim. *Writing Self, Writing Nation: A Collection of Essays on Dictée by Theresa Hak Kyung Cha.* 1st Edition. Berkeley: Third Woman Press, 1994. 73-99.

Keller, Nora Okja. *Comfort Woman.* NY: Penguin, 1997.

Kim, Elaine H. "Preface." ed. Norma Alarcon and Elaine H. Kim. *Writing Self, Writing Nation: A Collection of Essays on Dictée by Theresa Hak Kyung Cha.* 1st Edition. Berkeley: Third Woman Press, 1994. ix-xi.

___________. "Preface." ed. Young-Key Kim-Renaud, R. Richard Grinker, and Kirk W. Larsen. *Korean American Literature: The Sigur Center Asia Papers.* The George Washington Univ. The Elliott School of International Affairs. 2004. www2.gwu.edu/~sigur/assets/docs/scap/SCAP20-KoreanWriters.pdf.

___________. "Roots and Wings: An Overview of Korean American Literature 1934-2003." ed. Young-Key Kim-Renaud, R. Richard Grinker, and Kirk W. Larsen. *Korean American Literature: The Sigur Center Asia Papers.* The George Washington Univ. The Elliott School of International Affairs. 2004. 1-18.

Kim, Sunli. "Masks, Origins, and Copies in Chang-Rae Lee's *Native Speaker*." Senior Honors Thesis: Stanford U, 2015. unpublished. https://stacks.stanford.edu/.../Kim_Sunli_Masks.Orig.

King, Richard H. *A Southern Renaissance: The Cultural Awakening of the American South,*

1930-1955. Oxford UP, USA, 1982.

Kinnamon, Keneth. "How *Native Son* Was Born." ed. Henry Louis Gates, Jr., and K. A. Appiah. *Richard Wright: Critical Perspectives Past and Present*. NY: Amistad, 1993. 110-32.

Klein, Herbert S. *A Population History of the United States*. 2004; 2nd ed. NY: Cambridge UP, 2012.

Koenen, Anne. "The One Out of Sequence." ed. Danille Taylor-Guthrie. *Conversations with Toni Morrison*. Jackson: UP of Miss. 1994. 67-83.

Kreyling, Michael. "Robert Penn Warren: The Real Southerner and the 'Hypothetical Negro'." *American Literary History Advance Access.* Mar 6, 2009. 1-28.

Law. Richard G. "*Brother to Dragons*: The Fact of Violence vs. the Possibility of Love." *American Literature*. 49:4 (Jan. 1978). 560-79.

LeClair, Thomas. "The Language Must Not Sweat: A Conversation with Toni Morrison." ed. Danille Taylor-Guthrie. *Conversations with Toni Morrison*. Jackson: UP of Miss. 1994. 119-28.

Lee, Chang-rae. *A Gesture Life.* NY: Riverhead, 1999.

__________. *Aloft*. NY: Riverhead, 2004.

__________. *Native Speaker*. NY: Riverhead, 1995.

Lee, Young-Oak. *After the Fall: Tragic Themes in Hawthorne and Warren, with Interviews with Robert Penn Warren*. Seoul: Hanshin, 1993.

__________. "Nora Okja Keller and the Silenced Woman: An Interview." *MELUS: Multi-Ethnic Literature of the United States.* 28:4. 2003. 145-65.

Locke, Alain. "The New Negro" in Alain Locke ed. *The New Negro: Voices of Harlem Renaissance.* 1925; NY: Touchstone, 1992. 3-16.

Lorde, Audre. "Age, Race, Class, and Sex: Women Redefining Difference." *Sister Outsider*. Berkeley, CA: Crossing P, 2007. 114-23.

Madden, David. "The Charged Image in *All the King's Men*." *rWp: An Annual of Robert Penn Warren Studies* III (2003) 33-45.

Magistrale, Tony. "From St. Petersburg to Chicago: Wrights's *Crime and Punishment*." ed. Harold Bloom. *Bloom's Modern Critical Interpretations: Richard Wright's* Native Son. New Edition. NY: Infobase, 2009. 19-30.

Mbiti, John S. ed. *African Religions and Philosophy*. London: Heinemann, 1990.

Mencken, H. L. *Evening Mail* no.13 "The Sahara of the Bozart" 1917; "The Sahara of the Bozart." Huntington Cairns. *The American Scene; A Reader*. Alfred A. Knopf: NY, 1917.

Miller, Perry. "From Edwards to Emerson." Donald M. Kartiganer & Malcolm A. Griffith. *Theories of American Literature*. NY: Macmillan, 1972. 324-42.

Min, Pyong Gap. "Koreans" Immigration to the U. S: History and Contemporary Trends." The Research Center for Korean Community, Queens College of CUNY. Research Report No 3. January 27, 2011. http://www.qc.cuny.edu/Academics/Centers/RCKC/Documents/Koreans%20Immigration%20to%20the%20US.pdf

Mobley, Marilyn Sanders. "A Different Remembering: Memory, History in Toni Morrison's *Beloved*." ed. Harold Bloom. *Toni Morrison's* Beloved. Philadelphia: Chelsea, 1999. 17-25.

Morrison, Toni. "Afterword." ed. Young-Oak Lee & Tae-Soo Sohn. The Bluest Eye *with Essays in Criticism, annotated with a Critical Introduction.* Seoul: Shinasa, 1977. 239-247.

__________. *Beloved*. NY: Plume, 1987.

__________. *The Bluest Eye*. NY: Pocket Books, 1970.

__________. *Playing in the Dark: Whiteness and the Literary Imagination*. 1992; NY: Vintage, 1993.

__________. *Sula*. NY: Bantam Books, 1973.

__________. "Unspeakable Things Unspoken: The Atro-American Presence in American Literature." *Michigan Quarterly Review*. 28:1 (winter 1988) 1-34.

Moyers, Bill. "A Conversation with Robert Penn Warren." ed. Gloria L. Cronin and Ben Siegel. *Conversations with Robert Penn Warren*. UP of Miss., 2005. 93-111.

Moylan, Thomas. *Scraps of the Untainted Sky: Science Fiction, Utopia, Dystopia*. Boulder, CO: Westview, 2000. 111.

Murphy, Paul. "Discovering Robert Penn Warren from the South." *rWp: An Annual of Robert Penn Warren Studies*. V (2005): 75-86.

Newman, Edwin. "Speaking Freely." ed. Gloria L. Cronin and Ben Siegel. *Conversations with Robert Penn Warren*. UP of Miss., 2005. 71-83.

Niebuhr, Reinhold. *The Irony of American History*. NY: 1952.

O'Gorman, K.D. "Jacques Derrida's Philosophy of Hospitality." *Hospitality Review* 8 (4). 2006. 50-57.

Oh, Seiwoong. "*Hansu's Journey* by Philip Jaisohn: The Frist Fiction in English from Korean America." *Amerasia Journal* 29:3 (2003-2004). 43-55.

Oh, Stella. "The Enunciation of the Tenth Muse in Theresa Hak Kyung Cha's *Dictée*." *Lit: Literature Interpretation Theory*. 13:1 (2002). 1-20.

Osagie, Iyunolu. "Is Morrison Also Among the Prophets?: 'Psychoanalytic' Strategies in *Beloved*." *African American Review*. 28:3. 1994. 423-40.

Palumbo-Liu, David. *Asian/American: Historical Crossings of a Racial Frontier*. Stanford: Stanford UP, 1999.

Parker, Betty Jean. "Complexity: Toni Morrison's Women." ed. Danille Taylor-Guthrie. *Conversations with Toni Morrison*. Jackson: UP of Miss., 1994. 60-66.

Peach, Linden. *Macmillan Modern Novelists: Toni Morrison*. London: Macmillan, 1995.

Prather, H. Leon. *Resurgent Politics and Educational Progressivism in the New South: North Carolina, 1890-1913*. Cranbury, NJ: Associated UP 1979.

Rampersad, Arnold. "Introduction." ed. Alain Locke. *The New Negro: Voices of Harlem Renaissance*. 1925; NY: Touchstone, 1992. ix-xxvii.

Rhee, Michelle Young-Mee. "'Greater Lore': Metafiction in Chang-rae Lee's *Native Speaker*." *MELUS: Multi-ethnic Literature of the U.S.* (36:1) Spring 2011, 157-76.

Robinson, Forrest G. "A Combat with the Past: Robert Penn Warren on Race and Slavery." *American Literature*. 67:3 (Sept.1995), 511-30.

Rody, Caroline. *The Interethnic Imagination: Roots and Passages in Cotemporary Asian American Fiction*. Oxford: Oxford UP, 2009.

Ruas, Charles. "Toni Morrison." ed. Danille Taylor-Guthrie. *Conversations with Toni Morrison*. Jackson: UP of Miss. 1994. 93-118; *Conversations with American Writers*. NY: McGraw Hill, 1984. 215-43.

Rubin, Louis D., Jr. "Dreiser and *Meet Me in the Green Glen*: A Vintage Year for Robert Penn Warren." *Hollins Critic* 9:1. 1972. 1-12.

__________. "Introduction to the Torchbook Edition." *I'll Take My Stand: The South and the Agrarian Tradition*. Twelve Southerners. 1930; NY: Harper, 1962. iv-xviii.

___________. "Southern Literature and Southern Society." Louis D. Rubin, Jr. & C. Hugh Holman. *Southern Literary Study: Problems and Possibilities*. Chapel Hill, NC: U of North Carolina P, 1975. 3-20.

Ruoff, James. "Humpty Dumpty and *All the King's Men*." *Twentieth Century Literature*, III (Oct. 1957), 128-34; *The Merrill Studies in* All the King's Men. compiled by James F. Light. Columbus, Ohio: Merrill, 1971. 104-13.

Ruppersburg, Hugh. *Robert Penn Warren and the American Imagination*. Athens, Georgia: U of Georgia Press, 1990.

Simpson, Lewis P. "Robert Penn Warren and the South." *rWp: An Annual of Robert Penn Warren Studies*. V (2005): 33-36.

Smith, Valerie. "Circling the Subject: History and Narrative in *Beloved*." ed. Henry Louis Gates, Jr., and K.A. Appiah. *Toni Morrison: Critical Perspectives Past and Present*. NY: Amistad, 342-55.

Song, Min Hyoung. "A Diasporic Future? *Native Speaker* and Historical Trauma." *LIT* 12:1 (2001). 79-98.

Stepto, Robert B. "Intimate Things in Place: A Conversation with Toni Morrison." ed. Danille Taylor-Guthrie. *Conversations with Toni Morrison*. Jackson: UP of Miss., 1994. 10-29; *Massachusetts Review* 18 (1977): 473-89.

___________. "Narration, Authentication, and Authorial Control." ed. Harold Bloom. *Frederick Douglass's* Narrative of the Life of Frederick Douglass: *Modern Critical Interpretations 10*. NY: Chelsea, 1988. 45-57.

Stone, Albert E. "Identity and Art in Frederick Douglass's *Narrative*." ed. Harold Bloom. *Frederick Douglass's* Narrative of the Life of Frederick Douglass: *Modern Critical Interpretations 10*. NY: Chelsea, 1988. 7-28.

Szmańko, Klara. *Invisibility in African American and Asian American Literature: A Comparative Study*. Jefferson, NC: McFarland, 2008.

Tate, Claudia. "Toni Morrison." ed. Danille Taylor-Guthrie. *Conversations with Toni Morrison*. Jackson: UP of Miss., 1994. 156-70; *Black Women Writers at Work*. ed. Claudia Tate. NY: Continuum, 1983. 117-31.

Thoreau, Henry David. "*Walden*." ed. George Perkins & Barbara Perkins. *The American Tradition in Literature*. 8th ed. NY: McGraw-Hill, 1994. 571-635.

Towner, Theresa M. "Black Matterson the Dixie Limited: *As I Lay Dying* and *The Bluest Eye*." Carol A. Kolmerten *et al* ed. *Unflinching Gaze: Morrison and Faulkner Re-Envisioned*. Jackson: U of Miss. 1997. 115-27.

Turner, Arlin. "Dim Pages in Literary History: The South Since the Civil War." ed. Louis D. Rubin, Jr. and C. Hugh Holman. *Southern Literary Study: Problems and Possibilities*. Chapel Hill: The U of NC Press, 1975. 36-47.

Twelve Southerners. *I'll Take My Stand: The South and the Agrarian Tradition*. 1962; NY: Harper, 1930.

__________. "Introduction: A Statement of Principles." *I'll Take My Stand: The South and the Agrarian Tradition*. 1962; NY: Harper, 1930. xix-xxx.

Tyson, Lois. *Critical Theory Today: A User-Friendly Guide*. 2nd ed. New York: Routledge, 2006.

Vauthier, Simone. "The Case of the Vanishing Narratee: An Inquiry into *All the King's Men*." *Southern Literary Journal* 6:2 (1974): 42-69.

Warren, Robert Penn. *All the King's Men*, with a New Introduction by the Author. NY: The Modern Library, 1946.

__________. "Introduction." *All the King's Men*, with a New Introduction by the Author. NY: The Modern Library, 1946. v-x.

__________. "A Self-Interview." ed. Gloria L. Cronin and Ben Siegel. *Conversations with Robert Penn Warren*. UP of Miss., 2005.

__________. "The Briar-Patch." *I'll Take My Stand: The South and the Agrarian Tradition*. Twelve Southerners. 1962; NY: Harper, 1930. 246-64.

__________. *The Segregation: The Inner Conflict in the South*. New York: Random, 1956.

__________. *Who Speaks for the Negro?* NY: Vintage Books, 1965.

Winthrop, John. "A Model of Christian Charity." ed. George Perkins & Barbara Perkins. *The American Tradition in Literature*. 8th ed. NY: McGraw-Hill, 1994. 37-44.

Williams, Kimber. "Chang-rae Lee: A Profile," *Korean Culture* 16 (Fall 1995): 28.

Wong, Shelley Sunn. "Unnaming the Same: Theresa Hak Kyung Cha's *Dictée*." ed. Elaine H. Kim and Norma Alarcon. *Writing Self Writing Nation: A Collection of Essays on* Dictée *by Theresa Hak Kyung Cha*. Berkeley: Third Woman Press, 103-40.

Wright, Richard. "Between Laughter and Tears." *New Masses*. 5 October 1937: 22-23.

____________. "Introduction: How 'Bigger' Was Born." *Native Son*. 1940; NY: Harper & Row, 1966. vii-xxxiv.

김경년 옮김. 차학경 지음. 『딕테*DICTEE*』. 1982; 서울: 토마토, 1997.

이영옥. "'아시아계 미국문학'발달의 의미." 『영어영문학』 50:3. 2004. 619-37.

황금주. 「천대받지 않으며 살고 싶다」, 『강제로 끌려간 조선인 군위안부들』 한국정신대문제 대책협의회/정신대연구회 편. 서울: 한울, 1993. 93-106.

Internet Sources

Davis, Robert Gorham. "Dr. Adam Stanton's Dilemma.". (1946.8.18). 출처: www.nytimes.com/books/97/03/09/reviews/warren-king.html. A review of *All the King's Men* by Robert Penn Warren. The New York Times on the Web.

Gates, Jr., Henry. "From Africa to the Americas.". (2013). 출처: www.pbs.org/wnet/african-americans-many-rivers-to-cross/history/on-african-american-migrations/

Hsu. "Chapter Two: Memory, Trauma, and Trauma Narrative.". 출처: nccur.lib.nccu.edu.tw/bitstream/140.119/33341/6/51001106.pdf

Inglés, Manuel Diaz. "Social Rejection: Challenging the Freed Slave Community in Toni Morrison's *Beloved*" 1-27. (2013.7.4). 출처: ddd.uab.cat/pub/tfg/2013/112446/TFG_Manuel_Diaz_Ingles.pdf

Karp, Evan. "Chang-rae Lee Reading from *On Such a Full Sea* at The Booksmith in San Francisco on Friday, January 10th 2014."(2014.1.21). 출처: www.youtube.com/watch?v=anpGw8hU4xo

Morrison, Toni. "The Art of Fiction No. 134 *Paris Review*. Interviewed by Elissa Schappell, with additional material from Claudia Brodsky Lacour."(1993. 가을). 출처: www.theparisreview.org/interviews/1888/the-art-of-fiction-no-134-toni-morrison

Nosková, Radka. "Women's Revolt against Social Stereotypes in Toni Morrison's Novels.".(2011). 출처: is.muni.cz/th/261412/ff_b/Noskova_thesis.txt

O'Connor, Brendan. "Here Is What Appears to Be Dylann Roof's Racist Manifesto.". (2015.6.20.). 출처: gawker.com/here-is-what-appears-to-be-dylann-roofs-racist-manifest-1712767241

Statistical Abstract of US 2003; U.S. Census Bureau 1993. 출처: www.digitalhistory.uh.edu/disp_textbook.cfm?smtid=2&psid=449

Warren, Robert Penn. "The Art of Fiction No. 18." Interviewed by Eugene Walter and Ralph Ellison. (1957). 출처: The Paris Review: www.theparisreview.org/interviews/4868/the-art-of-fiction-no-18-robert-penn-warren

"The Southern Renaissance.". (2014.11.14). 출처: www.boundless.com/u-s-history/textbooks/boundless-u-s-history-textbook/from-the-new-era-to-the-great-depression-1920-1933-24/the-culture-of-change-187/the-southern-renaissance-1039-8775/

_찾아보기

석학人文강좌 66